장시조전집

장시조 전집

長時調全集

황충기 주해

푸른사상
PRUNSASANG

　우리는 한자(漢字)를 독음(讀音)으로만 배웠기 때문에 운(韻)을 잘 모른다. 한자에는 운이 있기 때문에 운으로 읽으면 마치 음악을 듣는 것과 같은 착각을 하게 된다. 시(詩)가 산문(散文)과 다른 점은 운이 있다는 것이다. 텔레비전에서 방영되는 국악 프로그램을 시청할 때면 이처럼 흥겨운 가락이 있는가 하고 놀라게 되고, 시청자의 이해를 돕기 위해 노래 가사를 자막으로 보여주면 많은 가사들이 어려운 한문으로 되어 있어 새삼 놀라게 된다.

　우리 고전문학에서 사람들의 사상과 감정을 가장 진지하고 솔직하게 표현한 것으로 고려가요와 장시조를 꼽는다. 또 성(性)에 대한 대담하고 노골적인 표현을 거리낌 없이 한 것을 들라면 아마 우리는 주저하지 않고 마찬가지로 고려가요와 장시조를 들 것이다. 고려가요는 고려 말엽의 극도로 혼란하고 내일에 대한 희망조차도 보이지 않는 극도로 불안정한 상황의 퇴폐적인 사회상과 개인이 아닌 사회 집단의 정서를 나타낸 민요라고 한다면, 장시조는 우리 고전문학의 문예부흥 시대라 일컫는 조선 영·정조 시대에 집단이 아닌 개인적 정서를 노래한 시가라는 점에서 차이가 난다고 하겠다.

　한시(漢詩)의 문장을 시조화한 것들은 어려운 말이 많아 우선은 그것을 읽어낼 지식이 필요하다. 구어체 시조들은 시어가 평시조에 쓰인 것들보다 고상하고 우아한 맛이 떨어진다고 하겠으나 봉산탈춤이나 양주별산대놀이에 나오는 대사(臺詞)와 비교해본다면 속되다고 하지는 못할 것 같다. 이런 장시조들을 한마디로 평한다면 야하지만 속되다고 할 수는 없는 것(野而不俗)이 아닌가.

이 책은 이제까지의 시조 관련 도서에서 흔히 했던 것처럼 장·단시조로 구분하지 않고, 시조가 수록된 가집을 비롯하여 문집이나 간혹 발견되는 사본 등에서 장시조만을 뽑아, 읽고 감상하는 데 도움을 주고자 상세한 주석과 그 작품과 관련된 사항들을 가능한 전부 망라하여 작품 이해에 보탬이 되도록 하였다. 현대를 사는 독자들이 고전을 좀더 편하게 접하고 감상하는 기회가 되었으면 하는 바람뿐이다.

장시조는 운문체의 시가문학이 산문체로 변화하는 과정에 더욱 발전한 것으로 시조에는 틀림이 없으나 일정한 규칙이 없어, 짓는 사람들이 자신의 유식함을 과시하기 위해 어려운 한문체의 문장들을 그대로 가져다 썼기 때문에 읽고 이해하기 힘든 경우가 많다. 또 이를 보거나 창(唱)을 듣고 그 나름대로 짓기 때문에 많은 유사가(類似歌)가 생겨나서 별개의 작품으로 다루어야 하는 경우도 비일비재하다. 처음 장시조 주석서를 낸 이후에 그동안 새로 발굴된 것을 추가하고, 같은 작품이라도 가집에 따라 현격하게 차이가 나는 것을 비교해 볼 수 있도록 같이 수록하였고 몇몇 작품은 새롭게 주석을 하였다.

장시조를 이해하는 것은 그렇게 쉬운 일은 아니다. 마침 나는 『장시조 연구』라는 책을 출판한 적이 있다. 이 책을 보다가 혹시라도 장시조에 대하여 자세히 알고자 한다면 참고로 하는 것이 좋겠다. 장시조에는 내용이 어려운 것이 많아 나름대로 주석을 상세히 달았으나, 잘못된 것이 있으면 깨우쳐주기를 바란다.

끝으로 어려운 출판시장의 사정이 어려움에도 불구하고 다시 이를 흔쾌히 출판해주신 푸른사상사의 한봉숙 사장님에게 무한한 감사를 드린다.

2017년 2월
황 충 기 삼가 씀

次例

제1장

長
時
調
全
集

장시조란 무엇인가

이 글은 장시조란 무엇인가를 이해하는 데 도움을 주고자 하여 쓰는 것이다. 여기서 장시조란 이미 사설시조라는 명칭으로 널리 알려진 시조를 그렇게 부르는 것임을 전제로 하고 붙인 명칭임을 밝혀둔다.

지금까지 장시조는 조선 시대 후기에 평민들 사이에 향유되었던 기형적(畸形的)인 형태의 시가 문학의 하나로 얼마간 불려지고 창작되다가 이제는 소멸된 것으로 인식되고 있다. 그러다가 근래에 들어와서 임진왜란(壬辰倭亂)이나 병자호란(丙子胡亂)을 겪은 조선조 후기의 평민들에 의해 그 형식이 발생되었다고 하는 종전의 주장들에 맞서 일부 양반 사대부들의 작품이 새로 발굴되어, 지금까지 그런 주장이 아주 없었던 것은 아니지만 임진왜란 이전의 조선 명종대(明宗代)에서 선조대(宣祖代)에 이르는 시기에 발생했다는 주장들에 무게가 실리고 있다. 또 장르 문제에 있어서도 평시조의 형태가 발전하여 장시조가 되었다는 견해와, 처음부터 장단(長短) 형태의 시가가 병존(竝存)하였으며 시조가 아닌 별개의 형태의 문학이란 주장도 제기되고 있다.

여기서는 장시조 작품을 읽고 감상하는 데 조금이나마 보탬이 되고자 장시조 전반에 대해 저자가 펴낸 『장시조 연구』에서 주장한 것들을 개략적으로 설명하고자 한다. 혹시라도 좀 더 자세한 것을 알고자 하는 분들은 상기(上記)의 책이나 다른 참고 서적들을 참고하시기 바란다.

1. 명칭

장시조를 부르는 명칭은 장시조(長時調), 장형시조(長形[型]時調), 사설시조(辭說時調)와 만횡청류(蔓橫淸類)·만횡청(蔓橫淸) 등이 있다. 장시조나 장형시조는 그 형태가 단형(短形)인 평시조(平時調)보다는 길어진 시조라는 의미에서 상대되는 개념으로 쓰인 것이고, 사설시조는 가람 이병기(李秉岐) 박사가 시조를 부르는 명칭을 음악에서의 명칭과는 별개의 것으로 구분하고 문학에서 그 형태를 소위 기본형에 해당하는 단형의 시조를 평시조로, 평시조 보다 어느 한 구절이 늘어난 것을 엇시조(旕時調)로, 평시조보다 두 구절 이상이 늘어난 것을 사설시조로 부른 데서 연유한 것이다.

원래 사설시조란 문학이 아닌 시조창(時調唱)의 한 종류로 이미 국악에서 사용하고 있는 명칭을 차용(借用)한 것이다. 만횡청류는 김천택(金天澤)의 『청구영언(靑丘永言)』에서 당시에 부르던 노래들의 곡조와는 별개의 것으로 불리고 있는 노래들을 가리키는 명칭으로 처음 쓰인 것으로, 만횡청의 부류란 뜻이다. 이를 만횡청이라고 한 사람은 이능우(李能雨)다. 장시조가 평시조에서 발전해 나온 것이라면 장시조라는 명칭이 무난하다고 하겠으나, 고려시대부터 장단 형태의 노래가 병존했다고 하는 견해를 받아들인다면 명칭도 시조라는 말을 대신하여 다른 이름으로 불러야 할 것이다. 그러나 장시조가 평시조의 영향을 받은 것만은 틀림이 없기 때문에 우선은 시조의 부류(部類)에 넣을 수밖에 없으며 다만 한시(漢詩)의 절구(絶句)처럼 정형(定型)이 아니기 때문에 '형(形)'과 '형(型)'이 분명하지 못한 상태에서는 장형시조보다는 장시조라 부르는 것이 무난할 듯싶다.

2. 형식과 구성 방식

지금까지 문학에서는 가람이 주장한 대로 단형(短形)을 평시조(平時調)로, 중형(中形)을 엇시조(旕時調)로 그리고 장형(長形)을 사설시조(辭說時調)로 시조 형식을 구분했다. 엇시조는 평시조보다 한 구(句) 이상이 늘어난 것으로, 사설시조는 두 구절 이상 늘어난 것으로 형식적 기준을 삼고 있다. 그러나 그 '구'가 정확하게 몇 자 정도인지는 밝힌 바가 없고 다만 한 어절 정도로만 인식되어왔다. 그래서 이제까지 시조 형식에 대해 언급한 것을 보면 음절 수를 계산하는 방법을 운운하면서 몇 자가 늘어나면 엇시조, 또는 사설시조로 구분하는 등의 의견이 구구하다. 또 중형이라고 하는 엇시조와 장형이라고 하는 사설시조를 굳이 구분해야 할 필요성이 있는지도 생각해볼 문제이다. 여기서는 평시조와 이보다 한 구절 이상이 늘어난 것부터를 장시조로 보고자 한다. 여기서 구절이란 보통 주어와 서술어의 관계를 가진 삽입구나 수식(修飾)과 수식을 받는 구가 있을 경우를 원칙으로 삼고자 한다. 경우에 따라서는 여기에 해당하지 않지만 초·중·종장 가운데 두 곳에서 평시조보다 다소간에 길어진 경우도 해당되는 것으로 했다.

구성 방식을 보면 3장(章) 가운데 어느 한 장이 길어진 것과 2장 또는 3장 모두가 길어진 경우가 있으며, 특히 평시조와 달리 대화(對話)의 형식을 취하고 있는 경우가 많다.

3. 발생

학자들 사이에 의견의 차이가 두드러진 것이 과연 장시조의 형식이 언제 발생했느냐 하는 문제라고 하겠다. 종전까지 장시조는 임진왜란과 병자호란을 겪고 대두하기 시작한 평민들에게 국문 문학의 중심 세력이 넘어가고, 성리학 대신에 실학이 성행하고, 서구의 문물이 유입되기 시작하며, 문학의 근대화 과정에서 운문 문학에서 산문 문학으로 이행되는 과도기에 발생한 것이라는 그럴듯한 이론으로 조선조 후기 발생설을 합리화하는 경향이 있었다. 그러나 임진왜란 이전에 양반 사대부들에 의해 지어진 장시조 형태의 작품들이 하나둘 발굴되면서 종래의 주장들을 바꾸어 임진왜란 이전으로 그 발생 시기를 주장하는 경향이 나타났다. 그러나, 이론이 없는 것은 아니다. 고려 말에 이방원(李芳遠)이 포은(圃隱) 정몽주(鄭夢周)를 초대한 자리에서 서로 주고받았다는 「하여가(何如歌)」와 「단심가(丹心歌)」 외에, 그 자리에서 대은(大隱) 변안렬(邊安烈)이 지었다는 「불굴가(不屈歌)」가 장시조 형태란 사실이 밝혀지고부터는 적어도 장시조의 발생이 고려시대로 거슬러 올라간다는 주장이 설득력을 갖는다.

4. 주제

하나의 문학 형식이 발생하여 사람들의 사상 감정을 표현하는데 조금의 불편도 없이 충분하다면 그 형식은 생명을 가질 것이다. 시조도 고려 중엽에 형식이 발생하여 지금까지 현대시의 하나로 그 명맥을 유지해오고 있다. 장시조의 발생을 적어도 고려시대로 본다면 적어도 600여 년의 역사를 계속해온 것이다. 시조와 마찬가지로 장시조도 초기의 작가들이 사대부 계층에 속하기 때문에 주제도 평시조와 다름이 없다고 하겠으나, 『청구영언』에 수록되어 있는 만횡청류가 다 이름을 밝힐 수 없는 평민들의 작품이며, 시대가 오래되어 작자를 알 수 없는 것은 아니라고 본다. 『시경(詩經)』에도 다 고아(高雅)한 노래만 수록되어 있는 것이 아니라 음란하다는 평(評)을 받는 정위(鄭衛)의 노래도 같이 수록되어 있다.

장시조도 고아한 주제의 노래는 사대부의 것이고 음란한 주제는 서민들의 노래라는 견해는 맞지 않는 것이며, 다만 임진왜란과 병자호란 이후에 일반 서민들의 활동이 두드러지고 가곡창(歌曲唱)과 시조창(時調唱)의 발달로 창작이 활발해지면서 사람들의 사상 감정을 노골적으로 표현한 작품들이 많이 창작되고 몇몇 사람들 외에 작자가 밝혀지지 않았기 때문에 이를 무조건 일반 서민들의 작품으로 몰아치는 견해는 시정되어야 할 것이다.

한시(漢詩)를 가져다 시조로 만드는 과정에서 장시조의 형태를 취한 것과 전통적으로 유교 사상을 노래한 것이 아직도 많지만 영조조 후기에 김수장(金壽長)을 비롯한 가객들이 등장하면서 작자를 밝힌 장시조 작품이 창작되고부터는 인간의 본능적 욕구 등을 표현한 애정(愛情)에 관한 작품이 장시조의 주제로 나타났다. 그러니까 장시조의 주제는 이런 유교적인 내용의 것과 남녀 간의 애정을 노래한 것으로 대별(大別)된다고 하겠다.

5. 작가와 향유층

앞에서도 언급했지만 장시조는 일반적으로 일반 서민들이 짓고 그들이 즐긴 문학으로 인식되고 있다. 그러나 이제까지 알려진 초기의 장시조 작가들은 사대부 계층이며 일반 서민들이 작가로 등장하는 것은 『해동가요(海東歌謠)』를 편찬한 김수장부터이다. 김수장이야 서리(書吏) 출신으로 한때 기성서리(騎省書吏)를 지낸 일이 있지만 그가 장시조를 짓고 또 내용이 남녀 간의 애정을 다루는 작품을 발표한다고 해서 사회적으로 비난을 받을 그런 시대도, 인물도 아니기에 떳떳하게 자신의 이름을 밝힐 수가 있었다. 그러나 조선 전기에는 이런 경우에 사대부가 자신의 이름을 밝힐 수도 없고 그럴 사람도 없었을 것이고, 더구나 이름을 남길 수 없던 일반 서민들의 작품이 남아 있을 수가 없었을 것이다. 『청구영언(靑丘永言)』에 수록되어 있는 만횡청류 116수(首)가 모두 일반 서민의 작품이라고 주장하기는 어려울 것이다. 영조 후기에 와서야 작자에 대한 신빙성 문제가 없는 것은 아니나 이정보(李鼎輔)나 신헌조(申獻朝)와 같은 이는 노골적인 남녀 간의 성을 다룬 작품을 발표한 것으로 보아 작가가 꼭 서민 대중이어야 할 이유가 없다.

또 장시조의 향유층(享有層)도 이제까지는 일반 서민들로 국한하여 이들만이 즐긴 것으로 주장하고 있으나 이는 작중화자(作中話者)와 작자를 혼동한 까닭이라 하겠다. 작중화자를 작자로 잘못 이해하여 장시조의 작자도 향유층도 다 일반 서민으로 본 것은 아직 우리에게 서구적인 문학 이론이 도입되기 이전에 장시조에 대해 초기에 연구한 학자들의 혼동이 그대로 인식되어 있기 때문이다. 조선 시대 사대부들도 각종 시화(詩話)에서부터 『삼국지연의(三國志演義)』를 비롯한 중국의 소설(小說)과 야담(野談)이나 소화(笑話) 내지는 음담패설(淫談悖說)로 지목되는 서적들을 즐겨 읽었다. 그런데도 성(性)에 관한 문제를 다룬 것은 무조건 일반 서민들의 몫으로 돌리는 것은 잘못된 견해라 하겠다. 인간의 본능적 욕구를 나타낸 것을 읽고 즐기는 것에 신분의 차이가 있을 수는 없을 것이다.

6. 문체

여기서 문체(文體)라고 하는 것은 소설에서 말하는 소설의 3요소에 해당하는 뜻의 문체가 아니다. 소설에서는 작가가 자기 나름대로의 개성적인 문체를 창조하여 작가적인 특질을 보여줄 수 있겠으나 시조에서 문체란 표기 수단에 따라 나눈 것으로 여기서는 국어체(國語體) 시조, 국한문혼용체(國漢文混用體) 시조, 한문현토체(漢文懸吐體) 시조와 이두혼용체(吏讀混用體) 시조의 네 가지로 구분하고자 한다.

국어체 시조는 순수 국어로 되었거나, 한자어를 섞어 썼어도 그것이 생소하다는 느낌을 주지 않는 경우의 시조를 말하는데, 그렇게 많은 것은 아니다. 국한문혼용체 시조는 한자어와 중국의 고사(故事) 등을 섞어 지은 것으로 가장 분량이 많다. 우리 어휘의 70%가 넘게 한자어인 것을 감안한다면 국한문혼용체 시조가 많은 것은 당연한 일이지도 모른다. 한문현토체 시조는 한시문(漢詩文)에 토(吐)를 달거나 부분적으로 번역하거나 한시문의 원문(原文)을 사용한 것으로 형식만 3장(章)으로 나눌 수 있을 뿐 한시문을 그대로 가져왔기 때문에 종장 초구가 3자라는 기본 형식조차도 제대로 지켜지지 않는 경우가 허다하다. 이두혼용체 시조는 현전하는 것이 3수밖에 없다.

7. 재발흥과 전성기

여기서 재발흥(再發興)이란 용어를 사용한 것은 장시조가 고려시대에 발생했다는 전제 아래 조선조 후기에 들어와서 가객들이 등장하고 그들이 자신의 이름으로 장시조를 발표한 영조 30년 이후를 재발흥의 시기로 보겠다는 의미이다. 장시조가 재발흥하게 된 원인으로 일반 서민들의 자각과 경제적 부(富)를 바탕으로 사회의 진출과 활동이 두드러진 점과 창(唱)의 발달로 다양한 곡목의 가곡창이나 시조창이 생겼고 더구나 장시조를 얹어 부를 수 있는 곡목의 발달로 거기에 필요한 대본으로 장시조가 창작되었음을 들 수 있다. 재발흥의 시기는 짐작컨대 『청구영언』과 『해동가요』의 편자인 김천택과 김수장과의 관계와 연관이 있는 것으로 짐작되어 아마도 김천택이 죽은 다음에 김수장이 본격적으로 장시조 창작을 활발하게 한 것으로 여겨지니, 대략 영조 30년 이후에서 그리 멀지 않은 시기가 아닌가 한다.

김천택의 『청구영언(靑丘永言)』(=珍本)을 보면 초중대엽(初中大葉)이나 이중대엽(二中大葉)과 삼중대엽(三中大葉)과 북전(北殿), 이북전(二北殿), 초삭대엽(初數大葉) 곡목의 작품은 1수만 수록되었고, 이삭대엽(二數大葉)은 유명씨분(有名氏分)을 고려 말부터 편자의 시대순으로 명공석사(名公碩士)의 작품과 열성어제(列聖御製), 여항육인(閭巷六人), 규수삼인(閨秀三人)의 작품으로, 무명씨분을 주제 내지는 소재별로 나누었다. 계속해서 삼삭대엽(三數大葉)이나 낙시조(樂時調)는 무명씨의 작품이면서 평시조만 수록했다. 장시조는 만횡청류에 따로 수록했다.

그러나 『청구영언』보다 얼마 뒤에 나온 김수장의 『해동가요』를 보면 현전하는 『해동가요』 가운데 제일 먼저 이루어진 것으로 짐작되는 박씨본(朴氏本)에는 이삭대엽이란 곡목이 누락된 채 열성어제로부터 시작되어 자신의 작품으로 끝이 나고, 뒤에 무명씨의 작품이 수록되어 있으나 편자와는 관련이 없는 것 같다. 일석본(一石本) 『해동가요』에 보면 이삭대엽에 유명씨분은 이정보(李鼎輔)로 끝나고 무명씨분과 삼삭대엽, 낙시조, 편락시조(編樂時調), 소용(騷聳)으로 이어진다. 편락시조와 소용은 『청구영언』에 없는 곡목으로 새로 생긴 것이며, 가집 앞에 '가지풍도형용(歌之風度形容)'은 박씨본에는 없고 일석본에는 13곡목이고 주씨본(周氏本)에는 14곡목이다. 일석본에는 편락시조와 편소용이 있고, 주씨본에는 편삭대엽(編數大葉)이 있다. '편(編)'이란 것은 '엮음'과 같은 것으로 이런 곡목이 생긴 것은 바로 장시조가 창작될 수 있는 여건이 마련되었음을 의미한다.

장시조의 전성기(全盛期)는 병자호란 이후 숙종조에서 영조조 초기에 출생한 작가들이 가장 왕성하게 활동하던 영조 30년 이후 영조 말까지의 약 20여 년간으로 추정된다. 그 당시 가단(歌壇)에서 주도적 역할을 했던 김수장을 중심으로, 그의 정자(亭子)인 노가재(老歌齋)를 구축하고 노가재가단(老歌齋歌壇)을 형성할 정도로 많은 사람들이 모여 장단(長短)의 시조를 짓던 시기를 전성기라 할 수 있을 것이다. 이 시기에 불렸을 것으로 짐작되는 작품들이 후에 육당본(六堂本) 『청구영언(靑丘永言)』에 다량으로 수록된 것이다.

8. 장시조에로의 전성(轉成)

시간이 흐르다 보면 다른 장르의 문학이 서로 들어오고 나감이 있는 법이다. 장시조에도 다른 장르의 문학이 유입(流入)되어 작품을 이루고 있음을 보게 되니, 대체로 민요(民謠)나 잡가(雜歌)를 비롯해 가사(歌詞)와 소설(小說)이 그것이다.

민요의 경우에는 어느 특정한 작품보다는 타령이나 엮음 등의 수법이 시조에 도입되었고, 잡가의 경우는 〈권주가(勸酒歌)〉나 〈춘면곡(春眠曲)〉 등 주로 조선조 후기의 것들이 많다. 가사의 경우는 이제까지 허난설헌(許蘭雪軒)의 「규원가(閨怨歌)」와 노계(蘆溪) 박인로(朴仁老)의 「사제곡(沙堤曲)」의 일부를 가져온 것이 전부이다. 그러나 소설의 경우는 아주 많아서 중국의 소설로는 단연 『삼국지연의(三國志演義)』가 가장 많고, 『서유기(西遊記)』나 『서상기(西廂記)』가 있으며, 우리 고소설로는 『숙향전(淑香傳)』을 비롯해 『홍길동전(洪吉童傳)』, 『구운몽(九雲夢)』이 있고, 『춘향전(春香傳)』과 『심청전(沈淸傳)』과 관련이 있는 것도 있다. 대개는 작품 전체를 요약하는 형식이 많으나 어느 한 부분을 가지고 시조로 만드는 경우도 있다.

9. 평시조의 장시조화

소문(所聞)이란 여러 사람들의 입을 거쳐 갈수록 내용이 확대되거나 변질된다. 시조에도 이런 현상이 있으니 분명 어느 시조를 세월이 지나거나 혹은 거의 같은 시기라 하더라도 누군가에 의해 엿가락처럼 늘어나서 같은 주제거나 수법이 비슷한 것 가운데 처음의 것이라 여겨지는 것보다 상당히 길어진 것을 아주 흔하게 볼 수 있다.

이는 짐작컨대 어떤 노래를 듣고 다른 데로 옮기는 과정에서 잘못 전달하는 경우보다는 그 노래에 대해 불만을 가졌던 어떤 사람이 자신의 뜻에 따라 더 보태거나 혹은 변개(變改)시킨 것이라 생각된다.

또 다른 이유의 하나는 장시조를 얹어 부를 수 있는 곡목(曲目)이 발달하여 그 대본으로 많은 작품들이 필요했으나 수요만큼 공급이 따르지 못하자 임시방편으로 기존의 단형(短形)의 것들을 가져다 보태고 다소의 변개를 거쳐 장시조화한 것이라 하겠다. 이러한 현상을 우리는 〈곰보타령〉이라는 노래에서 볼 수 있다.

이와 반대되는 현상도 일어났으니 본래의 긴 노래를 축약시켜 오히려 짧은 노래로 만드는 경우도 있다. 송강(松江)의 「장진주사(將進酒辭)」를 가져다 평시조형으로 만든 경우가 그것이라 하겠다.

10. 현대시에로의 발전

갑오경장(甲午更張)을 계기로 서구 문물이 빠른 속도로 유입되면서 과거 우리의 문학은 현대문학을 건설하는 데 조금도 보탬이 될 것이 없다는 사고 방식이 한때를 휩쓸었다. 서구 문학이란 새로운 입장에서 보면 과거의 우리 문학이란 하나도 쓸모가 없는 것으로 인식되었기 때문이다. 여기서 비롯된 것이 소위 전통의 계승이냐 단절이냐 하는 문제였다. 그러나 어제 없는 오늘이 있을 수 없는 것과 마찬가지로 아무리 시대가 바뀌고 가치 기준이 달라졌다고 해서 과거 우리 문학의 전통적인 요소들을 부정하고 하루아침에 버릴 수는 없는 것이다. 자유시의 창작이 활발해지면서 전통 시가인 시조는 더 이상 쓸모가 없는 것으로 매도되었으나, 1920년대 중반에 일어난 시조부흥운동(時調復興運動) 이후 시조는 이제까지 현대시의 한 영역으로 현대인의 사상 감정을 표현하는 데 아무런 지장이 없음을 보여주고 있다.

다만 장시조는 인식의 부족으로 갑오경장 이후에 완전히 소멸된 것으로 알고 있으나, 몇몇 작가들의 꾸준한 창작으로 현재까지 그 명맥을 유지해오고 있다. 더 많은 작가들의 등장과 활발한 창작과 보급으로 시조와 더불어 현대시의 일익(一翼)으로 발전해야 할 것이다.

11. 장시조 감상하기

장시조는 물론 현대의 문학이 아니다. 그렇다고 무조건 과거의 문학으로만 취급할 것이 아니다. 고전(古典)이란 물론 과거의 것이지만 현대에 사는 사람들도 읽어볼 가치가 있는 것을 가리킨다. 현대의 문학과는 현격한 차이가 있으나 과거 우리의 조상이 어떻게 살아왔고 어떤 생각들을 하였는지를 알려면 아마도 우리의 고전을 읽는 것이 가장 빠른 지름길일 것이다. 그래서 '온고이지신(溫故而知新)'이란 말이 생겼는지 모르겠다. 현대를 보람차게 살아가고 미래의 행복을 영위하기 위해서도 과거를 아는 것은 매우 필요한 일이다.

고전 작품을 알기 위해서는 우선 읽을 줄 알아야 할 것이다. 고전을 현대 철자로 읽으면 쉽게 읽을 수가 있으나 고전을 대하는 맛을 잃게 된다. 고전은 고전대로 읽어야 제맛이 난다. 말은 시대가 바뀌면서 발음도 뜻도 달라지는 것으로 먼저 표기가 현대어 맞춤법과 차이가 난다. 현대어 맞춤법과 가장 큰 차이는 'ㆍ'(아래아)의 사용이다. 현재의 'ㅏ'(아)와 같이 발음하면 된다. 다음은 된소리의 표기다. 'ㄲ, ㄸ, ㅃ, ㅆ, ㅉ'을 고전에서는 각각 'ㅺ, ㅼ, ㅽ, ㅆ, ㅾ'으로 표기했으나 읽는 것은 각각 현대어의 된소리처럼 읽으면 된다.

다음에 뜻을 정확하게 알아야 한다. 말이란 시대가 바뀜에 달라지는 것은 당연하지만 그대로 쓰임에도 불구하고 뜻이 달라지는 경우가 많다. 고등학교에서 훈민정음(訓民正音)을 배울 때 "어린 백성이······"에서 '어린'은 '어리석은'이란 뜻임을 알았을 것이다.

또, 한문현토체 시조나 국한문혼용체 시조의 경우 그리고 국어체의 경우에도 많은 작품들이 대구(對句)로 되어 있음을 주목할 필요가 있다. "유상앵비(柳上鶯飛)는 편편금(片片金)이요 화간접무(花間蝶舞)는 분분설(紛紛雪)이라"처럼 전구(前句)가 있으면 으레 후구(後句)가 대구를 이룬다. 대화체의 경우도 누구와 누구와의 대화인가를 확인해서 읽을 필요가 있다.

끝으로 소리를 내어 큰 소리로 몇 차례 반복해서 읽을 것이다. 평시조에 비해 정형적 요소는 줄어들었어도 우리 시가의 기본 운율이라 주장할 수 있는 3·4조, 4·4조의 연속인 경우가 많으므로 자연스럽게 끊어 읽을 수 있을 것이다.

예나 지금이나 문학작품을 쓰는 사람들은 어떤 것에 대해 직설적으로 표현하는 경우가 드물다. 나름대로의 비유나 상징 등의 수법으로 표현하기 때문에 그것이 무엇을 뜻하는 것인지를 알아야 할 것이다.

가령

　　　두터비 ᄑ리를 물고 두험 우희 치ᄃ라 안자
　　　것넌 山 ᄇ라보니 白松骨에 ᄶ 잇거늘 가슴이 금즉ᄒ여 풀덕 뛰여 내
　　돗다가 두험 아래 쟛바지거고
　　　모쳐라 ᄂᆞᆯ낸 낼싀만졍 에헐질 번ᄒ괘라.　　　　　　(珍靑 520)

에서 '두터비', 'ᄑ리', '백송골'이 무엇을 상징하는 것이며, 두꺼비의 행동은 무엇을 뜻하는 것인지를 옳게 이해해야 비로소 이 시조의 뜻을 알게 될 것이고 그 뛰어난 수법에 감탄하게 될 것이다.

제2장

長時調全集

장시조 작품 일람

◇ 일러두기

1. 여기에 수록되어 있는 작품들은 가집을 비롯하여 가집 사본 등에서 필자가 수집한 장시조를 전부 수록한 것이다.
2. 고시조는 문집에는 원칙적으로 띄어쓰기가 안 되어 있고 가집에 따라 3분 또는 5분으로 띄어쓰기가 되어 있으나 여기서는 3장으로 구분하였고 띄어쓰기는 현대 맞춤법에 따랐다.
3. 철자는 인용한 가집에 있는 그대로 하였고, 가집에 따라 차이가 나는 것은 원칙적으로 무시했다.
4. 중요 가집에 쓰인 약호는 다음과 같다.

靑丘永言 珍本(珍靑)	靑丘永言 六堂本(靑六)
靑丘永言 淵民本(靑淵)	靑丘永言 가람本(靑가)
靑邱詠言 가람本(靑詠)	海東歌謠 一石本(海一)
海東歌謠 周氏本(海周)	海東歌謠 朴氏本(朴海)
歌曲源流 國樂院本(源國)	歌曲源流 河合本(源河)
歌曲源流 佛蘭西本(源佛)	歌曲源流 가람本(源가)
樂府 서울大本(樂서)	樂府 高大本(樂高)
詩歌 朴氏本(詩歌)	古今歌曲(古今)
槿花樂府(槿樂)	瓶窩歌曲集(瓶歌)
靑邱歌謠(靑謠)	金玉叢部(金玉)
海東樂章(海樂)	花源樂譜(花樂)
大東風雅(大東)	南薰太平歌(南太)
永言類抄(永類)	興比賦(興比)

1

가노라 가노라 님아 언양 단천에 풍월강산으로 가노라 님아

가다가 심양강에 피파셩를 어이ᄒ리

밤즁만 지국총 닷 감는 소리에 잠 못 니려.   (南太 42)

언양(彦陽)=지명. 경상도 울산 지역에 있다 ◇단천(端川)=지명. 함경남도에 있다
◇풍월강산(風月江山)=아름다운 자연 ◇심양강에 피파셩을=심양강(尋陽江) 어구에
서 뜯는 비파 소리. 여기서는 당나라 시인 백낙천(白樂天)이 지은 「비파행(琵琶行)」
이란 악부체(樂府體)의 장시를 읊는 소리를 가리키는 듯. 심양강은 중국 강서성 구
강현(九江縣) 북쪽에 있는 강 ◇지국총(至菊蔥)=배를 움직일 때 나는 '삐꺼덕' 소리
를 음사(音寫)한 것 ◇닷 감는 소리=배를 출발하기 위해 닻을 감아 올리는 소리 ◇
니려=이루어. 들어.

2

ᄀᆞᆯ 지나 세 지나 즁의 나 주근 後의 내 아더냐

나 주근 무덤 우희 논을 갈고 밧츨 갈고 나 주근 後의 내 아더냐

아희야 잔 ᄀᆞ득 브어라 살아신 제 놀리라.   (槿樂 377)

ᄀᆞᆯ 지나 세 지나 즁의=가로로 짊어지거나 아니면 세로로 짊어지거나 가운데.
가로 지는 것은 송장만 지게에 짊어지는 것이고, 세로로 지는 것은 상여로 운구(運
柩)하는 경우를 말한다 ◇내 아더냐=내가 알 수가 있겠느냐 ◇나 주근 무덤 우희
논을 갈고 밧츨 갈고=나의 무덤이 나중에 논이 될지 밭이 될지 ◇살아신 제=살아

있을 때에.

2-1

가로 지나 세 지나 中에 죽은 後면 뉘 아더냐
죽은 무덤 우희 밧츨 가나 논을 미나
酒不到劉伶墳上土ㅣ니 아니 놀고 어이리.　　　　　　(甁歌 807)

뉘 아더냐=누가 알겠느냐? ◇酒不到劉伶墳上土(주보도유령분상토)ㅣ니=술이 유
령(劉伶)의 무덤 위에까지는 이르지 않을 것이니. 유령은 죽림칠현(竹林七賢)의 한
사람으로 술을 좋아했고, 「주덕송(酒德訟)」을 지었다.

3

가마기가 가마기를 됴차 셕양사로에 나라든다 써든다 임의 집 홍졍 뒤로
오르면 골각 나리면 길곡 갈곡길곡 흐는 줌에 어늬 가마기 슈가마기냐
그즁에 멈졉 나라 안졋짜가 야즁 나라가는 그 가마기 긴가.　　(南太 198)

가마기가=까마귀가 ◇됴차=따라 ◇셕양사로(夕陽斜路)에=저녁 햇볕이 비낀 길로
◇홍졍=‘송졍(松亭)’의 잘못. 소나무가 있는 숲에 지은 정자 ◇골각 길곡갈곡 길곡=
까마귀가 우는 소리 ◇어늬=어느 ◇슈가마기=숫놈 까마귀 ◇멈졉=먼저 ◇야즁=나
중에 ◇긴가=그것인가.

4

가마귀 가마귀를 쓰라 들거고나 뒷東山에
늘어진 괴향남게 휘둣느니 가마귀로다
잇틋날 뭇 가마귀 흔딕 나려 뒤덤벙 뒤덤벙 두로 덥젹여 쓰오니 아모
어지 그 가마귄 줄 몰닉라.　　　　　　　　　　　　(蔓橫) (甁歌 876)

들거고나=들어오는구나 ◇괴향남게=느티나무에 ◇휘둣나니=휘늘어진 듯한 것이
◇뭇=여러 ◇흔딕=한곳에 ◇두로=두루 ◇덥젹여 쓰오니=덥적거리며 싸우니 ◇아모

=아무도.

5

가마기를 뉘라 믈드려 검다 흐며 빅노를 뉘라 마젼흐야 희다드냐
황신 다리 뉘라 니워 기다 흐며 오리 다리를 뉘라 믄질러 쌀으다 흐라
아마도 검고 희고 길고 즈르고 흑빅장단이야 일너 무슴.　　　　(南太 192)

뉘라=누구라. 누가 ◇마젼=천을 햇볕에 건조하여 색소를 발산시켜 희게 함 ◇니
워=이어서 ◇기다 흐며=길다고 하며 ◇흑빅장단(黑白長短)=옳고 그름과 잘잘못 ◇
일너 무슴=말하여 무엇하랴. 중장은 『장자(莊子)』의 '鳧脛雖短續之則憂 鶴脛雖長斷
之則悲(부경수단속지즉우 학경수장단지즉비)'를 노래한 것이다.

6

가슴에 궁글 둥시러케 뚤고 왼숫기를 눈 길게 너숫너숫 신와
　그 궁게 그 숫 너코 두 놈이 두 긋 마조 자바 이리로 흘근 저리로 흘적
흘근흘적 흘져긔는 나남즉 늠대되 그는 아모또로나 견듸려니와
　아마도 님 외오 살라면 그는 그리 못 흐리라.　　　　(蔓橫淸類) (珍靑 549)

궁글=구멍을 ◇둥시러케=둥그스름하게 ◇뚤고=뚫고 ◇왼숫기를=외로 꼰 새끼줄
을 ◇눈 길게=눈길 닿는 곳까지 ◇너숫너숫=느슨하게 ◇궁게=구멍에 ◇숫=새끼줄
◇긋=끝 ◇이리로 흘근 저리로 흘적=이쪽으로 흘근 저쪽으로 흘적 잡아당기다 ◇
나남즉 늠대되=나나 남이나 남이 하는 대로 ◇아모또로나=아무려나 ◇외오=홀로.
　※ 태종의 「하여가(何如歌)」와 포은 정몽주의 「단심가(丹心歌)」를 주고받는 자리
에서 변안렬(邊安烈)이 지었다고 하는 소위 「불굴가(不屈歌)」의 원사(原詞)로 추정
되는 것이다.

7

　을 다 거두어드린 셴 하라비 눈비 오다 내 골흘랴
지는 닙 거두 쓰러 자는 구돌 덥게 씻고

그 밧긔 녀남은 일이야 구홀 줄이 이시랴.　　　　　　　　　(槿樂 164)

ᄀ을=추수(秋收) ◇셴 하라비=머리털이 허옇게 센 할아버지 ◇내 골흘랴='내'는 '배'의 잘못. 추수가 적어 배를 곯겠느냐 ◇지는 닙=떨어지는 잎 ◇거두 쓰러=거두어 쓸어. 또는 자꾸 쓸어 ◇자는 구돌=잠자는 방의 구들 ◇덥게 찟고=따듯하게 만들고 ◇밧긔=밖에 ◇녀남은=다른. 남은.

8

ᄀ을비 괴똥 언마 오리 雨裝直領 내지 마라

十里ㅅ길 괴똥 언마치 가리 등 알코 빅 알코 다리 저는 나귀를 크나큰 唐채로 쾅쾅 쳐 다 모지 마라

가다가 酒家에 들너든 쉬여 가려 ᄒ노라.　　　　　　　(蔓橫淸類)(珍靑 505)

괴똥=그까짓. 그따위 ◇언마 오리=얼마나 오겠느냐 ◇雨裝直領(우장직령)=비옷과 직령. 직령은 웃옷의 일종 ◇언마치 가리=얼마나 가겠느냐 ◇알코=앓는 ◇다리 저는=다리를 절뚝이는 ◇唐(당)채로=중국에서 나온 말채찍으로 ◇모지 마라=몰지 마라 ◇들너든=들르게 되면.

9

가을 히 괴똥 멋츳 가리 나귀 등에 鞍裝 츠루지 마라

雲山은 거머 어득沈沈 石逕은 崎嶇潺潺ᄒ듸 져 뫼흘 너머 닉 어이 가리

山堂에 갑 업슨 明月과 흠긔 놀고 가리라.　　　　　　(羽樂)(靑六 789)

멋츳 가리=며칠이나 가겠느냐 ◇츠루지 마라=차리지 마라 ◇雲山(운산)=산이 높아 구름이 중간에 낀 산 ◇어득沈沈(침침)=어두침침 ◇石逕(석경)은=돌길은. 돌이 많은 좁은 길 ◇崎嶇潺潺(기구잔잔)=산길이 험하고 그 위로 물이 조금씩 흘러감 ◇뫼흘=산을 ◇山堂(산당)에=산속에 지은 초당(草堂)에 ◇갑 업슨=값을 매길 수 없는.

10

各道 各船이 다 올라올 제 商賈沙工이 다 올나왓닉

祖江 석골 幕娼드리 비마다 초즐 제 시닉놈의 먼정이와 龍山 三浦 당도
라며 平安道 獨大船에 康津 海南 竹船들과 靈山 三嘉ㅣ 地土船과 메육 실
은 濟州비와 소곰 실른 瓮津비들이 스르를 올나들 갈 제

어듸셔 各津 놈의 나로비야 쬐야나 볼 줄 이스랴.　　　(弄) (靑六 727)

各道 各船(각도각선)=각 고을의 갖가지 배 ◇商賈沙工(상고사공)이=장사꾼과 사
공들이 ◇祖江(조강)=지명. 한강(漢江) 하구(河口)의 한강과 임진강이 합치는 곳 ◇
석골=지명. 소재 불명 ◇幕娼(막창)드리=임시로 막을 치고 술이나 몸을 파는 창녀
들이 ◇시닉놈=미상 ◇먼정이=만장이. 이물이 뾰족한 큰 나무로 만든 배. 돛대를
둘 세운 큰 배 ◇龍山(용산) 三浦(삼포)=한강 연안의 용산과 마포나루. 삼포는 마포
를 가리킨다. '마(麻)'의 우리말이 '삼'이기 때문에 마포를 삼포라 했다 ◇당도라며=
당도리며. 당도리는 목선 가운데 가장 큰 배 ◇獨大船(독대선)=미상. 특별히 큰 배
이거나 독대는 그물의 한 가지이니 혹 독대로 고기 잡는 어선이 아닌지(?) ◇康津
(강진) 海南(해남)=전라남도 남해안에 있는 지명 ◇竹船(죽선)=대를 실어 나르는 배
◇靈山(영산) 三嘉(삼가)=경상도 서남부에 있는 지명 ◇地土船(지토선)=지방 토민들
의 소유한 배 ◇메육=미역 ◇瓮津(옹진)=지명. 황해도 남단 한강 연안에 있다 ◇스
르를 올라들 갈 제=힘들이지 않고 가만히 상류로 올라갈 때 ◇各津(각진)=여러 나
루 ◇나로비야=나룻배야 ◇쬐야나 볼 쥴=쬐어볼 까닭이.

11

却說이라 玄德이 丹溪 건너갈 지 的盧馬야 날 살녀라

압희는 長江이오 뒤쏘로느니 蔡冒ㅣ로다

어듸셔 常山 趙子龍은 날 못 츳즈 ᄒᆞᄂᆞ니.　　　(蔓橫) (甁歌 853)

却說(각설)=고소설 등에서 이야기의 화제를 바꿀 때 글 첫머리에 쓰는 말 ◇玄
德(현덕)이=촉한의 유비(劉備)가. 유비의 자가 현덕(玄德)임 ◇丹溪(단계)='단계(檀
溪)'의 잘못. 중국 호북성 양양현에 있는 강의 이름. 유비가 적에게 쫓길 때 말을
타고 건너뛰었다고 한다 ◇的盧馬(적로마)=유비가 타고 단계를 건넜던 말 ◇뒤따로

느니=뒤따르느니 ◇蔡冒(채모)='모(冒)'는 '모(瑁)'의 잘못. 삼국(三國) 위(魏)나라 사람. 유표(劉表)의 모주(謀主)였음 ◇常山(상산) 趙子龍(조자룡)=촉한의 장수 조운(趙雲). 상산은 출신 지역의 이름이다.

12

각설 현덕이 관공 장비 거느리시고

제갈양 보랴고 와룡강 거너 와룡산 너머 남양 짜를 다다라셔 시문을 두다리이니 동지 느와 엿줍난 말이 션싱임이 뒤 쵸당의 즘드러 계시요

동ᄌ야 네 션싱임 씨시거던 유관장 숨인이 왓써라고 엿쥬어라.   (時調 62)

관공(關公)=관우(關羽). 촉한의 유비와 의형제를 맺음 ◇장비(張飛)=촉한의 장군. 유비 관우와 함께 의형제를 맺음 ◇제갈양=제갈량(諸葛亮). 촉한의 명상(名相). 유비를 도와 촉한에 출사함 ◇와룡강(臥龍岡)=제갈량이 촉한의 출사하기 전에 있던 곳 ◇와룡산(臥龍山)=중국 호북성 양양현(襄陽縣)의 남쪽에 있는 산 ◇남양 짜를=남양 땅을. 남양(南陽)은 제갈량이 살던 와룡강이 있는 곳으로 하남성 신야(薪野)현의 서쪽에 있다 ◇시문(柴門)=사립문 ◇동지=동자(童子)가 ◇엿줍는 말이=여쭙는 말이 ◇유관장(劉關張) 삼인(三人)=유비와 관우 장비 세 사람이.

13

각시니 내 妾이 되나 내 각시의 後ㅅ난편이 되나

곳 본 나뷔 물 본 기러기 줄에 조츤 거믜 고기 본 가마오지 가지에 젓이오 슈박에 족술이로다

각시니 ᄒ나 水鐵匠의 뚤이오 나 ᄒ나 짐匠이로 솟지고 나믄 쇠로 가마질가 ᄒ노라.   (蔓横清類) (珍青 533)

각시니=각씨(閣氏)네 ◇後(후)ㅅ난편=뒷남편. 기둥서방 ◇줄에 조츤 거믜=줄을 좇는 거미 ◇가마오지=가마우지. 물새의 한 종류 ◇가지에 젓이오=가지는 민물가재. 젓은 젓[醢]을 담그는 것. 가재는 젓을 담그는 것이 제격이요 ◇슈박에 족술이로다=수박에는 큰 숟가락이로다 ◇水鐵匠(수철장)의 뚤=무쇠장이의 딸 ◇짐匠(장)이=땜장이 ◇솟지고=솥을 만들고 ◇가마질가=가마솥을 만들까. 남녀 간의 성교를

은유하기도 한다.

14

각시니 玉 곳튼 가슴을 어이 구러 다혀볼고
綿紬紫芝작 져구리 속에 깁적삼 안섭히 되여 죤득죤득 대히고 지고
잇다감 씀나 붓닐 제 써힐 뉘를 모르리라.　　　　　　(蔓橫淸類) (珍靑 480)

玉(옥)곳튼=옥처럼 예쁜　◇어이 구러=어떻게 하여　◇다혀볼고=대어볼까. 만져볼
까　◇綿紬(면주)=명주　◇紫芝(자지) 쟉져구리=자줏빛 회장저고리　◇깁적삼=깁으로
짠 적삼. 깁은 얇은 천의 한 가지. 적삼은 속옷의 하나　◇안섭히 되여=안섶(안에다
대는 섶)이 되어　◇죤득죤득=달라붙어 잘 떨어지지 않는 모양　◇대히고 지고=대고
싶구나　◇잇다감=이따금　◇붓닐 제=붙을 때　◇써힐 뉘를=떨어질 때를. 떨어질 줄
을.

15

閣氏니 玉貌花容 어슨 체 마쇼
東園桃李 片時春이라도 秋風이 것듯 불면 霜落頭邊 恨奈何샌이로다
아무리 ᄆᆞᆷ이 驕昻ᄒᆞ고 나히 어려신들 니르ᄂᆞ는 말을 아니 듯나니.
　　　　　　　　　　　　　　　　　　　　　　　　(界樂) (靑六 773)

玉貌花容(옥모화용)=여인의 잘생긴 얼굴과 외모　◇어슨 체=잘난 체　◇東園桃李
片時春(동원도리편시춘)=동원에 피어 있는 복숭아꽃이 잠시 봄빛을 띠다　◇霜落頭
邊恨奈何(상락두변한내하)=서리가 머리 가에 내리면 그 한을 어찌할까. 서리는 백
발. 늙으면 그 한스러움을 어찌 감당할까　◇驕昻(교앙)=마음이 아주 교만하다　◇나
히 어려신들=나이가 어리다고 한들　◇니르ᄂᆞ는 말=하는 말. 타이르는 말.

16

閣氏네 더위들 사시오 일은 더위 느즌 더위 여러 히포 묵은 더위
五六月 伏더위에 情에 님 만나이셔 둘 불근 平牀 우희 츤츤 감겨 누엇

다가 무음 일 흐엿던디 五臟이 煩熱흐여 구슬쏨 흘리면셔 헐덕이는 그
더위와 冬至돌 긴긴밤의 고온 님 픔에 들어 드스흔 아름목과 둑거운 니
불 속에 두 몸이 흔 몸 되야 그리져리 흐니 手足이 답답흐고 목굼기 타
올 적의 웃목에 츤 슉늉을 벌덕벌덕 쳐는 더위 閣氏네 사혀거든 所見대
로 사시옵소

  쟝스야 네 더위 여럿 둥에 님 만난 두 더위는 뉘 아니 됴화흐리 놈의게
푸디 말고 브듸 늬게 푸르시소.   (蓬萊樂府 20) 申獻朝

  閣氏(각씨)네=젊은 여인들 ◇히포=두어 해 ◇平牀(평상)=나무로 만든 침상(寢床)
의 하나 ◇무음 일=무슨 일 ◇五臟(오장)이 煩熱(번열)흐여=온몸에 열이 나고 가슴
이 답답하여 ◇목굼기 타올 적의=목구멍에 갈증을 느낄 때에 ◇슉늉을=숭늉을 ◇
사혀거든=사려고 하거든 ◇所見(소견)대로=어떤 대상을 보고 느낀 생각대로 ◇됴화
하리=좋아하겠느냐 ◇푸디 말고=팔지 말고.

17

閣氏네 외밤이 오려논이 두던 놉고 물 만코 듸지고 거지다 흐듸
竝作을 부듸 쥬려 흐거든 연장 됴흔 날이나 주소
眞實노 날을 늬여 줄작시면 가릐 들고 씨지어 볼가 흐노라.

                                        (樂戱調) (甁歌 1059)

  외밤이=다른 논들과 외따로 떨어져 있는 논. 여성의 성기를 은유한다 ◇오려논=
올벼를 심은 논 ◇두던 놉고=두둑이 높고 ◇듸지고 거지다=둑이 단단하고 땅이 기
름지다 ◇竝作(병작)=소출을 소작인과 지주가 나누어 가지는 제도 ◇부듸=어쩔 수
없이. 제발 ◇연장=작업에 필요한 기구. 여기서는 남성의 성기를 가리킨다 ◇날을
늬여 줄작시면=나에게 줄 것 같으면 ◇가릐=농기구의 일종인 가래 또는 가랑이의
방언인 듯. 다리를 들고 성교(性交)를 ◇씨지여=씨를 떨어뜨려. 농사를 지어.

18

각시님 물너 눕소 내 픔의 안기리

이 아히 놈 괘심ᄒ니 네 나를 안을소냐 각시님 그 말 마소 됴고만 닷쪄
고리 크나큰 고양남긔 씽씽 도라가며 제 혼자 안거든 내려셔 못 안을가
이 아히 놈 괘심ᄒ니 네 나를 휘울소냐 각시님 그 말 마소 됴고만 도사공
이 크나큰 대듕션을 제 혼자 다 휘우거든 내 자닉 못 휘울가 이 아힌 놈
괘심ᄒ니 네 나를 붓흘소냐 각시님 그 말 마소 됴고만 벼록 블이 니러곳
나게 되면 청계라 관악산을 제 혼자 다 붓거든 내 자닉 못 붓흘가 이 아
힌 놈 괘심ᄒ니 네 나를 그늘을소냐 각시님 그 말 마소 됴고만 빅지댱이
관동 팔면 읍을 제 혼자 다 그늘오거든 내 자닉 못 그늘을가

진실노 네 말 ᄀ흘쟉시면 빅년 동쥬ᄒ리라.　　　　　　(蔓橫淸類) (古今 291)

믈너 눕소=물러 누우시오　◇안기리=안기시오　◇됴고만=조그마한　◇닷쪄고리=딱
다구리　◇고양남긔=느티나무에　◇휘울소냐=휘어지게 할 수 있느냐? 다룰 수가 있
느냐?　◇도사공(都沙工)=선장(船長)　◇대듕션=대중선(大中船). 또는 대동선(大同船)
◇붓흘소냐=붙을 수가 있느냐?　◇블이 니러곳 나게 되면=불이 일어나게 되면　◇청
계라 관악산=청계산(淸溪山)과 관악산(冠岳山). 경기도 과천에 있다　◇그늘을소냐=
그느를 수가 있겠느냐? 책임질 수 있느냐?　◇됴고만 빅지댱이=조그만 백지(白紙)
한 장이. 백지장은 관리의 임명장(任命狀)　◇관동 팔면=관동(關東) 팔면(八面). 대관
령 동쪽의 여덟 고을　◇ᄀ흘쟉시면=같을 것 같으면　◇빅년 동쥬=백년동주(百年同
住). 평생을 같이 삶.

19
각시님 옛샤든 얼골 져 건너 닉까에 홀노 웃쭛 션는 수양버드나무 고목
다 도야 셕어 스러진 광딕등거리 되단 말가
절머쇼자 절머쇼자 셰다섯만 절머쇼쟈
열ᄒ고 다셧만 졀무량이면 닉 원딕로.　　　　　　　　　　　(南太 69)

옛샤든 얼골=어여쁘던 얼굴　◇닉까에=냇가에　◇션는=서 있는　◇셕어 스러진=썩
어 쓰러진　◇광딕등거리=광대뼈가 불거진 것 같은 나뭇등걸이. 보기 흉한 모습이
◇셰다섯만=열다섯만　◇졀무량이면=젊어질 수 있다면.

20

閼氏님 장기 흔 板 두세 板을 펴쇼

手를 보새 자ᄂᆡ 將 보아ᄒᆞ니 面像이 더욱 됴히

車 치고 面像 쳐 헷치고 고든 卒 지로면 궁게 여허 질을지라.   (詩歌 618)

手(수)=장기나 바둑에서 한 번씩 번갈아 두는 기술 ◇面像(면상)='상(像)'은 '상(象)'의 잘못. 장기 둘 때 상을 궁의 앞말에 두는 일. 여기서는 '면상(面相)'의 뜻으로 얼굴의 생김새를 말한다 ◇고든 卒(졸) 지로면=곧장 졸로 공격하면. 졸은 남성의 성기를 은유한다 ◇궁게 여허 질을지라=구멍에 넣어 찌를 것이라. 구멍은 여성의 성기를 가리키며 장기의 궁(宮)에 비유한 것이다.

21

간밤에 쑴 됴트니 임의게서 편지 왓네

그 편지 바다 빅 번이나 보고 가슴 우희 언ᄭᅩ 줌를 드니

구ᄐᆡ야 무겁지 아니 ᄒᆡ도 가슴 답답.   (南太 64)

됴트니=좋더니 ◇바다=받아 ◇구ᄐᆡ야=구태여. 특별히.

22

간밤의 大醉ᄒᆞ고 醉한 즘에 쏨을 ᄭᅮ니

七尺劒 千里馬로 遼海를 ᄂᆞ라 건너 天驕를 降服밧고 北闕에 도라와 告闕成功 ᄒᆞ여뵈니

男兒의 慷慨흔 ᄆᆞ음이 胸中에 鬱鬱ᄒᆞ여 쏨에 試驗 ᄒᆞ노매.   (珍青 522)

七尺劒(칠척검)=일곱 자나 되는 긴 칼 ◇千里馬(천리마)=하루에 천 리를 달릴 수 있다는 좋은 말 ◇遼海(요해)=아득히 먼 곳에 있는 바다. 또는 요하(遼河)를 뜻하는 듯 ◇天驕(천교)=흉노(匈奴)를 가리킴 ◇北闕(북궐)=임금에 계신 궁궐 ◇告闕成功(고궐성공)=그 성공했음을 임금에게 아룀 ◇慷慨(강개)흔 ᄆᆞ음=의기가 복받쳐 원통하고 슬픈 마음 ◇胸中(흉중)에 鬱鬱(울울)ᄒᆞ여=가슴속이 답답하여.

23

간밤의 블든 바람 金聲이 宛然하다

孤枕單衾에 相思夢 흘처 씨여 竹窓을 半開하고 默然히 안자 보니 萬里
長空에 夏雲은 흐터지고 千仞 崗上에 찬 기운만 어려 잇다 庭前에 蟋蟀聲
은 離恨을 아뢰난 듯 秋菊에 맷치인 이슬 別淚를 먹음은 듯 殘柳 南橋에
春鶯은 已歸하고 素月 東嶺의 秋猿이 슬피 운다

任 여흰 이 내 마음 이 밤 새우기 어려워라.   (時調演義 92) 林重桓

金聲(금성)이 宛然(완연)하다=가을바람 소리가 분명하다. 금의 방향은 서(西), 계
절은 가을임 ◇孤枕單衾(고침단금)=혼자서 베는 베개와 혼자서 덮는 이불. 외로움
을 나타낸 말 ◇흘처 씨여=놀라 잠을 깨어 ◇默然(묵연)히=말없이. 가만히 ◇夏雲
(하운)은 흐터지고=여름철 구름은 흩어지고. 여름은 가고 ◇千仞(천인) 崗上(강상)=
높은 산꼭대기. 千仞(천인)은 천 길 ◇庭前(정전)에 蟋蟀聲(실솔성)은=뜰 앞에 귀뚜
라미 우는 소리는 ◇離恨(이한)을 아뢰난 듯=이별의 서러움을 알리는 듯 ◇別淚(별
루)를 먹음은 듯=이별을 슬퍼하는 눈물을 머금은 듯 ◇殘柳(잔류) 南橋(남교)에=몇
그루의 버드나무가 있는 남쪽의 다리에 ◇春鶯(춘앵)은 已歸(이귀)하고=봄철에 왔
던 꾀꼬리는 벌써 돌아갔고 ◇素月(소월) 東嶺(동령)의=밝고 희끄무레한 달이 뜬 동
산 마루에 ◇秋猿(추원)=가을철의 원숭이. 원숭이는 흔히 수심(愁心)이나 비감(悲感)
을 나타내는 존재로 쓰인다 ◇여흰=이별한. 死別(사별)한.

24

간밤의 즈고 간 그놈 암아도 못 니즐다

瓦冶ㅅ놈의 아들인지 즌흙의 썀늬드시 두더쥐 伶息인지 국국기 뒤지듯시
沙工의 成伶인지 스어썬로 지르드시 평생에 처음이오 凶症이도 야르제라

前後에 나도 무던이 격거시되 참 盟誓 간밤의 그놈은 참아 못 니즐싯
하노라.   (二數大葉) (海周 383) 李鼎輔

니즐다=잊겠구나 ◇瓦冶(와야)ㅅ놈의=기와를 만드는 놈의 ◇썀늬드시=진흙을 이
기기 위해 뛰어놀 듯이 ◇伶息(영식)='영식(令息)'의 잘못. 남의 자식을 부르는 말

◇국국기=꾹꾹. 또는 구석구석 ◇成伶(성령)=솜씨. 재주. '성녕'의 한자 표기 ◇사어
씩로 지르드시=사앗대로 찌르듯이 ◇凶症(흉증)이도=음흉하게도 또는 나쁜 병도 ◇
야르제라=얄궂어라. 야릇해라 ◇무던이=수없이 많이 ◇참 盟誓(맹서)=참말로.

25

간밤의 자고 간 퓡초 언의 고개 넘어 어드민나 머므는고

主人님 暫間 더새와지 糧食 믈콩 내옵새 동희 銅爐口 되박 斫刀를 내옵

소 흐고 벗진 나근에 되엿는고

情이야 무엇시 重흐리만은 내 못 니져 흐노라.　　　　　　(樂時調) (海一 552)

퓡초=풍초. 선비를 존대해 부르는 말. '行次(행차)'로 표기된 곳도 있다 ◇언의
고개=어느 고개 ◇더새야지=드새워야지. '드새다'는 길을 가다가 어딘가에 들어가
서 밤을 지내다 ◇糧食(양식)=양식(糧食) ◇믈콩=말에게 먹일 콩 ◇내옵세=내십시
오 ◇동희=동이[盆] ◇銅爐口(동노구)=퉁노구. 퉁쇠로 만든 작은 솥 ◇되박=됫박 ◇
斫刀(작도)=작두. 마소의 먹이를 써는 연장의 한 가지 ◇벗진='벗집'의 잘못. 누구
네 집 ◇나근에=나그네.

26

간밤의 직에 여든 브람 슬쓸이도 날을 속여고나

風紙ㅅ소리예 님이신가 반기온 나도 誤ㅣ 건이와

幸혀나 들라곳 흐듬연 慙鬼慙天 흘랏다.　　　　　　(樂時調) (海一 566)

직에=지게문. 지게문은 마루에서 방으로 드나드는 곳에 문종이로 안팎을 두껍게
싸서 바른 외짝문 ◇여든 브람=열던 바람 ◇슬쓸이도=살뜰하게도. 알뜰하게도 ◇속
여고나=속였구나 ◇風紙(풍지)=바람을 막기 위해 문 주위에 바르는 종이 ◇반기온=
반가워한 ◇誤(오)ㅣ건이와=잘못이거니와 ◇들라곳 흐듬연="들어오시오"라고 하였
다면 ◇慙鬼慙天(참괴참천)흘랏다='귀(鬼)'는 '괴(愧)'의 잘못. 하늘을 보기가 부끄러
울 뻔하였다.

27

간의 단여왓소 당상의 **鶴髮兩親** 긔톄후일향만강 하옵시며 규중에 절문
처자며 어린 동생들과 가네 졔절이 무량트냐

무량키는 무량터라마는 먼 먼 곳에

그대를 작별한 후 글노하야 병이 되니 수이수이 환고향허소.   (雜誌 154)

간의=그사이에. 간(間)에 ◇당상(堂上)의=집안의 ◇鶴髮兩親(학발양친)=늙으신
부모님. '학발'은 머리가 학처럼 허옇게 된 것을 뜻함 ◇긔톄후일향만강=기체후일
향만강(氣體候一向萬康). 편지의 첫머리에 쓰는 말로 웃어른의 정신과 건강의 상태
가 한결같이 건강함을 묻는 말 ◇규중에 절문 처자며=규중(閨中)에 젊은 처자(處子)
며. 처자는 처와 자식이 아니다 ◇가네 졔절이=가내제절(家內諸節)이. 집 안의 모든
일들이 ◇무량트냐=무양(無恙)하더냐. '무양'은 아무런 걱정이 없는 것 ◇글노하야=
그것으로 말미암아 ◇수이수이=빨리빨리 ◇환고향(還故鄕)=고향으로 돌아옴.

28

갈가보다 말가보다 님을 짜라서 안이 갈 수 업네

오날 가고 릭일 가고 모레 가고 글피 가고 하루 잇흘 스흘 나흘 곱잡아
여들에 八十 里를 다 못갈지라도 님을 짜라서 안이 갈 수 업네 천창만검
지中에 부월이 당젼할지라도 님을 짜라서 안이 갈 수 업네 남기라도 향즈
목은 음양을 分하야 마주느 섯고 돌이라도 망두석은 자웅을 짜라서 마주
느 섯는데 요 늬 팔즈는 웨 그리 망골이 되야 간 곳마다 잇을 님 업서셔
나 못 살겟네.   (樂高 916)

안이=아니 ◇곱잡아=배로 잡아 ◇여들에=여드레. 8일에 ◇천창만검지中에=천창
만검지중(千槍萬劍之中)에. 여러 가지 창과 칼 가운데 ◇부월이 당젼할지라도=부월
(斧鉞)이 당전(當前)할지라도. 형벌에 사용하는 도끼가 눈앞에 닥칠지라도 ◇남기라
도=나무라도 ◇향즈목은=행자목(杏子木)은. 은행나무는 ◇망두석(望頭石)=무덤의
앞에 세우는 돌. 망주석(望柱石)과 같음 ◇자웅(雌雄)=암수. 남녀 ◇웨 그리=왜 그렇
게 ◇망골=아주 주책이 없는 사람. 망물(亡物)과 같음 ◇잇을 님=있을 사람.

29

갈 제는 옴아튼니 가고 안이 온오미라

十二欄干 바잔이며 님 계신 듸 불아보니 南天에 雁盡ㅎ고 西廂에 月落
토록 消息이 긋쳐졋다

이 뒤란 님이 오셔든 잡고 안자 새오리라.　　　　(靑謠 75) 朴文郁

갈 제는=갈 때에는 ◇옴아튼니=오마하더니. 온다고 하더니 ◇온오미라=오는구
나 ◇十二欄干(십이난간)=열둘이나 되는 난간. 규모가 큼을 말한다 ◇바잔이며=바
장이며. 쓸데없이 짧은 거리를 왔다 갔다 하며 ◇南天(남천)에 雁盡(안진)ㅎ고=남쪽
하늘에 기러기는 다 날아가고 ◇西廂(서상)에 月落(월락)토록=서쪽에 있는 방으로
달이 다 지도록. 밤이 다 새도록 ◇뒤란=뒤에는. 이후(以後)는 ◇안자 새오리라=앉
아서 새우리라.

30

甲戌 二月 初八日은 世子邸下 誕日이요

白龍 四月 初八日은 世子邸下 寶齡 八歲 三八이 相合허여 長安 二十四
橋月이 두려시 발갓는데 萬戶에 燈을 달고 億兆ㅣ 欄衢하며 歌舞行休허여
山呼萬歲 허올 적에 月明燈明 天地明이라

우리논 聖世 土氓인져 擊壤鼓腹허며 感激君恩허노라.　　(金玉 174) 安玟英

甲戌(갑술)=갑술년. 고종 11년(1874) ◇誕日(탄일)=탄신일 ◇白龍(백룡)=경진(庚
辰)년. 고종 17년(1880). 백은 경(庚)에 해당하고 용은 진(辰)에 해당한다 ◇寶齡(보
령)=임금의 나이. 여기서는 세자의 나이를 그렇게 불렀다 ◇三八(삼팔)이 相合(상
합)허여=삼과 팔이 서로 합하여 ◇長安(장안) 二十四橋月(이십사교월)=장안의 이십
사교에 뜬 달. 이십사교는 중국 강소성 강도현의 서문 밖에 있는 다리. 여기서는 서
울 장안의 번화가를 말하는 듯하다 ◇두려시=둥그렇게. 뚜렷하게 ◇萬戶(만호)에
燈(등)을 달고=모든 집들이 등불을 달고 ◇億兆(억조)ㅣ 欄衢(난구)하며=많은 백성
들이 길을 메우고 즐거워하며 ◇歌舞行休(가무행휴)허여=춤추고 노래하기와, 가다
멈추기를 반복하며 ◇山呼萬歲(산호만세)=임금에게 축하의 뜻으로 부르는 만세 ◇
月明燈明 天地明(월명등명 천지명)=달도 밝고 등불도 밝고 그리고 온 세상이 밝음

◇聖世士氓(성세사맹)=훌륭한 임금이 다스리고 있는 세상에 살고 있는 백성들 ◇擊壤鼓腹(격양고복)=격양가를 부르고 배불리 먹고 행복에 겨워 배를 두드림. 태평한 세상을 뜻함 ◇感激君恩(감격군은)=임금의 은혜에 감격함.

※『금옥총부(金玉叢部)』에 "세자저하 탄일 하축(世子邸下 誕日 賀祝)"이라 했다.

31

갓나희들이 여러 層이오레 松骨미도 갓고 줄에 안즌 져비도 갓고

百花叢裡에 두루미도 갓고 綠水波瀾에 비오리도 갓고 싸히 퍽 안즌 쇼로기도 갓고 석은 등걸에 부헝이도 갓데

그려도 다 各各 님의 스랑인이 皆一色인가 흐노라.   (海周 554) 金壽長

갓나히=계집. 또는 계집아이 ◇層(층)이오레=층이더라. 여러 계층이다 ◇松骨(송골)미=‘골(骨)’은 ‘골(鶻)’의 잘못. 매의 일종 ◇져비=제비 ◇百花叢裡(백화총리)=온갖 꽃이 무더기로 핀 가운데 ◇綠水波瀾(녹수파란)에=푸른빛을 띠고 흐르는 물결에 ◇비오리=새의 한 종류. 암수가 항상 함께 놀며 연못 등에서 곤충을 포식한다 ◇싸히 퍽 안즌=땅에 편하게 주저앉은 ◇쇼로기=솔개 ◇석은 등걸=썩은 나뭇등걸 ◇皆一色(개일색)=모두가 다 뛰어난 미인들임.

31-1

閣氏네들이 여러 층이올네 松鶻미도 갓고 줄의 안즌 제비도 갓고 믈 업슨 논의 정의도 갓고 싸헤 퍽 안즌 소로기도 갓고 말 잘 흐는 鸚鵡시도 갓틔

두어라 다 各其 任이시니 皆一色인가 흐노라.   (慶大時調集 207)

정의도=허수아비도.

32

갓스물 선머슴 적의 흐던 일이 우읍고야

大牧官 女妓 小牧官 酒湯이 開城府 桶直이 노니는 갓나희 덩더러쿵 계

대 년들이 날 몰래 ᄒ리 뉘 이시리

그러나 少年行樂은 減흔 일이 업세라.　　　　　(蔓大葉 樂戱幷抄) (靑가 572)

선머슴=일에 익숙하지 못한 머슴. 장난이 심하고 진득하지 못하고 마구 덜렁거리는 남자아이 ◇大牧官(대목관) 女妓(여기)=대목관 같은 기생. 대목관은 목사(牧使) ◇小牧官(소목관) 酒湯(주탕)이=소목관 같은 주탕이. 작은 고을의 현령과 같은 주탕이. '주탕'은 '주탕(酒帑)'의 잘못. 술 파는 기생 ◇開城府(개성부) 桶直(통직)이=개성부에 사는 통지기. 통지기는 서방질 잘하는 계집 ◇노니는 갓나희=하는 일 없이 놀며 지내는 계집 ◇계대(繼隊) 년들이=큰 굿을 할 때 풍악을 담당하는 공인(工人)의 계집년들 ◇날 몰래 ᄒ리=나를 모른다고 할 까닭이. 또는 그럴 사람이 ◇少年行樂(소년행락)은=젊어서 즐겨 노는 일은 ◇減(감)흔=줄인.

33

康衢에 맑은 노릭며 南薰殿 和흔 바름 太平氣像을 알니로다

大堯의 克明ᄒ신 峻德과 帝舜의 賢德이 아니시면 뉘라셔 玉燭春臺를 일우리요

어긔야 우리 大母聖德은 堯舜을 兼ᄒ오시니 東方堯舜이신가 ᄒ노라.

　　　　　　　　　　　　　　　(界樂) (源河 711(54)) 英祖

康衢(강구)에 맑은 노릭며=길거리에서 듣는 노랫소리며. 강구는 번화한 거리란 뜻으로 일반 백성들이 사는 곳을 가리킴. 요(堯) 임금이 정치하는 동안 거리에 나가 아이들의 노래를 듣고 정치의 잘잘못을 알았다고 하는 '강구문동요(康衢聞童謠)'라는 고사(故事)가 있다 ◇南薰殿(남훈전) 和(화)흔 바름=남훈전에 부는 온화한 바람. 남훈전은 순(舜) 임금의 궁전으로 순 임금이 스스로 「남풍가(南風歌)」를 지어 오현금(五絃琴)으로 노래했다고 함 ◇大堯(대요)의 克明(극명)ᄒ신 峻德(준덕)=훌륭하신 요 임금의 진실하신 큰 덕 ◇帝舜(제순)의 賢德(현덕)=순 임금의 어진 덕행 ◇玉燭春臺(옥촉춘대)=옥촉은 천하가 태평함을 일컫는다. 춘대는 창경궁(昌慶宮)의 춘당대(春塘臺)를 지칭하는 듯 ◇어긔야=감탄사 ◇大母聖德(대모성덕)은=할머니의 커다란 덕은.

※ 작품 끝에 "동묘정축칠십진찬시어제(東廟丁丑七十進饌時御製)"라 되어 있다.

34

江山 無限景을 風月로 求景할 제

洞庭湖 七百里 어제밤 船遊하고 巫山 十二峰 이제 와 登眺로다 牧丹峰
노던 風流 綾羅島 後聯하고 新興에 취한 슬로 岳陽樓 선듯 올나 赤壁秋月
玩賞하고 姑蘇臺 가는 길에 洛陽城 도라드니

아마도 梧桐樹月 楊柳狂風은 내 벗인가.　　　　　　　　　　　　(雜誌 425)

江山(강산) 無限景(무한경)을=강산의 한없이 아름다운 경치를 ◇風月(풍월)로=풍
류(風流)로 ◇洞庭湖(동정호) 七百里(칠백리)=주위가 칠백 리나 되는 넓은 동정호.
동정호는 중국 제일의 호수 ◇船遊(선유)=배를 타고 노닐다 ◇巫山(무산) 十二峰(십
이봉)=무산의 열두 봉우리. 무산은 중국 사천성(四川省) 무산현에 있음. 초양왕(楚
襄王)이 무산 선녀와 즐겼다는 곳 ◇이제 와 登眺(등조)로다=이제야 와서 높은 곳
에 올라 멀리 바라보는구나 ◇牧丹峰(목단봉)=모란봉. 평양의 대동강 연안에 있는
봉우리 ◇綾羅島(능라도) 後聯(후련)하고=능라도를 구경하므로 속이 후련하고. 능라
도는 대동강 안에 있는 섬 ◇新興(신흥)에=새로운 흥취에 ◇岳陽樓(악양루)=동정호
에 인접한 누각 ◇赤壁秋月(적벽추월)=소동파가 완상했던 적벽강의 가을 달. 소동
파의 「적벽부(赤壁賦)」에서 유래한 말 ◇姑蘇臺(고소대)=중국 소주(蘇州)에 있던 누
각 ◇洛陽城(낙양성)=중국 하남성에 있는 도시 ◇梧桐樹月(오동수월)=오동나무 위
에 뜬 달 ◇楊柳狂風(양류광풍)=버드나무 가지를 마구 흔드는 사나운 바람.

35

江原道 開骨山 감도라 드러 鍮店절 뒤헤 우둑 션 전나모 긋헤
승구루혀 안즌 白松骨이도 아므려나 자바 질드려 쒸 山行 보내ᄂᆞ듸
우리ᄂᆞᆫ 새 님 거러두고 질 못 드려 ᄒᆞ노라.　　　　(蔓橫清類) (珍靑 465)

開骨山(개골산)='개(開)'는 '개(皆)'의 잘못. 개골산은 금강산의 겨울 이름. 금강산
을 봄에는 금강산(金剛山), 여름에는 봉래산(蓬萊山), 가을에는 풍악산(楓嶽山)이라
부른다 ◇감도라 드러=높은 산을 빙빙 감아 돌듯이 산속으로 들어가 ◇鍮店(유점)
절='유(鍮)'는 '유(楡)'의 잘못. 강원도 간성군 금강산에 있는 유점사(楡店寺) ◇전나
모 긋헤=전나무 끝에 ◇승구르혀=웅크리고 ◇白松骨(백송골)이도=흰 송골매도 '골

(骨)'은 '골(鶻)'의 잘못 ◇아므려나 자바=아무렇게나 잡아 ◇질드려=길들여 ◇쐥山行(산행)=꿩 사냥 ◇새 님 거러두고=새로운 님과 약속하고.

36

江原道 雪花紙를 제 長廣에 鳶을 지어

大絲白絲黃絲 줄을 어레에 슬이 업시 바름이 흔창인제 三間 토김 四間 근두 半空에 소스 올나 구름에 걸쳐시니 風力도 잇거니와 줄 脈이 업시 그러ᄒ랴

먼 듸 님 줄 脈을 길게 듸혀 낙고아 올가 ᄒ노라.   (弄) (靑六 634)

雪花紙(설화지)=한지(韓紙)의 한 가지. 강원도 평강(平康)에서 나왔었다 ◇제 長廣(장광)에=본래의 크기에 ◇大絲(대사)=굵은 실인 듯 ◇어레에=얼레에. 얼레는 연실을 감는 기구 ◇슬이 업시=얼레의 중간에 대는 가느다란 막대기가 없이 ◇토김=퇴김. 연을 날릴 때에 얼레 자루를 젖히며 통줄을 주어서 연 머리를 그루박는 일 ◇근두=곤두. 몸을 번드쳐 재주를 넘는 것 ◇걸쳐시니=닿았으니. 걸려 있으니 ◇風力(풍력)=바람의 위력 ◇줄 脈(맥)=연줄의 힘. 연줄이 하는 구실 ◇듸혀=대어 ◇낙고아=낚아.

37

江村에 비 쓰릴 날 벋 보랴 가랴 ᄒ고

슬 걸러 병의 녀코 芒鞋로 내 거느니 이슬 거워 옷 젓ᄂ다

舟子야 빈 가져 오ᄂ라 샐리샐리 가쟈.   (訪友) (開巖十二曲) 金宇宏

비 쓰릴 날=비가 오려고 하는 날 ◇걸러=걸러서 ◇녀코=넣고 ◇芒鞋(망혜)로=짚신을 신고 ◇내 거느니=냇물을 건너니 ◇이슬 거워=이슬이 많이 맺혀 있어. 이슬 때문에 ◇젓ᄂ다=젖는구나 ◇舟子(주자)야=뱃사공아 ◇가쟈=가자꾸나.

38

江湖에 도라오는 기러기야 江南 景槪를 어듸어듸 구경하얏나냐

巫山 十二峰과 洞庭 七百里도 구경하고 瀟湘 黃陵廟와 金陵 鳳凰臺를 낫낫치 閱覽해것마는

그중에 晴川歷歷漢陽樹와 芳草萋萋鸚鵡洲는 黃鶴樓가 第一인가.

(樂高 967)

江南(강남) 景槪(경개)=중국 양자강 이남의 경치 ◇巫山(무산) 十二峰(십이봉)=무산의 열두 봉우리 ◇瀟湘(소상) 黃陵廟(황릉묘)=소상강과 황릉묘. 황릉은 지명인데 순 임금의 이비(二妃) 아황(娥皇)과 여영(女英)의 무덤이 있는 곳 ◇金陵(금릉) 鳳凰臺(봉황대)=금릉의 봉황대. 금릉은 남당(南唐)의 수도였음. 봉황대는 강소성 남경의 남쪽에 있는 대(臺)의 이름 ◇閱覽(열람)=눈으로 직접 확인하고 구경함 ◇晴川歷歷漢陽樹(청천역력한양수)와 芳草萋萋鸚鵡洲(방초처처앵무주)=최호(崔顥)의 칠언율시 「황학루(黃鶴樓)」 함련(頷聯)임. 청천에 한양수 역력하고 방초는 앵무주에 쓸쓸하고 차갑다 ◇黃鶴樓(황학루)=호북성 무창현에 있는 누각.

39

개를 여라믄이나 기르되 요 개ㅈ치 얄믜오랴

뮈온 님 오며는 쇼리를 홰홰 치며 쒸락 느리쒸락 반겨서 내둧고 고온 님 오며는 뒷발을 버동버동 므르락 나으락 캉캉 즈져셔 도라가게 흔다

쉰밥이 그릇그릇 난들 너 머길 줄이 이시랴.　　　(蔓橫淸類) (珍靑 547)

여라믄=열이 넘게 ◇얄믜오랴=얄밉겠느냐? ◇뮈온 님=미운 님 ◇쒸락 나리쒸락=위쪽으로 뛰었다가 아래쪽으로 뛰었다가 ◇내둧고=내처 뛰고 ◇므르락 나으락=물려고 했다가 나아갔다가 ◇즈져서=짖어서 ◇난들=남아난들 ◇머길 줄이=먹일 까닭이.

39-1

개를 기르든 中에 요 개 갓치 얄뮈오랴

즈즈라 홀 재는 안니 즛다가 그리던 님이 오실 제면 뒷발를 바둥바둥 무로 나오며 캉캉 즛져 드르가게 흔는다

門 밧긔 개 長事 가거든 찬찬 동혀 주리라.   (青가 617)

안니=아니 ◇드르가게=되돌아가게 ◇長事(장사)=장사꾼.

40

開城府 쟝ᄉ 北京 갈 쎄 걸고 간 銅爐口 짜리 올 쎄 본이 盟誓 痛憤이
도 반가왜라
졋 銅爐口 짜리 졀이 반갑쩌든 돌쐬 어미 말이야 닐러 무슴홀이
들어가 돌쐬 엄이 보옵쩌든 銅爐口 쌀이 보고 반기온 말씀 흐리라.
                                        (樂時調) (海一 540)

開城府(개성부) 쟝ᄉ=개성에 사는 장사꾼 ◇銅爐口(동노구) 짜리=퉁노구를 걸었
던 자리 ◇痛憤(통분)이도=원통하고 분하게도. 여기서는 반대로 즐겁다는 뜻으로
'몹시도'로 쓰였다 ◇졀이=저렇게 ◇닐러 무슴홀이=말하여 무엇하랴 ◇반기온=반
가온.
※ 이한진본(李漢鎭本)『청구영언(靑丘永言)』에 작자가 반치(半癡)로 되어 있다.

41

개야미 불개야미 즌등 부러진 불개야미
압발에 疔腫 나고 뒷발에 죵귀 난 불개야미 廣陵 십재 너머드러 가람의
허리를 ᄀᄅ 므러 추혀들고 北海를 건너닷 말이 이셔이다 님아 님아
온 놈이 온 말을 흐여도 님이 짐쟉흐쇼셔.   (珍靑 551)

疔腫(정종)=부스럼 ◇죵귀=종기(腫氣) ◇廣陵(광릉) 십재=고개 이름. 소재 미상
◇가람의=칡범의 ◇ᄀᄅ 므러=가로 물고 ◇추혀들고=추켜들고 ◇님아 님아=님이
시여 ◇건너닷=건넜다는 ◇온 놈이 온 말을=백 사람이 백 마디의 말을. 많은 말을.

41-1

게야미 져 게야미 죠고마한 불게야미

압드리 疔瘇 씻드리 죵긔 등에 등창 밋 굼게 痔疾 ᄇ름증 濕병 가즌 불게야미 廣陵 경릉 쇼ᄉ 고게 밋틔 크다큰 실범의 허리를 흠벅 무러 취들고 北海를 건너쮜단 말이 잇셔이다 님아 님아

열 놈이 빅 말을 훌ᄯ라도 님이 집쟉ᄒ시쇼.　　　　　(歌譜 233)

게야미=개미　◇밋굼게=밑구멍. 항문(肛門)　◇ᄇ름증=풍병. 중풍　◇濕(습)병=습증(濕症)　◇경릉 쇼ᄉ 고게=경릉 소사 고개. 소재 불명.

42

거먹 암소 우는 소리 낮잠 자다 놀라 깨니

며나리는 베를 짜고 두째 아들 글을 읽고 어린 손자 꽃노리할 제 마누라는 술을 걸너 휘휘 지면서 맛보라고 눈짓을 한다

아마도 農家之樂은 이뿐인가　　　　　　　　　　(寫本)

거먹 암소=검은 암소　◇며나리=며느리　◇꽃노리=꽃놀이. 꽃을 구경하면서 노는 놀이　◇휘휘 지면서=휘저으면서　◇農家之樂(농가지락)은=농촌에 살면서 가질 수 있는 즐거움은.

43

건곤이 유의ᄒ여 남ᄌ를 내이시고 세월이 무졍ᄒ여 장부 간쟝 다 녹인다

우리도 미리 피셔ᄒ여 어듸로 가ᄌ더냐 듁쟝을 집고 망혜를 신어 천리강산 드러가니 폭포도 쟝이 조타마는 려산이 여긔로다 비류직하삼천척은 옛말로 드럿더니 의시은하락구쳔은 듯든 말보다 승흔 빅라 그 골이 깁고 뫼는 놉하 별유건곤이요 인간은 아니로다 긔암괴셕이 졀승흔듸 쳐다보니 만학이요 구버보니 빅ᄉ더라 허리 굽은 늘근 장송 광풍을 못 이긔어 우즐우즐 밤츔만 츈다 가다 오다 오다 가다 일간쵸옥 얌젼흔 곳에 안량흔 부인이 침ᄌ를 ᄒ누나 슈젼안이 화젼졉이오 견슈홍안 이제 죽엇구나 물 본 기력기 산 넘어가며 꼿 본 나뷔가 담 넘어갈가 님 본 장부는 쏙 죽어구나

쟝부의 심스가 별우러워 와락 달녀드러 셤셤옥슈를 뷔여잡고 흐는 말이
여보 마루리 이내 말슘 드러보소 넷날로 인흐는 말슘이 사름의 싱스지권
이 열시왕님 명부뎐 좌하에 쇽 믹왓다더니 금시로 당흐여 마루리님 좌하
에 쇽 믹왓구나

춤아 진졍 네 화용 근졀흐여 못 살갓구나.   (樂高 900)

건곤이 유의흐여=건곤(乾坤)이 유의(有意)하여. 하늘과 땅이 뜻이 있어서 ◇내이
시고=태어나게 하시고 ◇듁쟝을 집고=죽장(竹杖)을 짚고. 대나무 지팡이를 짚고 ◇
망혜를 신어=망혜(芒鞋)를 신어. 짚신을 신어 ◇쟝이=장(壯)히. 매우 ◇려산이=여산
(廬山)이. 중국 강서성 구강(九江)현 남쪽에 있는 산. 경치가 좋기로 유명함 ◇비류
직하삼쳔쳑 의시은하락구쳔=비류직하삼천척(飛流直下三千尺) 의시은하락구쳔(疑視
銀河落九泉). 곧장 날아 삼천 자를 떨어지니 은하수가 구천에 떨어지는 것 같다. 이
백(李白)의 「망여산폭포시(望廬山瀑布詩)」에 있는 구절임 ◇승(勝)흔 빈라=더 훌륭
한 바이다 ◇뫼는=산은 ◇별유건곤이오 인간은 아니로다=특별히 좋은 세상이 있어
사람이 사는 곳이 아니로다. 이백의 시 「산중문답(山中問答)」 가운데 "별유천지비인
간(別有天地非人間)"이라는 구절이 있음 ◇긔암긔셕이=기암기석(奇巖奇石)이. 기이
하게 생긴 바위가 ◇졀승흔 듸=절승(絶勝)한 곳에. 경치가 뛰어난 곳에 ◇만학(萬
壑)=많은 골짜기 ◇빅스디=백사지(白沙地). 깨끗한 모래땅 ◇일간쵸옥=일간초옥(一
間草屋). 조그마한 초가집 ◇얌젼흔 곳에=다소곳한 곳에. 좋은 자리에 ◇안량흔='아
량(雅良)흔'의 잘못인 듯. 아름다운 ◇침즈를=침자(針子)를. 바느질을 ◇슈견안이 화
견졉이오=수견안(水見雁)이 화견졉(花見蝶)이요. 물을 본 기러기요 꽃을 본 나비로
다 ◇견슈홍안=견수홍안(見水鴻雁). 물을 본 기러기 ◇별우러워=별스러워 ◇셤셤옥
슈=섬섬옥수(纖纖玉手). 가녀리고 고운 여자의 손 ◇뷔여잡고=꼭 잡고 ◇마루리=마
누라 ◇싱사지권이=생사지권(生死之權)이. 살게 하고 죽게 하는 권한이 ◇열시왕님
명부뎐 좌하=시왕(十王)님이 계신 명부전(冥府殿) 자리(座下)에 ◇믹왓다더니=매여
있다고 하더니 ◇금시(今時)로 당(當)흐여=지금에 와서 ◇네 화용(花容)=너의 아름
다운 얼굴. 미모.

44

건곤이 유의흐여 남즈를 내이시고 세월이 쟝츠 여류하여 우리 쟝부를
늙케나 낸다

녯날노 말홀 지경이면 두목지 소동파 리틱빅 강태공 동방삭 궀흔 량반
은 스휴 유젹이 지금신지라도 잇것만은 우리 쵸로 궀흔 인싱이야 흔번 도
라가면 만수천산에 붕운쏀이로구나

청춘지년을 허송치 말고 ᄆ음딘로 노ᄌ.   (樂高 900)

세월이 장츳 여류하여=세월(歲月) 장차 여류(如流)하여. 세월이 차차 물이 흐르
듯하여 ◇늙케나 낸다=늙게 만든다 ◇두목지(杜牧之)=당나라의 시인 두목(杜牧). 목
지는 자(字)임. 호(號)는 번천(樊川). 두보(杜甫)에 대하여 소두(小杜)라 함 ◇리틱빅=
이태백(李太白). 당나라의 시인 이백(李白) ◇강태공(姜太公)=주나라 때 사람 여상
(呂尙) ◇동방삭(東方朔)=한무제 때 사람으로 삼천 갑자를 살았다고 함 ◇량반은=
양반(兩班)은. 사대부 같은 분들은 ◇사휴 유젹이=사후(死後) 유적(遺蹟)이. 죽은 다
음의 남긴 자취가 ◇초로(草露) 궀흔=풀 끝에 달린 이슬 같은 ◇만수천산=만수천산
(萬水千山). 온 세상 ◇분운(紛雲)=흩어져 날리는 구름 ◇청춘지년(青春之年)=젊은
시절 ◇허송(虛送)치=헛되이 보내지.

45

褰衣更上 最高樓ᄒ니 遠近平沙에 暮靄收ㅣ라

數點眠鳥 紅蓼岸이요 一竿漁父 碧波歌ㅣ라 烟橫大野 雲橫嶺이요 風滿長
江에 月滿舟ㅣ로다

回首落霞 孤鶩外에 片帆往來 白蘋洲를 ᄒ드라.   (永類 327)

褰衣更上最高樓(건의갱상최고루)ᄒ니=옷을 걷어올리고 다시 가장 높은 다락에
오르니 ◇遠近平沙暮靄收(원근평사모애수)ㅣ라=멀고 가까운 모래사장에 저녁 아지
랑이가 걷힌다 ◇數點眠鳥紅蓼岸(수점면조홍료안)=몇 마리의 조는 새들은 붉은 여
뀌가 우거진 둑에 있고 ◇일간어부벽파가(一竿漁父碧波歌)=낚싯대 드리운 어부는
벽파가를 부른다 ◇烟橫大野雲橫嶺(연횡대야운횡령)=안개는 넓은 들에, 구름은 고
갯마루를 비껴 있고 ◇風滿長江月滿舟(풍만장강월만주)=바람 부는 긴 강에 달빛 가
득한 배로구나 ◇回首落霞孤鶩外(회수낙하고목외)=고개를 돌려보니 노을 낀 곳에
외로운 집오리뿐 ◇片帆往來白蘋洲(편범왕래백빈주)=바람을 한쪽으로 받는 배가 흰
마름이 있는 물가로 왕래한다.

46

乾天宮 버들 빗츤 春三月에 고아거늘 景武臺 芳草岸은 夏四月에 플우 엿다

香遠亭 萬朶芙蓉 秋七月 香氣여늘 碧花室 古査梅는 冬十月 雪裡春光

아마도 四時節侯을 못늬 미더 ᄒ노라.　　　　　(言弄) (金玉 144) 安玫英

乾天宮(건천궁)＝건청궁(乾淸宮)의 잘못. 경복궁 신무문(神武門) 앞에 있던 건물 ◇고아거늘＝곱거늘 ◇景武臺(경무대)＝경복궁 안에 있던 것으로 지금의 청와대 근처 이다 ◇芳草岸(방초안)＝싱그러운 풀이 우거진 둑 ◇풀우엿다＝푸르렀다 ◇香遠亭(향 원정)＝경복궁 안에 있는 정자로 주변 경관이 아름다움 ◇萬朶芙蓉(만타부용)＝많은 꽃봉오리의 연꽃 ◇碧花室(벽화실)＝경복궁 안에 있던 건물인 듯 ◇古査梅(고사매)＝ '사(査)'는 '사(楂)'의 잘못. 오래된 매화나무의 등걸 ◇雪裡春光(설리춘광)＝눈 속에 서 볼 수 있는 봄의 경치 ◇四時節侯(사시절후)＝일 년 동안의 계절에 따른 기후 ◇ 못늬 미더＝끝내 믿어.

※『금옥총부』에 "건천궁 사시경(乾天宮 四時景)"이라 했다.

47

게만 그리울가 나도 더욱 그라옵늬

늬 그리는 심회을 게셔 어이 아느실고

언저의 春日이 연난커든 一壺酒 가지고 그리는 情恨늘 細細詳書호리이 다.　　　　　　(龍潭錄 21) 金啓

게만＝거기만. 당신만 ◇그라옵늬＝그립네 ◇그리는＝그리워하는 ◇아느실고＝아실 까 ◇春日(춘일)이 연난(連暖)커든＝따뜻한 봄날이 계속되거든 ◇一壺酒(일호주)＝술 한 병 ◇情恨(정한)늘＝정과 한을 ◇細細詳書(세세상서)＝세밀하고 자세하게 적다.

48

擊汰梨湖 山四低ᄒ듸 黃鸝遠勢 草萋萋ㅣ로다

婆娑城影은 靑樓北이요 神勒鐘聲은 白塔西ㅣ라 赤鳥에 波浸龍馬跡이요

二陵에 春入子規啼로다

翠翁牧老空文藻 l 로다 如此風光에 不共携흐이 글을 슬흐흐노라.

(蔓數大葉) (海一 625)

擊汰梨湖山四低(격태이호산사저)=심한 사태로 이호(梨湖) 사방의 산이 낮아지다. 이호는 여주 신륵사 상류에 있는 마을 ◇黃鸝遠勢草萋萋(황리원세초처처)='리(鸝)'는 '려(驪)'의 잘못. 여주를 멀리서 바라보는 형세가 풀이 우거진 모습이다 ◇婆娑城影青樓北(파사성영청루북)=파사성의 그림자는 청루 북쪽에 있음. 청루는 여주에 있는 청심루(淸心樓)인 듯. 파사성은 여주군에 있는 고구려의 고성(古城) ◇神勒鐘聲白塔西(신륵종성백탑서)=신륵사의 종소리는 백탑의 서쪽으로 퍼짐. 백탑은 신륵사의 벽탑(甓塔)인 듯. 신륵사는 여주 강변에 있다 ◇赤鳥波浸龍馬跡(적석파침용마적)='적석(赤鳥)'은 '적석(磧石)'의 잘못인 듯. 서덜의 물결은 용마의 자취를 적신다. 서덜은 여울과 같다. 용마의 흔적은 마암(馬巖)을 가리킴. 마암은 신륵사 맞은편에 있다 ◇二陵春入子規啼(이릉춘입자규제)=이릉에 봄이 되니 자규가 운다. 이릉은 여주에 있는 세종(世宗)과 효종(孝宗)의 능인 영릉(英陵)과 영릉(寧陵) ◇翠翁牧老空文藻(취옹목노공문조)=아름다운 목노의 문장이 다 부질없음. 목노는 고려말 이색(李穡)을 말하는데 그의 호는 목은(牧隱)이며, 한때 여주에 머물렀다 ◇如此風光(여차풍광)에 不共携(불공휴)=이와 같은 아름다운 경치를 같이할 수 없구나.

※ 김창흡(金昌翕, 1653~1722)의 「여강(驪江)」이란 시를 시조로 만든 것임.

49

見月色 看花色이 色色이 雖好나 不如一家 和顏色이요

彈琴聲 落棋聲이 聲聲이 雖好나 不如子孫 讀書聲이라

家傳에 忠孝道德이요 園中에 松竹梅菊이러라.　　　　　　　　　(時調 75)

見月色 看花色(견월색간화색)=달빛과 꽃의 색깔을 보니 ◇雖好(수호)나=비록 좋으나 ◇不如一家和顏色(불여일가화안색)=온 집안 식구들의 온화한 얼굴색만 못하고 ◇彈琴聲 落棋聲(탄금성낙기성)이=거문고 타는 소리와 바둑 두는 소리가 ◇不如子孫讀書聲(불여자손독서성)이라=자손들이 책 읽는 소리만 못하다 ◇家傳 忠孝道德(가전충효도덕)이요=집안에는 충효와 도덕이 전해오고 ◇園中 松竹梅菊(원중송죽매국)=정원에는 소나무와 대나무, 매화와 국화가 있다.

50

景星出 慶雲興홀 제 陶唐氏 썩 百姓이 되야

康衢煙月에 含哺鼓腹ᄒ여 葛天氏 썩 노릭에 軒轅氏 썩 춤을 춘이

암아도 三代 以後는 일언 太古淳風을 못 어더볼싯 ᄒ노라.

(二數大葉) (海周 385) 李鼎輔

景星出 慶雲興(경성출경운흥)홀 제=경성이 나타나고 경운이 일어날 때. 경성과
경운은 도(道)가 있는 나라의 태평한 세월에 나타난다고 하는 상서로운 별과 구름
◇陶唐氏(도당씨) 썩=도당씨의 시절. 도당씨는 요(堯) 임금을 가리킨다 ◇康衢煙月
(강구연월)에=태평한 시절에. 강구는 번화한 거리를 뜻함. 연월은 태평한 세월. 요
임금이 거리에서 아이들의 노랫소리를 듣고 정치가 잘 되고 못 됨을 알았다고 함
◇含哺鼓腹(함포고복)=음식을 배불리 먹고 배를 두드린다는 뜻으로 태평한 세월을
말한다 ◇葛天氏(갈천씨)=중국 옛 제왕의 이름 ◇軒轅氏(헌원씨)=중국 옛 황제의 이
름 ◇三代(삼대)=중국의 옛 왕조인 하(夏) 은(殷) 주(周)를 말함 ◇일언=이러한 ◇太
古淳風(태고순풍)을=아득한 옛날의 순박한 풍속을.

51

古今人物 혜여본이 明哲保身 괴 누구고

張子房은 謝病辟穀ᄒ야 赤松子를 좃ᄎ 놀고 范蠡는 五湖烟月에 吳王의
亡國愁를 扁舟에 싯고 간이

암아도 彼此高下를 나는 몰나 ᄒ노라.　　　　(二數大葉) (海周 381) 李鼎輔

古今人物(고금인물)=예전부터 지금까지의 훌륭한 인물 ◇혜여본이=헤아려보니
◇明哲保身(명철보신)=사리에 밝고 총명하면서도 자신을 보호할 수 있었던 사람 ◇
張子房(장자방)은 謝病辟穀(사병벽곡)ᄒ야=장자방은 한 고조(高祖) 때의 명신 장량
(張良)임. 장량이 만년에 병을 핑계대고 곡식을 먹지 않고 선유(仙遊)했다 ◇赤松子
(적송자)=중국 옛 신농씨(神農氏) 때의 우사(雨師)로, 후에 곤륜산에 들어가 신선이
되었다고 한다 ◇范蠡(범려)=춘추시대 월왕(越王) 구천(勾踐)의 신하로 오나라를 침
◇五湖烟月(오호연월)=오호의 으스름달. 오호는 태호(太湖)의 다른 이름으로 범려가
오왕에게 작별을 고하고 노닐던 곳 ◇吳王(오왕)의 亡國愁(망국수)=오왕이 나라를

망친 것에 대한 수심. 오왕 부차(夫差)는 처음에 월왕 구천을 회계(會稽)에서 항복시켰으나 나중에 범려의 도움을 받은 월왕에게 망하고 자살했다. 범려가 자기 때문에 나라를 잃어버린 오왕의 수심을 거두어갔다고 생각했다 ◇扁舟(편주)에=작은 배에 ◇彼此高下(피차고하)를=장량과 범려 가운데 누가 더 나은지를.

52

高臺廣室 나는 마다 錦衣玉食 더옥 마다

　銀金寶貨 奴婢田宅 緋緞 치마 大緞 쟝옷 蜜羅珠 겻칼 紫芝鄕職 져고리 쏜머리 石雄黃으로 다 꿈자리 곳고

　眞實로 나의 平生 願ᄒ기는 말 잘ᄒ고 글 잘ᄒ고 얼골 기자ᄒ고 픔자리 잘ᄒᄂᆫ 져믄 書房이로다.　　　　　　　　　(蔓橫淸類) (珍靑 559)

　高臺廣室(고대광실)=크고 넓고 좋은 집 ◇나는 마다=나는 싫다 ◇錦衣玉食(금의옥식)=비단옷과 좋은 음식 ◇奴婢田宅(노비전택)=종들과 전답과 집 ◇大緞(대단) 쟝옷=비단으로 만든 쟝옷. 쟝옷은 여인네들이 외출할 때 머리에서부터 내려 쓰던 옷 ◇蜜羅珠(밀라주) 겻칼=‘밀라주’는 ‘밀화주(蜜花珠)’의 잘못인 듯. 밀화주로 칼자루를 만든 장도(粧刀). 밀화주는 보석의 하나 ◇紫芝鄕職(자지향직) 져고리=자줏빛 명주 져고리 ◇쏜머리=딴머리. 여인들의 머리에 덧넣는 머리. 가발의 일종 ◇石雄黃(석웅황)=광물의 일종으로 염료로 쓰임. 여기서는 석웅황으로 물들인 색이 고운 댕기를 가리킴 ◇기자ᄒ고=개제(愷悌)하고. 생김새가 단아하고 ◇픔자리=잠자리 ◇져믄=젊은.

52-1

나는 마다 나는 마다 高臺廣室 나는 마다

　奴婢田宅 大緞長옷 緋緞치마 紫芝香織 져고리 蜜花珠 겻칼 쏜머리 石雄黃 올오다 쓰러 꿈자리로다

　나의 願ᄒᄂᆫ 바는 키 크고 얼골 곱고 글 잘ᄒ고 말 잘하고 노래 용코 춤 잘 추고 활 잘 쏘고 바돌 두고 픔자리 더옥 알드리 잘ᄒᄂᆫ 白馬金鞭의 風流郞인가 하노라.　　　　　　　　　　(蔓橫淸) (槿樂 357)

마다=싫다 ◇紫芝鄕職(자지향직)=자줏빛 명주 ◇蜜花珠(밀화주) 겻칼=밀화주로 칼자루를 만든 장도 ◇올오다=오로지. 모두 다 ◇쓰러=한꺼번에 ◇노래 용코=노래 잘하고 ◇바돌 두고=바둑 잘 두고 ◇쑴자리로다=같이하는 잠자리가 제일이다 ◇風流郞(풍류랑)인가=멋을 아는 남자인가.

52-2

高臺廣室 나난 슬의 錦衣玉食 더욱 슬의

비단 長옷 듸단치마 자쥬향직 져고리와 밀화쥬 겻칼이며 칠쌍탈쌍 雙귀이기 李貢젼 眞珠 투심돗토락이 오로다 쑴즈리로다

平生에 願하난 바난 말 줄ㅎ고 글 잘ㅎ고 人物恺悌ㅎ고 픔즈리 잘ㅎ난 졀믄 郞君만 쏙쏙 어더쥬쇼셔.   (興比 191)

칠쌍탈쌍=칠쌍 팔쌍인 듯 ◇李貢(이공)젼=미상. 시장의 점포인 듯 ◇투심돗토락이=심은 넣은 도투락댕기.

53

고래 믈혀 채민 바다 宋太祖ㅣ 金陵 치다라 도라들 제

曹彬의 드는 칼로 무지게 휘온 드시 에후루혀 드리 노코

그 건너 님이 왓다 ㅎ면 상금상금 건너리라.   (蔓橫淸類) (珍靑 499)

고래 물혀=고래가 물을 들이켜 ◇채민 바다=힘 있게 밀고 올라오는 바다 ◇宋太祖(송태조)=송나라 태조 조광윤(趙匡胤). 탁군 사람으로 후주(後周)의 선위(禪位)를 받아 천자가 되었다 ◇金陵(금릉)=중국 남당(南唐)의 서울 ◇치다라=치달아. 지방에서 수도(首都)로 달려가 ◇曹彬(조빈)=송 태조 때의 명장 ◇휘온 드시=구부린 듯이 ◇에후루혀=에둘러 당기어 ◇상금상금=살금살금.

54

고사리 흔 단 쐬쟝 직어 먹고 물도 업는 東山에 올나

아모리 목 말네라 목 말네라 흔들 어늬 환양의 쏠년이 날 물 써다 쥬리

밤中만 閔氏네 픔에 드니 冷水景이 업세라.　　　　　　　　　(靑六 769)

쐬쟝=된장 ◇직어 먹고=찍어 먹고 ◇어늬=어느 ◇환양의 쏠년이=서방질하는 계
집년이. 화냥년이 ◇픔에 드니=품 안에 안기니 ◇冷水景(냉수경)이=냉수를 들이킬
경황이.

55

古詩예 일느스대 安分身無辱이오 知機心自開이라 ᄒ니

이 한 글귀 萬世의 龜鑑이라

아무리 城市中 스름닌들 이 일좃차 비호지 못훌손가.　　(城西幽稿) 申甲俊

古詩(고시)예 일느스대=옛 시에서 말하였으되 ◇安分身無辱(안분신무욕)이오 知
機心自開(지기심자개)이라=‘개(開)’는 ‘한(閑)’의 잘못인 듯. 분수를 지키면 몸에 욕
됨이 없고 기미를 알아차리면 마음은 저절로 한가하다 ◇萬世(만세)의 龜鑑(귀감)이
라=영원히 본보기가 될 만하다 ◇城市中(성시중) 스름닌들=저자 가운데 사는 사람
들인들 ◇이 일좃차=이 일마저 ◇비호지=배우지.

56

谷口哢 谷口哢ᄒ니 有鳥衣黃 谷口哢이라

性愛谷口 綠陰繁ᄒ여 每歲春晚 谷口哢을 朝朝谷口 暮谷口에 一哢二哢
哢復哢이라

世人이 謂爾谷口哩ᄒ니 謂爾長在 谷口哢이나 靜看谷口 遷喬木ᄒ니 未必
長在 谷口哢을.　　　　　　　　　　　　　　　　　(弄) (靑六 627)

谷口哢(곡구롱)=꾀꼬리의 울음소리를 음사(音寫)한 것이다 ◇有鳥衣黃(유조의
황)=노란 옷은 입은 새가 있다 ◇性愛谷口綠陰繁(성애곡구녹음번)=본성이 골짜기에
녹음이 번성한 것을 좋아한다 ◇每歲春晚谷口哢(매세춘만고구롱)=매년 늦은 봄에
꾀꼴 ◇朝朝谷口暮谷口(조조곡구모곡구)=아침마다 꾀꼴 저녁에도 꾀꼴 ◇一哢 二哢
哢復哢(일농이농농부농)=한 번 꾀꼴 두 번 꾀꼴꾀꼴 또 꾀꼴 ◇世人(세인)이=세상
사람들이 ◇謂爾谷口哩(위이곡구리)=너를 꾀꼬리라 부름 ◇謂爾長在谷口哢(위이장

재곡구롱)=네가 항상 골짜기에서 꾀꼬리라고 하며 부르는 것이다 ◇靜看谷口遷喬木(정간곡구천교목)=자세히 보니 꾀꼬리가 교목으로 옮겨가니 ◇未必長在谷口哢(미필장재곡구롱)=오래지 않아 골짜기에 있지 않을 것이다. 꾀꼬리가 골짜기의 높은 나무에 옮겨 앉는다는 것은 관위(官位)가 오름을 비유하는 것이다.

57

谷口哢 우는 소릐의 낫잠 씨여 니러보니
져근 아들 글 니루고 며느아기 뵈 쓰는듸 어린 孫子는 곳노리흔다
믓쵸아 지어미 슬 거로며 맛보라고 흐더라.　　　　(弄歌) (靑六 681) 吳擎華

◇谷口哢(공구롱) 우는 소릐의=꾀꼬리 우는 소리에 ◇니러보니=일어나니. 일어나보니 ◇글 니루고=글을 읽고 ◇며느아기=며느리 ◇곳노리=꽃놀이 ◇믓쵸아=때를 맞추어 ◇지어미=아내. 아내에 대한 겸칭 ◇슬 거로며=술을 거르며.

58

공도라는 白髮이요 못 면할손 죽엄이라
천황 지황 인황 후의 복희 신농 헌원씨며 요순 우탕 문무 주공 승덕 읍서 붕하엿나 어리석다 진시황은 만리장성 구지 쌋코 장수 불사 하랴다가 여산의 고혼 되고 구선허든 한무제도 승노반이 허사 되여 육십사의 붕하엿스니 수요장단이 재천이라
그러헌 도덕 영웅들은 유적이나 잇거니와 우리 갓은 초로인생 공수래공수거라 아니 놀고 무엇하리.　　　　　　　(雜誌 151)

공도(公道)라는 白髮(백발)이요=백발은 누구에게나 공평하고 바른 도리요. 늙음은 공평한 것이요 ◇못 면할손 죽엄이라=누구나 죽음은 피할 수 없다 ◇천황 지황 인황=천황씨(天皇氏), 지황씨(地皇氏), 인황씨(人皇氏). 각각 일만 팔천 년을 통치하였다고 한다 ◇복희 신농 헌원씨며=고대의 제왕인 복희씨(伏羲氏), 신농씨(神農氏), 헌원씨(軒轅氏)들이며 ◇요순 우탕 문무 주공=요(堯) 임금과 순(舜) 임금, 우왕(禹王)과 탕왕(湯王), 주나라 문왕(文王)과 무왕(武王), 그리고 주공(周公) ◇승덕 읍서 붕

하셨나=성덕(聖德)이 없어서 붕(崩)하셨나. 붕은 임금이 죽음 ◇진시황은 만리장성 구지 쌋고=진(秦)나라 시황제(始皇帝)는 만리장성을 군게 쌓고 ◇장수(長壽) 불사 (不死)=오래 살고 죽지 아니함 ◇여산(驪山)의 고혼(孤魂) 되고=여산의 외로운 넋이 되고. 여산은 진시황의 무덤이 있는 곳 ◇구선(求仙)허든=구선하던. 신선이 되기를 바라던 ◇승노반이 허사 되어=승로반(承露盤)이 허사(虛事) 되어. 장수를 위해 쟁반 에 이슬을 받아 먹던 일이 허사가 되어 ◇육십사에 붕하엿으니=예순네 살에 죽었 느니 ◇수요장단(壽夭長短)이 재천(在天)이라=오래 살고 일찍 죽는 것이 하늘에 매 여 있음 ◇유적(遺跡)=남긴 자취 ◇초로인생(草露人生)=풀끝에 달린 이슬과 같은 인 생 ◇공수래공수거(空手來空手去)=빈손으로 태어나 빈손으로 돌아감.

58-1

공도라니 빅발이오 못 면흘손 죽엄이라

쳔황 디황 인황 후에 요슌 우탕 문무 쥬공 셩덕 업서 붕ㅎ시며 어디도 다 진시황은 만리쟝성 굿이 쌋고 아방궁 놉히 누어씰 졔 이목지소호ㅎ고 궁심지지소락ㅎ여 장싱 불스 ㅎ짓더니 려산에 고혼 되고 독힝쳔리 관공님 도 녀몽 간계 ㅈㅅㅎ고 화타 편작이 약명 몰나 죽어스며 왕개 석숭 이돈 이가 지산 업셔 죽엇갓네

하믈며 쵸로인싱이야 말 다ㅎ여 무엇ㅎ랴.　　　　　　　(樂高 904)

아방궁(阿房宮)=진시황이 지은 궁전 ◇어디도다=어질구나. '어리석다'는 의미로 도 쓰인다 ◇이목지소호(耳目之所好)ㅎ고=좋아하는 것을 귀와 눈으로 듣고 보고 ◇ 궁심지지소락(窮心志之所樂)ㅎ여=마음과 뜻이 즐기는 바를 다함 ◇독힝쳔리 관공님 도=혼자 천 리를 간(獨行千里) 관우(關公)도. 관우가 의리 때문에 혼자 천 리를 달 려 유비에게 달려갔다 ◇녀몽 간계 ㅈㅅㅎ고=오나라 여몽(呂蒙)의 간사한 꾀(奸計) 에 칼에 찔려 죽었고(刺死) ◇화타 편작=중국의 유명한 의원(醫員). 화타(華陀)는 후 한 때, 편작(扁鵲)은 삼국시대 사람이다 ◇왕개 석숭 이돈이가=중국의 유명한 부호 (富豪)들. 왕개(王愷)는 진무제(晉武帝)의 외숙, 석숭은 진(晉)나라 부호, 이돈은 의돈 (猗頓)의 잘못, 춘추시대 노(魯)나라 부호이다 ◇죽엇갓네=죽었겠느냐? ◇쵸로인생= 초로인생(草露人生). 풀끝에 달린 이슬과 같은 인생.

59

功名과 富貴과란 世上 스름 다 맛기고

가다가 아모 데나 依山帶海處의 明堂을 갈의서 五間八作으로 黃鶴樓마
치 집을 짓고 벗님늬 다리고 晝夜로 노니다가 압내에 물 지거던 白酒黃鷄
로 늬노리 가 잇다가

늬 나희 八十이 넘거드란 乘彼白雲ᄒ고 ᄒᄂᆞᆯ에 올라가셔 帝旁投壺 多玉
女를 늬 홈ᄌᆞ 넘ᄌᆞ되여 늙을 뉘를 모로리라.   (瓶歌 1101)

依山帶海處(의산대해처)=뒤에는 산을 의지하고 앞에는 바다를 끼고 있는 곳. 배
산임수(背山臨水) ◇明堂(명당)을 갈의서=좋은 터를 골라서 ◇五間八作(오간팔작)=
다섯 칸의 팔작집. 크고 좋은 집 ◇黃鶴樓(황학루)마치=황학루 크기만큼의. 황학루
는 중국 호북성 무창부 강하의 서남쪽에 있는 누각 ◇물 지거던=장마가 지거든 ◇
白酒黃鷄(백주황계)로=막걸리와 닭고기 안주로 ◇늬노리=냇가에서 노는 놀이. 천렵
(川獵) ◇乘彼白雲(승피백운)ᄒ고=저기 떠 있는 흰 구름을 타고 ◇帝旁投壺多玉女
(제방투호다옥녀)을=옥황상제 옆에서 투호놀이를 하는 여러 선녀들을 ◇늬 홈자=
내가 혼자서 ◇뉘를=때를. 세상을.

60

功名을 헤아리니 榮辱이 半이로다

東門에 掛冠ᄒ고 田廬의 도라와셔 聖經賢傳 헷쳐노코 읽기를 罷ᄒ 後에
압늬에 슬진 고기도 낙고 뒷뫼에 엄긴 藥도 키다가 臨高遠望ᄒ야 任意 逍
遙ᄒ니 淸風이 時至ᄒ고 明月이 自來ᄒ니 아지 못게라 天壤之間에 이ᄀᆞ치
즐거움을 무어스로 代ᄒᆯ소니

平生의 이리저리 즐기다가 老死太平ᄒ야 乘化歸盡ᄒ면 긔 됴흔가 ᄒ노
라.   (蔓橫) (瓶歌 909)

헤아리니=헤아려보니 ◇東門(동문)에 掛冠(괘관)ᄒ고=동쪽 성문에다 관을 벗어
걸고. 벼슬을 그만두고 ◇田廬(전려)의=농사를 짓기 위해 임시로 들에 지은 집의.
시골의 ◇聖經賢傳(성경현전)=성현들이 지은 훌륭한 책들 ◇엄긴 藥(약)도=싹이 길

게 자란 약초(藥草)도 ◇臨高遠望(임고원망)ᄒᆞ야=높은 곳에 올라 먼 곳을 바라보아 ◇任意(임의) 逍遙(소요)ᄒᆞ니=마음 내키는 대로 거니니 ◇淸風(청풍)이 時至(시지)ᄒᆞ고=맑은 바람이 때맞추어 불어오고 ◇明月(명월)이 自來(자래)ᄒᆞ니=밝은 달이 제때에 떠오르니 ◇天壤之間(천양지간)에=하늘과 땅 사이에. 이 세상에 ◇老死太平(노사태평)ᄒᆞ야=늙어 죽을 때까지 평안하여 ◇乘化歸盡(승화귀진)='승화귀선(乘化歸仙)'의 잘못인 듯. 신선이 되어 하늘로 올라가다.

61

孔明이 葛巾野服으로 南屛山 上上峰에 올나
七星壇 무고 東南風 빈 년후에 壇下로 ᄂᆞ려가니
海中에 一葉小船 타고 안져 기다리ᄂᆞᆫ 壯士은 趙子龍인가.　　　　(詩餘 58)

孔明(공명)이=제갈량이 ◇葛巾野服(갈건야복)=칡으로 만든 두건과 시골 사람들의 복장. 은사(隱士)의 허름한 옷차림 ◇南屛山(남병산)=중국 절강성 서남쪽에 있는 산. 제갈량 동남풍을 빌던 산 ◇七星壇(칠성단) 무고=칠원성군(七元星君)을 모신 단을 만들고 ◇빈 년후에=소원을 빈 연후(然後)에 ◇一葉小船(일엽소선)=조그마한 배 ◇趙子龍(조자룡)=촉한의 장수 조운(趙雲).

62

공명이 갈건야복으로 남병산 상상봉에 올라
칠셩단 도두 뭇고 하ᄂᆞ님 젼의 비ᄂᆞ이다 동남풍 빌어낸 지 삼 일 만에 쳥긔 황긔ᄂᆞᆫ 서북으로 펄펄 날아셔 셔셩 뎡봉의 니마 눈썹을 근질너 내니 뎡봉이 필마단긔로 남병산 샹샹봉에 올나셔셔 보니 다만 잇ᄂᆞᆫ 거슨 동ᄌᆞ 샌이라 야야 동ᄌᆞ야 너희 션싱이 계신가 보아라 그 동ᄌᆞ 딕답ᄒᆞ되 우리 션싱님은 앗가 단하로 ᄂᆞ려갓스오니 쇼동은 아지 못ᄒᆞᄂᆞ이다 뎡봉이 분긔를 참지 못ᄒᆞ여 필마단창으로 남병산 ᄂᆞ려 강변을 당도ᄒᆞ니 다만 잇ᄂᆞᆫ 군ᄉᆞᄂᆞᆫ 슈군 장졸 샌이로다 이야 슈군 장졸아 이직 공명이 일노 ᄂᆞ려왓스니 네가 간 곳을 ᄌᆞ셰히 딕지 아니ᄒᆞ면 내 ᄒᆞᆫ 창에 잔명을 보젼치 못ᄒᆞᆯ 터이니 네 ᄲᆞᆯ리 딕여라 그 군ᄉᆞ ᄒᆞᄂᆞᆫ 말이 이직 공명 션싱이 발 싯고 산발ᄒᆞ

여 일엽쇼션 타고 강샹으로 둥둥 써나갓ᄂ이다 셔셩은 룩디로 ᄯᅳ르며 뎡
봉은 ᄇᆡ를 타고 ᄯᅳᆯ 즈음에 압헤 가ᄂᆞᆫ 져괴 져 ᄇᆡ야 그 ᄇᆡ에 공명이 ᄐᆺ
거든 거긔 잠간 닷 노와라 ᄌᆞ룡이 내다보니 좃초오ᄂᆞᆫ 쟝슈ᄂᆞᆫ 뎡봉이라 ᄌᆞ
룡이 텰궁에 왜젼을 먹여 좌궁을 쏘ᄌᆞ ᄒᆞ니 우궁으로 젓고 우궁을 쏘ᄌᆞ
ᄒᆞ니 좌궁으로 져즐가 즘 압흘 놀가 즘 뒤를 놀가 망셜이다가 ᄭᅡᆨ지손을
진듯 발마 노으니 비거공즁에 번긔ᄀᆞᆺ치 ᄀᆞᄂᆞᆫ 살이 뎡봉 탄 ᄇᆡ 돗디 즁동
을 와ᄌᆞᆨᄀᆞᆫ 맛쳐 부러치니

빗머리 빙빙 돌아갈 졔 비ᄂᆞ이다 비ᄂᆞ이다 공명과 ᄌᆞ룡은 텬위 탄 쟝슈
요 서셩과 뎡봉은 다만 제 분긔ᄲᅮᆫ이로다.   (樂高 890)

도두 뭇고=돋우어 만들고 ◇쳥긔 황긔ᄂᆞᆫ=청기(靑旗)와 황기(黃旗)는 ◇서셩 뎡봉
의=오(吳)나라 장수인 서성(徐盛)과 정봉(丁奉)의 ◇니마 눈썹을=이마의 눈썹을 ◇
근질너 내니=간지럽혀 괴롭게 하니 ◇필마단긔=필마단기(匹馬單騎). 혼자서 말을
타고 ◇올나셔셔 보니=올라서서 보니. 또는 자세히 보니 ◇동ᄌᆞ=동자(童子). 어린아
이 ◇단하(壇下)로=칠성단 아래로 ◇분긔를=분기(憤氣)를 ◇필마단챵(匹馬單槍)으로
=혼자서 말을 타고 창만 가지고 ◇잔명(殘命)을=남은 목숨을 ◇산발(散髮)ᄒᆞ여=산
발하여. 머리를 헝클어뜨리고 ◇일엽쇼션=일엽소선(一葉小船). 자그마한 배 ◇룩디
로=육지(陸地)로 ◇철궁(鐵弓)에 왜젼(矮箭)을 먹여=쇠로 만든 활에 짧은 화살을 꿰
어 ◇좌궁(左弓), 우궁(右弓)=활시위를 왼손으로 당기면 좌궁, 오른손으로 당기면
우궁이라 한다 ◇즘 압, 즘 뒤=활시위를 당길 때 반대의 손으로 활을 잡는 자리의
아래위 ◇젓고, 져즐가=두렵고, 두려울가. '젓다'는 두렵다는 뜻 ◇ᄭᅡᆨ지손을 진듯
발마 노으니=깍지 낀 손을 신중하게 하여 발사하니. 깍지는 활시위를 당길 때 엄지
손가락을 보호하기 위해 끼는 반지의 한 종류 ◇비거공즁(飛去空中)에=공중으로 날
아감에 ◇즁동을=가운데 부분을 ◇텬위를 탄=천위(天爲)를 탄. 하늘이 낸 ◇제 분
긔=자기의 분기(憤氣). 자신의 분한 기운.

63

孔門弟子 七十人이 春風杏壇에 左右로 버러시니

三月 不違仁退而如愚ᄂᆞᆫ 顔淵의 어딜미오 吾道一以貫 忠恕而已ᄂᆞᆫ 曾參의
篤學이오 雍也ᄂᆞᆫ 可使南面이오 求也ᄂᆞᆫ 可使爲相이라 子路ᄂᆞᆫ 好勇ᄒᆞ니 千

乘의 治賦ᄒ고 子貢은 明敏ᄒ니 瑚璉의 그릇시오 舞雩에 ᄇ람ᄒ고 沂水에 沐浴ᄒ야 千仞絶壁에 鳳凰이 ᄂ라옴은 曾點의 氣象이라.

아마도 誨人不倦ᄒ고 作育英才ᄒᄂ 萬古之樂은 夫子ㅣ신가 ᄒ노라.

(蓬萊樂府 10) 申獻朝

孔門弟子(공문제자) 七十人(칠십인)=공자 문하(門下)의 제자 70인. 정확히는 72인을 말한다 ◇春風杏壇(춘풍행단)=공자가 제자를 가르치는 곳에 봄바람이 붊. 행단은 공자가 제자에게 글을 가르친 곳으로, 원래 지명(地名)이었으나 후일에 공자의 묘중(廟中)에 단(壇)을 만든 것을 일컬음 ◇버러시니=늘어서 있으니 ◇不違仁退而如愚(불위인퇴이여우)=어진 것에 어긋나지 않고 어리석은 것처럼 물러남 ◇顏淵(안연)=공자의 제자 안회(顏回)를 가리킴 ◇어딜미오=어짊이요 ◇吾道一以貫忠恕而已(오도일이관충서이이)=유교의 도리는 충서 한 가지 도리로써 일관한다 ◇曾參(증삼)의 篤學(독학)이오=증삼은 공자의 제자로 증점(曾點)의 아들이며 증자(曾子)라 부름. 증자가 학문을 독려함이요 ◇雍也(옹야)=공자의 제자. 노나라 사람으로 구변은 없었으나 인덕이 높았다 ◇可使 南面(가사남면)이오=임금을 할 수 있겠고 ◇求也(구야)=공자의 제자 염구(冉求). 노나라 사람으로 자는 자유(子有). 성품이 온순하고 재예(才藝)가 있다 ◇可使 爲相(가사위상)이라=재상을 할 수 있다 ◇子路(자로)는 好勇(호용)ᄒ니=자로는 용맹스러운 것을 좋아하니. 자로는 공자의 제자로 성은 중(仲) 이름은 유(由) 자로는 자(字)임 ◇千乘(천승)의 治賦(치부)ᄒ고=제후의 대우를 하고 ◇子貢(자공)은 明敏(명민)ᄒ니=자공은 사리에 밝고 행동이 민첩하니. 자공은 공자의 제자로 성은 단목(端木), 이름은 사(賜), 자공은 자이다 ◇瑚璉(호련)=제사에 쓰이는 제기. 다른 사람의 존경을 받을 만한 인격을 갖춘 사람을 말한다 ◇舞雩(무우), 沂水(기수)=지명(地名)임. 무우에 있는 기수. 공자의 제자인 증점이 "모춘자춘복기성 관자오륙인 동자육칠인 욕우기 풍호무우 영이귀(暮春者春服旣成 冠者五六人 童子六七人 浴于沂 風乎舞雩 詠而歸)"라고 한 말에서 유래한 것으로, 자연을 즐기는 즐거움을 일컫다 ◇千仞絶壁(천인절벽)=아주 높은 절벽 ◇曾點(증점)=공자의 제자로 증삼의 아버지. 부자(父子)가 공자의 제자이다 ◇誨人不倦(회인불권)=사람들을 가르치는 데 게으르지 아니하다 ◇作育英才(작육영재)=영재를 길러내다 ◇萬古至樂(만고지락)=지금까지 있었던 최고의 즐거움 ◇夫子(부자)=공자(孔子)를 높여 부르는 말.

64

孔夫子ㅣ 사람이시로되 依然흔 하늘이시라

義理를 프러닉여 五倫을 볼키시니 至愚흔 民氓이 절로셔 어질거다 國太平 民安樂이 오로다 聖德이로다

千載 後 이 ㄤ튼 大仁君子ㅣ 쏘 업슬신 흐노라.　　　　　(青謠 79) 金壽長

依然(의연)흔=틀림이 없는 ◇義理(의리)=사람으로서 지켜야 할 바른 도리 ◇프러닉여=풀어내어 ◇五倫(오륜)을 볼키시니=유교의 실천 도덕에 있어서 기본적인 다섯 가지의 인륜을 분명히 하시니 ◇至愚(지우)흔 民氓(민맹)이=매우 어리석은 백성이 ◇절로셔 어질거다=저절로 어질게 되겠다 ◇國太平(국태평) 民安樂(민안락)=나라가 태평하고 백성들이 살기 편안하고 즐거움 ◇聖德(성덕)=임금의 덕화. 훌륭한 덕화 ◇千載(천재) 後(후)=천 년 뒤. 먼 훗날 ◇大仁君子(대인군자)=인자하고 덕행이 높은 사람.

65

關雲長의 青龍刀와 趙子龍의 날닌 鎗이

宇宙를 흔들면셔 四海의 橫行홀 제 所向無敵이언만은 더러운 피를 무쳐시되 엇지 흔 文士의 筆端이며 辯士의 舌端으란 刀鎗劍戟 아니 쓰고 피 업시 죽이오니

무셥고 무셔울슨 筆舌인가 흐노라.　　　　　(弄) (青六 746) 金鎙

關雲長(관운장)의 青龍刀(청룡도)=관우(關羽)의 청룡언월도(青龍偃月刀) ◇趙子龍(조자룡)의 날닌 鎗(창)이=조자룡의 민첩한 창이 ◇四海(사해)를 橫行(횡행)홀 제=온 세상을 거리낌 없이 휘젓고 다닐 때 ◇所向無敵(소향무적)이언마는=가는 곳마다 대적할 자가 없었건만 ◇더러운 피를 무쳐시되=칼이나 창에 피를 묻힐 수밖에 없지만 ◇文士(문사)의 筆端(필단)이며 辯士(변사)의 舌端(설단)으란=글 잘하는 사람의 붓끝이나 말 잘하는 사람의 혀끝은 ◇刀鎗劍戟(도창검극) 아니 쓰고 피 없이 죽이오니=칼과 창과 방패. 무기를 쓰지도 않고 피도 흘리지 않고 사람을 죽이니 ◇筆舌(필설)=붓과 혀. 말과 글.

166

蛟山도 聖恩이요 蓼水도 聖恩이라

山峨峨 水洋洋이 다 聖恩만 못ᄒ여라

南山의 날과 東海예 들도 萬壽无疆을 비로니 우리 님긔.

(感聖恩歌 5-4) (無極集) 梁柱翊

蛟山(교산)=교룡산(蛟龍山). 전북 남원 서쪽에 있는 산. 백제 시대에 쌓았다는 산성(山城)이 있었음 ◇蓼水(요수)=남원읍에 있는 하천. 요천(蓼川) ◇山峨峨 水洋洋(산아아수양양)=산은 높고 험준하며 물은 한없이 넓음 ◇南山(남산)의 날과 東海(동해)예 들도=남산에 돋는 해와 동해에 뜨는 달도 ◇비로니=비는구나.

※ 한역(漢譯) : 蛟山聖恩 蓼水聖恩 山峨峨 水洋洋 都不如聖恩 南山日 東海月 萬壽無疆祝吾君(교산성은 요수성은 산아아 수양양 도불여성은 남산일 동해월 만수무강 축오군)

67

蛟龍山 上上峰에 깃드려 인는 져 白雲아

老臣의 不忍訣ᄒ는 눈물을 비 삼아 ᄀ득 실어다가

洛陽宮闕 雲漢 볼 째예 沛然히 ᄂ려 들일가 ᄒ늬.

(又感恩曲 5-3) (無極集) 梁柱翊

老臣(노신)=나라를 걱정하는 늙은 신하 ◇不忍訣(불인결)ᄒ는=차마 이별을 하지 못하는 ◇비 삼아=비처럼 ◇洛陽宮闕(낙양궁궐)=임금에 계신 서울의 대궐 ◇雲漢(운한)볼 째예=가뭄이 심한 날에 은하수를 쳐다보며 비를 걱정할 때에 ◇沛然(패연)=비가 흡족하게 내리는 모양 ◇들일가 ᄒ늬=임금의 귀에 비 소식을 들리게 하도록 할까 하네.

※ 한역(漢譯) : 蛟龍山上上峰 樓在彼白雲 老臣忍訣淚 作雨滿載 奔洛陽宮闕望雲漢 時 沛然下而聞(교룡산상상봉 누재피백운 노신인결루 작우만재 분낙양궁궐망운한시 패연하이문)

九九八十 一光老는 呂東濱을 차저가고

八九七十 二君不事 濟王 蜀의 忠節이요 七九六十 三老董公 漢太祖를 遮說한다 六九五十 四皓先生 商山의 바돌 두고 五九四十 五子胥는 東門의 눈을 걸고 四九三十 六秀夫는 輔國忠誠이 지극하다

三九二十七 六國은 戰國이 되고 二九十 八陣圖는 諸葛亮의 兵法이요 九宮數 河圖洛書가 이 아닌가.　　　　　　　　　　　(時調集 133)

一光老(일광로)=미상. 오래 산 노인을 뜻하는 듯 ◇呂東濱(여동빈)=당나라 때 경조(京兆) 사람. 이름은 암(喦). 동빈은 자(字). 황소(黃巢)의 난 때 집을 종남(終南)으로 옮겼으나 간 곳을 모른다. 종남산(終南山)에서 수도(修道)한 팔선(八仙)의 하나로 알려져 있다 ◇二君不事(이군불사)=두 임금을 섬기지 아니한다 ◇濟王(제왕) 蜀(촉)=미상 ◇三老董公(삼로동공) 漢太祖(한태조)를 遮說(차설)한다=삼로동공이 한태조의 말을 막는다. 삼로는 장로(長老)를 뜻함. 장로인 동공이 한 태조인 유방(劉邦)의 말을 차단함. 동공은 누구인지 미상이다 ◇四皓先生(사호선생) 商山(상산)의 바돌 두고=상산의 사호 선생이 바둑 두고. 사호는 동원공(東園公), 기리계(綺里季), 하황공(夏黃公), 녹리선생(甪里先生)으로 모두 수염과 눈썹이 하얗기 때문에 그렇게 불렀다 ◇五子胥(오자서)='오자서(伍子胥)'의 잘못. 춘추전국시대 초나라 사람. 뒤에 아버지와 형을 죽인 초왕의 원수를 갚기 위해 오왕을 도와 초를 쳤다 ◇六秀夫(육수부)=미상 ◇六國(육국)은 戰國(전국)이 되고=육국은 제(齊), 초(楚), 연(燕), 한(韓), 위(魏), 조(趙)의 여섯 나라이며 이들이 서로 다투던 시대가 전국 시대이다 ◇八陣圖(팔진도)는 諸葛亮(제갈량)의 兵法(병법)이요=여덟 가지 진을 배설(排設)하는 계획은 제갈량의 병법이요 ◇九宮數(구궁수)=구궁(九宮)에 따라 길흉과 화복을 판단하는 수 ◇河圖洛書(하도낙서)=주역과 홍범구주(洪範九疇)의 근원이 되는 책.

69

九仙王道糕라도 안이 먹는 날을

冷水에 붓츤 秕旨煎餅을 먹으랴 지근 絶代佳人도 안이 결연ᄒ는 날을 코 업슨 넌 결연ᄒ라고 지근거리는다

하늘히 定ᄒ신 配匹 밧괴야 것음써볼 쑬 이시랴.　　　　(靑謠 78) 金壽長

九仙王道糕(구선왕도고)=여러 가지 한약재와 설탕 등을 넣어 찐 떡 ◇粃昰煎餠 (비지전병)=비지에다 쌀가루나 밀가루를 넣어 만든 떡 ◇지근=남이 싫어하는데도 지나치게 괴롭히거나 조르는 것 ◇안이 결연(結緣)ᄒᆞ는 날을=인연을 맺지 아니하는 나에게 ◇코 업슨 년=코가 없는 계집. 못생긴 계집 ◇하늘히 定(정)ᄒᆞᆫ신=하늘이 정해준 ◇配匹(배필) 밧긔야=부부의 짝 이외에는 ◇것음써볼 쑬 이시랴=거들떠볼 까닭이 있겠느냐?

70

구절죽장을 ᄲᆡ리치 담속 쏘바 모진 쳥셕의 탈탈 터러 걱구로 집고
산이냐 물나야 한츌쳠비 임 츠져간니
그곳듸 운무 자욱ᄒᆞ기로 아모란 줄.   (歌詞 77)

구절죽장을=구절죽장(九節竹杖)을. 마디가 여러 개인 대지팡이를 ◇ᄲᆡ리치=뿌리까지 ◇담속 쏘바=담쏙 뽑아 ◇모진=모가 난 ◇한츌쳠비=한츌점배(汗出點背). 땀이 나서 등이 함빡 젖다 ◇운무=안개(雲霧) ◇아모란 줄=어디인지를.

71

國家 太平ᄒᆞ고 萱堂에 날이 긴 제 머리 흰 判書 아기 萬壽盃 드리ᄂᆞᆫ고
每日이 오늘 ᄀᆞᆺ트면 셩이 무슴 가싀리
아마도 一髮 秋毫도 聖恩인가 ᄒᆞ노라.

（母夫人答歌）(玉溪先生續集 3) 玉溪母 權氏

萱堂(훤당)=남의 모친을 높여 일컫는 말 ◇날이 긴 제=해가 길어진 때에 ◇머리 흰 判書(판서) 아기=나이가 많아 머리가 허옇게 된 판서. 벼슬을 하는 자기 아들을 가리킨다 ◇萬壽盃(만수배)=환갑이나 칠순 때에 오래오래 장수(長壽)하라고 올리는 술잔 ◇셩이 무슴 가싀리=무슨 성가신 일이 있겠느냐 ◇一髮秋毫(일발추호)도=머리카락 한 올처럼 매우 작은 일도 ◇聖恩(성은)=임금의 은혜.
※ 노진(盧禛, 1518~1578)은 자(字)가 자응(子膺), 호(號)가 옥계(玉溪)임.

72

國太公之亘萬古英傑 이제 뵈와 議論컨디

精神은 秋水여늘 氣像은 山岳이라 萬機를 躬攝허니 四方에 風動이라 禮
樂法度와 衣冠文物이며 旌旄節旗와 劍戟刀鎗을 燦然更張 허시단 말가

그 밧긔 金石鼎彝와 書畵音律에란 엇지 그리 발근신고.

(言編) (金玉 175) 安玟英

國太公之亘萬古英傑(국태공지긍만고영걸)=국태공께서 만고에 걸쳐 뛰어나고 걸
출함. 국태공은 흥선대원군을 가리킨다 ◇이제 뵈와=지금에 와서 새삼스럽게 뵙고
◇精神(정신)은 秋水(추수)여늘=정신이 마치 가을철의 물처럼 맑고 깨끗하거늘 ◇
氣像(기상) 山岳(산악)이라=타고난 기질은 산과 같이 높고 위엄이 있다 ◇萬機(만
기)를 躬攝(궁섭)허니=여러 가지 정사(政事)를 직접 관할하니 ◇四方(사방)에 風動
(풍동)이라=사방에 감화(感化)가 미치더라 ◇禮樂法度(예악법도)=예절과 음악에 있
어 지켜야 할 법률 ◇衣冠文物(의관문물)=그 나라 사람들의 옷차림새나 인문이나
물질 방면의 모든 사항. 문물제도(文物制度) ◇旌旄節旗(정모절기)=의장용(儀仗用)으
로 사용하는 깃발 ◇劍戟刀鎗(검극도창)=칼과 창과 방패 등 모든 무기 ◇燦然更張
(찬연경장)=번쩍거릴 정도로 눈에 띄게 부패한 것을 뜯어 고치다 ◇金石鼎彝(금석
정이)=쇠붙이나 돌처럼 굳고 권위 있는 왕실의 법도 ◇書畵音律(서화음률)=글씨와
그림과 음악 ◇발근신고=밝으신고.

※『금옥총부』에 "수사고지영걸 부생미긍다양(雖使古之英傑 復生未肯多讓, 비록
예전의 영웅과 호걸로 하여금 다시 태어나게 하여도 대원군보다 더 낫지 못할 것이
다)"이라 했다.

73

君莫惜典衣沽酒ᄒ소 囊乾ᄒ면 我典衣로다

塵世難逢開口咲ㅣ니 知己를 相對盡情談ᄒ고 劉伶墳上에 酒不到ㅣ니 且
樂生前一盃酒로다

人生이 草露 곳튼이 醉코 놀려 ᄒ노라. (靑謠 66) 朴文郁

君莫惜典衣沽酒(군막석전의고주)ᄒ소=그대는 옷을 잡히고 술을 사는 것을 애석

하게 여기지 마시오 ◇囊乾(낭건)하면 我典衣(아전의)로다=그대의 주머니가 빈다면 내가 옷을 잡히리다 ◇塵世難逢開口笑(진세난봉개구소) ㅣ 니=속세(俗世)에서 입을 크게 벌리고 웃을 일을 만나기가 어려우니 ◇知己(지기)를 相對盡情談(상대진정담) ㅎ고=자기를 알아주는 벗을 상대하여 정담을 다 나누고 ◇劉伶墳上(유령분상)에 酒不到(주부도) ㅣ 니=유령의 무덤 위에 술이 오는 것이 아니니. 유령은 진(晉)의 죽림칠현(竹林七賢)의 한 사람임. 이하(李賀)의 「장진주(將進酒)」 가운데 "권군종일명정취 주부도유령분상토(勸君終日酩酊醉 酒不到劉伶墳上土)"에서 온 말이다 ◇且樂生前一杯酒(차락생전일배주)로다=다시 생전에 한잔 술을 즐기도다 ◇草露(초로) 又튼 이=풀에 맺힌 이슬과 같으니.

74

君不見 黃河之水ㅣ 天上來ᄒ다 奔流到海不復回라

又不見 高堂明鏡悲白髮ᄒ다 朝如靑絲暮成雪이라

人生이 得意須盡歡이니 莫使金樽으로 空對月을 ᄒ여라.　　　　(甁歌 1032)

君不見(군불견)=그대는 보지 못하였는가? ◇黃河之水天上來(황하지수천상래)=황하의 물이 하늘로부터 내려온다 ◇奔流到海不復回(분류도해불부회)=빨리 흘러 바다에 이르러 다시는 돌아오지 못한다 ◇又不見(우불견)=또 보지 못하였는가? ◇高堂明鏡悲白髮(고당명경비백발)ᄒ다=고당에서 명경에 비친 백발을 슬퍼한다 ◇朝如靑絲暮成雪(조여청사모성설)=아침에 검던 머리가 저녁엔 백발이 되었다 ◇人生得意須盡歡(인생득의수진환)이니=인생이 뜻대로 되면 모름지기 즐거움이 한이 없으니 ◇莫使金樽空對月(막사금준공대월)=달을 상대하여 술통을 비운들 어떠리.

※ 이백(李白)의 시 「장진주(將進酒)」의 첫머리 부분을 시조로 만든 것이다.

75

君臣은 大義 잇고 父子는 至親이며

長幼有序의 兄弟 들고 朋友有信의 師生 드네

아마도 夫婦一倫은 五倫之本이라 엇디 無別ᄒ올소냐.　　　(頤齋亂稿) 黃胤錫

君臣(군신)은 대의(大義) 잇고=군신 간에는 큰 의리가 있고 ◇父子(부자)는 至親

(지친)이며=부자지간은 아주 가까운 사이이며 ◇師生(사생) 드네=스승으로 삼네 ◇
夫婦一倫(부부일륜)은=부부 간에는 한결 같은 윤리가 있음은 ◇五倫之本(오륜지본)
이라=오륜의 근본이다.

76

君自故鄕來하니 알리로다 고향사를
오든 날 綺窓 前에 한매화가 피엿드냐 안 피엿드냐
南枝發 北枝未며 北枝發 南枝未와 南枝 北枝 發未發은 去年 今日 일반
인데 그대 아니 와 글로 근심.   (時調 75)

　君自故鄕來(군자고향래)하니=그대가 고향으로부터 오니 ◇고향사(故鄕事)를=고
향에 관한 일들을 ◇綺窓前(기창전)에=비단 휘장이 쳐진 창 앞에 ◇한매화(寒梅花)=
겨울에 피는 매화 ◇南枝發(남지발) 北枝未(북지미)며 北枝發(북지발) 南枝未(남지
미)=남쪽 가지는 피었고 북쪽 가지는 안 피었으며, 북쪽 가지는 피었고 남쪽 가지
는 안 피었다 ◇發未發(발미발)=피거나 피지 않은 것 ◇去年(거년) 今日(금일)=지난
해 오늘 ◇일반(一般)인데=마찬가지인데 ◇글로=그것으로.

77

귓도리 져 귓도리 에엿부다 져 귓도리
어인 귓도리 지는 둘 새는 밤의 긴 소릐 쟈른 소릐 節節이 슬픈 소릐
제 혼자 우러녜여 紗窓 여원 줌을 슬드리도 씌오는고야
두어라 제 비록 微物이나 無人洞房에 내 뜻 알 리는 저뿐인가 ᄒ노라.
                                            (蔓橫淸類) (珍靑 548)

　귓도리=귀뚜라미 ◇에엿부다=가련하다 ◇어인=어떠한 ◇쟈른=짧은 ◇우러녜여=
계속해서 울어 ◇紗窓(사창)=여인이 거처하는 방의 창문 ◇여원 줌을=겨우 든 잠을
◇슬드리도=알뜰하게도. 여기서는 '얄밉게도'라는 뜻으로 쓰였다 ◇씌오는고야=깨
우는구나 ◇微物(미물)=하잘것없는 벌레. 곤충 ◇無人洞房(무인동방)=사랑하는 사람
이 없는 침실.
　※ 이한진본 『청구영언』에 작자가 송용세(宋龍世)로 되어 있다.

78

極目天涯ᄒ니 恨孤雁之失侶ㅣ오 回眸樑上에 羨雙燕之同巢ㅣ로다

遠山은 無情ᄒ야 能遮千里之望眼이오 明月은 有意ᄒ야 相照兩鄉之思心
이로다

花不待二三之月 蕊發於衿中ᄒ고 月不當三五之夜ᄒ야 圓明於枕上ᄒ니 님
뵈온 듯ᄒ여라.   (蔓橫) (瓶歌 861)

極目天涯(극목천애)ᄒ니 恨孤雁之失侶(한고안지실려)ㅣ오=눈을 들어 하늘 끝을
쳐다보니 외로운 기러기 짝 잃은 것을 슬퍼하고 ◇回眸樑上(회모양상)에 羨雙燕之
同巢(선쌍연지동소)ㅣ로다=눈을 대들보 위로 돌리니 한 쌍의 제비가 한 보금자리에
즐김을 부러워함이로다 ◇遠山(원산)은 無情(무정)ᄒ야=먼 산은 무정해서 ◇能遮千
里之望眼(능차천리지망안)이오=능히 천 리를 바라다보는 눈을 가리고 ◇明月(명월)
은 有意(유의)ᄒ야=밝은 달은 뜻이 있어 ◇相照兩鄉之思心(상조양향지사심)이로다=
서로 두 고향을 그리는 마음을 비추도다 ◇花不待二三之月(화부대이삼지월) 蕊發於
衿中(예발어금중)ᄒ고=‘금(衿)’은 ‘금(衾)’의 잘못. 꽃은 봄철을 기다리지 아니하고
꽃봉오리가 이불 속에서 피고 ◇月不當三五之夜(월부당삼오지야) 圓明於枕上(원명
어침상)=달은 보름밤이 되지 않았는데도 베갯머리에 환하고 둥글다.

79

今生 百年 다 놀고셔 來生 百年 다시 노세

桑田碧海 다 되도록 世世生生 이여 노세

아모리 天荒코 地老ᄒ들 닉 情죠ᄎ 싄흘 줄이 잇스랴.   (大東 281)

今生(금생) 百年(백년)=살아 있는 동안 ◇桑田碧海(상전벽해)=뽕나무 밭이 푸른
바다가 됨. 세상의 변환이 빠름을 나타낸 말 ◇世世生生(세세생생)=몇 번이라도 다
시 환생하는 일. 또는 그때 ◇天荒(천황)코 地老(지노)ᄒ들=천지가 멸망한들.

80

금셰샹에 못흘 거슨 놈의 집 님씌다 졍드려 놋코 말 못ᄒ니 이연ᄒ고

ᄉ정치 못ᄒ니 나 죽갓고나

  곳이라고 뜻어내며 닙히라고 흘터내며 가지라고 휘여닉며 히동쳥 보라
민라고 제 밥을 가지고 구게낼가 눈만 썸벅 고기만 ᄭᆞᆫ듯 츄파 여러 번에
님 후려내여 안닌 밤즁에 딥신에 감발ᄒ고 월장 도쥬로 담 넘어가니 싀아
비 귀먹장 화닝 잡년셕은 늠의 속닉는 아지도 못ᄒ고 아닌 밤즁에 밤사름
왔다고 휘날릴 젹에 이내 삼촌 간쟝이 춘셜이로구나

  춤아 진졍 가산뎡쥬 가로 막혀서 나 못 살갓네.   (樂高 887)

  금세샹에=금세상(今世上)에. 지금 세상에 ◇님쯰다=님에게 ◇익연하고=애련(哀
憐)하고. 애처롭고 불쌍하고 ◇뜻어내며=뜯어내며 ◇닙히라고=잎이라고 ◇히동쳥
보라민=해동청(海東靑) 보라매. 송골매와 보라매 ◇구게낼가=구지내일까. 구지내는
새매의 일종 ◇ᄭᆞᆫ듯=까딱 ◇츄파=추파(秋波). 눈웃음 ◇후려내여=유혹하여 ◇딥신
에 감발ᄒ고=짚신에 감발하고. 감발은 신발이 벗겨지지 않도록 잡아매는 것 ◇월장
도쥬=월장도주(越牆跳走). 담을 뛰어넘어 도망을 치다 ◇화닝 잡년셕='화닝'은 '하
인'의 잘못인 듯. 못된 하인 녀셕은 ◇속닉=속마음 ◇밤사름=도둑놈 ◇휘날릴 젹에
=마구 떠들어댈 때에 ◇삼촌간쟝이=삼촌간장(三寸肝腸)이. 애타는 마음이 ◇춘셜이
로구나=춘설(春雪)이로구나. 봄눈 녹듯 하는구나 ◇춤아 진졍=참아 진졍이지 ◇가
산 졍쥬=가산(嘉山)과 정주(定州). 평안도에 있는 지명. 높고 멀다는 뜻으로 쓰인다.

81

  기러기 쎄 만니 안진 곳에 포슈야 총를 함부로 노치 마라

  싀북 강남 오구 가는 길에 임의 소식를 뉘 젼ᄒ리

  우리도 그런 줄 알기로 아니 노씀네.   (南太 27)

  만니 안진=많이 앉은 ◇노치 마라=쏘지 마라 ◇싀북강남=새북강남(塞北江南).
새북은 북쪽 변방, 강남은 양자강 이남으로 서로의 거리가 멀다는 뜻 ◇노씀네=쏘
지 않습니다.

82

기러기 외기러기 너 가는 길히로다

漢陽城臺에 가셔 져근덧 머므러 웨웨쳐 불러 부듸 흔 말만 傳호야주렴

우리도 밧비 가는 길히니 傳훌동말동 호여라.　　　　　　　(蔓橫淸類) (珍靑 496)

길히로다=길이로구나 ◇漢陽城臺(한양성대)=서울 장안. 한양은 중국 현(縣)의 이름이나 우리나라에서 서울을 일반적으로 한양으로 부른다 ◇져근덧=잠깐 동안 ◇밧비=바쁘게. 급히 ◇길히니=길이니 ◇傳(전)훌동말동=전할 수 있을지 말지.

82-1

기럭기 져 기럭기 너 가는 길이로다

님 계신 듸 잠간 들너 웨웨쳐 불너 일으기를 無月黃昏에 슬쓰리 그려

못슬네라 하고 부듸 흔 말만 傳호고 가렴

眞實로 傳키곳 傳호면 님도 반겨 호리라.　　　　　　　　　　(靑가 588)

無月黃昏(무월황혼)=달도 뜨지 않아 어두울 무렵 ◇슬쓰리=살뜰하게 ◇그려 못슬네라=그리워 못 살겠구나 ◇傳(전)키곳 傳(전)호면=전하기만 전하면.

82-2

길억이 져 길억이 너 가는 길이로다

漢陽城內에 暫間 들러 웨웨쳐 불러 닐윽이를 月黃昏 게여갈 쩨 寂寞空閨

에 더진 홀로 안자 님글여 춤아 못 살레라 호고 부듸부듸 傳호여줄염

울이도 님 볼아 (밧비 가는 길히니 傳 훌동 멀동 호여라).

　　　　　　　　　　　　　　　　　　　　　　(蔓數大葉) (海一 633)

寂寞空閨(적막공규)에=쓸쓸한 빈 방에 ◇더진=내던진.

83

기럭기 휠휠 다 나라가고 임의 소식 뉘 전하리

수심은 첩첩한듸 잠이 와야 꿈을 꾸지

우리도 만리장공의 쑤렷시 썻는 저 달이나 되엿스면 임의 겻헤 빗쳐나

볼걸.   (雜誌 157)

수심(愁心)은 첩첩(疊疊)한듸=걱정하는 마음은 쌓이고 쌓였는데 ◇만리장공(萬里
長空)=머나먼 높은 하늘 ◇쑤렷시=뚜렷하게. 둥그렇게.

84

기름의 지진 쓸약과도 아니 먹는 날을

닝수의 살문 돌만두를 먹으라 지근 絶代佳人도 아니 허는 날을 閣氏님

이 허라고 지근지근

아모리 지근지근흔들 품어 잘 줄 이스랴.   (樂戲調) (甁歌 996)

쓸약과=꿀을 발라 만든 약과(藥果) ◇돌만두=돌처럼 딱딱한 만두. 만두소를 넣
지 않고 쌀가루나 밀가루만 뭉쳐 만든 만두 ◇지근=지근덕지근덕 ◇아니 허는 날
을=관계를 맺지 않는 나를 ◇품어 잘 줄=품에 안고 잘 까닭이.

85

箕子ㅣ 朝周ᄒ라 갈 쩨 殷墟를 지나든이

傷宮室毁 壞生禾黍여늘 欲哭에 不可ᄒ고 欲泣에 近婦人ᄒ야 麥秀歌를

닐은 말이 麥秀ㅣ 蕲蕲兮여 禾黍ㅣ 油油로다 彼狡童兮여 不與我好兮로다

殷民이 듯고 눈물 안이 질 이 업더라.   (二數大葉) (海周 539) 金壽長

箕子(기자)ㅣ 朝周(조주)ᄒ라 갈 쩨=기자가 주(周)나라에 찾아갈 때. 기자는 은
(殷)나라 사람으로 이름은 서여(胥餘). 폭군 주왕(紂王)에게 선정을 베풀 것을 간언
했으나 듣지 않자 미친 사람인 체하여 종이 된 후, 주나라로 가는 도중에 은나라의
폐허를 보고 「맥수가(麥秀歌)」를 지었다 한다 ◇殷墟(은허)=은나라의 폐허 ◇傷宮室
毁(상궁실훼) 壞生禾黍(괴생화서)=궁실이 파괴되고 무너진 땅에 기장과 조가 무성
한 것을 슬퍼하다 ◇欲哭(욕곡)에 不可(불가)ᄒ고=통곡을 하고자 하였으나 가능하

지 못했고 ◇欲泣(욕읍)에 近婦人(근부인)ᄒ야=울고 싶으나 가까이에 부인이 있어서 ◇麥秀歌(맥수가)를 닐은 말이=「맥수가」를 지어 한 말이 ◇麥秀(맥수)ㅣ 薪薪兮(점점혜)여=보리가 점점 자람이여 ◇禾黍(화서)ㅣ 油油(유유)로다=기장과 조가 무성하도다 ◇彼狡童兮(피교동혜)여 不與我好兮(불여아호혜)로다=저 교활한 아이여 나와 더불어 좋아하지 않는구나. 교동은 주왕(紂王)을 가리킴 ◇은민(殷民)=은나라 백성들 ◇눈물 아니 질 이=눈물을 아니 떨어뜨릴 사람이. 울지 않을 사람이.

86

記前朝舊事ᄒ이 曾此地 會神仙이라

向月池雲階ᄒ야 重携翠袖ᄒ고 來拾花鈿이라 繁華는 摠隨流水ᄒ이 歎一場春夢杳難圓이라 廢港芙蕖는 滴露ᄒ고 斷堤楊柳에 遠烟이로다 兩峯南北이 只依然ᄒ되 輦路에 草芊芊 恨別館離宮에 烟消鳳盖오 波沒龍舡이라

平生 銀屛金屋에 對漆燈無焰夜如年이라 落日牛羊은 隴上이오 西風燕雀林邊이로다.

(樂時調) (海一 561)

記前朝舊事(기전조구사)ᄒ이=전조의 옛일을 생각하니. 전조는 먼저의 왕조(王朝) ◇曾此地(증차지) 會神仙(회신선)이라=일찍이 이곳에서 신선들이 모였다 ◇向月池雲階(향월지운계)ᄒ야=달빛이 비치는 연못의 구름 계단을 향하여 ◇重携翠袖(중휴취수)ᄒ고=여러 여인들을 데리고 ◇來拾花鈿(내습화전)이라=불러서 꽃비녀를 주더라 ◇繁華(번화)는 摠隨流水(총수류수)ᄒ이=번성하고 화려한 것은 모두 흐르는 물을 따라가니 ◇歎一場春夢杳難圓(탄일장춘몽묘난원)이라=일장춘몽이 다시 이루어지는 것이 아득함을 한탄한다 ◇廢港芙蕖(폐항부거)는 滴露(적로)ᄒ고=무너진 도랑의 연꽃은 이슬방울을 떨어뜨리고 ◇斷堤楊柳(단제양류)에 遠烟(요연)이로다=끊어진 둑 버드나무엔 연기가 감돈다 ◇兩峰南北(양봉남북)이 只依然(지의연)ᄒ되=두 봉우리 남북이 다만 예전과 같되 ◇輦路(연로)에 草芊芊(초천천)=연로에는 풀만 우거졌고. 연로는 임금의 수레가 다니던 길 ◇恨別館離宮(한별관이궁)에 烟消鳳盖(연소봉개)오 波沒龍舡(파몰용강)이라=별관과 이궁에 연기가 봉개를 가리고 파도는 용선을 침몰시킴을 한탄한다. 별관과 이궁은 임금이 순행할 때의 거처. 봉개는 임금의 일산(日傘). 용강(龍舡)은 임금의 배 ◇平生(평생) 銀屛金屋(은병금옥)에=평생을 호화로운 집에 살다가 ◇對漆燈無焰夜如年(대칠등무염야여년)이라=불꽃 없는 시커먼 등으로 하룻밤을 지내니 일 년이 되는 것 같더라 ◇落日牛羊(낙일우양)은 隴上(농상)이오=

해는 졌는데 소나 양은 아직 언덕에 있고 ◇西風燕雀(서풍연작)은 林邊(임변)이로다
=가을바람이 불어도 연작은 아직도 숲가에 머물고 있더라.

87

길럭이 펄펄 발셔 나라 가스러니 고기난 어이 이젹지 아니 오노

山 높고 믈 기닷터니 아마 믈이 山도곤 기러 못 오나 보다

至今예 魚雁도 쌔르지 못하니 그를 슬어하노라.　　　　(金玉 141) 安玟英

발셔=벌써 ◇나라 가스러니=날아갔을 것이니 ◇이젹지=이제까지 ◇기닷터니=길
다고 하더니 ◇山(산)도곤=산보다 ◇魚雁(어안)도=편지.

※『금옥총부』에 "여어임인추 여우진원 하왕호남순창 휴주덕기 방운봉송흥록 이
시신만엽 김계철 송계학 일대명창 적재기가 견아흔영의 상여류연 질탕수십일후 전
향남원즉 전주기 명월 자농선 득죄어도백 정배어남원의 견기자색절미 조해음률 행
동범백언어 무소불비 잉여상수 정의전밀 불각시일지천연 급기임별 창석지회 난이
형언 상락후 문기해배 환향즉부일편서 미견기답 필치부침이연이(余於壬寅秋 與禹鎭
元 下往湖南淳昌 携朱德基 訪雲峰宋興祿 伊時申萬燁 金啓哲 宋啓學 一隊名唱 適在其
家 見我欣迎矣 相與留連 迭宕數十日後 轉向南原則 全州妓 明月 字弄仙 得罪於道伯
定配於南原矣 見其姿色絶美 粗解音律 行動凡百言語 無所不備 仍與常隨 情誼轉密 不
覺時日之遷延 及其臨別 悵惜之懷 難以形言 上洛後 聞其解配 還鄕卽附一片書 未見其
答 必致浮沈而然耳, 내가 임인년 가을에 우진원과 호남의 순창에 나려가 주덕기를
데리고 운봉의 송흥록을 방문하니 이때 신만엽 김계철 송계학의 일대 명창들이 마
침 집에 있다가 나를 보고 기쁘게 맞이했다. 서로 머물며 계속하여 십여 일을 질탕
하게 보낸 후 남원으로 방향을 바꾸니 전주 기생 명월의 자가 농선인데 도백에게
죄를 짓고 남원에 귀양 와 있었다. 그의 자색의 뛰어나게 아름다움과 음률에 대한
대략의 이해와 행동과 모든 언어를 보니 갖추지 아니한 것이 없었다. 인하여 서로
따르고 정의가 점점 밀접하여 시일이 지체되는 것을 깨닫지 못하고 이별을 임박해
서야 애석하고 슬픈 감회를 형언하기 어려웠다. 서울로 올라온 뒤 그가 귀양에서
풀렸다는 소식을 듣고 고향으로 즉시 편지를 부쳤으나 답서를 보지 못했다. 세상의
변화가 반드시 이러한 것일 따름이다)"라 했다.

88

吉州 明川 가는 베 쟝ᄉᆞ야 닭 운다고 길 가지 마라

그 닭이 졍닭기 아니요 孟嘗君의 人닭기지

우리도 그런 줄 알기로 싁거든 가즈우.　　　　　　　　(時調 歌詞 22)

吉州 明川(길주명천)=지명. 함경도에 있다 ◇베 쟝ᄉᆞ야=삼베를 파는 장사꾼아 ◇
졍닭기=진짜 닭이 ◇孟嘗君(맹상군)의 人(인)닭기지=맹상군의 식객이 가짜로 흉내
를 낸 사람 닭이지. 맹상군은 전국시대 제나라의 정치가로 식객 가운데 닭 울음소
리를 잘 내는 사람의 도움으로 목숨을 건질 수가 있었다 ◇싁거든=날이 밝거든 ◇
가즈우=가자꾸나.

89

길히 머다 ᄒᆞ다 나면 아니 가랴터냐

믈이 파려 ᄒᆞ다 트면 아니 녜랴터냐

가고 녠 後ㅣ면 老母 歸寧ᄒᆞᆯ 일이듸 遄臻于衛언마ᄂᆞᆫ 不瑕有害라 이를
저퍼 ᄒᆞ노라.　　　　　　　(思老親曲 12-3) (靜齋先生文集 3) 李聃命

길히=길이 ◇나면=나서면 ◇가랴터냐=가지 않겠느냐? ◇파려 ᄒᆞ다=파리하다 해
도 ◇녜랴터냐=가지 않겠느냐? ◇老母(노모) 歸寧(귀녕)ᄒᆞᆯ 일이듸=늙은 어머니를
뵈러 갈 일이되 ◇遄臻于衛(천진우위)언마ᄂᆞᆫ 不瑕有害(불하유해)라=빨리 위(衛)에
갈 수 있지만 어떤 해가 있을까 두렵다 ◇저퍼=두려워.

※ '천진우위(遄臻于衛) 불하유해(不瑕有害)'는 『시경(詩經)』「패풍(邶風)」 "천수
편(泉水篇)"에 있는 구절이다.

90

金化ㅣ 金城 슈슛대 半 단만 어더 죠고만 말마치 움을 뭇고

조쥭 니쥭 白楊箸로 지거 자내 자소 나ᄂᆞᆫ 매 서로 勸ᄒᆞᆯ만졍

一生에 離別 뉘 모로미 긔 願인가 ᄒᆞ노라.　　　　(蔓橫淸類) (珍靑 466)

金化(김화) 金城(김성)=강원도에 있는 지명 ◇슈슛대=수수의 줄기 ◇말마치=말
만치. 말[斗]만큼 작은 ◇움을 뭇고=움집을 짓고 ◇조죽 니죽=좁쌀죽과 입쌀죽 ◇
白楊箸(백양저)로=백양나무로 만든 젓가락으로 ◇지거=찍어 ◇자소=자시오 ◇매=
싫으이. 매는 '마이'의 축약한 형태 ◇뉘=때 ◇모로미=모르는 것이.

91

곳츨 썩거 멀니의 곳고 山의 올너 들 귀경ᄒᆞ니

올오시난 閑良임ᄂᆡ 누리시ᄂᆞᆫ 션븨임ᄂᆡ 날 보날아고 길 못 가니

아마도 山즁 귀物은 나ᄲᅵᆫ.　　　　　　　　　　　　　　　　(靈山歌 34)

멀니의=머리에 ◇올너=올라 ◇귀경ᄒᆞ니=구경하니 ◇閑良(한량)임ᄂᆡ=한량님들.
한량은 돈 잘 쓰고 노는 사람. 또는 조선 시대 무과에 급제하지 못한 호반(虎班)의
사람 ◇날 보날아고=나를 쳐다보느라고 ◇귀物(물)은=귀(貴)한 물건은.

92

쭘에 謫仙을 만나 岳陽樓에 올라간이

高朋이 滿座ᄒᆞ듸 杜牧 蘇子瞻과 魯眞君 呂洞賓과 劉伯伶 白樂天과 崔孤
雲 賈壽富에 一隊 群仙 모닷는듸 美酒는 盈樽ᄒᆞ고 肴核는 滿盤이라 女班
을 도라보니 月宮姮娥 洛浦仙과 李夫人 趙飛燕과 絶代佳人 다 왓는듸 香
臭는 擁鼻하고 佩玉이 鳴浪이라 徐氏의 韻和瑟과 王子晉의 鳳簫聲과 宋玉
의 玉洞簫요 石蓮士의 거믄고에 郭處士의 竹杖鼓와 楊太眞의 羽衣舞요 蔡
文姬의 胡歌聲과 張定元의 採蓮曲과 秦靑의 긴노릭로다 酒半에 醉興을 못
이긔여 不知何處弔湘君을 太白이 읇허ᄂᆡ니 吳楚東南日夜浮는 杜甫의 和答
이요 朗吟飛過洞庭湖는 呂洞賓의 仙語로다 洞庭月落孤雲歸는 崔孤雲의 絶
作이로다

우리의 仙分이 엇덧튼지 쭘에 求景ᄒᆞ괘라.　　　　　　(海周 562) 金壽長

謫仙(적선)=당(唐)나라 시인 이백(李白)을 가리킴. 그를 천상(天上)에서 귀양 온
신선에 비유하여 일컫는 말이다 ◇岳陽樓(악양루)=중국 호남성 악양현에 있는 누각.

동정호(洞庭湖)에 접하고 있어 경치가 뛰어나다 ◇高朋(고붕)이 滿座(만좌)=훌륭한 벗들이 자리에 가득하다 ◇杜牧(두목)=당나라 시인 ◇蘇子瞻(소자첨)=북송의 시인이며 학자인 소식(蘇軾). 자첨의 그의 자(字) ◇魯眞君(노진군)='진군'은 신선에 대한 존칭. 전국시대 제(齊)나라의 노중련(魯仲連)을 가리킴 ◇呂洞賓(여동빈)=당나라 사람으로 종남산(終南山)에서 수도(修道)한 팔선(八仙)의 하나 ◇劉伯伶(유백령)=유령(劉伶)을 가리킨다. 진(晉)나라 사람으로 생전에 술을 즐기고「주덕송(酒德頌)」을 지었다 ◇白樂天(백낙천)=당(唐)나라 시인 백거이(白居易)를 가리킴. 자(字)가 낙천이다 ◇崔孤雲(최고운)=신라(新羅)의 학자 최치원(崔致遠)을 가리킨다 ◇賈壽富(가수부)=송(宋)나라 때의 도사(道士) 가휴부(賈休復)의 잘못 ◇一隊群仙(일대군선)=하나의 대오를 만들 수 있는 많은 신선들 ◇美酒(미주)는 盈樽(영준)ᄒ고 肴核(효핵)은 滿盤(만반)이라=좋은 술은 술통에 가득 차고 어물(魚物)과 과일을 재료로 만든 안주는 소반에 가득하다 ◇女班(여반)=여자들이 모인 자리 ◇月宮姮娥(월궁항아)=달나라 궁전의 항아. 항아는 예(羿)의 처(妻). 남편이 서왕모에게서 얻어 온 선약(仙藥)을 훔쳐 달나라로 도망쳤다 한다 ◇洛浦仙(낙포선)=낙포의 여신(女神) ◇李夫人(이부인)=한(漢)나라 이연년(李延年)의 누이이며 무제(武帝)의 부인 ◇趙飛燕(조비연)=한나라 성양후(成陽侯) 조림(趙臨)의 딸. 가무를 잘했고 나중에 성제(成帝)의 왕후가 되다 ◇絶代佳人(절대가인)=세상에 견줄 만한 것이 없을 정도의 뛰어나게 아름다운 미인 ◇香臭(향취)는 擁鼻(옹비)ᄒ고=향내가 코를 찌르고 ◇佩玉(패옥)이 鳴浪(명랑)이라=명랑은 '명란(鳴鑾)'의 잘못인 듯. 몸에 치장하고 있는 옥의 소리가 낭랑하다 ◇徐氏(서씨)의 韻和瑟(운화슬)='운화슬'은 금슬(琴瑟)의 이름으로 '운화슬(雲和瑟)'의 잘못. 서씨는 당나라 사람으로 하동삼절(河東三絶)의 하나인 서언백(徐彦伯)을 가리킨다 ◇王子(왕자) 晉(진)의 風簫聲(풍소성)=왕자 진의 퉁소 소리. 진(晉)은 주(周)나라 영왕(靈王)의 태자 왕교(王喬)로 생(笙)을 잘 불었음. '풍소'는 '봉소(鳳簫)'의 잘못 ◇宋玉(송옥)의 玉洞簫(옥통소)=송옥은 '농옥(弄玉)'의 잘못인 듯. 농옥은 진목공(晉穆公)의 딸로 퉁소를 잘 불었다 ◇石蓮子(석연자)의 거문고='석연자'는 '성연자(成連子)'의 잘못. 성연자는 춘추시대 사람으로 거문고를 잘 탔다 ◇郭處士(곽처사)의 竹杖鼓(죽장고)=곽처사는 당(唐)나라 장군 곽자의(郭子儀)를 가리킨다. 곽자의가 죽장고를 잘 쳤음. 죽장고는 길고 굵은 대나무 통의 속마디를 뚫어 만든 악기 ◇楊太眞(양태진)의 羽衣舞(우의무)=양태진은 당나라 현종(玄宗)의 총희(寵姬)인 양귀비를 가리킴. 우의무는 춤의 한 가지 ◇蔡文姬(채문희)의 胡歌聲(호가성)=채문희가 호가를 연주하는 소리. 채문희는 후한(後漢) 때 여자로 음률에 통했음. '호가'는 '호가(胡笳)'의 잘못인 듯 ◇張定元(장정원)의 採蓮曲(채련곡)='장정원'은 '장정완(張靜琬)'의 잘못. 음률에 정통하고 「채련곡」을 지었다 ◇秦靑(진청)=옛날에 노래를 잘하던 사람 ◇酒半(주반)=술이 어느 정도 취함 ◇不知何處弔湘君(부지하처조상군)=어느 곳에서 상군을 조상해야 할 것인지를 모르다. 이백의 시구(詩句). 상군은 순(舜)의 왕비인 아황과 여영을 말한다 ◇吳楚東南日夜浮(오초동남일야부)=오나라와 초나라는 동남쪽이 트였고 건곤이 밤낮으로 떠 있음. 두보(杜甫)의 시구 ◇浪吟飛過洞庭湖(낭음비과동정호)='낭(浪)'은 '낭(朗)'의 잘못. 낭랑하게 노래를 부르며 동정호 위를 날아 지나가다 ◇仙語(선어)=신선들의 말 ◇洞庭月落孤雲歸(동정월락고운귀)=동정호에 달이 지고 외로운 구름이 돌아오다 ◇絶作(절작)=뛰어난 작품. 글 ◇仙分(선분)=신선과의 연분. 선인(仙人)의 소질.

93

숨은 故鄕 가건마는 나는 어이 못 가는고

숨아 너는 어느 시이 故鄕 갓다 왓누 堂上鶴髮雙親一向萬康ᄒ옵시며 閨裡에 紅顔妻子와 어린 同生과 各宅諸節리 다 泰平턴야

泰平키는 泰平터라만 너 아니 온다고 愁心일네.　　　　　　　(源一 735)

어이=왜 ◇시이=사이에 ◇갓다 왓누=갓다 왔느냐 ◇堂上鶴髮雙親 一向萬康(당상학발쌍친일향만강)ᄒ옵시며=집안의 늙으신 부모님은 항상 건강하시며 ◇閨裡(규리)에 紅顔妻子(홍안처자)=안채에 있는 예쁜 아내와 자식 ◇各宅諸節(각댁제절)리=각집의 모든 일들이 ◇愁心(수심)일네=걱정하는 빛이더라.

94

나는 마다 나는 마다 高臺廣室 나는 마다

奴婢田宅 大緞 長옷 緋緞치마 紫芝香織 져고리 蜜花珠 겻칼 쏜머리 石雄黃 올오다 쓰러 숨자리로다

나의 願ᄒ는 바는 키 크고 얼굴 곱고 글 잘ᄒ고 말 줄ᄒ고 노래 용코 춤 잘 추고 활 잘 쏘고 바돌 두고 픔자리 더옥 일드리 잘ᄒ는 白馬金鞭의 風流郎인가 하노라.　　　　　　　(槿樂 357)

마다=싫다 ◇高臺廣室(고대광실)=굉장히 크고 좋은 집 ◇奴婢田宅(노비전택)=종과 전답과 집. 많은 재산 ◇大緞(대단) 長(장)옷=대단으로 만든 장옷. 장옷은 여인네들이 외출할 때 머리에서부터 내려 쓰던 옷 ◇紫芝香織(자지향직)='향직(香織)'은 '향직(鄕職)'의 잘못. 자줏빛 명주 ◇蜜花珠(밀화주) 겻칼=밀화주로 칼자루를 만든 장도(粧刀). 밀화주는 보석의 하나 ◇쏜머리=딴머리. 머리카락의 숱이 많아 보이게 하기 위해 덧대어서 얹는 머리털. 가발(假髮) ◇石雄黃(석웅황)=염료로 쓰이는 광물. 여기서는 석웅황으로 물들인 색이 고운 댕기를 가리킴 ◇올오다=오로지. 모두 다 ◇꿈자리=남자와 같이 하는 잠자리 ◇용코=잘하고 ◇白馬金鞭(백마금편)의 風流郎(풍류랑)=갖은 치장을 한 멋쟁이. 금편은 좋은 말채찍.

95

나는 마다 나는 마다 錦衣玉食 나는 마다

죽어 棺에 들 지 錦衣를 입으련이 子孫의 祭바들 지 玉食을 먹으려니

죽은 後 못홀 일은 粉壁紗窓 月三更의 고은 님 드리고 晝夜同寢 흐기로다

죽은 後 못홀 일이니 사라 아니흐고 뉘웃츨가 흐노라.　　　　(甁歌 1035)

錦衣玉食(금의옥식)=비단옷과 좋은 음식 ◇棺(관)에 들 지=죽어 관에 들어갈 때 ◇粉壁紗窓 月三更(분벽사창월삼경)=깨끗이 바른 벽과 깁으로 가린 창, 즉 여인이 거처하는 방의 한밤중에 ◇晝夜同寢(주야동침)=밤낮 없이 같이 누워 지내다 ◇사라=살아서 ◇뉘웃츨가=후회할까.

96

나는 님 혜기를 嚴冬雪寒에 孟嘗君의 狐白裘 又고

님은 날 너기기를 三角山 中興寺에 이 싸진 늘근 즁놈에 살 성귄 어리이시로다

짝스랑 의즐김흐는 뜻을 하늘이 아르셔 돌려 흐게 흐쇼셔.　　　　(珍靑 540)

혜기를=생각하기를 ◇嚴冬雪寒(엄동설한)=눈까지 내려 한결 차가운 겨울 ◇孟嘗君(맹상군)의 狐白裘(호백구) 又고=맹상군의 보물인 여우 겨드랑이 털로 만들었다는 갖옷처럼 생각하고. 맹상군은 전국시대 제(齊)나라 사람으로 여우 겨드랑이의

흰 털로 만들었다는 갖옷을 보물로 가지고 있었다고 함 ◇너기기를=여기기를 ◇三
角山(삼각산) 中興寺(중흥사)=삼각산의 중흥사(重興寺)의 잘못이다. 삼각산은 서울
의 진산(鎭山)으로 서울 서북쪽에 있다 ◇살 성긘 어리이시로다=빗살이 엉성한 얼
레빗이로다 ◇짝ᄉ랑 의즐김ᄒ는 뜻을='짝ᄉ랑 의즐김'은 '짝ᄉ랑 외즐김'의 잘못
이다. 짝사랑하며 혼자 즐거워하는 뜻을 ◇돌려 ᄒ게=반대로 나를 사랑하게.

96-1

나는 님 넉이기를 無虎洞裏에 狸作虎만 넉이는듸
님을 날 혜기를 닙 업쓴 갈강
가쉬덤블 아애 알 둔 새만 넉인다.   (海一 388)

넉이기를=생각하기를. 여기기를 ◇無虎洞裏(무호동리)에 狸作虎(이작호)만=호랑
이가 없는 굴에 삵쾡이로만 ◇닙 업쓴 갈강=잎이 없는 떡갈나무 ◇알 둔 새만=알
을 숨겨둔 새 정도로.

97

나는 指南石이런가 閣氏네들은 날반을인지
안즈도 붓고 셔도 ᄯᅳ르고 누워도 붓고 솝쎠도 ᄯᅡ라와 안이 써러진다
琴瑟이 不調ᄒᆞᆫ 分네들은 指南石 날반을을 달혀 日再服ᄒ시소.

                                (二數大葉) (海周 564) 金壽長

指南石(지남석)=자석(磁石) ◇날반을인지=날바늘인가. 날바늘은 실을 꿰지 않은
바늘 ◇솝쎠도=솟구쳐 올라도 ◇안이=아니 ◇琴瑟(금슬)이 不調(부조)ᄒᆞᆫ 分(분)네들
은=부부간에 사이가 조화롭지 못한 분들은 ◇달혀=끓여서 ◇日再服(일재복)=하루
에 두 번 달여 먹음.

98

나는 진졍 말이지 습각산 거ᄒᆞ든 범나븨로 장안 만호를 나려다보니
오쇠이 영롱키로 화기 당졀인가 츈흥을 못 익여 나려를 왓다가 돌아가

든 회로에 이 몸이 앗츠 실수 되야 인왕산 蝶絲에 나걸넛고나

　엘라 노와라 못 놋켓구나 열 발가락이 씨여서도 나 못 놋카구.　(樂高 912)

　진정 말이지=정말이지　◇습각산=삼각산(三角山). 북한산의 다른 이름　◇거(居)ᄒ 든=살던　◇장안(長安) 만호(萬戶)=서울 성안의 많은 집들　◇화긔 당절인가=화개(花 開) 당절(當節)인가. 꽃이 피기에 좋은 시절을 만났는가?　◇춘흥을 못 익여=봄의 흥 취(春興)를 억제하지 못하여　◇회로(回路)에=돌아가는 길에　◇蝶絲(접사)=거미가 나 비를 잡으려 쳐놓은 거미줄　◇엘라=여보아라　◇씨여서도=찢어져도　◇못 놋카구=못 놓겠다.

99

　나모도 바히 돌도 업슨 뫼헤 매게 ᄶᅩ친 가토릐 안과

　大川 바다 한가온대 一千石 시른 빈에 노도 일코 닷도 일코 뇽총도 근 코 돗대도 것고 치도 쌔지고 ᄇᄅᆞᆷ 부러 믈결 치고 안개 뒤섯게 ᄌᆞ자진 날 에 갈 길은 千里 萬里 나믄듸 四面이 거머어득 져뭇 天地寂寞 가치노을 썻는듸 水賊 만난 都沙工의 안과

　엇그제 님 여흰 내 안히야 엇다가 ᄀᆞ을ᄒᆞ리오.　　　(蔓横清類) (珍青 572)

　바히=전혀　◇뫼헤=산에　◇매게=매에게　◇ᄶᅩ친=쫓긴　◇가토릐 안과=까투리의 심 정(心情)과　◇노도 일코=사앗대도 잃어버리고　◇닷도=닻도. 닻은 배를 멈추게 하기 위해 물 속으로 던지는 큰 갈고리　◇뇽총도 근코=용총(龍總)도 끊어지고. 용총은 돛 을 조종하는 줄　◇돗대도 것고=돛을 다는 막대도 꺾어지고　◇치도=키도. 키는 배의 방향을 조종하는 기구　◇ᄌᆞ자진=자욱하게 낀　◇나믄듸=남았는데　◇거머어득 져뭇= 검어 어두컴컴해지고 저물어　◇가치노을 썻는듸=까치노을이 떴는데. 까치노을은 사 나운 파도. 백두파(白頭波)　◇水賊(수적)=뭍이 아닌 물에서 활동하는 도적　◇都沙工 (도사공)=우두머리 사공. 선장(船長)　◇여흰=이별한. 잃은　◇ᄀᆞ을ᄒᆞ리오=비교하리오.

100

　나아가도 聖恩이요 믈너가도 聖恩이라

廊廟나 江湖나 간 곳마다 聖恩이라

이 몸이 一百 番 듁어도 ᄆᆞ음은 千千萬萬春인가 ᄒᆞ로라.

(感聖恩歌 5-5) (無極集) 梁柱翊

나아가도=벼슬을 하여도 ◇물너가도=벼슬을 그만두어도 ◇廊廟(낭묘)=조정(朝廷) ◇江湖(강호)=시골 ◇듁어도=죽어도 ◇千千萬萬春(천천만만춘)=천년 만년이 지나도 항상 같다.

※ 한역(漢譯): 進亦聖恩 退亦聖恩 廊廟江湖 到處俱是聖恩 此身一百番死 此心千千萬萬春(진역성은 퇴역성은 낭묘강호 도처구시성은 차신일백번사 차심천천만만춘)

101

나 탄 말은 청총마요 임 탄 말은 오츄마라

늬 압희 청삽ᄊᆞ리 임의 팔의 보라미라

져 ᄀᆡ야 공산의 깁히 든 쒱을 즈로 뒤져 투겨라 믹 쮜여보게.   (時調 20)

청총마=청총마(靑驄馬). 푸른 빛깔의 부루말. 총이말 ◇오추마(烏騅馬)=검은 털에 흰 털이 섞인 말. 항우가 탔던 말 ◇청삽ᄊᆞ리=검은 삽살개 ◇보라미=그해 난 새끼를 길들여 사냥에 쓰는 매 ◇즈로=자주. 여러 차례 ◇뒤져 투겨라=뒤져서 튀겨라 ◇믹 쮜여=매를 띄워. 날려.

102

洛城 西北 三溪洞天에 水澄淸而山秀麗ᄒᆞ듸

翼然有亭에 伊誰在矣오 國太公之 偃息이시리

비ᄂᆞ니 南極老人 北斗星君으로 享壽萬年 ᄒᆞ오소셔.   (金玉 96) 安玟英

洛城 西北(낙성서북)=서울의 서북쪽 ◇三溪洞天(삼계동천)=삼계의 골짜기. 삼계동은 자하문 밖에 있다 ◇水澄淸而山秀麗(수징청이산수려)ᄒᆞ듸=물이 맑고 산세가 빼어나게 아름다운데 ◇翼然有亭(익연유정)에=날개를 펼친 것처럼 아름다운 정자가 있는데 ◇伊誰在矣(이수재의)오=거기에 누가 있는고 ◇國太公之 偃息(국태공지언식)=국태공께서 편히 쉬고 계시다. 국태공은 흥선대원군 이하응(李昰應)을 가리킨

다 ◇南極老人(남극노인)=남극노인성(南極老人星). 사람의 수명(壽命)을 관장한다는
별 ◇北斗星君(북두성군)=북두칠성 ◇享壽萬年(향수만년)=목숨을 만년까지 누리다.

※ 『금옥총부』에 "석파대로 어춘하지교 언식어차(石坡大老 於春夏之交 偃息於
此)"라 했다.

103

洛城이 一別四千里로다 胡騎長馭 五六年을

草木은 變衰行劍外로다 兵戈는 阻絶老江邊이라 思家步月淸宵立ᄒ야 憶
弟看雲白日眠이라

聞道河陽이 近乘勝ᄒ이 司徒ㅣ 急爲破幽燕을 ᄒ소라.   (海一 620)

洛城(낙성)이 一別四千里(일별사천리)로다=낙성이 한번 떠나니 사천 리로구나 ◇
胡騎長馭五六年(호기장구오륙년)을=호마(胡馬)를 타고 달린 지가 오륙 년을 ◇草木
(초목)은 變衰行劍外(변쇠행검외)로다=초목은 변쇠하고 검각(劍閣) 밖을 거닐도다
◇兵戈(병과)는 阻絶老江邊(조절로강변)이라=전쟁은 왕래를 끊어 강변에서 늙도다
◇思家步月淸宵立(사가보월청소립)=집을 생각하며 달이 밝은 밤에 서서 ◇憶弟看雲
白日眠(억제간운백일면)=아우를 그리며 구름을 보다가 대낮에 졸도다 ◇聞道河陽
(문도하양)이 近乘勝(근승승)ᄒ이=듣는 바에 의하면 근래 하양에서 전쟁에 이겼다
고 하니 ◇司徒(사도)ㅣ 急爲破幽燕(급위파유연)을=사도여 급히 유주(幽州)와 연지
(燕地)를 격파하소서.

※ 두보(杜甫)의 「한별(恨別)」을 시조로 만든 것이다.

104

洛陽 東村 梨花亭에 麻姑仙女 집의 술 닉단 말 반겨 듯고

靑驢에 鞍裝지어 金돈 싯고 드러가 가셔

兒孩也 淑娘子 계신야 門 밧긔 李郞 왓다 살와라.   (界樂) (靑六 783)

洛陽(낙양)=낙수(洛水)의 북쪽에 있고 동주(東周)가 도읍을 정했던 곳 ◇梨花亭
(이화정)=고소설 『숙향전(淑香傳)』에 나오는 정자 ◇麻姑仙女(마고선녀)=손톱이 길
다고 하는 선녀의 이름. 여기서는 숙향이 머물던 집의 주인 마고할미 ◇술 닉단 말

=술이 익었다는 말 ◇반겨 듯고=반갑게 듣고 ◇靑驢(청려)=당나귀의 한 가지 ◇淑
娘子(숙낭자)=숙향(淑香) 낭자. 『숙향전』의 여주인공 ◇李郞(이랑)=이선(李仙). 『숙
향전』의 남자 주인공의 이름 ◇살와라=말하여라. 알려라.

※ 고소설 『숙향전(淑香傳)』을 소재로 한 작품이다.

105

洛陽 三月時에 宮柳는 黃金枝로다

春服이 旣成커늘 小車에 슐을 싯고 桃李園 차쟈 드러 東風으로 洒掃ㅎ
고 芳草로 자리 숨아 鸕鶿酌 鸚鵡盃로 一杯一杯 醉케 먹고 吹笙鼓簧ㅎ며
詠歌舞蹈홀 제 日已西ㅎ고 月復東이로다

兒禧야 春風이 몃 날이리 林間에 宿不歸를 ㅎ리라.　　　　(源國 504) 任義直

洛陽 三月時(낙양 삼월시)=낙양의 봄철에. 낙양은 일반적으로 서울을 가리킴 ◇
宮柳(궁류)는 黃金枝(황금지)로다=궁중에 있는 버들가지들은 꾀꼬리의 노란빛으로
인하여 황금빛이다. 이백(李白)의 시에 "낙양이삼월 궁류황금지(洛陽二三月 宮柳黃
金枝)"라는 구절이 있음 ◇春服(춘복)이 旣成(기성)커늘=봄철의 입을 옷이 다 만들
어지거든 ◇小車(소거)에=수레에 ◇桃李園(도리원)=복숭아와 오얏꽃이 피어 있는
동산 ◇東風(동풍)으로 洒掃(쇄소)ㅎ고=봄바람으로 깨끗이 쓸어버리고 ◇芳草(방초)
로 자리 숨아=싱싱한 풀로 깔고 앉는 돗자리를 삼아 ◇鸕鶿酌(노자작) 鸚鵡盃(앵무
배)로=새 모양으로 생긴 술잔으로 ◇一杯一杯(일배일배)=한잔 한잔 ◇吹笙鼓簧(취
생고황)=생황을 불고 두드리며 ◇詠歌舞蹈(영가무도)홀 제=노래 부르며 춤을 출 때
◇日已西(일이서)ㅎ고 月復東(월부동)이로다=해는 이미 서쪽으로 졌고 달은 다시 동
쪽에 떠오른다 ◇春風(춘풍)이 몃 날이리=봄철이 며칠이나 하겠느냐. 세월은 짧다
◇林間(임간)에 宿不歸(숙불귀)를 ㅎ리라=숲 속에서 자고 집에 돌아가지 않으리라.

106

洛陽三月 淸明節에 滿城花柳 一時新이라

芒鞋黎杖으로 弼雲臺 올나가니 千甍甲第는 九衢에 照耀ㅎ고 萬重紅綠은
繡幕에 어릐엿다 公子王孫들이 翠盖朱輪으로 芳樹下에 흘너들고 冶郎遊客
들은 白馬金鞍으로 落花前 모다는듸 百隊靑娥들은 綠陰에 섯돌며셔 淸歌

妙舞로 春興을 비야닐 지 騷人墨客들이 接䍦를 倒着ᄒ고 醉後狂唱이 오로
다 다 豪氣로다

夕陽의 簫鼓暄天ᄒ고 禁街로 나려오며 太平烟月에 歌誦ᄒ고 노더라.

洛陽(낙양)=서울의 뜻으로 쓰였다 ◇淸明節(청명절)=24절기의 하나로 4월 초순
에 듦. 또는 봄의 쾌청한 때 ◇滿城花柳一時新(만성화류일시신)=온 장안의 화류가
일시에 새롭다 ◇芒鞋黎杖(망혜여장)으로=짚신과 명아주 지팡이로 ◇弼雲臺(필운
대)=서울 서북쪽 인왕산 아래 있던 대 ◇千甍甲第(천맹갑제)는=대단히 많은 훌륭한
집들은 ◇九衢(구구)에 照耀(조요)ᄒ고=매우 번화한 거리에 비추이고 ◇萬重紅綠(만
중홍록)은=겹겹이 둘려 있는 꽃과 나무는 ◇繡幕(수막)=수를 놓은 천으로 만든 휘
장 ◇어릐엿다=휘황스럽게 빛난다 ◇公子王孫(공자왕손)=귀족의 자제 ◇翠盖朱輪
(취개주륜)=비취의 날개로 꾸민 일산과 붉은 칠을 한 수레. 귀한 사람들의 탈것 ◇
芳樹下(방수하)에=잎이 우거진 나무 아래에 ◇冶郎遊客(야랑유객)=바람둥이 놀이꾼
◇白馬金鞍(백마금안)=흰 말과 좋은 안장 ◇落花前(낙화전)에=꽃잎이 떨어지는 곳
에 ◇百隊靑娥(백대청아)=많은 떼를 이룬 노는 계집들 ◇섯돌면서=뒤섞여 춤을 추
며 ◇淸歌妙舞(청가묘무)로=맑은 노래와 아리따운 춤으로 ◇비야닐 지=재촉할 때에
◇騷人墨客(소인묵객)=시인과 서화를 하는 선비 ◇接䍦(접리)를 倒着(도착)ᄒ고=흰
모자. 모자를 거꾸로 쓰고 ◇醉後狂唱(취후광창)이=술에 취해 마구 부르는 노래가
◇簫鼓暄天(소고훤천)=퉁소와 북소리로 크게 시끄러움 ◇禁街(금가)로=마음대로 다
닐 수 없는 곳으로. 궁중(宮中) ◇歌誦(가송)=노래 부르고.

107
洛陽城裏 方春和時에 草木群生이 皆樂이라

冠者五六人과 童子六七 거ᄂ리고 文殊中興으로 白雲峰登臨ᄒ니 天文이
咫尺이라 拱北三角은 鎭國無疆이오 丈夫의 胸襟에 雲夢을 合겻ᄂ 듯 九天
銀瀑에 塵纓을 씨슨 後에 踏歌行休ᄒ여 太學으로 도라오니

曾點의 詠歸高風 밋쳐 본 듯ᄒ여라.　　　　　　(蔓橫淸類) (珍靑 570)

洛陽城裏方春和時(낙양성리방춘화시)에=서울 장안에 바야흐로 봄이 무르익어갈

장시조 작품 일람　83

때에 ◇草木群生(초목군생)이 皆樂(개락)이라=초목과 모든 생물들이 다 즐긴다 ◇冠者 童子(관자 동자)=어른과 아이 ◇文殊中興(문수중흥)=북한산에 있는 문수암(文殊庵)과 중흥사(重興寺) ◇白雲峰登臨(백운봉등림)ㅎ니=백운대 정상에 오르니 ◇天文(천문)이 咫尺(지척)='천문'은 '천문(天門)'의 잘못. 하늘이 가까이 있다 ◇拱北三角(공북삼각)=북쪽으로 삼각산이 둘러싸고 있음 ◇鎭國無疆(진국무강)=나라를 다스리는 데 끝이 없다 ◇胸襟(흉금)에 雲夢(운몽)을 숨겼는 듯=가슴속에 운몽을 가진 듯. 운몽은 중국에 있는 연못의 이름이나 여기서는 '커다란 꿈'의 뜻 ◇九天銀瀑(구천은폭)=아득히 먼 하늘에 걸려 있는 은하수. 은하수를 폭포에 비유 ◇塵纓(진영)=더러워진 갓끈 ◇踏歌行休(답가행휴)=노래에 맞춰 발장단을 치며 걷다가 쉬다가 ◇太學(태학)=성균관의 다른 이름 ◇曾點(증점)=공자의 제자이며 증자(曾子)의 아버지 ◇詠歸高風(영귀고풍)=노래를 부르며 돌아오는 고상한 풍류.

※『병와가곡집(瓶窩歌曲集)』에 작자가 김춘택(金春澤)으로 되어 있다.

107-1

洛陽城裏 芳春和時에 草木群生이 皆自樂이라

冠童을 期會ㅎ여 蕩春臺 花煎ㅎ고 文殊菴 中興寺에 軟泡盃酒ㅎ고 晴日에 登臨 白雲ㅎ니 咫尺 天門을 手可摩라 萬里江山 遠近風景이 眼界에 森羅ㅎ여 丈夫의 胸襟이 雲夢을 숨쳣는 듯 飛虹橋 樂展閣과 九天銀瀑과 靜菴齋室 霽月光風 望月光風 望月 回龍에 問眞探勝ㅎ여 水落山寺 玉流天에 塵纓을 씨슨 後에 天莊 安岩으로 杏花芳草 夕陽路에 踏歌行休ㅎ야 太學으로 도라드니

曾點의 詠歸古風을 니어보려 ㅎ노라.   (靑詠 584)

冠童(관동)=어른과 아이 ◇期會(기회)=약속하여 모임 ◇蕩春臺 花煎(탕춘대 화전)=탕춘대에서 꽃달임을 하고 꽃달임은 꽃잎을 따서 전을 만들거나 떡을 만들어 여럿이 모여 노는 놀이 ◇軟泡盃酒(연포배주)=고깃국을 끓이고 술을 마시다 ◇天門(천문)을 手可摩(수가마)라=하늘을 손으로 만질 듯하다 ◇眼界(안계)에 森羅(삼라)ㅎ여=눈앞에 펼쳐 있어 ◇飛虹橋 樂展閣(비홍교악전각)=다리와 전각의 이름. 상상의 다리와 전각인 듯. 展閣(전각)은 殿閣(전각)의 잘못인 듯 ◇九天銀瀑(구천은폭)=은하수를 폭포에 비유한 듯 ◇靜菴齋室(정암재실)=도봉산에 있던 서원으로 중종 때 조

광조(趙光祖)의 위패를 모신 집 ◇霽月光風(제월광풍) 望月光風(망월광풍)=도량이 넓고 원만하고 시원함 ◇望月(망월) 回龍(회룡)=도봉산에 있는 망월사(望月寺)와 회룡사(回龍寺) ◇問眞探勝(문진탐승)='문진(問眞)'은 '문진(問津)'의 잘못인 듯. 학문의 길을 묻고 경치를 구경하다 ◇水落山寺(수락산사) 玉流天(옥류천)='옥류천(玉流天)'은 '옥류천(玉流川)'의 잘못인 듯. 수락산에는 옥류동(玉流洞)이란 계곡이 있음. 수락산에 있는 절과 옥류동 냇물 ◇天莊(천장) 安巖(안암)=지명(地名). 안암은 지금의 서울 안암동(安巖洞)인 듯 ◇니어보려=계속하려.

108

落花는 뜻이 이셔 流水를 ᄯ루거늘
無情ᄒ 며 流水는 落花를 보ᄂᆡ거다
落花야 ᄂᆡ 언제 너 홀로 보ᄂᆡ더냐 나도 함ᄭᅴ 흐르노라.

(頭擧) (源河 428) 金學淵

뜻이 이셔=뜻이 있어서. 생각이 있어서 ◇ᄯ루거늘=따르거늘 ◇보ᄂᆡ거다=보내었구나.

109

날 ᄃᆡ려 가게 날 ᄃᆡ려 ᄀ게 쌍교 평교ᄌ 람요도 나ᄂᆞᆫ 실타

비룡ᄀᆞ치 가는 말ᄭᅴ다 원앙을 달아도 반만침 달고 방울을 달아도 졸방울 달고 부담을 지여도 반부담 짓고 부담 우에다 최계를 놋코 최계를 우에다 호랑담요를 활신 편 후에다 수심가 명창 도령님 싯고 강릉 경포ᄃᆡ로 들마지 가ᄌᆞᆺ고나

츰아루 진졍 님의 화용 그리워 못 살갓네.

(樂高 899)

ᄃᆡ려=다리고 ◇쌍교 평교ᄌ 람요=가마의 종류로 쌍교(雙轎)는 쌍가마, 평교자(平轎子)는 종일품 이상의 고관이 타는 가마, 람요는 남여(藍輿)로 뚜껑이 없는 가마 ◇비룡ᄀᆞ치 가는 말ᄭᅴ다=나르는 용처럼(飛龍) 빠른 말에다 ◇원앙='워낭'의 잘못 마소의 턱 아래 늘어뜨린 쇠고리나 귀에서 턱밑으로 늘여 단 방울. 쇠풍경 ◇반만침=반만큼 ◇졸방울=조그만 방울 ◇부담을 지여도=부담을 얹어도. 부담은 부담농

(負擔籠)으로 소나 말의 등에 짐을 실을 수 있는 기구 ◇최계틀=미상. 부담 위에 사람이 앉을 수 있도록 의자처럼 생긴 도구인 듯 ◇호랑담요=호랑이 무늬의 담요 ◇활신=활짝 ◇수심가(愁心歌)=서도 민요의 한 가지 ◇강릉 경포대(鏡浦臺)=강원도 강릉에 있는 누대. 관동팔경의 하나 ◇화용(花容)=꽃같이 잘생긴 얼굴.

110

南宮에 술을 두고 三傑을 의논ᄒᆞ니

運籌帷幄之中ᄒᆞ여 決勝千里之外와 鎭國家撫百姓ᄒᆞ여 給饋餉不絶糧道와 連百萬之衆ᄒᆞ여 戰必勝功必取ᄂᆞᆫ 三傑이라 니를연이와

아마도 陳孺子의 六出奇計를 혜면 나ᄂᆞᆫ 반드시 ᄀᆞ론 四傑이라 ᄒᆞ노라.

(靑淵 241)

南宮(남궁)=남쪽에 있는 궁궐 ◇三傑(삼걸)=세 사람의 뛰어난 호걸. 유방(劉邦)을 도와 한(漢)의 건국에 큰 공을 세운 장량(張良), 소하(蕭何), 한신(韓信)을 가리킨다 ◇運籌帷幄之中(운주유악지중)ᄒᆞ여 決勝千里之外(결승천리지외)=전장(戰場)이 아닌 멀리 떨어져 있는 본영에서 작전을 세워도 싸움에 이기다 ◇鎭國家撫百姓(진국가무백성)ᄒᆞ여 給饋餉不絶糧道(급궤향부절양도)=나라를 안정시키고 백성을 위로하여 군량을 끊이지 않게 하여 군사를 먹이다 ◇連百萬之衆(연백만지중)ᄒᆞ여 戰必勝攻必取(전필승공필취)=백만의 군대를 가지고 싸우면 반드시 이기고 성을 공격하면 반드시 탈취하다 ◇니를연이와=이르려니와. 말할 것도 없고 ◇陳孺子(진유자)의 六出奇計(육출기계)=한나라의 진평(陳平)이 백등(白登)에서 포위된 유방을 여섯 가지 기발한 꾀로 구해낸 계교 ◇혜면=헤아리면. 생각하면 ◇ᄀᆞ론=말하면. 이른다면.

111

남기라도 고목이 되면 오든 사이 아니 오고

곶이라도 십일홍 되면 오든 봉뎝도 아니 오고 깁든 물이라도 엿터지면 오든 고기도 아니 오고 우리 인싱이라도 늙어지면 오시든 정판도 에도라 가는구나

ᄎᆞᆷ아 가지로 긔가 만히 막혀서 나 못 살갓네.

(樂高 892)

남기라도=나무라도 ◇사이=새[鳥] ◇십일홍(十日紅)=한 열흘 피었다가 시듦. 십
일홍 ◇봉뎝=봉접(蜂蝶). 벌과 나비 ◇엿터지면=물이 말라 얕아지면 ◇정판=사랑하
는 님 ◇에도라=에돌아. 피하여 ◇츔아 가지로=참으로 가지가지로 ◇만히=많이.

112

남북간 륙십 리에 어이 그리 못 본단 말가

츈슈는 만ᄉᄐᆡᆨ하니 믈이 만아 못 온단 말가 하운은 다긔봉에 봉이 놉하
못 오신든고 믈이 깁흐면 빅를 ᄐᆞ고 봉이 놉흐면 쉬여를 넘으럼우나

듀소로 오ᄆᆡ불망에 나 엇지 살고.   (樂高 884)

그리=그렇게. 그리도 ◇못 본단 말가=서로 만나지를 못한단 말인가 ◇츈슈는 만
ᄉᄐᆡᆨ하니=춘수(春水)는 만사택(滿四澤)하니. 봄철의 물은 사방에 있는 연못에 가득
하니 ◇하운은 다긔봉에=하운(夏雲)은 다기봉(多奇峰)에. 여름철의 구름은 산처럼
괴이한 모양이 많음에. 자주 변함에. 도연명의 시(詩) 「사시(四時)」의 기구(起句)와
승구(承句)임. 전구(轉句)와 결구(結句)는 "추월양명휘(秋月揚明輝) 동령수고송(東嶺
秀孤松)"이다 ◇듀소로=주소(晝宵)로. 밤낮으로 ◇오ᄆᆡ불망=오매불망(寤寐不忘). 자
나 깨나 잊지를 못하다.

113

南山佳氣 鬱鬱葱葱 漢江流水 浩浩洋洋

主上 殿下는 이 山水ᄀᆞᆺ치 山崩水渴토록 聖壽ㅣ 無彊하샤 千千萬萬歲를
太平을 누리셔든

우리는 逸民이 되야 康衢烟月에 擊壤歌를 하오리.   (珍青 529)

南山佳氣(남산가기)=남산의 아름다운 기상(氣象) ◇鬱鬱葱葱(울울총총)=울창하게
우거짐 ◇漢江流水(한강유수) 浩浩洋洋(호호양양)=한강의 흐르는 물은 넓게 넘실거
림 ◇主上(주상) 殿下(전하)는=지금의 우리 임금께서는 ◇山崩水渴(산붕수갈)토록=
남산이 무너져 내리고 한강물이 마르도록. 오래도록 ◇聖壽無彊(성수무강)하샤=임
금님의 향수(享壽)가 끝이 없으시어 ◇逸民(일민)이=백성이 ◇康衢烟月(강구연월)에
=태평한 시대에 ◇擊壤歌(격양가)=태평한 시대에 백성들이 부르는 노래.

114

南山에 눈 놀니 양은 白松鶻이 죽지 찌고 당도는 듯
漢江에 비 쓴 양은 江上 두루미 고기 물고 넘노는 듯
우리도 남의 님 거러두고 넘노러볼가 ᄒ노라.   (甁歌 1024)

놀니 양은=날리는 모양은 ◇죽지 찌고=날갯죽지를 접고 펴지 않고 ◇당도는 듯
=빙빙 도는 듯 ◇거러두고=약속하고 ◇넘노러=넘나들며 놀아. 내동(內通)하여.

115

南山에 봄 춘 자 드니 가지가지 곶 화 짜라
一호酒 가질 지 허니 세닉 가에 안질 좌 짜
坐中이 조을 호 질걸 낙 풍년 풍 저믈 모 허니 도라갈 귀 짜.   (調詞 36)

一(일)호酒(주)=일호주(一壺酒). 한 병의 술 ◇세닉 가에=시냇가에 ◇坐中(좌중)=
'좌중(座中)'의 잘못. 앉아 있는 자리 또는 사람.

116

男兒의 少年 行樂 희올 일이 ᄒ고하다
글닑기 칼쓰기 활쏘기 물둘니기 벼슬ᄒ기 벗 사괴기 술 먹기 妾 ᄒ기
花朝月夕 노리ᄒ기 오로다 豪氣로다
늙게야 江山에 믈려와셔 밧갈기 논미기 고기 낙기 나모 뷔기 거믄고 트
기 바독 두기 仁山智水遨遊ᄒ기 百年安樂ᄒ여 四時風景이 어닉 ᄀ지 이시
리.   (蔓橫淸類) (珍青 566)

희올 일이=해야 할 일이 ◇ᄒ고하다=많고 많다 ◇妾(첩) ᄒ기=첩을 두는 일
◇花朝月夕(화조월석)=꽃 피는 아침과 달 뜨는 저녁. 좋은 날씨 ◇믈려와셔=물러
나서. 벼슬을 그만두고 ◇仁山智水遨遊(인산지수요유)=산과 물을 좋아하여 즐겁게
노는 일. 인산지수는 『논어』의 "인자요산(仁者樂山) 지자요수(智者樂水)"에서 온
말 ◇百年安樂(백년안락)=평생을 편안하고 즐겁게 지내다 ◇어닉 ᄀ지=어느 끝이.

언제 끝이.

※ 이한진본『청구영언』에 작자가 남명(南溟)으로 되어 있다. 남명은 조식(曹植)의 호(號)다.

116-1

男兒 少年 行樂 헐 일이 허다ᄒᆞ다

臨泉 草堂上에 萬卷詩書 싸아두고 絶代佳人 엽헤 두고 줄 업는 거믄고 언져놋코 보라미 길들여두고 臨水登山허여 창스기 말타기 싱각ᄒᆞ고 밧을 갈어 對月看花ᄒᆞ니 술 먹기 벗 ᄉᆞ귀기와 水邊에 고기 낙기

아마도 樂ᄒᆞ여 四時春에 節 가는 쥬를.   (時調 歌詞 83)

少年(소년) 行樂(행락)=젊었을 때 즐기고 노는 일 ◇臨泉(임천) 草堂上(초당상)= '임천(臨泉)'은 '임천(臨川)'의 잘못인 듯. 냇가에 지은 초당에서 ◇萬卷詩書(만권시 서)=많은 서책 ◇臨水登山(임수등산)=계곡의 흐르는 물을 끼고 산에 오르다 ◇對月 看花(대월간화)=달빛 아래에서 꽃을 완상하다 ◇벗 ᄉᆞ국기=벗을 사귀는 일 ◇樂(낙) ᄒᆞ여=즐거워서 ◇四時春(사시춘)에=일 년이 항상 봄같이 생각됨에 ◇水邊(수변)=물 가에 ◇節(절) 가는 쥬를=세월 가는 줄을.

116-2

男兒의 少年身勢 ᄒᆞ올 일이 ᄒᆞ도 할샤

글 읽기 劍術ᄒᆞ기 활쏘기 말달니기 벼슬ᄒᆞ기 벗 사괴기 妾 ᄒᆞ기와 對月 看花 歌舞ᄒᆞ기 모도다 豪氣로다

늣게야 林泉에 도라와셔 밧갈기 놀매기 나모 뷔기 잡기 거믄고 타기 바독 두기 仁山智水 遨遊ᄒᆞ기 百年安樂ᄒᆞ여 四時風景이 어늬 그지가 잇스리.

                                                   (慶大時調集 327)

잡(雜技)기=속된 놀이.

117

男兒의 快흔 일은 긔 무엇시 第一인고

挾泰山以超北海와 乘長風萬里波浪과 酒一斗 詩百篇이라

世上에 草芥功名은 不足道ᄂ가 ᄒ노라.　　　　　(二數大葉) (海周 351) 李鼎輔

快(쾌)흔 일은=유쾌한 일은. 즐거운 일은 ◇挾泰山以超北海(협태산이초북해)=태산을 옆에 끼고 북해를 건너뜀 ◇乘長風萬里波浪(승장풍만리파랑)=먼 곳까지 갈 수 있는 바람을 타고 만 리나 되는 물결을 건너감 ◇酒一斗詩百篇(주일두시백편)=술한 말을 마시는 동안에 시 백 편을 지음. 이백(李白)의 고사에서 연유한 말 ◇草芥功名(초개공명)=하찮은 공명. 공명은 공훈과 명예 ◇不足道(부족도)ᄂ가=말할 것이 못되는 것인가.

118

南陽에 누운 龍이 運籌도 그지업다

博望에 燒屯ᄒ고 赤壁에 行흔 謀略 對敵ᄒ리 뉘 이시리

至今에 五丈原 忠魂을 못ᄂᆡ 슬허ᄒ노라.　　　　　(二數大葉) (瓶歌 760)

南陽(남양)에 누은 龍(용)=남양에 누워 있는 용. 제갈량(諸葛亮)을 가리킴. 남양은 제갈량이 벼슬길에 나오기 전에 있던 곳 ◇運籌(운주)도 그지업다=이리저리 꾀를 내는 것도 무궁무진하다 ◇博望(박망)에 燒屯(소둔)하고=박망에서 불을 피우고 진을 치고. 박망은 안휘성에 있는 산으로 여기서 오(吳)나라의 배[艅艎, 여황]를 빼앗음 ◇赤壁(적벽)에 行(행)흔 謀略(모략)=적벽대전을 승리로 이끈 계획 ◇五丈原(오장원) 忠魂(충혼)=중원을 회복하지 못하고 제갈량이 오장원에서 죽은 충성스런 넋 ◇못ᄂᆡ=못내. 끝내.

119

님이라 님을 안이 두랴 思郞도 밧첫노라

梨花에 나간 님이 走馬 鬪鷄 노니다가 霽月光風 졉은 날에 黃菊丹楓 다盡토록 金鞍白馬 猶未還이라

두어라 님이 비록 니젓시나 紗窓 긴긴 밤의 幸혀 올가 기드린다.

(靑謠 72) 朴文郁

눔이라=남이라고 해서. 나라고 ◇梨花(이화)에 나간 님=봄철에 집을 나간 님 ◇
走馬(주마) 鬪鷄(투계)=경마(競馬)와 닭싸움을 붙여 승패를 겨루는 놀이 ◇霽月光風
(제월광풍)=비 온 뒤의 밝은 달과 바람처럼 좋은 시절. 또는 그처럼 도량이 넓고 시
원한 사람을 가리킨다 ◇졈근 날에=저문 날에 ◇黃菊丹楓(황국단풍) 다 盡(진)토록=
노란 국화와 붉게 물든 잎이 다 떨어지도록. 가을이 다 가도록 ◇金鞍白馬(금안백
마) 猶未還(유미환)이라=좋은 안장을 얹은 백마가 아직 돌아오지 않았음. 님의 소식
이 없다 ◇니젓시나=잊었으나 ◇紗窓(사창)=비단으로 장막을 드리운 창. 여인이 거
처하는 곳 ◇幸(행)혀=행여나. 혹시나.

119-1

남이라 님을 아니 두랴 豪蕩도 그지업다

霽月光風 져문 날에 牧丹黃菊이 다 盡토록 우리의 고은 님은 白馬金鞍
으로 어듸를 단이다가 뉘 손에 줍히여 笑入胡姬酒肆中인고

아희야 秋風落葉掩重門에 기다린들 무엇흐리.　　　　　　　(弄) (靑六 653)

남이라=다른 사람이라고 ◇豪蕩(호탕)도 그지업다=호걸스럽고 방탕한 것도
끝이 없다 ◇牧丹黃菊(목단황국)=모란꽃과 노란 국화꽃 ◇笑入胡姬酒肆中(소입
호희주사중)인고=웃으며 오랑캐 계집이 있는 술집 안으로 들어가다 ◇秋風落葉
掩重門(추풍낙엽엄중문)=가을바람에 나뭇잎이 떨어지고 사람의 왕래가 적어 겹
문을 닫아걸다.

120

南風이 건덧 불어 문을 녈고 방의 든니

힝혀 故鄕消息 가져 왓난가 남의 퇴침흐고 급피 일어 안지니 긔 어인
狂風인졔 지니가난 바람인졔 忽然有聲忽不見너라 허허 탄식하고 성그러히
안자시니

이 늬 生前의 骨肉至親 消息을 알길리 업셔 글노 셜허ᄒ노라.

(南風有感) (慕夏堂實記 3) 金忠善

건덧 불어=건듯 불어 ◇녈고=열고 ◇남의=미상. 곧바로인 듯 ◇퇴침(退枕)ᄒ고=
침구를 걷어치우고 ◇어인 狂風(광풍)인제=어떤 회오리바람인지 ◇지닉가난 바람인
제=지나가는 바람인지 ◇忽然有聲忽不見(홀연유성홀불견)=문득 소리가 났으나 아무
것도 없다 ◇셩그러히=덩그렇게 ◇骨肉至親(골육지친)=부모나 자식.

121

南風이 씌로 불 제 故國을 싱각ᄒ니

先墳이 便安흔가 七兄弟 無事흔가 至親骨肉들이 살아난가 죽엇난가 개
운사 춘초몽이 어난 씌에 업슬소냐 國家에 不忠하고 私門에 不孝되니 天
地間 一罪人이 나밧긔 쏘 잇난가

아마도 세승의 凶흔 八字는 나 ᄒ나쑨닌가 ᄒ노라. (慕夏堂實記 1) 金忠善

씌로 불제=수시로 불 때에 ◇先墳(선분)=조상의 무덤. 선영(先塋) ◇至親骨肉(지
친골육)=부모나 형제와 같이 아주 가까운 살붙이. 가까운 친족 ◇개운사=사찰의 이
름. 소재 불명 ◇춘초몽(春草夢)=젊은 날의 포부 ◇어난=어느 ◇私門(사문)=자기 집
안을 낮추어 부르는 말.

122

南薰殿 달 발근 밤에 五絃琴 싄어지고

洛浦로 가는 배는 쪼각달 無光 속에 초회왕의 원혼이라 雲間에 나는 새
는 西王母의 片紙 물고 요지로 돌아 들 제 강안의 귤농하니 黃金이 千片
이요 노화의 風起하니 白雪이 萬點이라

아마도 此江山 第一景이 이 아닌가. (雜誌 29)

南薰殿(남훈전)=순(舜) 임금의 궁전 ◇五絃琴(오현금)=순 임금이 만들었다는 줄
이 다섯인 현악기 ◇洛浦(낙포)=낙수(洛水)의 여신(女神)이 살았다는 곳 ◇楚懷王(초

회왕)=초나라의 의제(義帝). 항우에게 죽임을 당하다 ◇원혼(冤魂)=억울한 영혼 ◇
雲間(운간)에=구름 사이에 ◇나는 새는=날아가는 새는 ◇西王母(서왕모)=선녀의 이
름 ◇요지=요지(瑤池). 신선이 사는 곳 ◇강안의 귤농하니=강안(江岸)에 귤농(橘濃)
하니. 강 언덕에 귤이 노랗게 익으니 ◇黃金(황금)이 千片(천편)이요=누런 금 조각
이 수없이 많고. 열매가 많이 달리고 ◇노화의 風起(풍기)하니=노화(蘆花)에 풍기하
니. 갈대 꽃 위로 바람이 부니 ◇白雪(백설)이 萬點(만점)이라=갈대꽃이 날리는 것
이 흰 눈이 수없이 날리는 것 같다 ◇此江山(차강산) 第一景(제일경)이=이 땅의 제
일 아름다운 경치가.

123

南薰殿 舜帝琴을 夏殷周에 傳ᄒ오셔
晉漢唐 雜覇干戈와 宋齊梁 風雨乾坤에 王風이 委地ᄒ여 正聲이 긋첫더니
東方에 聖賢이 나 계시니 彈五絃 歌南風을 니여볼가 ᄒ노라.

(蔓橫淸類) (珍靑 510)

南薰殿 舜帝琴(남훈전 순제금)=남훈전에서 탄 순 임금의 거문고 ◇夏殷周(하은
주)=하나라에서 은나라를 거쳐 주나라에 이르기까지의 삼대(三代) ◇晉漢唐(진한당)
雜覇干戈(잡패간과)=진나라, 한나라, 당나라에 이르기까지의 여러 왕들이 패권을 잡
기 위해 일으켰던 전쟁 ◇宋齊梁(송제량) 風雨乾坤(풍우건곤)=송나라에서 제나라,
양나라까지의 어지러웠던 세상 ◇王風(왕풍)이 委地(위지)ᄒ여=왕의 권위가 땅에
떨어져서 ◇正聲(정성)이=음악에서 음탕하지 않고 바른 정서를 나타낸 소리가 ◇東
方(동방)에=우리나라에 ◇彈五絃(탄오현) 歌南風(가남풍)=오현금을 타고 「남풍가」를
노래함. 태평을 누림.

124

늬가 죽어 이져야 오르냐 네가 자라 평싱에 그리워야 올타 ᄒ랴
죽어 잇기도 어렵써니와 사라 싱니별 더옥 셜짜
차라로 늬 먼뎌 죽어 도라갈 쎄 네 날 긔리워라.

(南太 112)

이져야 오르냐=잊어야 옳으냐 ◇잇기도=잊기도 ◇셜짜=서럽다 ◇차라로=차라리

◇도라갈 쎄=돌아갈 터이니. 죽을 터이니 ◇긔리워라=그리워해라.

125

내게는 怨讐ㅣ가 업셔 개와 둙이 怨讐로다

碧紗窓 깁픈 밤의 픔에 들어 자는 임을 자른 목 느르혀 홰홰쳐 울어 닐어 가게 ㅎ고 寂寞 重門에 왓는 님을 므르락 나오락 캉캉 즈저 도로 가게 ㅎ니

암아도 六月 流頭 百種 前에 서러저 업씨 ㅎ리라.   (靑謠 67) 朴文郁

碧紗窓(벽사창)=푸른 비단으로 드리운 창. 여인이 거처하는 방을 가리킴 ◇픔에 들어=품에 안기어 ◇자른 목 느르혀=짧은 목을 길게 뽑아 ◇닐어 가게=일어나 돌아가게 ◇寂寞(적막) 重門(중문)=인적이 없이 조용한 뜰 안의 문 ◇므르락 나오락=물려고 했다가 앞으로 나오고 ◇六月(유월) 流頭(유두)=음력 유월 보름. 세시풍속으로 동류수(東流水)에 창포물로 머리를 감는 풍속이 있다 ◇百種(백종) 前(전)에=백종은 백중과 같음. 백중(百中)이 되기 전에. 백중은 음력 칠월 보름 ◇서러저 업씨=쓸어서 아무것도 없이.

126

내 나히 닐흔다ㅅ새 너를 아니 나한느냐

오늘늘 生覺ㅎ니 나는 여든이오 너는 마은이오 여스시로다

先人의 陰薦하신 恩德을 ㄱ이 업서 ㅎ노라.   (龍潭錄 15) 金啓

닐흔다ㅅ새=일흔다섯에 ◇나한느냐=낳았느냐 ◇마은이오 여스시로다=마흔하고도 여섯이로구나 ◇先人(선인)=선친. 또는 조상 ◇陰薦(음천)=과거에 의한 것이 아닌 조상의 은덕으로 벼슬자리에 천거되다 ◇ㄱ이=끝이.

127

내라 그리거니 네라 아니 그릴넌가

千里 蠻鄕에 얼매나 그리는고

紗窓의 슬피 우는 뎌 뎝동새야 不如歸라 말고라 내 안 들 듸 업새라.

(龍潭錄) 仁祖

내라 그리거니=나라도 너를 그리워하거니 ◇네라 아니 그릴넌가=너라고 하여 아니 그리워하겠는가? ◇千里蠻鄕(천리만향)=멀리 떨어진 오랑캐의 땅. 병자호란에 청나라에 볼모로 간 소현세자(昭顯世子)와 봉림대군(鳳林大君)이 있는 심양(瀋陽)을 가리키는 듯 ◇不如歸(불여귀)라 말고라=돌아갈 수 없다고 울지 말거라. 접동새의 다른 이름이 불여귀이다 ◇내 안=내 마음 ◇둘 듸=둘 곳이 ◇업새라=없구나.

128

닉 本是 上界人으로 黃庭經 一字 誤讀ᄒ고

塵寰에 謫下ᄒ여 五福을 누리다가 乘彼白雲ᄒ고 帝鄕에 올라가셔 녜 노던 群仙을 다시 만나

八極에 周遊ᄒ여 長生不死ᄒ리라.

(弄) (靑六 688)

닉=내가 ◇本是(본시)=본래 ◇上界人(상계인)=천상(天上) 세계의 사람 또는 천상에서 살던 사람 ◇黃庭經(황정경)=도교(道敎)의 경전 이름. 한 자를 잘못 읽어도 인간세상으로 귀양을 간다고 한다 ◇一字(일자) 誤讀(오독)=한 글자를 잘못 읽다 ◇塵寰(진환)에 謫下(적하)ᄒ여=인간세상에 귀양 와서 ◇五福(오복)=다섯 가지의 복. 행복(幸福) ◇乘彼白雲(승피백운)ᄒ고=저기 떠 있는 흰 구름을 타고 ◇帝鄕(제향)에=하느님이 있다는 곳에 ◇녜 노던=예전에 놀던 ◇八極(팔극)에 周遊(주유)ᄒ여=팔방(八方)에 두루 다니며 놀아. 세상에 두루 다니며 놀아 ◇長生不死(장생불사)=오래도록 살며 죽지 아니함. 장수함.

128-1

내 本是 天上白玉京 香案吏로셔

黃庭經 一字 誤讀ᄒ고 謫下人間ᄒ야 富貴功名과 五福을 누리다가 廣寒殿에 올나가셔

예 노던 八 神仙 다리고 周遊四海ᄒ야 與天無窮ᄒ리라.   (慶大時調集 182)

香案吏(향안리)로셔=관리로서 ◇謫下人間(적하인간)ᄒ야=인간에 귀양 와서 ◇廣寒殿(광한전)에=달에 있다고 하는 궁전에 ◇與天無窮(여천무궁)=하늘과 더불어 오래도록 삶.

129

내 쇼실랑 일허 볼연지가 오늘날조차 츤 三年이오런이
輾轉틔틔 聞傳ᄒ이 閣氏네 房구석의 셔 잇드라 ᄒ데
柯枝란 다 씻쳐쓸찔아도 즈르 들일 굼엉이나 보애게.　　　　(海一 561)

쇼실랑=쇠스랑. 농기구의 한 가지 ◇오늘날조차=오늘날까지 ◇츤=꽉 찬. 만(滿) ◇輾轉(전전)틔틔='전전(輾轉)'은 '전전(轉傳)'의 잘못. 여러 차례를 거쳐 전해온 끝에. '틔틔'는 운률을 맞추기 위한 것이다 ◇聞傳(문전)ᄒ이=전해 들으니 ◇씻쳐쓸찔아도=찢어졌을지라도 ◇자르 들일 굼엉이나=자루를 들이밀 구멍이나. 자루는 남성의 성기를, 구멍은 여성의 성기를 은유함 ◇보애게=보내게. 남기게.

130

내 얼굴 검고 얽씨 本是 안이 검고 얽에
江南國 大宛國으로 열두 바다 것너오신 쟉은 손님 큰 손님에 쓸이 紅疫 쏘약이 後덧침에 自然이 검고 얽에
글언아 閣氏네 房구석의 怪石 삼아 두고 보옵쏘.　　　　(海一 570)

얼굴=남성의 성기를 가리킴 ◇검고 얽씨=검고 얽은 것이 ◇本是(본시)=본래 ◇江南國(강남국)=강남은 중국 양자강 이남을 가리킨다 ◇大宛國(대완국)=예전 중국 서쪽에 있던 나라 ◇열두 바다=멀다는 뜻 ◇쟉은 손님=홍역(紅疫) ◇큰 손님=천연두(天然痘) ◇쓸이=종기(腫氣) ◇쏘약이=두드러기나 땀띠 ◇後(후)덧침=후더침. 후탈 ◇글언나=그러나 ◇怪石(괴석) 삼아=괴상하게 생긴 돌처럼. 남성의 성기를 은유함.

131

내 집을 찻지라면 아니 뭇고 잘 찻자니

村名은 李花村이요 堂號는 梅月堂이라 右便은 松亭이요 左便은 竹林이
라 柴門에 靑삽사리 珠簾單場 안에 鸚鵡 孔雀이 깃드려 잇다
그곳에 靑鶴白鶴 넘노는 곳이 내 집일세.　　　　　　　　　　(時調集 124)

찾지라면=찾으려면 ◇아니 뭇고=묻지 아니하고 ◇찾자니=찾을 것이니 ◇堂號
(당호)=집의 이름 ◇松亭(송정)=소나무가 우거진 곳에 있는 정자 ◇柴門(시문)=사립
문 ◇靑(청)삽사리=검은 삽살개 ◇珠簾單場(주렴단장)='장(場)'은 '장(帳)'의 잘못인
듯. 구슬로 만든 발 하나 ◇넘노는=넘나들며 노는.

131-1

내 집을 차질야면 안니 뭇고 못 찾나니

村名은 李花村이요 堂號는 梅月堂이라 하나이다. 門前의 靑삽사리 눕고
垂楊短墻 안의 鸚鵡 孔雀 짓쓰리고 靑松 위의 白학이 안고 李花桃花 滿發
헌듸 게 와 물으면 알이로다.

童子야 日後의 仙官이 오시여 물의시면 後園 別堂으로.　　　(金聲玉振 92)

垂楊短墻(수양단장)=버들이 가지를 드리운 낮은 담장 ◇짓쓰리고=깃들이고 ◇게
와=거기에 와 ◇알이로다=알 것이다 ◇仙官(선관)이=선경에 있다고 하는 관원. 신
선.

132

내 집이 器具 업써 벗이 온들 므엇스로 待接홀이

압 내희 후린 곡이를 키야 온 삽쥬에 속쇠와 녹코

엇스제 쥐비즌 슐 닉엇씨리라 걸게 걸러 내여라.　　　　　　　(海一 586)

器具(기구)=살림살이 ◇후린 곡이를=급히 잡은 고기를 ◇삽쥬에=삽주나물에. 삽
주는 산나물 이름 ◇속쇠와 녹코=끓여놓고 ◇쥐비즌=담근 ◇닉엇씨리라=익었으리
라 ◇걸게 걸러=걸쭉하게 걸러서.

133

　네 날 보고 방싯 웃는 이 속도 곱고 미워라고 흘기죽죽 흘기는 눈찌도
곱다

　창가 묘무는 반졈단슌화만발이요 탄금수셩은 일쌍옥수졉쌍무라

　두어라 가금 졀싁을 남 줄소냐.　　　　　　　　　　　　(詩謠 129)

　이속도=잇몸도　◇미워라고=밉다고　◇흘기죽죽 흘기는 눈찌도=흘깃흘깃 흘기는
눈매도　◇창가(唱歌) 묘무(妙舞)는=노래 부르고 춤추는　◇반졈단슌 화만발=반졈단
슌화만발(半點丹脣花滿發). 반쯤 벌린 붉은 입술이 활짝 핀 꽃과 같다　◇탄금수셩=
탄금수셩(彈琴手成). 거문고를 타는 손놀림　◇일쌍옥수졉쌍무(一雙玉手蝶雙舞)=고운
두 손은 한 쌍의 나비가 춤을 추는 듯하다　◇가금졀싁을=가금졀색(歌琴絶色)을. 노
래와 거문고를 잘 하는 뛰어난 미인을.

134

　녯 사름 ᄒ온 말의 슐 못 먹는 君子 업고

　글 못ᄒ는 小人 업다 ᄒ나 나는 글도 슐도 다 못ᄒ니

　두어라 非君子 非小人을 어듸 쁠이 今世上의.　　　(金剛永言錄 47) 金履翼

　녯 사름=옛날 사람들이　◇非君子(비군자) 非小人(비소인)=군자도 못 되고 소인도
못 된다　◇어듸 쁠이=어디에 쓰겠는가.

135

　노릐갓치 죠코 죠흔 줄을 벗님네 아돗든가

　春花柳 夏淸風과 秋月明 冬雪景에 彌雲 昭格 蕩春臺와 漢北絶勝處에 酒
肴 爛爌흔듸 죠흔 벗 가즌 稤笛 아름다온 아모가히 第一名들이 次例로 벌
어 안ᄌ 엇결어 불을 쎡에 中한님 數大葉은 堯舜 禹湯 文武 갓고 後庭花
樂時調는 漢唐宋이 되엿는듸 搔聳이 編樂은 戰國이 되야이셔 刀槍劍術이
各者騰揚ᄒ야 管絃聲에 어릐엿다 功名도 富貴도 나 몰릐라

　男兒의 이 豪氣를 나는 죠화ᄒ노라.　　　　(二數大葉) (海周 548) 金壽長

갓치=같이. 처럼 ◇아돗든가=알던가. 알겠느냐? ◇春花柳(춘화류) 夏淸風(하청풍)
과 秋明月(추명월) 冬雪景(동설경)=봄철에는 꽃과 버들이, 여름철에는 맑은 바람과,
가을철에는 밝은 달이, 겨울철에는 눈이 내린 뒤의 경치. 계절을 대변할 수 있는 아
름다움을 말한 것이다 ◇弸雲(필운) 昭格(소격) 湯春臺(탕춘대)=서울 도성의 서북쪽
인 삼청동(三淸洞)에서 사직동(社稷洞)에 이르는 동리와 그곳에 있던 누대(樓臺)로
서민들의 놀이터로 이름이 났다 ◇漢北絶勝處(한북절승처)=한강 북쪽에 있는 경치
가 뛰어난 곳 ◇酒肴爛漫(주효난만)=술과 안주가 가득히 쌓이다 ◇가즌=갖가지 ◇
嵇笛(혜적)=깡깡이와 피리 ◇아모가히=아무개 ◇엇결어=서로 어긋 매기어 ◇中(중)
한닙 數大葉(삭대엽) 後庭花(후정화) 樂時調(낙시조) 騷聳(소용) 編樂(편락)=가곡의
곡조의 명칭 ◇堯舜禹湯(요순우탕)=중국 고대의 요 임금과 순 임금과 하(夏)의 우왕
(禹王)과 은(殷)의 탕왕(湯王) ◇文武(문무)=주(周)나라의 문왕(文王)과 무왕(武王) ◇
漢唐宋(한당송)=중국의 역사에서 경학(經學)이 융성하였던 시대인 한(漢)나라와 당
(唐)나라, 송(宋)나라 ◇戰國(전국)=전국시대. 중국의 역사에서 혼란했던 주나라 말
기의 시대 ◇刀槍劍術(도창검술)=칼과 창을 쓰는 기술 ◇各者騰揚(각자등양)=각각
스스로 기세와 지위가 높아서 떨치다 ◇管絃聲(관현성)=관악기와 현악기의 소리 ◇
豪氣(호기)=호걸스럽고 장한 의기.

136

노래로 두고 보면 世上 人心 거의 알다

휘모리 時調의는 조오던 이 눈을 쓰니

아서라 이 내 노래 씨야 안즌 사름 잠들일가 ᄒᆞ노라.

(金剛永言錄 40) 金履翼

노래로 두고 보면=노래를 가지고 헤아려본다면 ◇거의 알다=거지반을 알겠다
◇휘모리 時調(시조)의는=빠른 속도로 부르는 시조에는 ◇조오던 이=졸던 사람이
◇아서라=그만두어라 ◇안즌 사름=앉은 사람. 또는 자지 않는 사람.

137

노새노새 매양 쟝식 노새 낫도 놀고 밤도 노새

壁上의 그린 黃鷄 수둙이 뒤ᄂᆞ래 탁락 치며 긴 목을 느리워셔 홰홰쳐

우도록 노새그려

　人生이 아츰 이슬이라 아니 놀고 어이리.　　　　　　　(蔓横淸類) (珍青 516)

　매양쟝식(每樣長息)=언제나 쉬지 않고 계속해서 ◇黃鷄(황계) 수둙=누런 수탉 ◇
뒤ᄂ래=뒷날개 ◇느리워셔=길게 빼서 ◇아츰 이슬=아침 풀잎에 달린 이슬. 잠깐
동안임을 나타낸 말.

138

綠楊芳草岸에 쇼 머기는 아희들아

　압 냇 고기와 뒷 냇 고기를 다 몰속 자바 내 다치에 너허주어든 네 쇠
궁치에 언저다가 주렴

　우리도 밧비 가는 길히니 못 가져갈가 ᄒ노라.　　　　(蔓横淸類) (珍青 530)

　綠楊芳草岸(녹양방초안)에=푸른 버들과 싱싱한 풀이 우거진 언덕에 ◇몰속 자바
=모두 잡아 ◇다치에=다래끼에. 다래끼는 조그만 망태기 ◇쇠궁치에=소의 궁둥이
에 ◇주렴=주려무나 ◇밧비=바쁘게.

138-1

압 ᄂᆡ나 뒷 ᄂᆡ나 中에 소 먹기는 아희 놈들라

　압 ᄂᆡ 고기와 뒷 ᄂᆡ 고기를 몰속 줍아 ᄂᆡ 다락기에 너허쥬어든 네 소
궁둥치헤 걸쳐다가 쥬렴

　우리도 밧비 가는 길히오민 傳ᄒᆞᆯ동말동ᄒ여라.　　　　(六青 974)

139

綠陰芳草 욱어진 골에 쏏쏠리롱 우는 져 쏏쏠이 새야

　네 소리 에엿샏다 맛치 님의 소릭도 ᄀᆞᆺ틀씨고

　眞實로 너 잇고 님 이십면 아마 비겨나 볼까 ᄒ노라.　　　　(海一 591)

쐿꼴리롱=꾀꼬리의 우는 소리를 흉내 낸 말 ◇에엿쑤다=불쌍하다. 가련하다 ◇
맛치=마침. 꼭 ◇님 이심면=님이 있다면 ◇비겨나=비교하여. 기대어나.

140

논밧 가라 기음믹고 뫼 잠방이 다임 쳐 신들메고

낫 가라 허리에 추고 도쐬 벼려 두러메고 茂林山中 드러가셔 삭싸리 마른
셥흘 뷔거니 버혀거니 지게에 질머 집팡이 밧쳐노코 싀옴을 추즈가셔 點心
도슭 부시이고 곰방딕를 톡톡 써러 닙담빅 쀠여 물고 코노릭 조오다가

夕陽이 지 너머갈 졔 엇씩를 추이즈며 긴 소릭 져른 소릭 ᄒ며 어이 갈
고 ᄒ더라.   (弄) (靑六 728)

기음믹고=김매고. 곡식 주변의 잡초를 제거하고 ◇뫼 잠방이=삼베로 만든 잠방
이. 잠방이는 홑바지 ◇다임 쳐=대님을 둘러매. 대님은 바짓가랑이를 묶는 끈 ◇신
들메고=신발이 벗겨지지 않도록 감발하고 ◇벼려=벼리어. 날을 세워 ◇茂林山中(무
림산중)=나무가 우거진 산속 ◇삭싸리=죽은 나뭇가지 ◇셥흘=마른 풀을 ◇싀옴을=
샘물을 ◇點心(점심) 도슭 부시이고=점심 도시락을 먹고. 깨끗이 하고 ◇곰방딕=짧
은 담뱃대 ◇닙담빅=잎담배 ◇코노릭 조오다가=콧노래를 부르며 졸다가 ◇지 너머
갈 제=산을 넘어갈 때 ◇추이즈며=추스르며 ◇어이 갈고=어서 가자.

141

놉흔들 길 업스며 집픈들 빅 업단가

聖學도 이러ᄒ니 高遠타 自盡 말고 萬古 遺經 빅호고 또 빅호소

이리고 못ᄒ 니ᄂ 自古及今 업ᄂ니라.   (城西幽稿 2) 申甲俊

놉흔들=높다고 한들 ◇聖學(성학)=유학(儒學). 성인이 이룩해놓은 학문 ◇高遠
(고원)타 自盡(자진) 말고=학문의 이치가 높고 심오하다고 스스로 포기하지 말고 ◇
萬古(만고) 遺經(유경)=이제껏 선인이 남긴 책들 ◇빅호고 또 빅호소=배우고 또 배
우시오 ◇이리고 못ᄒ 니ᄂ=이렇게 하고도 못하는 사람은 ◇自古及今(자고급금)=예
전부터 지금에 이르기까지.

142

놉흘亽 泰山이며 깁흘亽 滄海로다 泰山과 滄海라 흔들 聖德과 比할손가

발고 발근 日月이요 어질고 어진 雨露로다 日月과 雨露라 흔들 聖德과

갓흘손가

어긔야 우리 聖母 聖德이야 形容키 어려왜라.

[(泰山曲) 金大妃前醉宴歌] (三竹異本 90)

놉흘亽=높구나 ◇聖德(성덕)=임금님의 훌륭한 덕 ◇日月(일월) 雨露(우로)=일월
은 임금과 같은 존재. 우로는 임금의 은혜 ◇갓흘손가=같겠는가? ◇어긔야=감탄사.

143

놉흘샤 昊天이며 둣터울샤 坤元이라

昊天과 坤元인들 慈恩에셰 더ㅎ시며 놉고 놉푼 華崇과 河海라 흔들 慈
恩과 갓틀손가

아홉다 우리 太母聖恩은 헤아리가 어려왜라.   英祖 (蔓橫) (源河 471)

昊天(호천)=넓고 큰 하늘 ◇둣터울샤=두텁구나 ◇坤元(곤원)=땅. 대지(大地) ◇慈
恩(자은)=인자하신 어머니의 은혜 ◇華崇(화숭)=중국의 오악(五嶽) 가운데 화산(華
山)과 숭산(崇山). 높고 큰 것을 뜻한다 ◇아홉다=오홉다. 감탄사 ◇太母聖恩(태모성
은)=할머니의 성스러운 은혜.

※ 작품 끝에 "동묘정축칠십진찬시어제(東廟丁丑七十進饌時御製)"라고 되어 있다.

144

누고셔 大醉흔 後ㅣ면 온갓 시름 다 닛는다턴고

望美人於天一方흘 제면 百盞 머거도 寸功이 전혀 업닉

흐믈며 白髮倚門望을 더옥 슬허ㅎ노라.   (蔓橫淸類) (珍靑 489)

누고셔=누가 ◇大醉(대취)흔 後(후)ㅣ면=몹시 취하고 난 뒤엔 ◇온갓=모든 ◇닛
는다 턴고=잊는다고 했던고 ◇望美人於天一方(망미인어천일방)=하늘 한 끝에 미인

을 바라다봄. 미인은 왕을 뜻한다 ◇寸功(촌공)이=아주 자그마한 공로가 ◇白髮倚
門望(백발의문망)을=백발의 노모가 이문(里門) 밖에서 자식이 돌아오기를 기다림을.

145

누구셔 范亞父를 智慧 잇다 닐으든고

沛上에 天子氣를 分明이 알아건을 鴻門宴 高開時에 風雲이 擁護ᄒ야 白
日이 盡盪홀 쩌 天意를 바히 몰라 玉玦을 세 番 들고 項莊의 拔劍起舞 ᅴ
더욱 可笑롭다

암은만 玉斗를 찟치고 疽發背ᄒ도록 뉘우친들 어이리.

(二數大葉) (海周 384) 李鼎輔

누구셔=누가 ◇范亞父(범아보)=항우의 모신(謀臣) 범증(范增). 아보(亞父)는 아버
지 다음으로 존경하는 사람이란 뜻으로, 항우가 범증을 존경하여 한 말. 항우를 도
와 홍문연(鴻門宴)에서 유방을 죽이려다 실패하고 나중에 항우와 불화하여 팽성(彭
城)에 물러나 있다가 등창으로 죽었다 ◇닐으든고=말하던가 ◇沛上(패상)에 天子氣
(천자기)를=패공(沛公)에게 천자가 될 만한 기상이 있음을. 패공은 유방이 천자에
오르기 이전의 칭호 ◇鴻門宴高開時(홍문연고개시)에=홍문에서 크게 잔치를 베풀
때에. 홍문은 섬서성 임동(臨潼)에 있는 지명으로 항우와 유방이 회음(會飮)하던 곳
◇風雲(풍운)이 擁護(옹호)ᄒ야=세상을 바꾸려는 기운이 감싸고 보호하여 ◇白日(백
일)이 盡盪(진탕)홀 쩌=한낮의 해마저 몹시 흔들리는 듯할 때 ◇天意(천의)=하늘의
뜻 ◇바히=전혀 ◇玉玦(옥결)을 세 番(번) 들고=옥결은 패옥(佩玉). 범증이 유방을
죽이기 위해 항우에게 눈짓하고 옥결을 세 번이나 들어 보였다 ◇項莊(항장)의 拔
劍起舞(발검기무)=항장은 항우의 부하로 유방을 죽이려고 검무를 추도록 했다 ◇암
으만=아무리 ◇玉斗(옥두)=옥으로 만든 국자 ◇疽發背(저발배)=등창이 등에 생김
◇뉘우친들=뉘우친다고 해서.

※ 가람본『청구영언(靑邱詠言)』에서 작자가 박영(朴英)이라 되어 있다.

145-1

뉘라셔 范亞父를 智慧잇ᄃ 이르던고

沛上에 天子氣를 判然이 아란마은 鴻門宴 찰춤의 擧玉玦은 무슴일고

不成功 疽發背死흔들 뉘 탓시라 ᄒ리오.   (瓶歌 870) 李鼎輔

아란마은=알았으련만 ◇疽發背死(저발배사)흔들=등에 등창이 나서 죽은들 ◇뉘
탓리라=누구의 탓이라.

146
누리쇼셔 누리쇼셔 萬千歲를 누리쇼셔
무쇠 기동에 꼿 퓌여 열음 열어 ᄯ 드리도록 누리쇼셔
그 남아 억만셰 밧게 ᄯ 만셰를 누리쇼셔.   (女唱歌謠錄 68)

누리쇼셔=복을 받고 잘 사십시오 ◇기동=기둥 ◇열음 열어=열매가 열려 ◇그
남아=그 남아. 그 나머지 ◇밧게=밖에. 넘게.

147
눈섭은 수나비 안즌 듯 닛바대는 박시 싯 셰온 듯
날 보고 당싯 웃는 양은 三色桃花 未開峰이 ᄒ롯밤 빗 氣運에 半만 절
로 퓐 形狀이로다
네 父母 너 삼겨 낼 적의 날만 괴라 삼기도다.   (蔓橫淸類) (珍靑 518)

수나비=나비. 숯으로 그린 것처럼 새카만 눈섭. 아미(蛾眉) ◇닛바대=치열(齒列)
◇박시 싯 셰온 듯=박 씨를 까서 세운 듯 깨끗하고 가지런하다 ◇三色桃花 未開峰
(삼색도화미개봉)='봉(峰)'은 '봉(封)'의 잘못. 세 가지 색의 복숭아꽃이 아직 피지
않았다 ◇삼겨 낼 적의=태어나게 했을 때에 ◇날만 괴라=나만을 사랑하게.

147-1
눈섭은 그린 듯ᄒ고 닙은 丹砂로 직은 듯ᄒ다
날 보고 웃는 樣은 太陽이 照臨흔듸 이슬 밋친 碧蓮花로다
네 父母 너 삼겨 닉올졔 날만 괴게 ᄒ도다.   (海周 531) 金壽長

닙은=입은 ◇丹砂(단사)=붉은색의 광물로 약이나 염료로 쓰임 ◇직은 듯ᄒ다=찍은 듯하다 ◇樣(양)은=모양은 ◇照臨(조림)흔ᄃᆡ=해나 달이 위에서 내리비치는데 ◇碧蓮花(벽련화)=푸른색의 연꽃 ◇삼겨ᄂᆡ올쩨=태어나게 했을 때.

148

눈아 눈아 머르칠 눈아 두 손 장가락으로 쏙 질너 머르칠 눈아
남의 님 볼지라도 본동만동ᄒ라 ᄒ고 늬 언제부터 졍 다 슬나터니
아마도 이 눈의 지휘에 말 만흘가 ᄒ노라.　　　　　　(樂戲調) (甁歌 1048)

머르칠 눈아=멀어질 눈아. 뵈지 않을 눈아 ◇장가락=가운데 손가락. 장지(長指) ◇졍 다 슬나터니=정(情)을 다 쓸어버리라고 하였더니 ◇지휘에=지휘(指揮)에. 시키는 대로 따라 함에.

149

뉘라셔 ᄭᅮᆷ에 님희 허시라든고 졍 업쓰면 ᄭᅮᆷ에 뵈랴
샹ᄉ고 샹ᄉ고ᄒ니 샹ᄉ인 ᄉ샹ᄉ인을
언제나 그리든 임을 만나 몽즁ᄉ를.　　　　　　　　(詩歌 28) 李世輔

뉘라셔=누가 ◇ᄭᅮᆷ에 님희=꿈에 뵈는 님이 ◇허시라든고=허사(虛事)라 하던고 ◇샹ᄉ고=상사고(相思苦). 남을 그리워하는 고통 ◇샹ᄉ인 ᄉ샹ᄉ인=상사인(相思人) 사상사인(思相思人). 상사인이 상사인을 생각함 ◇몽즁ᄉ를=몽중사(夢中事)를. 꿈속에 있었던 일을.

150

뉘라셔 祥麟과 瑞鳳을 귀타 ᄒ던고
賢良輔弼이 더 貴하고 景星慶雲이 됴타 ᄒ되 時和歲豊이 더 조홰라
朝廷이 淸明ᄒ고 人民이 安樂ᄒ니 麟鳳星雲은 아니라도 聖母님 德이신가 ᄒ노라.　　　　　　　　　　　(麟鳳曲) (三竹異本 91)

祥獜(상린)과 瑞鳳(서봉)=나라에 경사가 있을 때 나타난다고 하는 상서로운 기린과 봉황 ◇賢良輔弼(현량보필)=어진 신하의 도움 ◇景星慶雲(경성경운)=도(道)가 있는 나라에 나타난다고 하는 상서로운 별과 구름 ◇時和歲豊(시화세풍)이=나라가 태평하고 풍년이 듦이 ◇朝廷(조정)이 淸明(청명)하고=조정이 정치를 잘해 잘못되는 것이 없고 ◇人民(인민)이 安樂(안락)하니=백성들이 편안하고 화락하니 ◇聖母(성모)님=훌륭하신 왕후. 순원왕후(純元王后)를 가리킴.

151

늙기 셜웨란 말이 늙은의 妄伶이로다

天地江山은 無限長이요 人之定命은 百年間이니 셜웨라 ᄒ는 말이 아모려도 妄伶이로다

두어라 妄伶엣 말은 우어 무슴ᄒ리오.　　　　　　(二數大葉) (海周 535) 金壽長

셜웨란=서럽다는 ◇妄伶(망령)=‘령(伶)’은 ‘령(靈)’의 잘못. 늙거나 정신이 흐려서 언행이 정상을 벗어난 상태나 행동 ◇天地江山(천지강산)은 無限長(무한장)이요=세상과 자연은 한없이 넓고 크다 ◇人之定命(인지정명)은 百年間(백년간)이니=사람에게 주어진 목숨은 백 년간이니 ◇셜웨라=서럽다. 서러워라 ◇아모려도=아무리 생각해도 ◇우어=웃어 ◇무슴ᄒ리오=무엇하겠는가.

152

니르랴 보쟈 니르랴 보쟈 내 아니 니르랴 네 남진ᄃ려

거즛 거스로 물 짓는 체ᄒ고 통으란 ᄂᆞ리와 우믈 젼에 노코 쏘아리 버서 통조지에 걸고 건넌집 쟈근 金書房을 눈기야 불러내여 두 손목 마조 덥셕 쥐고 슈근슈근 말ᄒ다가 삼밧트로 드러가셔 므스 일 ᄒ던지 존삼은 쁘러지고 굴근 삼대 뿟만 나마 우즑우즑ᄒ더라 ᄒ고 내 아니 니르랴 네 남진 ᄃ려

져 아희 입이 보도라와 거즛말 마라스라 우리는 ᄆᆞ을 지서미라 실삼 죠곰 키더니라.　　　　　　(蔓橫淸類) (珍靑 576)

니르랴 보자=일러바칠 터이니 보아라. 일러나 보자 ◇남진다려=남편에게 ◇거줏 거스로=거짓 행동으로 ◇통이란 느리와=물통은 내려놔 ◇우물젼에=우물가에 ◇쏘 아리=또아리. 머리 위에 물건을 일 때 아프지 않게 하기 위해 받치는 동그란 물건 ◇통조지=통의 손잡이 ◇눈기야=눈짓하여 ◇삼밧트로=삼밭으로. 삼은 대마(大麻)로 베의 원료이다 ◇즌삼=작은 삼 ◇입이 보도라와=입이 가벼워 ◇마라스라=하지 마 라 ◇지서미=지어미 ◇실삼=잔삼 ◇키더니라=캐었더니라.

153

니 몸에 가진 病이 흔두 가지 아니로다

보아도 못 보는 눈 드러도 못 듯난 귀 마타도 못 맛는 코 말 못 하는 입이로다

잇다감 腰痛과 腹痛이며 眩氣 嘔痰 滯症은 別症인가 ㅎ노라.

(弄) (靑六 743) 金敏淳

니 몸에=이 몸에 ◇드러도=들어도 ◇마타도=맡아도 ◇잇다감=이따금 ◇腰痛(요 통)과 腹痛(복통)이며=허리가 아프고 배가 아픈 것이며 ◇眩氣(현기) 嘔痰(구담) 滯 症(체증)은=어지럽고 가래를 뱉고 소화가 안 되는 증상은 ◇別症(별증)=어떤 병에 딸려 생기는 다른 증상. 합병증.

154

님과 나와 브듸 둘이 離別 업씨 사자 ㅎ엿던이

平生 離別 險因緣이 잇셔 離別로 구틔여 여희연제고

明天이 에엿비 넉이셔 離別 업세 ㅎ쇼셔.   (樂時調) (海一 518)

브듸=부디 ◇사자 ㅎ엿던이=살자고 하였더니 ◇險因緣(험인연)이=흉악한 인연 이. 나쁜 인연이 ◇구틔여=구태여. 억지로 ◇여희연제고=여희였구나 ◇明天(명천) 이=모든 것을 다 알고 있다고 생각되는 하느님이 ◇에엿비 넉이셔=불쌍하게 여기 시여.

155

님 그려 기피 든 病을 어이ᄒᆞ여 곤쳐낼고

醫員 請ᄒᆞ여 命藥ᄒᆞ며 쇼경의게 푸닥거리ᄒᆞ고 무당 블러 당즮글기 흔들

이 모진 病이 ᄒᆞ릴소냐

眞實로 님 흔듸 이시면 곳에 죠흘가 ᄒᆞ노라.　　　(蔓橫淸類) (珍靑 515)

님 그려=님을 그리워해서 ◇어이ᄒᆞ여=어떻게 하여 ◇곤쳐낼고=고쳐낼까 ◇命藥 (명약)ᄒᆞ며=지시에 따라 약을 쓰며 ◇푸닥거리=무당이 간단하게 음식을 차려놓고 잡귀에게 풀어 먹이는 굿 ◇당즮글기=무당이 장구 대신에 당즮을 긁는 것. 당즮은 버들로 만든 것으로 물건을 담는 섬의 일종 ◇모진 病(병)=증세가 매우 심한 병 ◇ ᄒᆞ릴소냐=낫겠느냐? ◇님 흔듸 이시면=님과 같이 있으면 ◇곳에=바로. 즉시.

155-1

님 글인 膏肓之疾을 무슨 藥으로 곳쳐닐고

太上老君의 草還丹과 西王母의 千年蟠桃 眞元子의 人蔘菓와 十洲三山

不老草를 아모만 먹다 흘일쏜야

암아도 님을 만나봄면 흘일 法이 잇는이.　　　(靑謠 54) 金黙壽

님 글인=님을 그리워한 ◇膏肓之疾(고황지질)=고황에 든 병. 고황은 심장과 횡격 막의 사이로, 여기에 병이 생기면 낫기 어렵다고 함 ◇太上老君(태상노군)=도가(道 家)에서 노자(老子)의 존칭으로 쓰는 말 ◇草還丹(초환단)='초환단(招還丹)'의 잘못 인 듯. 선단(仙丹)의 이름으로, 죽은 자에게 먹이면 혼을 되돌아오게 한다는 약 ◇ 西王母(서왕모)의 千年蟠桃(천년반도)=서왕모는 중국 신화(神話)에서 곤륜산(崑崙山) 에 산다고 하는 표미호치(豹尾虎齒), 반인반수(半人半獸)의 영이적(靈異的)인 여선 (女仙). 천년반도는 삼천 년에 한 번 꽃이 피고 열매를 맺는다는 복숭아. 이것을 먹 으면 장수한다고 한다 ◇眞元子(진원자)=중국 양(梁)나라의 완효서(阮孝緖)를 가리 키는 듯. 산삼을 구하여 어머니의 병환을 고쳤다고 하는 효자 ◇十洲三山(십주삼 산)=신선이 산다고 하는 삼신산과 십주. 삼신산은 봉래산(蓬萊山), 방장산(方丈山)과 영주산(瀛洲山). 십주는 조주(祖洲), 영주(瀛洲), 현주(玄洲), 염주(炎洲), 장주(長洲), 원주(元洲). 유주(流洲), 생주(生洲), 봉린주(鳳麟洲)와 취굴주(聚窟洲)이다 ◇아모만=

아무리. 암만 ◇홀일소냐=낫겠느냐 ◇홀일 法(법)=나을 법.

155-2

님 그려 기피 든 病을 엇지ㅎ여 곳쳐닐고

醫員 請ㅎ여 命藥ㅎ고 쇼경 무당 온갖 일 흔들 相思로 드러 骨髓에 박히인 모진 病이 하릴쇼냐

졈 임아 널노 든 病이니 네 곳칠가 ㅎ로라.　　　　　　　　(慶大時調集 311)

졈='져'의 잘못.

156

님 다리고 山에도 못 살 거시 蜀魄聲에 이긋는 듯

물가의도 못 슬 거시 물 우희 沙工 물 아릭 沙工 놈들이 밤中만 빅 셔늘 지 至菊葱其於耶伊於 닷 치는 소릭에 흔슴 짓고 도라눕닉

이 後란 山도 물도 말고 들에 가셔 슬니라　　　　　　　　(蔓橫) (甁歌 875)

못 살 것이=살지 못할 까닭이 ◇蜀魄聲(촉백성)=두견이의 우는 소리 ◇이긋는 듯=창자가 끊어지는 듯하다 ◇至菊葱其於耶伊於(지국총기어야이어)=노 젓는 소리와 배가 삐거덕거리는 소리의 한자 표기 ◇닷 치는=닻을 잡아당기는.

157

님으란 淮陽 金城 오리남기 되고 나는 三四月 츩너출이 되야

그 남긔 그 츩이 낙검의 남의 감듯 일이로 츤츤 졀이로 츤츤 외오플러 올히 감아 얼거져 틀어져 밋붓터 숫끗지 죠곰도 뷘틈 업시 찬찬 굽의나게 휘휘 감겨 잇셔 晝夜長常 뒤트러져 감겨 잇셔

冬섯쯸 바람비 눈셜이를 암으만 맛즌들 떨어질 쭐 이실야.

　　　　　　　　　　　　　　　　　(二數大葉) (海周 386) 李鼎輔

님으란=님은 ◇淮陽(회양) 金城(김성)=강원도에 있는 지명. 회양은 현재 군(郡)이다 ◇오리남기=오리나무가 ◇츩너출=칡넝쿨 ◇낙검의=납거미. 거미의 일종. 벽경(壁鏡)이나 벽전(壁錢)으로 불림 ◇납의=나비 ◇외오풀러 올히 감아=왼쪽으로 풀리어 옳게 감아. 또는 오른쪽으로 감아 ◇굽의나게=굽어지게. 두드러지게 ◇晝夜長常(주야장상)=밤낮을 가릴 것 없이 항상 ◇冬(동)섯똘=동짓달과 섣달. 음력 11월과 12월 ◇암으만=아무리.

158

님이 가오실 제 노고 네을 두고 가니

오노고 가노고 보뇌노고 그리노고

그中에 가노고 보뇌노고 그리노고란 다 몰속 씌쳐바리고 오노고만 두리라.　　　　　　　　　　　　　　　　　　　(羽樂時調) (靑六 977)

노고 네을=노구(爐口)솥 네 개를. 노구솥은 작은 솥 ◇오노고 가노고 보뇌노고 그리노고=오고 가고 보내고 그리워하고 ◇몰속=모조리 ◇씌쳐바리고=깨어버리고.

159

님이 오마 ᄒᆞ거늘 저녁밥을 일 지어 먹고

中門 나서 大門 나가 地方 우희 치ᄃᆞ라 안자 以手로 加額ᄒᆞ고 오ᄂᆞᆫ가 가ᄂᆞᆫ가 건넌 山 ᄇᆞ라보니 거머횟들 셔 잇거늘 져야 님이로다 보션 버서 품에 품고 신 버서 손에 쥐고 곰븨님븨 님븨곰븨 천방지방 지방천방 즌ᄃᆡ 무른 듸 굴희지 말고 워렁충창 건너가셔 情엣 말 ᄒᆞ려 ᄒᆞ고 겻눈을 흘깃 보니 上年 七月 사흔날 굴가 벅긴 주추리삼대 술드리도 날 소겨다

모쳐라 밤일싀만졍 힝혀 낫이런들 눔 우일 번ᄒᆞ괘라.　　　　　(珍靑 580)

오마 ᄒᆞ거늘=온다고 하거늘 ◇일 지어=일찍 지어 ◇地方(지방)=문지방 ◇치ᄃᆞ라=위로 달려가 ◇以手(이수)로 加額(가액)ᄒᆞ고=손을 이마에 얹고 ◇거머횟들=검고 희끄무레한 ◇져야=저것이 ◇곰븨님븨=곰비임비. 계속하여 ◇천방지방=천방지축 ◇즌 듸 마른 듸=진 곳 마른 곳 ◇情(정)엣 말=다정한 말 ◇上年(상년)=작년 ◇굴가

벅긴=갉아서 벗긴 ◇주추리삼대=삼대의 줄기 ◇슬드리도=알뜰하게도 ◇날 소겨다=나를 속였구나 ◇모쳐라=마침 ◇밤일싀만졍=밤이니 망정이지 ◇힝혀=행여나 ◇눔우일 번ᄒ괘라=남을 웃길 뻔하였다. 남에게 웃음거리가 될 뻔하였다.

160

다나 ᄡᄂ나 니濁酒 죠코 대테 메온 질병드리 더옥 죠희
어론쟈 박구기를 둥지둥둥 ᄯᅴ여두고
아희야 져리짐칠만졍 업다 말고 내여라.　　　　(二數大葉) (珍青 164) 蔡裕後

니濁酒(탁주)=입쌀로 만든 탁주 ◇대테 메온=댓가지로 테를 메운. 테는 그릇의 조각들이 퉁겨져 나오지 않게 둘러맨 줄 ◇질병드리=질로 만든 병이. 질은 그릇을 만드는 흙 ◇어론쟈=감탄사 ◇박구기=작은 바가지로 만든 구기. 구기는 술 따위를 풀 때에 쓰는, 국자보다 자루가 짧고, 바닥이 오목한 도구 ◇져리짐칠만졍=소금에 절인 김치일망정.

161

다려가거라 싈어가거라 나를 두고선 못 가느니라 女必은 從夫릿스니 거저 두고는 못 가느니라
　나를 바리고 가랴 ᄒ거든 靑龍刀 잘 드는 칼노 요츔이라도 ᄒ고서 아릭 토막이라도 가져가소 못 가느니라 못 가느니라 나를 바리고 못 가느니라 나를 바리고 가랴 ᄒ거든 紅爐火 모진 불에 살을 터이면 살우고 가소 못 가느니라 못 가느니라 그저 두고는 못 가느니라 그저 두고서 가랴 ᄒ거는 盧山瀑布 흘으는 물에 풍덩 더지기라도 ᄒ고서 가소 나를 바리고 가는 님은 五里를 못 가서 발病이 나고 十里를 못 가서 안즌방이 되리라
　춤으로 任 싱각 그리워서 나 못 살겟네.　　　　(樂高 920)

女必(여필)은 從夫(종부)릿스니=여인네는 반드시 남편을 따라야 한다고 하였으니 ◇거저=그대로 ◇靑龍刀(청룡도)=칼의 이름 ◇요츔=요참(腰斬). 허리를 자름 ◇紅爐火(홍노화) 모진 불=벌겋게 단 화롯불 ◇살울 터이면 살우고=태울 터이면 태우고

◇廬山瀑布(여산폭포)=여산의 폭포. 여산은 중국 강서성 구강현(九江縣)에 있는 산. 경치가 아름답고 이백(李白)의 「망여산폭포시(望廬山瀑布詩)」가 있음 ◇더지기라도= 던지기라도.

161-1

리별이로다 리별이로다 죽어 영리별은 문압마다 흑것만은 살아 싱리별
은 춤아 진정 못 흑갓구나

녀필은 종부릭스니 거져 두구는 못 가리라 청룡도 드는 칼노 요참이라
도 흑고 가고 홍노화 모진 불에 살을 쳐이면 살오고 가고 려산폭포 짓는
믈에 더질 터이면 더디고 가고 텰궁에 왜전 먹어 쏘실 쳐이면 쏘시고 가
오 날을 브리고 가는 님은 오 리를 못 가셔 발병이 나고 십 리를 못 가셔
늬 싱각흑고 다시 드러울 듯

춤아 진정 리별이 설거셔 나 못 살갓네.   (樂高 889)

죽어 영리별=사람이 죽어 대문 앞에서 상여가 나가는 것 ◇거져 두구는=그냥 내
버려두고는 ◇드는 칼=예리한 칼 ◇더질 터이면 더지고=던질 터이면 던지고 ◇철
궁에 왜젼 먹여=철궁(鐵弓)에 왜전(矮箭)을 재서. 왜전은 작은 화살 ◇쏘실 쳐이면
쏘시고=쏘겠거든 쏘고 ◇드러울 듯=도라올 듯 ◇설거셔=서러워서.

162

달바즈난 썽썽 울고 잔디잔듸 속닙 난다

三年 묵은 말가족은 오용지용 우짓는듸 老處女의 擧動보쇼 함박족박 드
더지며 역졍늬며 흑는 말이 바다의도 셤이 잇고 콩팟헤도 눈이 잇지 봄숨
즈리 스오나와 同牢宴을 보기를 밤마다 흑여 뢰늬

두어라 月老繩 因緣인지 일락비락흑여라.   (詩歌 704)

달바즈=달풀로 엮어 울타리를 만든 바자. 바자는 울타리로 쓰기 위해 대나 갈대,
수수깡으로 발처럼 엮은 물건 ◇오용지용=가죽을 두드리면 울리는 소리. 북소리 ◇
함박족박=함지박과 쪽박 ◇드더지며=집어던지며 ◇역졍늬며=역정(逆情)내며. 화를

내며 ◇콩팟헤도=콩과 팥에도 ◇봄쑴자리=봄철에 꾸는 꿈. 또는 허황된 꿈. 일장춘
몽 ◇同牢宴(동뢰연)=신랑 신부가 교배(交拜)를 마치고 서로 술잔을 나누는 잔치 ◇
月老繩 因緣(월노승인연)=남녀를 부부로 맺어준다는 전설의 월하노인이 붉은 끈으
로 이어준 인연 ◇일락빅락=좋을지 나쁠지. 좋다가도 나빠짐.

163

달 밝고 씬 죠흔 밤에 南大川 너른 쓸에
님 업슨 보류슈 남게 안져 雪梨花 l 야 우는 져 김수리싀야
아무리 雪梨花 l 야 운들 닌들 어이 하리오.   (弄) (靑六 640)

南大川(남대천)=남쪽에 있는 큰 시내. 또는 고유명사 ◇보류슈남게=보리수나무
에. 또는 갯버들나무(蒲柳樹)에 ◇雪梨花(설리화) l 야=서럽다. 새가 우는 소리를 적
은 것인 듯 ◇김수리싀야=금빛 수리새야.

164

달 발고 셔리 친 밤의 울고 가는 기러기야
소상 동정 어듸 두고 여관 흔등의 잠든 나를 씨우는야
밤즁만 네 우룸쇼릭 즘 못 이러.   (時調 11)

발고=밝고 ◇셔리 친=서리가 내린 ◇소상 동정=소상강(瀟湘江)과 동정호(洞庭
湖). 소상은 소수(瀟水)와 상수(湘水)를 합친 말로, 상수는 호남성(湖南省)의 동정호
로 빠지고, 소수는 그 하류(下流)임. 동정호는 호남성 북부에 있는 호수로 경치가
뛰어난 곳이다 ◇여관 흔등=여관(旅館) 한등(寒燈). 여관에서 대하는 차가운 느낌의
등불 ◇즘 못 이러=잠을 이루지 못해. 잠을 자지 못해.

165

달은 써 梧桐에 거러 잇고 銀河는 西으로 기우럿다
空庭 徘徊는 懷抱의 잇글녁고 殘燈 不滅은 生覺에 계웟세라
俄而오 喔喔 鷄聲이 애 끈넌 덧.   (時調集 42)

거러 잇고=걸려 있고 ◇銀河(은하)=은하수 ◇空庭(공정) 徘徊(배회)는=아무도 없
는 뜨락을 거니는 것은 ◇잇글녁고=이끌렸고 ◇殘燈(잔등) 不滅(불멸)은=희미한 등
불을 아직 끄지 않음은 ◇生覺(생각)에 계웟셰라=생각을 억제하지 못하였기 때문이
라 ◇俄而(아이)오=아이고. 감탄사 ◇喔喔(악악) 鷄聲(계성)이=악악 하고 우는 닭의
울음소리가 ◇애 끈넌 덧=창자가 끊어지는 듯.

166

듯는 물도 誤往 ᄒ면 셔고 셧는 쇼도 타 ᄒ면 가니
深意山 모진 범도 경셰ᄒ면 도셔ᄂ니
각시니 엇더니완듸 경셰를 不聽ᄒᄂ니.   (蔓橫淸類) (珍靑 454)

듯는 물도=달리는 말도 ◇誤往(오왕) ᄒ면=오왕 하면. '서라' 하고 소리치면 ◇
타 ᄒ면='타' 하고 소리치면. 가라고 하면 ◇深意山(심의산)=불교에서 말하는 수미
산(須彌山)인 듯. 여기서는 깊은 산의 뜻 ◇모진 범도=사나운 호랑이도 ◇경셰ᄒ면
=경세(警說)하면. 경계하고 타이르면 ◇도셔ᄂ니=돌아서느니 ◇엇더니완듸=어떤 사
람이기에 ◇不聽(불청)ᄒᄂ니=듣지를 않느냐?

167

듯줄을 길기길기 드려 스리고 뒤스리 담아
萬頃滄波之中에 풍덩 드리티면 알연이와 물 깁피를
아마도 깁고 깁픈숀 님이신가 ᄒ노라.   (歌譜 318)

듯줄을=닻을 잡아 맨 줄을 ◇드려=만들어 ◇스리고 뒤스리=사리고 또 사려 ◇
萬頃滄波之中(만경창파지중)에=넓고 푸른 물결 속으로 ◇드리티면=집어던지면 ◇알
연이와=알겠지만 ◇깁고 깁픈숀=깊고 깊은 것은. 심정을 헤아리기 어려운 것은.

168

唐虞時節 진안 後에 禹湯文武 니여신이
그中에 全備ᄒᆯ 쏜 周公의 禮樂文物과 孔夫子의 春秋筆法이로다

암아도 이 두 聖人은 못 밋츨신 ᄒ노라.　　　　　　　　　(海周 378) 李鼎輔

唐虞時節(당우시절)=도당(陶唐)과 유우(有虞)의 시절. 요순시절과 같음. 태평시절을 말함 ◇진안=지난 ◇禹湯文武(우탕문무)=우탕은 하(夏)의 우왕과 은(殷)의 탕왕이며 문무는 주(周)의 문왕과 무왕 ◇니여신이=계속 이었으니 ◇全備(전비)ᄒᆞᆯ 쓴=모든 것을 다 갖춘 것은 ◇周公(주공)=주나라의 정치가. 문왕의 아들이고 무왕의 동생 ◇孔夫子(공부자)=공자(孔子) ◇春秋筆法(춘추필법)=춘추는 오경(五經)의 하나로 노(魯)나라의 역사를 적은 책으로 공자가 필삭(筆削)하였다. 공자가 춘추에 필삭을 한 것처럼 엄정한 비판 태도를 가리킴.

169

大雪이 滿山흔듸 黑貂裘를 썰쳐 닙쇼

白羽長箭 허리예 씌고 千斤角弓 ᄑᆞᆯ에 걸고 鐵驄馬를 빗기 노하 澗壑으러 들어간이 큰아큰 돗기 내듯거늘 輒拔矢引滿射殪ᄒᆞ야 칼을 싸혀 다혀너코 長곳에 ᄭᅰ여 구어낸이 膏血이 點滴써늘 踞胡床而啖之ᄒᆞ고 大銀椀에 紫霞酒를 醉토록 먹을이라

암아도 壯快豪遊는 잇쑨인가 ᄒ노라.　　　　　　(樂時調) (海一 562)

大雪(대설)이 滿山(만산)흔듸=많은 눈이 온 산을 덮었는데 ◇黑貂裘(흑초구)=검은 담비의 가죽으로 만든 갖옷 ◇썰쳐 닙쇼=보란 듯이 자랑스레 입고 ◇白羽長箭(백우장전)=흰 깃이 달린 긴 화살 ◇千斤角弓(천근각궁)=천 근이나 되는 각궁. 각궁은 쇠뿔 등을 재료로 만든 활 ◇鐵驄馬(철총마)=온몸에 검푸른 무늬가 박힌 얼룩말 ◇빗기 노하=비스듬히 달려 ◇澗壑(간학)=냇물이 흐르는 골짜기 ◇돗기=토끼. 다른 곳에서는 멧돼지로 되어 있다 ◇輒拔矢引滿射殪(첩발시인만사에)=문득 화살을 빼어 활시위를 맘껏 당겨 쏘아 죽이다 ◇다혀너코=다져놓고 ◇長(장)곳에=긴 꼬챙이에 ◇膏血(고혈)이 點滴(점적)커늘=피와 기름이 지글지글 끓어 떨어지거늘 ◇踞胡床切而啖之(거호상절이담지)ᄒᆞ고=호상에 걸터앉아 고기를 잘라서 씹고 ◇大銀椀(대은완)에=큰 은바리에 ◇紫霞酒(자하주)=흐르는 노을로 만들었다는 신선들이 마시는 술. 좋은 술 ◇壯快豪遊(장쾌호유)=기분 좋고 호사롭게 놂.

170

딕슌 증ᄌ 출쳔지효와 용방 비간 진명지튱을
쳔고 용진ᄒ련마는 쳔ᄒ지ᄉ 장ᄌ방과 젼무후무 졔갈무후
아마도 튱의겸젼키는 한슈졍후신가.　　　　　　　　(시쳘가 95)

딕슌 증ᄌ 출쳔지효=대순(大舜)과 증자(曾子)의 뛰어난 효성(出天之孝). 대순은
순 임금, 증자(曾子)는 본명이 증삼(曾參)으로 공자의 제자로 효성이 출천하여 증자
라고 한다 ◇용봉(龍逢) 비간(比干) 진명지충(盡命之忠)=용봉과 비간의 목숨을 다한
충성. 용봉은 하(夏) 걸왕(桀王)의 신하 관용봉(關龍逢)으로, 걸왕의 무도(無道)함을
간하다가 죽임을 당했고, 비간은 은(殷)의 충신으로 주왕(紂王)의 음란함을 간하다
가 죽임을 당하였다 ◇쳔고 용진ᄒ련마는=천고(千古)에 용진(勇進)이라 하겠지만.
세상에 둘도 없는 용기 있는 행동이라 하겠지만 ◇쳔ᄒ지ᄉ 장ᄌ방=천하재사(天下
才士) 장자방(張子房). 한나라의 모사(謀士) 장량(張良). 장량은 한 고조(漢高祖)의 충
신으로, 진시황을 저격하였다가 실패하였고, 후에 고조를 도와 천하를 통일하여, 소
하(蕭何)와 한신(韓信)과 더불어 한나라의 삼걸(三傑)이라 칭한다 ◇젼무후무 졔갈
무후=전무후무(前無後無) 제갈무후(諸葛武侯). 이전이도 이후에도 없을 제갈량(諸葛
亮) ◇튱의겸젼키는 한슈졍후신가=충의겸전(忠義兼全)하기는 한수정후(漢壽亭侯)신
가. 충성과 절의를 아울러 갖추기는 한나라 수정후인 관우(關羽)인가?

171

大王大妃 殿下 聖壽 七旬 丁丑 十二月 初六日에
山河ㅣ 共揖헐 졔 萬祥이 咸集허고 臣民이 賀祝헐 졔 百靈이 仰德이로다
聖德이 天門에 ᄉ못ᄎᄉ든 玉皇 香案前으로 後ᄉ八十을 나리시다.

　　　　　　　　　　　　　(編數大葉) (金玉 169) 安玟英

大王大妃(대왕대비) 殿下(전하)=익종(翼宗)의 비(妃)인 신정왕후(神貞王后)를 가리
킴. 흔히 조대비라 부른다 ◇聖壽(성수) 七旬(칠순)=칠십의 나이 ◇丁丑(정축)=정축
년. 고종 14년(1877) ◇山河(산하)ㅣ 拱揖(공읍)헐 졔=산천도 손을 맞잡고 공손히 절
하는 것처럼 느껴질 때 ◇萬祥(만상)이 咸集(함집)허고=모든 상서로움이 다 모이고
◇臣民(신민)이 賀祝(하축)헐 졔=신하와 백성들이 경하(慶賀)하고 축복할 때 ◇百靈

(백령)이 仰德(앙덕)이로다=모든 백성들이 왕후의 덕을 우러러보도다 ◇天門(천문)=
하늘 ◇ㅅ못ㅊㅅ든=사무치거든 ◇玉皇(옥황) 香案前(향안전)으로=옥황상제의 책상
앞으로 ◇後八十(후팔십)을=다시 팔십 년을.

※『금옥총부』에 "정축 십이월초육일 탄일 하축(丁丑 十二月初六日 誕日 賀祝)"
이라 했다.

172

待人難 待人難ᄒ니 鷄三呼ᄒ고 夜五更이라

出門望 出門望ᄒ니 靑山은 萬重이오 綠水ᄂ 千回로다

이윽고 犬吠ㅅ소릐에 白馬遊冶郎이 넌즈시 도라드니 반가온 ᄆ음이 無
窮 탐탐하여 오늘 밤 서로 즐거오미야 어늬 그지 이시리.

(蔓橫淸類) (珍靑 543)

待人難(대인난)=사람을 기다리기가 어렵다 ◇鷄三呼(계삼호)ᄒ고 夜五更(야오경)
이라=닭이 세 홰를 울고 밤은 새벽이 다 되었다 ◇出門望(출문망)=이문(里門) 밖에
까지 나가 사람이 오기를 기다리다. 이문은 동리 입구에 세운 문 ◇靑山(청산)은 萬
重(만중)이오=푸른 산은 겹겹이요 ◇綠水(녹수)는 천회(千回)로다=푸른 물은 천 굽
이로다 ◇犬吠(견폐)ㅅ소릐=개 짖는 소리 ◇白馬遊冶郎(백마유야랑)=흰 말을 타고
온 바람둥이 남자 ◇넌즈시 도라드니=넌지시 돌아오니. 살그머니 돌아오니 ◇無窮
(무궁) 탐탐(耽耽)하여=한없이 그리워하여 ◇어늬 그지=어느 끝이. 어찌 끝이.

173

待人難 엇더턴고 蜀道之難이 不難코 待人難이로다

出門重重하니 月掛山頭에 杜鵑啼羅하고 夜五更이라

아마도 百難之中에 待人難인가.

(筆寫本)

蜀道之難(촉도지난)=촉으로 가는 길의 어려움. 당현종(唐玄宗)이 안녹산(安祿山)
의 난에 촉으로 피난하려 하자 이백(李白)이 시를 지어 촉으로 가는 길이 어려움을
강조해서 막았다고 한다 ◇出門重重(출문중중)하니=이문(里門)을 나서니 산이 첩첩
이 있으니 ◇月掛山頭(월괘산두)에 杜鵑啼羅(두견제라)하고=달은 산머리에 걸려 있

고 두견이 계속해서 울고 ◇夜五更(야오경)=밤은 이미 새벽이 가까움 ◇百難之中(백난지중)에=여러 가지 어려움 가운데.

174

大丈夫ㅣ 功成身退ᄒ야 林泉에 집을 짓고 萬卷書를 ᄡᅡ하두고

죵ᄒ여 밧 갈리고 甫羅밋 질들이고 千金駿駒 알픠 믹고 金樽에 슐을 두고 絶代佳人 겻틔 두고 碧梧桐 검은고에 南風詩 놀리하며 太平烟月에 醉ᄒ여 누엇신이

암아도 平生 희올 일이 잇분인가 ᄒ노라.　　　　　　　　(海周 388) 李鼎輔

功成身退(공성신퇴)=공을 이루고 벼슬에서 물러남 ◇林泉(임천)=수풀과 샘. 은사(隱士)의 정원을 일컬음 ◇萬卷書(만권서)=많은 양의 장서(藏書) ◇죵ᄒ여=종으로 하여금 ◇갈리고=갈게 하고 ◇甫羅밋=보라매 ◇질드리고=길들이고 ◇千金駿駒(천금준구)=천금의 값이 있는 좋은 새끼 말 ◇金樽(금준)=좋은 술통 ◇南風詩(남풍시)=순(舜) 임금이 남훈전(南薰殿)에서 지어 불렀다고 하는 시 ◇희올 일이=마땅히 해야 할 일이 ◇잇분인가=이것뿐인가.

※ 이한진본『청구영언』에 작자가 반치(半癡)로 되어 있다.

174-1

대장부 공성신퇴후의 임쳔의 초당 짓고 만권 셔칙 엽페 쌋코

천금준마 솔질하야 보라믹 길드려두고 노복ᄒ야 밧 갈니고 졀딕가인 엽페 두고 금준의 술을 부어 벽오동 거문고 싀줄 언져 믈읍페 언고 남풍시 화답ᄒ야 강구연월의 누엇스니

이목지 소호와 심지지소락은 이뿐인가.　　　　　　　(편) (詩歌謠曲 127)

천금준마(千金駿馬) 솔질하야=좋은 말에 솔질해서 잘 보살피고 ◇노복(奴僕)ᄒ야=하인에게 ◇밧 갈니고=밭을 갈게 하고 ◇강구연월(康衢煙月)=태평한 세월 ◇이목지소호(耳目之所好)=귀로 듣고 눈으로 보아서 좋은 것 ◇심지지소락(心志之所樂)=마음속으로 즐거워하는 것.

175

大丈夫 되여 나셔 孔孟 顔曾 못ᄒᆞ 양이면

출하리 다 썰치고 太公 兵法 외와ᄂᆡ야 말만 흔 大將印을 허리 아릐 빗기 츠고 金壇에 놉히 안ᄌ 萬馬千兵을 指揮間에 너허 두고 坐作 進退홈이 의 아니 쾌홀소냐

아마도 尋章摘句ᄒᆞᄂᆞᆫ 석은 션븨ᄂᆞᆫ 나ᄂᆞᆫ 아니 블우리라.　　　(瓶歌 940)

孔孟(공맹) 顔曾(안증)=공자 맹자와 안자(顔子)와 증자(曾子). 안자는 안회(顔回)를, 증자는 증삼(曾參)을 가리킴. 일반적으로 유학(儒學)을 가리킨다 ◇太公(태공) 兵法(병법)=태공은 여상(呂尙). 여상이 지은 병법서(兵法書) ◇외와ᄂᆡ야=외워서 ◇말만 흔 大將印(대장인)=말[斗]만큼 커다란 대장의 신표(信標) ◇빗기 츠고=비스듬히 차고 ◇金壇(금단)=주장(主將)이 있어 지휘하는 곳 ◇萬馬千兵(만마천병)=많은 군마(軍馬) ◇指揮間(지휘간)에=지휘할 수 있게 ◇坐作進退(좌작진퇴)=앉아서 군사의 진퇴 등의 작전을 세우다 ◇쾌홀소냐=유쾌하지 않겠느냐 ◇尋章摘句(심장적구)=옛 사람의 글과 구절을 뽑아 글을 지을 때 참고로 삼으려고 만든 책. 또는 그런 행위 ◇석은 션븨ᄂᆞᆫ=썩은 선비는 ◇블우리라=부러워하겠다.

176

大丈夫 되야 무슴 일 經綸ᄒᆞ리

天下之憂樂을 □□커든 自己 □□害를 貪치 말며 百世之公議를 누리거든 一時 毁譽를 도라보지 마라

우리ᄂᆞᆫ 江山을 집을 슴고 風月에 누어시니 두려올 이 업셔라. (時調譜 330)

經綸(경륜)=천하를 다스림 ◇天下之憂樂(천하지우락)=세상의 근심과 즐거움 ◇百世之公議(백세지공의)=오랜 세월 동안의 공식적인 옳은 의론 ◇누리거든=누리겠거든 ◇一時(일시) 毁譽(훼예)=한때의 헐뜯음과 칭찬 ◇風月(풍월)=태평한 세월.

177

대장부 삼십 전에 부귀 공명 못할진대

차라리 다 버리고 명산대천의 무림수죽 골나 초당 삼간 정쇄히 짓고 성
상의 자고동 삼척의 잘너 오현금 줄을 언저 절대가인 겻헤 두고 금준의
술을 부어 취토록 마신 후에 남풍시 화답하며 강구연월 누엇스니

그 뉘가 일으기를 자포자긔라 하야 시비는 잇스려니와 인간고락 의논컨
대 사무한신은 이쑨인가.   (時調集 176)

삼십 전에=서른 살 이전에 ◇명산대천(名山大川)=경치가 좋기로 이름 있는 산과
물 ◇무림수죽(茂林脩竹)=우거진 숲의 잘 자란 대나무 ◇정쇄(淨灑)히=아주 깨끗하
게 ◇성상(星霜)의 자고동=여러 해를 자란 벽오동(碧梧桐) ◇삼척의 잘너=석 자 길
이로 잘라 ◇오현금(五絃琴)=순 임금이 연주했다는 줄이 다섯 개인 거문고 ◇자포
자기(自暴自棄)=실망 등의 원인으로 자신의 장래나 형편을 포기하고 돌보지 않음
◇사무한신(事無閑身)=하는 일이 없고 한가함.

178

大丈夫ㅣ 天地間에 히올이 바히 업다
글을 ᄒ쟈 ᄒ니 人生識字ㅣ 憂患始오 칼 쓰쟈 ᄒ니 乃知兵者ㅣ 是兇器로다
츨하리 靑樓酒肆로 오락가락ᄒ리라.   (蔓橫淸類) (珍靑 473)

히올이=할 일이 ◇바히 업다=전혀 없다 ◇人生識字憂患始(인생식자우환시)오=사
람들이 문자를 알고부터 근심이 생겼고 ◇乃知兵者是兇器(내지병자시흉기)로다=군
사(軍事)라는 것을 아는 것이 남을 해치는 흉기임을 알았다 ◇靑樓酒肆(청루주사)=
기생집과 술집. 또는 기생이 있는 술집.

178-1

大丈夫 生天地ᄒ여 히올 일이 무슴 일고
글을 ᄒ려 ᄒ니 人生識字憂患始요 칼을 쓰려 ᄒ니 乃知兵者是凶器로다
다만지 唯有飮者留其名이니 아니 먹고 어이리.   (詩歌 630)

唯有飮者留其名(유유음자유기명)이니=오직 술을 마시는 사람만이 그 이름을 남

기는 법이니 ◇어이리=어찌하랴.

179

大川 바다 한가은대 中針細針 싸지거다

열나믄 沙工 놈이 굿 므된 사엇대를 굿굿치 두러메여 一時에 소릐치고
귀 쩨여내닷 말이 이셔이다 님아 님아

온 놈이 온 말을 ㅎ여도 님이 짐쟉ㅎ쇼셔.   (珍靑 501)

大川(대천) 바다=커다란 내처럼 넓은 바다 ◇中針細針(중침세침)=중바늘과 가느
다란 바늘 ◇싸지거가=빠졌구나 ◇열나믄=열이 넘는 ◇굿 므된 사엇대를=끝이 무
딘 사앗대를 ◇굿굿치 두러메여=꼿꼿하게 둘러메어 ◇귀 쩨여내닷 말이=바늘귀를
꿰어내었다는 말이 ◇이셔이다=있습니다 ◇온 놈이 온 말을=백 사람이 백 마디의
말을. 많은 사람들이 많은 말을.

180

大漢이 傾頹홀 제 반가올손 劉皇叔이

風雪을 무릅쓰고 草廬의 三顧ㅎ니 平生에 품은 經綸 흔째가 밧브거든

엇디타 긴긴 봄날에 째 그른 줌만 자는고.   (蓬萊樂府 23) 申獻朝

大漢(대한)이 傾頹(경퇴)홀 제=한(漢)나라가 기울고 퇴락하여갈 때 ◇반가올손=
반가운 것은 ◇劉皇叔(유황숙)이=촉한(蜀漢)을 세운 유비(劉備)가. 황숙(皇叔)은 황
제의 숙부라는 뜻 ◇草廬(초려)의 三顧(삼고)ㅎ니=초가집을 세 번이나 찾아가니. 유
비가 제갈량을 세 번씩이나 찾아간 일 ◇平生(평생)에 품은 經綸(경륜)=나라를 다스
리겠다는 평생의 품은 생각 ◇흔 째가=한 시(時)가 ◇째 그른 줌만=때가 잘못된 잠
만. 때가 아닌 잠만. 유비가 찾아갔을 때 제갈량이 잠을 핑계로 만나지 않은 사실을
말한다.

181

大旱 七年인 제 湯人君이 犧牲이 되어

剪爪斷髮ᄒ고 桑林野에 비르시니

湯君이 聖德이 格天ᄒᄉ 大雨ㅣ 方數千里를 ᄒ니라.　　　　(靑六 943)

大旱(대한) 七年(칠년)=중국 옛 은(殷)나라 때의 칠 년 동안이나 계속된 오랜 가
뭄　◇湯人君(탕인군)=은나라의 탕왕(湯王)　◇剪爪斷髮(전조단발)=손톱을 깎고 머리
카락을 자르다　◇桑林野(상림야)=상림의 들. 탕 임금이 비를 빌던 곳　◇湯君(탕군)
이 聖德(성덕)이=탕 임금의 훌륭한 덕이　◇格天(격천)ᄒᄉ=하늘을 감동하게 하시어
◇大雨 方數千里(대우방수천리)=큰 비가 사방 수천 리에 내리다.

182

딕들에 나모들 사오 져 쟝ᄉ야 네 나모 갑시 언매 웨ᄂ다 사쟈

ᄲ리남게ᄂ 흔 말 치고 검부남게ᄂ 닷 되를 쳐셔 숨ᄒ야 혜면 마닷되
밧습니 삿 대혀보으소 잘 븟슴노니

흔적곳 사 ᄯᅡ혀보며ᄂ 미양 사 ᄯᅡ히쟈 ᄒ리라.　　　(蔓橫淸類) (珍靑 535)

딕들에=손님들. 댁에서들　◇나모들=나무들　◇쟝ᄉ야=장사야　◇언매 웨ᄂ다=얼
마라고 외치느냐　◇ᄲ리남게ᄂ=싸리나무는　◇검부남게ᄂ=검불나무는　◇혜면=계산
하면. 헤아리면　◇마닷되=한 말 다섯 되　◇삿 대혀보으소=사서 때 보십시오　◇잘
븟슴노니=불이 잘 붙으니　◇흔적곳=한번　◇사 ᄯᅡ히쟈=사서 때자.

183

딕들에 丹箸 丹슐 ᄉ오 져 쟝ᄉ야 네 황호 몃 가지나 웨ᄂ이 사쟈

알에 燈檠 웃 燈檠 걸 燈檠 즈을이 수箸국이 동희 銅爐口가 옵네 大牧
官 女妓 小各官 酒湯이 本是 쏠어져 물 조로로 흘으는 구머 막키여

쟝ᄉ야 막킴은 막혀도 後ㅅ말 업씨 막혀라.　　　(編數大葉) (海一 585)

丹箸(단저) 丹(단)슐=묶음으로 된 젓가락과 숟가락　◇황호=황화(荒貨). 잡살뱅이
상품　◇웨ᄂ이=외치느냐　◇알에 燈檠(등경)=아랫 등경. 등경은 등잔걸이　◇즈을이=
조리(笊籬). 쌀을 이는 기구　◇수箸(저)국이=작은 국자　◇동희=동이　◇銅爐口(동노

구)=노구솥 ◇옵네='있네'의 뜻인 듯 ◇大牧官(대목관) 女妓(여기) 小各官(소각관) 酒湯(주탕)이='소각관'은 '소목관(小牧官)'의 잘못. 큰 고을의 목사(牧使) 같은 기생과 작은 고을의 현령 같은 술 파는 계집들이 ◇本是(본시) 뚫어져 물 조로로 흐르는 구머=본래부터 뚫어져 물이 조금씩 흐르는 구멍. 여자의 성기를 은유함 ◇마키여=막으십시오 ◇막킴은 막혀도=막는 것은 막더라도 ◇後(후)ㅅ말=뒷말. 말썽.

184

딕들에 동난지이 사오 져 쟝스야 네 황후 긔 무서시라 웨는다 사쟈

外骨內肉 兩目이 上天 前行後行 小아리 八足 大아리 二足 靑醬 ᄋ스슥ᄒᆞ는 동난지이 사오

쟝스야 하 거복이 웨지 말고 게젓이라 ᄒᆞ렴은.　　　　(蔓横清類) (珍青 532)

동난지이=동난젓. 방게젓 ◇황후=황화(荒貨) ◇무서시라 웨는다=무엇이라고 외치느냐 ◇外骨內肉(외골내육)=겉은 뼈이나 속은 살이다 ◇兩目(양목)이 上天(상천)=두 눈이 하늘로 향하다 ◇小(소)아리 八足(팔족)=작은 다리는 여덟 개 ◇靑醬(청장)='청(靑)'은 '청(清)'의 잘못. 진하지 않은 간장 ◇하 거복이=너무 거북스럽게 ◇웨지 말고=외치지 말고 ◇ᄒᆞ렴은=하려무나.

184-1

宅들에 동ᄂᆞᆫ졋 삽소 외ᄂᆞ니 쟝ᄉᆞ야 네 무어시니 그 쟝시 對答허되

大足은 二足이오 小足은 八足 兩目이 上天 外骨內肉 靑醬 黑醬 압두 絶壁 뒤도 絶壁 前行ᄒᆞ고 後去도 ᄒᆞ고 썰썰 긔ᄂᆞᆫ 동난젓 삽뽀

쟝사나 폐로게 외들 말고 그져 방궤젓 삽소.　　　　　　(詩餘 54)

외ᄂᆞ니=외치느냐? ◇폐로게 외들 말고=힘들게 외치지 말고.

185

딕들에 臙脂라 粉들 사오 져 쟝스야 네 臙脂粉 곱거든 사쟈

곱든 비록 안이되 불음연 네 업든 嬌態 절로 나는 臙脂粉이외

眞實로 글어 ᄒ량이면 헌 속써슬 풀만졍 대엿 말이나 사리라.　　(海一 545)

　臙脂(연지)라 粉(분)들=연지나 분들 ◇안이되=않지만 ◇불음연=바르면 ◇녜 업
든=예전에 없던 ◇嬌態(교태)=아양을 떠는 태도 ◇이외=입니다. 이라 ◇글어 ᄒ량
이면=그러하다면 ◇속써슬=속곳을. 속옷을.

186
　딕들에 잘잇 등믜 사오 져 쟝ᄉ야 네 등믜 갑 엇뫼나 사 ᄊ라보쟈
　두 疋 쓴 등믜 흔 疋 밧씀네 흔 疋이 못쓴이 半疋 밧소 半疋 안이 밧씀
네 하 우은 말 마소
　흔 젹곳 삿 ᄊ라보심연 每樣 삿 싯쟈 하오리.　　(海一 549)

　엇뫼나=얼마냐 ◇못쓴이=싸지 않으니. 비싸니 ◇하 우은 말=너무 우스운 말 ◇
흔 젹곳=한 번만 ◇ᄊ라 보심연=갈아보면 ◇삿 싯쟈=사서 깔자.

186-1
　宅들에 ᄌ릿 등믹 사소 저 장ᄉ야 네 등믜 됴흔나 ᄉ자
　흔 匹 쓴 등믜에 半 匹 바드라는가 파네 닉 좃 자소 아니 파늬
　眞實노 그러ᄒ여 풀 거시면 첫말에 아니 ᄑ라시랴.　　(甁歌 1046)

　ᄌ릿 등믜=등메 자리. 등메는 가를 헝겊으로 두르고 위에 부들자리를 대서 만든
돗자리의 일종 ◇匹(필)=필(疋). 길이의 단위 ◇바드라는가=받겠는가? ◇파네='팔게
나'의 뜻인 듯 ◇닉 좃 자소='내 좆 자시오'의 뜻 ◇ᄑ라시랴=팔았겠느냐.

187
　뎐 업슨 두리 놋錚盤에 믈 무든 水銀을 가득이 담아 이고
　黃鶴樓 姑蘇臺와 岳陽樓 滕王閣으로 발 벗고 상금 오로기ᄂ 나남즉 남
딕되 그ᄂ 아모죠로나 ᄒ려니와

할니ᄂ 님 이오 살나 ᄒ면 그ᄂ 그리 못 ᄒ리라.   (靑六 825)

뎐=전(鈿). 전더구니. 물건의 위쪽 가장자리가 나부죽하게 된 부분 ◇水銀(수
은)='순(筍)'의 잘못. 식물의 새싹. 야채를 말함 ◇샹금 오르기ᄂ=상큼 올라가는 것
은 ◇나남즉 남디되=남들이 하는 대로 ◇아모죠로나=아무렇게나 ◇할니ᄂ=하루라
도 ◇님 이오 살나 ᄒ면='이오'는 '외오'의 잘못. 님과 떨어져 외로이 살라고 하면
◇그리=그렇게.

188

뎨 가ᄂ 져 기러기 漢陽城池 날 쇼겨냐

뎌근덧 워여 블너 이 니 消息 傳ᄒ쇼아 못 젼ᄒ쇼야

우리도 님 보라 밧비 가ᄂ 길히니 傳ᄒ동말동 ᄒ여라.   (詩歌 15) 孝宗

뎨=저기에 ◇漢陽城池(한양성지)=서울. 성지는 성을 요새화하기 위해 파놓은 웅
덩이 ◇쇼겨냐=속였느냐 ◇뎌근덧=잠시. 잠깐 동안 ◇워여 블너=소리쳐 불러 ◇傳
ᄒ쇼아=전할 수 있겠느냐 ◇밧비=바쁘게.

189

都련任 날 보려 ᄒ 제 百番 남아 달니기를

高臺廣室 奴婢田畓 世間汁物을 쥬마 판쳐 盟誓ㅣᄒ며 大丈夫ㅣ 혈마 헷
말ᄒ랴 이리져리 조츳ᄻ거니 지금에 三年이 다 盡토록 百無一實ᄒ고 밤마다
블너니야 단잠만 ᄭᅵ이오니

自今爲始ᄒ야 가기난 커니와 눈거러 달희고 닙을 빗쥭 ᄒ리라.

                                        (言樂) (靑六 846)

百番(백번) 남아=백 번도 넘게 ◇世間汁物(세간즙물)='즙(汁)'은 '집(什)'의 잘못.
세간살이 ◇판쳐 盟誓(맹서)=큰소리를 쳐 약속함 ◇혈마 헷말ᄒ랴=설마 헛소리하겠
느냐? ◇百無一實(백무일실)ᄒ고=백에서 하나도 실속이 없고 ◇自今爲始(자금위시)
하야=이제부터 시작해서. 지금 이후에는 ◇가기난 커니와=가기는커녕 ◇눈거러 달
희고=눈을 흘기고 ◇닙을=입을.

189-1

도련님 날 보시 홀 제 피나모 굽격지에 잣징 박아주마터니

도련님 날 보신 後는 굽격지는크니와 헌신짝 하나도 나 몰늬라

이 後란 도련님 날 보고 눈 금젹홀 제 나는 입을 빗죽ᄒ리라.　 (樂高 627)

보시 홀 제='보시'는 '보자'의 잘못인 듯. 보자고 할 때 ◇피나모 굽격지에=피나무로 만든 굽 달린 나막신에 ◇잣징 박아주마터니=작은 징을 박아준다고 하더니 ◇크니와=커녕 ◇눈 금젹홀 제=눈을 꿈적할 때에는.

190

道詵이 碑峰에 올라 國都를 定ᄒ올씌

子坐午向으로 城闕을 일웟는듸 左靑龍 右白虎와 南朱雀 北玄武는 貴格으로 벌어 잇고 前帶河 漢江水는 與天地 根源이라 太廟는 可左ᄒ고 社壇은 可右로다 三峰이 秀麗ᄒ니 人傑이 豪俊ᄒ고 臥牛山 有德ᄒ니 民食이 豊足이라 聖繼神承ᄒ야 億萬年之無疆이샷다.

ᄒ늘이 주오신 뜻을 밧들어 萬萬歲를 누리소셔.　　　 (海周 545) 金壽長

道詵(도선)=신라 말 고려 초의 스님. 여기서는 조선이 도읍을 서울에 정한 것이 이미 도선에 의해 이루어졌다고 믿고 있음 ◇碑峰(비봉)=서울 북한산의 한 봉우리로 신라 진흥왕 순수비가 있다 ◇子坐午向(자좌오향)=자방(子方)을 등지고 오방(午方)을 향하다. 즉 정남향으로 자리 잡음 ◇城闕(성궐)=성곽과 궁궐 ◇左靑龍(좌청룡)=주산에서 왼쪽으로 갈려 나간 산맥으로 방향은 동쪽 ◇右白虎(우백호)=좌청룡과는 반대이며 방향은 서쪽 ◇南朱雀(남주작)=주산에서 갈려 나간 앞쪽 산맥 ◇北玄武(북현무)=주산 뒤쪽의 산맥 ◇貴格(귀격)=귀하게 될 상격(相格) ◇南帶河(남대하) 漢江水(한강수)=남쪽으로 띠처럼 흐르는 내는 한강의 물이다 ◇與天地(여천지) 根源(근원)=천지와 더불어 근원을 같이한다 ◇太廟(태묘)는 可左(가좌)ᄒ고=종묘(宗廟)는 왼쪽에 있고 ◇社壇(사단)은 可右(가우)로다=사직단(社稷壇)은 오른쪽에 있다 ◇三峰(삼봉)=삼각산(三角山), 북악산(北岳山), 인왕산(仁王山)의 세 산. 또는 북한산(北漢山) 가운데 삼각산의 백운(白雲), 인수(仁壽), 국망(國望)의 세 봉우리 ◇秀麗(수려)=빼어나게 아름다움 ◇人傑(인걸)=뛰어난 인재(人才) ◇豪俊(호준)ᄒ고=호방하고

뛰어나고 ◇臥牛山(와우산)=서울 마포구에 있는 산 ◇民食(민식)=백성들이 먹을 양식 ◇聖繼神承(성계신승)=성자(聖子)와 신손(神孫)이 계속해서 대를 잇다. 훌륭한 자손들이 계속해서 대를 잇다 ◇億萬年之無彊(억만년지무강)=억만년이나 계속될 정도로 끝이 없다 ◇萬萬歲(만만세)=영원히 오래도록 삶.

191

徒言은 크게 하나 進就에 無實ᄒ니

反己ᄒ야 自愧ᄒ고 向人ᄒ야 嘲笑ㅣ로다

그러나 狂夫言도 聖人이 글희시니 不以人廢言일가 ᄒ노라.

(自責徒言無實) (聞說堂遺稿) 安昌後

徒言(도언)은 크게 하나=헛된 말들은 큰 소리로 잘도 떠들어대나 ◇進就(진취)에 무실(無實)ᄒ니=일을 이루어나가는 데에는 실속이 없으니 ◇反己(반기)ᄒ야 自愧(자괴)ᄒ고 向人(향인)ᄒ야 嘲笑(조소)ㅣ로다=자기 자신을 반성하여 스스로 부끄러워하고, 남에게는 웃음거리가 되도다 ◇狂夫言(광부언)=미친 사람의 말. 이치에 맞지 않는 말 ◇글희시니=분별하시니 ◇不以人廢言(불이인폐언)=사람으로서 그 말을 버리지 않음. 공자님이 "군자는 말만으로 사람을 천거하지 않으며 사람만을 가려 그 말을 버리지 않는다(君子不以言擧人 不以人廢言)"고 한 『논어(論語)』 「위령공(衛靈公)」 편에 있는 말임.

※ 자역(自譯): 徒言過大呑三爻 無實堪當取笑嘲 狂士嘐嘐誰更數 無私開月卽深交 (도언과대탄삼효 무실감당취소조 광사교교수갱수 무사한월즉심교)

192

陶淵明 葛巾灑酒 屈三閭 菊花 씌여노코

張翰의 江東 鱸魚을 ᄀ늘게 鱠쳐시니

이째에 陸放翁 오돗던들 荊軒의게 祭 지내쟈 ᄒ리로다.

(金剛永言錄 43) 金履翼

陶淵明(도연명) 葛巾灑酒(갈건쇄주)=도연명이 갈건으로 거른 술. 도연명은 동진(東晉)의 시인 도잠(陶潛). 쓰고 있던 갈건으로 술을 걸러 마셨다고 한다 ◇屈三閭

(굴삼려)=전국시대 초(楚)나라 사람 굴원(屈原). 나중에 모함을 받아 멱라수에 빠져 죽었다 ◇張翰(장한)의 江東(강동) 鱸魚(노어)=장한은 진(晉)나라 사람으로 벼슬을 살다가 추풍이 불자 고향의 순나물국과 농어회가 생각이 나서 벼슬을 그만두고 고향으로 돌아갔다고 한다 ◇陸放翁(육방옹)=중국 송(宋)나라 때의 시인 육유(陸游). 호(號)가 방옹임 ◇荊軻(형가)의게=형가에게. 형가는 전국시대 위(衛)의 자객(刺客). 연(燕)나라 소왕(昭王)의 태자 단(丹)을 위해 진왕(秦王)을 죽이고자 하였으나 실패하고 나중에 죽임을 당했다.

193

도하유슈궐어비라 유교변에 비를 믹고

빅 타고 고기 낙가 고기 쥬고 술을 사셔 명정이 츄흔 후에 관닉셩 불으면셔 달을 씌여 도라오니

아마도 강호지낙은 이샌인가.　　　　　　　　　　　　　　　　(詩謠 118)

도하유슈궐어비라='도하'는 '도화'의 잘못. 도화유수궐어비(桃花流水鱖魚肥)라. 복사꽃 떠 오는 물에 쏘가리가 살지다 ◇유교변(柳橋邊)에=버드나무가 있는 다리 옆에 ◇명정이=명정(酩酊)이. 몹시 취해 ◇관닉셩='관내성(款乃聲)'은 '애내성(欸乃聲)'의 잘못. 뱃노래 ◇강호지낙은=강호지락(江湖至樂)은. 시골에 살면서 느끼는 아주 커다란 즐거움은.

194

독수공방이 심난ᄒ기로 님을 싸라셔 갈가보고나

오날 가고 내일 가고 모레 가며 글피 가며 나흘 곱집어 여들에 팔십리 석둘 열흘에 단 천 리 가고 불어진 다리를 쫠으르 슬면서 쳔창만검지즁에 부월이 당젼흘지라도 님을 싸라셔 아니 갈 수 업네 힌 가고 들 가고 날 가고 시 가고 님싟지 망죵 가면 요 세상 빅년을 뉠 밋고 사노 셕신이라 돌에다 졉을 ᄒ며 목신이라 고목에다 졉을 ᄒ며 어영도 갈메기라고 창파에다 지졉을 흘가

졉흘 곳 업고 속닉 맛는 친고 업셔 나 못 살갓네.　　　　　　(樂高 908)

독수공방(獨宿空房)=혼자서 빈 방에서 잠 ◇심난(心亂)=마음이 산란함 ◇곱집어=곱하여 ◇천창만검지즁에=천창만검지중(千槍萬劍之中)에. 수많은 창과 칼 가운데 ◇부월(斧鉞)이 당젼ㅎ니라도=부월이 앞에 닥칠지라도. 부월은 형구(刑具)로 쓰는 도끼 ◇망종=망종(亡終). 사람이 죽어서 가는 마지막 길 ◇셕신, 목신=석신(石神)과 목신(木神). 돌과 나무에 있다고 생각되는 신 ◇졉=잠시 몸을 붙어 거주함. 거접(居接) ◇어영도=상상의 섬인 듯 ◇지접=지접(止接). 거접과 같음 ◇속니 맛는=뜻이 서로 통하는. 의견이 일치하는 ◇친고=친구. 또는 친한 연고(緣故).

195

동강 칠리탄에 둥둥 써 잇는 져긔 져 빈는 엄자릉의 낙시빌시가 분명ㅎ고나

그 빈 우에다 녯날 녯적 소동파 리젹션 두목지 쟝건 녀동빈 졔갈량 다 모화 싯고

그 빈 졈졈 흘니 져허 오류촌 즁에 진쳐스 도연명 차자셔 빈노리 가쟛구나.

(樂高 894)

동강(桐江) 칠리탄(七里灘)=후한 때 엄자릉(嚴子陵)이 벼슬을 그만두고 부춘산(富春山)에 있는 동강의 칠리탄에서 낚시질을 하였다 ◇엄자릉(嚴子陵)=엄광(嚴光)의 자(字). 광무제가 간의대부 벼슬을 주었으나 사양하고 동강에서 낚시질을 하며 나오지 않았다 ◇소동파=송(宋)나라 시인 소식(蘇軾). 동파는 그의 호(號) ◇두목지=당(唐)나라 시인 두목(杜牧). 목지는 자(字) ◇쟝건=장건(張騫). 중국 전한(前漢) 시대의 외교가 ◇녀동빈=여동빈(呂東賓). 당(唐)나라 사람으로 종남산(終南山)에서 수도(修道)한 팔선(八仙)의 하나 ◇모화 싯고=모아 싣고 ◇오류촌 진쳐스 도연명=오류촌(五柳村 진처사(晉處士) 도연명(陶淵明). 진나라 시인인 도잠(陶潛)이 살던 마을 오류촌이라 한다 ◇빈노리=뱃놀이.

196

동방에 별이 낫짜 ㅎ니 삼쳑동쟈야 네 나가보아라

삼티뉴셩에 북두칠셩 됴무상이도 이이요 임의게셔 긔별이 왓ᄂ 보다

진실노 임의게셔 긔별이 왓쓰면 네 나가보들 말고 늬 나가보마.

(南太 155)

삼척동쟈야=삼척동자(三尺童子)야. 어린아이야 ◇삼틱뉵셩=삼태육성(三台六星). 자미성(紫微星)을 지키는 상태성(上台星) 두 개 중태성(中台星) 두 개 하태성(下台星) 두 개 ◇북두칠성(北斗七星)=큰곰자리에서 가장 뚜렷하게 보이는 국자 모양의 일곱 개의 별 ◇묘무상이=혹 좀생이가 아닌지. 좀생이는 묘성(昴星)이다 ◇이이요='아이요'의 오기인 듯. 아니요 ◇임의게셔=임에게서.

197

洞房花燭 三更인지 窈窕傾城 玉人을 맛나

이리 보고 져리 보고 다시 보고 고쳐 보니 時年은 二八이오 顔色은 桃花ㅣ로다 黃金釵 白苧衫의 明眸를 흘이 쓰고 半開笑 ᄒᆞᄂᆞᆫ 양이 오로다 닉 思郞이로다

그밧긔 吟咏歌聲과 衾裡巧態야 일너 무슴ᄒᆞ리.　　　　　(甁歌 869) 朴明源

洞房花燭(동방화촉) 三更(삼경)인지='화(花)'는 '화(華)'의 잘못. 신랑이 첫날밤에 신부의 방에 든 것이 한밤중인데 ◇窈窕傾城(요조경성) 玉人(옥인)을=아주 뛰어나게 예쁘고 현숙한 아름다운 여인을 ◇時年(시년)은 二八(이팔)이오=나이가 열여섯 살이요 ◇顔色(안색)은 桃花(도화)ㅣ로다=얼굴빛은 복숭아꽃처럼 아름답다 ◇黃金釵(황금차) 白苧衫(백저삼)=금비녀와 흰 모시 적삼 ◇明眸(명모)를 흘이 쓰고=맑고 밝은 눈을 흘겨 뜨고 ◇半開笑(반개소) ᄒᆞᄂᆞᆫ 양이=입을 조금 벌리고 웃는 모습이 ◇오로다=오로지 ◇吟咏歌聲(음영가성)과=중얼대며 부르는 노랫소리와 ◇衾裡巧態(금리교태)야=잠자리 이불 속에서 재주 부리는 태도야 ◇일너=말하여.

※『병와가곡집』에 박명원(朴明源)의 작으로 되어 있으나 신빙성은 적다.

198

東山 昨日雨에 老謝와 바독 두고

草堂 今夜月에 謫仙을 만나 酒一斗 詩百篇이로다

來日은 陌上靑樓에 杜陵豪 邯鄲娼과 큰 못ᄀᆞ지 ᄒᆞ리라.　　　　　(珍靑 469)

東山(동산) 昨日雨(작일우)에=동산에서 어젯밤 비에. 동산은 절강성 상우현(上虞縣)이 있는 산으로 동진(東晉) 때 사안(謝安)이 은거하며 기생을 데리고 놀았다는

곳 ◇老謝(노사)와=늙은 사안(謝安)과 ◇草堂(초당) 今夜月(금야월)에=초당에서 달 밝은 오늘 밤에 ◇酒一斗(주일두) 詩百篇(시백편)=술 한 말을 마시는 동안 시 백 편을 짓다 ◇陌上靑樓(맥상청루)에=시중(市中)의 계집들이 있는 술집에서 ◇杜陵豪(두릉호) 邯鄲娼(한단창)=두릉의 호걸과 한단의 계집. 두릉은 두보(杜甫)를 말하고, 한단은 조(趙)나라 서울로 무(舞)와 창(唱)이 성행하던 곳이다 ◇못ㄱ지=모꼬지. 잔치.

199

東園에 花發ᄒ고 南陌게 艸綠ᄒ니 蜂蝶의 世界로다 一時 繁華난 너의가 먼저

江南에 雨歇ᄒ고 水北에 沙明ᄒ니 鷗鷺의 生涯로다 淸流沐浴은 우리와 갓이 風淸코 月明흔딕 鴻雁이 高飛하니 覇窓의 鄕思로다 長夜感懷는 古今이 一般

萬山에 雪白흔딕 松栢이 獨靑ᄒ니 丈夫의 心事로다 千古 特節은 게 뉘가 第一인고.   (時調演義 101) 林重桓

東園(동원)에 花發(화발)ᄒ고=동산에는 꽃이 피고 ◇南陌(남맥)게 艸綠(초록)하니=남쪽 둔덕에는 풀이 푸르니 ◇蜂蝶(봉접)의 世界(세계)로다=벌과 나비의 세상이로구나 ◇江南(강남)에 雨歇(우헐)ᄒ고=강의 남쪽에는 비가 그치고 ◇水北(수북)에 沙明(사명)ᄒ니=강북엔 물이 맑아 바다의 모래가 보이니 ◇鷗鷺(구로)의 生涯(생애)=새들의 생활 터전 ◇淸流沐浴(청류목욕)=맑게 흐르는 물에 머리 감고 몸둥이를 씻다 ◇風淸(풍청)코 月明(월명)흔딕=바람이 맑고 달이 밝은데 ◇鴻雁(홍안)이 高飛(고비)하니=기러기가 높이 날으니 ◇覇窓(패창)의 鄕思(향사)로다=달빛이 어스름한 창엔 고향 생각뿐이로다 ◇萬山(만산)에 雪白(설백)흔딕=온 산은 눈으로 온통 하얀데 ◇松栢(송백)이 獨靑(독청)ᄒ니=소나무와 잣나무만이 홀로 푸르니 ◇丈夫(장부)의 心事(심사)로다=대장부의 마음과 같도다 ◇千古 特節(천고특절)=이제까지의 뛰어난 절개.

200

동졍에 걸닌 달도 금음이면 무광이오 무릉 도화도 모츈 만나면 쓸 곳이 업네

ᄌᆞ네 갓튼 월태화용도 늙어지면은 허ᄉᆞ로구나

청춘홍안을 이연타 말고셔 마음ᄃᆡ로만 놀세.　　　　　　　　(樂高 906)

동경에 걸닌 달도=동정호(洞庭湖) 위에 떠 있는 달도 ◇금음이면 무광(無光)이오
=그믐이 되면 달빛도 없고 ◇무릉(武陵) 도화(桃花)도=무릉에 피어 있는 복숭아꽃
도 ◇모츈 만나면=모춘(暮春)을 만나면. 늦은 봄이 되면 ◇월태화용(月態花容)=뛰어
난 몸매와 아름다운 얼굴 ◇허ᄉᆞ=허사(虛事). 헛일 ◇청춘홍안=청춘홍안(靑春紅顔).
젊었을 때의 아름다운 얼굴 ◇이연타=애연(哀憐)타. 애처롭고 불쌍하다.

201

두터비 ᄑᆞ리를 물고 두험 우희 치ᄃᆞ라 안자

것넌 山 ᄇᆞ라보니 白松骨이 떠 잇거늘 가슴이 금즉ᄒᆞ여 풀덕 쒸여 내닷
다가 두험 아래 쟛바지거고

모쳐라 늘낸 낼싀만졍 에헐질 번ᄒᆞ괘라.　　　　　　(蔓橫淸類) (珍靑 520)

두터비=두꺼비 ◇두험=두엄. 퇴비 가리 ◇치ᄃᆞ라 안자=뛰어올라 앉아 ◇白松骨
(백송골)='골(骨)'은 '골(鶻)'의 잘못. 송골매 ◇금즉ᄒᆞ여=끔적하여. 별안간 놀라서
◇내닷다가=내닫다가. 갑자기 뛰어나가다가 ◇쟛바지거고=나자빠졌구나 ◇모쳐라=
마침 ◇늘낸 낼싀만졍=동작이 민첩한 나니까 망정이지 ◇에헐질 번ᄒᆞ괘라=어혈(瘀
血)질 뻔했구나. 멍이라도 들 뻔하였구나.

　※ 여기서 파리와 두꺼비 백송골은 각각 평민과 낮은 관리 높은 관리를 가리킨
다.

201-1

둑거비 뎌 둑거비 흔 눈 멀고 다리 져ᄂᆞᆫ 저 둑거비

흔 나릭 업슨 파리를 물고 날닌 체ᄒᆞ야 두험 쓰흔 우흘 속쇼다가 발싹
나뒤쳐지거고나

모쳐로 몸이 날닐세만졍 衆人僉視에 남 우릴 번ᄒᆞ거다.　　　　(靑六 741)

다리 져는=다리를 쩔뚝이는 ◇날닌 체흐야=동작이 민첩한 체하여 ◇우흘=위를 ◇속쏘다가=솟구쳐 뛰어오르다가 ◇나뒤쳐지거고나=나둥그러졌구나 ◇모쳐로=마침 ◇衆人僉視(중인첨시)='첨(僉)'은 '첨(瞻)'의 잘못. 많은 사람들이 둘러봄. 중인환시(衆人環視)와 같다 ◇우릴 번='우릴'은 '우일'의 잘못. 웃음거리가 될 뻔.

202

뒤 뫼희 고사리 쯧고 압닉에 고기 낙가

率諸子抱弱孫흐고 一甘旨味를 흔듸 안자 놔화 먹고 談笑自若흐야 滿室
歡喜흐고 憂樂업시 늙엇시니

아므도 宦海榮辱은 나는 아니 求흐노라.   (蔓橫) (靑六 598)

뒤 뫼희=뒷산에 ◇率諸子抱弱孫(솔제자포약손)흐고=여러 자식들을 거느리고 어린 손자를 안고 ◇一甘旨味(일감지미)를=한결같이 달콤한 음식 맛을 ◇談笑自若(담소자약)=아무런 걱정이나 근심 없이 웃고 이야기하다 ◇滿室歡喜(만실환희)=집안에 기쁨이 가득하다 ◇宦海榮辱(환해영욕)=벼슬살이하는 것에서 얻는 영예나 치욕.

203

듕과 僧과 萬疊山中에 맛나 어드러로 가오 어드러로 오시는게

山 죳코 물 죳흔듸 갈씨를 붓쳐보오 두 곳갈이 흔듸 다하 너픈너픈 흐
는 樣은 白牧丹 두 퍼귀가 春風에 휘듯는 듯

암아도 空山에 이 씰음은 즁과 僧과 둘쑨이라.   (靑謠 74) 朴文郁

듕과 僧(승)과=남자 스님과 여자 스님 ◇萬疊山中(만첩산중)에=깊은 산속에 ◇어드러로 가오 어드러로 오시는게="어디로 가시오" "어디서 오시오" ◇山(산) 죳코 물 죳흔듸=경치가 좋고 깨끗한 곳에 ◇갈씨='고깔 씨름'의 준말인 듯. 고깔은 여승이 쓰는 삼각형의 모자 ◇두 퍼귀가=두 포기가 ◇휘듯는 듯=휘두름을 당하는 듯 ◇空山(공산)에=사람의 흔적이 없는 조용한 산에 ◇씰음=씨름. 남녀 간의 교접(交接)을 말한다.

※『병와가곡집』에 작자가 박사상(朴師尙)으로 되어 있다.

드립더 브득 안으니 셰허리지 즛득즛득

紅裳을 거두치니 雪膚之豊肥ᄒ고 擧脚蹲坐ᄒ니 半開한 紅牧丹이 發郁於
春風이로다

進進코 又 退退ᄒ니 茂林山中에 水春聲인가 ᄒ노라.　　　　　(珍靑 519)

드립더=들입다. 별안간 ◇브득=바드득. 바짝 ◇셰허리지=가는(細) 허리가 ◇즛득
즛득=가볍고 부드러운 상태 ◇紅裳(홍상)=붉은 치마 ◇거두치니=걷어붙이니 ◇雪
膚之豊肥(설부지풍비)ᄒ고=눈처럼 흰 피부가 풍만하고 토실토실하고 ◇擧脚蹲坐(거
각준좌)ᄒ니=다리를 들고 걸터앉으니 ◇半開(반개)ᄒ 紅牧丹(홍목단)=반쯤 핀 붉은
모란. 여성의 성기를 표현한 것이다 ◇發郁於春風(발욱어춘풍)=봄바람에 더욱 활짝
피다 ◇進進(진진)코 又(우) 退退(퇴퇴)=앞으로 나갔다가 또 뒤로 물러나다. 남녀 간
의 교접(交接)을 묘사한 것이다 ◇茂林山中(무림산중)=숲이 우거진 산속. 여자의 국
부를 상징한다 ◇水春聲(수용성)=물방아 찧는 소리. 성행위를 묘사한 것이다.

滕王高閣臨江渚ᄒ니 佩玉鳴鑾罷歌舞ㅣ라

盡棟朝飛南浦雲이오 珠簾暮捲西山雨ㅣ라 閑雲淡影日悠悠ᄒ니 物換星移
度幾秋ㅣ오

閣中帝子今安在ㄴ고 檻外長江이 空自流ㅣ런가 ᄒ여라.　　　　　(靑六 732)

滕王高閣臨江渚(등왕고각임강저)ᄒ니=등왕의 높은 다락이 강가에 있으니. 등왕
고각은 등왕각(藤王閣)으로 강서성 신건(新建)의 서쪽에 있다 ◇佩玉鳴鑾罷歌舞(패
옥명란파가무)ㅣ라=패옥과 명란의 울리는 소리에 가무를 파했다. 명란은 임금의 수
레에 달았던 방울 ◇盡棟朝飛南浦雲(진동조비남포운)이오='진(盡)'은 '화(畵)'의 잘
못. 그림 같은 누각의 아침에 남쪽 포구의 구름이 날고 ◇珠簾暮捲西山雨(주렴모권
서산우)ㅣ라=주렴은 저녁 때 서산에 내리는 비에 걷힌다 ◇閑雲淡影日悠悠(한운담
영일유유)ᄒ니='담(淡)'은 '담(潭)'의 잘못임. 웅덩이에 한가한 구름이 비추고 해는
느릿느릿하니 ◇物換星移度幾秋(물환성이도기추)ㅣ오=세월이 바뀐 지 몇 해째요 ◇
閣中帝子今安在(각중제자금안재)ㄴ고=누각 안에 있던 제왕은 지금 어디에 있는고

◇檻外長江(함외장강)이 空自流(공자류)=난간 너머로 긴 강이 공허하게 흐른다.

　※ 왕발(王勃)의 「등왕각(滕王閣)」 시를 그대로 옮긴 것이다.

206

　째는 마참 三月이라 붉은 꼿 푸른 입과 나는 나비 우는 새는 춘흥을 자랑노라

　봉내산 조흔 경치 지척의다 더저두고 못 본 지 몃 해런고 이제 와 다시 보니 옛 흥취 새로워라 西山의 지는 해는 양류사로 잡어 매고 동영의 걸인 달은 게수의 머믈러라 한읍시 노다 가세

　어와 벗님네들 상전벽해 웃지 마소 엽진화락 뉘 모르리 흥취 잇게 노라 보세.
　　　　　　　　　　　　　　　　　　　　　　　　　　(雜誌 427)

　마참=마침 ◇나는 나비=날아가는 나비 ◇춘흥(春興)=봄의 흥취 ◇봉내산=봉래산(蓬萊山). 삼신산(三神山)의 하나. 또는 금강산의 여름철 이름 ◇지척의다=지척(咫尺)에다. 매우 가까운 곳에다 ◇양류사(楊柳絲)=버드나무 가지 ◇동영=동령(東嶺). 동쪽의 고갯마루 ◇걸인 달은=걸린 달은. 뜬 달은 ◇게수='계수'의 잘못. 달에 있다고 하는 계수(桂樹)나무 ◇상전벽해(桑田碧海)=뽕나무 밭이 변하여 푸른 바다가 되다. 세상의 변화가 무상함 ◇엽진화락(葉盡花落)=나뭇잎이 다 떨어지고 꽃이 시들다 ◇흥취(興趣)=흥청거리는 멋.

207

　썻썻 常 평흘 平 통흘 通 보뷔 寶字
　구멍은 네모지고 四面이 등그러셔 씩듸글 구으러 간 곳마듸 반기는고나
　엇더타 죠고만 金죠각을 두 챵이 닷토거니 나는 아니 죠홰라.　(靑六 862)

　常平通寶(상평통보)=조선 시대 통용하던 동전(銅錢)의 하나 ◇엇덧타=어쩌다 ◇구으러=굴러 ◇반기는고나=반가워하는구나 ◇두 챵이 닷토거니=두 자루의 창이 다 투거니. 창 과(戈) 자 두 개. 돈 전(錢) 자의 파자(破字)이다.

208

씌오리라 씌오리라 셰벽ㅅ 뉵모 얼네 당ㅅ슬 감아 씌오리라

반공 운무즁의 씌엿고나 구머리 쟝군의 홍능화 긴 코

그즁에 짓거리 잇고 말 잘 듯고 토김 톡 줄 밧ᄂᆞᆫ 년은 뉘 년인가

(時調 28)

셰벽ㅅ=세백사(細白絲). 흰색의 가는 실 ◇뉵모 얼네=여섯 모의 얼레. 얼레는 연실을 감는 기구 ◇당ㅅ슬=당사(唐絲)실 ◇반공(半空)=공중 ◇운무즁=운무중(雲霧中). 안개 속 ◇구머리 쟝군의 홍능화 긴 코=연에 꼭지를 단 것. 구머리연은 귀머리연으로 연의 상단 양쪽에 삼각형을 그려 넣은 것이고, 연의 이마에 둥근 꼭지를 붙이는데 홍능화 긴 코는 이 꼭지의 빛깔과 생김을 나타낸 것임 ◇짓거리 잇고=몸을 계속해서 움직임. 성행위를 의미하는 듯 ◇토김 톡 줄 밧ᄂᆞᆫ=퇴김을 톡 하고 잘 받아 넘기는. 퇴김은 연을 날릴 때 연 머리를 그루박는 것인데 여기서는 상대방의 말에 응구첩대(應口捷對)하는 데 민첩한 재치를 말하는 듯하다 ◇년=계집은.

209

리별이로다 리별이로다 죽어 영리별은 문압마다 흐것만은 살아 싱리별은 춤아 진졍 못 ᄒᆞ갓구나

녀필은 종부ᄅᆞᆫ스니 거져 두구ᄂᆞᆫ 못 가리라 쳥룡도 드ᄂᆞᆫ 칼노 요참이라도 ᄒᆞ고 가고 홍노화 모진 불에 살을 터이면 살오고 가고 려산폭포 짓ᄂᆞᆫ 물에 더질 터이면 더디고 가고 텰궁에 왜젼 먹여 쏘실 쳐이면 쏘시고 가오 날을 ᄇᆞ리고 가ᄂᆞᆫ 님은 오 리를 못 가셔 발병이 나고 십 리를 못 가셔 내 싱각ᄒᆞ고 다시 드러올 듯

춤아 진졍 리별이 설거셔 나 못 살갓네.

(樂高 889)

죽어 영리별은=사람이 죽어 대문 앞에서 상여가 나가는 것은 ◇춤아 진졍=참으로 정말 ◇녀필은 종부ᄅᆞᆫ스니=여필종부(女必從夫)라 했으니. 아낙은 반드시 지아비를 따른다 ◇거져 두구ᄂᆞᆫ=그냥 내버려두고는 ◇드ᄂᆞᆫ 칼노=예리한 칼로 ◇요참(腰斬)이라도=허리를 자르고서라도 ◇홍노화=홍로화(紅爐火). 벌겋게 단 화롯불 ◇살을 터이면 살오고=태울 터이면 태우고 ◇려산폭포 짓ᄂᆞᆫ 물에=여산폭포(廬山瀑布)의

떨어지는 물에 ◇더질 터이면=내던질 것이면 ◇철궁에 왜젼 먹여=철궁(鐵弓)에 왜
젼(矮箭)을 재서. 왜전은 작은 화살 ◇드러울 듯=돌아올 듯 ◇설거셔=서러워서.

210

마루 너머 시아슬 두고 숀펵을 쳑쳑 치울고 지 너머가니

고듸광실 놉흔 집의 화문 등믜 보요 쌀고 시앗 넌니 마죠 안져 셤셤옥
슈로 에후러쳐 안고 얼그러지고 뒤트러졋다

두어라 팔간 용듸장에 젼오젼빅 노 듯ᄒ니 나는 이 밤 싀오기 어려외라.

(시쳘가 68)

마루 너머=고개 너머 ◇시아슬=시앗을. 시앗은 첩(妾) ◇숀펵을=손뼉을 ◇치울
고=소리가 요란하게 치고 ◇화문 등믜=화문석의 등메 자리. 등메는 돗자리 가장자
리에 헝겊을 대어 꾸민 자리 ◇보요=보료. 보료는 솜이나 짐승의 털로 속을 넣고
헝겊으로 싸서 앉은 자리에 늘 깔아두는 요 ◇시앗 넌니=시앗 년과 ◇마죠 안져=
마주 앉아 ◇셤셤옥슈로=섬섬옥수로(纖纖玉手). 가냘프고 예쁜 손으로 ◇에후러쳐
안고=에둘러 당겨 안고. 둥글게 휘어 당겨 안고 ◇팔간 용듸장=미상. 높다란 장대
인 듯 ◇젼오젼빅=미상.

211

마루 너머 지 너머 가니 님에 집 초당 압페 난만화초가 휘넘느러졋네

쳥학 빅학은 펄펄 날아 믜화 가지에도 안쏘 님은 나 안져 학에경 본다

져 님은 나 안져 학에경 보는 ᄯᅳᆺ은 날 보려고.

(歌鑑 234)

난만화초(爛漫花草)=흐드러지게 핀 꽃과 풀들 ◇휘넘느러졋네=가지가 아래로 길
게 휘늘어졌구나 ◇나 안져=앞으로 나와 앉아 ◇학에경=학(鶴)의 경(景). 학이 노는
모습. 또는 거울인 듯.

211-1

마루 너머 지 너머가니 任의 집 花階 압헤 巴草 닙피 휘넘느러젼네

任 나와 徘徊ᄒᆞ며 鶴의 경 보시는 날 볼랴구
靑鶴白鶴은 흘흘 나라 梅花가지에 안고.　　　　　　　　　(無名時調集가本)

花階(화계)=꽃밭, 화단.

212

萬頃滄波之水에 둥둥 썻는 부략금이 게오리들아 비슬 금셩 즘경이 동당
강셩 너시 두루미들아
너 썻는 물 기픠를 알고 둥 썻는 모로고 둥 썻는
우리도 늚의 님 거러두고 기픠를 몰라 ᄒᆞ노라.　　　(蔓橫淸類) (珍靑 537)

萬頃滄波之水(만경창파지수)=넓고 푸른 물결이 넘실대는 넓은 바다나 호수 ◇부
략금=물새의 한 가지 ◇게오리=거위와 오리 ◇비슬 금셩='금셩'은 혹 '즘셩'의 잘
못인 듯. 비실거리는 짐승 ◇즘경이=징경이. 물수리 ◇동당 강셩='강셩'은 '강상(江
上)'의 잘못인 듯. 동당거리며 강상에 떠 있는 ◇너시=너새 ◇늚의 님=유부녀 ◇거
러두고=약속해놓고.

213

만경창파지수에 일엽선 타고 가는 져 어부야
게 잠간 머믈너라 말 무러보자 틱빅 강남의 풍월 실너 가넌냐
어부 둑픱을 두루치며 힝하는 곳은 동정호를.　　　　　　　(歌鑑 140)

일엽선(一葉船)=조그만 배 ◇게=거기 ◇틱빅 강남=이태백이 술에 취해 달을 건
지려던 채석강 ◇둑픱=픱축(逼逐)인 듯. 핍박하여 쫓다. 바짝 쫓다 ◇두루치며=휘두
르며. 급히 ◇힝하는=가는 ◇동정호(洞庭湖)=중국 호남성에 있는 호수.

214

萬古 歷代 蕭蕭ᄒᆞᆫ 즁에 明哲保身 누고누고
范蠡의 五湖舟와 張良의 謝病辟穀 疏廣의 散千金과 李贋의 秋風江東 陶

處士의 歸去來辭ㅣ라

이밧긔 碌碌흔 貪官汚吏之輩를 혜여 무슴ㅎ리오.　　　　　　　　　(珍靑 523)

萬古(만고) 歷代(역대)=지금까지 지나온 여러 시대 ◇蕭蕭(소소)흔 즁에=뚜렷한 인물이 없는 가운데 ◇明哲保身(명철보신)=총명하여 사리에 밝고 일을 잘 처리하며 자신을 보전하다 ◇范蠡(범여)의 五湖舟(오호주)=범여가 오호에 노닐다. 범여는 춘추시대에 구천(句踐)을 보좌하고 나중에 물러나 오호에서 노닐었다 ◇張良(장량)의 謝病辟穀(사병벽곡)=장량이 병을 핑계하고 곡식을 먹지 않다. 장량은 한의 고조를 도와 천하를 통일하고 병을 핑계로 곡식을 먹지 않고 나중에 신선이 되려고 했다 ◇疏廣(소광)의 散千金(산천금)=소광이 많은 재산을 쓰다. 소광은 한(漢)나라의 부호로 친척이나 친구, 손님을 위해 술 마시기를 좋아하고 재산을 다 산진(散盡)했다 ◇季鷹(계응)의 秋風江東(추풍강동)=진(晉)나라의 장한(張翰)이 높은 벼슬을 하면서도 가을바람이 불자 고향의 순나물국과 농어회 생각이 나서 벼슬을 그만두고 고향으로 돌아갔다고 한다. 계응은 장한의 자(字) ◇陶處士(도처사)의 歸去來辭(귀거래사)=도연명의 「귀거래사」. 하찮은 벼슬에 얽매이는 것이 차라리 고향에 돌아가는 것만 못하다 생각하고 고향에 돌아오며 지은 글 ◇碌碌(녹록)흔=하잘것없는 ◇貪官汚吏之輩(탐관오리지배)=벼슬을 욕심내고 자리를 더럽히는 무리 ◇혜여=헤아려.

214-1

萬古 歷代 人臣之中에 明哲保身 누구누구

張良은 謝病辟穀ㅎ야 赤松子를 좃차 놀고 范蠡는 五湖烟月에 吳王의 亡國愁를 扁舟에 싯고 간이

암아도 垂後淸名은 쏘 업쓴가 ㅎ노라.　　　　　　(蔓數大葉) (海一 630)

人臣之中(인신지중)=남의 신하 가운데 ◇赤松子(적송자)=중국 신농씨 때의 신선 ◇五湖烟月(오호연월)=오호의 은은한 달빛 ◇吳王(오왕)의 亡國愁(망국수)=오왕 부차가 처음 회계(會稽)에서 월왕 구천(句踐)을 항복시켰으나 범려의 계략에 빠져 나라를 잃은 슬픔 ◇扁舟(편주)=편주(片舟)와 같음. 작은 배 ◇垂後淸名(수후청명)=후세에도 더럽히는 일이 없을 깨끗한 이름.

215

萬里長城 엔담 안에 阿房宮을 놉히 짓고

沃野千里 고린논에 數千宮女 압희 두고 玉璽를 드더지며 金鼓를 울닐
적의 劉亭長 項都督 層이야 우러러보아시랴

아마도 耳目之所好와 心志之所樂은 이샏인가 하노라.   (瓶歌 906)

萬里長城(만리장성)=진시황이 흉노를 방어하기 위해 만든 성 ◇엔담=에운 담. 둘
러싼 담 ◇阿房宮(아방궁)=진시황이 지은 궁궐 ◇沃野千里(옥야천리)=끝없이 널리
펼쳐진 기름진 땅 ◇고린논=물 대기가 용이한 기름진 논 ◇玉璽(옥새)=임금의 신분
을 나타내는 도장 ◇드더지며=집어던지며 ◇金鼓(금고)=군중(軍中)에서 호령할 때
쓰는 북과 징 ◇劉亭長(유정장) 項都督(항도독) 層(층)=한고조 유방과 초패왕 항우
와 같은 무리. 정장은 숙역(宿驛)의 장(長)이나 향촌(鄕村)의 장, 도독(都督)은 벼슬
이름 ◇耳目之所好(이목지소호)와 心志之所樂(심지지소락)=눈과 귀로 보고 듣는 기
쁨과 마음과 뜻의 즐기는 것.

216

萬里長城 役事時에 金도 나고 銀도 나는 花樹盆이 보배런가

照東前後 十二乘하든 夜光珠가 보배런가 辟塞玉 辟塵犀 和氏璧 大者 六
七尺 珊瑚樹가 보배런가 木難 火齋 瑪瑙 琥珀 寶石 金光石이 보배런가

아마도 世上天下 萬古 千古今에 盜賊도 못 가져가는 無價寶는 文章인가.

          (樂高 968)

萬里長城(만리장성) 役事時(역사시)에=만리장성을 쌓을 때에 ◇花樹盆(화수분)=
재물이 자꾸 생겨서 써도 줄지 않는다는 그릇 ◇照東前後(조동전후) 十二乘(십이승)
하든='조동전후'는 '조거전후(照車前後)'의 잘못. 앞뒤로 열두 대씩의 수레를 비춘
다고 하는 ◇夜光珠(야광주)=밤에도 빛을 낸다는 보석 ◇辟塞玉(벽새옥)=미상. 옥의
한 가지인 듯 ◇辟塵犀(벽진서)=벽한서(辟寒犀)의 잘못인 듯. 벽한서는 추위를 쫓는
보석. 당현종(唐玄宗) 때 교지국(交趾國)에서 올린 것으로 황금같이 생겼는데, 추운
겨울에도 훈훈한 기운이 돌았다고 한다 ◇和氏璧(화씨벽)=옛날 화씨(和氏)가 얻었
다고 하는 보옥의 하나 ◇木難(목난) 火齋(화재)=미상. 보석의 한 가지인 듯 ◇瑪瑙

(마노)=차돌의 한 가지. 보석 ◇琥珀(호박)=송진이 땅속에 오래 묻혀 굳어서 된 보석 ◇無價寶(무가보)=값을 따질 수 없는 훌륭한 보배 ◇文章(문장)=글. 학문.

217

萬事를 다 덜치고 山林으로 도라와셔 늬 손죠 호뮈 드러 荒田을 起畊ᄒ니

百穀이 萬種이라 濁醪은 盈樽ᄒ고 黃鷄는 滿庭이라 柴扉을 구지 닷고 淨室에 누어시니 淸風은 徐來ᄒ고 明月 自照로다 功名도 좃커니와 이 아니 죠흘손야

아마도 堯世舜民은 늬 혼잔가 ᄒ노라.   (樂高 18)

萬事(만사)=모든 일. 모든 것 ◇덜치고=떨쳐버리고 ◇손죠=손수. 직접 ◇荒田(황전)을 起畊(기경)ᄒ니=거친 밭을 갈아 일구니 ◇百穀(백곡)이 萬種(만종)이라=곡식의 종류가 아주 많더라 ◇濁醪(탁료)은 盈樽(영준)ᄒ고=막걸리는 술통에 가득하고 ◇黃鷄(황계)는 滿庭(만정)이라=누런 닭들이 뜰에 가득하다 ◇柴扉(시비)를 구지 닷고=사립문을 굳게 닫고 ◇淨室(정실)=깨끗한 방 ◇淸風(청풍)은 徐來(서래)ᄒ고=맑은 바람은 천천히 불어오고 ◇明月 自照(명월자조)=밝은 달이 떠서 비춤 ◇堯世舜民(요세순민)=요 임금 때처럼 태평한 시대에 순 임금 때처럼 행복한 백성.

218

萬疊山中에 閑暇ᄒᆫ 저 隱士는 가는비 무릅쓰고 곳모종 닐삼는다

富貴 牧丹 風流郞 三色桃 月四季 丁香 豆蔲 凌霄 合歡 다 아니 시무고 杜鵑 躑躅 西甘 映山紅 西府 海棠 天쓸 葵花 鳳仙花 鬪鷄花 朝顔 雁來紅 모다 그만 두고

陶淵明 조아 하야 九月九日 東籬下에 캐고 캐야 忘憂物에 둥둥 씌는 菊花만 모종.   (樂高 977)

萬疊山中(만첩산중)=깊고 깊은 두메 속 ◇가는비=가랑비. 세우(細雨) ◇닐삼는다=일과로 삼는다 ◇富貴(부귀) 牧丹(목단)=모란은 부귀를 상징함 ◇風流郞(풍류랑) 三色桃(삼색도)=세 가지 색깔의 도화를 멋을 알고 즐기는 남자에 비유했음 ◇月四

季(월사계)=사계화(四季花). 장미의 일종으로 관상용이다 ◇丁香(정향)=정향나무. 관상용이다 ◇豆蔲(두구)='두(豆)'는 '두(荳)'의 잘못. 육두구(肉荳蔲)와 같음. 관목의 일종 ◇凌霄(능소)=능소화나무. 덩굴나무의 일종으로 관상용이다. 자위(紫葳)라고도 함 ◇合歡(합환)=자귀나무. 활엽 낙엽의 교목 ◇杜鵑(두견)=진달래꽃 ◇躑躅(척촉)=철쭉 ◇西甘(서감) 西府(서부) 天盌(천완)=미상. 화초 이름인 듯. 서감이나 서부는 서양에서 들어온 것인 듯 ◇葵花(규화)=해바라기 ◇鬪鷄花(투계화)=맨드라미 ◇朝顔(조안)=나팔꽃 ◇雁來紅(안래홍)=비름과의 일년생 관상용 풀. 당비름 ◇忘憂物(망우물)=근심을 잊게 하는 물건. 술의 다른 이름.

219

望美人兮 何在오 目渺渺兮 天一方을

夫何使我로 懷耿結兮 如醉如狂고

孤臣兮 作此歌兮 瞻月光ㅎ야 願復見兮 吾王 ㅎ노이다.

(金剛永言錄 15) 金履翼

望美人兮(망미인혜) 何在(하재)오 目渺渺兮(목묘묘혜) 天一方(천일방)을=미인을 그리워함이여 어디에 계신고, 눈은 아득히 먼 하늘 한 끝을 바라본다오. 소식(蘇軾)의 「전적벽부(前赤壁賦)」에 '渺渺兮予懷 望美人兮天一方(묘묘혜여회 망미인혜천일방)'이란 구절이 있다 ◇夫何使我(부하사아)로 懷耿結兮(회경결혜) 如醉如狂(여취여광)고=어찌 나로 하여금 그리는 마음을 가지게 하여 술에 취한 것 같고 미치는 것 같이 만드는고 ◇孤臣兮(고신혜)=외로운 신하여 ◇作此歌兮(작차가혜)=이 노래를 지음이여 ◇瞻月光(첨월광)ㅎ야=달빛을 쳐다보아서 ◇願復見兮(원부현혜) 吾王(오왕)=원컨대 우리 임금을 다시 뵙기를 바람이여.

220

梅之月은 寒而明ㅎ고 松之風은 暑而淸이라

淸明在躬心和平ㅎ니 調絲韻桐寄閒情이로다

南郭隱几聞地籟ㅎ니 解取無聲勝有聲인가 ㅎ노라.

(靑六 699) 金祖淳

梅之月(매지월)은 寒而明(한이명)ㅎ고=매화나무에 비치는 달은 차가우면서도 밝

고 ◇松之風(송지풍)은 署而淸(서이청)이라=소나무에 부는 바람은 더위를 쫓으면서
도 맑다 ◇淸明在躬心和平(청명재궁심화평)ᄒ니=맑고 밝음이 몸에 있어 마음이 화
평하니 ◇調絲韻桐寄閒情(조사운동기한정)이로다=거문고의 줄을 고르고 운을 맞춰
한가한 정을 부치도다 ◇南郭隱几聞地籟ᄒ니=남곽이 안석에 기대어 지뢰를 들으니.
『장자(莊子)』에 남곽자기(南郭子綦)라는 사람이 안석에 기대어 공허몰아(空虛沒我)
의 경지에서 지뢰(地籟)를 듣고 자연의 이치를 깨달았다는 고사. 지뢰는 땅에서 나
는 음향이나 나무 구멍이나 골짜기 어귀에서 생기는 바람 소리 ◇解取無聲勝有聲
(해취무성승유성)인가=소리가 없는 것을 취하여 깨달음이 소리가 있는 것을 취해
아는 것보다 나은 것인가.

221

ᄆᆡ화 사랑타가 난양으로 내려가니
무명초 부평초와 푸엿스ᄂᆞ 담도화라
ᄉᆡᆨ장아 연연 잉잉 츈월이 월즁민 화션이 불너라 완월장취.   (南太 123)

난양=따뜻한 양지쪽(暖陽). 또는 난초가 핀 양지쪽(蘭陽) ◇무명초(無名草)=이름
모를 풀 ◇부평초(浮萍草)=개구리밥 ◇푸엿스ᄂᆞ=퓌엿구나 ◇담도화(淡桃花)=꽃의
색깔이 엷은 복사꽃 ◇ᄉᆡᆨ장=색장(色掌). 각 궁전의 주색(酒色), 다색(茶色), 증색(蒸
色)을 맡아보는 사람의 총칭. 또는 '색골'의 방언 ◇연연 잉잉 츈월이 월즁민 화션
이=기생의 이름인 듯 ◇완월장취(玩月長醉)=달빛을 즐기며 오래도록 취함.

222

孟浩然이 타던 젼나귀 등에 李太白 먹던 千日酒 싯고
陶淵明 츠즈려고 五柳村 도라드니
葛巾에 술 듯는 소리ᄂᆞᆫ 細雨聲인가 ᄒ노라.   (靑六 552)

孟浩然(맹호연)=중국 당(唐)나라 때의 시인. 이름은 호(浩). 호연은 자(字)임 ◇젼
나귀=다리를 저는 나귀 ◇千日酒(천일주)=한 번 먹으면 천일이 지나야 깬다는 술
◇五柳村(오류촌)=도연명이 살던 마을. 버드나무 다섯 그루를 심고 자신을 오류선
생이라 했다 ◇葛巾(갈건)=갈포로 만든 두건. 은사(隱士)들이 썼음 ◇술 듯는 소리=

술을 거를 때 술이 떨어지는 소리 ◇細雨聲(세우성)=가랑비가 내리는 소리.

223

머귀 여름은 桐實桐實ᄒ고 보릿 불희는 麥根麥根

풋나뭇동과 쓰든 수섬이요 졈은 老松에 ᄌᆞ근 大棗ㅣ로다

이 中에 鷄鳴花竹處는 곳딧곳이라 ᄒ들아.　　　　　　(海周 557) 金壽長

머귀 여름=오동나무 열매 ◇桐實桐實(동실동실)=동글동글. '동실'은 오동나무 열
매란 뜻의 한자어로 어희적(語戱的)인 표현임 ◇麥根麥根(맥근맥근)=매끈매끈. 동실
동실과 마찬가지로 보리 뿌리가 매끈매끈하다는 뜻으로 쓴 어희적인 표현이다 ◇
풋나뭇동=풋나무의 묶음. 풋나무는 마르지 않은 나무 ◇쓰든 수섬이요=쓰던 숯 섬
이요. 섬은 가마니 같은 것. '숯'은 순수하다는 '숫'과 통하는데, 쓰던 숯 섬이면 순
수하지 못하다는 뜻이니 모순된 표현 ◇졈은 老松(노송)=젊은 노송. 젊음과 늙음의
모순됨을 풍자한 듯하다 ◇ᄌᆞ근 大棗(대조)=작은 대추. 작은 것과 큰 것의 모순됨을
풍자한 듯 ◇鷄鳴花竹處(계명화죽처)=닭이 '꼬꼬댁' 하고 운 곳을 ◇곳딧곳=닭 우
는 소리를 '꽃대곳[花竹處]'으로 적었음.

224

먹 長衫 眞紅 袈裟 메고 百八 念珠 목에 걸고 六環錫杖 걸터 집고 高峰
絶頂 白雲間으로 나는 듯시 나려오는 저 和尚 게 잠간 섯소

金剛山 萬二千峰이 어듸어듸 景 조흔고 말 잠깐 무러보새 萬瀑洞 眞珠
潭 業鏡臺 摩阿衍 妙吉祥 普德窟은 엇더하며 新萬物肖 舊萬物肖 九龍淵
十二瀑 우무즈진 느릅나무 위에 안지신 五十三佛 계신 楡岾寺는 엇써한고
和尚 손 드러 가르치되

百聞이 不如一見이니 저긔 가 구경하면 자연 아시리.　　　　　(樂高 971)

먹 長衫(장삼)=검은 장삼. 장삼은 스님의 웃옷의 하나 ◇眞紅(진홍) 袈裟(가사)=
붉은색의 가사. 가사는 스님의 법의(法衣)로 장삼 밖에 걸친다 ◇百八念珠(백팔염
주)=스님이 백여덟 개의 염주를 끈에 꿰어 목에다 거는 것. 백팔은 같은 수(數)의

번뇌(煩惱)를 상징한다 ◇六環錫杖(육환석장)=여섯 개의 고리가 달린 지팡이 ◇高峰絶頂(고봉절정) 白雲間(백운간)=높은 산봉우리 꼭대기 흰 구름 사이 ◇나는 듯이=나는 듯이. 매우 빠르게 ◇和尙(화상)=스님을 높여 부르는 말 ◇景(경)=경치 ◇萬瀑洞(만폭동)~普德窟(보덕굴)=금강산에 있는 지명 ◇新萬物肖(신만물초)~十二瀑(십이폭)=금강산에 있는 봉우리, 웅덩이, 폭포의 이름 ◇우무지진 느릅나무=움푹 패인 느릅나무. 부처님을 안치해놓은 나무인 듯 ◇榆岾寺(유점사)='점(岾)'은 '점(岾)의 잘못. 강원도 간성군 금강산에 있는 절 ◇百聞(백문)이 不如一見(불여일견)=여러 번 듣는 것이 한 번 보는 것만 못하다.

225

면홰는 세 드래 네 드래요 일윈 벼는 픠는 모가 곱는가
오뉴월이 언제 가고 칠월이 븐이로다
아마도 하느님 너히 삼길 제 날 위하야 삼기샷다.　　　(三足堂歌帖) 魏伯珪

면홰는=면화(棉花)는. 목화(木花)는 ◇드래=목화의 다 익지 않은 열매 ◇일윈 벼는=올벼는 ◇픠는 모가=패어 나오는 벼의 어린 싹이 ◇곱는가=곱지 않은가? 곱다 ◇븐이로다=반이나 지났다 ◇삼길 제=생겨날 때.

226

明年 三月 오마드니 明年이 限이 업고 三月도 無窮하다 楊柳靑靑 楊柳黃은 靑黃變色이 몃 번이며 玉窓 櫻桃 불것스니 花開 花落 몃 번인야
邯鄲枕 비러다가 莊周胡蝶 즈어늬여 夢中相逢 하엿더니 冬至長夜 긴긴 밤의 輾轉反側 잠 못 일어 夢不醒이 몃 밤이고
至今에 洞房의 蟋蟀聲과 靑天의 쓴 기러기 소릭 이 내 愁懷.
　　　　　　　　　　　　　　　　　　　　(時調演義 91) 林重桓

오마드니=온다고 하더니 ◇楊柳靑靑(양류청청) 楊柳黃양류황)=푸르고 푸르던 버들이 누렇게 됨. 세월이 바뀜 ◇靑黃變色(청황변색)=푸른색이 노란색으로 변함. 세월이 바뀜 ◇玉窓(옥창) 櫻桃(앵도)=아녀자가 거처하는 방 앞의 앵두 ◇花開(화개) 花落(화락)=꽃이 피고 지다 ◇邯鄲枕(한단침)=한단의 베개. 노생(盧生)이란 소년이

한단에서 여옹(呂翁)에게 베개를 빌려 베고 밥을 짓는 동안 잠이 든 사이에 팔십 년의 영화로운 세월을 보낸 꿈을 꾸었다는 고사 ◇莊周胡蝶(장주호접)=주나라 때 장주가 꿈에 나비가 되었는데 자기가 나비가 되었는지 나비가 장주가 되었는지 분별하지 못했다는 고사 ◇즈어니여=지어내어. 만들어내어. 되어 ◇夢中相逢(몽중상봉)=꿈속에서 서로 만남 ◇冬至長夜(동지장야)=동짓달의 기나긴 밤 ◇夢不醒(몽불성)=꿈에서 깨어나지 아니하다 ◇洞房(동방)의 蟋蟀聲(실솔성)=방 안의 귀뚜라미 우는 소리.

227

모시를 이리져리 삼아 두로 삼아 감삼다가

가다가 한가온대 쪽 근처지거늘 皓齒丹脣으로 흠쌜며 감쌜며 纖纖玉手로 두 긋 마조 자바 뱌븨여 니으리라 져 모시를

엇더라 이 人生 긋처갈 제 져 모시쳐로 니으리라. (珍靑 538)

삼아=껍질을 삶아 ◇감삼다가=감아 삶다가 ◇근처지거늘=끊어지거늘 ◇皓齒丹脣(호치단순)=하얀 이와 붉은 입술. 미인을 형용하는 말 ◇흠쌜며 감쌜며=섬유의 매듭진 곳을 입술을 오무리거나 보기 좋게 입으로 뜯어내며 ◇纖纖玉手(섬섬옥수)=가냘프고 보드라운 여자의 손 ◇두 긋 마조 자바=두 끝을 마주 잡아 ◇뱌븨여 니으리라=비벼서 이으리라 ◇모시쳐로=모시처럼.

228

暮春 三月 節 조흔 제 春眠 初成 째 맛거늘

冠童 六七노 惠好相携ᄒ야 浴沂水 風舞雩에 査滓를 다 썰치고 至興을 자아내야 萬物을 靜觀ᄒ려 月窟을 더위잡아 天齊를 遍踏ᄒ고 怡愉同樂ᄒ야 長子歌 少子和ᄒ며 朗吟으로 도라오니

丈夫의 狂簡ᄒ 志趣와 遠大한 氣像이 熙皞同春ᄒ야 點也와 一般니라 瀛落ᄒ 胸中에 霽月光風과 無限淸味를 못내 계워 ᄒ노라. (靑가 640)

暮春(모춘) 三月(삼월)=늦은 봄인 삼월 ◇節(절) 조흔 제=절기가 좋은 때 ◇春眠

初成(춘면초성)='면(眠)'은 '복(服)'의 잘못인 듯. 봄철의 옷이 준비가 되면 ◇冠童(관동)=어른과 아이 ◇惠好相携(혜호상휴)=아끼며 좋아하고 서로를 이끌다 ◇浴沂水 風舞雩(욕기수풍무우)=『논어』에 나오는 말로 증점(曾點)이 공자에게 '기수(沂水)에 목욕하고 무우대(舞雩臺)에서 바람을 쐬고 싶다'고 대답한 데서 유래했다 ◇查滓(사재)='사(査)'는 '사(渣)'의 잘못. 찌꺼기. 여기서는 답답하거나 우울한 마음 ◇至興(지흥)=지극한 흥취. 최상의 흥취 ◇萬物(만물)을 靜觀(정관)ㅎ려=모든 것들을 욕심을 버리고 가만히 보려고 ◇月窟(월굴)을 더워 잡아=달을 끌어 잡아. 달빛을 받으면서 ◇天齋(천재)를 遍踏(편답)ㅎ야=태산을 두루 답파(踏破)하고. 천재는 태산(泰山)을 가리킨다 ◇怡愉同樂(이유동락)=기쁘고 즐거워 함께 즐김 ◇長子歌(장자가) 少子和(소자화)=어른은 노래하고 아이는 화답하다 ◇郎吟(낭음)=중얼거리며 읊조림 ◇狂簡(광간)ㅎ 志趣(지취)=행동과는 다르나 뜻이 큰 지조와 의취(意趣) ◇熙暤同春(희호동춘)=함께 봄을 즐기다 ◇點也(점야)와 一般(일반)니라=증점과 마찬가지다 ◇瀛落(영락)ㅎ 胸中(흉중)='영(瀛)'은 '쇄(灑)'의 잘못. 더러움을 씻어낸 깨끗한 가슴 속 ◇霽月光風(제월광풍)=비 온 뒤의 맑은 달과 시원한 바람 ◇無限淸味(무한청미)=한이 없는 깨끗한 멋 ◇못내 계워=끝내 억제하기 어려워.

229

牧丹은 花中王이요 向日花는 忠孝ㅣ로다

梅花는 隱逸士요 杏花는 小人이요 蓮花는 婦女요 菊花는 君子요 冬栢花는 寒士요 朴곳은 老人이요 石竹花는 少年이요 海棠花는 갓나희로다

이 中에 梨花는 詩客이요 紅桃碧桃三色桃는 風流郎인가 ㅎ노라.

(二數大葉) (海周 528) 金壽長

牧丹(목단)=모란 ◇花中王(화중왕)=꽃 가운데 제일임 ◇向日花(향일화)=해바라기꽃 ◇忠孝(충효)ㅣ로다='忠臣(충신)'의 잘못 ◇隱逸士(은일사)=숨어 사는 선비. 또는 숨은 선비 ◇杏花(행화)=살구꽃 ◇小人(소인)=간사하고 도량이 좁은 사람. 군자(君子)와 상대가 된다 ◇蓮花(연화)=연꽃 ◇君子(군자)=도덕이 높고 덕망이 있는 사람. 지성인(知性人) ◇寒士(한사)=가난한 선비 ◇朴(박)곳=박꽃 ◇石竹花(석죽화)=패랭이 꽃 ◇梨花(이화)=배꽃 ◇詩客(시객)=시인(詩人) ◇紅桃碧桃三色桃(홍도벽도삼색도)=붉고 푸른 세 가지 색의 복숭아꽃 ◇風流郎(풍류랑)=풍치가 있고 멋있는 젊은 남자. 멋쟁이.

※ 이한진본『청구영언』에서 작자가 반치(半癡)로 되어 있다.

230

무근히 보닉올 제 시름 함의 餞送ᄒ쟈
흰 권모 콩 仁絶米 쟈치 슐국 安酒에 氷燈에 블 밝키고 精神치려 안ᄌ시니
이윽고 四更 둙 자초 울고 ᄌ미衆 지나가니 싀히 온가 ᄒ노라.

(弄) (靑六 707) 吳擎華

무근히=묵은해. 지난해 ◇시름 함긔=근심과 걱정을 같이 ◇餞送(전송)ᄒ자=떠나
보내자 ◇흰 권모 콩 仁絶米=흰 골무떡과 콩가루를 묻힌 인절미 ◇쟈치 슐국=자채
쌀로 끓인 술안주용 국 ◇氷燈(빙등)='병등(甁燈)'의 잘못인 듯. 아니면 차갑게 느껴
지는 등불 ◇四更(사경)=밤 1시에서 3시 사이 ◇자초 울고=자주 울고 ◇싀히 온가=
새해가 왔는가.

230-1

묵은히 보닉올 제 시름 한듸 餞送ᄒ싀
흰 곤무 콩 인졀미 자치 슐국 按酒에 庚申을 싀오랼 제
이윽고 粢米僧 도라가니 싀히런가 ᄒ노라.

(源國 493) 李廷藎

한듸=같이 ◇庚申(경신)을 싀오랼 제=경신을 새우려고 할 때. 경신은 섣달 중 경
신일(庚申日)에 잠을 자지 않고 지키는 민속으로, 이날 잠을 자면 몸 안에 있는 삼
시충(三尸蟲)이 승천하여 지고신(至高神)에게 그 사람의 죄를 알린다고 한다 ◇粢米
僧(자미승)=음력 섣달 대목이나 정월 보름에 아이들의 복을 빌어준다며 쌀을 얻으
러 다니는 중.

231

戊寅 二月 初三日에 祥烟瑞靄 繞雲宮을
二老堂 놉흔 樓에 金屛繡筵으로 賀千秋를 허오실 제
玉盤에 靈芝蟠桃는 又石公이 드리더라.

(編數大葉) (金玉 171) 安玟英

戊寅(무인)=무인년. 고종 15년(1878) ◇祥烟瑞靄(상연서애) 繞雲宮(요운궁)을=상서로운 안개와 아지랑이가 운현궁을 에워쌈◇ ◇二老堂(이로당)=운현궁에 있던 건물 ◇金屏繡筵(금병수연)으로=금빛으로 꾸민 병풍과 수놓은 방석으로. 좋은 자리로 ◇賀千秋(하천추)=장수(長壽)를 축하하다 ◇玉盤(옥반)=옥으로 만든 소반 ◇靈芝蟠桃(영지반도)=먹으면 장수한다는 영지버섯과 복숭아 ◇又石公(우석공)=대원군(大院君)의 장자(長子)인 이재면(李載冕). 우석은 그의 호(號).

※『금옥총부』에 "부대부인갑연 제이(府大夫人甲宴 第二)"라고 했음. 부대부인은 대원군의 부인이며 고종(高宗)의 친어머니임.

232

無情허고 野宿헌 님아 哀魂 離別 後에 消息이 어이 頓絶허냐

夜月空山 杜鵑之聲과 春風桃李 胡蝶之夢에 다만 생각느니 娘子로다 梧桐에 걸닌 달 두렷헌 네 얼골 宛然이 곁헤와 숫치는 듯 이슬에 져즌 꼿 妍妍헌 너의 틔도 눈압헤 버렷는 듯 碧紗窓前 식벽 비에 沐浴허고 안졋는 제비 네 말소릭 곱다마는 닉 귀에 하숩는 듯

밤中만 靑天에 울고 가는 기러기 소릭에 줌든 나를 씌우는냐.   (樂高 914)

野宿(야숙)헌='야속'의 한자 표기 ◇哀魂(애혼)='어언(於焉)'의 잘못임. 그 사이 ◇어이 頓絶(돈절)허냐=어찌하여 소식이 뚝 끊어졌느냐? ◇夜月空山(야월공산) 杜鵑之聲(두견지성)=달 밝은 밤에 텅 빈 산에서 우는 두견이의 소리 ◇春風桃李(춘풍도리) 胡蝶之夢(호접지몽)=봄바람에 활짝 핀 복숭아꽃에 앉은 나비의 꿈 ◇妍妍(연연)헌=곱고 고운 ◇버렷난 듯=전개되어 있는 듯 ◇하숩는 듯=하소연하는 듯.

233

文讀春秋左氏傳이요 武習兵書孫武子ㅣ로다

머리에 金冠이요 몸에 綠袍銀甲이요 坐下에 赤兎飛로다 三角鬚를 훗븟치며 臥蠶을 거스리고 鳳目을 부릅쓰고 靑龍이 飜뜻ᄒ며 賊頭ㅣ 秋風落葉이로다

千古에 忠膽義肝은 壽亭侯 關公이신가 ᄒ노라.   (二數大葉) (海周 561) 金壽長

文讀春秋左氏傳(문독춘추좌씨전)=문사(文士)는 『춘추좌씨전』을 읽어야 하고, 『춘추좌씨전』은 『춘추』를 좌구명(左丘明)이 해설한 것 ◇武習兵書孫武子(무습병서손무자)=무예는 병서와 손무자를 익혔다. 손무자는 춘추시대 병법가(兵法家)인 손무(孫武)를 가리킴 ◇金冠(금관)=금빛 투구 ◇綠袍銀甲(녹포은갑)=녹색의 전포(戰袍)와 은빛으로 번쩍이는 갑옷 ◇坐下(좌하)=수하(手下). 휘하(麾下) ◇赤土飛(적토비)='적토'는 적토마(赤土馬). 나는 듯이 빠른 적토마 ◇三角鬚(삼각수)=삼각형의 모양으로 양 뺨과 턱에 난 수염 ◇훗붓치며=이리저리 흩날리며 ◇臥蠶(와잠)=누에처럼 생긴 눈썹 ◇거스리고=위로 올라가도록 나부끼고 ◇鳳目(봉목)=봉황의 눈 ◇賊頭(적두)=도적의 머리 ◇秋風落葉(추풍낙엽)=가을바람에 맥없이 떨어지는 나뭇잎. 전장에서 목이 잘리거나 죽는 모습을 형용한 말 ◇千古(천고)=오랜 옛적 ◇忠膽義肝(충담의간)=충성되고 의로운 마음.

233-1

文讀春秋左詩傳이오 武使靑龍偃月刀ㅣ라

獨行千里흘 제 明燭達朝하고 義釋 曹操ᄒ며 威鎭華夏ᄒ니 古今에 싹이 업도다

千古에 凜凜한 아마도 大丈夫는 漢壽亭侯,ㄴ가 ᄒ노라.　　(弄歌) (樂서 494)

武使靑龍偃月刀(무사청룡언월도)=무사(武士)는 청룡언월도를 쓸 줄 알아야 한다. 청룡언월도는 관우가 쓰던 무기 ◇獨行千里(독행천리)=관우가 조조에게서 유비에게로 갈 때 혼자서 천 리를 달려간 일 ◇明燭達朝(명촉달조)=촛불을 밝혀 밤을 지새움처럼 덕이 높아 남의 사표가 되다 ◇義釋曹操(의석조조)=의리로 적벽대전에서 패한 조조를 화용도에서 놓아주다 ◇威鎭華夏(위진화하)ᄒ니=위엄이 중국을 진동하니 ◇漢壽亭侯(한수정후)=한나라 수정후 관우(關羽).

233-2

文讀春秋左氏傳ᄒ고 武使靑龍偃月刀ㅣ라

獨行千里ᄒ여 五關을 지나갈 제 ᄲ로는 져 將帥ㅣ야 固城 북소릭를 드러는야 못 드러는야

千古에 關公을 未信者는 翼德인가 ᄒ노라.　　(編數大葉) (靑六 997)

五關(오관)=관우가 조조의 진중을 떠나 유비에게 가는 동안의 조조의 부하의 목을 벤 다섯 개의 관문 ◇固城(고성) 북소리=고성은 유비, 관우, 장비 세 사람이 서주(徐州)에서 헤어진 뒤 장비가 일시 점거하고 있던 성. 북소리는 장비가 관우를 불신하고 그의 충의를 시험하기 위해 뒤쫓는 조조의 장수를 죽이게 한 신호 ◇未信者(미신자)=믿지 못하는 사람 ◇翼德(익덕)=장비(張飛). 익덕은 그의 자(字).

234

문 압픠 가는 물이 대제로 흘러 든다

찔가다 저 물ㄱ에 갓근 싯고 ᄇ라보이 가는 것도 저 물너오 잇는 것도 저 물이라

셩닌의 일른 말슴 물 보기도 슐이 닛다 ᄒ신이라.

(愛景堂十二月歌 右六月 大堤觀派章) (愛景言行錄) 南極曄

압픠=앞에 ◇가는 물이=흘러가는 물이 ◇대제(大堤)로=큰 방죽으로 ◇흘러든다=흘러 들어간다 ◇찔가다=깨끗하구나 ◇갓근 싯고=갓끈을 씻고 ◇가는 것도=흘러가는 것도 ◇물너오=물이요 ◇셩닌의 일른 말슴=성인(聖人)이 하신 말씀 ◇물 보기도=물을 바라보는 것도 ◇슐이 닛다=술(術)이 있다. 방법이 있다.

※ 한역(漢譯) : 辭曰 小溪之水 流而大堤 些所貴本源 波瀾淸且漣漣 些是知乎 聖人之敎 觀水有術(사왈 소계지수 유이대제 사소귀본원 파란청차연연 사시지호 성인지교 관수유술)

자역(自譯) : 些詩曰 門溪流入郊堤水 不擇小溪是大堤 聖敎觀瀾良有術 尋源剩得散玻瓈(사시왈 문계유입교제수 불택소계시대제 성교관란양유술 심원잉득산파려)

235

물네는 즐노 돌고 수릭는 박회로 돈다

山陳이 水陳이 海東蒼 보라ᄆᆡ 두 죽지 녑희 끼고 太白山 허리를 안고 도는고나

우리도 그리던 任 만나 안고 돌까 하노라.   (弄) (六靑 736)

물네는=물레는. 물레는 실을 잣는 기구 ◇수릭는=수레는 ◇박회로=바퀴로 ◇山

陳(산진)이=산에서 자라 여러 해가 된 매 ◇水陳(수진)이='수진(水陳)'은 '수진(手陳)'의 잘못. 사람에 의해 길러진 매 ◇海東蒼(해동창)='창(蒼)'은 '청(靑)'의 잘못. 송골매 ◇보라미=나서 일 년도 안 된 새끼를 길들인 매 ◇두 죽지=두 날갯죽지 ◇ 녑희=옆에.

235

물 업신 강산 올ᄂ 나무도 썻쩌 다리도 노코 돌두 발노 툭ᄎ 데굴데굴 궁글여라

구렁도 메이고 만첩청산 닉리고 닉린 물셜 휘여 ᄌ바 타고 어르렁 쌀쌀 더지 둥덩실 임 ᄎᄌ가니

셕양에 물 ᄎ 져비ᄂ 오락가락.   (時調 44)

업슨=없는 ◇강산='강상(崗上)'의 잘못. 산꼭대기 ◇돌두=돌도 ◇궁글여라=굴려라 ◇구렁=땅이 평지보다 움푹하게 파인 곳 ◇메이고=메우고 ◇만첩청산=만첩청산(萬疊靑山). 겹겹이 쌓인 푸른 산 ◇닉리고 닉린=산의 줄기가 벋어내리고 벋어내린 ◇휘여 ᄌ바=꼭 끌어 잡아 ◇물 ᄎ 져비ᄂ=물을 차고 날아오르는 제비는.

236

물우흿 沙工 물알엣 沙工 놈들이

三四月 田稅 大同 실라 갈 쩨 一千石 싯ᄂ 大重船을 작위 다혀 숌여내야 三色實果 머리 가즌 것 갓초아 필이 巫鼓를 둥둥 침여 五江城隍之神과 南海龍王之神쎄 손 곳초와 告祀흘쩨 全羅道ㅣ라 慶尙道ㅣ라 蔚山 바다 七山 바다 휘도라 安興목이라 孫乭목 江華ㅅ목 감돌아들 쩨 平盤에 물 담둣이 萬里滄波에 가는 듯 돌아오게 고스레고스레 事望 일게 ᄒ오소셔

어어라 이어라 저어어어라 빅씩여라 至菊悤 南無阿彌陀佛.

                                    (二數大葉) (海周 393) 李鼎輔

田稅(전세) 大同(대동)=논밭의 조세와 땅에 따라 받던 세금 ◇大重船(대중선)=큰 배. 혹은 대동선(大同船)인 듯. 대동선은 대동미(大同米)를 운반하던 관선(官船) ◇작

위 다혀=자귀를 가지고 ◇쑴여내야=만들어내여 ◇三色實果(삼색실과)=제사 지낼 때 쓰이는 세 가지 색깔의 과일 ◇머리 가즌 것=좋은 품질을 갖춘 것. 보기 좋은 것 ◇필이=피리 ◇巫鼓(무고)=무당이 굿할 때 치는 북 ◇침여=치며. 두드리며 ◇五江城隍之神(오강성황지신)=오강의 성황신. 오강은 한강 연안의 다섯 곳으로 한강(漢江), 용산(龍山), 마포(麻浦), 현호(玄湖), 서강(西江)을 가리킴 ◇손 곳초와=합장(合掌)하여 ◇七山(칠산) 바다=서해안에 있는 조기의 명산지 ◇安興(안흥)목=충청남도 태안반도 서쪽의 안흥만 근처인 듯하다 ◇孫乭(손돌)목=경기도 김포군 통진(通津)과 강화도(江華島) 사이에 있다는 물살이 험한 곳 ◇平盤(평반)에 물 담듯이=평반은 다리가 없는 둥근 쟁반. 평반에다 물을 담은 듯이 매우 조심하는 모양 ◇가는 듯 돌아오게=가는 즉시 돌쳐서 오라 ◇고스레=고수레. 들에서나 고사 뒤에 음식을 먹기 전에 조금 떼어 던지며 외치는 소리 ◇事望(사망) 일게=바라던 일이 잘 이루어지게 ◇至菊葱(지국총)=배를 움직일 때 나는 '삐꺼덕' 소리를 음사(音寫)한 것 ◇南無阿彌陀佛(나무아미타불)=염불하는 소리의 하나로 아미타불에 귀의(歸依)한다는 뜻.

237

뮈온 님 촉직어 물리치는 갈골아 쟝쟐아 고온 님 촉직어 나옷친은 갈골아 쟝쟐이

큰 갈골아 쟝쟐이 쟉은 갈골아 쟝쟐이 흔듸 들어 넘는이 어늬 갈골이 쟝쟐이 갑 만흐며 쏘 언의 갈골아 쟝쟐이 갑 적은 줄 알리

아마도 고온님 촉직어 나오치는 갈고라 쟝쟐이는 금 못 칠싸 ᄒ노라.

(樂時調) (海一 559)

뮈온 님=미운 님 ◇촉직어=꼭 찍어 ◇갈골아 쟝쟐아=갈고랑이와 긴 자루의 막대기야 ◇나옷친은=낚아채는 ◇흔듸 들어 넘는이=한 곳에 있어 뒤섞이니 ◇알리=알겠느냐 ◇나오치는=낚아채는 ◇금 못 칠싸=값을 헤아리지 못할까.

238

민망ᄒ다 긔 爲帥ㅣ여 好勝乙 專主ᄒ니 義理샹의 늠이로다

改過ᄒ랴다가 늠이 알면 부러 아니ᄒ니

아마도 好從善이라사 氣從令일가 ᄒ노라. (戒好勝) (閒說堂遺稿) 安昌後

위수(爲帥)ㅣ여=우두머리가 됨이여 ◇好勝乙(호승을) 專主(전주)ᄒ니='을(乙)'은
우리말 조사 '을'의 한자 표기. 호승을 오로지 삼다. 호승은 경쟁에서 이기고자 하
는 마음이 강함을 나타낸다 ◇改過(개과)=잘못을 뉘우치고 고치다 ◇부러=일부러
◇好從善(호종선)이라사 氣從令(기종령)일가=착한 일을 하기를 좋아해야 명령에 따
르는 기색이 있을까.

※ 자역(自譯) : 閔矣人之氣作帥 勝人爲主義何知 人先己意爲嫌惡 初欲爲之故不爲
(민의인지기작수 승인위주의하지 인선이의위혐오 초욕위지고불위)

239

밋난편 廣州ㅣ 샌리뷔 쟝亽 쇼대난편 朔寧 닛뷔 쟝亽
눈경에 거론 님은 쑤딱쑤딱 두드려 방망치 쟝亽 돌호로 가마 홍도쌔 쟝
亽 빙빙도라 믈레 쟝亽 우물젼에 치드라 근댕근댕ᄒ다가 워렁충창 풍 쌔
져 물 듬복 써내는 드레곡지 쟝亽
어듸가 이 얼골 가지고 죠릐 쟝亽를 못 어드리.   (珍靑 565)

밋난편=본남편 ◇廣州(광주)=경기도의 시군명(市郡名) ◇샌리뷔=싸리나무로 만
든 비 ◇쇼대난편=샛서방. 간부(間夫) ◇朔寧(삭녕)=경기도 연천에 있던 지명 ◇닛
뷔=억새풀의 꽃줄기로 만든 비 ◇눈경에 거론 님=눈짓으로 약속한 님 ◇방망치=방
망이 ◇돌호로 가마=도르르 감아 ◇홍도쌔=홍두깨. 다듬이질할 때 다듬잇감을 감
아 주름이 없게 하는 둥그런 원통형의 막대기 ◇믈레 =무명에서 실을 뽑아내는 기
구인 물레 ◇우물젼=우물가. 여성의 음부를 상징한 말 ◇드레곡지=두레박 꼭지. 남
성의 성기를 상징함 ◇죠릐=조리. 조리는 쌀 등을 이는 기구.

240

밋남진 그놈 紫驄 벙거지 쓴놈 소딕 書房 그놈은 삿벙거지 쓴놈 그놈
밋남진 그놈 紫驄 벙거지 쓴놈은 다 뷘 논에 졍어이로되
밤中만 삿벙거지 쓴 놈 보면 실별 본 듯 ᄒ여라.   (言樂) (靑六 830)

紫驄(자총) 벙거지=자줏빛 말총으로 만든 벙거지. 벙거지는 모자이나 남자의
성기를 가리킴 ◇삿벙거지=삿갓처럼 생긴 벙거지 ◇다 뷘 논에=추수가 끝난 논에

◇정어이로되=허수아비로되. 쓸모가 없으되 ◇실별=샛별. 다른 별보다 뚜렷함을 비유함.

241

바독 걸쇠 갓치 얽은 놈아 졔발 비즈 네게 믈가의란 오지 말라

눈 큰 쥰치 헐이 긴 갈치 두룻쳐 메육이 츤츤 감을치 文魚의 아들 落蹄 넙치의 쏠 가잠이 비부른 올챵이 공지 결레 만흔 권쟝이 孤獨흔 비암쟝魚 집치 갓튼 고릭와 바늘 갓흔 숑스리 눈 긴 농게 입 쟉은 瓶魚가 금을만 넉여 풀풀 쒸여 다 달아나는듸 열 업시 샹긴 烏賊魚 둥기는듸 그놈의 孫子 骨獨이 잇쓰는듸 바소 갓튼 말검어리와 귀纓子 갓튼 杖鼓아비는 암으란 줄도 모르고 즛들만 흔다

암아도 너곳 겻틔 셧시면 곡이 못줍아 大事ㅣ로다.   (海周 549) 金壽長

바독 걸쇠 갓치=바둑판의 무늬처럼 ◇얽은 놈아=얼굴에 마마 자국이 있는 놈아 ◇비즈 네게=너에게 빌자 ◇믈가의란=물가에는 ◇두룻쳐 메육이=두루쳐 메기. '둘 쳐메다(둘러메다)'와 연관시켜 노래의 운율을 맞춘 표현 ◇감을치=가물치 ◇落蹄 (낙제)=낙지의 한자 표기 ◇결레 만흔 권쟝이=비슷한 종류가 많은 곤쟁이 ◇열업시 샹긴=겁 많게 생긴 ◇烏賊魚(오적어)=오징어 ◇둥기는듸=쩔쩔매는데 ◇骨獨(골독) 이=꼴뚜기 ◇바소=곪은 곳을 째는 침. 대패침 ◇귀纓子(영자)=갓끈을 다는 고리 ◇ 즛들만=짓들만. '짓'은 성교(性交)를 이르는 말 ◇너곳=네가 ◇곡이=고기 ◇大事(대 사)=큰일. 중요한 일.

241-1

바둑바둑 뒤얼거진 놈아 졔발 비자 네게 늬가의란 서지 마라

눈 큰 쥰치 허리 긴 갈치 두루쳐 메오기 츤츤 가믈치 부리 긴 공치 넙 젹흔 가잠이 등 곱은 싀오 결네 만흔 곤쟝이 그믈만 너겨 풀풀 쒸여 다 다라나는듸 열 업시 샴긴 오증어 둥긔는고나

眞實노 너곳 와 셔시량이면 고기 못 잡아 大事ㅣ러라.   (瓶歌 1008)

장시조 작품 일람 155

바둑바둑 뒤얼거진 놈아=바둑판처럼 뒤얽은 놈아 ◇닉가의란=냇가에는 ◇두루쳐 메오기=두루쳐 메기. '둘쳐메다(둘러메다)'와 연관시킨 표현 ◇츤츤 가물치=츤츤 가물치. '칭칭 감다'와 연관시킨 표현 ◇공치=꽁치 ◇결네 만흔 곤쟝이=떼거리가 많은 곤쟁이 ◇둥긔논고나=쩔쩔매는구나 ◇너곳 와 셔시량이면=네가 와서 있으면.

242

바독이 검동이 靑揷沙里 中에 죠 노랑 암키갓치 얄믜오랴
뮈온 님 오면 반겨 늬닷고 고온 님 오면 캉캉 지져 못 오게 흔다
門 밧긔 기쟝스 가거든 찬찬 동혀주이라.   (海周 543) 金壽長

靑揷沙里(청삽사리)=삽사리는 삽살개의 한자 표기. 검고 긴 털이 곱슬곱슬하게 생긴 삽살개 ◇얄믜오랴=얄밉겠느냐 ◇뮈온 님=미운 님 ◇늬닷고=내처 앞으로 뛰고 ◇동혀주이라=동여주리라.

242-1

바독이 검동이 靑揷沙里中에 조 노랑 암캐곳치 얄밉고 잣믜오랴
믜온 任 오게 되면 소리를 회회 치며 반겨 늬닷고 고온 任 오게 되면 두 발을 벗씌듸고 코쓸을 씽그리며 무르락 나오락 캉캉 줏는 요 노랑 암캐
잇튿날 門밧긔 기 스옵시 웨는 匠事 가거드란 찬찬 동혀 늬야쥬리라.
                                                    (弄) (靑六 740)

조=저 ◇잣믜오랴=잗달게 얄미우랴 ◇벗씌듸고=벋디디고. 발에 힘을 주어 버티어 디디고 ◇코쓸을=개의 콧등 주변의 살 ◇기 스옵시=개 삽시다 ◇웨는=외치는 ◇匠事(장사)=장사꾼 ◇가거드란=가게 되면. 지나가면.

243

바람 광풍아 부지 말라 숑풍락엽이 다 쩌러진다
명스십리 히당화야 닙히 진다 셜어 말며 곳이 진다 셜어 말라 동삼 석달을 쏙 죽엇다가 명년 삼월 다시 오면 뎐각에 싱미닝흐고 츈풍이 즈남늬

홀 제 류상앵비는 편편금이요 화간뎝무는 분분셜홀 졔 온갖 화초라 ᄒᆞᄂᆞᆫ
물건은 버들 밧톄도 밈이 도ᄂᆞᆫ듸 인싱 ᄒᆞᆫ번 죽어지면 다시 올 길 만무로
구나 황쳔이라 ᄒᆞᄂᆞᆫ 곳은 사름 ᄉᆞᄂᆞᆫ 인품범졀이 졍 죠흔가 보더라 긔공
불너서 노릭도 식히며 미동 다려 다리도 치며 미ᄉᆡᆨ 불너 슐 부어 먹으며
로류장화가 막 만흔 곳인지 ᄒᆞᆫ번 가면 영졀 무소식이로구나

청츈지년을 허송히 말고 ᄆᆞ음듸로만 놉셰다.　　　　　　　　(樂高 911)

광풍(狂風)=사나운 바람. 회오리 바람 ◇숑풍낙엽=송풍낙엽(松風落葉). 소나무 사
이를 스치는 바람에 잎이 떨어지다 ◇명사십리=밟으면 소리가 나는 모래가 십 리
나 되게 펼쳐진 바닷가(鳴沙十里)나 바닥에 모래가 보일 정도로 깨끗한 물이 십 리
나 되는 곳(明沙十里) ◇동삼(冬三) 석 들을=겨울 동안 ◇뎐각에 싱미닝하고=전각
(殿閣)에 생미냉(生微冷)하고. 전각에 냉기가 줄어들고 ◇훈풍이 ᄌᆞ남ᄂᆡ=훈풍(薰風)
이 자남래(自南來). 따뜻한 바람이 남쪽으로부터 불어오다 ◇류상앵비는 편편금=유
상앵비(柳上鶯飛)는 편편금(片片金)이요. 버드나무에 날아다니는 꾀꼬리는 하나하나
가 금이요 ◇화간뎝무는 분분셜=화간접무(花間蝶舞)는 분분설(紛紛雪). 꽃 사이를
나는 나비는 펄펄 내리는 눈과 같다 ◇밈이 도ᄂᆞᆫ듸=마음이 움직이는데. 또는 봄기
운이 도는데 ◇만무로구나=만무(萬無)하구나 ◇황쳔=황천(黃泉). 저승 ◇인품범졀=
인품(人品)과 범절(凡節) ◇졍 죠흔가=참으로 좋은가 ◇긔공=기공(妓工). 기생과 악
공(樂工) ◇미동(美童)=심부름하는 아이 ◇미색(美色)=아름다운 여자 ◇로류장화=노
류장화(路柳墻花). 기생 ◇막 만흔=아주 많은 ◇영졀(永絕) 무소식(無消息)=연락이
아주 끊어져 소식이 없다 ◇청츈지년=청춘지년(靑春之年). 젊은 나이. 젊은 시절 ◇
허송(虛送)=쓸데없이 보내다.

243-1

바람아 광풍아 부지 말아 숑풍낙엽이 다 셔러진다

명ᄉᆞ십리 히당화야 곳시 진다고 셜어 말고 닙락엽 진다고 네 우지 말아
동삼 석 들을 쏙 죽엇다가 명년 양츈이 다시 도라오면 너는 다시 깅싱ᄒᆞ
여 곳치 피여 만발ᄒᆞ고 닙은 퓌여 왕셩홀 졔 우리 인싱이라 ᄒᆞᄂᆞᆫ 거슨 풀
꼿헤 이슬이오 단불애 나뷔로구나 금됴일셕이라도 앗츳 실슈 되여 북망산
쳔에 도라를 가면 텬듸로 집을 삼고 두견 졉동으로 벗을 솜아 산쳔초목으

로 울파쥬 삼고 쌈되닙으로 니불을 덥고 쳥토 황토로 포단을 슴아 셕침을
도두 베고 잠든 드시 누어스니 살은 썩어 물이 되고 쎄는 썩어 황토가 되
고 삼혼칠빅이 흣허질 졔 어니 다졍흔 친고가 셩분 젼에 차자와셔 졔뎐을
버려놋코 호텬망극에 익곡을 흔들 우는이 우는 줄 알며 와스니 왓는 줄
알가 스후대락이라도 다 쓸 듸 업고 불여싱젼일빈쥬로구나

춤아 진졍 가지록 셜어 나 엇지 살고. (樂高 912)

명년 양춘=명년(明年) 양춘(陽春). 내년 따뜻한 봄 ◇닙낙엽=나뭇잎이 떨어짐 ◇
깅싱=갱생(更生). 다시 살아남. 소생(蘇生) ◇왕셩홀 졔=왕성(旺盛)할 제. 매우 흥성
할 때 ◇단불애=뜨거운 불에 ◇금조일셕(今朝一夕)=지금 당장 ◇실슈=실수(失手).
일이 잘못됨 ◇북망산쳔=북망산천(北邙山川). 공동묘지 ◇텬디=천지(天地) ◇울파쥬
=울타리 ◇쌈되닙=잔되미. 잔디 ◇니불=이불 ◇포단=포대기 ◇셕침을 도두 베고=
돌베개를 높여 베고 ◇삼혼칠빅=삼혼칠백(三魂七魄). 사람에게 있다는 혼백의 총칭.
삼혼은 태광(台光), 상령(爽靈), 유정(幽精). 칠백은 사람의 몸에 남아 있는 일곱 가
지의 정령(精靈) ◇어니=어느 ◇친고=친구 ◇셩분 젼에=성분(成墳) 전(前)에. 무덤
이 만들어지기 전에. 땅에 묻히기 전에 ◇졔뎐=제전(祭奠) ◇호텬망극=호천망극(昊
天罔極). 부모님의 은혜가 끝이 없는 것처럼 애통하다 ◇익곡=애곡(哀哭). 몹시 슬
프게 통곡하다 ◇우는이=우니 ◇와스니=왔으니 ◇스후대락=사후대락(死後大樂). 죽
은 다음의 커다란 즐거움 ◇불여싱젼일빈쥬=불여생전일배주(不如生前一杯酒). 살아
생전의 한잔 술만 못하다 ◇춤아 진졍=참으로 진정이지 ◇가지록 셜어=갈수록 서
러워.

244

ᄇᆞ름도 쉬여 넘는 고기 구름이라도 쉬여 넘는 고기
山진이 水진이 海東靑 보릭미 쉬여 넘는 高峰 長城嶺 고기
그너머 님이 왓다 ᄒᆞ면 나는 아니 흔 번도 쉬여 넘어가리라. (樂學 993)

山진이=산에서 자란 것을 길들인 매 ◇水진이='수(水)'는 '수(手)'의 잘못. 새끼
때부터 사람이 길들인 매 ◇高峰(고봉) 長城嶺(장성령)=높은 봉우리인 전라남북도
의 경계에 있는 장성 갈재고개.

245

바람 부러 竹葉이 거믄고 되고 달 밝어 萬樹靑山에 白雪이 적녕 되엿구나
人寂寂 夜深헌듸 杜鵑이 슬니 우러 歸蜀道 不如歸라
何事로 千里 遠客이 잠 못 일워.   (時調集 122)

적녕=정녕(丁寧). 참말로. 실제와 똑같이 ◇人寂寂(인적적) 夜深(야심)헌듸=사람
들의 자취가 끊어지고 밤이 깊은데 ◇杜鵑(두견)=두견새 ◇슬니 우러=슬피 울어 ◇
歸蜀道(귀촉도) 不如歸(불여귀)=두견새의 다른 이름. 또는 울음소리 ◇何事(하사)=
무슨 일 ◇千里(천리) 遠客(원객)=멀리 고향을 떠난 나그네.

246

바람 불어 기운 山 읍고 눈비 마저 석은 돌이 잇스리
[中章 缺]
우리도 山과 돌 갓치 기울도 석도.   (時調(河氏本) 38)

석은=썩은 ◇잇스리=있으랴?

247

바람아 네 불어젼들 마라 들니나니 흔슘 소릭쌘이로다
우리 님 가득히 셕난 간장 늬 아니 본들 그 어이 모르리
至今에 泰山갓치 놉흔 恨과 滄海갓치 깁흔 스름 어늬 날의.

                                                    (時調演義 72) 林重桓

불어젼들 마라=불려고 하지를 마라 ◇가득히=가뜩이나 ◇셕난 간장(肝腸)=썩는
간장 ◇깁흔 스름=깊은 시름 ◇어늬 날의=어느 날에나.

248

바람아 부지을 마라 휘여진 졍ᄌ나무 입히 다 써러진다
셰월아 가지 마라 장안 호걸리 다 늙는다

빅발이 네 짐작하여 더듸 늙게 하여라.　　　　　　　　　　　　(樂서 500)

부지을 마라=불지를 말거라 ◇입히=잎이 ◇장안 호걸(豪傑)리=장안의 호걸들이.

249

바름은 안아 닥친 드시 불고 구진비는 담아 붓드시 오는 날 밤에

님 차쳐 나션 양을 우슬 이도 잇건이와

비바름 안여 天地 飜覆ᄒ야든 이 길리야 아니 허고 엇지하리오.
　　　　　　　　　　　　　　　　　　　　　(搔聳) (金玉 98) 安玟英

안아 닥친 드시=끌어안을 수 있을 만큼 가까이 다가온 듯 ◇구진비는=궂은비는
◇담아 붓드시=쏟아붓듯이 ◇우슬 이도=웃을 사람들도 ◇비바름 안여=비바람이 아
니라 ◇天地飜覆(천지번복)ᄒ야든=하늘과 땅이 뒤엎어진다고 하더라도. 천지개벽이
된다고 하더라도 ◇이 길리야=이 길이야. 이 같은 행동이야.
　　※『금옥총부』에 "남원기명옥 교어음률 파유자색 여재남원시 축일상회 이일일야
즉 풍우대작 난이출각 연기유약즉 필행내이(南原妓明玉 皎於音律 頗有姿色 余在南
原時 逐日相會 而一日夜則 風雨大作 難以出脚 然旣有約則 必行乃已, 남원 기생 명옥
은 음률에 밝고 자못 자색이 있었다. 내가 남원에 있을 때 날마다 서로 만났는데
하루는 밤에 비바람이 크게 불어 밖에 나가기도 어려웠으나 이미 만나기로 약속을
하였기에 기필코 나갔다)"라 했다.

250

브람은 地動 치듯 불고 구즌 비는 담아 붓듯 온다

눈졍에 걸온 님이 오늘 밤 서로 맛나쟈 ᄒ고 板특쳐 盟誓 밧앗던이 일
어흔 風雨에 제 어이 오리

眞實로 오기곳 오량이면 緣分인가 ᄒ리라.　　　　　(樂時調) (海一 531)

地動(지동) 치듯=벼락이 치듯 ◇담아 붓듯=그릇에 담아 쏟아붓듯 ◇눈경에 걸온
님=눈짓으로 만나자고 약속한 님 ◇板(판)특쳐=굳게, 단호하게 ◇일어흔=이러한 ◇
제 어이 오리=제가 어찌 오겠는가? ◇오기곳 오량이면=오기만 온다면.

251

바람이 건듯 부이 서셕봉 몱근 긔운 우후경이 더욱 좃다

죽유를 반만 열여 죵일을 묵되흔이

물외 양붕이 너뿐인가 ㅎ노라.

(愛景堂十二月歌 右七月 瑞石青嵐章) (愛景言行錄) 南極曄

건듯 부이=건듯 부니 ◇서셕봉=서석봉(瑞石峰). 혹 광주 무등산의 봉우리인 듯 ◇몱근 긔운=맑은 기운 ◇우후경(雨後景)이=비가 온 뒤의 경치가 ◇죽유(竹牖)를= 대나무를 엮어 만든 창문을 ◇죵일을 묵되흔이=종일(終日)을 묵대(默對)하니. 하루 종일 말없이 대하니 ◇물외(物外) 양붕(良朋)이=속세 밖의 좋은 친구가 ◇너뿐인가 =너뿐인가.

※ 한역(漢譯) : 辭日 一雨滌暑 山高氣淸 些終朝竹牖 物我忘形 些悠悠乎 百年良朋 默然有情(사왈 일우척서 산고기청 사종조죽유 물아망형 사유유호 백년양붕 묵연유 정)

　　자역(自譯) : 些詩日 宇宙乍涼風颯颯 峭然瑞石氣生淸 終朝竹牖忘形坐 物外良朋 默有情(사시왈 우주사량풍삽삽 초연서석기생청 종조죽유망형좌 물외양붕묵유정)

252

바람이 불냐는지 나무닙이 흐늘흐늘

비가 오랴난지 萬壽山에 구름 닌다

아히야 그믈 것어 스려 담고 닷 감어 듯이어라 갈 길 밥버.

(時調演義 69) 林重桓

불냐는지=불려고 하는지 ◇萬壽山(만수산)=고려 시대 개성 수창궁(壽昌宮)에 만 들었던 가산(假山) ◇구름 닌다=구름이 일어난다. 모여든다 ◇스려 담고=사리어 담 고 ◇듯이어라=올려라.

253

바람이 집이 업쓰되 어이 그리 잘 부는고

節槪는 孤竹 淸風이요 意氣는 黑旋風이요 德澤은 帝舜南薰風이요 義禮

는 夫子遺風이로다

　암아도 數多흔 風中에 量키 어려올쏜 冬至쏠 甲子日에 東南風인가 ᄒ노
라.　　　　　　　　　　　　　　　　　　　　　　　(二數大葉) (海周 553) 金壽長

　節槪(절개)는 孤竹(고죽) 淸風(청풍)이요=절의와 기개는 고죽군(孤竹君)의 아들인
백이(伯夷) 숙제(叔齊)의 맑은 기상과 같고 ◇義氣(의기)는 黑旋風(흑선풍)=정의감에
서 일어나는 기개는 『수호지(水滸志)』에 나오는 이규(李逵)와 같음. 이규는 양산박
두령의 하나로 쌍도끼를 잘 썼다. 흑선풍은 그의 별명 ◇德澤(덕택)은 舜帝南薰風
(순제남훈풍)=덕이 남에게 미치는 은혜는 순 임금이 남훈전(南薰殿)에서 지은 남풍
가(南風歌)와 같다 ◇義禮(의례)는 夫子遺風(부자유풍)=정의와 예절은 공자(孔子)가
후대(後代)에 남겨 전해오는 풍속과 같음 ◇數多(수다)흔 風中(풍중)=많은 바람 가
운데 ◇量(양)키 어려올쏜=헤아리기 어려운 것은 ◇冬至(동지)쏠 甲子日(갑자일)에
東南風(동남풍)=제갈량이 적벽대전(赤壁大戰)에서 조조의 군사를 화공책(火攻策)으
로 물리치기 위해 하늘에 빌던 바람.

254

　브른갑이라 ᄒ늘로 늘며 두더쥐라 싸ᄒ로 들랴
　금종달이 鐵網에 걸려 플덕플덕 프드덕이니 늘다 긜다 네 어드로 갈다
　우리도 새 님 거러두고 플더져 볼가 ᄒ노라.　　　　(蔓横清類) (珍靑 479)

　브른갑=바람개비. 새의 한 가지. 쏙독새 ◇싸ᄒ로 들랴=땅으로 들어가겠느냐?
◇금종달이=금종달이. 종달새 ◇늘다 긜다=날거나 기거나 ◇어드로 갈다=어디로
가겠느냐? ◇새 님=새로 생긴 님 ◇거러두고=약속해두고.

255

　博浪沙中 쓰고 남은 鐵椎를 엇고
　江東子弟 八千人과 曹操의 十萬大兵으로 當年에 閻羅國을 破ᄒ던들 丈
夫의 屬節 업슨 길흘 아니 行흘 쩌슬
　오날에 날 쫏ᄎ 가자 ᄒ니 그을 슬허ᄒ노라.　　　　　(弄) (靑六 721)

博浪沙中(박랑사중)=박랑사에서. 박랑사는 중국 하남성 박랑현 동남의 땅. 한(漢)의 장량(張良)이 쇠몽둥이로 진시황을 친 곳 ◇鐵椎(철추)=쇠몽둥이 ◇江東子弟(강동자제) 八千人(팔천인)=초나라 항우가 거느리던 병사 ◇曹操(조조)의 十萬大兵(십만대병)=적벽대전에서 패한 조조의 군사 ◇當年(당년)에=그해에 ◇閻羅國(염라국)=염라왕이 다스리는 나라. 저승 ◇丈夫(장부)의~行(行)홀 써슬=죽지 아니했을 것을 ◇날 좃츠 가자 ᄒᆞ니=나를 따라가자 하니. 죽으라고 하니.

256

薄薄酒도 勝茶湯이오 麤麤布도 勝無裳이라

醜妻惡妾 勝空房이오 五更待漏靴滿霜이 不如三伏日高睡足北窓凉이오 珠襦玉匣 萬人弔送歸北邙이 不如懸鶉百結獨坐負朝陽이로다

生前富貴와 死後文章이 百年瞬息萬世忙이 夷齊盜跖具亡羊ᄒᆞ니 不如生前一醉코 是非憂樂을 都兩忘인가 ᄒᆞ노라.　　　　　　　　　　(詩歌 705)

薄薄酒(박박주)도 勝茶湯(승다탕)이오=텁텁한 막걸리도 차를 끓인 것보다 낫고 ◇麤麤布(추추포)도 勝無裳(승무상)이라=거친 베옷도 옷이 없는 것보다 낫다 ◇醜妻惡妾(추처악첩)이 勝空房(승공방)이오=못난 처나 악독한 첩이라도 있는 것이 홀로 지새는 것보다 낫고 ◇五更待漏靴滿霜(오경대루화만상)=오경의 파루를 기다려 서리가 가득한 신발을 신는 것이. 관리가 조회에 나가기 위해 서두르는 것 ◇不如三伏日(불여삼복일) 高睡足北窓凉(고수족북창량)=삼복 더위에 북창 아래 서늘하게 깊이 잠드는 것만 못하다 ◇珠襦玉匣(주유옥갑) 萬人弔送歸北邙(만인조송귀북망)=잘 꾸민 상여에 많은 사람들이 북망산으로 가는 것을 슬퍼하며 떠나보내는 것이 ◇不如懸鶉百結 獨坐負朝陽(불여현순백결 독좌부조양)=다 떨어진 옷을 입고 아침볕을 등에 지고 혼자 앉아 있는 것만 못하다 ◇生前富貴(생전부귀)=살아서의 부귀 ◇死後文章(사후문장)=죽은 다음의 문장. 문장은 글재주 ◇百年瞬息(백년순식)=백년의 세월도 눈 깜짝할 사이 ◇萬世忙(만세망)=오랜 시간이 분주할 뿐이다 ◇夷齊盜跖(이제도척)이 俱亡羊(구망양)=이제나 도척이나 양을 잃어버리기는 마찬가지니. 후회하기는 마찬가지임. 이제(夷齊)는 주무왕(周武王)이 은(殷)나라를 치는 것을 막은 백이(伯夷)와 숙제(叔齊)이며, 도척은 고대 중국의 큰 도적임 ◇不如眼前一醉(불여안전일취)코 是非憂樂(시비우락)을 都兩忘(도양망)=당장에 한 번 취하고 시비와 근심과 즐거움을 모두 잊어버리는 것만 못하다.

※ 소식(蘇軾)의 「薄薄酒(박박주)」를 시조로 만든 것이다.

257

半여든에 첫 계집을 ᄒ니 어렷두렷 우벅주벅

주글 번 살 번ᄒ다가 와당탕 드리ᄃ라 이리져리 ᄒ니 老都令의 ᄆ음 흥
글항글

眞實로 이 滋味 아돗던들 긜 적보터 흘랏다.　　　　　　(蔓橫淸類) (珍靑 508)

半(반)여든=마흔 살　◇계집을 ᄒ니=여자를 상대하니　◇어렷두렷=어리둥절하는
모양　◇우벅주벅=일을 순서 없이 급하게 처리하는 모양　◇老都令(노도령)=늙은 총
각　◇흥글항글=좋아서 정신을 제대로 차리지 못하는 모양　◇아돗던들=알았던들　◇
긜 적보터=기어다닐 때부터　◇흘랏다=하였을 것이다.

258

붉가 버슨 兒孩ㅣ들리 거뮈줄 테를 들고 기川으로 往來ᄒ며

밝가숭아 붉가숭아 져리 가면 죽ᄂ니라 이리 오면 ᄉᄂ니라 부로나니
붉가숭이로다

아마도 世上 일이 다 이러ᄒᆫ가 ᄒ노라.　　　　　　(弄) (靑六 747) 李廷鎭

兒孩(아해)ㅣ들리=아이들이　◇거뮈줄 테를=거미줄을 감은 둥그런 채를　◇기川
(천)으로 왕래(往來)ᄒ며=개천을 오르내리며　◇밝가숭아=발가숭이야. 발가숭이는
잠자리. 또는 세상 물정을 모르는 어린이의 뜻　◇부로나니=부르는 것이　◇이러한가
=실제와는 다른가.

259

밤은 깁허 三更에 니르럿고 구진비는 梧桐에 훗날닐 제 니리 궁굴 져리
궁굴 두로 싱각다가 잠 못 니루웨라

洞房에 蟋蟀聲과 靑天에 쓴 기러기 소리 ᄉ름의 무궁ᄒᆫ 심회를 짝지여
울고 가는 저 기럭아

갓득에 다 셕어 스러진 구뷔 간장이 이 밤 시우기 어려워라.

(樂時調) (詩歌 601)

니르럿고=이르렀고 ◇니리=이리 ◇두로=두루 ◇니루웨라=이루겠다 ◇갓득에=
가뜩이나 ◇셕어 스러진=썩어 없어진 ◇구뷔간장=구곡간장(九曲肝腸).

259-1

밤은 깁은 三更인데 구즌비 오동입 두셕어 칠 제 이리 궁글 저리 궁글
생각다 못하여서 잠이 잠깐 드러든이

東方의 실솔성과 靑天에 울고 가는 외기럭이야 겨우 든 잠 쌔우느냐

기럭아 싹 일코 기롭기는 네나 내나 일반이라 사람의 간장을 다 녹인다.

(雜誌 435)

두셕어=뒤섞여 ◇東方(동방)='동방(洞房)'의 잘못인 듯. 사랑하는 사람이 있는 방
◇실솔성(蟋蟀聲)과=귀뚜라미 우는 소리와 ◇기롭기는=괴롭기는.

260

밧 가러 밥얼 먹고 슘얼 파 물 마신이

강구연월 어늬 쌘오 고잔들 놀래 솔리 알름답다 저 농부야

태평곡 화답흘 제 내 근심 절로 업다.

(愛景堂十二月歌 右五月 古棧農家章) (愛景言行錄) 南極曄

밥얼 먹고=밥을 먹고 ◇슘얼 파 물=샘을 파 얻은 물 ◇강구연월(康衢煙月)=태평
한 세월 ◇어늬 쌘오=어느 때인고 ◇고잔들=고잔(古棧) 들판. 고잔은 지명이다. 옛
시흥군 수암면(秀岩面) 고잔리(古棧里)인 듯 ◇놀래 솔리=노랫소리가.

※ 한역(漢譯) : 辭曰 薰風自南 吹雨濛濛 些簑笠野夫 耕食乃職 些儘矣乎 古棧歌聲
樂莫樂兮(사왈 훈풍자남 취우몽몽 사사립야부 경식내직 사진의호 고잔가성 낙막낙
혜)

자역(自譯) : 些詩曰 南風吹雨濛濛夕 蒻笠簑衣滿野夫 始識鑿耕安素業 古棧農曲
咏多称(사시왈 남풍취우몽몽석 약립사의만야부 시식착경안소업 고잔농곡영다도)

261

빈 고프거든 버구렛 밥 먹고 목 모르거든 바겟 믈 마시니

이러ᄒᆞᄂᆞᆫ 가온대 즐거오미 ᄯᅩ 인ᄂᆞ다

ᄂᆞᆷ의의 浮雲 ᄀᆞᆺᄐᆞᆫ 富貴이사 브롤 주리 이시랴.　　　(葛峰先生遺墨 6) 金得研

버구렛=버구리의. 버구리는 소쿠리의 방언인 듯 ◇바겟=바가지의 ◇인ᄂᆞ다=있
겠느냐? ◇ᄂᆞᆷ의의=다른 사람의 ◇浮雲(부운)=뜬구름 ◇富貴(부귀)이사=부귀 따위야
◇브롤 주리=부러워할 까닭이 ◇이시리=있겠느냐?

262

白鷗ᄂᆞᆫ 片片大同江上飛오 長松은 落落淸流壁上翠라

大野東頭點點山에 夕陽은 빗견ᄂᆞᆫ듸 長城北面溶溶水에 一葉漁艇 흘리저어

大醉코 載妓隨波ᄒᆞ여 錦繡綾羅로 任去來를 ᄒᆞ리라.　　　(珍靑 527)

白鷗(백구)ᄂᆞᆫ　片片大同江上飛(편편대동강상비)오='편편(片片)'은　'편편(扁扁翩翩)'의
잘못. 백구는 펄펄 대동강 위를 날고 ◇長松(장송)은 落落淸流壁上翠(낙락청류벽상
취)라=큰 소나무는 청류벽 위로 늘어져 푸르다 ◇大野東頭點點山(대야동두점점산)=
넓은 들 동쪽에는 점점이 보이는 산 ◇夕陽(석양)은 빗견ᄂᆞᆫ듸=저녁 햇빛이 비스듬
히 비추는데 ◇長城北面溶溶水(장성북면용용수)=긴 성 북쪽에는 넘실대며 흐르는
강. 고려 시대 김황원(金黃元)의 시구(詩句)임 ◇一葉漁艇(일엽어정)=조그만 고기잡
이 배 ◇載妓隨波(재기수파)=기생을 싣고 물결 따라 흐름 ◇錦繡綾羅(금수능라)=평
양에 있는 금수산과 능라도 ◇任去來(임거래)=마음 내키는 대로 강을 오르내림.

263

빅구야 무단이 펄펄 날지 말아

달도 희고 모릭도 희고 너도 희고 시비흑빅을 ᄂᆡ 몰ᄂᆞ라

우리ᄂᆞᆫ 평싱에 죵젹을 못 감초아 너를 불여ᄒᆞ노라.　　　(古今歌雜編 16)

무단이=쓸데없이. 까닭 없이 ◇시비흑빅=시비흑백(是非黑白). 잘잘못과 옳고 그

름 ◇종적=종적(蹤迹). 삶의 자취 ◇불여ㅎ노라=부러워하노라.

264

白鷗야 풀풀 나지 마라 나는 아니 줍우리라

聖上이 바리시니 갈 딕 업셔 예 왓노라 名區勝地를 어듸어듸 보앗ㄴ냐

날드려 仔細히 닐러든 너와 함끠 놀니라.　　　　　　　　(源河 591)

나지 마라=날지 마라 ◇聖上(성상)=지금의 임금 ◇名區勝地(명구승지)=경치 좋
기로 이름난 곳 ◇닐러든=말하여주거든. 알려주면.

265

百代 英雄 豪傑들아 楚漢 勝負 들어보소

力拔山도 쓸데업고 順人心이 웃듬이라 漢沛公의 百萬大兵 九星山의 埋
伏하고 天下 兵馬都元帥는 乞食漂母 韓信이라 大將壇의 놉히 안저 天下諸
侯를 號令할 제 彭城道 五百里에 거리거리 伏兵이라

謀計 만헌 李佐居는 項王을 諭人하고 算잘 놋는 張子房은 鷄鳴山 秋夜
月의 玉洞簫만 슬니 분다.　　　　　　　　　　　　　　　(時調集 163)

楚漢(초한) 勝負(승부)=항우(項羽)와 유방(劉邦)과의 전쟁 ◇力拔山(역발산)=산을
뽑아들 정도의 힘. 항우가 역발산혜기개세(力拔山兮氣蓋世)라고 하여, 스스로 힘은
산을 뽑아들 정도이고 기개는 세상을 덮을 만하다고 했다 ◇順人心(순인심)=인심에
순응하다 ◇漢沛公(한패공)=유방을 가리킨다. 패공은 제위(帝位)에 오르기 전의 칭
호이다 ◇九星山(구성산)=지명 ◇天下(천하) 兵馬都元帥(병마도원수)=천하의 병마를
호령한 우두머리 대장 ◇乞食漂母(걸식표모) 韓信(한신)=표모에게 걸식하던 한신.
한신이 젊어서 표모에게 걸식하였으나 후에 대장이 되었음을 말한다. 표모는 남의
빨래를 해주고 그 삯으로 사는 여인 ◇彭城道(팽성도) 五百里(오백리)=팽성으로 가
는 길 오백 리. 팽성은 강소성 동산(同山)현에 있다 ◇謀計(모계) 만헌=지모와 계책
이 많은 ◇李佐居(이좌거)='거(居)'는 '거(車)'의 잘못. 조(趙)나라 사람으로 항우의
모신(謀臣). 후에 광무군(廣武君)에 봉해짐 ◇諭人(유인)=사람을 타이르는 것 ◇算
(산) 잘 놋는=계산을 잘하는 ◇張子房(장자방)=장량(張良)을 가리킨다. 자방은 자

(字) ◇鷄鳴山(계명산) 秋夜月(추야월)의 玉洞簫(옥통소)=장량이 가을 달밤에 계명산에서 옥통소를 불어 항우의 군사를 비감(悲感)에 빠져 도망치게 하였다.

266

白頭山石은 刀磨盡이오 豆滿江水난 馬飲無라
男兒二十 未平國인듸 後世誰稱大丈夫라
아희야 馬槪의 馬 늬여 세우고 甲冑 槍劒 늬여 노와 天與授時가 分明코나. (時調 122)

白頭山石(백두산석)은 刀磨盡(도마진)=백두산의 돌은 칼을 갈아 다 닳고 ◇豆滿江水(두만강수)난 馬飲無(마음무)라=두만강의 물은 말이 다 마셔 없구나. 남이(南怡)의 시 "백두산석마도진 두만강수음마무(白頭山石磨刀盡 豆滿江水飲馬無)"의 글자를 바꾸어 썼다 ◇男兒二十未平國(남아이십미평국)인듸=남아가 이십이 되도록 나라를 평정하지 못하였는데 ◇後世誰稱大丈夫(후세수칭대장부)랴=후세에 누가 대장부라 부르랴 ◇馬槪(마개)='개(槪)'는 '구(廐)'의 잘못. 마구간 ◇세우고=세우고 ◇甲冑槍劒(갑주창검)=갑옷과 무기 ◇天與授時(천여수시)=하늘이 내게 준 기회를 받아들일 때.

267

白馬는 欲去長嘶ㅎ고 靑娥는 惜別牽衣ㅣ로다
夕陽은 已傾西嶺이오 去路는 長程短程이로다
아마도 이 님의 離別은 百年 三萬 六千日에 오늘쀤인가 ㅎ노라.

(三數大葉) (甁歌 826)

欲去長嘶(욕거장시)=가려고 길게 욺 ◇靑娥(청아)는 惜別牽衣(석별견의)=여인은 이별을 서러워하여 가지 못하게 옷을 잡아당기다 ◇夕陽(석양)은 已傾西嶺(이경서령)=석양은 이미 서산마루에 기울었고 ◇去路(거로)는 長程短程(장정단정)=갈 길은 멀고 가깝다. 갈 길은 헤아리기 어렵다.

268

白髮漁樵 江渚上에 慣看秋月春風이로다

一壺濁酒로 喜相逢ᄒ야 古今多小事 都付笑談中이로다 山空夜静ᄒ듸

잇다감 蜀魄이 울제면 不勝慷慨ᄒ여라.　　　　　　(鼓樂) (源國 597)

白髮漁樵(백발어초)=백발의 고기잡이 노인과 나무하는 노인 ◇江渚上(강저상)=강
가에서 ◇慣看秋月春風(관간추월춘풍)=으레 가을 달이 뜨고 봄바람이 부는 것을 보
았다 ◇一壺濁酒(일호탁주)로 喜相逢(희상봉)ᄒ야=탁주 한 병으로도 기쁘게 만나 ◇
古今多少事(고금다소사) 都付笑談中(도부소담중)=고금의 여러 가지 일들을 모두 담
소 가운데 부쳐버림. 여러 가지의 일상의 이야기를 웃으며 주고받다 ◇山空夜静(산
공야정)=산은 적막하고 밤은 고요함 ◇蜀魄(촉백)=두견이 ◇不勝慷慨(불승강개)=원
통하고 분함을 견디기 어려움.

269

白髮에 환양 노ᄂ 년이 져믄 書房 ᄒ랴 ᄒ고

센 머리에 墨漆ᄒ고 泰山峻嶺으로 허위허위 너머가다가 과그른 쇠나기

에 흰 동정 거머지고 검던 머리 다 희거다

그르사 늘근의 所望이라 일락 배락 ᄒ노매.　　　　　　(蔓橫清類) (珍青 507)

환양 노ᄂ 년=화냥년. 서방질을 하는 계집 ◇져믄=젊은 ◇ᄒ랴 ᄒ고=얻으려고
하여 ◇센 머리=흰머리 ◇墨漆(묵칠)ᄒ고=먹칠을 하고 ◇泰山峻嶺(태산준령)=높은
산과 험준한 고개 ◇과그른=점괘(占卦)가 틀린. 예측하지 못한 ◇쇠나기=소나기 ◇
동정=저고리의 목둘레 부분에 대는 흰색의 천 ◇그르사=그르구나. 잘못되었구나
◇늘근의=늙은이의 ◇所望(소망)이라=바라는 바의 일이라 ◇일락 배락=잘될지 안
될지.

270

百獸를 다 기르ᄂ 즁에 둙은 아니 기를 거시니

鴛鴦枕 翡翠衾에 그리던 님을 만나 졍에 말 다 몯ᄒ여 曉月紗窓에 이내

離別을 지촉ᄒ니
伊後야 판쳑쳐 盟誓ᄒ지 둙은 아니 기로리라.　　　　　　　　　　(歌譜 227)

百獸(백수)=모든 짐승들 ◇鴛鴦枕(원앙침) 翡翠衾(비취금)=원앙을 수놓은 베개와 비취색 이불 ◇졍에 말=다정한 말 ◇曉月紗窓(효월사창)=새벽의 달이 비치는 여인네의 방 ◇이내=내쳐. 계속해서 ◇伊後(이후)야=이후(以後)의 잘못 ◇판쳑쳐=굳게. 단호하게 ◇기로리라=기르리라. 기르겠다.

271

白雲은 千里萬里 明月은 前溪後溪
罷釣歸來ᄒᆯ 졔 낫근 고기 쒸여 들고 斷橋로 건너 杏花 ᄇ라보며 酒家로 도라드ᄂᆞᆫ 져 늘그니
眞實로 네 興味 언매오 갑 못 칠가 ᄒ노라.　　　　(蔓橫淸類) (珍靑 483)

白雲(백운)은 千里萬里(천리만리)=구름은 멀리멀리 ◇明月(명월)은 前溪後溪(전계후계)=밝은 달은 앞뒤의 시냇물에 비춤 ◇罷釣歸來(파조귀래)ᄒᆯ 제=낚시질을 그만두고 집으로 돌아올 때에 ◇斷橋(단교)=끊어진 다리 ◇杏花(행화)=행화촌(杏花村). 술집 ◇언매오=얼마나 하느냐 ◇갑 못 칠가=값을 따지지 못할까.

272

白雲이 이러나니 나무 긏치 흔덕인다
밀믈에 東湖 가고 혈믈에 西湖 가자
아희야 넌 그믈 거더 셔리고 닷츨 들고 돗츨 놉히 다라스라.
　　　　　　　　　　　　　　　　　　　(瓶歌 830) 尹善道

이러나니=생기니. 피어나니 ◇흔덕인다=흔들거린다 ◇혈믈=썰물 ◇거더 셔리고=걷어 서리고 ◇다라스라=달아라.

273

白華山 上上頭에 落落長松 휘여진 柯枝 우희

부헝 放氣 쐰 殊常흔 옹도라지 길쥭넙쥭 어틀머틀 믜뭉슈로 흐거라 말
고 님의 연장이 그러코라쟈

眞實로 그러곳 홀쟉시면 벗고 굴문진들 셩이 므슴 가싁리.

(蔓橫淸類) (珍靑 545)

白華山(백화산) 上上頭(상상두)=백화산 맨 꼭대기. '백화(白華)'는 '백화(白樺)'의
잘못으로 지명이 아닌 사람의 다리[脚]를 자작나무에 비유한 말이다. 사타구니를
가리킨다 ◇落落長松(낙락장송) 휘여진 柯枝(가지) 우희=몸뚱이(落落長松)에서 갈라
진 가지(남성의 성기) 끝에 ◇부헝 放氣(방기) 쐰 殊常(수상)흔 옹도라지=부엉이가
방귀를 뀌어 생긴 수상한 옹두라지. 옹두라지는 불거져 나온 부분. 남자의 성기의
끝을 형용한 말 ◇길쥭넙쥭 어틀머틀=길고 넙죽하며 우툴두툴. 남성 성기의 외형을
형용한 말 ◇믜뭉슈로 흐거라 말고=뭉클뭉클하지 말고 ◇연장=남성의 성기 ◇그러
코라쟈=그러했으면 좋겠구나 ◇그러곳 홀쟉시면=그렇기만 하다면 ◇벗고 굴문진들
=헐벗고 굶는다 해도 ◇셩이 므슴 가싁리=무슨 성가신 일이 있겠느냐.

274

벌의줄 잡은 갓슬 쓰고 헌 옷 닙은 뎌 百姓이

그 무슨 情原으로 두 손의 所志 쥐고 公事門 드리드라 안는고나 東軒
쓸의 쥐 ㄱ튼 刑房 놈과 범 ㄱ튼 羅卒들이 알외여라 흔소리예 魂飛魄散ㅎ
여 ㅎ올 말 다 못 ㅎ니 올흔 訟理 굽어디니

아마도 平易近民ㅎ여야 道達民情ㅎ리라.

(蓬萊樂府 21) 申獻朝

벌의줄=벌이줄. 물건을 잡아매기 위한 줄. 오랫동안 쓰지 않아 벌레가 쳐놓은 거
미줄 같은 것 ◇잡은 갓슬=잡아맨 갓을 ◇情原(정원)='원(原)'은 '원(願)'의 잘못인
듯. 진정으로 바라는 것 ◇所志(소지)=소장(訴狀). 관청에 원하는 바를 청하는 글 ◇
公事門(공사문)=관아의 문 ◇東軒(동헌) 쓸의=수령이나 방백들이 정사를 보는 곳의
뜰에 ◇刑房(형방)=지방 관아의 형전(刑典)을 관장하는 육방(六房)의 하나인 하급
관리 ◇羅卒(나졸)=조선 시대 지방 관아에 딸렸던 군뢰(軍牢)나 사령 ◇흔소릐예=

큰 소리에. 한마디에 ◇올흔 訟理(송리)=올바른 송사의 까닭 ◇굽어디닉=잘못되어
가네 ◇平易近民(평이근민)ᄒ여야=어렵지 않게 또는 평소에 백성들과 가까이하여야
◇道達民情(도달민정)='도(道)'는 '도(到)'의 잘못. 백성들의 사정에 도달함.

275

碧桃花를 손에 들고 白玉盞에 슐을 부어

우리 聖母ㄱ게 비는 말슴 뎌 碧桃와 갓트쇼셔 三千年에 곳이 퓌고 三千
年에 열ᄆ 밋져 곳도 無盡 열미도 無盡 無盡 無盡藏 春色이라

아마도 瑤池聖母의 千千壽를 聖母ㄱ게 드리고져 ᄒ노라.

(編數大葉) (源國 853(188)) 翼宗

碧桃花(벽도화)=벽도화나무의 꽃 ◇열ᄆ 밋져=열매 맺어 ◇春色(춘색)=온화하고
화사한 봄기운 ◇瑤池聖母(요지성모)의=서왕모(西王母)의.

※ 가집에 "在東宮 代理時 上純元王后進饌宴 睿製 今雖不俗唱 錄於編次 以使後人
知翼宗之孝奉己丑宴(재동궁 대리시 상순원왕후진찬연 예제 금수불속창 녹어편차 이
사후인 지익종지효봉기축연)"이라 하였음.

276

碧紗窓이 어른어른커늘 님만 너겨 나가보니

님은 아니 오고 明月이 滿庭ᄒ되 碧梧桐 져즌 닙헤 鳳凰이 ᄂ려와 짓
다듬는 그림재로다

모쳐라 밤일싀만졍 ᄂᆞᆷ 우일 번ᄒ괘라.

(蔓橫淸類) (珍靑 502)

碧紗窓(벽사창)=푸른빛의 깁으로 꾸민 방의 창문. 여인이 거처하는 방 ◇明月(명
월)이 滿庭(만정)ᄒ디=밝은 달빛이 뜰에 가득한데 ◇닙헤=잎에 ◇짓=깃 ◇모쳐라=
마침 ◇밤일싀만졍=밤이기에 망정이지 ◇우일 번ᄒ괘라=웃길 뻔하였구나. 웃음거
리가 될 뻔하였다.

277

碧城山 나는 구름 자기봉 비가 되야

錦江水 흘르난 물에 一葉船 뛰워놋코 月宮姮娥 벗을 삼고 淸風에 누어스니

아마도 人間 淸福을 나 혼자 누루는가.　　　　　　　　　　(金聲玉振 136)

碧城山(벽성산)=산의 이름. 소재 미상 ◇나는=떠가는 ◇자기봉=자개봉. 산봉우리 이름 ◇月宮姮娥(월궁항아)=달에 살고 있다고 하는 선녀 ◇淸福(청복)을=청한(淸閑)한 복을. 청아하고 한가한 복을 ◇누루는가=누리는가?

278

別院에 春深ᄒ니 幽懷를 들듸 업셔

臨風怊悵ᄒ여 四面을 들너보니 百花爛漫ᄒᆫ듸 柳上 黃鶯은 雙雙이 빗기 나라 下上其音을 지 엇지ᄒᆫ 뇌 귀여는 有情ᄒ여 들이는고

엇지타 最貴ᄒᆫ 사름들은 져 시만도 못ᄒ니.　　　　(蔓橫) (甁歌 865)

別院(별원)=본채와 별도의 건물. 별당(別堂) ◇春深(춘심)ᄒ니=봄기운이 짙으니 ◇幽懷(유회)=그윽한 회포 ◇臨風怊悵(임풍초창)=바람을 맞으니 더욱 서글퍼지다 ◇百花爛漫(백화난만)=모든 꽃들이 활짝 피다 ◇柳上(유상) 黃鶯(황앵)=버들가지에 노니는 꾀꼬리 ◇下上其音(하상기음)=나뭇가지를 오르내리며 우는 꾀꼬리 소리 ◇엇지ᄒᆫ 뇌 귀여는=어찌하여 내 귀에는 ◇들이는고=들리는가? ◇最貴(최귀)ᄒᆫ=만물의 영장이라고 하는.

279

볏흔 불갓치 쬐고 땀은 비 오듯 ᄒ다

山田水田 다 말으고 五穀百穀 싹이 탄다

비나니 上天은 數千里에 大雨를 쥬사 萬民 蘇生.　　　　(源가 439(124))

볏흔=햇볕은 ◇불갓치 쬐고=뜨겁게 내리쬐고 ◇山田水田(산전수전)=논과 밭 ◇

五穀百穀(오곡백곡)=모든 곡식들 ◇上天(상천)=하느님 ◇數千里(수천리)=온 세상 ◇
大雨(대우)=큰비 ◇萬民 蘇生(만민소생)=모든 백성을 다시 살림.

280

丙子丁丑 亂離時에 訓練院垈 건너 붉은 복닥이 쓴 놈 간다

압픠는 蒙古요 뒤헤 可達이 白馬탄 眞達이는 사슈리 살 츠고 騮月乃馬
탄 놈 鐵鐵驄이 탄 놈 兩鼻裂이 탄 놈 아라마 쵸쵸 마리 베히라 가즈

어즙어 崔瑩곳 잇쏫쯔면 석은 플치 듯 흘랏다.　　　　(海周 544) 金壽長

丙子丁丑(병자정축) 亂離時(난리시)에=인조(仁祖) 14년(1637) 12월에 청나라가 침
입하여 이듬해 왕이 항복할 때까지의 난리. 병자호란(丙子胡亂) ◇訓練院垈(훈련원
대)=훈련원 자리 ◇복닥이=모자. 벙거지 ◇蒙古(몽고)요=몽골족의 오랑캐 ◇可達(가
달)이 眞達(진달)이='가달'과 '진달'은 몽골의 부족 이름 ◇사슈리 살=옛날에 쓰던
화살의 한 종류인 듯 ◇騮月乃馬(유월내마)=꼬리가 검은 적갈색 말 ◇鐵鐵驄(철철
총)=몸에 푸른 무늬가 있는 말 ◇兩鼻裂(양비열)이=코가 찢어진 말 ◇아라마 쵸쵸=
말 이름 또는 감탄사인 듯 ◇마리=머리(首) ◇베히라=베러. 자르러 ◇崔瑩(최영)=고
려 말엽 우왕 때의 장군 ◇잇쏫쯔면=있었으면 ◇석은 플치 듯 흘랏다=썩은 풀 자
르듯 하였을 것이다.

281

屛風에 그린 瑤草 四時 四時長春이라

그 아릭 一雙彩鳳 丹山秋月 어딕 두고 不飛不啄 됴으는고

아마도 飛必千仞ᄒ고 飢不啄粟은 너샏인가.　　　　(詅樂) (源佛 630) 典洞

瑤草(요초)=아름다운 풀 ◇四時長春(사시장춘)=일 년 내내 봄과 같음 ◇一雙彩鳳
(일쌍채봉)=한 쌍의 아름다운 봉황 ◇丹山秋月(단산추월)=단풍이 든 산과 가을의
밝은 달 ◇不飛不啄(불비불탁)=날지도 않고 먹이를 쪼지도 않음 ◇됴으는고=졸고
있는가? ◇飛必千仞(비필천인)=봉황은 날면 반드시 천 길의 높은 곳을 날고 ◇飢不
啄粟(기불탁속)=굶주려도 곡식은 먹지 않음.

282

屛風에 압니 즛쓴동 불어진 괴 글이고 그 괴 알픽 죠고만 麝香쥐를 그 렷씬이

잇고 죠 괴 삿샐은 양호야 글임 쥐를 잡으려 쏫니는고여

울이도 새 님 걸어두고 좃니러 볼까 호노라.　　　　　　(海一 540)

즛쓴동=자끈동. 똑 ◇괴 글이고=고양이를 그리고 ◇麝香(사향)쥐=생쥐 ◇삿샐은 양호야=약삭빠른 양하여. 달리 삵이 붓다, 성기가 커지다의 의미로 볼 수도 있다 ◇쏫니는고여=좇아다니는구나 ◇울이도=우리도 ◇좃니러=좇아다녀. 성기가 발기 (勃起)하여.

283

鳳凰臺上에 鳳凰遊ㅣ런이 鳳去臺空江自流ㅣ라

吳宮花草 埋幽逕이요 晋代衣冠 成古丘ㅣ라 三山은 半落靑天外여늘 二水 는 中分白鷺洲ㅣ로다

摠爲浮雲이 能蔽日인이 長安을 不見홈에 使人愁를 호소라.　　　　(海一 617)

鳳凰臺上(봉황대상)에 鳳凰遊(봉황유)런이=봉황대 위에 봉황이 놀더니 ◇鳳去臺 空江自流(봉거대공강자류)=봉황은 날아가고 텅 빈 누대에 강물만 말없이 흐른다 ◇ 吳宮花草埋幽逕(오궁화초매유경)=오궁의 화초는 오솔길에 묻혀 있다 ◇晉代衣冠成 古丘(진대의관성고구)=진나라 때의 의관은 옛 언덕을 이루었다 ◇三山(삼산)은 半落 靑天外(반락청천외)여늘=삼산은 청천의 밖에 반쯤 떨어졌거늘 ◇二水(이수)는 中分 白鷺洲(중분백로주)=이수는 백로주 가운데서 나뉘었다 ◇摠爲浮雲(총위부운)이 能蔽 日(능폐일)인이=모두가 뜬구름이 되어 능히 해를 가리니 ◇長安(장안)을 不見(불견) 홈에 使人愁(사인수)를=장안을 보지 못하매 사람으로 하여금 근심을 하게 한다.
　※ 이백(李白)의 「등금릉봉황대(登金陵鳳凰臺)」를 시조로 만든 것이다.

284

부러진 활 것거진 통 뺀 銅爐口 메고 怨호느니 黃帝 軒轅氏를

相奪與 아닌 前에 人心이 淳厚호고 天下 太平호여 一萬八千歲 사랏거든

엇덧타 習用干戈ㅎ여 後生 困케 ㅎ엿고.　　　　　　　　(蔓横清類) (珍青 504)

것거진 퉁=꺾어진 총(銃) ◇쌘 銅爐口(동노구)=때운 노구솥 ◇黃帝(황제) 軒轅氏(헌원씨)=중국 옛 삼황(三皇)의 하나 ◇相奪與(상탈여)=서로 빼앗고 주는 것 ◇習用干戈(습용간과)=무기를 사용하는 기술을 익히게 하다 ◇後生(후생)=뒷세상의 사람들 ◇困(곤)케=곤란하게. 피곤하게.

285

父母任이 늦거아 이 내 몸을 末子로 나하겨셔

져지 업써 비러다가 살아내샤 五十年 將至히 뫼셔시니 父母 恩惠을 어이ㅎ여 갑소올고

願컨댄 三百盃 ㄱ득 브어 이날에 흔 잔식 드리이다.　　　　(龍潭錄 29) 金啓

늦거아=늦게서야 ◇末子(말자)=막내 자식 ◇나하겨셔=낳으시어 ◇져지 업써=젖이 없어 ◇비러다가=빌어다가. 얻어다가 ◇살아내샤=살려내시어 ◇將至(장지)히=다 되도록.

286

扶蘇山 점은 비는 荒城이 寂寞하다

落花巖 잠든 杜鵑 宮娥冤魂 짝을 지여 前朝事를 숨쑤더냐 白馬江 잠긴 달 몃 번이나 盈虛하며 皐蘭寺 曉鐘 소래 法界가 淸靜하다 水北亭 靑山嵐下에 돗대 치는 저 漁父야 窺巖津 歸帆이 이 안나냐

雲宵의 나는 기러기 九龍浦로 써러지고 夕照에 빗긴 塔은 半空의 소삿스니 扶餘八景이 宛然하다.　　　　　　　　　　　　　　(時調集 156)

扶蘇山(부소산)=충남 부여군에 있는 산 ◇점은 비=저문 비. 저녁 때 내리는 비. 모우(暮雨) ◇荒城(황성)=허물어진 성 ◇落花巖(낙화암)=백마강에 닿아 있는 부소산의 서쪽 절벽의 바위 ◇宮娥冤魂(궁아원혼)=낙화암에서 백마강으로 떨어져 죽은 백제 궁녀들의 억울한 혼 ◇前朝事(전조사)=백제 시대에 있었던 일 ◇白馬江(백마강)=

금강의 상류로 부여 근방을 흐르는 강 ◇盈虛(영허)=달이 보름달이 되거나 그믐달이 되는 과정. 세월의 흐름을 말한다 ◇皐蘭寺(고란사)=부여 백마강 유안(流岸)에 있는 절 ◇曉鐘(효종) 소래=새벽 종소리 ◇法界(법계)가 淸靜(청정)하다=절의 경내가 깨끗하고 조용하다 ◇水北亭(수북정) 靑山嵐下(청산남하)=수북정이 있는 산 아지랑이 아래. 수북정은 부여군 규암면(窺巖面)에 있다 ◇窺巖津(규암진)=백마강 서안의 규암면에 있는 나루 ◇雲宵(운소)=구름이 떠 있는 먼 하늘 ◇九龍浦(구룡포)=백마강 하류에 있는 나루 ◇扶餘八景(부여팔경)=부여의 훌륭한 경치 여덟 가지. 제탑낙조(濟塔落照), 부소효일(扶蘇曉日), 고란만종(皐蘭晚鐘), 마강춘조(馬江春潮), 왕포귀범(王浦歸帆), 만강추연(萬江秋蓮), 장제양류(長堤楊柳), 열수송회(列峀松檜).

287

北溪上 三梧亭에 黃花節 白衣酒 溪水潺潺 梧葉瑟瑟
우흐로는 父母 아래로는 妻子게 조츤 내로쇼니 歌舞終日ᄒ거든
어듸셔 망녕에 거시 나를 窮타 ᄒᄂᆞ니.　　　　　　(三梧亭) (追慕錄) 金得可

北溪上(북계상)=북쪽에 있는 시냇가 ◇三梧亭(삼오정)=정자의 이름 ◇黃花節(황화절)=가을. 황화가 피는 계절. 황화는 국화(菊花) ◇白衣酒(백의주)=백의송주(白衣送酒)를 말하는 듯. 예전 강주자사(江州刺史) 왕홍(王弘)이 도연명에게 술을 선사함을 이름. 이때 왕홍의 사자(使者)가 흰 옷을 입었음. 달리 흰 옷의 빛깔처럼 흰빛의 술을 가리키는 듯 ◇溪水潺潺(계수잔잔)=시냇물이 잔잔하게 흐르다 ◇梧葉瑟瑟(오엽슬슬)=오동나무의 잎이 바람에 흔들려 소리를 내다 ◇우흐로는 父母=손위로는 부모님을 뫼시고 ◇아래로는 妻子게=손아래로는 처자에게 ◇조츤 내로쇼니=쫓기는 나이니 ◇歌舞終日(가무종일)ᄒ거든=하루 동안을 계속 춤추고 노래한다고 해서 ◇망녕에 거시=망령(妄靈)된 것들이. 남의 사정을 모르는 사람들이 ◇窮(궁)타=융통성이 없다. 꽉 막혔다.

288

北斗七星 ᄒ나 둘 셋 넷 닷슷 여슷 일곱 분게 민망ᄒ온 白活所志 ᄒᆞᆫ 丈알외나ᄂᆞ다
그리던 님을 맛나 情에 말 치 못 하여 날 쉬 시니 글노 민망

밤듕만 三台星 差使 노하 싯별 업게 ᄒᆞ소셔.   (蔓橫) (瓶歌 960)

분게=분에게. 어른께 ◇민망(憫憫)ᄒᆞ온=답답하고 미안한 ◇白活所志(백활소지)=
'백활(白活)'은 '발괄'이라 읽으며 청원서, 진정서를 뜻함. '소지(所志)'는 '소지(訴
志)'의 잘못. 진정서와 소장(訴狀) ◇情(정)에 말=정이 넘치는 말 ◇날 쉬 시니=날이
빨리 밝으니 ◇三台星(삼태성)=큰곰자리의 별. 상태성, 중태성, 하태성의 세 별 ◇
差使(차사) 노하=심부름하는 사람을 보내어.

289

北邙山川이 긔 엇더ᄒᆞ여 古今 사름 다 가ᄂᆞᆫ고
秦始皇 漢武帝도 採藥求仙ᄒᆞ야 부듸 아니 가랴 ᄒᆞ엿더니
엇덧타 驪山風雨와 武陵松栢을 못내 슬허ᄒᆞ노라.   (珍靑 488)

北邙山川(북망산천)=중국 하남성 낙양(洛陽)의 동북쪽에 있는 산으로, 한대(漢代)
이후 왕후공경(王侯公卿)의 묘지였으나, 공동묘지의 뜻으로 쓰임 ◇가ᄂᆞᆫ고=가느냐.
죽느냐 ◇秦始皇(진시황) 採藥(채약)=진시황이 삼신산에 불로초를 구하려고 동남동
녀 삼천 명을 보냈다고 한다 ◇漢武帝(한무제) 求仙(구선)=한무제가 오래 살려고 신
선술(神仙術)을 배웠다고 한다 ◇驪山風雨(여산풍우)=여산의 비바람. 여산은 진시황
의 무덤이 있는 곳 ◇武陵松栢(무릉송백)=무릉의 소나무와 잣나무. 무릉은 한무제
의 무덤이 있는 곳.

290

북소릭 둥둥 나는 졀이 머다 하면 얼마나 되리
楚山秦山은 白雲之榻이요 一國에 第一名山이요 諸佛大刹이라
遠近에 聞鐘聲허니 다 완는가.   (樂高 5)

머다 하면=멀다고 한들 ◇楚山秦山(초산진산)은 白雲之榻(백운지탑)=초산과 진산
에는 높이 백운이 걸려 있다 ◇諸佛大刹(제불대찰)=여러 부처님을 안치한 큰 절과
같다 ◇遠近(원근)에 聞鐘聲(문종성)=멀지 않은 곳에서 종소리가 들리다 ◇완는가=
왔는가. 왔다.

291

粉壁紗窓 月三更에 傾國色에 佳人을 만나

翡翠衾 나소 굿고 琥珀枕 마조 베고 잇ᄀ지 서로 즐기ᄂ 양 一雙鴛鴦之
遊 綠水之波瀾이로다

楚襄王의 巫山仙女會를 부를 줄이 이시랴.　　　　　(蔓橫淸類) (珍靑 492)

粉壁紗窓(분벽사창)=깨끗이 바른 벽과 깁으로 가린 창. 여인이 거처하는 방 ◇月
三更(월삼경)=달이 환한 한밤중. 삼경은 밤 11시에서 1시 사이 ◇傾國色(경국색)에=
아주 뛰어난 미모의. 임금이 여인에게 빠지면 나라가 망할 정도로 뛰어난 미색이라
는 뜻이다 ◇翡翠衾(비취금)=비취색 이불 ◇나소 굿고='굿고'는 '덥고'의 잘못인 듯.
내어 덮고 ◇琥珀枕(호박침)=호박으로 꾸민 좋은 베개 ◇잇ᄀ지=느긋하게. 혹 '이ᄀ
치'의 잘못인 듯 ◇一雙鴛鴦之遊(일쌍원앙지유) 綠水之波瀾(녹수지파란)=한 쌍의 원
앙이 녹수에 물결을 일으키며 노는 것 같음 ◇楚襄王(초양왕)의 巫山仙女會(무산선
녀회)=초나라 양왕(襄王)이 고당(高唐)이란 곳에서 만나 꿈에 무산의 선녀와 즐겼다
는 고사에서 온 말로 남녀 간의 즐거움을 뜻함 ◇부를 줄이=부러워할 까닭이.

292

紛紛大雪 滿山野커늘 黑貂裘를 썰쳐 입고 白羽長箭 허리에 ᄎ고 全筋角
弓 팔에 걸고 靑驄馬 빗기 타고 보릭믹 밧치 이고 靑澗으로 山行 갈 졔

큰 돗치 닉닷거늘 捷技矢射中ᄒ여 칼 쎅야 베혀닉여 洪爐에 炎어닉니
膏血이 點滴이로다 軒然이 踞胡床啖之ᄒ며 銀碗에 술을 부어 飮之爽快로
다 쒸 몰고 믹 노을지 醉顏이 漂泊ᄒ니 조흔 맛 졔 뉘 알니

아마도 一豪事는 이샏인가 ᄒ노라.　　　　　(各調音) (興比 410)

紛紛大雪(분분대설) 滿山野(만산야)커늘=펄펄 내리는 많은 눈이 산야에 가득하거
늘 ◇黑貂裘(흑초구)=검은 담비의 가죽으로 만든 갖옷 ◇썰쳐 입고=자랑스럽게 입
고 ◇白羽長箭(백우장전)=흰 새의 깃을 단 긴 화살 ◇全筋角弓(전근각궁)=온 힘을
다 들여야 당길 수 있는 각궁. 각궁은 쇠뿔이나 양뿔 따위를 몸통에 대어 만든 활
◇靑驄馬(청총마)=푸른빛을 띤 부루말 ◇靑澗(청간)='청(靑)'은 '청(淸)'의 잘못. 맑
은 물이 흐르는 시내가 있는 곳 ◇큰 돗치 닉닷거늘=커다란 멧돼지가 뛰어가거늘

◇捷技矢射中(첩기시사중)=능숙한 솜씨로 화살을 빼어 쏘아 맞히다 ◇洪爐(홍노)에 炎(염)어ᄂ니=‘염(炎)’은 ‘자(炙)’의 잘못. 벌겋게 단 화롯불에 구워내니 ◇膏血(고혈)이 點滴(점적)이로다=기름과 피가 뚝뚝 떨어지는구나 ◇軒然(헌연)이=의기가 당당하게 ◇踞胡床啖之(거호상담지)=평상에 걸터앉아 고기를 씹다 ◇銀碗(은완)=은으로 만든 주발. 또는 흰빛의 대접 ◇飮之(음지) 爽快(상쾌)로다=(술을)마시니 기분이 매우 좋구나 ◇醉顔(취안)이 漂泊(표박)=술 취한 얼굴로 여기저기로 다니다 ◇제 뉘 알니=그것을 누가 알겠느냐 ◇一豪事(일호사)=더없이 호쾌한 일.

293

불 아니 ᄯᅥ일지라도 절노 익는 솟과

녀무쥭 아니 먹어도 크고 슬쪄 흔 것는 물과 질슴ᄒᆞ는 **女妓妾과** 슐 심는 **酒煎子와 胖보로** 낫는 감은 암쇼 두고

平生의 이 다ᄉᆞᆺ 가져시면 부를 거시 이시랴.　　　　　(蔓橫) (甁歌 961)

ᄯᅥ일지라도=때더라도 ◇절노=저절로 ◇녀무쥭=여물죽. 쇠죽 ◇흔 것는=잘 걷는 ◇질슴ᄒᆞ는=길쌈을 할 줄 아는 ◇슐 심는=술이 샘처럼 솟아나는 ◇胖(양)보로 낫는=양은 소의 밥통. 소가 새끼를 순산(順産)하는 것을 말하는 듯 ◇부를 거시=부러워할 것이.

293-1

여물쥭 ᄋᆞ니 먹어도 술ᄯᅥ고 크고 줄 것는 물과 불 ᄋᆞ니 즐너도 졀노 의는 가마솟 걸고

ᄇᆞ나질 길슴 줄ᄒᆞ는 아람다온 妾과 술 심난 酒煎子에 냥보로 낫는 검은 암쇼

平生에 이거슬 가지고 百年ᄭᅡ디 누리리라.　　　　　(歌譜 286)

즐너도=질러도. 때도 ◇의는=‘익는’의 잘못 ◇ᄇᆞ나질=바느질.

294

붓체 멋 가지니 尾扇 扇子 두 가지라

扇子는 君子袖中 四節이요 尾扇은 兒女子之 夏三朔이라

閣氏님 尾扇 부대 바리고 扇子 대쇼.   (樂府 591)

붓체=부채 ◇가지니=가지냐 ◇尾扇(미선) 扇子(선자)=둥근 부채와 접는 부채. 접
는 부채는 합죽선(合竹扇)이라고도 한다 ◇君子袖中(군자수중) 四節(사절)=군자의
옷소매 속에서 일 년 내내 쓰임 ◇兒女子之(아녀자지) 夏三朔(하삼삭)=아녀자에게
여름 석 달 동안 쓰임 ◇부대 바리고=제발 버리고 ◇대쇼=상대하시오.

295

飛禽走獸 삼긴 後에 닭과 기는 씨두드려 업시홀 즘싱

碧紗窓 깁흔 밤에 픔에 드러 ㅈ는 임을 져른 목 늘희여 홰홰쳐 우러 니
러나게 ㅎ고 寂寂重門 왓는 님을 무르락 나오락 쌍쌍 지져 도로 가게 ㅎ니
門前에 닭기장수 외짓거든 츤츤 동혀쥬리라.   (詩歌 708)

飛禽走獸(비금주수)=날짐승과 길짐승 ◇삼긴=생긴 ◇져른 목=짧은 모가지 ◇늘
희여=늘리어 ◇니러나게=일어나게 ◇寂寂重門(적적중문)=깊숙한 안채 ◇외짓거든=
외치거든.

296

非龍非彲 非熊非羆 非虎非貔는 渭水之陽 姜呂尙이요

非人非鬼 亦仙은 水簾洞中 孫悟空이로다

이 中에 非眞似眞 似狂非狂은 花谷 老歌齋ㄴ가 ㅎ노라.

                    (二數大葉) (海周 566) 金壽長

非龍非彲(비룡비이) 非熊非羆(비웅비비) 非虎非貔(비호비비)=여상(呂尙)이 가난하
여 동해에서 낚시질을 하다 주나라에 이르렀을 때 주 문왕이 사냥을 위해 점을 치
니 용도 아니고 이무기도 아니고 곰도 아니고 큰곰도 아니고 호랑이도 아니고 비휴

도 아닌 것이 임금을 보좌할 사람이라고 했다는 고사(故事) ◇渭水之陽(위수지양) 姜呂尚(강여상)=위수의 양지쪽에 있는 강여상. 강여상은 강태공으로 더 알려져 있음 ◇非人非鬼(비인비귀) 亦仙(역선)=사람도 아니고 귀신도 아니면서 신선이다 ◇水簾洞中(수렴동중) 孫悟空(손오공)=중국의 고소설『서유기(西遊記)』에 나오는 수렴동에 사는 원숭이인 손오공 ◇非眞似眞(비진사진) 似狂非狂(사광비광)=진실이 아닌 것 같으면서도 진실 된 것 같고 미친 것 같으면서도 미치지 않은 것 ◇花谷(화곡) 老歌齋(노가재)=화곡에 사는 노가재. 화곡은 지금의 종로구 화동(花洞)으로 정독도서관이 있는 곳. 노가재는 김수장(金壽長)의 아호이다.

297

비바람 눈셜이와 산짐싱 바다 물결

들 더위 두메 치위 다 가초 격거시며 빗난 의복 멋진 飮食 조흔 벗님 고은 싴과 슐 노틱 거문고를 실토록 지닌 後에 이 몸을 헤여ᄒ니 百番 불닌 쇠 아니면 萬番 시친 돌이로라

至今에 닉 나이 七十이라 平生을 默數ᄒ니 우습고 늣거워라 믈에 셕진 믈 아니면 쑴속에 쑴이런가 ᄒ노라. (編樂) (金玉 166) 安玟英

비바람 눈셜이=기후에 따른 여러 가지 어려움 ◇산짐싱 바다 물결=여행에 따른 어려움. 산에서 사나운 짐승을 만나 겪는 어려움과 바다에서 풍랑을 겪는 어려움 ◇들 더위=여름철 들판에서 겪는 더위 ◇두메 치위=겨울철 산속에서 겪는 추위 ◇다 가초=두루 다 갖추어 ◇빗난 의복 멋진 飮食(음식)=호의호식(好衣好食) ◇고은 싴=여색(女色)을 말함 ◇실토록 지닌 後(후)에=싫증이 나도록 겪은 뒤에 ◇헤여ᄒ니=헤아려보니 ◇百番(백번) 불닌 쇠=수없이 불에 달구어 단단하게 만든 쇠 ◇萬番(만번) 시친 돌=수없이 쇠붙이에 마찰을 시킨 부싯돌 ◇默數(묵수)ᄒ니=가만히 운수를 헤아려보니 ◇늣거워라=감격스럽구나 ◇셕긴=섞인.

※『금옥총부』에 "여자청춘 호방자일 기호풍류 소학개사곡 소처개번화 소교개부귀 이유시 역유물외지사 매봉가산여수 첩흡연망귀 소이금강 설악 패강 묘향 동해 서해 범재국중지명승자 태무적부도처 기진위풍류변화 상설풍우 해랑산수 야서협한 역비재기중간 일신 기비철장석두 안득불금일로차병야 여금년 육십유육세 우창독좌 홀기념일생과흔 무비조제화락 운비수공이이 조경백발 무이자위 욕일대백자창일결 칠원화접 불변기진가이(余自靑春 豪放自逸 嗜好風流 所學皆詞曲 所處皆繁華 所交皆

富貴 而有時 亦有物外之思 每逢佳山麗水 輒恰然忘歸 所以金剛 雪嶽 浿江 妙香 東海 西海 凡在國中之名勝者 殆無迹不到處 豈盡爲風流繁華 霜雪風雨 海浪山獸 野暑峽寒 亦備在其中間 一身 旣非鐵腸石肚 安得不今日老且病也 余今年 六十有六歲 雨窓獨坐 忽起念一生過痕 無非鳥啼花落 雲飛水空而已 照鏡白髮 無以自慰 欲一大白自唱一関 漆 園化蝶 不辨其眞假耳, 나는 젊어서부터 호방하고 자일해서 풍류를 좋아하고 배운 것은 다 사곡이요 머문 곳은 다 번화한 곳이요 사귄 사람은 다 부귀인이어서 시간 만 있으면 또한 속세 밖의 생각만 가져 매번 아름다운 산수를 만나면 문득 만족해 서 돌아가는 것을 잊었다. 금강산 설악산 대동강 묘향산 동해 서해와 나라 안에 있 는 명승지에 자취가 이르지 않은 곳이 거의 없으니 어찌 풍류와 번화를 다하지 않 았으랴. 눈서리 비바람 바다 물결 산짐승 들 더위 두메 추위 또한 그 중간에 다 갖 추어 겪었다. 일신이 쇠나 돌처럼 건강하지 않았다면 어찌 오늘처럼 늙고 병들지 않을 수가 있으랴. 내 올해 66세이니 비 오는 창 앞에 홀로 앉아 일생 동안 지나온 자취를 문득 떠올려 헤아려보니 새가 울고 꽃이 떨어지며 구름이 날고 물이 뚫리는 것 같을 따름이 아닌 것이 없다. 거울에 백발을 비추며 스스로 위로하여 지나온 것 을 한 번 크게 밝히고자 스스로 노래 한 수를 부른다. 꿈에 나비가 되었다는 장자 가 그것이 참인지 거짓인지 가리기 어려울 따름이다)"라 했다.

298

琵琶琴瑟은 八大王이요 魑魅魍魎은 四小鬼로다

東方朔 西門豹와 南宮适 北宮黝는 東西南北之人이요 前朱雀後玄武左靑 龍右白虎는 前後左右之山이요 司馬相如藺相如는 姓不相如名相如로다

이 中에 黃絹幼婦外孫杵臼는 絶妙好辭,ㄴ가 ㅎ노라.　　　　　(海周 560) 金壽長

琵琶琴瑟(비파금슬)은 八大王(팔대왕)=비파와 금슬의 넉 자에는 임금 왕(王) 자가 여덟이나 있음 ◇魑魅魍魎(이매망량)은 四小鬼(사소귀)로다=이매망량에는 귀(鬼) 자 가 넷이 있음. 이매망량은 여러 종류의 도깨비. 또는 도깨비의 총칭 ◇東方朔(동방 삭) 西門豹(서문표)와 南宮适(남궁괄) 北宮黝(북궁유)는 東西南北之人(동서남북지 인)=동방삭과 서문표와 남궁괄과 북궁유에는 동서남북의 넉 자가 다 있어 사방의 사람이 다 모였다는 뜻이다. 동방삭은 전한(前漢) 무제(武帝) 때 사람. 서문표는 미 상. 남궁괄은 남용(南容)과 같은 사람으로 춘추전국시대 노나라 사람. 북궁유는 전 국시대 사람이다 ◇前朱雀(전주작) 後玄武(후현무) 左靑龍(좌청룡) 右白虎(우백호)는

前後左右之山(전후좌우지산)=앞은 남쪽으로 주작이 되고 뒤는 북쪽으로 현무가 되며 좌는 동쪽으로 청룡이 되며 우는 서쪽으로 백호가 되어 전후와 좌우의 산이 된다 ◇司馬相如(사마상여) 藺相如(인상여)는 姓不相如(성불상여) 名相如(명상여)=사마상여와 인상여는 성은 서로 다르나 이름은 서로 같은 상여임. 사마상여는 전한(前漢)의 문인이며 인상여는 전국시대 조(趙)나라 사람임 ◇黃絹幼婦外孫杵臼(황견유부외손저구)는 絶妙好辭(절묘호사)=조아(曹娥)의 비문(碑文)에서 온 말. 황견은 색사(色絲)로 색(色) 자와 사(糸) 자를 합치면 절(絶) 자가 됨. 유부는 소녀(少女)로 합치면 묘(妙) 자가 됨. 외손은 딸의 자식으로 여(女)와 자(子)를 합치면 호(好) 자가 됨. 저(杵)와 제(齏)는 같은 뜻의 글자로 절구는 매운(辛) 것을 받음(受). 수(受)와 신(辛)을 합치면 사(辭)가 됨. 이를 합치면 '절묘호사(絶妙好辭)'가 되는데 이는 시문(詩文)의 뛰어나고 좋은 것을 칭찬하는 말이다. 조아는 후한(後漢) 때의 효녀.

299

琵琶야 너는 어이 간듸 녠듸 앙쥬아리는
힝금흔 목을 에후로혀 안고 엄파 궃튼 손으로 비를 쟈바 뜻거든 아니 앙쥬아리랴
아마도 大珠小珠 落玉盤ᄒ기는 너쑨인가 ᄒ노라.   (珍靑 536)

간듸 녠듸=가는 곳마다 ◇앙쥬아리는=앙알거리느냐 ◇힝금흔=가늘고 긴 ◇에후로혀=감싸 둘러 ◇엄파=움파. 가늘고 흰 여인의 손을 형용한 말 ◇쟈바=잡아 ◇앙쥬아리랴=앙알거리지 않을 수 있느냐 ◇大珠小珠(대주소주) 落玉盤(낙옥반)=크고 작은 구슬이 옥소반에 떨어지는 듯 맑은 소리.

300

쑨꼿을 썩어 멀니의 꼿고 山의 올너 들 귀경ᄒ니
올오시난 閑良임늬 누리시는 션븨임늬 날 보날아고 길 못 가니
아마도 이 山즁 귀物은 나쑨   (靈山歌 34)

쑨꼿을=분꽃을 ◇썩어=꺾어 ◇멀니의=머리에 ◇올너=올라 ◇귀경ᄒ니=구경하니 ◇올오시난=산을 오르시는 ◇閑良(한량)님늬=돈 잘 쓰고 놀기 좋아하는 사람들

◇ᄂ리시ᄂ=산을 내려오시는 ◇선븨임ᄂ=선비님들 ◇날 보날아고=나를 쳐다보ᄂ
라고 ◇山(산)즁 귀物(물)은=산에서 가장 값이 나가는 것은.

301

ᄉ람마다 못할 것은 남의 님 ᄭᅵ다 情 드려놋코 말 못ᄒ니 이연ᄒ고 통
ᄉ정 못ᄒ니 나 쥭깃구나

곳이라고 ᄯᅳ를 내며 닙히라고 홀터를 니며 가지라고 썪거를 니며 히
동쳥 보라믜라고 제밥을 가지고 굿여를 낼가 다만 秋波 여러 번에 남의
님을 후려를 내여 집신 간발ᄒ고 안인 밤즁에 월장도쥬ᄒ야 담 넘어갈 제
싁이비 귀먹쟁이 잡녀석은 남의 속닌 조금도 모로고 안인 밤즁에 밤ᄉ
람 왔다고 소리를 칠 제 요 니 간장이 다 녹는구나

츰으로 네 모양 그리워셔 나 못 살겟네.　　　　　　　　　　　(樂高 918)

ᄭᅵ다=꾀어다 ◇이연=애련(哀憐). 애처롭고 불쌍함 ◇통ᄉ정=통사정(通事情). 저
의 사정을 남에게 알림 ◇제밥=잿밥인 듯. 잿밥은 불공을 드리기 위해 부처님께 올
리는 밥 ◇굿여를 낼가=미상. 혹 꾀어낼까가 아닌지 秋波(추파)=눈짓. 눈웃음 ◇
후려를 내다=유혹해내다 ◇간발=감발. 신발이 벗겨지지 않도록 끈으로 단단히 잡
아매는 것 ◇월장도쥬=월장도주(越墻逃走). 담을 넘어 도망함 ◇속니=속사정. 자세
한 내막 ◇안인=아닌 ◇밤ᄉ람=도둑.

302

思郎 思郎 庫庫히 믜인 思郎 왼 바다흘 다 덥는 금을쳐로 믜즌 思郎
往十里라 踏十里 츰읫 너추리 얽어지고 틀어져셔 골골이 들우 뒤트러진
思郎

암아도 이 님의 思郎은 ᄀ업슨가 ᄒ노라.　　　　　　(青謠 69) 朴文郁

思郎(사랑)='사랑'의 한자 표기 ◇庫庫(고고)히='고고이'의 한자 표기. 굽이굽이
또는 그물의 코처럼 촘촘히 ◇믜인=매어져 있는 ◇왼 바다흘=온 바다를 ◇금을쳐
로=그물처럼 ◇往十里(왕십리) 踏十里(답십리)=서울 동대문 밖에 있는 지명. 예전에

는 채소밭이 많기로 유명했다 ◇춤욋 너추리=참외 넝쿨이 ◇얽어지고 틀어져셔=얽히고 뒤헝클어져 ◇골골이=고랑마다 ◇둘우=두루 ◇ㄱ업슨가=끝이 없는가.

303

思郞을 스자 ᄒ니 思郞 폴니 뉘 이시며

離別을 프ᄌ ᄒ니 離別 스리 전혀 업다

思郞 離別을 폴고 스리 업스니 長思郞 長離別인가 ᄒ노라.   (甁歌 998)

스자 ᄒ니=사자고 하니 ◇팔니=팔 사람 ◇프ᄌ ᄒ니=팔자고 하니 ◇스리=살 사람 ◇長思郞(장사랑) 長離別(장이별)=영원한 사랑과 이별.

304

思郞을 츤츤 얽동혀 뒤설머지고

泰山峻嶺을 허위허위 올라간이 그 모를 벗남네는 그만ᄒ야 븰이고 갈아 ᄒ것만은

가다가 쟈즐려 죽을만졍 나는 아이 븰이고 갈까 ᄒ노라.   (海一 522)

얽동혀=얽고 동여 ◇뒤설머지고=등 뒤에 걸머지고 ◇泰山峻嶺(태산준령)=높은 산과 험준한 고개 ◇븰이고 갈아=버리고 가라고 ◇쟈즐려=눌러서. 또는 기절해.

305

司馬遷의 鳴萬古 文章 王逸少의 掃千人 筆法

劉伶의 嗜酒와 杜牧之 好色은 百年從事ᄒ면 一身兼備ᄒ려니와

아마도 雙全키 어려을슨 大舜 曾參 孝와 龍逢 比干 忠이로다.   (珍靑 500)

司馬遷(사마천)=전한(前漢)의 역사가이면서 문장가. 『사기(史記)』를 지었음 ◇鳴萬古文章(명만고문장)=만고에 이름을 날린 문장 ◇王逸少(왕일소)=진(晉)의 명필가인 왕희지(王羲之). 자(字)가 일소이다 ◇掃千人筆法(소천인필법)=천 사람이나 물리칠 정도의 뛰어난 필법 ◇劉伶(유령)의 嗜酒(기주)=유령의 술을 즐김. 유령은 진(晉)

나라 사람으로 술을 즐겼다 ◇杜牧之(두목지) 好色(호색)=두목지가 여자를 좋아하다. 두목지는 당(唐)나라 시인 두목(杜牧). 목지는 자(字)이다 ◇百年從事(백년종사)=평생 한 가지 일에만 몰두하다 ◇一身兼備(일신겸비)=한 몸에 다 갖출 수 있음 ◇어려을슨=어려운 것은 ◇大舜(대순) 曾參(증삼) 孝(효)=순 임금과 증삼의 뛰어난 효도 ◇龍逄(용봉) 比干(비간) 忠(충)=용봉과 비간의 충성심.

306

사마천 이태백 도잠이는 시부 중의 문장이요

월서시 우미인과 왕소군 양귀비는 만고절색 일넛건만 황양고총 되야 잇고 팔백 장수 팽조수와 삼천갑자 동방삭은 차일시피일시라 안기생 적송자도 동해상의 신선이라 일럿스되 말만 드럿지 못 보왓네

우리는 風魄의 붓칠 人生이라 안니 노든.　　　　　　　　　　(時調集 166)

시부 중의 문장이요=시(詩)와 부(賦) 가운데 글을 제일 잘하는 사람이요 ◇월서시(越西施)=월(越)나라의 미인 서시(西施). '효빈(效顰)'이란 말이 생김 ◇우미인(虞美人)=항우의 애첩 ◇왕소군(王昭君)=한나라의 궁녀로 흉노에게로 보내짐 ◇양귀비(楊貴妃)=당현종(唐玄宗)의 애희 ◇만고절색(萬古絕色)=천하의 뛰어난 미인 ◇일넛건만=일컫지만. 말들 하지만 ◇황양고총=황량고총(荒涼古冢). 쓸쓸한 옛 무덤 ◇팔백 장수 팽조수(彭祖壽)=팔백 살까지 오래 산 팽조의 나이. 팽조는 중국 상고시대 장수한 사람 ◇삼천 갑자 동방삭=삼천 갑자를 살았다는 동방삭(東方朔). 동방삭은 전한(前漢) 무제(武帝) 때의 사람 ◇차일시피일시(此一時彼一時)=이것도 한때 저것도 한때 ◇안기생(安期生)=진(秦)나라 사람으로 도술(道術)로 오래 살았다 ◇적송자(赤松子)=중국 신농씨 때의 신선 ◇風魄(풍백)에 부칠 人生(인생)=바람결에 싸여 갈 인생.

307

사벽달 서리 치고 지싀는 밤에 싹을 닐코 울고 가는 기러기야

너 가는 길에 정든 임 니별ㅎ고 참아 그리워 못 살네라고 젼ㅎ야쥬렴

써 단니다가 마흠 나는 듸로 젼ㅎ야줍세.　　　　　　　　(南太 39)

사벽달=새벽달 ◇서리 치고=서리가 내리고 ◇지시는=지새우는 ◇닐코=잃고 ◇
못 살네라고=못 살겠다 하고 ◇마흠 나는 디로=생각나는 대로. 마음 내키는 대로.

308

紗窓이 얼온얼온커늘 넘이신가 반겨 플썩 뛰여 쑥 나션이

우슐옴 둘빗체 뵐 구름이 날을 속예

幸혀나 들라 ᄒ듬연 慙鬼慙天 ᄒ랏다.　　　　　　(三數大葉) (海一 507)

얼온얼온커늘=어른어른하거늘 ◇우슐옴=어스름 ◇뵐 구름=지나가는 구름 ◇날
을 속예=나를 속였구나 ◇들라 ᄒ듬연=들어오라고 하였다면 ◇慙鬼慙天(참귀참
천)='귀(鬼)'는 '괴(愧)'의 잘못. 하늘 보기가 부끄러움.

309

沙汰考講 都會處에 밤둥만 들려가 디ᄂᆞ다 굿기ᄂᆞ다

소릭ᄂᆞ 連不絶ᄒ야거든 이 몸은 세 아들 혼 孫子이 試卷 보내야 考準ᄒ
고 놉피 베고 누어시니 내 분으로 이러혼가

地下 陰陽ᄒ시니 德分을 못내 깃거ᄒ노이다.　　　　　　(龍潭錄 4) 金啓

沙汰考講(사태고강)=고강이 한꺼번에 몰림. 사태는 사람이나 물건이 한꺼번에 주
체할 수 없이 몰려옴을 뜻하며, 고강은 강경(講經)을 고시(考試)하는 것 ◇都會處(도
회처)=몰려 있는 곳. 사람이 많이 모인 곳 ◇디ᄂᆞ다 굿기ᄂᆞ가=지나쳐버리는가 아니
면 머뭇거리는가 ◇連不絶(연부절)ᄒ야거든=계속하여 이어지고 그치지 않거든 ◇試
卷(시권)=과거시험 때에 글을 써 올린 두루마리. 과거시험 답안지 ◇考準(고준)=베
낀 책이나 서류 등을 원본과 맞춰보다 ◇내 분으로=나의 분수만으로 ◇地下(지하)
陰陽(음양)=지하에 계신 조상의 음덕과 도움 ◇못내 깃거하노이다=잊지 않고 항상
기뻐하나이다.

310

삭갓 씨고 도롱이 입고 곰방디 물고 잠빙이 입고 허미 츠고 낫가라 쏭

무늬의 츳고 독기 가라 두러미고 큰 가릭 믜고 죰가릭 들고 수슈닙 잘나 질자비 동이고 치직 들고 주머니 쌈지 젓드려 차고 왼 쌀 쇠부라진 거문 얼넉 암쇼 고세 쑷쑥 치쳐 어듸야 탕탕 씰씰 소 몰고 가넌 죠 다방머리 아희 놈아 거기 잠 섯거라 말부침허자

  저 근너 저 접듸 장마의 움덩이 지고 슈플이 저서 고기 슈북 마니 들엇다기로 네 쇼 궁덩이의 달넌 죠리 죰다락히 쑥 쎡여 그 속의 자나 굴구나 굴구나 자나 피릭미 붉거지 등믈 마니 다마 집헐 걱구로 잡고 츄려 마기를 지르고 양씃 동여 네 쇠 궁덩이의 글쳐쥭게 우리 님 집 지날 역노의 아참 쎤를 맛참 잇지 말고 苦草漿의 靑파 마니 늣코 가진 냥념ᄒ여 과이 싱겁지도 안케 지져 달나고 전허여쥬렴

  고 아희 놈 듸답허난 말이 우리도 사쥬팔자 기박ᄒ여 남의 집 뭡사리 허난 고로 한 달 허고 설흔 날의 원음식 여슌 그릇 설 언저노코 나지면 낭글허고 저역이면 쇠씨 쏘고 식젼이면 쇼믈을 일직이 머겨 뒨 山 두메가 나무 두세 번 ᄒ다 놋코 저녁 나잘 실 참의 논밧 갈고 술 담븨 젓드려 一年 열두 달의 數百餘本 먹은 후의 ᄒ다 져 저문 날의 兩親父母 奉氣 奉養ᄒ고 곡홀불 압헤 안저 스투룬 諺文짜나 쓰더보난 고로 傳헐지 말지.

(調詞 63)

삭갓 씨고=삿갓 쓰고 ◇잠빙이=잠방이 ◇허미=호미 ◇독기=도끼 ◇죵가릭=한 손으로 쓸 수 있는 작은 가래 ◇질자비=미상. 감발을 뜻하는 듯 ◇젓드려=곁들여 ◇다방머리=다박머리 ◇말부침=말을 걺 ◇저 접듸=저 지난 ◇죠리=조리. 쌀을 이는 기구 ◇죵다락히=종다락기. 조그마한 바구니 종류 ◇등믈(等物)=종류 ◇츄려=가지런하게 하여 ◇마기를 지르고=마개로 막고. 마개를 만들어 막고 ◇글쳐쥭게=걸쳐줄 터이니 ◇역노=역로(歷路). 지나가는 길 ◇마니 늣코=많이 넣고 ◇과이=지나치게 ◇뭡사리=고용살이 ◇원음식(原飮食)=아침 저녁의 정식을 말하는 듯 ◇낭글허고=나무를 하고 ◇쇼믈=소의 여물 ◇뒨 산=먼 산 ◇奉氣(봉기) 奉養(봉양)=부모님의 뜻을 거스르지 않고 모심 ◇곡홀불=벽 중간에 홈을 파고 켜놓은 등불 ◇스투룬 諺文(언문)짜나 쓰더보난 고로=서툴지만 언문이라도 읽어보는 까닭에.

311

削髮爲僧 앗가온 閣氏 이 뇌 말을 들어보소

어득 寂寞 佛堂 안히 念佛만 외오다가 조네 人生 죽은 後ㅣ면 홍독기로
탁을 괴와 柵籠에 入棺ᄒ야 더운 불에 찬 지 되면 空山 구즌비에 우지지
는 鬼ㅅ것시 너 안인가

眞實로 마음을 들으혐연 子孫滿堂ᄒ여 헌 멀이에 니 쇠둣시 닷는 놈 긔
는 놈에 榮華富貴로 百年同樂 엇더리.　　　　　　　　　　　(海周 546) 金壽長

　　削髮爲僧(삭발위승)=머리를 깎고 스님이 되다 ◇앗가온=아까운 ◇閣氏(각씨)=여
인네. 아가씨 ◇어득 寂寞(적막)=어두컴컴하고 고요하고 쓸쓸하다 ◇안히=안(內)에
◇홍독기=홍두깨. 옷감을 감아서 다듬이질을 하는 데 쓰이는 기구 ◇탁을 괴와=턱
을 괴어 ◇柵籠(책롱)=채롱. 싸릿가지로 함 비슷하게 만든 가구. 여기서는 관(棺)을
가리킨다 ◇더운 불에 찬 지 되면=화장(火葬)을 하게 되면 ◇鬼(귀)ㅅ것시=잡귀(雜
鬼)가 ◇둘으혐은=돌이키면 ◇子孫滿堂(자손만당)=자식과 손자가 집 안에 가득함.
자손이 번성하다 ◇헌 멀이에 니 쇠둣시=흰 머리에 이가 꾀듯이 ◇닷는 놈 긔는 놈
=뛰는 놈과 기는 놈 ◇百年同樂(백년동락)=평생을 같이 즐기다.

311-1

削髮爲僧 앗가온 閣氏 뇌의 말 드러보쇼

어득흔 佛堂 안에 念佛만 외오다가 네 人生 죽어지면 치籠에 入棺ᄒ야
홍독기로 턱 밧치고 火葬을 ᄒ고 나니 空山 寂寞 구진비의 우는 귓것 네
아니 되랴

다시금 네 마음 도로혀면 粉壁紗窓 月三更에 고은 님 픔에 들어 鴛鴦枕
돌 베고 翡翠衿 나슈 덥고 晝夜 동픔ᄒ니 子孫이 滿堂ᄒ고 富貴를 누리면
서 百年偕老ᄒ리라.　　　　　　　　　　　　　　　　　　　　　　(詩歌 693)

　　어득흔=어두컴컴한 ◇치籠(롱)=채롱. 껍질을 벗긴 싸릿개비나 버들가지 따위의
오리로 결어 만든 그릇 ◇홍독기로=홍두깨로 ◇구진비의=궂은비에 ◇우는 귓것=우
짖는 귀신의 무리 ◇도로혀면=돌이키면. 돌려 먹으면 ◇粉壁紗窓(분벽사창)=벽을

깨끗이 칠하고 비단으로 창문을 드리움. 여인이 거처하는 방 ◇月三更(월삼경)=달이 환하게 밝은 한밤중 ◇鴛鴦枕(원앙침) 돌 베고='돌'은 '둘이'의 잘못인 듯. 원앙을 수놓은 베개를 둘이 베고 ◇翡翠衿(비취금) 나슈 덥고='금(衿)'은 '금(衾)'의 잘못. 비취색의 이불을 내다가 덮고 ◇晝夜(주야) 동품=밤낮을 가리지 않고 같이 붙어있다 ◇百年偕老(백년해로)=평생을 같이 삶.

312

山 밋틔 집을 지어 드고 녤 것 업셔 草시로 녜어시니

밤中만 ㅎ야셔 비 오는 쇼릐는 우루룩쥬루룩 몸에 옷시 업셔 草衣를 입어시니 술이 다 드러나셔 울긋불긋 불긋불긋

다만지 칩든 아니ㅎ되 任이 볼가 ㅎ노라.　　　　　　　　(弄) (靑六 719)

지어 드고=지어 들다. 지어 살다 ◇녤 것=이을 것. 지붕을 덮을 것 ◇草(초)시=새풀. 억새나 띠풀로 만든 이엉 ◇草衣(초의)=풀로 만든 옷. 거친 옷 ◇다만지=다만 ◇칩든 아니ㅎ되=춥지는 않지만 ◇任(임)이 볼가=님이 보게 되면 부끄러울까.

313

山不在高ㅣ나 有仙則名ㅎ고 水不在深이나 在龍則靈ㅎᄂ니 斯是陋室에 惟吾德馨이라

苔痕은 上階綠이요 草色은 入簾靑이라 談笑有鴻儒ㅣ오 往來無白丁이라 可以調素琴閱金經ㅎ니 無絲竹之亂耳ㅎ고 無案牘之勞形이로다

南陽 諸葛廬와 西蜀 子雲亭을 孔子云何陋之有 ㅎ시니라.　　　　　　(甁歌 868)

山不在高(산부재고)라 有仙則名(유선즉명)ㅎ고=산은 높은 것이 아니라 신선이 있음으로 해서 유명하고 ◇水不在深(수부재심)이나 在龍則靈(재룡즉영)ㅎᄂ니=물은 깊은 것이 아니라 용이 있음으로 해서 신령하니 ◇斯是陋室(사시누실)에 惟吾德馨(유오덕형)이라=이 누추한 방에 오직 나의 덕으로 향기롭다 ◇苔痕(태흔)은 上階綠(상계록)이요=이끼의 흔적은 섬돌 위에 푸르고 ◇草色(초색)은 入簾靑(입렴청)이라=풀빛은 주렴에 들어 더욱 푸르다 ◇談笑有鴻儒(담소유홍유)ㅣ오=담소하는 가운데

훌륭한 학자가 있고 ◇往來無白丁(왕래무백정)이라=왕래에는 백정이 없다 ◇可以調
素琴閱金經(가이조소금열금경)ᄒ니=거문고의 줄을 고르고 금경을 읽을 만하니 ◇無
絲竹之亂耳(무사죽지란이)ᄒ고=사죽이 귀를 어지럽힐 일이 없고. 사죽은 음악을 뜻
함 ◇無案牘之勞形(무안독지로형)이로다=편지와 글로 얼굴을 찌푸릴 일이 없도다
◇南陽(남양) 諸葛廬(제갈려)와 西蜀(서촉) 子雲亭(자운정)을=남양의 제갈량의 초려
와 서촉의 자운정을. 자운정은 전한(前漢) 시절 촉(蜀)의 揚雄(양웅)의 정자. 자운(子
雲)은 양웅의 자(字)임 ◇孔子云(공자운) 何陋之有(하루지유)아=공자가 이르기를 "무
슨 더러움이 있겠는가"라고 하더라.

※ 당(唐)나라 시인 유우석(劉禹錫)의 「누실명(陋室銘)」을 시조로 만든 것이다.

314

산은 적적 월황혼에 두견 울어도 님 싱각이오 밤은 침침 월ᄉ시(夜三更)
에 졉동이 울어도 님 싱각이라

침상편시츈몽즁ᄒ여 벼기 우에 빌은 줌을 계명 축시에 놀나 ᄭᅵ니 님의
흔젹은 간 곳 업고 다만 등불만이로다 그러ᄆᆡ로 식불감미ᄒ여 밥 못 먹고
침불안셕ᄒ여 줌 못ᄌᆞ며 쟝쟝지야를 허송이 보ᄂᆡ며 독ᄃᆡ등쵹으로 버슬 슴
으니 뉘 타슬 슴으랴 셜분을 ᄒ잔 말아

듀야쟝쳔에 밋을 곳 업셔셔 못 살가고나. (춤으로 님 싱각 그리워 나 못
살겟네) (樂高 907)

월ᄉ시=월사시(月斜時). 달이 기운 시각. 한밤중이 지나 ◇침상편시츈몽즁=침상
편시춘몽중(寢上片時春夢中). 잠자리에서 잠시 봄꿈을 꾸고 있는 가운데 ◇계명 축
시=계명(鷄鳴) 축시(丑時). 닭이 우는 새벽 1시에서 3시 사이 ◇식불감미(食不甘味)=
음식 맛이 없어 먹지를 못하다 ◇침불안셕=침불안석(寢不安席). 자리가 불편해 잠
을 이루지 못하다 ◇쟝쟝지야=장장지야(長長之夜). 길고 긴 밤 ◇허송(虛送)=헛되이
보내다 ◇독ᄃᆡ등쵹=독대등촉(獨對燈燭). 혼자 등잔불을 상대함 ◇셜분=설분(雪憤).
분한 마음을 풀어버림 ◇듀야쟝쳔=주야장천(晝夜長川). 밤낮을 가리지 않고 항상.

315

山靜ᄒ니 似太古요 日長ᄒ니 如少年이라

蒼鮮映階ᄒ고 落花ㅣ滿庭ᄒ되 午睡初足거늘 讀周易國風左氏傳離騷太史
公書陶杜詩와 韓蘇文數篇하고 興到則出步溪邊ᄒ야 邂逅園翁溪友ᄒ야 問桑
麻說秔稻에 相與劇談半餉ᄒ다가 歸而倚杖柴門下ᄒ니

　이윽고 夕陽이 在山ᄒ고 紫綠萬狀이라 變幻頃刻ᄒ야 悅可人目이라 牛背
笛聲이 兩兩歸來홀 지 月印前溪 ᄒ엿더라.　　　　　　　(蔓横) (瓶歌 950)

　山靜(산정)ᄒ니 似太古(사태고)요=산이 고요하니 태고와 같고 ◇日長(일장)ᄒ니
如少年(여소년)이라=날이 길어지니 소년의 마음과 같도다 ◇蒼鮮映階(창선영계)ᄒ
고=푸른 이끼는 섬돌을 비추고 ◇落花滿庭(낙화만정)ᄒ되=낙화가 뜰에 가득한데 ◇
午睡初足(오수초족)거늘=낮 졸음이 비로소 만족하거늘 ◇讀周易國風左氏傳離騷太史
公書陶杜詩(독주역국풍좌씨전이소태사공서도두시)와=『주역』「국풍」『좌씨전』「이
소」『태사공서』와 도연명과 두보의 시.『주역』은 삼경의 하나,「국풍」은『시경』의
편명(編名),『좌씨전』은『춘추』를 좌구명이 주석한 것,「이소」는『초사(楚辭)』의 한
편으로 굴원이 지었다.『태사공서』는 사마천의『사기(史記)』 ◇韓蘇文(한소문)=당
(唐)나라 한유(韓愈)와 송(宋)나라 소식(蘇軾)의 문장 ◇興到則出步溪邊(흥도즉출보
계변)ᄒ야=흥이 나면 문밖에 나서 시냇가를 거닐고 ◇邂逅園翁溪友(해후원옹계우)=
원옹과 계우를 만남. 원옹은 농사짓는 늙은이, 계우는 고기잡이하는 친구 ◇問桑麻
(문상마) 說秔稻(설갱도)=상마에 대해 묻고 벼농사에 대해 이야기하다. 상마는 길쌈
◇相與劇談半餉(상여극담반향)=서로 즐거운 이야기를 반나절이나 하다 ◇歸而倚杖
柴門下(귀이의장시문하)=지팡이에 의지하여 사립문 앞에 돌아오다 ◇夕陽(석양)이
在山(재산)ᄒ고 紫綠萬狀(자록만상)이라=석양이 산에 비추어 모든 것들을 자줏빛과
녹색으로 만듦. 석양의 경치를 말한 것 ◇變幻頃刻(변환경각)ᄒ야 況可人目(황가인
목)이라=경각에 변환하여 사람의 눈을 황홀하게 하더라. 경각은 짧은 시각.

316

산중에 기약 두고 友鹿村에 도라드니

黃鶴峰 仙遊洞은 일일상ᄃ ᄂᆡ 버지요 鳳巖은 술준 숩고 紫陽과 白鹿洞
은 道 싹난 마당 되여 子孫의 絃誦 쇼ᄅᆡ 들ᄂᆞᆫ고

寒泉 말근 믈의 塵心을 씨서볼가 ᄒ노라.　　　　(寓興) (慕夏堂實記 4) 金忠善

友鹿村(우록촌)=지명. 경상북도 달성군 가창면(嘉昌面)에 있음. 임진왜란 때 귀화
한 일본인 김충선(金忠善)이 사성(賜姓)을 받은 우록 김씨 집성촌(集姓村) ◇黃鶴峰
(황학봉) 仙遊洞(선유동)=지명. 우록촌 주변에 있는 듯 ◇일일상되=일일상대(日日相
對). 날마다 마주함 ◇鳳巖(봉암) 紫陽(자양) 白鹿洞(백록동)=우록촌에 있는 바위와
지명인 듯 ◇술준=술통 ◇絃誦(현송) 쇼릭=거문고 타는 소리와 글 읽는 소리. 거문
고 타고 글을 읽음 ◇寒泉(한천)=차가운 샘물. 또는 우물 이름 ◇塵心(진심)=속세에
더럽혀진 마음.

317

산중에 무녁일ᄒᆞ야 절 가는 줄 모르더니
곳 픠면 츈졀이요 입 퓌면 하졀이요 단풍 들면 츄졀이라
지금에 청송녹쥭이 빅셜의 져져쓰니 동졀인가.   (時調 58)

무녁일=무역일(無曆日). 책력이 없음 ◇졀 가는 줄=세월이 가는 것을 ◇청송녹
쥭=청송녹쥭(靑松綠竹). 푸른 소나무와 대나무 ◇져져쓰니=뒤로 넘어졌으니. 이고
있으니.

318

山川은 險峻ᄒᆞ고 樹木은 叢雜ᄒᆞ되 萬壑의 눈 싸이고 千峰의 바람 칠 졔
ᄉᆡ가 어이 울야마는
赤壁火戰의 죽은 軍士 冤魂이 恨鳥되야 曹操만 寃望ᄒᆞ여 우니난듸 이게
모도 鬼聲이라 塗炭中 싸인 軍士 故鄕 離別이 멧 히런고
空山落月 깁흔 밤 歸蜀道 不如歸의 우난 져 杜鵑 너 홀노 우지 말고 날
과 함긔.   (時調演義 85) 林重桓

險峻(험준)=깎아지른 듯이 가파름 ◇叢雜(총잡)=빽빽하게 우거짐 ◇萬壑(만학)=
수많은 구렁텅이. 골짜기 ◇赤壁火戰(적벽화전)=적벽강에서 오(吳)나라와 촉(蜀)의
연합군이 위(魏)와의 싸움에서 화공을 써 위나라를 대파(大破)한 전쟁 ◇冤魂(원혼)
이 恨鳥(한조) 되야=억울하게 죽은 영혼들이 한을 품은 새가 되어 ◇우니난듸=계속
하여 우는데 ◇鬼聲(귀성)=귀신이 우짖는 소리 ◇塗炭中(도탄중) 싸인 軍士(군사)=

어려움에 처해 있는 군인들 ◇空山落月(공산낙월)=텅 빈 산에 지는 달 ◇歸蜀道(귀촉도) 不如歸(불여귀)=두견이의 다른 이름이나 여기서는 울음소리를 흉내 낸 말 ◇함긔=함께.

319

山村에 客不來라도 寂寞든 안이ᄒᆞ여

花笑鳥能言이요 竹喧人相語라 松風은 검은고요 杜鵑聲이 노릭로다

암아도 나의 이 富貴는 눈 흙의 리 업는이.　　　　　　(海周 529) 金壽長

山村(산촌)에 客不來(객불래)라도=산골에 손님이 오지 아니하더라도 ◇花笑鳥能言(화소조능언)이요=꽃들은 웃고 새들은 능히 말을 하고 ◇竹喧人相語(죽훤인상어)라=댓잎에 바람 스치는 소리가 사람들이 서로 말하는 것과 같다 ◇松風(송풍)=소나무 사이를 스쳐 부는 바람 ◇杜鵑聲(두견성)=두견이의 울음소리 ◇눈 흙의 리=눈 흘길 사람이나 까닭. 시기할 사람이.

320

살구꼿 봉실봉실 핀 밧머리에 이라이라 하는 저 農夫야

그 무신 곡실을 시무랴고 봄 밧츨 가오 예주리 천자강이 홀아비콩 눈씁적이 팟 녹두 기장 청경츠조 새코찌르기 참깨 들깨 동부 쥐눈이콩 찰수수를 갈랴 함나 그 무어슬 스무랴 하노

그것도 저것도 다 아니오 구곡장진 신곡미등할 쌔에 제일 농량에 긴한 봄보리 가오.　　　　　　(耕春麥) (樂高 970)

이라이라=소를 모는 소리 ◇무신 곡실 시무랴고=무슨 곡식을 심으려고 ◇예주리~찰수수=밭곡식. 예주리는 여주를 말하는 듯 ◇갈랴 함나=갈려고 하느냐? ◇스무랴 하나=심으려고 하느냐? ◇구곡장진(舊穀將盡) 신곡미등(新穀未登)=묵은 곡식이 다하고 햇곡식이 아직 나오지 아니하다 ◇제일(第一) 농량(農糧)=제일 시급한 농가의 양식 ◇긴한=필요한.

삼강오륜으로 비를 무어라 렬녀 효즈 충신으로 돗을 달며 문무쥬공으로
도스공 삼아 요슌우탕을 가득이 시러스니 제 아모리 졸지(걸쥬) 풍파 나는
바람일지라도 그 비 파션ᄒ기는 만무로다

룡쳔검 아무리 잘 드는 비슈찰일지라도 우리 량인의 심스만 갈으즈르기
는 (졍의를 버기는) 만무로구나

츔아 진졍 긔가 산이가 막혀 나 못 살갓네.　　　　　　　　　　(樂高 891)

삼강오륜=삼강(三綱)과 오륜(五倫) ◇무어라=만들어라 ◇문무쥬공=주나라의 문
왕(文王)과 무왕(武王) 그리고 주공(周公) ◇도스공=도사공(都沙工). 우두머리 사공
즉 선장 ◇요슌우탕=요 임금과 순 임금 그리고 우왕(禹王)과 탕왕(湯王) ◇졸지(걸
쥬) 풍파=졸지(猝地)에 부는 풍파. 또는 걸주(傑紂)와 같은 포악한 풍파 ◇만무(萬
無)로다=절대로 없다 ◇룡쳔검=용천검(龍泉劍). 보검의 하나 ◇량인=양인(良人). 부
부가 서로 상대방을 부르는 소리. 또는 두 사람(兩人) ◇심스만 굴오자르기는=심사
(心事)만을 갈라놓기는 ◇긔가=거기에 ◇산이가=산이.

三更에 슐을 취고 五更樓에 올나보니

鷰鳥白鷗는 或窺魚 或眠啼허고 碧天秋月은 半入山 半開天을

저 근너 一葉船 漁夫야 瀟湘八景이 조타더니 이에서 더 헐소야. (調詞 35)

五更樓(오경루)=오경이라는 정자. 또는 새벽녘을 가리킴 ◇鷰鳥白鷗(연조백구)는
='연조(鷰鳥)'는 '沿渚(연저)'의 잘못인 듯. 물가의 갈매기는 ◇或窺魚(혹규어) 惑眠
啼(혹면제)='면제(眠啼)'는 '면저(眠渚)'의 잘못. 혹은 고기를 엿보고 혹은 개울가를
살펴보다 ◇碧天秋月(벽천추월)=푸른 하늘에 걸려 있는 가을달 ◇半入山(반입산) 半
開天(반개천)='반개천(半開天)'은 '반괘천(半掛天)'의 잘못. 반은 산에 반은 하늘에
걸쳐있다 ◇瀟湘八景(소상팔경)=중국의 소수(瀟水)와 상수(湘水)가 합치는 곳의 이
름 난 여덟 가지의 경치 ◇이에서=여기보다. 이곳보다.

323

三公不換 此江山은 어이 니른 말이런고

나는 말업시 슈이도 밧고안쟈 恒産도 보쟈 ㅎ니 히욤 업시 이노매라 어
즐어온 鷗鷺와 數만흔 麋鹿을 내 혼쟈 거늘여 六畜을 삼아는듸 잡업슨 淸
風明月른 節노 己物이 되여시니 남과 다른 富貴는 이 흔몸에 가쟛세라

엇덧타 이 富貴 가지고 져 富貴를 불을손냐.　　　　　(編樂幷抄) (靑가 632)

三公不換(삼공불환) 此江山(차강산)=삼공과 같은 높은 벼슬과도 바꿀 수 없는 이
좋은 경치. 삼공은 의정부(議政府)의 영의정과 좌·우의정 ◇어이 니른=어찌해서 하
는. 어이 일컫는 ◇슈이도 밧고안쟈=쉽게도 바꾸었구나 ◇恒産(항산)=일상에 필요
한 재산. 또는 생업 ◇히욤 업시 이노매라=하는 일 없이 생기는구나 ◇어즐어온=어
지럽게 날거나 뛰는 ◇鷗鷺(구로)=갈매기와 백로 ◇麋鹿(미록)=사슴과 고라니 ◇六
畜(육축)=가축. 육축은 소, 말, 양, 닭, 개, 돼지 ◇節(절)노=저절로 ◇己物(기물)=나
의 물건 ◇가쟛세라=갖추었구나 ◇불을손냐=부러워하겠느냐.

※ 노계(蘆溪) 박인로(朴仁老)의 「사제곡(莎堤曲)」의 일부를 누군가 시조로 만든
것이다.

324

三國의 노든 名士 時運이 不齊턴가

連環計 드린 後에 英主를 계오 맛나 功業을 未建ㅎ여 落鳳坡를 맛나시니
平生에 未講運籌를 못늬 슬허ㅎ노라.　　　　　(二數大葉) (甁歌 757)

三國(삼국)에 노든 名士(명사)=삼국시대 위(魏)나 오(吳)와 촉(蜀)에 나가 활동하
던 이름난 선비. 방통(龐統)을 가리킨다 ◇時運(시운)이 不齊(부제)턴가=때의 운수가
다 같지 않았던가 ◇連環計(연환계)=적벽대전에서 조조의 군사에게 배를 전부 고리
로 연결한 다음 화공책(火攻策)을 써서 망하도록 한 계책 ◇英主(영주)=훌륭한 주
인. 유비(劉備)를 가리킴 ◇계오 맛나=겨우 만나 ◇功業(공업)을 未建(미건)=공과 업
적을 미처 세우지 못하다 ◇落鳳坡(낙봉파)=방통이 낙성(雒城)을 공격하다가 장임
(張任)에게 사살되었다는 곳 ◇未講運籌(미강운주)=장량의 운주유악(運籌帷幄)을 익
히지 못하다. 운주유악은 작전 현장에 가지 않고도 전쟁에 이기는 계책.

삼국젹 와룡션싱이 도라가면 ᄉ륜거 백우션 남양 초당을 뉘를 밋기며

한슈뎡후 관공님이 도라가시면 젹토마 쳥룡도 뉘를 밋기며 우람ᄒ신 쟝 쟝군이 도라가시면 댱팔사모란 창 뉘를 밋기며 진시황데 도라가시면 만리 쟝셩 아방궁을 뉘게 젼ᄒ며 리빅이 긔경비샹텬 후에 강남풍월을 뉘를 밋 기며 쟝ᄌ방이가 도라가시면 계명산 옥퉁소 뉘를 밋기며 도연명이 도라가 시면 오류촌을 누를 밋기며 백이슉제 도라가신 후 슈양산을 뉘를 밋기며 소ᄌ첨이가 도라가시면 젹벽강슈를 뉘를 밋기며 태공션싱이 도라가신 후 위수변 됴디를 뉘를 밋기갓네

우리 인싱이 이런 모양으로 놀다가 북망산 가게 되면 알들흔 졍판을 뉘 게다 밋기잔 말가 젼흘 곳 업고 밋길 곳 업서 나 엇지ᄒ리. (樂高 886)

와룡션싱=와룡선생(臥龍先生). 제갈량을 가리킴 ◇ᄉ륜거 백우션 남양초당=제갈 량 사용하던 사륜거(四輪車)와 백우선(白羽扇)과 기거하던 남양(南陽)에 있는 초당 ◇한슈뎡후 관공=한수정후(漢壽亭侯)였던 관우(關羽) ◇젹토마(赤兎馬) 쳥룡도(靑龍 刀)=관우가 타던 말과 사용하던 청룡언월도(靑龍偃月刀) ◇쟝쟝군 댱팔사모=장비 (張飛)가 쓰던 장팔사모(丈八蛇矛)라는 이름의 창 ◇진시황데 만리장성 아방궁=진시 황이 쌓고 지은 만리장성과 아방궁 ◇리빅이 긔경비샹텬=이백(李白)이 기경비상천 (騎鯨飛上天). 이백이 고래를 타고 하늘로 올라가다 ◇쟝ᄌ방 계명산 옥퉁소=장량 (張良)이 계명산(鷄鳴山)에서 항우의 군사를 도망가게 하기 위해 불던 옥퉁소 ◇도 연명 오류촌=도연명이 살던 마을. 다섯 그루의 버드나무를 심고 오류선생(五柳先生) 이라 자처하다 ◇백이슉제 슈양산=백이(伯夷)와 숙제(叔齊)가 주무왕의 은나라 정 벌에 반대하고 수양산(首陽山)에 들어가 고사리를 캐어 먹다 굶어 죽음 ◇소ᄌ첨 젹벽강슈=송나라 소식(蘇軾)이 적벽강에서 놀며 적벽부(赤壁賦)를 지었다. 자첨(子 瞻)은 소식의 자(字) ◇태공션싱 위수변 됴디=태공선생 위수변 낚시터. 강태공이 위 수의 강가에서 낚시질을 하다가 주문왕을 만났다 ◇북망산=공동묘지 ◇졍판=사랑 하는 사람.

三國風塵 搖亂時의 漢宗室 劉皇叔니

臥龍先生 뵈오려고 的盧馬 치을 적어 南陽隆中 風雪中에 至誠으로 나아가니

그곳에 大夢을 誰先覺고 平生을 我自知라 ᄒ엿더라.　　　　　　　　(詩調 102)

三國風塵(삼국풍진) 搖亂時(요란시)=삼국시대의 정세가 시끄러울 때 ◇漢宗室(한종실) 劉皇叔(유황숙)=한나라 왕족인 유비(劉備) ◇臥龍先生(와룡선생)=제갈량을 말한다 ◇的盧馬(적로마)=유비가 타던 말 ◇치을 적어=채를 쳐 ◇南陽隆中(남양융중)=융중산(隆中山)에 있는 남양. 제갈량이 살던 곳 ◇大夢(대몽)을 誰先覺(수선각)고=큰 꿈을 누가 먼저 깨달을까? ◇平生(평생)을 我自知(아자지)라=평생을 나 스스로가 알리라. 『삼국지연의(三國志演義)』에 나오는 제갈량의 시로 나머지 부분은 "초당춘수족 창외일지지(草堂春睡足 窓外日遲遲, 초당에 봄잠이 충분하니 창밖의 해가 느리고 느리다)."

327

三代 後 漢唐宋에 忠臣義士 혀여보니

夷齊의 孤竹 淸風과 龍逢 比干 忠은 닐으도 말련이와 魯連의 蹈海高風과 朱雲의 折檻直氣와 晉處士의 柴桑日月에 不放飛花過石頭와 南霽雲의 不爲不義屈과 岳武穆의 涅背精忠은 千秋竹帛上에 뉘 안이 景仰ᄒ고

암아도 我東三百年에 顯忠崇節ᄒ샤 堂堂ᄒ 三學士의 萬古大義 쏙 업쓴가 ᄒ노라.　　　　　　　(二數大葉) (海周 389) 李鼎輔

三代(삼대) 後(후)=중국의 하(夏), 은(殷), 주(周)의 시대가 지난 다음 ◇漢唐末(한당송)=삼대 이후에 문물이 크게 발달했던 한나라에서 송나라까지의 시대 ◇혀여보니=헤아려보니 ◇夷齊(이제)의 孤竹(고죽) 淸風(청풍)=백이(伯夷)와 숙제(叔齊)의 고죽과 같은 맑은 기풍(氣風). 고죽은 이제가 태어난 곳 ◇龍逢(용봉) 比干(비간) 忠(충)=용봉과 비간의 충성. 용봉은 하(夏)나라 걸왕(桀王)의 신하 관용봉(冠龍逢). 비간은 은(殷)나라 주왕(紂王)의 신하. 모두 왕의 무도(無道)함을 간(諫)하다가 죽임을 당했다 ◇닐으도 말련이와=말할 것도 없거니와 ◇魯連(노련)의 蹈海高風(도해고풍)=노련은 전국시대 제(齊)나라 사람 노중련(魯仲連)으로 벼슬하지 않고 조(趙)나라에 숨어 지낼 때 진(秦)이 쳐들어온 것을 웅변으로 물리쳤다. 후에 제왕(齊王)이

준 벼슬도 싫다 하고 해상(海上)에 숨어 살았음 ◇朱雲(주운)의 折檻直氣(절함직기)=주운은 한(漢)의 평릉(平陵) 사람. 성제(成帝) 때 천권(擅權)하던 안창후(安昌侯) 장우(張禹)를 죽이자고 진언했다가 왕의 격노를 사서 어사(御史)로 하여금 끌어내리게 하였으나 난간을 잡고 놓지 않았으므로 난간이 부러져서 용서를 받았다는 고사 ◇晉處士(진처사)의 柴桑日月(시상일월) 不放飛花過石頭(불방비화과석두)=진처사는 도연명을 가리킨다. 시상은 강소성 구강현 서남쪽에 있는 산으로 도연명이 살던 곳. 바람에 날리는 꽃잎이 돌머리에 지나가도록 놓아두지 않는 것처럼 좋은 경치를 남에게 알리지 않으면서 산 것을 말하다 ◇南霽雲(남제운)의 不爲不義屈(불위불의굴)= 남제운은 당(唐)나라 사람으로 안녹산의 난에 휴양성(睢陽城)이 함락되었을 때 장순(張巡)이 제운에게 "남팔남아사이(南八男兒死耳) 불가불위불의굴(不可爲不義屈)"이라고 격려하자 끝내 적에게 굴하지 않았다는 고사가 있다 ◇岳武穆(악무목)의 涅背精忠(열배정충)=악무목은 송(宋)나라 충신 악비(岳飛)의 시호(諡號). 악비는 『좌씨춘추전』과 『손자병법』에 정통하였고 일찍이 등에 진충보국(盡忠報國) 넉 자를 문신으로 새겼다. '열배(涅背)'는 등에 문신한다는 뜻. 소흥(紹興)에서 이성(李成)을 치고 강회(江淮)를 평정한 공으로 고종이 '정충악비(精忠岳飛)'라고 친필한 기(旗)를 하사받았다 ◇千秋竹帛上(천추죽백상)=천추의 역사에서. 옛날에 죽간(竹簡)에다 기록을 하였기 때문에 죽백은 사기(史記)의 뜻으로 쓰인다 ◇我東三百年(아동삼백년)=우리나라 조선 삼백 년의 역사 ◇顯忠崇節(현충숭절)=충성심이 뚜렷하고 절개를 숭상하다 ◇三學士(삼학사)=병자호란 때에 청나라에 잡혀가 끝내 굴복하지 않은 홍익한(洪翼漢), 윤집(尹集), 오달제(吳達濟)의 세 사람 ◇萬古大義(만고대의)=이제까지 없던 크고 바른 의리.

328

三山半落靑天外요 二水中分白鷺洲라 浩浩兮 滄浪歌로 돛대치는 저 사공아 遠浦歸帆이 그 아니냐

秋上江 배를 타고 강동으로 가는 이는 張翰先生 이 아니며 檻外長江空自流는 藤王閣 序文이요 王勃의 萬古詩與樂이라 落霞는 與孤鶩齊飛하고 秋水는 共長天一色이라

天外 巫山十二峰은 구름 속에 소사 잇다.　　　　　　　　　　　　　(時調集 150)

三山半落靑天外(삼산반락청천외)요 二水中分白鷺洲(이수중분백로주)라=삼산은 청

천 밖에 반쯤 떨어져 있고 이수는 백로주 가운데서 나뉘었다. 이백의 「등금릉봉황대시(等金陵鳳凰臺詩)」의 일부임 ◇浩浩兮(호호혜)=넓고 넓구나 ◇滄浪歌(창랑가)=뱃노래 ◇遠浦歸帆(원포귀범)=먼 포구로부터 배가 돌아오다 ◇張翰先生(장한선생)=장한은 진(晉)나라 사람으로 높은 벼슬에 있으나 가을바람이 불자 고향 생각이 나서 벼슬을 그만두고 고향인 강동으로 돌아갔다 ◇檻外長江空自流(함외장강공자류)는 藤王閣(등왕각) 序文(서문)이요="난간 너머의 강물만 부질없이 흐른다"는 「등왕각」의 서문이요 「등왕각서(藤王閣序)」는 왕발이 지었다 ◇王勃(왕발)의 萬古詩與樂(만고시여락)=왕발의 만고에 없는 시와 즐거움 ◇落霞(낙하)는 與孤鶩齊飛(여고목제비)하고 秋水(추수)는 共長天一色(공장천일색)이라=낮게 드리운 저녁 노을은 외로운 들오리와 가지런히 날고 가을의 강물은 하늘과 같이 맑다. 왕발은 「등왕각서」와 「등왕각(藤王閣)」이라는 시를 지었는데 여기서는 두 가지를 혼동했다 ◇天外(천외) 巫山十二峰(무산십이봉)은=멀리 무산의 열두 봉우리는

329

三月東風 好時節에 一僕三友 거을이고

六角 登臨ᄒ야 四字를 돌아본이 天朗氣淸ᄒ고 惠風和暢ᄒ되 花間蝶舞는 弄春色이오 柳上鶯歌은 蕩人情이라 鶴徘徊於長松ᄒ고 老龍潛於碧潭이라

암아도 暮年花似霧中看을 못내 슬ᄒ ᄒ노라.　　　　(青謠 76) 朴文郁

三月東風(삼월동풍) 好時節(호시절)에=삼월에 따뜻한 봄바람이 부는 좋은 계절에 ◇一僕三友(일복삼우)=한 사람의 노복과 세 사람의 벗 ◇六角(육각) 登臨(등림)=서울 인왕산 아래 필운대(弼雲臺) 옆에 있던 육각현(六角峴)에 있는 정자에 오르다 ◇四宇(사우)=사방(四方) ◇天朗氣淸(천랑기청)ᄒ고=하늘이 상쾌하게 개고 맑다 ◇惠風和暢(혜풍화창)ᄒ되=봄바람에 날씨가 온화하고 맑은데 ◇花間蝶舞(화간접무)는 弄春色(농춘색)이오=꽃 사이를 날며 춤추는 나비는 봄빛을 희롱하고 ◇柳上鶯歌(유상생가)는 蕩人情(탕인정)이라=버드나무 위로 나는 꾀꼬리의 노래는 사람의 마음을 들뜨게 하는구나 ◇鶴徘徊於長松(학배회어장송)ᄒ고=학은 커다란 소나무 위를 배회하고 ◇老龍潛於碧潭(노룡잠어벽담)이라=늙은 용은 푸른 연못에 잠겨 있구나 ◇暮年花似霧中看(모년화사무중간)=저무는 해의 꽃을 안개 속에서 본 듯하다.

330

三春色 즈랑 마소 花殘 後 ㅣ면 蝶不來 ㅣ라

王昭 玉貌 胡城土 ㅣ오 貴妃 花容 馬嵬塵이라 蒼松綠竹은 千古節 碧桃紅
杏 一年春이로다

져 님아 光陰은 本是 無情之物이니 앗겨 무合흐리오.　　　　　　　(瓶歌 860)

花殘後(화잔후) ㅣ면 蝶不來(접불래)=꽃이 시든 뒤에는 나비도 오지 않는다 ◇王
昭(왕소) 玉貌(옥모) 胡城土(호성토)=왕소군(王昭君)의 아름다운 얼굴도 오랑캐 땅의
흙이 되다 ◇貴妃(귀비) 花容(화용) 馬嵬塵(마외진)=양귀비의 아리따운 얼굴도 마외
역(馬嵬驛)의 먼지가 되다 ◇蒼松綠竹(창송녹죽)은 千古節(천고절)=푸른 소나무와
대나무는 천고에 변함없는 절개지만 ◇碧桃紅杏(벽도홍행) 一年春(일년춘)=푸르고
붉은 복숭아와 살구꽃은 일 년뿐이다 ◇光陰(광음)=세월 ◇本是 無用之物(본시무용
지물)=본래가 쓸데없는 물건이다.

331

常山 짜 趙子龍을 일직이 알엇더냐 發無不中 내 활 재조 너을 應當 쏠
터이나 죽이든 안이하고 手端이니 뵈이리라

莫莫强弓 鐵箭 멕여 非丁非八胸虛腹實 줌통이 터지게 싹지손 쑥 쩨이면
번개갓치 닷는 살이 푸루루 근너가서 徐成 탄 배 돗대마저 와자지근 부러
지니

徐成 鄭鳳 넉을 일코 배머리에 빙빙 물결쳐 와랑출렁 方向 업시 써나가
니 제 어이 짜를소냐.　　　　　　　(時調集 149)

常山(상산) 짜 趙子龍(조자룡)=상산 사람 조운(趙雲). 자룡은 자(字)임 ◇發無
不中(발무부중)=활을 쏘아 맞지 않는 적이 없다 ◇手端(수단)이나='수단(手段)'
의 잘못. 솜씨나 ◇莫莫强弓(막막강궁) 鐵箭(철전) 멕여=가만히 강궁에 쇠화살
을 먹여 ◇非丁非八胸虛腹實(비정비팔흉허복실)=정도 아니고 팔도 아니고 숨을
크게 들이마셔 가슴을 비우고 배에 힘을 줌. 활 쏘는 동작 ◇줌통=줌통. 활을
손으로 움켜쥐는 부분 ◇싹지손=화살을 당기기 쉽기 손에 끼는 기구 ◇닷는 살

=빠른 속도로 나는 화살 ◇徐成(서성) 鄭鳳(정봉)='성(成)'은 '성(盛)'의, '정봉(鄭鳳)'은 '丁鳳'의 잘못. 둘 다 오(吳)나라의 장수. 제갈량을 잡으려다 조자룡에게 혼이 난다.

332

霜雪은 어이ᄒ야 料木을 病 들이며

光陰은 무삼 일노 英雄을 늙히넌고

두어라 淸風을 모라다가 塵累를 쓸어넌니 一片 靈臺.　　(時調演義 74) 林重桓

霜雪(상설)=눈서리 ◇料木(요목)=규목(槻木). 느티나무 ◇光陰(광음)=세월 ◇塵累(진루)=세속의 번거로움 ◇一片(일편) 靈臺(영대)=마음 한구석. 영대는 마음.

333

ᄉ달은 뒷東山 말네 덩지둥지 둥그러이 도다 쓰고

잘 ᄉ는 니만신 수플에 플덕플덕 나라들 제 외나무다리예 혼ᄌ 가는 듕아

네 져리 얼믜나 멀건데 暮鐘聲니 들니ᄂ다.　　　　　(孫氏隨見錄 31)

말네=마루에 ◇도다 쓰고=돋아 뜨고 ◇니만신=미상. '이 만산(滿山)'이 아닌지? ◇져리 얼믜나 멀건데=절이 얼마나 멀기에 ◇暮鐘聲(모종성)니=저녁 때 치는 종소리가. 울리는 종소리가.

334

ᄉ벽달 서리 치고 지ᄉ는 밤에 ᄶ을 닐코 울고 가는 기러기야

너 가는 길에 졍든 임 니별ᄒ고 참아 그리워 못 살네라고 젼ᄒ야쥬렴

ᄶ단니다 마음 니는 ᄃ로 젼ᄒ야줌셰.　　　　　　　　　　(南太 39)

서리치고=서리가 내리고 ◇지ᄉ는=지새우는 ◇닐코=잃어버리고 ◇못 살네라고=못 살겠다고 ◇ᄶ단니다=떠돌아다니다가 ◇마흠 니는 ᄃ로=마음 내키는 대로.

335

새악시 書房 못 마자 애쓰다가 주근 靈魂 건삼밧 쑥삼 되야

龍門山 皆骨寺에 니쌔진 늘근 즁놈 들뵈나 되얏다가

잇다감 씁나 ㄱ려온 제 슬쩌겨볼가 ᄒ노라.　　　　(蔓橫淸類) (珍靑 494)

건삼밧=기름진 삼밭. 또는 건삼(乾麻) 밭　◇쑥삼=씨 없는 삼　◇龍門山(용문산)=
경기도 양평에 있는 산　◇皆骨寺(개골사)=절 이름. 실제로는 없는 절인 듯　◇들뵈=
거친 베(布)　◇잇다감=이따금　◇가려온 제=가려울 때　◇슬쩌겨볼가=슬쩍슬쩍 건드
려볼까.

336

새약氏 쇠집간 날 밤의 질방글이 대여섯슬 쏼여불이온이 시어마님이 이
를 물라들라 ᄒ는고야

며늘이 對答ᄒ되 쇠엄의 아들놈이 울이 짓 全羅道 慶尙道로셔 會寧 鍾
城 다희를 못 쓰게 쏼어 긔룻쳣신이

글로 빅여보와도 兩違將홀짜 ᄒ노라.　　　　(樂時調) (海一 555)

질방글이=질방구리. 방구리는 물을 담을 수 있는 옹기로 동이보다 작다　◇대여
섯슬=대여섯 개를　◇쏼여불이온이=깨뜨려버리니　◇물라들라=물어내라　◇쇠엄의=
시어머니의　◇울이 짓=우리 집　◇全羅道(전라도) 慶尙道(경상도)=우리나라 남쪽 지
역. 남성의 성기를 상징하는 듯　◇會寧(회령) 鍾城(종성) 다희를=회령과 종성 방향
을. 여성의 음부를 상징하는 듯　◇긔룻쳣신이=그르쳤으니　◇빅여보와도=비교해보
아도　◇兩違將(양위장)=서로 다 장기(將棋)에서 '장군'을 부르는 것에 어긋나다. 비
길 수밖에 없음을 나타낸다.

337

새즘싱 中 못된 거슨 두룸이 네로고나

것 風神 虛소릭로 사름을 얼위온다

아마도 主人를 爲ᄒᆞ여 ᄣᆡᄣᆡ 우는 ᄃᆞᆰ만 못ᄒᆞᆫ가 ᄒᆞ노라.

(金剛永言錄 27) 金履翼

새즘싱 中(중)=날짐승 가운데 ◇거슨=것은 ◇두룸이=두루미 ◇네로고나=너로구나 ◇것 風神(풍신)=겉 풍채(風采) ◇虛(허)소릐로=큰 소리로 ◇얼위온다=겁나게 한다 ◇ᄣᆡᄣᆡ=때마다.

338

色ᄀᆞᆺ치 됴흔 거슬 긔 뉘라셔 말리ᄂᆞᆫ고

穆王은 天子ㅣ로되 瑤池에 宴樂ᄒᆞ고 項羽ᄂᆞᆫ 天下壯士ㅣ로되 滿營秋月에 悲歌慷慨ᄒᆞ고 明皇은 英主ㅣ로되 解語花 離別에 馬嵬驛에 우럿ᄂᆞ니

ᄒᆞ믈며 날ᄀᆞᆺ튼 小丈夫로 몃 百年 살리라 ᄒᆡ올 일 아니ᄒᆞ고 쇽졀업시 늘그랴.

(蔓橫清類) (珍靑 557)

穆王(목왕)=목천자(穆天子). 중국 주(周)나라의 왕 ◇瑤池(요지)에 宴樂(연악)=목왕이 요지에서 서왕모와 연유(宴遊)했다 ◇滿營秋月(만영추월)=진영(陣營)에 가득히 비친 가을 달빛 ◇悲歌慷慨(비가강개)=강개해서 부른 슬픈 노래 ◇明皇(명황)은 英主(영주)=당(唐)나라 현종(玄宗)은 뛰어난 임금임 ◇解語花(해어화)=양귀비를 가리킴. 달리 기생을 말을 이해하는 꽃에 비유하여 기생을 가리킨다 ◇馬嵬驛(마외역)=당현종이 안녹산(安祿山)의 난리에 피난가다 양귀비를 죽인 곳 ◇ᄒᆡ올 일=해야 할 일 ◇쇽졀업시=어쩔 수 없이.

339

生ᄆᆡ ᄀᆞᆺ튼 져 閣氏님 남의 肝腸 그만 긋소

돈을 쥴야 銀을 쥴야 大緞 칩아 鄕織 唐衣 亢羅 속젓 白綾 허릿듸 굴름 ᄀᆞᆺ튼 北道ㅅ다릐 玉 빈혀 竹節 빈혀 銀粧刀ㅣ라 金貝 ᄌᆞ르 金粧刀ㅣ라 蜜花 ᄌᆞ르 江南서 나오신 珊瑚자ᄀᆡ 天桃靑鸞 박은 純金 갈악찌 石雄黃 眞珠 당게 繡草鞋를 쥴야

져 님아 一萬兩이 ᄉᆞᆷ잘리라 ᄭᅩᆺ ᄀᆞᆺ튼 寶조ᄀᆡ에 웃는 듯 ᄶᅵᆼ긔는 듯 千金

言約을 暫間 許諾 ㅎ여라.　　　　　　　　　　(二數大葉) (海周 392) 李鼎輔

生(생)미 갓튼=길들이지 않은 매 같은　◇숫소=끊으시오　◇大緞(대단) 침아=대단 치마. 대단은 중국산 비단　◇鄕織(향직) 唐衣(당의)=향직으로 만든 당의. 향직은 비단의 일종. 당의는 저고리 앞 뒤 자락을 길게 드리워 끝을 예쁜 곡선으로 둥글린 궁중의 가벼운 예복의 하나　◇亢羅(항라) 속껏=항라로 만든 속곳. 항라는 여름용 옷감　◇白綾(백릉) 헐잇듸=백릉으로 만든 허리띠. 백릉은 흰 빛깔의 엷은 비단　◇北道(북도)ㅅ다릐=북쪽 지방에서 나오는 다리. 다리는 여자가 머리에 덧넣는 딴머리. 가발　◇金貝(금패) 즈르=‘금패(金貝)’는 ‘금패(錦貝)’의 잘못. 금패로 만든 장도(粧刀)의 자루. 금패는 호박(琥珀)의 일종　◇밀화(蜜花) 즈르=밀화로 만든 자루. 밀화는 호박의 일종　◇天桃靑鸞(천도청란)=천도복숭아 모양의 푸른 방울　◇石雄黃(석웅황)=광물의 일종이며 물감으로 쓰임. 댕기의 물을 들일 때 쓴다　◇당게=댕기　◇繡草鞋(수초혜)=보기 좋게 잘 꾸민 짚신　◇一萬兩(일만냥)=값비싼　◇숨잘리라=잠자리라　◇씽기는 듯=찡그리는 듯　◇千金言約(천금언약)=매우 소중한 약속.

340

生미 잡아 깃드려 둠에 쎙 山行 보니고

白馬 씻겨 바 느려 뒷東山 松枝에 미고 손죠 고기 낙가 버들움에 쎄여 돌 지질너 츠여두고

아희야 날 볼 손 오셔든 긴 여흘노 슬와라.　　　　　　　　(瓶歌 955)

깃드려=길들여　◇둠에=두메　◇쎙 山行(산행)=꿩 사냥　◇바 느려=밧줄을 길게 늘려　◇松枝(송지)=소나무 가지　◇버들움=버드나무의 새로 자란 연한 가지　◇지질너=눌러　◇츠여두고=채워두고　◇날 볼 손=나를 만나고자 하는 손님　◇여흘노 슬와라=여울로 와서 알려라. 여울은 물살이 급한 곳.

340-1

싱마 잡아 길 잘 드려 두메로 쎙 산양 보니고

셋말 구불 굽통 솔질 솰솰 ㅎ야 뒤 송정 잔듸 잔듸 금잔듸 난 데 말쏙 쌍쌍 박아 바 늘여 미고 압늬 여흘 고기 뒷늬 여흘 고기 자나 굴그나 굴

그나 자나 쥬엄쥬셥 낙가늬야 음버들 가지 쥬루룩 흘터 아감지 쒜여 시늬 잔잔 흐르는 물에 청셕바 바둑돌을 얼른 닝큼 슈슈히 집어 자장단 마츄아 지질너노코

동자야 이 뒤에 읫쌸 가진 쳥소 타고 그 소가 우의가 부푸러 치질이 셩헐가 흐야 남의 소를 웃어 타고 급히 나려와 뭇거들낭 너도 됴금도 지체 말고 뒷 녀흘노.　　　　　　　　　　　　　　　　　　　　　　　(南太 196)

싱마='싱미'의 잘못. 생매. 길들이지 않은 매 ◇셋말=흰 말 ◇구불 굽통=구불 구종(驅從). 등이 굽은 구종. 굽통은 구종의 사투리로 벼슬아치를 모시고 다니던 하인 ◇뒤 숑졍=뒷산에 있는 소나무 숲에 있는 정자(松亭) ◇바 느려 미고=바를 길게 하여 매고 ◇낙가늬야=낚아내어 ◇아감지=아가미의 사투리 ◇쳥셕바 바둑돌=푸른 빛깔의 자그만 돌 ◇슈슈이 =많이 ◇쳥소=푸른 소. 청우(靑牛) ◇우의가 부루러=위쪽이 부풀어 ◇치질이 셩헐가 흐야=치질(痔疾)이 심한가 하여 ◇웃어 타고=얻어 타고 ◇녀흘노=여울로.

340-2

生미 잡어 길 잘드려 뭔 山 드메오 쎙 산양 보늬고

신말 구불 굽통 갈기 솔질 활활솰솰 허여 임의 집 松亭 뒤 잔듸 잔듸 金잔듸밧에 말말뚝 꽝꽝 쌍쌍 박어 승마바고 길게 느려 미고 압늬 여울 고기 뒷늬 여울 고기 오루는 고기 나리는 고기 자나 굴구나 굴구나 자나 주엄주셥 낙가늬여 셰늬 東으로 버든 음버들가지 와지끈 뚝딱 꺽거 걱구루 잡고 입시구 셋만 닝기고 주루룩 흘터 야감지 쌈만 느슬느슬 꿰여 셰늬 잔잔 흐르는 물의 납작실쥭 靑 바둑돌노 임도 모루고 아무도 모루게 가마니 살작자기 자장단 맛쳐 지근지지 들너놋코 童子야 이 뒤에 鶴 타신 仙官이 날 찻거든 그믈낙늬 죵이 죵다락키 파리 밥플통 고치장 슬병까지 가지고 뒷늬 여울로 오라구 일너만 주소

아마도 山中豪傑이 나뿐인가.　　　　　　　　　　　　　　　(調詞 47)

뭔 山 드메오=먼산 두메로 ◇신 말=흰 말 ◇승마바고=말고삐인 듯 ◇임시구=잎

사귀 ◇아감지 땀만=아가미를 쥐고서인 듯 ◇살작자기 자장단 맞쳐=살짝 장단 맞
춰. 운률을 맞추기 위한 것인 듯.

341

書房님 病 들여두고 쓸 것 업셔 鐘樓 져지 달리 파라
  빈 사고 감 스고 榴子 스고 石榴 삿다 아츳아츳 이져고 五花糖을 니저
발여고즈
  水朴에 술 쏘즈노코 한숨 계워 ᄒᆞ노라.   (海周 540) 金壽長

  病(병) 들여두고=병이 들어 누워 있는 동안 ◇쓸 것=돈이 될 만한 것 ◇鐘樓(종
루) 져지=종루는 지금의 서울 종로(鐘路). 져지는 시장(市場). 종로에 있는 시장에
◇달리=다리. 여자의 머리숱이 많아 보이게 하려고 덧넣는 딴머리. 가발 ◇柚子(유
자)=유자나무의 열매. 귤의 일종 ◇아츳아츳=아차아차 ◇이져고=잊었구나 ◇五花
糖(오화당)=오색으로 물들여 만든 중국산 사탕 ◇니저발여고즈=잊어버렸구나 ◇水
朴(수박)=수박. 과일의 하나 ◇술 쏘즈노코=숟가락 꽂아놓고.

342

石崇의 累鉅萬財와 杜牧之의 橘滿車風采라도
  밤일을 홀 저긔 제 연장 零星ᄒᆞ면 쑴자리만 자리라 긔 무서시 貴홀소냐
  貧寒코 風度ㅣ 埋沒홀지라도 제 거시 무즘ᄒᆞ여 내 것과 如合符節곳 ᄒᆞ
면 긔 내 님인가 ᄒᆞ노라.   (蔓橫淸類) (珍靑 546)

  石崇(석숭)의 累鉅萬財(누거만재)=석숭의 수많은 재산. 석숭은 진(晉)나라 때의
부자(富者) ◇杜牧之(두목지)의 橘滿車風采(귤만거풍채)=두목지가 술에 취해 수레를
타고 양주(楊州)를 지나갈 때 두목지의 풍채에 반한 기생들이 귤을 던져 수레에 가
득했다는 고사 ◇밤일=방사(房事) ◇연장=남자의 성기를 가리킴 ◇零星(영성)=보잘
것없는 모양 ◇쑴자리만 자리라=동침하지 않으리라 ◇風度(풍도) 埋沒(매몰)=풍채
와 도량이 보잘것없다 ◇제 거시 무즘하여=저의 물건이 묵직하여 ◇如合符節(여합
부절)=서로가 합한 듯이 꼭 들어맞다.

343

昔人이 已乘黃鶴去흔이 此地에 空餘黃鶴樓ㅣ로다

黃鶴이 一去不復返흔이 白雲千載에 空悠悠ㅣ라 晴川에 歷歷漢陽樹요 芳
草는 萋萋鸚鵡洲ㅣ로다

日暮鄕關이 何處是오 烟波江上에 使人愁를 흐소라.　　　　　　(海一 618)

昔人(석인)이 已乘黃鶴去(이승황학거)흔이=예전 사람이 이미 황학을 타고 갔으니
◇此地(차지)에 空餘黃鶴樓(공여황학루)로다=이 땅에 황학루만 남았구나 ◇黃鶴(황
학)이 一去不復返(일거불부반)흔이=황학이 한번 가서는 다시 돌아오지 않으니 ◇白
雲千載(백운천재)에 空悠悠(공유유)라=흰 구름만 천년토록 유유히 떠가는구나 ◇晴
川(청천)에 歷歷漢陽樹(역력한양수)요=맑은 강에 한양수가 역력하고 ◇芳草(방초)는
萋萋鸚鵡洲(처처앵무주)로다=싱그러운 풀은 앵무주에 쓸쓸하고 차갑도다 ◇日暮鄕
關(일모향관)이 何處是(하처시)오=해 저무는데 향관이 어드메오 ◇烟波江上(연파강
상)에 使人愁(사인수)를=안개가 자욱한 강 위에 나그네로 하여금 슬프게 함을.
　※ 최호(崔顥)의 「황학루시(黃鶴樓詩)」 전문(全文)을 시조로 만든 것이다.

344

昔子之去에 氣桓桓트니 今子之來에 身踽踽ㅣ라

名騅幸姬는 去何處오 捲甲殘兵이 不成伍ㅣ로다

君不見 文王百里能御宇흔다 不渡烏江을 못늬 슬허흐노라.　　　(甁歌 862)

昔子之去(석자지거)에 氣桓桓(기환환)트니=옛날 그대가 갈 때는 기운이 굳세더니
◇今子之來(금자지래)에 身踽踽(신우우)라=이제 자네가 돌아오매 모습이 쓸쓸하구
나 ◇名騅幸姬(명추행희)는 去何處(거하처)오=명마(名馬) 오추(烏騅)와 총애하던 계
집은 어디로 갔는고 행희는 항우의 애첩 우미인(虞美人) ◇捲甲殘兵(권갑잔병)이
不成伍(불성오)로다=싸움에 남은 군사는 대오(隊伍)를 이루지 못한다 ◇君不見(군불
견) 文王百里能御宇(문왕백리능어우)흔다=그대는 문왕이 천하를 능히 다스리는 것
을 보지 못했는가? ◇不渡烏江(부도오강)을=항우가 싸움에 패하여 오강을 건너지
못함을.

345

石坡大老 造化蘭과 秋史筆 紫霞詩는 詩書畵 三絶이요

蘇山竹 石蓮梅는 梅與竹 兩絶이라

其中에 本밧기 어려올슨 石坡蘭인가 허노라.　　　(金玉 176) 安玟英

石坡大老(석파대로) 造化蘭(조화란)=석파 어르신이 그린 뛰어난 난초 그림. 석파는 흥선대원군(興宣大院君)의 호(號) ◇秋史筆(추사필)=추사의 뛰어난 필법. 추사는 김정희(金正喜)의 호의 하나 ◇紫霞詩(자하시)=자하의 뛰어난 시문(詩文). 자하는 신위(申緯)의 호 ◇詩書畵(시서화) 三絶(삼절)=시문과 글씨와 그림의 세 가지가 아주 뛰어나게 훌륭함 ◇蘇山竹(소산죽)=소산이 그린 대나무. 소산은 송상래(宋祥來)로 자(字)가 원복(元復)이며 대나무를 잘 그렸음 ◇石蓮梅(석련매)=석련이 그린 매화. 석련은 이공우(李公愚)로 자(字)가 공여(公汝)이며 매화를 잘 그렸음 ◇梅與竹(매여죽) 兩節(양절)=매화와 대나무의 그림에는 둘이 아주 뛰어남 ◇其中(기중)에=그 가운데 ◇石坡蘭(석파란)=대원군이 그린 난초의 그림.

※『금옥총부』에 "오절지중 난모자 독석파란(五絶之中 難摹者 獨石坡蘭, 이 다섯 가지 뛰어난 것 가운데 본받기 어려운 것은 오직 석파의 난초 그림이다)"이라 했다.

346

宣王이 化仙 後에 고온 大君 어듸 잔고

에엿분 大妃 公主의 거슴소긔 즘겨 계셔 밤이나 낫지느 님향히 哀情과 懷中殺子늘 一刻이나 이즈실가 飢寒이 到骨ᄒ야 八十衰翁은 이고이고 ᄒ며 西宮을 브라보고 눈물질 뿐이로듸

아미나 有情ᄒᆫ 벗님네 더 쇠 열길 ᄒ쇼셔.　　　(淸溪歌詞 7) 姜復中

宣王(선왕)=조선 14대 임금 선조(宣祖, 1552~1608)를 가리킨다 ◇化仙(화선) 後(후)에=신선이 된 뒤에. 붕어한 뒤에 ◇고온 大君(대군)=불쌍한 왕자. 선조의 유일한 적자로 정비(正妃) 인목왕후(仁穆王后, 1584~1632)의 소생인 영창대군(永昌大君, 1606~1614)을 가리킨다 ◇에엿분=가련한. 불쌍한 ◇大妃(대비) 公主(공주)=인목왕후와 영창대군의 누나인 정명공주(貞明公主) ◇거슴소긔=가슴속에. 마음속에 ◇즘겨 계셔=영창대군이 억울하게 죽은 한(恨)이 맺혀 있어 ◇낫지느=낮이나 ◇哀情(애

정)=가엾이 여기는 마음 ◇懷中殺子(회중살자)늘=가슴속에 품고 있는 죽은 자식에 대한 생각을 ◇一刻(일각)이나=잠시나마 ◇이즈실가=잊을 수가 있겠는가? ◇飢寒(기한)이 到骨(도골)ᄒ야=굶주림과 추위가 뼛속까지 사무쳐 ◇八十衰翁(팔십쇠옹)=팔십 살이나 먹은 쇠약한 늙은이. 작자를 일컫는 말 ◇익고익고 ᄒ며=통곡하며 ◇西宮(서궁)=광해군에게 폐모(廢母)된 인목대비가 갇혀 있던 궁궐 ◇아ᄆᆡ나=누구나 ◇有情(유정)ᄒ 벗님네=불쌍하게 생각하는 분들 ◇뎌 쇠=서궁을 잠근 자물쇠 ◇열 길=열도록. 열 궁리를.

347

세거에 인두빅이오 츄늬에 목엽황이라 쟝ᄎᆞ 가을이 오면 나뭇닙헤 단풍 들고 ᄒᆡ가 가면 사름의 머리에 빅발이 되누나

청츈이 부지리ᄒ며 빅일을 막히도ᄒ라 이달을손 청츈이 가실 줄을 알드면은 청스 홍스로 결박을 ᄒ고 원슈 빅발이 오실 줄을 알드면은 만리쟝성 으로나 갈우막을 썰

이달은 청츈이 가고 오고 ᄒ더니만 원슈 빅발이 와서 날 침노ᄒ노나라.

(樂高 902)

세거에 인두빅이오=세거(歲去)에 인두백(人頭白)이고. 세월이 가매 사람의 머리가 희어지고 ◇츄늬에 목엽황이라=추래(秋來)에 목엽황(木葉黃)이라. 가을이 오매 나뭇잎이 누렇게 되었다 ◇청춘이 부지리ᄒ며=청춘(靑春)이 부재래(不再來)하며. 젊음이 다시 오지 아니하며 ◇빅일을 막히도ᄒ라=백일(白日)을 막희도(莫喜悼)하라. 맑게 갠 날을 기뻐하거나 슬퍼하지 마라 ◇이달을손=애닲은 것은 ◇청스 홍스=청사(靑絲) 홍사(紅絲). 푸른 실과 붉은 실. 젊음 ◇갈우막을 썰=가로 막을 것을 ◇이달은=애달픈 ◇침노ᄒ노다=침노(侵擄)하노다. 쳐들어온다.

348

世上 富貴人들아 貧寒士를 웃지 마라
石富萬財로 匹夫에 굿치고 顏貧一瓢로도 聖賢에 니르시니
내 몸이 貧寒ᄒ야마ᄂᆞᆫ 내 길을 닥고면 ᄂᆞᆷ의 富貴 부르랴.　　　(珍靑 474)

貧寒士(빈한사)를=가난한 선비를 ◇石富萬財(석부만재)=석숭(石崇)의 많은 재물. 석숭은 부호(富豪)임 ◇匹夫(필부)=평범한 남자 ◇顏貧一瓢(안빈일표)=안연(顏淵)의 가난한 살림이 바가지 하나뿐이다 ◇니르시니=이르렀으니. 도달하였으니 ◇貧寒(빈한)호야마는=가난하지마는 ◇내 길을 닥그면=나의 본분대로 살면 ◇부르랴=부러워하랴.

349

世上 사름들이 人生를 둘만 너거 두고 또 두고 먹고 놀 줄 모로던고

먹고 놀 줄 모로거던 죽을 줄 알야마는 石崇이 죽어갈지 累鉅萬財 가져가며 劉伶의 무덤 우희 어늬 술이 이르러써니

허믈며 青春 一場夢에 百花爛慢호니 이 ㄱ치 됴흔 씌에 아니 놀고 어이리.   (蔓橫) (甁歌 871)

둘만 너거=둘로만 여기고. 둘이 있는 것으로 착각하고 ◇累鉅萬材(누거만재)=많은 재산 ◇어늬 술이 이르러써니=어느 술이 이르렀더냐. 누가 술을 주더냐? ◇青春(청춘) 一場夢(일장몽)=젊음은 한바탕의 꿈에 지나지 아니한다 ◇百花爛漫(백화난만)=모든 꽃들이 흐드러지게 피다.

350

世上事 浮雲이라 江湖의 漁夫 될지어다

小艇의 그물 실코 順流로 나려가니 清風은 徐來하고 水波는 不興이라 銀鱗玉尺 펄펄 쒸고 白鷗 片片 나려든다 隔岸 前村 兩三家 저녁 烟氣 이러나고 半照入江 半石壁의 새 거을 거러논 듯 滄浪歌 반겨 듯고 七里灘 나려 가서 고기 주고 술을 사서 醉토록 마신 후에

欸乃曲 불느면서 달을 쎄우고 도라오니 世上 알가 念慮로다. (時調集 165)

世上事(세상사) 浮雲(부운)=세상의 일들이 뜬구름과 같다 ◇小艇(소정)=작은 배 ◇順流(순류)=잔잔히 흐르는 물 ◇清風(청풍)은 徐來(서래)하고=맑은 바람은 천천히 불고 ◇水波(수파)는 不興(불흥)=물결은 일지 아니함 ◇銀鱗玉尺(은린옥척)=커다랗

고 좋은 물고기 ◇白鷗(백구) 片片(편편)='편편(片片)'은 '편편(翩翩)'의 잘못. 갈매기가 펄펄 낢 ◇隔岸(격안) 前村(전촌) 兩三家(양삼가)=강 건너 앞마을의 두서너 집 ◇半照入江(반조입강) 半石壁(반석벽)=반은 강물에 반은 석벽에 비치다 ◇滄浪歌(창랑가)=굴원의 「어부사(漁父辭)」의 일부를 따서 지은 노래 ◇七里灘(칠리탄)=엄자릉(嚴子陵)이 낚시하던 곳. 자릉은 자(字). 이름은 광(光)임 ◇欸乃曲(애내곡)=뱃노래 ◇불 느면서=부르면서 ◇달을 쪠우고=달빛을 띄우고. 달빛을 받으면서.

351

世上 衣服 手品 制度 針線 高下 허도ㅎ다

양 縷緋 두올쓰기 샹침ㅎ기 쌈금질과 싀발스침 감침질에 반당침 듸올쓰기 다 죠타 ㅎ려니와

우리의 고은 님 一等 才質 삿쓰고 박금질이 第一인가 ㅎ노라.

(編數大葉) (靑六 861)

手品(수품) 制度(제도)=솜씨와 마련된 법도 ◇針線(침선) 高下(고하)=바느질 솜씨의 좋고 낮음 ◇허도ㅎ다=많기도 많다 ◇양 縷緋(누비)=두 천 사이에 솜을 넣고 드문드문 꿰매는 것 ◇두올쓰기=두 올로 뜨는 바느질 ◇샹침ㅎ기=상침(上針)하기. 박이옷이나 보료, 방석 같은 것의 가장자리를 실밥이 겉으로 드러나게 꿰매는 일 ◇쌈금질=깎음질 ◇싀발스침=여러 겹을 맞대어 새 발 모양으로 호는 일 ◇감침질=바늘로 감치는 일 ◇반당침(半唐針)=중국에서 들여온 짧은 바늘 ◇대올쓰기=큰 올로 뜨는 것 ◇一等 才質(일등재질)=제일 잘하는 재주 ◇삿쓰고=삽을 들고. 삽은 두 다리 사이를 가리킨다. 사타구니 ◇박음질=성교(性交)를 형용한 말.

352

歲月아 네월아 가지를 마라 靑春紅顏이 다 늙는구나

人生一世 生覺곳 하니 잠든 날 病든 날 다 除ㅎㅣ 노면 다만 단 四十 못사는 人生 안이 놀고서 무엇을 하리

오늘도 날이오 릭일도 날이라 오날도 놀고 來日도 놀고 놀고놀고 놀아를 보세.

(樂高 905)

네월아=세월의 '세'를 셋으로 보고 다음을 네월이라 한 어희적(語戱的)인 표현
◇靑春紅顔(청춘홍안)=젊은 시절의 아리따운 얼굴 ◇人生一世(인생일세)=사람의 한
평생 ◇除(제)히 노면=제하면 ◇다만 단=다만. 겨우.

353

세월은 수이 잘도 간다 영천수 흐르는 듯 슬넝슬넝 人生 百年 얼마든고
덧없이 오는 白髮 뉘라서 금하야 막을손야

富貴功名 조타 해도 狂風에 片雲이라 時乎時乎 不再來라 좋은 시절 어
려우니 이러한 絶代佳人 저러한 風流才子 이렁저렁 노라보세

아서라 此生百年 積善功德 많이 하야 後生千年 玉京 天堂 極樂世界 만
히 만히 노라보세.   (時調 100)

수이=쉽게 ◇영천수=영수(潁水) 또는 영천(靈泉)의 물인 듯. 영수는 중국 하남성
에서 회수(淮水)로 흘러 들어가는 물 ◇狂風(광풍)에 片雲(편운)=회오리바람에 날리
는 조각구름 ◇時乎時乎(시호시호) 不再來(부재래)=때는 다시 오지 않는다 ◇風流才
子(풍류재자)=멋을 아는 재주 있는 남자 ◇此生百年(차생백년) 積善功德(적선공덕)=
이승에서 평생 동안 착한 일을 하고 공덕을 쌓다 ◇後生千年(후생천년)=다음 세상
의 천 년 동안 ◇玉京(옥경) 天堂(천당) 極樂世界(극락세계)=도교나 기독교, 불교에
서 말하는 걱정 근심이 없는 내세(來世).

354

셋괏고 사오나온 저 軍牢의 쥬정 보소
半龍丹 몸똥이에 담벙거지 뒤앗고셔 좁은 집 內近흔 딕 밤듕만 들녀 들어
左右로 衝突ᄒ여 새도록 나드다가 제라도 氣盡턴디 먹은 濁酒 다 거이네
아마도 酗酒를 잡으려면 져 놈부터 잡으리라.   (蓬萊樂府 25) 申獻朝

셋괏고=군세고 ◇사오나온=사나운 ◇軍牢(군뢰)=지방 관아에 딸린 나졸(羅卒).
여기서는 남성의 성기를 은유한 것이다 ◇쥬정 보소=술주정하는 것을 보시오 ◇半
龍丹(반룡단)='반룡(半龍)'은 '반령(盤領)'의 잘못인 듯. '단(丹)'은 옷단의 단을 한자

로 표기한 듯. 폭이 좁은 소매에 둥근 깃을 단 옷인 반령착수(盤領窄袖)를 말하는 듯. 여기서는 남성 성기의 외형(外形)을 가리킨다 ◇담벙거지=병졸 등이 쓰던 모자의 일종. 남성 성기의 외형을 가리킨다 ◇뒤앗고셔=뒤로 벗어 넘기고서 ◇좁은 집 內近(내근)흔 듸=작은 집에 부녀자가 거처하는 곳과 가까운 데. 여성의 성기를 말함 ◇새도록 나드다가=밤새도록 드나들다가. 성행위를 말함 ◇제라도=저 자신마저도 ◇氣盡(기진)턴디=기운이 다 빠져 지쳤던지 ◇먹은 濁酒(탁주) 다 거이네=먹었던 탁주를 다 게우네. 탁주는 정액(精液)을 비유한 것이다 ◇酗酒(후주)=주정. 주정꾼.

　※ 육당본(六堂本)『청구영언(靑丘永言)』에 작자가 김화진(金華鎭)으로 되어 있다.

355

셔셩(西城)에 달 빗치엇다 단장두(短墻頭)에 화용(花容)이라

엇그제 가는 님(任)이 오날 밤 오마기는 월상시(月上時)로 오마드니 금노(金爐)에 향진(香盡)허고 오경종(五更鍾)이 거의로되 삼오야(三五夜) 지시도록 독의난간(獨倚欄干)허여 임(任) 보랴 엿히 안져쓰라구 전(傳)허여쥬렴

아마도 유신(有信)허기는 명월(明月)인가.　　　　　　　　　　(樂高 21)

　단장두(短墻頭)=나지막한 담장 머리 ◇화용(花容)=꽃 같은 님의 얼굴이 어른거림 ◇오마기는=오기로 약속하기는 ◇월상시(月上時)=달이 뜰 시각 ◇금노(金爐)에 향진(香盡)=황금 향로(香爐)에 향이 다 타고 ◇오경종(五更鍾)이 거의로되=오경을 알리는 종이 울릴 때가 거의 되었으되 ◇삼오야(三五夜) 지새도록=보름달이 뜬 밤이 다 새도록 ◇독의난간(獨倚欄干)=홀로 난간에 의지하다 ◇엿히 안져쓰라구=지금까지 앉아 있더라고.

356

소경이 맹관이를 두루쳐 메고 굽 써런진 평격지 민발의 신고

외나무 셕은 다리로 莫大ㅣ 업시 장금장금 건너가니

길 아릭 돌부쳐 셔셔 仰天大笑ᄒ더라.　　　　　(界樂時調) (靑六 772)

　맹관이=맹과니. 소경 ◇두루쳐 메고=둘러메고 ◇평격지=넙적한 나막신 ◇셕은=썩은 ◇莫大(막대)=막대기 ◇장금장금=살금살금 ◇돌부쳐=석불(石佛) ◇仰天大笑

(앙천대소)=하늘을 쳐다보며 크게 웃음.

357

少年 十五二十時에 ᄒ던 일이 어제론 듯

속곰질 쒸움질과 씨름 탁견 遊山ᄒ기 小骨 쟝의 投箋ᄒ기 져기 츠고 鳶 날니기 酒肆 靑樓 出入다가 스람치기 ᄒ기로다

萬一에 八字 ㅣ가 죠하만졍 身數가 험ᄒ던들 큰일 날 번ᄒ괘라.

(弄) (靑六 742) 金敏淳

속곰질=소꿉질 ◇쒸움질=뜀박질 ◇탁견=택견. 발을 사용해서 상대방을 넘어뜨리는 우리나라 전통 무예 ◇遊山(유산)ᄒ기=경치 좋은 산으로 놀러 다니기 ◇小骨(소골)=골패의 한 가지 ◇投箋(투전)ᄒ기='투전(鬪牋)'의 잘못. 노름의 한 가지 ◇져기 츠고=제기 차고 ◇酒肆(주사) 靑樓(청루)=술집과 기생집 ◇ᄒ기로다=하는 것들이다. 많다 ◇죠하만졍=좋기에 망정이지 ◇身數(신수)가 험ᄒ던들=운수가 사나웠던들 ◇번하괘라=뻔하였다.

358

瀟湘江 그럭이 落木寒天 울고 간다 獨守空房하는 사람 郎君前 消息 傳次 急登樓 바릐보니

蘇中郎은 男子라 그 편지는 전히 주고 야속타 저 女子는 도라 아니 보고 훨훨 나라 南天으로 울고 간다 錦字을 그저 쥐고 悵然히 落淚ᄒ니 男女 區別이 무삼 일고

至今에 鴻門關 그럭이 쏘든 項壯士 잇게 되면 활 다려 쏘고지거.

(時調 18)

瀟湘江(소상강)=소수(瀟水)와 상수(湘水). 동정호 근방에 있으며 경치가 좋음 ◇그럭이=기러기 ◇落木寒天(낙목한천)=나뭇잎이 다 떨어진 추운 겨울날 ◇傳次(전차)=전하려고 ◇急登樓(급등루)=급히 누각에 오르다 ◇蘇中郎(소중랑)=전한(前漢)의 충신이던 소무(蘇武). 흉노에 사신으로 갔다가 19년간 억류되었다 기러기에게 소식

을 전해 풀려났다고 한다 ◇저=저것 ◇錦字(금자)=아내가 남편을 사모하여 보내는 편지. 전진(前秦)의 두도(竇滔)의 아내 소약란(蘇若蘭)이 비단에 회문시(回文詩)를 짜 넣어 보낸 고사가 있다 ◇悵然(창연)히=몹시 슬프게 ◇鴻門關(홍문관)=항우가 유방을 초대해 잔치를 열던 곳 ◇項壯士(항장사)=항우의 부하 항장(項莊). 홍문의 연회에서 유방을 죽이려고 하다 실패했다 ◇다려=가져다. 가지고 ◇쏘고지거=쏘고 지고. 쏘고 싶구나.

359

瀟湘江 달 발근듸 울고 가난 져 기럭아

相思로 병이 되야 참아 스러 못 살네라고 전ᄒ여다고

기럭이 듸답ᄒ되 짝 일코 짝 차자려 가넌 길이라 전할지 말지.　　(時調 96)

가난=가는 ◇相思(상사)=서로 그리워함 ◇참아 스러=참으로 서러워 ◇못 살네라고=못 살겠다고 ◇짝 일코 짝 차자려=먼저의 짝을 잃어버리고 새 짝을 찾으려.

360

소상팔경 구경차로 황하수의 목욕하고 동정호로 나려가니 제장 제졸 모은 곳에 풍류 소래 질탕하다

목자진녈 저 번쾌는 치주체견 장헐시고 오강의 우는 말은 항우 타든 오추마요 기산에 섯는 소는 소부의 소 분명하다 추월망야 우넌 달근 맹상군의 달기로다 이화정 짓는 개는 마귀할미 삽살개요 오류촌 당도하니 도연명의 정자로다

江山 구경을 허자면 몃 날이 될 줄 모르리라.　　　　　　(時調集 175)

瀟湘八景(소상팔경)=소수와 상수 주변의 아름다운 경치 여덟 ◇諸將(제장) 諸卒(제졸)=여러 장수와 군졸 ◇질탕(跌宕)=방탕에 가깝도록 흠씬 노는 일 ◇목자진녈=목자진열(目眥盡裂). 눈이 째질 만큼 눈을 부릅뜨며 흘겨봄 ◇번쾌(樊噲)=한고조의 공신. 홍문연에서 항우가 유방을 해치려 했으나 번쾌 때문에 실패했다 ◇치주체견(厄酒彘肩)=잔에 따라놓은 술과 돼지의 어깻죽지에 붙은 살코기. 술과 안주 ◇장헐

시고=놀랍구나 ◇오강 항우 오추마=오강(烏江)은 중국 안휘성 화현(和縣)의 동북으로 흐르는 강으로 항우가 유방에게 패한 곳이고, 오추마(烏騅馬)는 항우가 타던 준마(駿馬)이다 ◇기산 소부=기산(箕山)은 중국 하남성 등봉현(登封縣) 동남쪽에 있는 산으로, 요 임금 때 고사(高士) 소보(巢父)와 허유(許由)가 숨어 있던 산 ◇추월망야(秋月望夜)=가을철의 보름달이 뜬 밤 ◇달근=닭은 ◇이화정 마귀할미=이화정(梨花亭)은 고소설『숙향전(淑香傳)』에 나오는 술집이고, 마귀할미는 『숙향전』의 등장인물인 마고(麻姑)할미 ◇오류촌(五柳村)=도연명이 살던 마을.

361

簫聲咽 秦娥夢斷秦樓月 秦樓月 年年柳色 霸陵傷別

樂遊原上 淸秋節이오 咸陽古道 音塵絶이라

音塵絶 西風殘照漢家陵闕이로다.　　　　　　　　(三數大葉) (甁歌 802)

簫聲咽(소성열)=퉁소 소리에 목이 멘다 ◇秦娥夢斷秦樓月(진아몽단진루월)=진아의 꿈은 진루의 달에 끊어졌구나 ◇秦樓月(진루월)=진루의 달이여 ◇年年柳色(연년유색) 霸陵傷別(패릉상별)=해마다 버들빛 같기만 한데 패릉의 이별에 가슴 태우고 ◇樂遊原上(낙유원상) 淸秋節(청추절)이오=낙유원의 맑은 가을철이요 ◇咸陽古道(함양고도) 音塵絶(음진절)이라=함양의 옛길에 소식이 끊어졌구나 ◇音塵絶(음진절)=소식이 끊어짐이여 ◇西風殘照漢家陵闕(서풍잔조한가능궐)이로다=서풍의 쇠잔한 빛이 한왕조의 능과 궁궐을 비출 뿐이로다.

※이백(李白)의 「억진아(憶秦娥)」를 시조로 만든 것이다.

362

昭烈之大度 喜怒를 不形於色과 諸葛亮之王佐大才

三代上 人物 五虎大將들의 雄豪之勇力으로 攻城略地ᄒ여 忘身之高節과 愛君之忠義 古今에 딱 업스되

蒼天이 不助順ᄒ샤 中恢를 못 이르고 英雄의 恨을 기쳐 曠百代之尙感이라.　　　　　　　　　　　　　　　　　(蔓橫淸類) (珍靑 556)

昭烈之大度(소열지대도)=촉한(蜀漢)의 소열황제인 유비(劉備)의 커다란 도량(度

量) ◇喜怒(희로)를 不形於色(불형어색)=기쁨과 노여움을 얼굴에 나타내지 아니하다 ◇諸葛亮之王佐大才(제갈량지왕좌대재)=제갈량의 왕을 보좌할 수 있는 큰 재주 ◇三代上(삼대상) 人物(인물)=삼대의 인물이라 할 수 있다 ◇五虎大將(오호대장)=유비의 휘하에 있는 훌륭한 장수 다섯. 관우(關羽), 장비(張飛), 마초(馬超), 황충(黃忠)과 조운(趙雲) ◇雄豪之勇力(웅호지용력)=씩씩하고 날랜 용기와 힘 ◇攻城略地(공성략지)=성과 땅을 공격하고 빼앗다 ◇忘身之高節(망신지고절)=몸을 돌보지 않는 높은 절의 ◇愛君之忠義(애군지충의)=임금을 사랑하는 충성과 의리 ◇蒼天(창천)이 不助順(불조순)=하늘이 순조롭게 도와주지 아니하다 ◇中恢(중회)=중원(中原)을 회복함. 즉 천하를 통일하다 ◇曠百代之尙感(광백대지상감)=‘상(尙)’은 ‘상(傷)’의 잘못인 듯. 멀리 백 대까지 가슴 아프게 하다.

363

소우 강변의 꾸벅꾸벅 굽이넌 저 빅구야

터럭 흰 제 멋멋 히야 나 너 틔허로 위실ᄒ고 명월노 위츅ᄒ고 츈ᄒ츄동 사시졀의 청풍명월 벗슬 삼어 무쥬강호 비을 타고 조종상탕 반묘향노즁슉 자고극금 멋멋 히야

너와 ᄂ와 벗슬 슴어 만셰동낙.   (時調集(羅孫文庫本) 15)

소우(疎雨) 강변의=성기게 비가 내리는 강변에 ◇굽이넌=꾸벅이는 ◇터럭=머리카락 ◇흰 제=허옇게 된 지가 ◇틔허로 위실ᄒ고=태허(太虛)로 위실(爲室)하고. 태허는 하늘을 가리킨다. 하늘로 집을 삼고 ◇명월노 위츅ᄒ고=‘위츅’은 ‘위촉(爲燭)’의 잘못. 밝게 비추이는 달로 등촉(燈燭)을 삼고 ◇사시졀의=일 년 내내의 ◇무쥬강호=무주강호(無主江湖). 특정한 주인이 없는 자연 ◇조종상탕=미상. 혹 조종상탕(朝宗上湯)이 아닌지. 강물이 넓은 바다로 나감 ◇반묘향노즁슉=미상. 혹 반묘향노중(半眇香爐中) 속으로가 아닌지. 조그마한 향로의 속과 같은 세상 ◇자고극금=자고급금(自古及今)의 잘못인 듯. 예로부터 지금까지 ◇만셰동락=만세동락(萬世同樂). 오래도록 같이 즐거워하다.

364

蘇秦이 行過洛陽ᄒᆯ시 車騎輜重이 擬於王者ㅣ러라

三寸舌을 놀려 佩六國相印ᄒ니 千萬古之辯士로다

암아도 사람 달릭기는 利口ㅣ런가 ᄒ노라.
(海周 567) 金壽長

蘇秦(소진)=중국 전국시대의 모사(謀士). 여러 나라를 돌아다니며 유세(遊說)하여 연(燕)·조(趙)나라의 육국을 합종(合從)하여 진(秦)나라에 대항하고 육국의 재상이 되었다. 소진장의(蘇秦張儀)라 하면 구변 좋은 사람을 일컫는 말로 쓰인다 ◇行過洛陽(행과낙양)홀식=낙양을 지나갈 때. 낙양은 중국 하남성에 있는 도시이나 일반적으로 서울을 가리킨다 ◇車騎輜重(거기치중)=마차와 하물차(荷物車). 의복을 실은 차를 치(輜), 여러 가지 물건을 실은 차를 중(重)이라 한다 ◇擬於王者(의어왕자)=혹시 왕이 아닌가 의심할 정도임. 왕과 같아 보이다 ◇三寸舌(삼촌설)=혀. 길이가 겨우 세 치밖에 안 되어 일컫는 말 ◇佩六國相印(패육국상인)=육국의 재상의 도장을 패용(佩用)하다. 육국의 재상이 됨. 육국은 전국시대 진(秦)나라에 대항했던 제(齊)·초(楚)·연(燕)·조(趙)·한(韓)·위(魏)의 여섯 나라 ◇千萬古之辯士(천만고지변사)=만고에 뛰어난 말 잘하는 사람 ◇利口(이구)=말을 잘 하는 것.

365

속적우리 고은 씩치마 밋머리에 粉씩 민 閣氏

엇그제 날 속이고 어듸 가 쏘 늘을 소길려 ᄒ고

夕陽에 곳柯枝 것고 쥐고 가는 허리를 즛늑즛늑 ᄒ는다.
(二數大葉) (海周 555) 金壽長

속적우리=속저고리. 속에 입는 저고리 ◇씩치마=알록달록한 치마 ◇밋머리=민머리. 여자가 쪽을 찌지 않은 머리 ◇粉(분)씩 민=분대(粉黛)로 꾸민. 분대는 여인들이 화장하는 분과 눈썹 먹 ◇閣氏(각씨)=젊은 여자 ◇늘을 소길려 ᄒ고=누구를 속이려 하고 ◇가는 허리=가느다란 허리. 세요(細腰) ◇즛늑즛늑=동작이 가볍고 조용하며 부드러운 모양. 남자를 유혹하기 위하여 아양을 떠는 모습.

366

孫約正은 點心 츨히고 李風憲은 酒肴를 쟝만ᄒ소

거믄고 伽倻ㅅ고 奚琴 琵琶 笛 觱篥 杖鼓 舞工人으란 禹堂掌이 ᄃ려오시

글짓고 노래부르기와 女妓 女花看으란 내 다 擔當 ᄒ리라.　　　(珍青 525)

孫約正(손약정)=손씨 성을 가진 약정. 약정은 향약(鄕約)의 직위의 하나 ◇李風憲(이풍헌)=이씨 성을 가진 풍헌. 풍헌은 향소직(鄕所職)의 하나. 면(面)이나 이(里)의 일을 맡아보았다 ◇酒肴(주효)=술과 안주 ◇奚琴(해금)=깡깡이 ◇篳篥(필률)=악기의 한 가지 ◇舞工人(무공인)=춤추고 악기를 연주하는 사람 ◇禹堂掌(우당장)=우씨 성을 가진 당장. 당장은 서원(書院)에 딸린 하인 ◇ᄃ려오시=다려오시오 ◇女妓(여기) 女花看(여화간)='여화간(女花看)'은 '여화간(女和姦)'의 잘못인 듯. 기생과 여자들과 간통하다.

367

솔아릐 구분 길노 靑노싀 타고 가는 아해야 말 무러보자

瑤池宴 設宴時 淑娘子를 틔우라 가는야

그 아희 天台山 梨花亭 바라보고 둣고 잠잠.　　　(樂高 4)

구분=굽은 ◇말 무러보자=말을 조금만 물어보자 ◇瑤池宴(요지연) 設宴時(설연시)=요지에서 잔치를 베풀 때 ◇淑娘子=숙낭자. 고소설『숙향전』의 주인공 숙향(淑香) ◇天台山(천태산) 梨花亭(이화정)=천태산은『숙향전』에 등장하는 마고할미가 본래 있던 선계의 산이고, 이화정은 마고할미가 인간세상에서 운영하는 술집 이름.

368

솔 아레 童子더러 무르니 니르기를 先生이 藥을 키라 갓너이다

다만 此山中 잇건마는 구름이 깁퍼 곳을 아지 못게라

아희야 네 先生 오셔드란 날 왓다 살와라.　　　(界樂時調) (靑六755)

무르니=물으니 ◇니르기를=말하기를 ◇此山中(차산중)=이 산속에 ◇아지 못게라=알지 못하겠구나 ◇오셔드란=오시거들랑

※당(唐)나라 시인 가도(賈島)의 「심은자불우(尋隱者不遇)」의 '松下問童子 言師採藥去 只在此山中 雲深不知處(송하문동자 언사채약거 지재차산중 운심부지처)'를 시조로 만든 것이다.

368-1

松下에 問童子하니 스승이 영주 방장 봉래 三神山으로 採藥하러 가섯나이다

只在此山中이나 雲深하여 不知處라

童子야 스승이 오시거든 나 왓드라고.   (雜誌 397)

영주(瀛洲) 방장(方丈) 봉래(蓬萊)=영주산, 방장산, 봉래산. 영주산은 동해안에 있으며, 신선이 살고 있다고 하는 산. 달리 우리나라에서 한라산을 영주, 지리산을 방장, 금강산을 봉래산이라 한다 ◇採藥(채약)하러=약을 캐러 ◇只在此山中(지재채산중)이나=다만 이 산중에 있을 것이나 ◇雲深(운심)하여 不知處(부지처)라=구름이 깊이 끼어 간 곳을 알지 못하니라.

369

솔아레 에구븐 길로 셋 가느듸 말잿 즁아

人間離別 獨宿孤房 삼긴 부쳐 어늬 절에 안졋드니 뭇노라 말잿 즁아

小僧은 아옵지 못ㅎ오니 샹좌 누의 아느이다.   (蔓橫淸類) (珍靑 481)

에구븐 길=구부러진 길 ◇말잿=제일 끝의 ◇獨宿孤房(독수고방)=혼자 외로이 방을 지킴 ◇삼긴=생기게 한. 만든 ◇小僧(소승)=스님이 자기를 낮추어 부르는 말 ◇샹좌=상좌(上座). 절의 주지 ◇누의='님'의 뜻인 듯.

369-1

물 알의 오리마 지니 들의 우의 즁놈 셋 가는 즁의 민 말재 즁아 게 잇거라 말 물어보쟈

人間離別 萬事中에 獨宿空房 삼겨주시던 부쳐 어늬 졀 어늬 法堂 卓子 우희 坎中連ㅎ고 두 눈이 감ㅎ게 안자쓰나 닐러라 보쟈

그 즁이 막대를 놉피 드러 白雲을 ㄱㄹ치며 닐러 속절업다 ㅎ더라.

                                          (蔓橫淸) (槿樂 346)

물 알와=물 아래에 ◇그리마 지나=그림자가 생기니 ◇둘의 우의=다리 위에 ◇민 말재=맨 마지막의 ◇獨宿空房(독수공방)=사랑하는 사람이 없는 방에서 혼자 지내다 ◇삼겨=만들어 ◇坎中連(감중련)=팔괘(八卦) 가운데 하나. 부처의 손이란 뜻이 있다 ◇감ㅎ게=살피고 감고 ◇닐러라 보쟈=말하여보라 ◇닐러 쇽절업다=말하여 소용없다.

369-2

太白山 굽은 길노 중 서너이 나려오는 그중의 末제 중아 게 좀 섯거라 말 무러보쟈

人間 離別 萬事中에 獨宿空房 마련하든 붓처임이 어늬 절 法堂 안의 坎中蓮허고 안진 모양 너는 分明 보앗느냐

그 중이 對答하되 小僧도 千種 蒼松이 于今十圍로되 아무런 줄.

(時調集 161)

太白山(태백산)=강원도와 경상도 접경에 있는 산 ◇서너이=세넷이 ◇末(말)째=끝에 ◇게 좀=거기에 좀 ◇坎中蓮(감중련)='련(蓮)'은 '련(連)'의 잘못. 팔괘의 하나 ◇千種(천종) 蒼松(창송)이 于今十圍(우금십위)='천종(千種)'은 '수종(手種)'의 잘못인 듯. 직접 심은 푸른 소나무의 둘레가 열 아름이다.

369-3

首陽山下 어이 굽은 길노 중 셔넛 가난 중 그중의 맛 말지중아 게 暫 셧거라 말 무러보쟈

人間 離別 萬事中의 獨宿空房 만련ᄒ시던 부텨님이 어늬 절 어늬 法堂 榻上 卓子 우의 坎中連 안진 貌樣 네 分明 보앗나냐

져 상지중 對答ᄒ되 小僧도 手種 靑松이 今十圖로듸 아모란 줄.

(時調演義 90) 林重桓

首陽山下(수양산하)=수양산 아래. 수양산은 중국 산동성에 있는 산으로 백이(伯夷)와 숙제(叔齊)가 굶어 죽었다는 곳 ◇어이 굽은 길노=에굽은 길로. 에굽은 길은

약간 굽은 길 ◇만련ㅎ시던=마련하시던 ◇法堂(법당)=불상을 안치하고 설법도 하는 절의 정당(正堂) ◇榻上(탑상)=탑상(榻床). 기대거나 누울 수 있는 평상 ◇坎中連(감중련)=팔괘의 하나. 부처님의 손이란 뜻이 있음 ◇상지중=상좌중 ◇手種(수종) 靑松(청송)이 今十圖(금십도)로되=‘금십도(今十圖)’는 ‘금십위(今十圍)’의 잘못인 듯. 직접 심은 푸른 소나무가 지금까지 열 아름이나 되었다.

370

송낙 쓰고 장삼 입고 바랑 지고 목탁 들고 소승은 문안이요 또드락 목탁치며 일심으로 증영발원이요

이 댁 기지를 둘러보니 무학의 수업이요 도선의 비결이라 용세도 조커니와 풍경이 긔이하다 태극조판 하온 후에 천고지후 되엇으니 억만년지무궁이라

업는 애기 생남 발원 잇는 애기 수명 장수 부귀다남 발원이요 또드락 딱 남무대비관세음보살. (時調 95)

송낙(松絡)=여자 스님이 쓰는 모자 ◇바랑=스님이 물건을 담기 위해 둘러메는 자루 형태의 주머니 ◇일심(一心)=한결같은 마음 ◇증영발원(贈榮發願)=영광을 가져다달라고 소원을 비는 것 ◇기지(基地)=터 ◇무학의 수업=무학대사(無學大師)가 준 업보(業報). 무학은 조선 건국 초의 스님 ◇도선의 비결(秘訣)=도선대사(道詵大師)의 좋은 방법. 도선은 신라 말기의 스님으로, 고려 왕건(王建)의 탄생과 고려 건국을 예언한 것으로 유명하다 ◇용세=생김새와 형편(容勢) ◇태극조판(太極肇判)=세상이 개벽된 뒤 ◇천고지후(天高地厚)=하늘은 높고 땅은 두터워짐 ◇억만년지무궁(億萬年之無窮)=억만년이 되도록 오래가다 ◇업는 애기 생남(生男) 발원(發願)=없는 아기를 낳게 해달라고 소원을 빌다 ◇잇는 애기 수명장수(壽命長壽) 부귀다남(富貴多男) 발원(發願)=현재 있는 아기의 오래 살고 부자가 되어 아들 많이 낳기를 빌다 ◇남무대비관세음보살(南無大悲觀世音菩薩)=관세음보살에 귀의함. 관세음보살은 대자대비하여 괴로울 때 그 이름을 외면 곧 구제한다고 한다.

371

쇼샹강으로 빅 타고 져 불고 가는 져 두 동즈야 말 무러보즈 너희 션싱

은 뉘시랴 ᄒ며 너희 향ᄒᄂᆫ 곳은 어듸메뇨

두 동ᄌᆞ 듸답ᄒ되 져희 션ᄉᆡᆼ은 남희 룡왕 하에 적숑ᄌᆞ라 ᄒᆞ옵시며 우리 가ᄂᆫ 길은 영쥬 봉ᄂᆡ 방장 숨신산으로 ᄎᆔ약ᄒ려 가ᄂᆞ이다

쳥샹에 지샹션이 못낫더니 너희 두 동ᄌᆞ 쑨이로다.　　　　　　　(樂高 875)

져=젓대 ◇동ᄌᆞ야=동자(童子)야. 아이야 ◇어듸메뇨=어느 곳이냐 ◇하에=아래에. 수하에 ◇적숑자=적송자(赤松子). 중국 상고시대의 신선. 신농씨(神農氏) 때 우사(雨師)로, 후에 곤륜산에 들어가 신선이 되었다 한다 ◇영쥬 봉ᄂᆡ 방장 숨신산=영주산(瀛洲山)과 봉래산(蓬萊山) 그리고 방장산(方丈山)의 삼신산(三神山) ◇쳥샹=천상(天上)인 듯 ◇지샹션=지상선(地上仙) ◇못낫더니=몰랐더니.

372

쇼년힝락이 다 진커늘 와유강산 ᄒ오리라

인호샹이 ᄌᆞ작으로 명뎡케 취ᄒ 후에 한단침 도도 베고 쟝쥬호뎝이 잠간 되여 방츈화류 ᄎᆞᄌᆞ가니 리화도화 영산홍 좌산홍 왜철쥭 진달화 가온듸 풍류랑이 되어 춤추며 노니다가 셰류영 넘어가니 황됴편편 환우셩이라 도시힝락이 인싱귀불귀 아닐진듼

쑴인지 샹신지 몰나 다시 김소년 ᄒ오리라.　　　　　　　(樂高 876)

쇼년힝락=소년행락(少年行樂). 젊었을 때의 즐겁게 노닐었던 일 ◇다 진커늘=다 없어졌거늘 ◇와유강산(臥遊江山)=자연 속에서 한가롭게 즐기면서 노닐다. 또는 집에서 명승인 고적의 그림을 보면서 즐기다 ◇인호샹이 ᄌᆞ작으로=인호상(引壺觴)이 자작(自酌)으로. 술잔을 당겨 혼자서 술을 마시다 ◇명뎡케=명정(酩酊)케. 몸을 가누기 힘들 정도로 술에 취해 ◇한단침(邯鄲枕)=한단의 베개. 노생(盧生)이란 소년이 한단에서 여옹(呂翁)에게 베개를 빌려 베고 밥을 짓는 동안 잠이 든 사이에 팔십 년간의 영화로운 세월을 보낸 꿈을 꾸었다는 고사 ◇도도 베고=돋우어 베고 ◇쟝쥬호뎝=장주호접(莊周胡蝶). 장주가 꿈에 호접이 되었는지 호접이 장주가 되었는지 분간하기 어려웠다는 꿈 ◇방츈화류=방춘화류(方春花柳). 바야흐로 봄을 맞은 꽃과 버들 ◇좌산홍(坐山紅)=키가 작은 영산홍의 하나인 듯 ◇진달화=진달래 ◇풍류랑=풍류랑(風流郎). 풍류를 즐기며 노는 남자 ◇셰류영=세류영(細柳營)은 중국 섬서성

함양에 있는 지명으로, 한(漢)나라 주아부(周亞夫)가 장군이 되어 다른 군영(軍營)보다 군율이 엄하였으므로 문제(文帝)가 크게 감동하여 붙인 이름이나, 여기서는 고개라는 의미로 쓰인 듯 ◇황됴편편 환우성=황조편편(黃鳥扁扁翩) 환우성(喚友聲). 꾀꼬리가 펄펄 날며 벗을 부르는 소리 ◇도시 힝락=도시(都是) 행락(行樂). 도대체 행락이란 것이 ◇인생 귀불귀(歸不歸)=인생이란 한번 가면 다시 돌아오지 못함 ◇샹신지=생시(生時)인지 ◇깅쇼년=갱소년(更少年). 다시 젊어짐.

373

數間茅屋 그윽흔듸 滿案 詩書 活計로다
籬下는 松菊이오 臺上은 梅竹이라
春風의 花發ᄒ고 秋夜의 月明커던 四時佳興을 되는대로 조차 로오리.

(四時曲) (城西幽稿) 申甲俊

數間茅屋(수간모옥)=두어 칸의 조그만 초가집 ◇滿案(만안) 詩書(시서) 活計(활계)로다=책상 위에 그득히 쌓인 책이 생활의 방편이다 ◇籬下(이하)는 松菊(송국)이오=울타리 아래에는 소나무와 국화요 ◇臺上(대상)은 梅竹(매죽)이라=대 위에는 매화와 대나무라 ◇春風(춘풍)의 花發(화발)ᄒ고=따뜻한 봄바람에 꽃이 피고 ◇秋夜(추야)의 月明(월명)커던=가을밤에 달이 밝거든 ◇四時佳興(사시가흥)=일 년 내내의 아름다운 흥취 또는 경치 ◇조차 로오리=따라 놀겠다. 또는 좇으리라.

374

垂楊柳 느러진 가지 西山 나귀 느려 믹고
潁川水 흐르는 물에 귀를 싯고 안저슨니
그 아릭 巢父는 금소 타고 쏩비를 거리시면셔 오락가락.　　(金聲玉振 103)

느려 믹고=느슨하게 매고. 길게 매고 ◇潁川水(영천수)=중국 하남성의 회수(淮水)로 흘러 들어가는 강. 요 임금이 허유(許由)에게 천하를 주겠고 하자 허유는 그 말을 듣고 귀가 더러워졌다고 영천수에 귀를 씻었고, 때마침 지나가던 소보(巢父)가 더러운 물을 소에게 먹일 수 없다고 상류로 끌고 갔다는 고사가 있다 ◇금소=누런 소. 황소 ◇거리시면셔='끌다'의 뜻인 듯.

375

슐 먹고 빗득 뷔쳑 뷔거러 가며 먹지 마자 고게 盟誓ㅣ ᄒᆞ엿더니

春夏秋冬 好時節의 南隣北村 다 請ᄒᆞ여 熙皞同樂 ᄒᆞ올머데 어허 盟誓ㅣ
가笑ㅣ로다

人生이 一場春夢인니 먹고 놀여 ᄒᆞ노라.   (言樂) (青六 835)

뷔거러 가며=비틀거리며 가면서 ◇南隣北村(남린북촌)=남북의 이웃 마을 ◇熙皞
同樂(희호동락)=모두가 한가지로 즐거워하다 ◇ᄒᆞ올머데=할 즈음에 ◇가笑=가소(可
笑).

376

슐 먹기 비록 됴흘지라도 한두 盞박긔 더 먹지 말며

色ᄒᆞ기 됴흘지라도 敗亡ᄒᆞ게 안일 거시

平生에 이 두 일 삼가ᄒᆞ면 百年千金軀를 病드로미 이시랴.   (詩歌 608)

됴흘지라도=좋다고 하더라도 ◇色(색)ᄒᆞ기=여자와 가까이하기 ◇안일 거시=않
을 것이니 ◇百年千金軀(백년천금구)=평생을 천금과 같이 소중하게 관리해야 할 신
체 ◇病(병)드로미=병들 까닭이.

377

슐 먹어 病 업는 藥과 色ᄒᆞ여 長生홀 藥을

갑 주고 살쟉이면 盟誓ㅣ 개지 아모만들 관계ᄒᆞ랴

갑 주고 못 살 藥이니 넌최 아라가며 소로소로ᄒᆞ여 百年ᄭᆞ지 ᄒᆞ리라.

                                         (蔓横清類) (珍青 491)

살쟉이면=살 수 있다면 ◇盟誓(맹서)ㅣ 개지=맹서하지만 ◇아모만들=누구인들.
얼마인들 ◇관계ᄒᆞ랴=관계를 가지겠느냐. 따지겠느냐? ◇넌치 알아가며=눈치를 살
펴 가면서 ◇소로소로ᄒᆞ여=서두르지 않고 천천히.

※ 이한진본 『청구영언』에 작자가 반치(半癡)로 되어 있다.

378

슬 붓다가 잔 골케 붓는 妾과 色흔다고 흐고 시움 甚히 흐는 안히

헌 빅에 모도 시러다가 씌우리라 흔 바다희

狂風에 놀나 씌닷거든 卽時 다려오리라.　　　　　　(言樂) (靑六 807)

잔 골케=술잔에 차지 않게. 조금　◇시움=시새움. 투기(妬忌.)　◇헌 빅=낡은 배　◇
모도=모두　◇흔 바다희=큰 바다에　◇狂風(광풍)=회오리바람　◇씌닷거든=깨닫거든.

379

슬을 大醉키 먹고 北平樓 올나 大夢을 쑤니

長劍을 씌여 들고 靑驄馬 빗겨 타고 遼海 건너쒸여 天朝를 降伏밧고 北
闕노 도라와셔 告闕成功흐여 뵌다

平生에 丈夫의 마음이 鬱鬱흐여 쑴에 施驗흐여라.　　　　(編弄) (歌譜 207)

北平樓(북평루)=누각의 이름. 북쪽 오랑캐를 평정한다는 뜻의 상상의 누각인 듯
◇씌여=빼어　◇靑驄馬(청총마)=총이말　◇遼海(요해)=요하(遼河). 만주와 중국 사이
에 있는 강　◇天朝(천조)를 降伏(항복)밧고=천자의 조정으로부터 항복받고　◇北闕
(북궐)노=대궐로　◇告闕成功(고궐성공)=이루던 것이 성공하였음을 알리다　◇施驗
(시험)=실지로 해보다.

380

슬을 멉ㅈ 흐니 百姓이 셜워흐고

고기를 먹ㅈ 흐니 샨치도 셜워흐니

愛婢 料산 □의 臺안쥬 □□及將□흐오리 더드고 니여붓고 드잣ㄴ다.
　　　　　　　　　　　　　　　　　　　　　(淸溪歌詞 38) 姜復中

멉ㅈ 흐니=먹고자 하니　◇샨치도=산채(山菜)도. 산채는 산에서 나는 나물　◇愛婢
(애비)=사랑하는 여자 종　◇니여 붓고=계속해서 술을 따르고　◇드잣ㄴ다=들자꾸나.

381

술이라 ᄒᄂᆞ는 거시 어ᄂᆡ 삼긴 거시완ᄃᆡ

一杯一杯復一杯ᄒᆞ면 恨者泄 憂者樂에 扼腕者 蹈舞ᄒᆞ고 呻吟者 謳歌ᄒᆞ며
伯倫은 頌德ᄒᆞ고 嗣宗은 澆胸ᄒᆞ고 淵明은 葛巾素琴으로 眄庭柯而怡顔하고
太白은 接䍦錦袍로 飛羽觴而醉月ᄒᆞ니

아마도 시름 풀기ᄂᆞᆫ 술만 ᄒᆞᆫ 거시 업세라.　　　　　　(蔓橫)　(甁歌 908)

어ᄂᆡ 삼긴=어찌 만들어진. 어떻게 생긴 ◇거시완ᄃᆡ=것이기에 ◇一杯一杯復一杯
(일배일배부일배)=한 잔 한 잔 또 한 잔 ◇恨者泄(한자설) 憂者樂(우자락)=한이 있
는 사람은 풀어버리고 근심 있는 사람은 즐거워하다 ◇扼腕者(액완자) 蹈舞(도무)
呻吟者(신음자) 謳歌(구가)='액완자(扼腕者)'는 '위원자(危怨者)'의 잘못인 듯. 원망
이 쌓인 사람은 춤을 추고 신음을 하던 사람은 노래하다 ◇伯倫(백륜)은 頌德(송덕)
ᄒᆞ고=유령(劉伶)은 술의 덕을 칭송하고. 백륜은 유령의 자(字)이며「주덕송(酒德頌)」
을 지었다 ◇嗣宗(사종)은 澆胸(요흉)ᄒᆞ고=사종은 마음을 상쾌하게 하고. 사종은 진
(晉)나라의 완적(阮籍)의 자(字)로 술을 좋아했다 ◇淵明(연명)은 葛巾素琴(갈건소금)
으로=도연명은 갈건으로 술을 거르고, 줄 없는 거문고로 ◇眄庭柯而怡顔(면정가이
이안)ᄒᆞ고=뜰에 있는 나뭇가지를 보면서 얼굴에 기쁜 빛을 띠고 ◇李白(이백)은 接
䍦錦袍(접리금포)='리(䍦)'는 '라(羅)'의 잘못인 듯. 이백은 비단 도포를 입었다 ◇飛
羽觴而醉月(비우상이취월)=술잔을 날리면서 달빛에 취하다 ◇업세라=없구나.

382

술이라 ᄒᆞ면 믈 믈 혀듯 ᄒᆞ고 飮食이라 ᄒᆞ면 헌 믈등에 셔리 황 다앗듯
兩 水腫다리 잡조지 팔에 할기눈 안폿 씁장이 고쟈 남진을 만셕둥이라
안쳐두고 보랴

窓밧의 통메쟝ᄉᆞ 네나 ᄌᆞ고 니거라.　　　　　　　(樂戲調)　(甁歌 1063)

믈 혀듯 ᄒᆞ고=물을 들이켜듯 하고 ◇셔리 황 다앗듯=미상. 혹 서리(暑痢) 때문에
황이 된 듯. 서리는 더위로 생긴 설사병이며 황은 안 맞는 골패짝으로 일이 잘못되
었을 때 "황 잡았다"고 함. 이본(異本)에는 '藥 타 오듯'으로 되었다 ◇兩(양) 水腫
(수종)다리=두 수종다리. 수종은 다리가 붓는 병 ◇잡조지 팔=잡좆은 쟁기를 들기

위한 손잡이. 짧은 팔을 가리킨다 ◇할기눈=흑보기. 눈동자가 한쪽으로 몰려서 늘
흘겨보는 사람의 별명 ◇안풋꼽장이=안팎곱사등이 ◇고쟈 남진=고자 남편 ◇만석
듕=망석중이. 나무로 만든 꼭두각시의 하나 ◇통메장〈=통(桶) 메우시오 하고 외치
는 장사꾼. 통메장사를 간부(間夫)에 비유하다.

382-1

슐이라 ᄒ면 믈 믈 혀듯 ᄒ고 飮食이라 ᄒ면 헌 말등에 셔타 황 다오듯
兩水 水瘴다리 잡조지팔에 개눈에 안팟꼽쟝이 男眞을 무어시라 안쳐두
고 보리
窓밧긔 믈즈롬믈즈롬 흘니ᄂᆞ 구멍 막이 메옵소 웨는 長事ㅣ야 녜나 이
리 오너라.   (樂) (靑가 702)

개눈에=가짜로 만든 눈에 ◇믈즈롬믈즈롬 흘니ᄂᆞ 구멍=물을 조금씩 흘리는 구
멍. 여자의 성기를 은유한다 ◇막이 메옵소=막아 메우십시오 ◇웨는=외치는.

383

슐 갓치 조흔 것을 뉘라 禁ᄒ야 늬 안이 마시리
天下 名勝之地 金剛 洛陽 瀟湘江 洞庭湖며 岳陽樓 姑蘇臺라 練光亭 놉
히 올나 붉은 달 고흔 곳 아릿다온 美色덜과 조흔 벗 다리고 논일 적의
슐아 네곳 안이면 늬의 무삼 興이 잇스랴
지금에 不醉不醒ᄒ고 半醉半醒ᄒ야 半不醉 半不醒을 나 홀노 짓거.
                                              (時調演義 93) 林重桓

술 갓치=술처럼 ◇뉘라 禁(금)ᄒ야=누가 막는다고 해서 ◇늬 안이 마시리=내가
아니 마시랴 ◇金剛(금강)=금강산 ◇洛陽(낙양)=중국 하남성 북쪽에 있는 도시. 일
반적으로 '서울'의 뜻으로 쓰임 ◇瀟湘江(소상강)=중국 호남성 동정호 옆에 있는 강
◇洞庭湖(동정호)=중국 호남성에 있는 호수 ◇姑蘇臺(고소대)=춘추시대 오나라 강
소성 소주부(蘇州府)에 있던 정자 ◇練光亭(연광정)=평안도 평양의 대동강안에 있는
정자 ◇美色(미색)덜과=기생들과 ◇논일 적의=한가하게 거닐며 놀 때에 ◇不醉不醒
(불취불성)ᄒ고 半醉半醒(반취반성)ᄒ야=취하지도 깨지도 아니하고 반은 취하고 반

은 깨어 ◇깃거=즐거워.

384

술을 듸취ᄒ고 완월누의 올너보니

연자빅노넌 혹규어 혹면져ᄒ고 벽천츄월은 반입산반괘쳔니라.

져 건너 어구예 일엽소션 어옹더라 소상팔경이 이 갓던야.　　　(歌詞 156)

완월누의=완월루(玩月樓)에. 정자 이름 ◇연자빅노넌=연자백로(沿자白鷺)는. '연자'는 '연저(沿渚)'의 잘못. 물가의 백로들은 ◇혹규어(或窺魚) 혹면져(或眄渚) ᄒ고=혹은 고기를 엿보고 혹은 물가를 곁눈질하며 ◇벽천추월은=벽천추월(碧天秋月)은. 푸른 하늘의 가을달은 ◇반입산 반괘쳔니라=반입산(半入山) 반괘천(半掛天)니라. 반은 산에 들고 반은 하늘에 걸렸더라 ◇어구예=어귀(於口)에 ◇어옹더라=어옹(漁翁)들아. 고기잡이들아 ◇소상팔경(瀟湘八景)이=소수(瀟水)와 상수(湘水)의 여덟 가지 아름다운 풍경이.

385

술 ᄒᆫ 잔 가득 부어 倭盤에 밧쳐 면포전 보에 밧쳐 草堂 문갑 우희 언졋더니 어늬 겨을에 의적이 알고 반이나 남즈시 싸루워 먹어쑤나

져긔 져 碧空에 걸엿는 들은 왼달이 두럿ᄒ던 달일너니 어늬 결을에 李太白이가 집펏던 쥬령 막듸로 쌍쌍 두드려 반이나 남즈시 야즐어젓다

童子야 인제는 할 일 업다 늠은 술 남은 달 건져 들어라 玩月長醉ᄒᆞᆽ.
　　　　　　　　　　　　　　　　　　　　　　　　(慶大時調集 58)

倭盤(왜반)=조그만 상. 소반(小盤) ◇면포전 보=면포전(棉布廛)에서 사온 천으로 만든 보자기 ◇어늬 겨을에=어느 틈에 ◇의적=의적(儀狄). 중국 상고시대 하우(夏禹) 때 술을 만든 사람 ◇남즈시=남짓하게 ◇두럿ᄒ던 달일너니=둥그렇던 달이더니 ◇쥬령 막듸=지팡 막대기 ◇야즐어젓다=찌그러졌다 ◇玩月長醉(완월장취)=달빛을 즐기며 오래도록 술에 취함.

386

丞相祠堂을 何處尋이랴 錦館城外예 栢森森이라

暎階碧草는 自春色이요 隔葉黃鸝는 空好音이라 三顧에 頻繁天下計ㄴ데
兩朝開濟老臣心이라

出師에 未捷身先死흔이 長使英雄으로 淚滿襟을 흐소라.   (海一 622)

丞相祠堂(승상사당)을 何處尋(하처심)이랴=승상의 사당을 어느 곳에 가 찾으랴
◇錦館城外(금관성외)예 栢森森(백삼삼)이라=금관성 밖에 잣나무가 우거진 곳이라
◇暎階碧草(영계벽초)는 自春色(자춘색)이요=뜰을 덮은 푸른 풀은 스스로가 봄빛이
요 ◇隔葉黃鸝(격엽황리)는 空好音(공호음)이라=잎 사이의 꾀꼬리 고운 소리는 부질
없이 들린다 ◇三顧(삼고)에 頻繁天下計(빈번천하계)ㄴ데=세 번 찾아가 자주 천하계
를 물었다 ◇兩朝開濟老臣心(양조개제노신심)=두 임금을 깨우쳐준 늙은 신하의 마
음 ◇出師(출사)에 未捷身先死(미첩신선사)흔이=군사를 내어 이기지 못하고 몸이 먼
저 죽으니 ◇長使英雄(장사영웅)으로 淚滿襟(누만금)을=후세의 영웅으로 하여금 길
이 눈물을 흘리게 한다.

※ 두보(杜甫)의 「촉상(蜀相)」을 시조로 만든 것이다.

387

싀어마님 며느라기 낫바 벽바흘 구루지 마오

빗에 바든 며느린가 갑세 쳐온 며느린가 밤나모 서근 들걸에 휘초리나
ᄀᆞ치 알살픠선 싀아바님 볏 뵌 쇠동ᄀᆞ치 되죵고신 싀어마님 三年 겨른 망
태에 새송곳부리 ᄀᆞ치 쏚쪽흐신 싀누으님 당피 가른 밧틔 돌피 나니ᄀᆞ치
싀노란 욋곳 ᄀᆞ튼 피똥 누는 아들 흐나 두고

건 밧틔 멋곳 ᄀᆞ튼 며느리를 어듸를 낫바 흐시는고.   (珍靑 573)

며느라기=며늘아기 ◇낫바=마음에 들지 아니하여. 나빠 ◇벽바흘=부엌 바닥을
◇갑세 쳐온=값을 쳐서 ◇서근 들걸에=썩은 등걸에 ◇휘초리=회초리. 가느다란 나
뭇가지 ◇알살픠신=매서운. 앙살을 피우시는 ◇볏 뵌 쇠동ᄀᆞ치=햇볕을 쬔 쇠똥같
이 ◇되죵고신=말라빠진 ◇三年(삼년) 겨른 망태=삼년이나 걸려 만든 망태기 ◇새
송곳부리=새로 만든 송곳의 뾰족한 부분 ◇당피 가른 밧틔=당피를 심은 밭에. 당피

는 돌피의 개량종인 듯 ◇돌피 나니굿치=돌피가 나오는 것같이 ◇윗곳=오이꽃 ◇
건밧틕=건 밭에. 기름진 밭에 ◇멋곳=메꽃 ◇낫바=나쁘다고.

388

柴扉에 개 즛거늘 님만 너겨 나가보니

님은 아니 오고 明月이 滿庭흔듸 一陣狂風에 닙 지는 소릐로다

져 개야 秋風落葉을 헛도이 즈저셔 날 소길 줄 엇졔오.　　　　(珍靑 493)

柴扉(시비)=사립문 ◇님만 너겨=님으로만 생각되어 ◇明月(명월)이 滿庭(만
정)=밝은 달빛이 뜰에 가득하다 ◇一陣狂風(일진광풍)=한바탕 부는 회오리바람
◇닙 지는=나뭇잎이 떨어지는 ◇헛도이=헛되게 ◇소길 줄 엇졔오=속이는 까닭이
무엇이오.

388-1

柴扉예 개 즛거늘 님이신가 반기 넉여

倒着衣裳흐고 傾側望見흔이 狂風이 陣陣흐야 捲簾흐는 소릐로다

含笑코 出門看흔이 慙鬼慙天흐여라.　　　　(蔓數大葉) (海一 607)

반기 넉여=반갑게 여겨 ◇倒着衣裳(도착의상)=옷을 거꾸로 입다 ◇傾側望見(경
측망견)=눈길을 비스듬히 뜨고 바라보다 ◇狂風(광풍)이 陣陣(진진)흐여=사나운 바
람이 간간이 끊겨서 ◇捲簾(권렴)흐는=발이 걷히는 ◇含笑(함소)코=웃음을 머금고
◇出門看(출문간)흔이=문을 나서서 바라다보니 ◇慙鬼慙天(참귀참천)='귀(鬼)'는 '괴
(愧)'의 잘못. 혼자서 몹시 부끄러워하다.

388-2

柴扉에 개 즛거늘 님이신가 반기 너겨

倒着衣裳흐고 聘目望見흐니 狂風이 陣陣흐여 捲簾흐는 소릐로다

맛는 듯 반갑고 반기오듸 茫然無言흐니 慙愧蒼天흐여라.　　　　(詩歌 628)

맛는 듯=만났는 듯 ◇聘目望見(빙목망견)=눈을 크게 뜨고 바라보니 ◇茫然無言
(망연무언)ㅎ니=할 말이 없어 멍하니 바라보니 ◇慙愧蒼天(참괴창천)=푸른 하늘을
보기가 부끄럽다.

389

詩書로 비를 무어 인의禮智 가득 실어

孔孟顔曾 으로 돗츨 다라 壬辰江 大同水에 흘이등실 씌여노코

언제나 조흔 順風 만나 還故鄉할가.　　　　　　　　　　(慶大時調集 37)

무어=만들어 ◇孔孟顔曾(공맹안증)=공자와 맹자 그리고 안자와 증자 ◇壬辰江
(임진강) 大同水(대동수)=임진강(臨津江)과 대동강(大同江) 물.

390

時呼時呼 不再來로다 三十은 青春 四十은 이을 노 五十은 半白 六十은
還甲人生 七十은 古來稀로다

人生 百年을 다 산다 할지라도 잠든 날 病든 날 근심 걱정과 모든 괴롬
을 다 除히 노면 다만 단 四十 못 스는 인싱야 제 것 두고도 못 먹고 못
쓰는 자는 王將軍의 庫子 되고 제 것 별노 업서도 잘 먹고 잘 쓰고 날마
다 名妓 名唱을 다 모라 다리고 長春館 明月館 惠泉館으로 단이며 잘 노
는 즈는 英雄中에도 楚覇王이라 우리 人生이 요렁ㅎ다가 흔번 주거져서
北邙山川을 돌아를 갈 제 엇던 마누라가 날 불상타 ㅎ리요

춤 진정 가지로 설어서 나 못 살겟네.　　　　　　　　　　(樂高 917)

時乎時乎(시호시호) 不再來(부재래)로다=때여! 때여! 다시 돌아오지 않는구나 ◇
이울 노=시들 노(老). 나이가 들어 기력이 떨어지다 ◇半白(반백)='반백(半百)'의 잘
못. 또는 반백(半白)이나 반백(斑白)의 뜻으로 썼다 ◇古來稀(고래희)=매우 드물다.
70세. 두보의 시구(詩句) "인생칠십고래희(人生七十古來稀)"에서 유래한다 ◇王將軍
(왕장군)의 庫子(고자)=왕 장군의 창고지기. 왕 장군은 진(晉)나라 때의 왕준(王濬)
으로 무군대장군(撫軍大將軍)이 되었음. 그의 창고에는 없는 것이 없었다고 한다 ◇

長春館(장춘관) 明月館(명월관) 惠泉館(혜천관)=개화기 당시의 서울에 있던 유명한 요릿집으로 명월관은 황토마루에, 장춘관은 돈의동에 있었다 ◇楚霸王(초패왕)=항우를 가리킨다 ◇요렁 ᄒ다가=요렇게 지내다가 ◇北邙山川(북망산천)=공동묘지.

391

식불감미ᄒ고 침불안셕ᄒ니 뎐뎐불ᄆᆡᄒ고 경경반측ᄒ야 누어슨들 님이 오고 안ᄌᆞ슨들 님이 올가

독슈공방 홀노 누워스니 듸ᄒᆞ느니 눈물이오 지ᄂᆞ니 한슘이라 님이 아모리 무졍ᄒᆞᆯ지라도 셔ᄉᆞ 왕복이라도 이슬 거시지 어히 그리 니졋든가 텬하영웅 진시황이 만권시셔를 불살을 젹에 리별에 뗏 ᄌᆞ를 왜 내여두엇는가 리라는 리ᄌᆞᄂᆞᆫ 리별 리ᄌᆞ오 ᄉᆞ라ᄂᆞᆫ ᄉᆞᄌᆞᄂᆞᆫ 싱각 ᄉᆞᄌᆞ요 수라는 수ᄌᆞᄂᆞᆫ 수심 수ᄌᆞ로구나

박랑ᄉᆞ즁 쓰고 남은 텰퇴 텬하 쟝ᄉᆞ 항우를 맛겨 졔 힘ᄭᆞ지 들너메고 리별에 뗏 ᄌᆞ를 씩쳐스면 리별 업시 다 상봉ᄒᆞ갓구나.　　　　　(樂高 897)

식불감미ᄒ고 침불안셕ᄒ니=식불감미(食不甘味)하고 침불안셕(寢不安席)하니. 음식을 먹어도 맛이 없고, 잠을 자도 잠자리가 편하지 않음 ◇뎐뎐불ᄆᆡᄒ고 경경반측ᄒᆞ야=전전불매(輾轉不寐)하고 경경반측(耿耿反側)하여. 뒤척이며 잠을 못 이루고, 근심 때문에 몸을 뒤척임 ◇지ᄂᆞ니=나오는 것이. 짓느니 ◇셔ᄉᆞ 왕복=서사(書辭) 왕복(往復)이라도. 편지라도 오고감 ◇만권시셔=만권시서(萬卷詩書). 많은 책들 ◇불살을 젹=불에 태울 때. 분서갱유(焚書坑儒)를 말한다 ◇내여=남겨 ◇박랑ᄉᆞ즁 쓰고 남은 철퇴=장량이 진시황을 죽이기 위해 박랑사(博浪沙)에서 철퇴로 저격하다 ◇힘ᄭᆞ지=힘껏 ◇뗏 ᄌᆞ를=몇 글자를.

392

神仙과 道士들은 長生不死ᄒᆞᄂᆞᆫ 術을 어더

餐朝霞而療飢ᄒᆞ며 飮月露而洗心이로되

우리는 風塵間 百歲人生이라 玉食 魚肉湯이 긔 分인가 ᄒᆞ노라.

　　　　　　　　　(二數大葉) (海周 541) 金壽長

神仙(신선)=속세를 떠나 선경(仙境)에 살며 불로장생(不老長生)하는 재주를 닦아 신변자재(神變自在)할 수 있다는 도가(道家)에서의 이상적 인격 ◇道士(도사)=도를 닦는 사람. 또는 도를 깨우친 사람 ◇長生不死(장생불사)=오래 살고 죽지 아니하다 ◇術(술)=재주. 기술 ◇餐朝霞而療飢(찬조하이요기)ᄒ며=아침 안개를 먹어 허기를 달래며 ◇飲月露而洗心(음월로이세심)이로되=달빛 어린 이슬을 마셔 마음을 깨끗이 하였으되 ◇風塵間(풍진간)=속된 세상 속에 ◇百歲人生(백세인생)=기껏해야 백 살 밖에 못 사는 인생 ◇玉食(옥식)=맛있는 음식 ◇魚肉湯(어육탕)=어류(魚類)나 육류(肉類)를 재료로 하여 끓인 음식 ◇긔 分(분)인가=그것이 분수에 맞는 것인가.

393

神仙이 ᄌ최 업쓰되 呂洞賓은 眞仙이레
朝遊北海暮蒼梧요 神裡靑蛇膽氣粗ㅣ라 三入 岳陽홀 쩨 사람이 알 이 업데
洞庭湖 七百里 平湖에 浪吟飛過ᄒ니라.　　　　(海周 551) 金壽長

ᄌ최 업쓰되=지나간 자취가 없다고 하지만. 흔적이 없지만 ◇呂洞賓(여동빈)=당(唐)나라 사람으로 본명은 암(嵒). 종남산(終南山)에서 수도(修道)한 팔선(八仙)의 하나 ◇眞仙(진선)=참다운 신선 ◇朝遊北海暮蒼梧(조유북해모창오)요=아침에는 북해에서 저녁에는 창오산에서 놀고 ◇神裡靑蛇膽氣粗(신리청사담기조)ㅣ라=가슴속에 있는 검술로 담이 기세 있고 거칠도다. 청사는 청사검(靑蛇劒) ◇三入(삼입) 岳陽(악양)=여동빈이 세 번째 악양에 들어감 ◇사람이 알이 업데=사람들이 알 까닭이 없데. 여동빈이 선술을 배웠기 때문에 다른 사람들이 그를 몰라보다 ◇洞庭湖(동정호) 七百里(칠백리)=중국 호남성에 있는 호수로 둘레가 칠백 리나 된다 ◇平湖(평호)=동정호가 잔잔함을 형용한 말인 듯 ◇浪吟飛過(낭음비과)=‘낭’은 ‘낭(朗)’의 잘못. 노래를 읊조리며 날아 지나가다.

394

신흥ᄉ 즁놈이 안감골 승년에 머리치 줘고
안감골 승년니 신흥사 즁놈에 상투를 잡고 하나님 젼에 등장갈 졔 죠막손이 육갑 쏩고 쏩장이는 쟝쵸 맛고 안집방니 탁견ᄒ고 쟝안판슈 좀상니 셰고 벙어리는 판결ᄉ헌다

길아릭 목 업는 돌부쳐는 앙천뒤쇼.　　　　　　　　　　　　(시쳘가 74)

신흥수=신흥사. 설악산이 아닌 서울 돈암동에 있는 절인 듯 ◇안감골=서울의 안암동(安巖洞)인 듯 ◇등장(等狀)=두 사람 이상이 연명(連名)으로 소원이나 억울한 일을 관청에 호소하는 일 ◇죠막숀이 육갑 쏩고=조막손이가 육갑을 헤아리고. 조막손이는 손가락이 없거나 오그라져 펴지 못하는 사람 ◇쏩장이는 장쵸 맛고=꼽추는 군인으로 선발되고. 장초(壯抄)는 군사가 될 만한 장정을 골라 뽑던 일 ◇안짐방니 탁견ㅎ고=앉은뱅이가 태껸하고 ◇장안 판슈 죰상니 세고=장안의 장님이 좀생이 보고 점을 치고. 좀생이 보는 것은 음력 2월 6일에 묘성의 빛깔과 달과의 거리를 보아 풍흉(豊凶)을 점치는 일 ◇판결ㅅ헌다=판결사(判決事)를 한다. 판결을 내린다 ◇목 업는=목이 잘린 ◇앙천뒤쇼=앙천대소(仰天大笑). 하늘을 쳐다보며 크게 소리쳐 웃음.

395

심의산 세네 바회 감도라 휘도라

五六月 낫게즉만 살얼음 지픤 우희 즌서리 섯거 티고 자최눈 디엇거늘 보앗는다

님아님아 온 놈이 온 말을 ㅎ여도 님이 짐쟉ㅎ쇼셔.　　　　(松星 42) 鄭澈

심의산(深意山)=수미산(須彌山)을 가리키는 듯. 수미산은 불교의 세계설에서 세계의 중앙에 솟아 있다고 하는 높은 산. 여기서는 깊은 산의 뜻으로 쓰임 ◇세네 바회=서너 바퀴(回). 서너 번 ◇감도라 휘도라=감거나 휘돌아 ◇낫게즉만=한낮이 좀 지난 시각 ◇지픤=잡힌. 막 시작한 ◇즌서리=된서리 ◇섯거 티고=섞여 내리고 ◇자최눈 디엇거늘=자욱이 날 정도로 내린 눈이 내렸거늘 ◇보앗는다=보았느냐 ◇온 놈이 온 말을 ㅎ여도='온'은 '백(百)'을 뜻하는 우리말. 백 사람이 백 마디의 말을 하여도. 많은 사람들이 많은 말을 하여도 ◇님이 짐쟉ㅎ쇼셔=사실의 진위 여부를 님이 짐작하시오.

396

十年은 글을 일고 쏘 十年은 칼을 배워

二十年이 將盡토록 글과 칼이 虛事로다

두어라 書劍을 다 버리고 江湖에 漁夫되여 萬事無心 一釣竿으로 斜風細
雨 不須歸를.   (時調集 127)

將盡(장진)토록=다 되어가도록 ◇虛事(허사)=헛일 ◇書劍(서검)=배운 글과 칼쓰
기 ◇萬事無心(만사무심) 一竿竹(일간죽)=모든 일에 관심이 없고 다만 낚싯대 하나
만 가짐 ◇斜風細雨(사풍세우) 不須歸(불수귀)=빗겨가는 바람과 이슬비도 아랑곳하
지 않고 집에 돌아가지 않다.

397

十面 埋伏 설이 치고 들 붉은 밤의

起飲帳中別虞姬ᄒ고 鐵鞭을 놉히 들고 喑啞叱咤ᄒᆞ이 烏騅馬 ᄂᆞᆫ 곳에
漢兵이 草芥로다

암아도 千不當萬不當은 楚伯王인가 ᄒ노라.   (靑謠 70) 朴文郁

十面 埋伏(십면매복)=사방이 복병(伏兵)에 의해 둘러싸임. 항우의 군사가 밤에
한나라의 군사에게 포위되었던 일 ◇설이 치고=서리가 내리고 ◇起飲帳中別虞姬(기
음장중별우희)=포위당한 항우가 장중에서 일어나 술을 마시고 애첩인 우미인(虞美
人)과 작별하다 ◇鐵鞭(철편)=고들개. 무기의 한 가지. 채찍의 끝에 굵은 매듭이나
추 같은 것을 달아 상대방을 때리도록 되었다 ◇喑啞叱咤(암아질타)=노하여 크게
소리를 지름 ◇烏騅馬(오추마)=항우가 타던 명마(名馬)의 이름 ◇ᄂᆞᆫ 곳에=새가
나는 것처럼 빨리 달리는 곳에 ◇漢兵(한병)이 草芥(초개)로구나=한(漢)나라의 군사
들이 마치 지푸라기 같구나 ◇千不當萬不當(천부당만부당)은 楚伯王(초백왕)=초백
왕은 항우를 가리킨다. 절대로 상대할 수 없음은 항우이다.

398

十載를 經營屋數椽ᄒᆞ이 錦江之上이요 月峰前이라

桃花 湻露紅浮水요 柳絮飄風白滿舡이라 石逕歸僧은 山形外요 烟沙眠鷺
는 雨聲邊이로다

若令麻詰로 遊於此ᄒᆞᆫ댄 不必當年에 畵綱川을 ᄒᆞᆯ이라. (海一 624)

十載(십재)를 經營屋數椽(경영옥수연)ᄒᆞᆫ이=십 년 동안에 겨우 조그만 집을 경영하니 ◇錦江之上(금강지상)이요 月峰前(월봉전)이라=금강의 위요 월봉의 앞이다 ◇桃花(도화) 浥露紅浮水(읍로홍부수)=도화는 이슬에 젖고 붉은 빛이 물에 떴고 ◇柳絮飄風白滿舡(유서표풍백만강)=버들솜은 바람에 날려 흰빛이 배에 가득하다 ◇石逕歸僧(석경귀승)은 山形外(산형외)요=돌길에 돌아오는 스님은 산형의 밖이요 ◇烟沙眠鷺(연사면로)는 雨聲邊(우성변)이라=안개 낀 사장에 잠든 백로는 빗소리 가로다 ◇若令麻詰(약령마힐)로 遊於此(유어차)댄=만약에 마힐로 하여금 이곳에서 놀게 했던들 ◇不必當年(불필당년)에 畵輞川(화망천)을=반드시 당년에 망천의 그림을 그리지 않았을 것을. 마힐은 당나라 왕유(王維)의 자(字)이고 그는 망천에 별장을 두고 망천도(輞川圖)를 그렸다.

※ 우리나라 실명씨(失名氏)의 「별업고시(別業古詩)」를 시조로 만든 것이다.

399

씬남우 셜이 입피 금슈병풍 둘여 잇다

복악의 올나 서셔 남포을 보라본이

지ᄉᆞ 비츄 워인 말고 만쳔 슉긔예 늑ᄂᆞᆫ 것이 더욱 셥다.

(愛景堂十二月歌 右九月 北嶽丹楓章) (愛景言行錄) 南極曄

씬남우=신나무. 신나무는 단풍나무 ◇셜이 입피=서리 맞은 잎이 ◇금슈병풍=금수병풍(錦繡屛風). 비단으로 만든 병풍 ◇둘여=둘러 ◇복악의='복악'은 '북악(北嶽)'의 잘못. 북쪽 산에 ◇남포을=남쪽 포구를 ◇보라보니=바라보니 ◇지ᄉᆞ비츄=지사비추(志士悲秋). 지사가 가을을 슬퍼하다. 지사는 죽는 것을 두려워하지 아니하는 선비 ◇워인 말고=어찌된 말인가 ◇만천숙기(滿天肅氣)=온 세상에 그득한 엄숙한 기운 ◇늑ᄂᆞᆫ 것이=늙는 것이.

※ 한역(漢譯) : 辭曰 楓林霜葉 疑是錦繡屛 些北顧南望 志士胡然悲秋 些已矣乎 滿天肅氣 老奈何(사왈 풍림상엽 의시금수병 사북고남망 지사호연비추 사이의호 만천숙기 노내하)

자역(自譯) : 坐愛楓林霜葉晩 青峰特立錦屛中 曠懷多感登臨處 志士悲秋萬古同(좌애풍림상엽만 주봉특립금병중 광회다감등림처 지사비추만고동)

400

아마도 太平홀슨 우리 君親 이 時節이야

聖主ㅣ 有德ᄒ샤 國有風雲慶이오 雙親이 有福ᄒ니 家無桂玉愁ㅣ로다

億兆蒼生이 年豊을 興계워 白酒黃鷄로 喜互同樂ᄒ놋다. (珍靑 513)

君親(군친)=임금과 어버이 ◇聖主(성주)ㅣ有德(유덕)=훌륭한 임금께서 덕이 있다 ◇國有風雲慶(국유풍운경)=나라에 크게 번성하려는 좋은 경사가 있음 ◇雙親(쌍친) 이 有福(유복)=어버이가 복이 있으시다 ◇家無桂玉愁(가무계옥수)=집안에 먹고 사 는 것에 대한 근심이 없다. 땔나무가 계수나무보다도 얻기가 어렵고 쌀이 옥보다 얻기 어렵다는 옛말에서 유래한 말이다 ◇億兆蒼生(억조창생)=모든 백성들 ◇年豊 (연풍)=풍년 ◇白酒黃鷄(백주황계)=막걸리와 닭고기 안주 ◇喜互同樂(희호동락)=서 로 기뻐하고 함께 즐거워하다.

401

아마도 豪放홀슨 靑蓮居士 李謫仙이라

玉皇香案前에 黃庭經 一字 誤讀ᄒ 罪로 謫下 人間ᄒ야 藏名酒肆ᄒ고 弄 月采石ᄒ다가 긴 고리 타고 飛上天ᄒ니

이제는 江南風月 閑多年인가 ᄒ노라. (蔓橫) (甁歌 852)

豪放(호방)홀슨=기개가 장하여 작은 일에 거리끼지 아니하기는 ◇靑蓮居士(청련 거사) 李謫仙(이적선)=청련이라는 호(號)를 가진 이백(李白). 적선은 그를 선계(仙界) 에서 인간계(人間界)로 쫓겨온 신선에 비유한 말 ◇玉皇香案前(옥황향안전)=옥황상 제의 향안 앞. 향안은 책상 ◇黃庭經(황정경) 一字(일자) 誤讀(오독)ᄒ 罪(죄)=『황정 경』 한 글자를 잘못 읽은 죄. 『황정경』은 도교의 경전이다 ◇謫下(적하) 人間(인 간)=인간의 세상으로 귀양 오다 ◇藏名酒肆(장명주사)=이름을 술 파는 거리에 숨기 다. 술을 좋아한다는 뜻 ◇弄月采石(농월채석)=채석강에서 달을 희롱하다 ◇긴 고 리=파도를 말함 ◇飛上天(비상천)=하늘로 날아 올라가다 ◇江南風月(강남풍월) 閑 多年(한다년)=강남의 풍월이 한가롭게 된 것이 오래되었다.

402

으자 나 쓰던 되 黃毛筆을 首陽 梅月을 흠벅 지거 窓前에 언젓더니

댁딩글 구우러 쪽 나려지거고 이제 도라가면 어들 법 잇건마는

아모나 어더 가져셔 그려보면 알리라.　　　　(蔓橫清類) (珍青 476)

으자=감탄사 ◇되 黃毛筆(황모필)=중국산 황모로 만든 붓. 황모는 족제비 털 ◇
首陽(수양) 梅月(매월)=품질이 우수한 먹의 이름들 ◇흠벅 직어=잔뜩 찍어 ◇쪽 나
려지거고=뚝 떨어지겠구나 ◇그려보면=써보면.

403

아춤의 흔 일을 착히 ᄒ면 이 ᄆ음이 흐믓ᄒ고

져녁에 흔 일을 착히 ᄒ면 흐믓던 ᄆ음이 즐거오니 일일이 착ᄒ고 쏘
착ᄒ면 날마다 흐믓ᄒ고 쏘흔 아니 즐거온가

녜브터 東平王 蒼의 말이 爲善이 最樂다 ᄒ니라.　　　(蓬萊樂府 22) 申獻朝

착히=착하게. 착실하게 ◇흐믓던=흐믓하던 ◇일일(日日)이=날마다 ◇녜부터=예
전부터 ◇東平王(동평왕) 蒼(창)=후한 광무제(光武帝)의 여덟째 아들인 유창(劉蒼)
◇爲善(위선)이 最樂(최락)다=착한 일을 하는 것이 최선의 즐거움이다.

404

으흠 긔 뉘오신고 것넌 佛堂에 동녕僧 이오런이

홀居師 홀로 자옵는 房에 무슴 것 홀아 와 겨오신고

홀居師 님의 노감탁이 버서 건은 말겻틔 내 곳갈 버서 걸라 왓슴늬.

　　　　　　　　　　　　　　　　　　　　　　　(海一 575)

으흠=어흠. 헛기침 소리 ◇뉘오신고=누구신가 ◇동녕僧(승)=동냥하는 중 ◇홀居
師(거사)=홀로 지내는 남자 스님 ◇무슴 것 홀아=무엇을 하려고 ◇노감탁이=노끈
으로 만든 감투 ◇버서 건은=벗어 건 ◇말겻틔=말코지 곁에. 말코지는 물건을 걸기
위해 벽에 박아놓은 못이나 갈고리 같은 것 ◇곳갈=고깔. 여승이 쓰는 삼각형 모양

의 모자 ◇왓슴니=왔습니다.

404-1

어와 게 누읍신고 거넌 佛堂 동녕僧이 내올너니
홀 居士 흔즈 자시는 방 말독 겻희 내 숑낙 걸나 와슴더니
오냐야 걸기는 거러라 커니와는 훗말 업시 ᄒᆞ여라.　　　　　　　(靑淵 229)

게 누읍신고=거기가 누구신가 ◇내올너니=나 이러니 ◇말독 겻희=말코지 곁에
◇숑낙=여승이 쓰는 모자(松絡). 고깔 ◇오냐야=오냐 ◇걸기는 거러라 커니와는=걸
기는 걸라고 하겠지만 ◇훗말=뒷말. 말썽.

405

兒孩 놈 ᄒᆞ야 나귀 경마 들이고 五柳村으로 벗 ᄎᆞᆽ가니
月色은 滿庭흔듸 들니나니 笛 소릭라
童子야 나귀를 특특 쳐 슬슬 모라라 玉笛 쇼릭 나는 듸로.　　　　(精歌 368)

나귀 경마 들이고=나귀 견마(牽馬) 들이고. 나귀의 고삐를 잡게 하고 ◇五柳村
(오류촌)=도연명이 살던 마을 ◇들니나니=들리는 것이 ◇月色(월색)은 滿庭(만정)=
달빛이 뜰에 가득하다 ◇나는 듸로=나는 곳으로.

406

아흔아홉 곱 머근 老丈 濁酒 걸러 醉케 먹고
납죽 도라흔 길로 이리로 빗독 져리로 빗척 빅독빅척 뷔거를 적의 웃지
마라 저 靑春少年 아히 놈들아
우리도 少年 적 ᄆᆞ음이 어제론 듯 ᄒᆞ여라.　　　　(蔓橫淸類) (珍靑 534)

곱 머근=굽이를 넘긴. 지난 ◇老丈(노장)=늙은이의 존칭 ◇납죽 도라흔 길=넓고
좋은 길인 듯 ◇뷔거를 적의=비틀거리며 걸을 때에 ◇少年(소년) 적 ᄆᆞ음=젊었을
때의 마음 ◇어제론 듯=어제인 듯.

406-1

아흔 아홉 곱먹은 老丈衆이 薄酒를 가득 부어 量까지 醉케 먹고

납족조라흔 길노 이리로 빗뜩 뎌리로 빗뜩빗뜩 뷔거러갈 제 늙근의 妾
伶을 웃지 마라 뎌 靑春少年 兒孩들아

우리도 遠上寒山石逕斜에 六環杖 드더지며 任意去來흘 적이 어제론 듯
ᄒ야라.   (弄) (靑六 724)

老丈衆(노장중)이='노장(老丈)'의 잘못인 듯. 늙은이가 ◇납족조라흔 길노=넓고
좋은 길로 ◇遠上寒山石逕斜(원상한산석경사)에=멀리 한산의 비스듬한 돌길에 ◇六
環杖(육환장) 드더지며=고리가 여러 개 달린 지팡이를 짚으며 ◇任意去來(임의거래)
흘 적이=마음 내키는 대로 오가던 때가.

407

아희들아 나무 가즉 뫼좀방이 ᄃ님 쳐 신 들메고

낫 가라 허리의 츠고 독긔 버려 드러메고 茂林山中 드러가셔 마른 섭
삭다리를 뫼거니 버히거니 지계에 질머노코 싀음을 초즈 點心 도슬 부쉬
오오고 곰방ᄃᆡ 써러 입담빅 푸여 물고 노릭 부르며 잠을 드니

이윽고 夕陽이 지 넘거늘 엇씩를 츄우즈며 이아 동무야 어이 갈고 ᄒ노
라.   (詩歌 709)

ᄃ님 쳐=대님을 두르고 ◇신 들메고=감발을 하고 ◇茂林山中(무림산중)=숲이 우
거진 산속 ◇마른 섭=마른 섶풀 ◇삭다리=삭정이. 죽은 나뭇가지 ◇도슬=밥그릇.
도시락 ◇곰방ᄃᆡ=짧은 담뱃대 ◇지 넘거늘=고개로 넘어가거늘 ◇츄우즈며=추스르
며 ◇이아=야 ◇어이 갈고=어서 가자. 어찌 가랴.

408

아희야 믈 鞍裝ᄒ여라 타고 川獵을 가자

술병 걸 졔 힝혀 盞 이즐세라 白鬚를 훗날니며 여흘여흘 건너가니

내 뒤헤 뜬 쇼 탄 벗님ᄂᆡᄂᆞᆫ 홈씌 가자 ᄒ더라.   (樂戲調) (瓶歌 971)

川獵(천렵)=냇가에 가서 고기 잡고 노는 일 ◇이즐세라=잊을까 두렵구나 ◇白
鬚(백수)를 훗날리며=흰 수염을 바람에 휘날리며 ◇쓴 쇼=뿔로 받아넘기기 잘 하
는 소.

409

岳陽樓에 올라안자 洞庭湖 七百里를 눈알에 굽어본이
落霞는 與孤鶩齊飛오 秋水는 共長天一色이로다
허믈며 滿江秋興이 數聲漁笛 쑌이로다.　　　　　　　(蔓數大葉) (海一 597)

落霞(낙하)는 與孤鶩齊飛(여고목제비)=낮게 드리운 저녁노을은 외로운 들오리와
더불어 가지런히 날다 ◇秋水(추수)는 共長天一色(공장천일색)=가을의 맑은 물이 하
늘과 똑같이 맑다 ◇滿江秋興(만강추흥)=강에서 만끽할 수 있는 가을의 홍취 ◇數
聲漁笛(수성어적)=몇 가닥의 어부들이 부는 피리소리.

409-1

獨上岳陽樓ᄒ야 洞庭湖 七百里라
落霞은 與孤鶩齊飛ᄒ고 秋水는 共長天一色을
限업슨 吳楚東南景이 眼前에 어리워쁘니 樂無窮인가.　　　　(詩餘 130)

吳楚東南景(오초동남경)이=동정호 때문에 오나라와 초나라가 동과 남으로 갈라
진 경치가 ◇어리워쁘니=펼쳐졌으니 ◇樂無窮(낙무궁)인가=즐거움이 끝이 없는가?

410

압논에 올여 뷔여 百花酒를 비져두고
뒷東山 松亭에 箭筒 우희 활 지어 걸고 손조 구굴뭇이 낙가 움버들에
쒜여 물에 치와두고
아희야 벗님네 오셔든 긴 여흘로 슬와라.　　　　　　　(蔓數大葉) (海一 605)

올여=올벼 ◇비져두고=담가두고 ◇箭筒(전통)=화살을 담는 통 ◇활 지어 걸고=

활을 만들어 걸어놓고 ◇손조=손수. 직접 ◇구굴뭇이=구굴무치. 민물고기의 하나
◇움버들=새로 자란 부드러운 버들가지 ◇여흘로=여울로 ◇술와라=알려라.

410-1

압논에 오려 뷔여 百花酒 비져두고

뒷동山 松亭에 箭筒 우희 활 지어 걸고 죵 ᄒᆞ야 밧 갈니고 보리미 길드
리고 千金駿馬 압픠 미고 釣臺에 고기 낙고 絶代佳人 안즈는듸 五絃琴 빗
씌 안고 白雪 一曲을 風月노 셕거 노니

아마도 悉耳目之所好와 窮心之所樂은 이샌인가 ᄒᆞ노라.　　　　　(東國 349)

百花酒(백화주)=온갖 꽃을 넣어 비즌 술 ◇빗고=빚고. 담그고 ◇松亭(송정)=소나
무 숲 사이에 지은 정자 ◇죵 하야=종을 시켜서 ◇千金駿馬(천금준마)=천금의 값이
나가는 좋은 말 ◇釣臺(조대)=낚시터 ◇五絃琴(오현금)=줄이 다섯인 거문고. 도연명
이 연주했다는 거문고 ◇白雪(백설) 一曲(일곡)=중국 상(商)나라에서부터 전해오는
〈백설가(白雪歌)〉한 곡조 ◇悉耳目之所好(실이목지소호)=다 귀로 듣고 눈으로 보
아 좋아하는 것 ◇窮心之所樂(궁심지소락)=궁극적으로 마음의 즐거워하는 것.

411

압 못세 든 고기들아 녜와 든다 뉘 너를 몰아다가 엿커를 잡히여 든다

北海淸소 어듸 두고 이 못시 와 든다

들고도 못나는 情이야 네오 늬오 다르랴.　　　　　(初數大葉) (瓶歌 30)

압 못세=앞 못에 ◇든=들어온 ◇녜와 든다=여기에 들어오느냐. 들어왔느냐 ◇엿
커를=넣거늘 ◇잡히여 든다=잡혀 들어왔느냐 ◇北海淸(북해청)소(沼)=북해처럼 넓
은 바다나 맑은 연못 ◇들고도 못나는 情(정)=들어와서 나가지 못하는 사정(事情)
◇네오 늬오=너나 나나.

412

藥山 東垈 여즈러진 바회 우희 倭躑躅 ᄀᆞᆺ튼 져 내 님이

내 눈에 덜 믭거든 남의 눈에 지나 보랴

싀 만코 쥐 쐰 東山에 오조 굿듯 ᄒ여라.　　　　　(三數大葉) (甁歌 805)

藥山(약산) 東坮(동대)=평북 영변(寧邊) 약산의 동쪽에 있는 봉우리 ◇여즈러진=
이즈러진 ◇倭躑躅(왜척촉)=키가 작은 철쭉 ◇덜 믭거든=조금밖에 밉지 않거든 ◇
지나 보랴=지나쳐 보랴 ◇싀 만코=새가 많고 ◇쥐 쐰=쥐가 꼬이는 ◇오조 굿듯=오
조[早粟]를 간 듯. 또는 까마귀나 새(鳥鳥)가 지나간 듯.

412-1

洛山東臺 여즈러진 바회 우희 倭철쭉 굿튼 져 내 님이

내 눈에 面츠거든 눔인들 지내쳐 볼야

암아도 百般嬌態는 못 칠까 ᄒ노라.　　　　　　　　　(海一 489)

洛山(낙산)='약산(藥山)'의 잘못 ◇面(면)츠거든=만족하지 못하거든 ◇百般嬌態
(백반교태)는=갖가지로 아양 떠는 모습은 ◇못 칠까='금'이 빠졌음. 금 못 칠까. 값
으로 따질 수가 없을까.

413

藥山 東臺 여지러진 바위 곳슬 썩어 籌를 노며 無盡無盡 먹스이다

人生 한번 도라가면 다시 오기 어려워라 勸홀 적에 잡으시요 百年假使
人人壽라도 憂樂을 中分未百年을 勸홀 머듸 잡으시요 羽曰壯士 鴻門樊噲
斗卮酒를 能飮하되 이 술 흔잔 못 먹엇네

勸홀 적에 잡으시요 勸君更進一杯酒ᄒ니 西出陽關無故人을 勸홀 머듸
잡으시요.　　　　　　　　　　　　　　　　　　　(勸酒歌) (大東 313)

籌(주)를 노며=산가지를 놓으며. 수를 헤아리며 ◇百年假使人人壽(백년가사인인
수)=백년을 가령 제각각 살 수 있어도 ◇憂樂(우락)을 中分未百年(중분미백년)=근심
과 즐거움을 나누면 반반으로 백 년이 못 되다 ◇勸(권)홀 머듸=권할 적에 ◇羽曰
壯士(우왈장사) 鴻門樊噲(홍문번쾌) 斗卮酒(두치주)를 能飮(능음)하되=장사라 부르는

항우와 홍문의 번쾌가 말만큼 큰 잔의 술을 능히 마시되 ◇勸君更進一杯酒(권군갱
진일배주)ᄒ니=그대에게 다시 한 잔의 술을 권하니 ◇西出陽關無故人(서출양관무고
인)을=서쪽으로 양관에 나서면 벗이 없네. 양관은 관문(關門)의 이름. 왕유(王維)의
「송원이사안서(送元二使安西)」의 전결구(轉結句)임.

414

弱水 三千里 江上의 달 들고 돗 달고 킈 나려노코 淳風 만나 急히 가난
비야 게 暫 섯거라 말 무러보자
　그 비 船人 對答ᄒ되 우리 船人은 奉命으로 西天 沴州로 戰船大同 실너
가는 비오
眞實노 그럴진듸는 쌜리 行船ᄒ여라.　　　　　　　　　　　(調詞 66)

弱水(약수) 三千里(삼천리)=선경(仙境)에 있다고 하는 물. 삼천 리는 멀다는 의미
◇달 들고=닻을 들어올리고 ◇킈 나려노코=키를 내려놓고 ◇게 暫(잠)=거기 잠깐
◇奉命(봉명)=명령을 받고 ◇西天(서천) 沴州(개주)=지명. 먼 곳이란 뜻으로 쓴 듯
◇戰船大同(전선대동)=세금으로 받은 곡식을 싣는 커다란 군선(軍船) ◇行船(행선)=
배를 운행함.

415

弱水 三千里 거긔등 쩌 가는 비야 게 좀 셕거라 말 무러보자
　童男童女 五百人으로 瀛州 三神山의 不死藥 키라 가는 徐市 等의 비을
보왓는냐
　우리도 沙九平臺 爲尊키로 徐市를 苦待.　　　　　　　　　(樂高 579)

童男童女(동남동녀) 五百人(오백인)=동남과 동녀 오백 명. 진시황의 명에 따라
삼신산으로 불사약을 구하러 떠난 사람들 ◇瀛洲(영주) 三神山(삼신산)=삼신산의
하나인 영주산 ◇徐市(서불)=삼신산에 불사약을 구하러 떠난 사람들의 우두머리 ◇
沙丘平臺(사구평대) 爲尊(위존)키로=진시황이 동순(東巡)하다 죽은 곳인 사구평대를
존중하기로.

415-1

약슈 샴쳘니의 슌퓽 만나 써가넌 빈넌 게 뉘라 타신 빈야

니 빈넌 동남동여 오빅인 실코 영류 봉닉 삼신산 불사약 키러 가넌 서
씨 타신 빈라

셔씨넌 진나라를 빈반ᄒ고 예왕 되러.   (歌詞 176)

영류='영주(瀛洲)'의 잘못 ◇서씨=서불(徐市)을 가리킴 ◇진나라를=진시황을 ◇
예왕 되러=왜왕(倭王)이 되려고.

416

陽德 孟山 鐵山 嘉山 ᄂ린 물이 浮碧樓로 감도라들고

마흐라기 공이소 斗尾 月溪 ᄂ린 물은 濟川亭으로 도라든다

님 그려 우ᄂ 눈물은 벼갯모흐로 도라든다.   (蔓橫淸類) (珍青 498)

陽德(양덕) 孟山(맹산) 鐵山(철산) 嘉山(가산)=평안북도에 있는 지명 ◇浮碧樓(부
벽루)=평양 대동강변에 있는 누각 ◇마흐라기 공이소=지명. 남한강 상류인 충주 지
방의 막희락(莫喜樂)과 공유수(空有愁) ◇斗尾(두미) 月溪(월계)=경기도 양평과 광주
에 있는 나루. 월계는 양수리(兩水里)이고 두미는 그 하류인 팔당(八堂) 근처이다
◇濟川亭(제천정)=한강 북안 지금의 서울 금호동 근처에 있던 정자로 중국 사신을
맞던 곳 ◇벼갯모흐로=베개 모퉁이로

417

兩岸紅綠의 黃鶯은 섯거 날고 桃花流水의 鱖魚는 살쪄ᄂ듸

柳橋邊의 비를 믹고 고기 주고 술을 사셔 슬커지 먹은 후의 오의聲 부
르면셔 들을 씌고 도라오니

아마도 江湖至樂은 이쑨인가 ᄒ노라.

◇섯거=성기게. 어쩌다 ◇鱖魚(궐어)는=쏘가리는 ◇슬커지=싫도록 ◇오의聲(성)=
뱃노래인 듯 ◇江湖至樂(강호지락)은=시골에 사는 커다란 즐거움은.

※ 윤영옥(尹榮玉)의 『시조의 이해』에 연민본(淵民本) 『청구영언(靑丘永言)』에 남명(南冥) 작이라 하였으니 수록되지 않았다.

418

揚淸歌 發皓齒ㅎ이 北方佳人과 東隣子ㅣ로다

且吟白苧停綠水요 長袖로 拂面爲君起라 寒雲은 夜捲霜海空이요 胡風이 吹天飄寒鴻이라

玉顏滿堂 樂未終이요 館娃에 日落ㅎ고 歌吹濛을 ㅎ소라.　　　　　(海一 616)

揚淸歌(양청가) 發皓齒(발호치)ㅎ이=청가를 드날리고 흰 이를 드러내놓고 노래하니 ◇北方佳人(북방가인)과 東隣子(동린자)ㅣ로다=북녘의 미인과 이웃의 처녀로다 ◇且吟白苧停綠水(차음백저정록수)요=또 백저곡을 읊고 녹수를 쉬며 ◇長袖(장수)로 拂面爲君起(불면위군기)라=긴 소매로 얼굴을 가리고 그대를 위해 일어나도다 ◇寒雲(한운)은 夜捲霜海空(야권상해공)이요=차가운 구름이 밤에 걷히니 바다와 하늘에 서리 내리고 ◇胡風(호풍)이 吹天飄寒鴻(취천표한홍)이라=북풍이 하늘에 부니 변방 기러기가 나부낀다 ◇玉顏滿堂(옥안만당) 樂未終(낙미종)ㅎ니=미인이 집에 가득하니 즐거움이 그치지 아니하고 ◇館娃(관왜)에 日落(일락)ㅎ고 歌吹濛(가취몽)을=관왜에 해가 지고 노랫소리 그윽함을. 관왜는 오왕(吳王) 부차(夫差)가 서시(西施)를 위해 지은 궁전.

※ 당(唐)나라 이백(李白)의 「백저사(白苧詞)」 3수 가운데 첫째 수를 시조로 만든 것이다.

419

陽春이 布德ㅎ니 萬物이 生光輝라

우리 聖主는 萬壽無疆ㅎㅅ 億兆ㅣ願戴己ㅎ고 群賢은 忠孝ㅎ야 愛民至治ㅎ고 老少에 벗님네도 無故無恙커늘 名妓 歌伴期會ㅎ야 細樂을 前導ㅎ고 水陸珍味 五六駄에 金剛山 도라들어 絶代名勝 求景ㅎ고 醉흔 잠이 숌을 꾸니 숌에 흔 늙은 즁이 邀我引導하야 吳楚東南景과 齊州九點烟을 歷歷히 盤迴ㅎ며 其間에 英雄豪傑들의 ㅈ최를 무를 쩍에 夕鐘聲에 씪거고나 朝飯

을 지촉ᄒ야 望月 懷陵으로 正菴齋室 霽月光風 水落山寺 玉流川에 塵纓을
씨슨 後에 文殊菴 中興寺에 軟泡杯酒ᄒ고 晴日에 登臨 白雲峰ᄒ니 咫尺
天門을 手可摩ㅣ라 萬里江山 遠近風景이 眼底에 森羅ᄒ야 丈夫의 胸襟에
雲夢을 삼켯는 듯 브른 비 나려오니 簫鼓는 暗天하야 洞壑이 울히는 듯
山影樓 올라안ᄌ 花煎에 點心ᄒ고 伽倻ㄱ고 검은고에 가즌 羌笛 섯겻는듸
男歌女唱으로 終日토록 노니다가 扶旺寺 긴 洞口에 軍樂으로 드러간이 左
右에 섯는 將丞 分明이 반기는 듯 往來遊客들은 못닉 부러ᄒ돗드라

　　암아도 壽域春臺에 太平閑民은 우리론가 ᄒ노라.　　　　　(海周 563) 金壽長

　　陽春(양춘) 布德(포덕)ᄒ니=따뜻한 봄볕이 비추니. 포덕은 덕을 편다는 뜻이다
◇萬物(만물)이 生光輝(생광휘)라=모든 생물들이 번쩍이는 빛을 내는구나. 생기(生
氣)가 발랄한 모습을 말하다 ◇聖主(성주)=덕화가 뛰어난 어진 임금 ◇長壽無彊(장
수무강)=오래 살고 건강하다 ◇億兆願戴己(억조원대기)=모든 백성들이 내가 왕이
되기를 원하다 ◇群賢(군현)=여러 성현들 ◇愛民至治(애민지치)=백성들을 사랑하여
지성으로 다스리다 ◇無故無恙(무고무양)=아무런 사고나 탈이 없다 ◇名妓歌伴期會
(명기가반기회)=이름난 기생들과 가객들이 정기적으로 모이다 ◇細樂(세악)=취타
(吹打)가 아닌 장구 북 피리 젓대 깡깡이 등으로만 연주하는 간편한 반주악(伴奏樂)
◇前導(전도)=앞길을 인도하다 ◇水陸珍味(수륙진미)=물과 뭍에서 나는 재료로 만
든 맛있는 음식. 산해진미(山海珍味) ◇五六䭾(오륙태)=대여섯 바리. 바리는 마소에
잔뜩 실은 짐을 세는 단위 ◇絕代名勝(절대명승)=뛰어나게 아름다운 경치 ◇邀我引
導(요아인도)=나를 맞이하여 이끌어가다 ◇吳楚東南景(오초동남경)=오나라와 초나
라의 동남쪽 경치. 두보의 시구(詩句). 원문에는 '오초동남탁(吳楚東南坼)'으로 되어
있다 ◇齊州九點烟(제주구점연)=제주의 아홉 점으로 보이는 연기. 李賀(이하)의 시
구. 원문에는 '요망제주구점연(遙望齊州九點烟)'으로 되어 있음 ◇역력(歷歷)히=하나
하나. 그 자취가 뚜렷하게 ◇盤廻(반회)=빙 돌 ◇其間(기간)=예전부터 지금까지의
사이에 ◇夕鐘聲(석종성)=저녁에 치는 종소리. 또는 들리는 종소리 ◇望月懷陵(망월
회릉)=망월사(望月寺)와 회릉(懷陵). 망월사는 도봉산(道峰山)에 있는 절. 회릉은 동
대문구 회기동(回基洞)에 있던 연산군의 어머니 폐비 윤씨의 능. 회릉은 도봉산에
있는 회룡사(回龍寺)의 잘못일 수 있다 ◇正菴齋室(정암재실)='정암(正菴)'은 '정암
(靜庵)'의 잘못. 중종(中宗) 때 정치인 조광조(趙光祖)를 제향하는 도봉산 입구에 있
는 도봉서원의 재실. 재실은 능이나 사당 등에 위패를 모셔놓은 건물 ◇霽月光風

(제월광풍)=비 온 뒤의 맑은 달과 시원한 바람. 천성(天性)이 명랑하고 쇄락(灑落)함을 이르는 말 ◇水落山寺(수락산사) 玉流川(옥류천)=경기도 남양주에 있는 수락산의 산사(山寺)와 그곳에 있는 옥류동(玉流洞)의 냇물 ◇塵纓(진영)=더러워진 갓끈 ◇文殊菴(문수암) 中興寺(중흥사)=삼각산에 있었거나 남아 있는 절. 중흥사(中興寺)는 중흥사(重興寺)의 잘못 ◇軟泡杯酒(연포배주)=연포탕과 잔술. 연포탕은 무 두부 고기를 맑은 장에 넣어서 끓이는 국 ◇晴日(청일)=맑게 갠 날 ◇登臨白雲峰(등림백운봉)=백운봉에 오름. 백운봉은 북한산의 주봉인 백운대(白雲臺) ◇咫尺(지척) 天門(천문)을 手可摩(수가마) ㅣ라=하늘이 손으로 어루만질 수 있을 만큼 가까이 있다. 천문은 하늘로 들어가는 문 ◇眼底(안저)에 森羅(삼라)=눈 아래 벌어져 있음 ◇丈夫(장부)의 胸襟(흉금)=사나이가 가슴에 품은 생각 ◇雲夢(운몽)을 삼켰는 듯=운몽처럼 큰 호수를 삼킨 듯. 운몽은 중국 형주(荊州)에 있는 커다란 연못의 이름. 여기서는 커다란 꿈을 가졌다는 뜻 ◇簫鼓(소고)는 暄天(훤천)=퉁소와 북소리가 떠들썩하게 크게 울림 ◇洞壑(동학)=산천으로 둘러싸인 경치 좋은 곳. 골짜기 ◇山映樓(산영루)=삼각산에 있던 누정의 이름 ◇花煎(화전)으로 點心(점심)ᄒ고=봄철에 꽃잎을 넣어서 기름에 부친 떡으로 점심을 먹고 ◇가즌 稊笛(혜적) 섯겼는듸=갖가지 깡깡이와 피리 소리가 뒤섞였는데 ◇男歌女唱(남가여창)=남녀가 부르는 노랫소리 ◇扶旺寺(부왕사)=소재 미상의 사찰 ◇軍樂(군악)=길군악. 잡가(雜歌)인 12가사의 하나 ◇將丞(장승)=동리 어구 등에 사람의 얼굴을 새긴 나무를 세워 이수(里數)를 표시한 푯말 ◇往來遊客(왕래유객)=오고 가는 놀이꾼들 ◇壽域春臺(수역춘대)=다른 곳에 비하여 장수하는 사람이 많이 사는 곳 ◇太平閒民(태평한민)=태평한 시대에 살면서 근심이 없는 백성들.

420

어듸야 씰씰 소 모라가는 노랑 되궁이 더벙머리 아희 놈아 게 좀 섹거라 말 물러보쟈

져괴 져 건너 웅덩이 속의 지지닌 밤 장마의 고기가 슉굴 만니 모얏기로 죠리 죵다락기에 가득이 담아 집흘 만이 츄려 먹에를 질너 네 쇠 궁등이에 언져 죽게 지니는 연노(歷路)에 任의 집 전하여쥬렴

우리도 사쥬팔즈(四柱八字) 긔박(奇薄)ᄒ여 나무 집 무엄 사는 고로 식젼(食前)이면 쇠물를 허고 나지면 농스(農事)를 짓고 밤이면 식기를 쏘고

정(正) 밤즁(中)이면 언문즈(諺文字)나 쓰더보고 한달레 슐 담베 겻들려 슈빅(數百) 번(番) 먹는 몸이기로 젼(傳)헐동말동.

(樂高 774)

노랑 듸궁이=노랑 대가리 ◇슉굴 만니=우굴거릴 정도로 많이 ◇죠리 죵다락기=조리와 종다래끼 ◇먹에를 질너=마개로 막아 ◇쥭게=줄 터이니 ◇무엄 사는 고로=머슴살이를 사는 까닭으로 ◇쇠물=여물. 소의 먹이 ◇나지면=낮이면 ◇언문즈나 쓰더보고=한글이나 떠듬거리며 읽어보고.

421

어리석다 安周翁이 엇지 그리 못 든고

功名에 미엿던가 富貴예 얼쳐든가 功名은 本非願이요 富貴는 初不親인데 무어세 걸잇겨 못 가고셔 六十年 風塵 속에 鬢髮만 희게 한고 放白鷗於天抹이란 陶淸節의 歸去來요 秋風忽憶松江鱸는 張使君의 歸思로다 오날이야 씻쳐스니 뭇지 말고 가리로다 一葉扁舟 흘니저어 마음듸로 써갈 적의 身兼妻子都三口요 鶴與琴書共一船을 風飄飄而吹衣하고 舟搖搖而輕颺이라 빗머리의 빗긴 白鷗 가는 길을 引導하고 捩柁 뒤예 부는 바람 돗츨 미러 쌜니 갈 제 浩浩蕩蕩하야 胸襟이 灑落하다 五湖예 范蠡舟ㄴ들 시원하기 이만하랴 살가치 닷는 빈가 瞬息이 다 못ᄒᆞ야 한 곳즐 다드르니 桃花源裏 人家여늘 杏樹壇邊 漁夫ㅣ로다 빅여 니려 드러갈 제 씬 거의 夕陽이라 四面을 살펴보니 景槪도 奇異하다 山不高而秀雅하고 水不深而澄淸이라 萬種桃樹 두룽 곳예 三三五五 수문 집이 됫수플을 의지하야 젼역 煙氣 이르혀고 紅紅白白 빗난 곳츤 느즌 안기 무릅쓰고 고은 틱도 자라한다 流水의 써난 桃花 그 믈 밧게 나지 마라 紅塵의 무든 사람 武陵 알가 두리노라 시닉을 因緣하야 점점 깁히 드러갈 제 한편을 발라보니 白雲이 어린 곳예 竹戶荆扉 두세 집이 隱勤이 보이는듸 門前五柳 드리엿고 石上三芝 씩여낫다 문득 갓가이 다다라는 柴扉를 굿이 다다스니 門雖設而尚關이라 志趣도 깁푸시고 다만 보이고 들리는 바는 萬花深處松千尺이요 衆鳥啼時鶴一聲이 半空에 嘹亮하니 이 果然 닉 집이로다

이제야 離別 업슬 任과 함씌 남은 세上 몃몃 히를 근심 업시 즐기다가
羽化登仙하오리라.　　　　　　　　　　　　(言編) (金玉 177) 安玟英

安周翁(안주옹)=안민영(安玟英) 자신의 호(號) ◇못 든고=들어가지 못하는고 어떤 범위 안에 들어가지 못하는고 ◇믹였던가=얽매였든가 ◇功名(공명)은 本非願(본비원)=공명은 본래부터 바라는 바가 아니다 ◇富貴(부귀)는 初不親(초불친)=부귀는 처음부터 가까이하지 아니하였다 ◇걸잇쪄=거리끼어 ◇六十年(육십년) 風塵(풍진)=육십 살까지 살아온 세상 ◇鬢髮(빈발)만 희게=수염과 머리카락만 허옇게 ◇放白鷳於天末(방백한어천말)=흰 꿩을 하늘가에 풀어놓다 ◇陶淸節(도청절)의 歸去來(귀거래)요=도연명의 「귀거래사(歸去來辭)」에 있는 말이요 ◇秋風忽憶松江鱸(추풍홀억송강로)=가을바람이 부니 문득 송강의 농어가 생각나다 ◇張使君(장사군)의 歸思(귀사)로다=장사군이 고향으로 돌아가고자 하는 생각뿐이로다. 장사군은 중국 진(晉)나라 때 사람 장한(張翰)을 가리킨다 ◇씨쳐스니=깨달았으니 ◇一葉片舟(일엽편주)=조그마한 배 ◇흘니 저어=물에 자연스럽게 흘러가도록 내버려두어 ◇身兼妻子(신겸처자) 都三口(도삼구)=자신과 처자와 합하여 모두 세 식구뿐이다 ◇鶴與琴書(학여금서) 共一船(공일선)=가산(家産)이 학과 금서를 합해도 배 한 척에 실을 정도밖에 안 된다. 백거이(白居易)의 「자희시(自喜詩)」의 구절이다 ◇風飄飄而吹衣(풍표표이취의)하고=바람은 솔솔 불어 옷깃을 흔들고 ◇舟搖搖而輕颺(주요요이경양)이라=배는 흔들흔들 가볍게 나아간다. 도연명의 「귀거래사」에 있는 말이다 ◇捩柁(열타)=배의 키. 키는 배의 방향을 잡는 것이다 ◇浩浩蕩蕩(호호탕탕)하야=아주 넓어서 끝이 없어 ◇胸襟(흉금)이 灑落(쇄락)하다=가슴속에 품은 생각이 상쾌하고 시원하다 ◇五湖(오호)에 范蠡舟(범려주)ㄴ들=오호에 띄운 범려의 배인들. 범려는 춘추시대 월(越)나라의 공신으로 후에 벼슬을 그만두고 제(齊)나라를 거쳐 도(陶)에 들어가 거부가 되었으며 미녀 서시와 함께 오호에서 노닐었다고 한다 ◇살갓치 닷는=화살처럼 빨리 날아가는 ◇瞬息(순식)이 다 못ᄒᆞ야=잠깐 사이에 ◇桃花源裏(도화원리) 人家(인가)여늘=무릉도원 안에 인가가 있거늘 ◇杏樹壇邊(행수단변) 漁夫(어부)ㅣ로다=살구나무가 옆에 만든 단에 어부로다 ◇景槪(경개)도 기이(奇異)하다=경치도 훌륭하다 ◇山不高而秀雅(산불고이수아)하고=산이 높지 아니하나 빼어나게 아름답고 ◇水不深而澄淸(수불심이징청)이라=물이 깊지 아니하나 맑고 깨끗하다 ◇萬種桃樹(만종도수)=많이 심은 복숭아나무 ◇숨은 집이=가리워져 있는 집들이 ◇딧수풀을=대나무 숲을 ◇전역 烟氣(연기) 이르혀고=저녁 짓는 연기가 일어나고 ◇느즌 안개=저녁 안개 ◇流水(유수)에 써난 桃花(도화)=흐르는 물에 떠 있는 복숭아꽃 ◇그

물 밧게 나지 마라=그 물 밖으로 나가지 마라 ◇紅塵(홍진)에 무든 사람=속세의 더러움에 찌든 사람들 ◇武陵(무릉) 알가 두리노라=무릉도원을 알까 두렵도다 ◇白雲(백운) 어린 곳에=흰 구름이 어리어 있는 곳에 ◇竹戸荊扉(죽호형비)=대나무나 가시나무로 만든 지게문과 사립문 ◇隱勤(은근)이 보이난듸=‘은근(隱勤)’은 ‘은근(慇懃)’의 잘못. 겨우 보이는데 ◇門前(문전) 五柳(오류) 드리엿고=이문(里門) 앞에 버드나무 다섯 그루가 드리웠고. 도연명이 자기 집 앞에 버드나무 다섯 그루를 심고 오류선생이라 했다 ◇石上三芝(석상삼지) 씬어낫다=바위 위에 두서넛의 지초(芝草)의 자태가 뚜렷하다 ◇柴扉(시비)=사립문 ◇굿이 다다스니=굳게 닫았으니 ◇門雖設而尙關(문수설이상관)이라=문이 비록 만들어져 있으나 아직도 잠겨 있도다 ◇萬花深處松千尺(만화심처송천척)=모든 꽃들이 피어 있는 깊숙한 곳에 소나무가 우뚝하고 ◇衆鳥啼時鶴一聲(중조제시학일성)이=많은 새들이 울 때 학의 울음소리가 뛰어남이 ◇半空(반공)에 嘹亮(요량)하니=공중에 낭랑하게 들리니 ◇羽化登仙(우화등선)=날개가 돋아 신선이 되어 하늘로 날아 올라가다.

※『금옥총부』에 "쾌재 아금거의(快哉 我今去矣, 유쾌하구나 나도 이제 가는구나)"라 했다.

422

어와 져므러간다 宴息이 맏당토다
ᄀᆞᄂᆞᆫ 눈 ᄲᆞ린 길 불근 곳 훗터딘 듸 흥치며 거러가셔
雪月이 西峰의 넘도록 松窓을 비겨 잇쟈.　　　　　(孤山遺稿 66) 尹善道

져므러간다=날이 저물어간다 ◇宴息(연식)이=잘 먹고 편히 쉬는 것이 ◇맏당토다=마땅하도다 ◇ᄀᆞᄂᆞᆫ 눈=조금 내리는 눈 ◇흥치며=흥청거리며 ◇雪月(설월)=눈 위에 비치는 달 ◇西峰(서봉)의=서쪽에 있는 산봉우리에 ◇松窓(송창)을=숲 속에 있는 집의 창문을 ◇비겨 잇쟈=기대어 있자.

423

어우와 벗님늬야 南蠻을 치라 가시
前營將 左營將에 右營將 後營將이 츠례로 버렷ᄂᆞᆫ듸 中軍은 在中ᄒᆞ고 千把摠 哨官 旗隊摠은 挨次 隨行ᄒᆞ고 掌一號ᄒᆞ고 鳴金邊이어든 旗幟分立 三

行ᄒ고 掌二號ᄒ고 主將이 上馬어든 金은 울이고 朱囉 喇叭 太平簫 鉦 鼓
실일이 투둥둥 꽹꽹 치며 님 겨신 듸 勝戰ᄒ고 가식

그곳듸 楚霸王 이셔도 更無 금젹ᄒ리라.　　　　　　　　　(蔓橫) (甁歌 892)

南蠻(남만)=남쪽의 오랑캐 ◇前營將(전영장) 左營將(좌영장) 右營將(우영장) 後營
將(후영장)=군대의 전후좌우 사방의 방어를 책임 맡은 장군 ◇버렷ᄂ듸=벌리어 있
는데 ◇千把摠(천파총)=천총(千摠)과 같다. 조선 시대 훈련도감(訓練都監)이나 금위
영(禁衛營), 어영청(御營廳), 총융청(摠戎廳) 등에 속하는 정삼품 벼슬아치 ◇哨官(초
관)=한 초(哨)를 거느리던 위관(尉官)으로 종구품의 직위이다 ◇旗隊摠(기대총)=군
기(軍旗)의 관리를 책임 맡은 관리 ◇挨次(애차) 隨行(수행)=순서대로 뒤에 따르다
◇掌一號(장일호)=손바닥을 한 번 쳐서 신호하다 ◇鳴金邊(명금변)=바라를 울리다
◇旗幟分立(기치분립) 三行(삼행)=깃발들이 세 줄로 나뉘어 서다 ◇主將(주장)이 上
馬(상마)어든=대장이 말에 오르면 ◇朱囉(주라)=붉은 칠을 한 소라 껍데기로 만든
악기의 하나 ◇실일이='일일이'의 잘못인 듯 ◇楚霸王(초패왕)=항우를 가리킨다 ◇
更無(갱무) 굼젹ᄒ리라=다시 꿈적할 리가 없으리라. 겁을 먹는 일이 없으리라.

423-1

어우화 벗님네야 님의 집에 勝戰ᄒ라 가식

前營將 後營將 千把總 省官 旗隊摠에 萬馬千兵 거ᄂ리고 虎豹犀象 압세
우고 朱鑼 喇叭 太平嘯 鉦 북을 투둥투둥 꽹꽹ᄒ며 님의 집에 勝戰ᄒ라
가식

그곳에 열 霸王이 이셔도 更無 숨젹ᄒ리라.　　　　　　　(弄歌) (樂서 476)

勝戰(승전)='승전(承傳)'의 잘못. 임금의 명령을 전달함. 승전놀이의 모습을 시조
로 만든 것이다 ◇省官(성관)='초관(哨官)'의 잘못인 듯 ◇虎豹犀象(호표서상)=호랑
이와 표범 물소 코끼리의 형상 ◇霸王(패왕)=초패왕. 항우(項羽) ◇更無(갱무) 숨젹
ᄒ리라=꿈적하는 일이 다시는 없으리라.

424

어우하 楚霸王이야 애돏고도 애들애라

力拔山 氣盖世로 仁義를 行ᄒ여 義帝를 아니 주기던들
天下에 沛公이 열 이셔도 束手無策 ᄒ랏다.　　　　　　(蔓橫淸類) (珍靑 487)

楚覇王(초패왕)=항우(項羽)를 가리킨다 ◇애들애라=애달프다 ◇力拔山(역발산)
氣盖世(기개세)=힘은 산을 뽑을 만하고 기개는 세상을 덮을 만하다 ◇義帝(의제)=
초(楚)의 회왕(懷王)을 항우가 의제라고 하였다가 2년 후에 죽였다 ◇沛公(패공)=한
의 유방(劉邦)을 가리킨다 ◇이셔도=있어도 ◇束手無策(속수무책)ᄒ랏다=별다른 대
책이 없었을 것이다.

425

어우화 벗님네야 錦衣玉食 求치 마오
죽어 棺에 들제 錦衣를 입으련이 子孫에 祭 바들 제 玉食을 먹으련이
죽은 後 못ᄒᆯ 일은 粉壁紗窓 月三更에 元央枕 翡翠衾에 고은 님 다리고
晝夜 同處ᄒ리로다
죽어 가 못ᄒᆯ 일을 뉘쳐 무슴ᄒ리오.　　　　　　　　　　　(詩歌 641)

錦衣玉食(금의옥식)=비단옷과 좋은 음식 ◇粉壁紗窓(분벽사창) 月三更(월삼경)=
깨끗하게 꾸민 방과 비단천으로 가린 창문 안에 한밤중 달이 환히 밝다 ◇元央枕
(원앙침) 翡翠衾(비취금)=‘원앙침(元央枕)’은 ‘원앙침(鴛鴦枕)’의 잘못. 원앙을 수놓
은 베개와 비취색 이불 ◇晝夜(주야) 同處(동처)=밤낮을 가리지 않고 같이 있다 ◇
죽어 가=죽어 저세상에 가서도 ◇뉘쳐=뉘우쳐.

426

어우화 벗님네야 壽夭長短을 恨치 마소
自古로 聖帝明皇과 仁賢君子라도 天命을 ᄇ라거늘 우읍다 秦始皇은 採
藥童女 못 온 前에 沙丘에 魂이 되고 허믈며 漢武帝는 神仙을 求하다가
金丹에 病이 들어 漢南에 덥힌 威嚴이 武陵松柏 빗소릐로다
암아도 太平聖代에 無病無憂ᄒᆯ 쎄 醉코 놀까 ᄒ노라.　　　(靑謠 73) 朴文郁

어우화=어화. 감탄사 ◇壽夭長短(수요장단)=오래 삶과 일찍 죽음. 장수(長壽)와 요절(夭折) ◇自古(자고)로=예로부터 ◇聖帝明皇(성제명황)=덕이 높고 지혜가 밝은 왕 ◇仁賢君子(인현군자)=어진 사람과 학식과 덕행이 높은 사람 ◇天命(천명)을 바라거늘=하늘의 명령대로 따르거늘 ◇우웁다=우습다 ◇秦始皇(진시황)은 採藥童女(채약동녀) 못 온 前(전)에=삼신산에 가서 불사약을 구해 오라고 한 진시황은 약을 캐러 갔던 동남동녀가 오기도 전에 ◇沙丘(사구)에 魂(혼)이 되고=사구에서 죽었고. 사구는 중국 하북성 평향현의 동북쪽에 있다. 진시황이 동순(東巡)하다가 붕어(崩御)한 곳 ◇漢武帝(한무제)는 神仙(신선)을 求(구)ᄒ다가=한무제가 장생술의 방법을 찾다가 ◇金丹(금단)=약(藥). 선단(仙丹)의 한 가지 ◇漢南(한남)에 덥힌 威嚴(위엄)이 武陵松柏(무릉송백) 빗소리로다=한남에까지 덮였던 위엄이 이제는 무릉의 송백에 처량한 빗소리뿐이다. 무릉은 한무제의 능 ◇無病無憂(무병무우)=아무런 병도 걱정도 없다.

427

어이려뇨 어이려뇨 싀어마님아 어이려뇨

쇼대 남진의 밥을 담다가 놋쥬걱 잘를 부르쳐시니 이를 어이ᄒ료뇨 싀어마님아

져 아기 하 걱졍 마스라 우리도 져머신 제 만히 것거보왓노라.

(蔓橫淸類) (珍靑 478)

어이려뇨=어떻게 하면 좋겠느냐? ◇쇼대 남진=샛사내. 간부(間夫) ◇잘를=자루를 ◇부르쳐시니=부러뜨렸으니 ◇하=너무 ◇져머신제=젊었을 때에 ◇것거=꺾어. 또는 겪어.

428

어이 못 오던다 므스 일로 못 오던다

너 오ᄂ 길 우희 무쇠로 城을 ᄡ고 城 안헤 담 ᄡ고 담 안헤란 집을 짓고 집 안헤란 두지 노코 두지 안헤 櫃를 노코 櫃 안헤 너를 結縛ᄒ여 노코 雙비목 외걸새에 龍거북 ᄌ믈쇠로 수기수기 ᄌ갓더냐 네 어이 그리 아

니 오던다

흔 달이 셜흔 날이여니 날 보라 올 홀리 업스랴.　　　　　　　(珍靑 568)

오던다=오느냐 ◇두지=뒤주 ◇橫(궤)=궤짝 ◇結縛(결박)=밧줄로 꽁꽁 묶음 ◇雙
(쌍)비목=쌍으로 된 배목. 배목은 자물쇠를 걸기 위해 만든 구멍 난 못 ◇외걸새=
문을 잠그기 위한 하나로 된 쇠 ◇날 보라 올 홀리=나를 보려고 올 수 있는 하루가.

429

어이ㅎ야 못 오던야 무슴 일노 못 오던요

줌총급어부의 촉도지난이 가리웟더냐 무슴 일노 못 오던야

아마도 빅ㄴ지즁의 대인ㄴ이 어려웨라.　　　　　　　　　　　　(時調 67)

줌총급어부=잠총급어부(蠶叢及魚鳧). 잠총과 어부. 이들은 모두 촉(蜀)의 초창기
왕들이었음 ◇촉도지난(蜀道之難)=촉으로 가는 길이 매우 어려움. 이백(李白)이 안
녹산의 난 때 당현종(唐玄宗)이 촉(蜀)으로 피난하고자 하는 것을 막으려고 썼다는
「촉도지난(蜀道之難)」이란 시에서 유래한 말 ◇빅ㄴ지즁=백난지중(百難之中). 여러
가지 어려운 일 가운데 ◇대인ㄴ이=대인난(待人難)이. 사람을 기다리는 일이 가장
어렵다.

430

어제는 못 보게도 ㅎ여 못 볼시도 的實도 ㅎ다

萬里 가는 길의 海枯絶息하고 銀河水 건너 北海水 가로지고 風土ㅣ 切
甚흔듸 摩尼山 갈가마괴 太白山 기슭으로 골ㅈ골ㅈ 우닐면서 츳돌도 바히
못 어더먹고 굴머 쥭은 짜히 내 어듸 가셔 님 츠즈보리 아희야 님이 오셔
들란 쥴여 쥭단 말 生心도 말고 쓸쓸이 그리다가 骨슈의 병이 들어 갓과
쎄만 걸려 앗장밧삭 건이다가 즈근 쇼마 보신 후에 氣韻이 澌盡ㅎ야 임아
우희 손을 언고 흔 다리 취여들고 되애 掩 버서 노운 드시 벌썩 나뒷쳐졋
다가 長嘆一聲에 奄然 命盡홀 제 쥭어 妍魂的乎ㅣ 되야 님의 몸의 츤츤
감겨 슬드리 알히다가

나죵의 부디 자바 가렷노라 ᄒᆞ드라 ᄒᆞ고 슬와라.　　　　　　(詩歌 675)

的實(적실)도 ᄒᆞ다=틀림없기도 하다　◇海枯絕息(해고절식)=바닷물이 말라 없어
질 때까지 조금도 쉬지 않고　◇가로지고=가로질러　◇風土(풍토) 切甚(절심)=기후나
여건이 매우 좋지 않음을 뜻한다　◇摩尼山(마니산)=경기도 강화도(江華島)에 있는
산　◇갈감마괴=갈가마귀　◇바히=전혀　◇줄여 죽단 말=굶주려 죽었다는 말　◇生心
(생심)=엄두를 내다　◇갓=가죽　◇건이다가=거닐다가　◇즈근 쇼마=소변　◇氣韻(기
운)이 澌盡(시진)ᄒᆞ야='기운(氣韻)'은 '기운(氣運)'의 잘못. 힘이 다 빠져　◇임아 우
희=이마 위에　◇취여들고=추켜들고　◇되애=뙤놈이. 오랑캐가　◇掩(엄) 버서=엄을
벗어서. 엄은 시신의 얼굴을 싸는 수건　◇나뒷쳐젓다가=뒤로 나자빠졌다가　◇長嘆
一聲(장탄일성)=길게 탄식하여 내는 소리　◇奄然(엄연) 命盡(명진)=갑자기 목숨이
다하다　◇奸魂的乎(간혼적호)=간악한 영혼　◇슬드리 알히다가=너무 힘을 써 감각이
없다가.

431

어제밤 부든 바람 金聲이 腕然하다 孤枕單衾으로 相思夢 훌쳐 깨여 竹
窓을 半開하고 막막히 바라보니

萬里 長空에 夏雲은 흣더지고 千年 江山에 찬 기운 어련는대 庭樹에 부
든 바람 離恨을 아리는 듯 秋菊에 매친 이슬 別淚를 먹음은 듯

殘柳 南橋에 春鶯은 已歸하고 素月 東嶺에 秋猿이 슬피 우니 임 여이고
썩은 간장 하마터면 끈치리라.　　　　　　　　　　　　　　(時調 98)

金聲(금성)이 腕然(완연)하다='완연(腕然)'은 '완연(宛然)'의 잘못. 가을바람 소리
가 분명하다　◇孤枕單衾(고침단금)=혼자서 베고 덮는 베개와 이불　◇相思夢(상사
몽)=님을 그리워해서 꾸는 꿈　◇훌쳐 깨여=영향을 받아 깨어. 놀라 깨어　◇막막히=
쓸쓸히　◇萬里(만리) 長空(장공)=먼 하늘　◇夏雲(하운)=여름철의 구름. 먹장구름　◇
庭樹(정수)=뜰에 서 있는 나무　◇離恨(이한)을 아리는 듯=이별의 슬픔을 알리는 듯
◇秋菊(추국)=가을철에 피는 국화　◇別淚(별루)=이별을 슬퍼해서 흘리는 눈물　◇殘
柳(잔류) 南橋(남교)=잎이 몇 개 남지 않은 버드나무가 있는 남쪽 다리　◇春鶯(춘앵)
은 已歸(이귀)하고=봄철에 왔던 꾀꼬리는 이미 돌아가고　◇素月(소월) 東嶺(동령)=

희끄무레한 달이 뜬 동쪽 고갯마루 ◇秋猿(추원)=가을철의 원숭이 ◇끈치리라=끊어
지겠다.

432

어젯밤도 혼자 곱송글여 새오줌 자고 진안밤도 혼자 곱송글여 새오줌
잔이

어인 놈의 八字ㅣ가 晝夜長常에 곱송글여셔 새오줌만 잔다

오놀은 글이든 님 왓신이 발을 펴 블이고 싀훤이 잘까 ᄒ노라.

(騷聾) (海一 576)

혼자 곱송글여=혼자서 몸을 움츠려 ◇새오줌=새우잠. 새우처럼 몸을 구부리고
자는 잠 ◇진안밤도=지난밤도 ◇어인 놈의=어떤 놈의 ◇晝夜長常(주야장상)=밤낮
을 가리지 않고 언제나 ◇잔다=자느냐 ◇펴 블이고=펴 벌리고 ◇싀훤이 잘까=편안
하게 잘까.

433

漁村의 落照ᄒ고 江天이 一色인 제

小艇에 그물 싯고 十里沙汀 ᄂ려가니 滿江蘆荻에 鷺鶩은 섯거 늘고 桃
水流水에 鱖魚는 슬졋ᄂ듸 柳橋邊에 비를 미고 고기 주고 술을 바다 酩酊
케 醉ᄒ 後에 欸乃聲 부르면서 돌을 씌고 도라오니

아마도 江湖至樂은 이샏인가 ᄒ노라.

(蔓橫) (瓶歌 911)

落照(낙조)=저녁 해가 비침 ◇江天(강천)이 一色(일색)=강과 하늘이 한 가지 빛
임. 캄캄해짐 ◇十里沙汀(십리사정)=십 리까지 뻗친 모래톱 ◇滿江蘆荻(만강노적)=
강 언덕에 가득한 갈대 ◇鷺鶩(노목)=백로와 오리 ◇桃水流水(도수유수)='수(水)'는
'화(花)'의 잘못. 복숭아꽃이 떠서 흐르는 물 ◇鱖魚(궐어)=쏘가리 ◇柳橋邊(유교
변)=버드나무가 서 있는 다리 끝 ◇酩酊(명정)=몹시 취함 ◇欸乃聲(애내성)=뱃노래
◇돌을 씌고=달빛을 받으면서 ◇江湖至樂(강호지락)=자연에 사는 지극한 즐거움.

※ 이한진본『청구영언』에 작자가 남명(南溟)으로 되어 있음.

434

어허 절무신네 늘근이 보고 웃덜 마소

어제 청춘 오날 백발 그 아니 잠간이랴 못 먹을 건 나이로다 堯舜 禹湯
文武 周公 孔孟 顔曾 程朱子는 道德 업어 붕하시며 秦始皇 漢武帝는 威嚴
업서 고혼 되며 화태와 편작이는 醫藥 몰라 죽엇스며 말 잘하는 소진 장
의 六國 帝王은 달냇것만 閻羅王은 못 달내고

春風 細雨 杜鵑聲에 일부 靑塚뿐이로다.   (時調 92)

절무신네=젊은 사람들 ◇程朱子(정주자)=송(宋)나라의 학자인 정호(程顥)·정이
(程頤) 형제와 주희(朱熹) ◇붕(崩)하시며=돌아가셨으며 ◇고혼(孤魂) 되며=외로운
넋이 되며 ◇화태와 편작이는='화태'는 '화타'의 잘못. 화타(華陀)와 편작(扁鵲)은.
화타는 후한(後漢)의 명의로 조조(曹操)의 시의(侍醫)가 되었다가 후에 죽음을 당하
였고, 편작은 춘추전국시대의 명의이다 ◇소진 장의=춘추시대의 웅변가인 소진(蘇
秦)과 장의(張儀) ◇六國(육국)=중국 춘추전국시대의 여섯 나라. 제(齊), 초(楚), 연
(燕), 조(趙), 한(韓), 위(魏) ◇閻羅王(염라왕)=불교에서 지옥(地獄)에 떨어지는 인간
을 심판하고 징벌(懲罰)한다는 왕 ◇春風(춘풍) 細雨(세우) 杜鵑聲(두견성)=봄바람
불고 가랑비 내리고 두견이 울음소리 ◇靑塚(청총)=풀이 무성한 무덤.

435

어화 늬 수랑이야 너를 두고 어이 가리

春風은 건듯 부러 百花를 흣날니고 秋月은 皎皎ᄒ여 窓前에 影 지오고
기러기 渡江聲에 츰아 그려 어이 살니

아마도 飛則同飛ᄒ고 止則爲雙ᄒ야 百年同樂ᄒ오리라.   (詩歌 718)

百花(백화)=온갖 꽃 ◇皎皎(교교)=아주 밝음 ◇影(영) 지오고=그림자를 만들고
◇渡江聲(도강성)=강 위를 날아 건너는 소리 ◇그려=그리워 ◇飛則同飛(비즉동비)
ᄒ고 止則爲雙(지즉위쌍)ᄒ야=날면 같이 날고 날지 않으면 쌍을 이루어 ◇百年同樂
(백년동락)=평생을 같이 살아감.

436

어화 世上 벗任네야 富貴 功名 恨을 마소 富貴도 浮雲이요 功名은 風塵
이라

非百世之人生으로 求藥하던 秦始皇도 礪山에 一杯 靑塚 되어 잇고 求仙
하던 漢武帝도 汾水秋風 悔心萌의 白髮만 휘날녓다 公道라니 白髮이요 못
免할손 그 길이라

우리 갓흔 草露人生 아니 놀고 무엇하리.　　　　　　　　　(時調集 148)

한(恨)을 마소=한탄을 하지 마시오 ◇富貴(부귀)도 浮雲(부운)=부귀도 뜬구름과
같다 ◇功名(공명)은 風塵(풍진)=공훈과 명예는 티끌과 같다 ◇礪山(여산)='여산(驪
山)'의 잘못. 진시황(秦始皇)의 무덤이 있는 곳 ◇一杯(일배) 靑塚(청총)=술 한 잔 부
어놓는 무덤 ◇求仙(구선)하던=선술(仙術)을 구하던 ◇汾水秋風(분수추풍)=분수에
부는 가을바람. 한무제가 분하(汾河)의 동쪽에 후토사(后土祠)를 짓고 보정(寶鼎)을
얻었다고 한다 ◇悔心萌(회심맹)=후회하는 마음이 싹틈 ◇公道(공도)=누구에게나
공평하고 바른 도리 ◇그 길=죽음 ◇갓흔=같은 ◇草露人生(초로인생)=풀 끝에 달린
이슬처럼 하잘것없는 사람의 삶.

437

언덕 문희여 좁은 길 몌오거라 말고 두던이나 문희여 너른 구멍 조피
되야

水口門 내드라 豆毛浦 漢江 露梁 銅雀이 龍山 三浦 여흘목으로 드니며
느리 두쪄먹고 치 두쪄먹는 되강오리 목이 힝금커라 말고 大牧官 女妓 小
各官 쥬탕이 와당탕 내드라 두손으로 붓잡고 부드드 쩌는이 내 므스 거시
나 힝금코라쟈

眞實로 거러곳 흘쟉시면 愛夫ㅣ될가 ᄒ노라.　　　　　(蔓橫淸類) (珍靑 574)

문희여=뭉개어 ◇몌오거라 말고=메우려고 하지 말고 ◇두던이나=두둑이나 ◇조
피 되야=좁게 만들어 ◇水口門(수구문)=동대문 옆에 청계천에 있던 수문(水門). 또
는 '시구문(屍口門)'의 잘못인 듯. 시구문은 서울 신당동에 있는 작은 성문으로 본

래 이름은 광희문(光熙門) ◇豆毛浦(두모포)=한강 북안 지금의 성동구 금호동 근처에 있던 나루 ◇漢江(한강) 露梁(노량) 銅雀(동작)이 龍山(용산) 三浦(삼포)=한강의 한남동, 노량진, 동작, 용산, 마포의 나루. 삼포는 마포의 한자 표기 ◇여흘목으로=여울의 어귀로 ◇느리, 치=내려가며, 거슬러 올라가며 ◇되강오리=오리의 한 가지 ◇힝금커라=실쭉하다고 하지 ◇大牧官(대목관) 女妓(여기) 小各官(소각관) 쥬탕이='소각관(小各官)'은 '소목관(小牧官)'의 잘못. 큰 고을의 목사(牧使) 같은 기생과 작은 고을의 현령 같은 주탕(酒湯)이 ◇부드드 썬는이=부르르 떠느냐 ◇므스 거시나=어떤 것이나 ◇힝금코라쟈=실쭉하려 하느냐 ◇거로곳 할쟉시면=그렇기만 한다면 ◇愛夫(애부)=사랑하는 사람. 간부(間夫).

438

言語도 不可不愼 飮食도 不可不節
言語로 文字의 미뤄보고 飮食으로 財祿의 미뤄보라
녯 聖人 頤卦大象이니 우리 先訓 더옥 죠타.

(木州雜歌 28-16) (頤齋亂稿) 黃胤錫

不可不愼(불가불신)=삼가고 조심하지 않을 수 없다 ◇不可不節(불가부절)=절제하지 않을 수 없다 ◇미뤄보고=짐작하여 보고 ◇財祿(재록)=재산과 봉록(俸祿) ◇頤卦大象(이괘대상)=육십사괘(六十四卦)의 하나. 음식을 주어 남을 구제할 상(象) ◇先訓(선훈)=조상의 가르침.

439

얼골 조코 뜻 다라온 년아 밋정죠차 不貞흔 년아
엇더흔 어린 놈을 黃昏에 期約흐고 거줏 믹바다 자고 가란 말이 입으로 츠마 도와 나는
두어라 娼條冶葉이 本無定主흐고 蕩子之探春好花情이 彼我의 一般이라 허믈흘 줄 이시랴.

(蔓橫淸類) (珍靑 550)

다라온=더러운 ◇밋정죠차=밑살마져. 밑살은 여자의 음부(陰部) ◇거줏 믹바다=거줏 약속을 하고 ◇츠마 도와 나는=어떻게 말이 나오느냐? ◇娼條冶葉(창조야엽)=어린

가지와 새롭고 예쁜 잎. 창녀(娼女)를 가리키는 말 ◇本無定主(본무정주)=본래 정한 주인이 없다 ◇蕩子之探春好花情(탕자지탐춘호화정)=방탕한 남자의 봄을 찾고 꽃을 좋아하는 정. 여자를 좋아하는 심정 ◇彼我(피아)의 一般(일반)=너나 나나 똑같다.

440

얼구 금구 금구 얼구 줄육 쥰오 사오짝 것구 쵕이 밋살 것구 우박 마진 지덤이 것구 석쇠 망틔 버레 머근 삼닙 것구 연竹즌 자板 것구 下米즌 멍석 것구

大邱監營 진상 오는 쏠병 것치 얼구 勤政殿 鐵網 것치 얼근 즁놈아 세닉로 나리자 마라 공지 낙지 낙지 공지 두루쳐 멱이 친친 가물치 살진 뒈미 허리 긴 갈치 눈 큰 쥰치 희 큰 장딕 쎠마는 송사리 슈마는 곤징이 항자기 등 고븐 싀우 열 읍신 오징어 너를 보구 나를 보구 그믈 베리만 여겨 혈혈 뒤여 너머가는구나

우리도 山中의 잇는 고로 세닉를 좃차.   (調詞 61)

얼구 금구=얽고 검고 ◇줄육 쥰오 사오짝=주륙(主六) 쥰오(準五) 사오(四五)짝. 모두 골패 짝의 이름 ◇쵕이 밋살 것구=쵕이 밑살 같고. 쵕이는 고기 잡는 그물의 하나 ◇석쇠=철망을 엮어 만든 고기 굽는 기구 ◇망틔=망태기 ◇버레 머근 삼닙=벌레 먹은 삼(大麻)잎 ◇연竹(죽)즌 자板(판)=연죽전(煙竹廛) 좌판(坐板). 담뱃대 파는 가게의 좌판 ◇下米(하미)즌 멍석=하미전(下米廛) 멍석. 서울 동대문 안에 있던 싸전의 멍석 ◇진상(進上)=특산물을 임금에게 올리는 것 ◇勤政殿(근정전)=경복궁 안에 있는 정전(正殿) ◇세닉로=시냇가로 ◇공지=꽁치 ◇멱이=메기 ◇뒈미=도미 ◇쎠마는=떼 많은 ◇슈마는=수많은 ◇곤징이=곤쟁이. 새우의 일종 ◇항자기='동자개'인 듯 ◇등 고븐=등이 곱은 ◇열 읍신=겁 많은 ◇그믈 베리=그물 벼리. 벼리는 그물 위쪽 코를 꿰어 잡아당기게 된 줄 ◇혈혈 뒤여=펄펄 뛰어 ◇잇는 고로=있는 까닭에 ◇세닉=시내(川).

441

얽고 검고 희 큰 구레나룻 그것조차 길고 넙다

쟘지 아닌 놈 밤마다 빈에 올라 죠고만 구멍에 큰 연장 너허두고 흘근 할 제는 愛情은 크니와 泰山이 덥누로는 듯 즌 放氣 소릐에 졋 먹던 힘이 다 쓰이노믜라

아므나 이놈을 드려다가 百年同住ᄒ고 永永 아니 온들 어늬 개쓸년이 싀앗 싀옴ᄒ리오.   (蔓橫淸類) (珍靑 569)

구레나룻=귀밑에서 턱까지 나온 수염 ◇그것조차=그것마저. 그것은 남자의 성기 ◇쟘지 아닌 놈=어린애의 것처럼 작지 않은 놈. '쟘지'가 아닌 성인의 것 ◇죠고만 구멍에 큰 연장=여자와 남자의 성기를 비유한 말 ◇흘근 할 제는=성교를 할 때에 는 ◇愛情(애정)=사랑하는 감정 ◇크니와=말할 것도 없거니와 ◇즌 放氣(방기) 소 릐에=작은 방귀 소리에 ◇쓰이노믜라=쓰이는구나 ◇百年同住(백년동주)=평생을 같 이 삶 ◇싀앗 싀옴ᄒ리오=시앗에 대한 시기심을 가지겠는가.

442
엇썬 남근 八字 有福ᄒ야 大明殿 大들枮 되고
쏘 엇던 남근 八字 사오나와 난番 宵鏡 다섯 든番 宵鏡 다섯 掌務 公事 員 合ᄒ야 열두 宵鏡의 都막대 되고
츨하로 검온고 술쩌 되야 閤氏네 손에 쥐물려나 볼싸 ᄒ노라.
                                              (樂時調) (海一 546)

남근=나무는 ◇大明殿(대명전)=고려 시대 개성에 있던 궁궐의 이름 ◇大(대)들枮 (견)='견(枮)'은 '보(樑)'의 잘못. 대들보 ◇사오나와=사나워 ◇난番(번) 든番(번)=당 직 같은 것의 하번(下番)과 상번(上番) ◇掌務(장무) 公事員(공사원)=장무와 공사원 직책을 맡은 사람 ◇都(도)막대=맨 앞의 소경이 짚는 막대 ◇츨하로=차라리 ◇검온 고 술쩌=거문고를 타는 채 ◇쥐물려나=주물림을 당하여나.

443
엇지ᄒ야 못 오드니 무음 일노 아니 오든야
너 오는 길에 弱水 三千里와 萬里長城 둘너는디 蠶叢及魚鳧에 蜀道之難

이 가리엇드냐 네 어이 아니 오드니

長相思 淚如雨터니 오날이야 만나괘라.　　　　　　　　　(詩歌 696)

무음 일노=무슨 일로　◇오든야=오더냐?　◇弱水(약수) 三千里(삼천리)=선경(仙境)
에 있다고 하는 물. 삼천 리는 멀다는 뜻　◇蠶叢及魚鳧(잠총급어부)=잠총과 어부.
촉(蜀)의 초기의 임금의 이름　◇蜀道之難(촉도지난)=촉에 가는 길의 어려움　◇長相
思(장상사) 淚如雨(누여우)=오랫동안 그리워하여 눈물이 비처럼 쏟아지다　◇가리엇
드냐=가리웠더냐? 가로막았더냐?　◇만나괘라=만났구나.

444

에굽고 속 헹덩그러 뷘 져 梧桐나모 바름 밧고 서리 마자

멋百 年 늙것던디 오늘날 기드려서 톱 다혀 버혀내여 준자괴 세 대패로
쑤며내여 줄 언즈니

손 아래 등덩둥당 딩당 소리예 興을 계워ᄒ노라.　　　　(蓬萊樂府 11) 申獻朝

에굽고=약간 휘우듬하게 굽고　◇휑덩그러=속이 비고 넓기만 하여 허전한　◇늙
것던디=늙었던지　◇톱 다혀=톱을 대어. 톱으로 잘라　◇준자괴=재목을 다듬는 연장
인 작은 자귀　◇세대패=가늘게 먹는 대패　◇줄 언즈니=줄을 매니.

445

旅食京華恨未伸에　碧山殘月照幽人이라

昭君玉骨胡城土요 貴妃花容驛路塵이라 綠竹蒼松은 千古節이나 碧桃紅杏
一年春이라

光陰이 自是無情物이라 莫惜空閨의 花容頻卑을 ᄒ여.　　　　(靑詠 582)

旅食京華恨未伸(여식경화한미신)에=나그네가 서울서 잘 먹고 지내나 한을 풀지
못했는데　◇碧山殘月照幽人(벽산잔월조유인)이라=푸른 산에 그믐달이 유인을 비추
는구나. 유인은 세상을 피하여 사는 사람　◇昭君玉骨胡城土(소군옥골호성토)요=왕
소군의 아름다움도 오랑캐의 흙이 되고　◇貴妃花容驛路塵(귀비화용역로진)이라=양

귀비의 고운 얼굴은 마외역의 티끌이 되었다 ◇綠竹蒼松(녹죽창송)은 千古節(천고절)이나=푸른 대나무와 소나무는 천고에 변함없는 절개요 ◇碧桃紅杏一年春(벽도홍행일년춘)이라=푸른 복숭아와 붉은 살구꽃은 일 년뿐이다 ◇光陰(광음)이 自是無情物(자시무정물)이라=세월은 본래부터 무정한 것이라 ◇莫惜空閨(막석공규)의 花容頻卑(화용빈비)을=혼자 지새우는 예쁜 얼굴이 자주 부끄러워하는 것을 애석하게 여기지 마라.

446

歷山에 밧 ᄀᆞ르실시 百姓이 다 ᄀᆞ을 辭讓ᄒᆞ고
漁雷澤ᄒᆞ실시 人皆讓居ᄒᆞ고 陶河濱ᄒᆞ실시 그릇시 기우트지 아녓ᄂᆞ니
天下의 朝覲 訟獄 謳歌者의 브ᄅᆞᄂᆞᆫ 聖德을 일노 좃ᄎᆞ 알네라.

(瓶歌 866) 權德重

歷山(역산)에 밧 ᄀᆞ르실시=순(舜) 임금이 왕위에 오르기 이전에 역산에서 농사를 지으시니 ◇ᄀᆞ을=밭의 가(邊)를. 경계를 ◇漁雷澤(어뇌택)ᄒᆞ실시=순 임금이 뇌택에서 고기를 잡으시니 ◇人皆讓居(인개양거)ᄒᆞ고=사람들이 다 자리를 양보하고 ◇陶河濱(도하빈)ᄒᆞ실시=순 임금이 하빈에서 그릇을 구우시니 ◇그릇시 기우트지 아녓ᄂᆞ니=만든 그릇이 기울거나 터지지 아니하였다 ◇朝覲 訟獄 謳歌者(조근송옥구가자)=임금을 뵐 신하들. 조근은 신하가 임금을 뵙는 것. 송옥은 소송(訴訟)과 같다. 구가는 칭송하여 노래 부름 ◇일노 좃ᄎᆞ=이것을 보아서 ◇알네라=알 수 있을 것이다.

447

靈明不測 이내 ᄆᆞᄋᆞᆷ 出入無時 이내 ᄆᆞᄋᆞᆷ
豪釐間 千里萬里오 須臾間 千古萬古ㅣ러라
아마도 輕輕히 照管ᄒᆞ고 略略히 存在ᄒᆞ여 敬字 닛지 마오려니.

(頤齋亂稿) 黃胤錫

靈明不測(영명불측)=신령(神靈)스럽고 현명함을 헤아리기 어렵다 ◇出入無時(출입무시)=벼슬을 하고 아니 함이 때가 없다 ◇豪釐間千里萬里(호리간천리만리)=아주

작은 사이가 천 리나 만 리가 된다 ◇須臾間千古萬古(수유간천고만고)=눈 깜짝할
사이가 아주 오랜 옛날이 된다 ◇輕輕(경경)히 照管(조관)흐고=가볍게 관리하고 ◇
略略(약략)히 存在(존재)흐여=간단간단히 하여도 ◇敬字(경자) 닛지 마오려니=존경
할 경 자를 잊지 말 것이니라.

448

禮義 文物 탐을 늬여 至親骨肉 다 버리고
萬里 殊方의 위로이 썬져 이셔
이 늬 平生의 부모 墳山을 다시 볼 길리 업서 글노 설허ᄒ노라.

(又懷) (慕夏堂實記 6) 金忠善

禮義文物(예의문물) 탐을 늬여=일본보다 예의와 문물이 훌륭해서 욕심을 내어
귀화(歸化)하여 ◇至親骨肉(지친골육)=아주 가까운 친척과 피붙이 ◇萬里殊方(만리
수방)='수방(殊方)'은 '수방(殊邦)'의 잘못인 듯. 멀리 떨어진 다른 나라 ◇위로이=
외로이. 외롭게 ◇썬져 이셔=내던진 것처럼 있어서 ◇墳山(분산)=무덤이 있는 산.
선산(先山).

449

옛부터 이르기를 天地之間 萬物之中에 唯人이 最貴라 하엿스니 멀로 하
여 最貴인고 三綱五倫을 알음이라
父爲子綱 君爲臣綱 夫爲婦綱이 三綱이요 父子有親 君臣有義 夫婦有別
長幼有序 朋友有信이 五倫이라
人性은 天性之品이요 仁義禮智는 人性之綱이니 五常之道 모를진대 有毛
之獸를 면할손가.

(雜誌 424)

唯人(유인)이 最貴(최귀)라=오직 사람이 가장 귀하다 ◇멀로 하여=무엇으로 하여
◇三綱五倫(삼강오륜)=삼강과 오륜 ◇人性(인성)은 天性之品(천성지품)이요=사람의
본성은 타고난 품성이요 ◇仁義禮智(인의예지)는 人性之綱(인성지강)=인의와 예지
는 사람의 본성의 근본 ◇五常之道(오상지도)=오륜의 기본 도리 ◇모를진대=모른다
면 ◇有毛之獸(유모지수)=털을 가진 짐승. 동물 ◇면할손가=벗어날 수 있을까?

450

오늘를 헤여보니 이 내 몸의 永度日이

劬勞生我ㅎ샤 辛勤養育ㅎ신 父母 恩惠을 生覺ㅎ니 더욱 셜다

언의 제 地下의 드러가 다시 侍側 ㅎ려뇨.　　　　　　(龍潭錄 16) 金啓

오늘를=오늘을　◇헤여보니=헤아려보니　◇永度日(영도일)=생일　◇劬勞生我(구로
생아)=나를 낳아 기르시는 부모님의 수고로움　◇辛勤養育(신근양육)=매우 애쓰고
노력해서 길러주다　◇언의 제=어느 때. 언제　◇地下(지하)의 드러가=죽어서　◇侍側
(시측)=옆에서 모시다.

451

오늘이 무슴 날고 할마님 生日일다

五十年 同住ㅎ야 子孫이 滿堂ㅎ니 우리 根源 엇더ㅎ고

來年도 이날이 오나든 다시 놀녀 ㅎ노라.　　　　　　(龍潭錄 27) 金啓

무슴 날고=무슨 날인고　◇할마님=할머님　◇同住(동주)=모시고 함께 삶　◇子孫
(자손)이 滿堂(만당)=아들과 손자가 번성해서 집안에 가득하다　◇오나든=오거든　◇
놀녀=놀고자.

452

오늘늘도 하 심심키로 쥭창 열짜리고 遠近山川을 바라를 보니 봄 드럿
고나 (봄 드럿고나) 저 남산에 봄이 드럿구나

누른 것은 쇠꼴이요 푸른 것은 버들이라 黃金 갓흔 쇠꼴시는 황금 갑옷
을 써덜쳐 입고 楊柳間으로 往來를 ㅎ고 白雪 갓흔 흰 나븨는 素服 단장
을 써덜쳐 입고 꼿을 보구서 반긔는데 靑天白日에 뜬 기럭기은 소상강수
로 날아를 드는데

우리 연연ㅎ고 틀틀흔 친구는 어느 방촌으로 돌아를 가시고 요뇌 일신
어루만져줄 줄을 모른단 말이가.　　　　　　　　　　　(樂高 910)

하 심심키로=너무 심심하기에 ◇쥭창 열싸리고=죽창(竹窓)을 열어젖히고 ◇遠近
山川(원근산천)=가까운 곳과 먼 곳의 경치 ◇써덜쳐=떨쳐 ◇素服(소복) 단장=흰옷
으로 단정하게 차려입다 ◇靑天白日(청천백일)=한낮의 푸른 하늘 ◇瀟湘江水(소강
강수)=소상강의 물 ◇연연ᄒ고 틀틀흔=그립고(戀戀) 소탈한 ◇어ᄂ 방촌(芳村)=어
ᄂ 방촌. 방촌은 술집 ◇요ᄂᆡ=이 나의 ◇일신(一身)=한 몸뚱이 ◇말이가=말인가.

453

오날도 聖恩이요 ᄂᆡ일도 聖恩이라

百年 三萬六千日이 날날마다 聖恩이라

아마도 向國 一片丹心은 흰 날이 天中에 들련ᄂᆞᆫ가 ᄒ로라.

(感聖恩歌 5-2) (無極集) 梁柱翊

向國 一片丹心(향국일편단심)=나라에 대한 작은 충성심 ◇흰 날이 천중(天中)에
들련ᄂᆞᆫ가=해[白日]가 하늘 한가운데 달려 있는 것과 같은가.

　※ 한역(漢譯) : 今日聖恩. 明日聖恩. 百年三萬六千日 日日聖恩 阿嚌道 向國一片丹
心 白日天中懸(금일성은 명일성은 백년삼만육천일 일일성은 아마도 향국일편단심
백일천중현)

454

오늘도 져무러지게 져믈면은 새리로다

　새면 이 님 가리로다 가면 못 보려니 못 보면 그리려니 그리면 病들려
니 病곳 들면 못 살리로다.

病드러 못 살 줄 알면 자고 간들 엇더리.
(蔓橫淸類) (珍靑 506)

져무러지게=저물었구나 ◇새리로다=날이 샐 것이다 ◇가리로다=갈 것이다 ◇그
리려니=그리워할 것이니 ◇그리면=그리워하면 ◇病(병)들려니=병이 들 것이니 ◇
살리로다=살 것이로다.

　※ 이한진본『청구영언』에 작자가 백호(白湖)로 되어 있음. 백호는 임제(林悌)의
호(號)이다.

오늘 밤 風雨를 그 丁寧 아랏던덜 듸사립쫙을 곱거러 단단 미엿슬 거슬

비바람의 불니여 왜각지걱하난 소리여 항연아 오느 양하야 窓 밀고 나

셔보니

月沈沈 雨絲絲한데 風習習 人寂寂을 하더라.   (金玉 180) 安玟英

듸사립쫙=대나무로 엮은 사립문 ◇곱걸어=거듭 걸어. 단단히 걸어 ◇불니여=불

리워. 흔들려 ◇왜각지걱=바람에 흔들려 나는 소리 ◇항연아=행여나 ◇月沈沈(월침

침) 雨絲絲(우사사)=달빛은 컴컴하고 비는 부슬부슬 내리다 ◇風習習(풍습습) 人寂

寂(인적적)=바람은 산들산들 불고 사람의 자취는 끊어져 조용하다.

※『금옥총부』에 "여솔주덕기 유이천시 여여가소부 유상중지약 이달소고대(余率

朱德基 留利川時 與閭家少婦 有桑中之約 以達宵苦待, 내가 주덕기를 데리고 이천에

머무를 때에 여염집 젊은 부인과 뽕나무밭에서 만나기로 약속을 하고 밤이 되기를

고대했다)"라 했음.

오다가나 오동나무요 십 리 절반에 오리목나무

님의 손목은 쥐염나무 하늘 즁천에 구름나무 열아홉에 스무나무 서른아

홉에 스세나무 아흔아홉에 빅자나무 믈에 등등 쑥나무 월츌동텬에 쩔쩡나

무 들 가온듸 계슈나무 옥독긔로 찍어내여 금독긔로 겻다듬어 삼각산 데

일봉에 수간 초옥을 지어놋코 흔 간에는 금녀 두고 흔 간에는 션녀 두고

쏘 흔 간에는 옥녀 두고 션녀 옥녀를 잠드리고 금녀 방에를 드러가니 쟝

긔판 바둑판 쌍륙판 다 노엿고나 쌍륙 바둑은 져례ᄒ고 쟝긔 흔 체 버릴

적에 한나라 한즈로 한픠공 삼고 촛나라 쵸즈로 초픠왕 삼고 수레나 챠즈

로 관운쟝 삼고 콧기리 샹즈로 즈룡 삼고 말마즈로 마툐을 삼고 션븨ᄉ즈

로 모ᄉ들 슴고 쑤리 포즈로 녀포를 슴고 좌우 병쫄노 다리 놋코

이 포 져 포가 넘나들 적에 십만대병이 춘셜이로고나.   (樂高 896)

월츌동텬=월출동천(月出東天). 달이 동쪽 하늘에 돋음 ◇옥독긔=옥으로 만든 도

끼 ◇수간초옥(數間草屋)=두어 칸의 초가집 ◇쌍륙판=쌍륙(雙六)놀이를 하도록 만들어놓은 말판 ◇져례ᄒ고=저리 밀어두고 ◇ᄒᆫ 체=한 판 ◇한픠공=한패공(漢沛公). 한나라 고조인 유방 ◇초픠왕=초패왕(楚覇王). 초나라의 항우 ◇관운쟝=관운장(關雲長). 촉한의 장군 관우 ◇ᄌᆞ룡=자룡(子龍). 촉한의 장군 조자룡 ◇마툐=마초(馬超). 촉한의 장군 ◇모ᄉ들=모사(謀士)들 ◇ᄭᅮ리 포자=꾸릴 포(包) 자 ◇녀포=여포(呂布). 후한 때 사람으로 동탁(董卓)을 섬기다 그를 죽였음 ◇츈셜=춘설(春雪). 봄 눈처럼 녹아 없어지다.

457

오ᄂᆞ리 무슴 랄고 父主의 永度日이

내 술을 ᄒᆞᆫ 잔 브어 父主ᄭᅴ 進呈ᄒ고 父主 술 ᄒᆞᆫ 잔 브어 座首主ᄭᅴ 進呈ᄒ야

歲歲年年의 ᄒᆞᆫ 잔식 進呈ᄒ오리이다.　　　　　　　　　(龍潭錄 31) 金啓

오ᄂᆞ리 무슴 랄고=오늘이 무슨 날인가 ◇父主(부주)=아버님 ◇永度日(영도일)=생일 ◇進呈(진정)ᄒ고=드리고. 올리고 ◇座首主(좌수주)ᄭᅴ=윗어른께.

458

오ᄂᆞᆯ랄이 므슴 랄고 우리 叔父 永度日이

子孫이 滿堂ᄒ야 壽觴을 다 모다 드리노니 즐거움은 ᄀᆞ업스ᄃᆡ

다ᄆᆞᆫ당 이 몸은 家君이 作客 十里ᄒ야 이랄애 몯 參與ᄒ니 긔 흠인가 ᄒ로이다.　　　　　　　　　(龍潭錄 30) 金啓

오ᄂᆞᆯ랄이=오늘이 ◇壽觴(수상)=장수를 비는 의미에서 드리는 술잔 ◇ᄀᆞ업소ᄃᆡ=끝이 없으되 ◇다ᄆᆞᆫ당=다만 ◇家君(가군)=남에게 자기 아버지를 부르는 말. 가부(家父) ◇十里作客(십리작객)=머지 않은 곳에 출타해 계시다 ◇흠인가=허물인가 ᄒ로이다=합니다.

459

오레논의 물 시러놋코 메나 밧털 믹오라니가

울밋테 외 따 찬국 히오라리가 보리 곱게 능거 더운 點心 히오라리가

저 건너 孟風憲 집 들 괸 보리 濁酒 마니 걸너 오라리가.　　　　(調詞 65)

오레논=오려논. 올벼를 심은 논 ◇물 시러놋코=물을 대어놓고 ◇메나 밧털=면화
(棉花) 밭을 ◇믹오라니가=맬까요? ◇찬국=냉국 ◇히오라리가=만들어 올릴까요?
◇능거=겉보리를 찧어 보리쌀을 만들어 ◇들 괸=덜 익은 ◇오라리가=올릴까요?

460

오려논에 물 시러노코 고소딕에 올ᄂ 보니

나 심은 오됴 팟헤 싀 안져스니 아희야 네 말녀주렴

아모리 우여라 날녀도 감도라 듬네.　　　　(南太 41)

◇고소대(姑蘇臺)=춘추 전국시대 오나라 강소성 소주주(蘇州府)에 있던 정자 ◇
오됴 팟헤=오조 밭에. 오조는 일찍 수확하는 조(早粟) ◇우여라 날녀도='훠이'라 하
고 소리치며 날려도 ◇감도라 듬네=감돌아서 들어오네.

461

오리나무란 거슨 십 리 밧게 세셔도 오리나무요 고향목이라 ᄒᄂ 거슨
타관에 세셔도 고향나무요

숫셥이라 ᄒᄂ 거슨 져무닉(도록) 잇다가도 숫셥이로고나 북이라 ᄒᄂ
거슨 동서스방에 걸녀서도 북이오 새쟝고라 ᄒᄂ 거슨 억만년 묵어서도
새쟝고로고나 산진인가 슈진인가 히동쳥 별보라믹가 노각 단장에 짓샹모
달고 흑운 심쳔에 놉히 써돌 적에 엇던 남녀 친구가 솔갬이로 본단 말가

싱각ᄒ면은 믐쌍이 삼으라 와서 못 살갓네.　　　　(樂高 909)

세셔도=서 있어도 ◇타관=타향(他鄕) ◇숫셥=숯섬. 뒤의 숫섬은 얼마를 썼어도
순수하다는 뜻의 숫섬 ◇져무닉=날이 저물 때까지 ◇산진이 수진이 히동쳥 별보라

미=매의 종류 ◇노각(露脚) 단장=맨다리에 단 단장고. 단장고는 매의 다리에 장식을 꾸미는 것 ◇짓샹모=깃상모(羽象毛). 시치미의 일종인 듯. 시치미는 매의 소유자를 알리기 위해 매의 꼬리털 속에 매어둔 표찰 ◇흑운(黑雲) 심천(深天)=먹구름이 떠 있는 높고 먼 하늘 ◇솔갬이=솔개 ◇딤쌍이=마음 씀씀이가 ◇삼으로 와서=서운해서.

462

五十載 님의 恩澤 骨髓에 삼웃첫네

赤子갓치 保育ᄒ신 山海聖德을 萬分之一이나 갑고쟈 아니 ᄒ랴만은 이 몸이 微賤ᄒ여 獻芹之誠도 말믜암을 곳이 업셔 華封人祝聖辭만 晝夜에 외로올 쌘이로다

蒼天이 이 뜻을 아르셔 우리 므리털을 寸寸이 니어닉여 繫柳光陰 ᄒ오쇼셔.   (界面調) (東國 360)

五十載(오십재)=오십 년 ◇骨髓(골수)=뼛속 ◇삼웃첫네=사무쳤네 ◇赤子(적자)=갓난아이. 백성 ◇山海聖德(산해성덕)=산보다 높고 바다보다 깊은 임금님의 은덕 ◇獻芹之誠(헌근지성)=봄철에 연한 미나리를 임금에게 바치는 정성. 하찮은 충성 ◇華封人祝聖辭(화봉인축성사)=화지(華地)에 봉경(封境)을 관리하던 사람이 요 임금에게 수부다남자(壽富多男子)로 축수(祝手)하던 글 ◇蒼天(창천)=하늘 ◇므리털=머리털 ◇寸寸(촌촌)이=마디마디 ◇繫柳光陰(계류광음)=세월을 버드나무에 묶어두다. 가지 못하도록 하다.

463

烏程酒 八珍味를 먹은들 슬로 가랴

玉漏 金屛 깊흔 밤의 元央枕 翡翠衾도 님 업쓰면 거즉 쩌시로다

져 님아 헌 덕썩 집벼개예 草食를 흘씨라도 離別곳 업씨면 긔 願인가 ᄒ노라.   (靑謠 71) 朴文郁

烏程酒(오정주)=술의 한 가지. 또는 오정주(五精酒). 오정주는 솔잎, 구기자(枸杞

子), 천문동(天門冬), 백출(白朮), 황정(黃精) 등 다섯 가지로 빚은 술 ◇八珍味(팔진미)=중국에서 성대한 식상(食床)에 오른다고 하는 여덟 가지의 맛있는 음식. 팔진미는 용간(龍肝), 봉수(鳳髓), 토태(兎胎), 이미(鯉尾), 악적(鶚炙), 웅장(熊掌), 성순(猩脣), 표제(豹蹄)임 ◇슬로 가랴=살로 가겠느냐. 살이 찌겠느냐 ◇玉漏(옥루) 金屛(금병)=옥으로 만든 물시계와 금빛으로 꾸민 병풍 ◇거즉 써시로다=거짓 것이다. 쓸데 없다 ◇헌 덕썩 집벼개예=낡은 덕석을 덮고 짚으로 만든 베개를 베며. 매우 불편한 잠자리 ◇草食(초식)=푸성귀만으로 만든 음식. 또는 그런 음식만 먹음 ◇긔=그것이 ◇願(원)인가=소원인가.

464

오호로 도라드니 범녀는 간 곳 업고

빅빈쥬 갈마기는 홍노로 나라들 제 습상의 기려기 흔수 나려 심양강 당도ᄒ니 빅낙천 일거 후에 피파셩도 슨허젓다 적벽강 도라드니 소동파 노든 풍월 의구히 잇다마는 죠밍덕 일세지후의 이금의 안지즈야 월낙오졔 깁흔 밤의 고소셩의 비를 미니 흔산스 쇠북소릭 긱션의 둥둥 드리왓다

진회를 도라보니 연롱흔수월롱스의 야박진회근쥬가라 상녀는 부지망국한ᄒ고 격강유창 후정화라.   (詩謠 108)

오호, 범녀=범려(范蠡)는 월왕 구천의 신하로 벼슬을 그만두고 오호(五湖)에서 노닐었음 ◇빅빈쥬=백빈주(白蘋洲). 흰 마름이 우거진 물가 ◇홍노=홍료(紅蓼). 붉은 여뀌풀 ◇습상=삼상(三湘). 강 이름 ◇심양강(尋陽江)=중국 강서성 구강현에 있는 강 ◇빅낙천=백낙천(白樂天). 당(唐)나라 시인 백거이(白居易). 낙천은 자(字) ◇일거(一去) 후(後)에=한 번 간 뒤에 ◇피파셩=비파성(琵琶聲). 비파 소리. 백낙천이 「비파행(琵琶行)」이란 시를 지었다 ◇적벽강=촉(蜀)과 오(吳)의 연합군과 조조(曹操)의 군대가 적벽대전을 벌였고, 소동파가 선유(船遊)하며 「적벽부(赤壁賦)」를 지은 일이 있는 강 ◇의구(依舊)히=예전과 같이 ◇죠밍덕 일세지후에 이금의 안지자야='일세지후'는 '일세지웅(一世之雄)'의 잘못. 조맹덕(曹孟德)은 조조의 자(字). 소동파의 「전적벽부(前赤壁賦)」에 "조조가 한 시대의 영웅인데(固一世之雄也) 지금 어디 있는가(而今安在哉)"라는 구절이 있다 ◇월낙오졔~드리왓다=당나라 시인 장계(張繼)의 「풍교야박시(楓橋夜泊詩)」의 "월락오제상만천 강풍어화대수면 고소성외한산사 야반종성

도객선(月落烏啼霜滿天 江楓漁火對愁眠 姑蘇城外寒山寺 夜半鐘聲到客船, 달은 지고 까마귀 울며 서리는 하늘에 가득한데 수심에 졸며 강가의 단풍나무와 고기잡이 배의 등불을 마주하네. 고소성 밖의 한산사 한밤중의 종소리 나그네 배에 들려오네)"을 말함 ◇고소성=고소성(姑蘇城). 중국 강소성 고소산에 있는 성 ◇흔산〈=한산사(寒山寺). 중국 강소성 한산에 있는 절 ◇진회(秦淮)=강의 이름. 강소성에서 남경으로 드는 강으로 예전 남경의 화류지대(花柳地帶)임 ◇연롱흔수월롱〈 의~ 격강유창후정화라=당나라 시인 두목(杜牧)의 시「泊秦淮(박진회)」의 "연롱한수월롱사 야박진회근주가 상녀부지망국한 격강유창후정화(烟籠寒水月籠沙 夜泊秦淮近酒家 商女不知亡國恨 隔江猶唱後庭花, 안개는 찬 강물을 둘렀고 달은 모랫벌을 둘러쌌는데 밤에 진회에 배를 대니 술집 마침 가깝구나. 술집 여자들은 망국의 한을 모르고 강 건너에서 오히려 후정화만 부르더라)"를 말한다.

465

玉刀彩 돌刀彩 니 무되던가 月中桂樹ㅣ 느남긴이 시워도다

廣寒殿 뒷뫼히 존소 설이여든 안이 어득沈沈흘야

져 들에 김의곳 업쓴들 내 님 될까 하노라.　　　　(蔓數大葉) (海一 584)

玉刀彩(옥도채)=옥도끼 ◇니 무되던가=날이 무디던가 ◇느남긴이 시워도다=남겨 놓았구나 ◇廣寒殿(광한전)=달 속에 있다고 하는 궁전 ◇존소='존솔'의 잘못. 잔솔. 어린 소나무 ◇설이여든=서려 있거든 ◇안이=왜 ◇어득沈沈(침침)=어둠침침 ◇김의곳 업쓴들=기미가 없었다면.

466

玉독의 들게 가라 月中 桂松 버여닉야

山之南 水之北에 草堂 三間 지어닉니 흔 間은 淸風이오 쏘 흔 間은 明月이라

아마도 淸風明月之主는 나쑨인가.　　　　　　　(慶大時調集 36)

山之南(산지남) 水之北(수지북)=산의 남쪽 물의 북쪽. 배산임수(背山臨水)의 명당(明堂) ◇草堂(초당) 三間(삼간)=조그마한 초가집◇淸風明月之主(청풍명월지주)=청

풍과 명월의 주인. 자연을 즐기는 사람.

467

玉露凋傷楓樹林이요 巫山巫峽 氣蕭森일이

江間波浪은 兼天湧이요 塞上風雲은 接地陰이라 叢菊은 兩開他日淚ㅣ로다 孤舟를 一繫故園心이라

寒衣處處에 催刀尺이요 白帝城高ᄒ고 急暮砧을 듯쾌라.　　　　　(海一 621)

玉露凋傷楓樹林(옥로조상풍수림)=옥로에 지는구나, 단풍나무 숲◇巫山巫峽(무산무협) 氣蕭森(기소삼)=무산무협이 쓸쓸하구나 ◇江間波浪(강간파랑)은 兼天湧(겸천용)이요=강 사이의 물결은 하늘에 치솟고 ◇塞上風雲(새상풍운)은 接地陰(접지음)이라=변방의 풍운은 땅에 접해 어둡다 ◇叢菊(총국)은 兩開他日淚(양개타일루)로다=국화 떨기는 다시 피어 훗날의 눈물이로다 ◇孤舟(고주)를 一繫故園心(일계고원심)이라=외로운 배를 하나로 매는 귀향의 마음 ◇寒衣處處(한의처처)이 催刀尺(최도척)이요=겨울옷 곳곳에서 재단을 독촉하고 ◇白帝城高(백제성고)ᄒ고 急暮砧(급모침)을 듯쾌라=백제성은 드높고 저녁의 다듬잇소리 급함을 듣겠도다.
　　※ 당(唐)나라 두보(杜甫)의 「추흥(秋興)」을 시조로 만든 것임.

468

玉樓 紗窓 花柳中의 白馬金鞭 少年들아

긴 노래 七絃琴과 笛 피리 長鼓 嵇琴 알고 져리 즑기나냐 모르고 즑기나냐 調音體法을 날다려 뭇게 되면 玄妙흔 문리를 낫낫치 니르리라

우리ᄂ 百年 三萬六千日의 이갓치 밤낫 즑기리라.

　　　　　　　　　　　　(編數大葉) (海樂 643) 金兄錫

玉樓紗窓(옥루사창)=훌륭한 집의 비단으로 드리운 창. 여인이 거처하는 방 ◇花柳中(화류중)에=기생들 가운데 ◇白馬金鞭(백마금편)=흰 말과 좋은 채찍. 한량(閑良)을 가리키는 말 ◇긴 노래=장가(長歌). 시조와 상대되는 노래라는 뜻으로 쓰인 듯 ◇七絃琴(칠현금)=일곱 개의 줄은 얹어 만든 거문고 ◇笛(적) 필이=젓대와 피리 ◇嵇琴(혜금)=깡깡이 ◇調音體法(조음체법)=소리를 고르게 하고 악기를 다루는 방법

◇날다려=나에게 ◇玄妙(현묘)흔 문리를=깊고 오묘한 이치를 ◇낫낫치=하나하나.
자세히 ◇니르리라=말하리라. 일러주겠다.

※ 작자가 김태석(金兌錫)으로 되어 있으나 이는 김윤석(金允錫)의 잘못이다.

469

玉의는 틔나 잇니 말곳 흐면 다 님이신가

니 안 뒤혀 남 못 뵈고 天地間의 이런 답답홈이 쪼 잇는가

왼 놈이 왼 말을 흐여도 님이 斟酌 흐시소.　　　　　(樂時調) (甁歌 1029)

틔나 잇니=티가 있는가. 흠이 있는가? ◇말곳 흐면=말만 잘하면 ◇니 안=내 마
음 ◇뒤혀=뒤집어 ◇남 못 뵈고=남에게 보이지 못하고 ◇왼 놈이 왼 말을 흐여도=
백 사람이 백 마디를 하여도. 여러 사람이 많은 말을 하여도.

470

玉濬樓船下益州흐니 千古英雄 快豁事ㅣ라

平吳할 큰 계교를 몃 히를 經營흐디 龍驤 萬斛을 오늘날 닐워내여 錦帆
을 놉히 들고 長風의 흘니 노화 舵樓 놉흔 곳에 큰 칼 집고 안자시니 흔
조각 石頭城을 頃刻間에 破흐려든

우읍다 三山老將은 빗 도로라 흐느니.　　　　　(蓬萊樂府 24) 申獻朝

玉濬樓船下益州(옥준누선하익주)흐니='옥준(玉濬)'은 '왕준(王濬)'의 잘못. 왕준이
누선을 타고 익주에서 내리니. 왕준은 진(晉)나라 사람으로 익주자사(益州刺史)를
지냈는데, 오(吳)나라를 정벌하라는 명령을 받고 누선을 만들어 타고 출전하여 석
두성에서 오나라의 손호(孫皓)에게 항복을 받고 멸망시켰다. 익주는 지금의 중국 사
천성(四川省)의 지역이다 ◇千古英雄(천고영웅) 快豁事(쾌활사)=세상의 영웅들만이
누릴 수 있는 흔쾌한 일 ◇平吳(평오)할 큰 계교를=오나라를 평정할 수 있는 커다
란 계책을 ◇龍驤(용양) 萬斛(만곡)=용양장군(龍驤將軍)이라 불린 왕준이 만든 커다
란 배 ◇닐워내여=이루어내어 ◇錦帆(금범)을=비단으로 만든 돛. 훌륭한 배 ◇長風
(장풍)=먼 데까지 불어가는 큰바람 ◇흘니 노화=배가 흘러가도록 내버려두어 ◇舵
樓(타루)=배를 조종하고 지휘하는 곳 ◇石頭城(석두성)=오나라의 진지(陣地) ◇頃刻

間(경각간)에=순식간에 ◇우읍다=우습구나 ◇三山老將(삼산노장)=미상(未詳). 삼산의 늙은 장군 ◇비 도로라=배를 돌려라.

※ 王濬【辭海】晉弘農人 字士治 博學有大志 官益州刺史 受命伐吳 造樓船 極壓鉅發自成都 吳人以鐵鎖橫江拒之 濬更作大筏火炬 燒毁鐵鎖 直抵石頭城下 吳主孫皓 窮蹙出降 晉遂滅吳 官至撫軍大將軍 卒諡武(진홍농인 자사치 박학유대지 관익주자사 수명벌오 조누선 극견구 발자성도 오인이철쇄횡강거지 준갱작대화거 소훼철쇄 직저석두성하 오주손호 궁척출항 진수멸오 관지무군대장군 졸시무)

471

臥龍岡前 草廬之中에 諸葛孔明 낫잠 들어
大夢을 誰先覺고 平生에 我自知라 草堂에 春睡足ᄒ니 窓外에 日遲遲로다
門밧긔 性急ᄒᆫ 張翼德은 失禮ᄒᆯ 쌘ᄒᆞ괘라.　　　　　　(海周 534) 金壽長

臥龍岡前(와룡강전) 草廬之中(초려지중)에=중국 하남성 신야현 와룡산 언덕 앞에 있는 제갈량이 은거한 초가집 안에 ◇諸葛孔明(제갈공명)=제갈량을 가리킴 ◇大夢(대몽)을 誰先覺(수선각)고=큰 꿈을 누가 먼저 깨달을까 ◇平生(평생)에 我自知(아자지)라=평생을 나 스스로 알리라 ◇草堂(초당)에 春睡足(춘수족)ᄒ니=초당에 봄잠이 충분하니 ◇窓外(창외)에 日遲遲(일지지)로다=창밖에는 해가 느리구나. 『삼국지연의(三國志演義)』에 나오는 제갈량의 시(詩) ◇性急(성급)ᄒᆫ=성질이 괄괄하고 몹시 급하다 ◇張翼德(장익덕)=유비와 도원결의로 형제를 맺은 장비(張飛). 익덕은 자(字)임 ◇失禮(실례)=예의에 벗어나다 ◇쌘ᄒᆞ괘라=뻔하였구나.

472

完山裏 도라드러 萬頃臺에 올라보니
三韓 古都에 一春光景이라 錦袍羅裙과 酒肴 爛漫ᄒ듸 白雪歌 ᄒᆫ 曲調를 管絃에 섯거 내니
丈夫의 逆旅豪遊 名區壯觀이 오늘인가 ᄒ노라.　　　　(蔓橫淸類) (珍靑 529)

完山裏(완산리)=전주의 성 안. 완산은 전라도 전주(全州) ◇萬頃臺(만경대)=전주 고덕산(高德山) 북쪽 기슭에 있는 누대 ◇三韓(삼한) 古都(고도)=삼한의 옛 서울 ◇

一春光景(일춘광경)=봄철의 경치 ◇錦袍羅裙(금포나군)=비단옷을 걸친 한량(閑良)과
기녀(妓女) ◇酒肴(주효) 爛熳(난만)=술과 안주가 가득하다 ◇白雪歌(백설가)=금곡
(琴曲). 〈백설곡〉에 이어 부르는 노래 ◇管絃(관현)=악기 ◇섯거 내니=섞어 부니 ◇
逆旅豪遊(역려호유)=강산을 두루 돌아다니며 호탕하게 놀다 ◇名區壯觀(명구장관)=
이름난 곳과 볼 만한 경치.

473

浣花流水 水西頭ᄒᆞ되 主人이 爲卜林堂幽ㅣ로다

已知出郭少塵事요 更有澄江消客愁ㅣ로다 無數蜻蜓은 齊上下요 一雙鸂鶒
은 對沈浮ㅣ라

東行萬里에 堪乘興ᄒᆞ야 須向山陰ᄒᆞ여 上小舟 ᄒᆞ리라.   (海一 623)

浣花流水水西頭(완화유수수서두)='유수(流水)'는 원시(原詩)에 '계수(溪水)'라고
되어 있음. 완화계(浣花溪)의 흐르는 물 서쪽 가에 ◇主人(주인)이 爲卜林堂幽(위복
임당유)=주인이 점쳐 자리한 임당이 그윽하다 ◇已知出郭少塵事(이지출곽소진사)=
이미 성곽을 나왔으나 세속의 일이 작음을 알 것이요 ◇更有澄江消客愁(갱유징강소
객수)=다시 맑은 강이 있으니 나그네의 수심을 녹이도다 ◇無數蜻蜓(무수청정)은
齊上下(제상하)요=무수한 잠자리는 가지런히 오르내리고 ◇一雙鸂鶒(일쌍계칙)은
對沈浮(대침부)ㅣ라=한 쌍의 뜸부기는 마주 떴다 잠겼다 한다 ◇東行萬里(동행만리)
에 堪乘興(감승흥)=동쪽으로 만리를 가니 흥을 견딜 만하여 ◇須向山陰(수향산음)ᄒᆞ
여 上小舟(상소주)=모름지기 산음을 향하여 작은 배에 오르다.
※ 두소릉(杜少陵)의 「복거(卜居)」를 시조로 만든 것이다.

474

王검의 덕검의들이 징지 東山 징검의 낙검의들아

줄을 늘우는이 摩天嶺 摩雲嶺 孔德山 늘인 뫼로 멍德 海龍山 鎭川 고개
넘어 들어 三水ㅣ라 甲山 草溪 東山을오 내내 긴 줄 늘워줄엽

前前에 굴이든 님의 消息을 네 줄로 連信ᄒᆞ리라.   (海一 634)

왕검의 덕검의 징검의 낙검의=거미의 종류 ◇징지=미상 ◇摩天嶺(마천령) 摩雲

嶺(마운령)=함경도에 있는 고개의 이름 ◇孔德山(공덕산)=소재 미상 ◇명德(덕)=경
상북도의 영덕(盈德)인 듯 ◇海龍山(해룡산)=경기도 포천에 있는 산 ◇鎭川(진천)=
충청북도에 있는 군명(郡名) ◇三水(삼수) l 라 甲山(갑산)=삼수갑산. 함경도에 있는
삼수군과 갑산군. 오지(奧地)로 유명하다 ◇草溪(초계)=경상도에 있는 지명 ◇내내=
계속하여 ◇글이든=그리든 ◇連信(연신)=끊어졌던 소식을 잇다.

475

왕발의 등왕각셔 천ᄒ명죽이라 허건마는
슴쳑미명 네 글ᄌ가 쳐량홀손 단명귀라 일일슈경틴 니젹션도 칙셕강의
완월ᄒ고 두목지는 쥐과양쥬굴만거라
　아마도 글 잘ᄒ고 호화키는 니두 문쟝인가.　　　　　　　　　(時調 50)

　왕발(王勃)=당(唐)나라 시인 ◇등왕각서(滕王閣序)=왕발이 지은 시 「등왕각」과
그 서문 ◇천ᄒ명죽=천하명작(天下名作). 세상에서 훌륭한 작품 ◇슴쳑미명=삼척미
명(三尺微命). 작은 키에 하찮은 목숨 ◇쳐량홀손 단명귀(短命句)=처량(凄凉)하게도
명을 재촉하는 구절 ◇일일슈경틴 니젹션=일일수경(日日須傾)하던 이적선(李謫仙).
날마다 잔을 기울이던 이백◇채석강(采石江)의 완월(玩月)ᄒ고=채석강에서 달을 완
상하고 ◇두목지(杜牧之)는 쥐과양쥬굴만거라=두목지는 취과양주굴만거(醉過楊州橘
滿車)라. 두목지가 술이 취해 양주를 지나갈 때 그의 풍채에 반한 기생들이 귤을 던
져 수레에 가득했다 ◇니두 문쟝=이두(李杜) 문장(文章). 이백과 두목지의 문장.

476

외오셔 그리는 님을 쑴의나 보려 ᄒ고
鴛鴦枕 지혀 누어 슈후즘 겨오들 제 蟋蟀은 슬피 우러 愁心 바아는딕
秋風落葉 너는 어니 기를 마즈 즈치느니
　아마도 이 님의 相思로 一寸肝腸이 다 셕을가 ᄒ노라.　　(慶大時調集 197)

　외오셔=혼자서 ◇지혀 누어=의지하고 누워 ◇슈후즘=수유(須臾) 잠. 잠깐 든 잠
◇蟋蟀(실솔)=귀뚜라미 ◇바아는딕=재촉하는데 ◇어니=어느. 어찌 ◇기를 마즈 즈
치느니=개마저 짖게 만드느냐 ◇셕을가=썩을까.

477

瑤池宴 求景次로 白玉樓上 올라보니 仙官 仙女 모였는데 神仙 風流 조흘시고 層層樓上 올라보니 月宮姮娥 半笑로다

滿盤 珍羞 벌렸는데 象牙箸로 맛을 보니 不老草로 菜蔬하고 龍頭山적 鳳味湯과 甘紅露 千日酒며 不死藥이 安酒로다

牽牛織女 차자가니 河東 河西 나누어서 七月七夕夜에 烏鵲으로 다리 녹코 서로 만나 질기더라.　　　　　　　　　　　　　　　　　　(時調 103)

瑤池宴(요지연)=주나라 목왕(穆王)이 서왕모를 만나 베푼 잔치 ◇白玉樓上(백옥루상)=하늘에 있다고 하는 누각 위에 ◇月宮姮娥(월궁항아) 半笑(반소)로다=달나라에 산다고 하는 항아가 빙그레 웃는다 ◇滿盤 珍羞(만반진수)=상에 가득한 맛있는 음식 ◇象牙箸(상아저)=상아로 만든 젓가락 ◇不老草(불노초)로 菜蔬(채소)하고=먹으면 늙지 않는다는 풀을 채소로 삼고 ◇龍頭山(용두산)적=미상. 산적(散炙)은 고기와 다른 것을 섞어 꼬치로 꿰어 불에 구운 음식 ◇鳳味湯(봉미탕)=닭을 끓인 것인듯 ◇甘紅露(감홍로)=붉은빛 소주의 일종 ◇千日酒(천일주)=마시면 천 일이 지나야만 깨어난다는 술 ◇牽牛織女(견우직녀)=견우성과 직녀성 ◇河東(하동) 河西(하서)=은하수의 동쪽과 서쪽 ◇烏鵲(오작)=까마귀와 까치.

478

용갓치 셜셜 긔는 말씌 반부담하야 늬 스랑 틔우고

손 너머 구름 밧씌 꿩스냥 허라 갈 졔 치 치며 들쳐보니 쎄구름 속의 반달이로고나

언졔나 져 구름 다 보늬고 왼달 볼가.　　　　　　　　　　(時調 32)

셜셜 긔는 말씌=슬슬 기는 것처럼 느린 말에 ◇반부담(半負擔)하야=반 정도의 짐을 싣고 ◇손 너머 구름 밧씌=멀리 ◇치 치며=채찍으로 때리며 ◇들쳐보니=뒤돌아보니 ◇쎄구름=많은 구름 ◇왼달=온전한 달. 보름달.

479

龍樓에 祥雲이오 鳳閣에 瑞靄ㅣ로다

甘雨는 太液에 듯고 和風은 御柳에 둘넌져

美哉라 祥雲瑞靄와 甘雨和風은 聖世子의 時節인져.　　　(金玉 88) 安玟英

龍樓(용루)에 祥雲(상운)＝용루에 상서로운 구름이 일어남 ◇鳳閣(봉각)에 瑞靄(서애)＝대궐에는 상서로운 놀이 낌 ◇甘雨(감우)는 太液(태액)에 듯고＝때에 알맞게 내리는 비는 연못에 떨어지고. 태액은 한무제(漢武帝)가 만든 연못의 이름 ◇和風(화풍)은 御柳(어류)에 둘넌져＝봄바람은 궁중의 버들에 둘렸구나 ◇美哉(미재)라＝아름답구나. 아름답도다 ◇聖世子(성세자)＝훌륭한 세자.

※『금옥총부』에 "하축 제육(賀祝 第六)"이라고 하였음.

480

右謹陳所志爲白去乎 情由를 參商敎是後 西施之國色과 飛燕之盛貌를 幷以依所願許給矣身事乙

千萬行下爲白只爲 上席題辭內에 汝矣身所欲之女는 皆是妖物이니

女中君子 佩玉淑女를 特爲決給ᄒ니 作爲妻妾ᄒ야 壽富貴多男子ᄒ고 百年偕老ㅣ 宜當向事이라.　　　(編數大葉) (甁歌 1103)

右謹所志爲白去乎＝'우(右)'는 발어사(發語詞) '위백거호(爲白去乎)'는 이두 표기로 '~하사오니'라는 뜻. 삼가 소지를 올리오니 ◇情由(정유)를＝사유(事由)를 ◇參商敎是後(참상교시후)＝'교시(敎是)'는 '~하신'. 헤아리신 다음에 ◇西施之國色(서시지구객)과＝서시와 같은 뛰어난 미인과 ◇飛燕之盛貌(비연지성모)를＝조비연(趙飛燕)과 같이 뛰어난 용모를. 조비연은 한(漢)나라 성제(成帝)가 사랑했던 여인으로 몸이 가벼워 비연이라 했음 ◇幷以依所願許給矣身事乙(병이의소원허급의신사을)＝'병이(幷以)'는 '아울러', '신(身)'은 '몸소', '사을(事乙)'은 '~일을'. 아울러 바라는 바에 의거 몸소 허락해줄 일을 ◇千萬行下爲白只爲(천만행하의백지위)＝'위백지위(爲白只爲)'는 ~하옵도록. 많은 보수를 주시옵도록 ◇上席題辭內(상석제사내)에＝위에 올리는 소장 가운데 ◇汝矣身所欲之女(여의신소욕지녀)는＝네가 바라는 여자는 ◇皆是妖物(개시요물)이니＝다 요물이니 ◇女中君子(여중군자)＝숙덕이 높은 여자 ◇佩玉淑女(패옥숙

녀)를=패옥과 같은 숙녀를 ◇特爲結給(특위결급)ᄒ니=특별히 주도록 결정하니 ◇作爲妻妾(작위처첩)ᄒ야=처나 첩을 삼아서 ◇宜當向事(의당향사)이라=‘향사(向事)’는 ‘~할 일’. 마땅히 할 일이다.

480-1

天宮衙門에 仰呈所志 알외나니 參商敎是後에 依所願題給ᄒ乎소셔
西施之玉貌와 玉眞之花容과 貴妃之月態를 竝以矣身處에 許給事乙 立旨成給爲白只爲 天宮題辭內 汝矣所欲之女는 皆以淫物이라
女中君子 珮眞淑眞으로 如是許給ᄒ니 左右妻妾ᄒ야 壽富貴多男子ᄒ고 百年偕老가 宜當向事.　　　　　　　　　　　　　　　　　　　(靑六 733)

參商敎是後(참상교시후)=참고하고 헤아리신 다음에. ‘교시(敎是)’는 이두 표기. ‘~하신’의 뜻 ◇依所願題給(의소원제급)ᄒ乎(호)소셔=소원에 의해 제사를 내려주시옵소서 ◇西施之玉貌(서시지옥모)=서시의 아름다운 얼굴과 ◇玉眞之花容(옥진지화용)=옥진의 꽃 같은 얼굴. 옥진은 선녀임 ◇貴妃之月態(귀비지월태)=양귀비의 달같이 아름다운 얼굴과 몸매 ◇竝以矣身處(병이의신처)=이 몸이 있는 곳에 아울러 있도록. ‘병이(竝以)’는 ‘아울러’의 뜻 ◇許給事乙(허급사을)=허락하여줄 일을. ‘사을(事乙)’은 ‘일을’의 뜻 ◇立旨成給爲白只爲(입지성급위백지위)=뜻을 세워 소원을 들어주게 하옵도록. ‘위백지위(爲白只爲)’는 ‘하삽기삼’으로 읽고 ‘~하옵도록’의 뜻임 ◇汝矣所欲之女(여의소욕지의)=네가 바라는 여자들은 ◇女中君子(여중군자) 珮貞淑眞(패정숙진)=여자 가운데 훌륭한 사람은 정숙하고 참됨 ◇如是許給(여시허급)=이와 같이 허락하여줌 ◇左右妻妾(좌우처첩)=좌우에 처첩을 삼고 ◇百年偕老(백년해로)가 宜當向事(의당할사)=평생을 같이 늙는 것이 마땅할 일.

481

右謹陳所志矣段은 上帝 處分ᄒ오쇼셔
酒泉이 無主ᄒ여 久遠陳荒爲有去乎 鑑當情由敎是後에 矣身處許給事를
立旨成爲白只 爲上帝題辭ㅅ內에 所訴知悉爲有在果 劉伶李白段置折授不得爲有去等 況彌天下公物이라 擅恣安徐向事.　　　　　　(蔓橫淸類) (珍靑 558)

右謹陳所志矣段(우근진소지의단)='우'는 발어사(發語詞). '의단(矣段)'은 '~것은'의 뜻. 삼가 소지를 말하고자 하는 것은 ◇上帝處分(상제처분)=옥황상제께서 처분하시기 바람 ◇酒泉(주천)이 無主(무주)ㅎ여=술이 샘솟는다는 우물이 본래 주인이 없어 ◇久遠陳荒爲有去乎(구원진황위유거호)='위유거호(爲有去乎)'는 '~하였사오니'. 오래도록 돌보지 않아 황폐하였으니 ◇鑑當情由教是後(감당정유교시후)=그 이유를 살피신 후. '교시후(教是後)'는 '~하신 후'의 뜻 ◇矣身處許給事(의신처허급사)='의신(矣身)'은 '이 몸'의 이두 표기. 바라는 뜻을 들어 허락하여줄 것 ◇立旨成爲白只(입지성위백지)=뜻을 세워 이루게 하옵도록 ◇爲上帝題辭內(위상제제사내)=옥황상제의 제사 안에. 제사는 관(官)에서 백성이 제출한 訴狀(소장) 또는 願書(원서)에 쓰던 관의 판결이나 지령 ◇所訴知悉爲有在果(소소지실위유재과)=소송(訴訟)하는 바를 모두 살피는 것은 '위유재과(爲有在果)'는 '~하였거니와'의 이두 표기 ◇劉伶李白段置(유령이백단치)=유령과 이백도. '단치(段置)'는 '단두'의 이두 표기 ◇折授不得爲有等(절수부득위유거등)=절수부득하였거든. 절수부득은 봉록(俸祿)으로 토지 또는 결세(結稅)를 떼어 받지 못함 ◇況彌天下公物(황미천하공물)='황미(況彌)'는 '하물며'의 이두 표기. 세상의 공유물임 ◇擅恣安徐向事(천자안서향사)=기탄없이 잠시 보류할 일.

482

우슬부슬 雨滿空이오 울긋불긋 楓葉紅이로다

다리 거든 簑笠翁이 긴 호뮈 두러메고 紅蓼岸白蘋洲渚에 與白鷗로 구벅구벅

夕陽中 騎牛笛童이 頒農功을 ㅎ더라.　　　　　　　(羽樂時調) (六靑 796)

雨滿空(우만공)=비가 공중에 가득히 내림 ◇楓葉紅(풍엽홍)=단풍잎이 붉음 ◇다리 거든=바지를 다리까지 걷어 올린 ◇簑笠翁(사립옹)=도롱이를 입고 삿갓을 쓴 늙은이 ◇紅蓼岸白蘋洲渚(홍료안백빈주저)에 與白鷗(여백구)=붉은 여뀌의 언덕과 흰 마름의 물가에 백구와 더불어 ◇騎牛笛童(기우적동)이 頒農功(반농공)='반(頒)'은 '송(頌)'의 잘못. 소를 타고 피리 부는 아이가 농사(農事)의 은공(恩功)을 찬양함.

483

우어라 니샌듸를 보즈 씽기어라 눈찌를 보즈

안거라 보즈 서거라 보즈 百萬嬌態를 다 ᄒᆞ여라 보즈 날 괴얌즉 ᄒᆞᆫ가 보즈

네 부모 너 삼겨 늬올 졔 날만 괴라 삼기도다.　　　　　　　(時調譜 273)

우어라=웃어라　◇니샌듸=잇바듸. 잇몸　◇씽기어라=찡그려라　◇눈찌=눈매　◇百
萬嬌態(백만교태)=온갖 아양을 떠는 태도　◇괴얌즉=사랑할 수 있을지　◇삼겨 늬올
졔=태어날 때에　◇괴라=사랑하라고.

483-1

웃는 樣은 닛밧애도 죡코 흘긔는 樣은 눈찌도 더옥 곱다

안거라 셔서라 것거라 돗거라 온갓 嬌態를 다 히여라 허허 내 思郞 되 리로다

네 父母 너 상겨 내올 졔 날만 괴게 ᄒᆞ도다.　　　　　(樂時調) (海一 529)

웃는 樣(양)은=웃는 모습은　◇흘기는 樣(양)은=흘기는 모습은　◇돗거라=뛰거라
◇되리로다=되겠구나.

483-2

웃는 양은 눈찌도 고의 돌치는 양은 뒤허우리 더욱 됴타

안거라 보자 셔거라 보자 건너거라 보쟈 百萬嬌態를 다 ᄒᆞ여라 보자 어 어 내 思郞 삼고라지고

네 父母 너 길러 내올졔 날만 괴려 ᄒᆞ돗다.　　　　　(樂時調) (瓶歌 972)

눈찌도 고의=눈매도 곱다　◇돌치는 양은=돌아서는 모습은　◇뒤허우리=뒷모습이
◇삼고라지고=삼고 싶구나.

484

偶然이 잠두의 올나 漢陽 城内를 구버보니

人仰城郭은 虎踞龍方勢로 北極을 괴야 잇고 漢江 終南은 與天地無窮이라

지금의 우리도 聖君 만나 安過 泰平.   (調詞 45)

잠두(蠶頭)=잠두봉. 남산의 한 봉우리 ◇人仰城郭(인앙성곽)=인왕삼각(仁王三角)
의 잘못. 인왕산(仁王山)과 삼각산(三角山) ◇虎踞龍方勢(호거용방세)=호랑이가 쭈그
리고 앉아 있고 용이 서리어 있는 형세 ◇괴야 잇고=떠받치고 있고 ◇終南(종남)=
남산의 딴 이름 ◇與天地無窮(여천지무궁)=천지와 더불어 무궁함 ◇聖君(성군)=훌
륭한 임금 ◇安過 泰平(안과태평)=태평세월을 편안하게 보냄.

485

偶然이 興을 계워 시닉로 나려가니

水流上魚躍도 됴커니와 層巖絶壁에 長松이 더옥 됴타

그곳에 반기리 업시니 다만 杜鵑花ㄴ가 ㅎ노라.   (青六 489)

興(흥)을 계워=흥취를 억제하기 어려워 ◇시닉=시내(川) ◇水流上魚躍(수류상어
약)=흐르는 물 위로 고기가 뛰어오르다 ◇層巖絶壁(층암절벽)=쌓아놓은 듯 깎아지
른 바위 ◇반기리=반가워할 사람이 ◇杜鵑花(두견화)ㄴ가=진달래뿐인가.

486

우염은 흔상 제갈량이요 담냑은 오후 손백부라

규방유신은 주문왕지성덕이요 척서위정 공밍지교훈이라

아마도 간의 영웅은 국튁공이신가.   (詩謠 122)

우염은 흔상 제갈량이요=위엄(威嚴)은 촉한(蜀漢)의 승상 제갈량(諸葛亮)이요 ◇
담냑은 오후 손백부라=담략(膽略)은 오(吳)나라 제후인 손백부(孫伯父)라. 손백부는
손책(孫策)을 가리킨다 ◇규방유신은 주문왕지성덕이요=규방유신은 구방유신(舊邦
維新)의 잘못. 『시경』(詩經)의 "주수구방(周雖舊邦) 기명유신(其命維新)"에서 따온

말. '주(周)나라가 비록 오래되었으나 그 명령은 항상 새롭다고 한 것은 주나라 문왕의 훌륭한 덕이다 ◇척서위정=척사위정(斥邪爲正). 사악한 것을 물리치고 바르게 하다 ◇공밍지교훈=공맹지교훈(孔孟之敎訓). 공자와 맹자의 가르침 ◇간긔 영웅=간기(奸氣) 영웅(英雄). 조조와 같이 임기응변이 능한 영웅 ◇국틱공=국태공(國太公). 흥선대원군 이하응(李昰應).

487

雲車를 머무르고 芳草岸의 긔여올나 긴 프름 흔마디로 胸海를 넓인 後의
다시금 淸流邊의 詩를 읇고 盞 날닐 졔 불근 곳 푸른 닙흔 山形을 그림
흐고 우는 싀 닷는 麋鹿 春興을 조랑흔다 嘹喨흔 가는 소리 香風에 무더
날고 狼藉흔 風樂 소리 行雲의 섯겨 간다
俄已오 石逕隱隱 죠분 길노 緇衣白秋이 추레로 늘어 오며 合掌拜禮 흐
더라.
(編數大葉) (海樂 639)

不學이 無聞이면 正墻面而立이어니 聖學을 만이 비와 溫故知新허오리라
그러미
(金玉 172)

雲車를 머므르고 芳草岸에 긔여올나 긴 프름 흔마디로 胸海를 널닌 後에
다시금 淸流邊에 詩를 읇고 盞 날릴졔 불근 곳 푸른 닙흔 山形을 그림
허고 닷는 麋鹿 나는 싀는 春興을 藉良헌다 嘹亮헌 가는 노리 香風에 무
더 가고 浪藉헌 風樂 쇼리 行雲에 섯겨 난다
俄已오 石逕 隱隱 비긴 길노 緇衣白納이 次例로 느러오며 合掌拜禮허더
라.
(編數大葉) (金玉 173) 安玟英

※『금옥총부』에 수록된 것은 가번 172 일부이고 그다음 173번이 "雲車를 머므르고……" 인데 이를 잘못 판단하여 하나의 작품으로 착각하였으나 이는 두 개의 작품이다. 가번 172는 일부만 전하는 것이다. 따라서『금옥총부』에 수록된 작품은 180수가 아닌 181수다.
雲車(운거)=신선들이 탄다는 수레 ◇芳草岸(방초안)=싱싱한 풀들이 무성한 뚝 ◇

긴 프람=길게 부는 휘파람 ◇胸海(흉해)=마음. 가슴 ◇널닌 後(후)에=넓힌 다음에
◇淸流邊(청류변)=맑은 물이 흐르는 냇가 ◇山形(산형)을 그림허고=산의 형승을 그
림처럼 완상하고 ◇盞(잔) 날닐 제=술잔을 빠르게 돌릴 때 ◇닷는 麋鹿(미록)=뛰어
다니는 사슴과 고라니 ◇나는 싟=날아다니는 새 ◇春興(춘흥)을 藉良(자량)헌다=봄
을 맞은 흥취를 자랑한다 ◇曉亮(요량)헌 가는 노릭=밝은 소리의 세악(細樂). 세악
은 장구, 북, 저, 깽깽이로 편성해서 연주하는 음악 ◇향풍(香風)에 무더 날고=향기
로운 바람에 묻어 날리고 ◇浪藉(낭자)흔 風樂(풍악) 소릭=시끄러운 음악 소리. '낭
(浪)'은 '낭(狼)'의 잘못 ◇行雲(행운)에 섯겨 간다=떠가는 구름에 섞여 간다. 퍼져간
다 ◇俄已(아이)오=아이고. 감탄사 ◇石逕隱隱(석경은은)=나무의 그늘에 가려 잘 보
이지 않는 돌길 ◇緇衣白秋(치의백추)='백추'는 '백납(白納)'의 잘못인 듯. 치의는
검은 옷, 백납은 흰 천으로 기운 옷으로 스님을 가리킴 ◇늘어 오며=한 줄로 늘어
서 걸어오며 ◇合掌拜禮(합장배례)=손을 한데 모아 예를 올림.
　※『금옥총부』에 "병자춘 우석상서 화유어양주덕사(丙子春 又石尙書 花遊於楊州
德寺, 병자년 봄에 우석상서께서 양주 덕사에서 노시다)"라 했음.
　不學(불학)이 無聞(무문)이면=배우지 않고 들은 것이 없으면 ◇正墻面而立(정장면
이입)이어니=담벼락에 얼굴을 바로 대고 있는 것과 같으니 ◇聖學(성학)=성인이 닦
아놓은 학문. 유학(儒學) ◇溫故知新(온고지신)=옛 것을 익히고 나아가서 새 것을 앎.

488

　轅門에 月黑ᄒ니 愁雲이 寂寞ᄒ다 可憐ᄒ다 楚霸王이 天下를 일탄 말가
力拔山도 쓸딕업고 氣蓋世도 할 일 업다 칼을 집고 일어나니 四面이 楚歌
로다
　虞兮虞兮 奈若何오 三步에 躊躇ᄒ고 五步에 落淚ᄒ니 三軍이 훗터지고
닉 마암도 散亂ᄒ다 天下에 願ᄒ기을 金鼓을 울니면서 江東을 가자더니
　不意에 敗亡ᄒ고 무신 面目으로 父母를 뵈오며 江東 父老을 어이할가.
　　　　　　　　　　　　　　　　　　　　　　　　　　　(時調集 143)

　轅門(원문)에 月黑(월흑)ᄒ니=군영(軍營)에 달이 없어 컴컴하니 ◇愁雲(수운)이
寂寞(적막)ᄒ다=우울한 구름이 쓸쓸하다 ◇可憐(가련)ᄒ다=불쌍하다 ◇力拔山(역발
산) 氣蓋世(기개세)=항우가 자신은 "힘은 산을 뽑아들 만하고 기운은 세상을 덮을
만하다"고 한 말 ◇四面(사면)이 楚歌(초가)=사방이 다 초나라의 노래임. 포위되었

음 ◇虞兮虞兮(우혜우혜) 奈若何(내약하)="우여 우여 어찌할까." 항우가 죽기 직전
에 지은 노래의 한 구절 ◇三步(삼보)에 躊躇(주저)ᄒ고=세 발짝 걷는 동안에 머뭇
거리고 ◇五步(오보)에 落淚(낙루)ᄒ니=다섯 발짝 걷는 동안에 눈물을 흘리니 ◇金
鼓(금고)=군대에서 호령을 위해 쓰이던 북과 징 ◇江東(강동)=양자강 하류의 남안.
항우의 고향 ◇面目(면목)=낯. 얼굴 ◇江東父老(강동부로)=고향의 부모들.

489

遠別離 古有皇英二女ᄒ니 乃在洞庭之南 瀟湘之浦ㅣ로다

海水ㅣ直下萬里深ᄒ니 誰人이 不怨此離苦오

日慘慘兮여 雲溟溟ᄒ니 猩猩啼烟兮여 鬼嘯雨를 ᄒ더라.   (靑六 764)

遠別離(원별리)=먼 곳으로 떠나며 이별함 ◇古有皇英二女(고유황영이녀)=예전에
아황과 여영의 두 여자가 있었으니 ◇乃在洞庭之南(내재동정지남) 瀟湘之浦(소상지
포)=이제 동정호의 남쪽 소상의 포구에 있도다 ◇海水直下萬里深(해수직하만리심)=
해수가 곧바로 내려 만 리나 깊으니 ◇誰人(수인)이 不怨此離苦(불원차리고)오=누가
이별의 괴로움을 말하지 않을까 ◇日慘慘兮(일참참혜)여=해는 어둡고 ◇雲溟溟(운
명명)ᄒ니=구름 또한 어두우니 ◇猩猩啼咽兮(성성제열혜)여=원숭이는 연기 속에 울
고 ◇鬼嘯雨(귀소우)=귀신은 비 오는 가운데 휘파람을 분다.
　※ 당나라 이백(李白)의 시 「원별리(遠別離)」의 처음 부분을 시조로 만든 것이다.

490

冤鳥 되야 帝宮의 나니 孤身隻影이 碧山中이라

暇眠夜夜 眠無暇요 窮恨年年 恨無窮을 聲斷曉岑殘月白요 血淚春谷落花
紅이로다

至今예 天聾尚未聞哀訴하고 何乃愁人耳獨聽고 하노라.

                                        (界樂) (金玉 153) 安玟英

冤鳥(원조)=원통하게 죽은 사람의 귀신이 변하여 되었다는 새 ◇帝宮(제궁)의 나
니=임금이 계신 대궐에 나니 ◇孤身隻影(고신척영)이 碧山中(벽산중)이라=의지할
곳 없이 홀로 떠돌아다니는 몸이 푸른 산속에 있다 ◇暇眠夜夜(가면야야) 眠無暇(면

무가)요=밤마다 설친 잠에 잠을 잘 여가가 없고 ◇窮恨年年(궁한년년) 恨無窮(한무궁)을=해마다 다함이 없는 한은. 해마다 한이 다함이 없음을 ◇聲斷曉岑殘月白(성단효잠잔월백)요=두견의 울음 그친 새벽 봉우리에 그믐달이 밝고 ◇血淚春谷落花紅(혈루춘곡낙화홍)이로다=피눈물 같은 봄의 골짜기에 꽃이 떨어져 붉구나 ◇至今(지금)예 天聾尙未聞哀訴(천롱상미문애소)하고=지금에 하늘은 귀를 먹어 슬픈 하소연을 아직도 듣지 못하고 ◇何乃愁人耳獨聽(하내수인이독청)고=어째서 근심스러운 사람의 귀에만 홀로 들리는고

※ 『금옥총부』에 "단종대왕 영월청령포 어제(端宗大王 寧越淸冷浦 御製, 단종대왕이 영월 청령포에서 지었음)"라 했다.

491

源川이 渾渾ᄒ야 晝夜에 不舍ᄒ거니

松竹이 蒼蒼ᄒ야 萬古에 長靑ᄒ거니

우리도 乾坤中 一身이라 一身中에도 一乾坤이 이실작시면 萬古長靑 못ᄒᆯ손가.   (城西幽稿 10) 申甲俊

源川(원천)이 渾渾(혼혼)하야=근원이 되는 샘물이 솟아 계속해서 흘러 ◇不舍(불사)ᄒ거니=쉬지를 아니하거니 ◇長靑(장청)ᄒ거니=언제나 푸르거니.

492

月宮의 노던 姮娥 廣漢殿을 離別ᄒ고 人間에 適降ᄒ니 하올 일이 전혀 업다

玉欄干에 베틀 노코 轅山을 ᄯ며시니 가로세 질은 양은 黃龍이 赴走ᄒᆫ듯 안질ᄉᆡ 도도노코 그 우희 안즌 냥은 漢太祖 高黃帝가 南宮에 坐椅한 듯 말코를 다아지며 허리부테 두른 양은 軒轅氏 비로실 제 北斗七星 에두른 듯 듀듀리 셧는 잉아 묵특에 十萬精兵 白登七日 에워는 듯 丁丁ᄒᆫ 바듸집은 벽역을 울여세라 가는 바듸살은 슈만은 베오리을 세세히 가렷넌 양 楚伯王이 長劒 집고 轅門에 나갈 적에 萬軍이 허닷는 듯 纖纖玉手로 黃金북을 左右로 쏨이넌 냥은 三四月 垂楊裡에 黃鳥에 往來로다 에굽은

최활을 南海水 무지기가 北海의 스무친 듯 左右의 져질기는 白鶴이 넘노
는 듯 외로운 늘임되는 姜太公에 낙시되가 渭水에 드리은 듯 우걱비걱 용
頭머리 새벽달 찬바람의 외기러기 소리로다 도토마리 뒤치넌 양은 雙龍이
뒤눕는 듯 쎄양되 던넌 양은 楚漢이 相戰時에 矢石이 허든넌 듯 휘츄리에
신을 매야 썰신을 매단 양은 秦王 子嬰 목을 매야 垀道에 꿀엿는 듯 흐로
밤에 다 쓰느니 一百 五十一尺이라 八尺劍으로 스너니야 일邊으로 슈를
노니 銀河水 물결 속의 瑤池燕 그려니니 前生 일이 歷歷흐다 蟠桃 흐나
盜賊흐야 누긔를 듀엇던고

　이 늬 신세 그려내야 玉皇게 밧쳐시면 이 구양를 풀일가 흐노라.

　月宮(월궁)의 노든 姮娥(항아)=달에 있다는 궁궐에서 놀던 항아. 항아는 월궁에
있다는 선녀 ◇廣漢殿(광한전)='한(漢)'은 '한(寒)'의 잘못. 달에 있다고 하는 옥황상
제가 산다는 궁궐 ◇適降(적강)='적'은 '적(謫)'의 잘못. 귀양 오다 ◇玉欄干(옥난
간)=옥으로 만든 난간 ◇轅山(원산)=베틀에 잉아를 거는 나부산대와 끌신이 물린
쇠꼬리가 매여 있는 신나무를 박은 원통형 나무 ◇가로세=두 짝의 누운 나무를 고
정시키기 위해 가로 댄 나무. 가로대 ◇黃龍(황룡)이 赴走(부주)=누런 용이 달려가
다 ◇안질씬=앉을깨. 베를 짜는 사람이 앉기 위해 놓는 널찍한 판대기 ◇도도노코=
돌우어놓고 ◇안즌 냥은=앉은 모습은 ◇漢太祖(한태조) 高黃帝(고황제)='황(黃)'은
'황(皇)'의 잘못. 한나라 태조 유방(劉邦)을 가리킨다 ◇坐椅(좌의)=의자에 앉다 ◇
말코를 다아지며=말코는 도투마리 쪽과 맞 켱기며 이미 짠 천의 끝을 막대기로 눌
러 박은 기구. 말코를 당겨 매며 ◇부테=부티. 베 짜는 사람의 허리를 감싸는 넓적
한 기구로 느티나무 껍질로 만든다 ◇軒轅氏(헌원씨) 비로실 제=중국 고대의 황제
인 헌원씨가 비실 때 ◇애두른 듯=빙 둘러 감은 듯 ◇듀듀리 섯는 잉아=줄줄이 서
있는 잉아. 잉아는 날실을 끌어올리기 위해 매어놓은 실 ◇묵특=모돈(冒頓). 흉노
(匈奴)족의 우두머리로 묵특이라 읽는다 ◇白登(백등) 七日(칠일) 에워는 듯=백등에
서 7일 동안 에워싸고 있는 듯. 한 고조가 산서성 대동현(大同縣)에 있는 백등에서
7일 동안 묵특에게 포위되어 있다가 풀려난 일이 있다 ◇丁丁(정정)흔 바듸집=쩌렁
쩌렁 울리는 바듸집. 바듸집은 바듸의 아래위를 감싸는 나뭇집 ◇벽역을 울여세라=
벽력(霹靂)을 울리는구나 ◇가는 바듸살=가느다란 바듸의 날실 ◇배오리을=베의 올
들을 ◇세세히 가렷넌 양=하나하나 자세히 가리어낸 모양 ◇轅門(원문)=군대가 주

둔한 곳의 출입문 ◇허닷는 듯=허(虛)닫는 듯. 공격하는 듯 ◇纖纖玉手(섬섬옥수)=갸날프고 고운 손 ◇북=날실 사이를 드나들며 씨실을 내보내는 유선형의 배 모양으로 된 기구 ◇左右(좌우)로 쏨이는 양=좌우로 뽑아드는 모양 ◇垂楊裡(수양리)에 黃鳥(황조)=늘어진 버들가지 사이의 꾀꼬리 ◇에굽은 최활=둥그렇게 굽은 최활. 최활은 짜놓은 베가 오무려들지 않게 양 끝에 찔러 폭을 일정하게 하는 활 모양의 기구 ◇스무친 듯=가 닿았는 듯 ◇저질기=젖을개. 날실을 축여서 바디의 동작을 부드럽게 하기 위한 물그릇과 거기에 담긴 헝겊 ◇눌임디=눌림대. 비경이에 걸린 날실이 잉아를 따라 들먹거리지 못하도록 매어두는 가로 막대기 ◇용頭(두)머리=베틀의 선다리 위에 얹은 막대기를 고정시키기 위해 파낸 홈의 끝 ◇도토마리=도투마리. 날실을 감는 틀 ◇뒤치는 양=뒤로 넘어지는 모양 ◇쎄양디 던넌 양=빼양대는 뱁댕이로 날실의 엉기는 것을 막기 위해 사이사이에 끼우는 가느다란 막대기. 빼양대를 실 사이에 찔러 넣은 모습 ◇楚漢(초한)이 相戰時(상전시)=초나라의 항우와 한나라의 유방이 서로 싸울 때 ◇矢石(시석)이 허든는 듯=화살과 돌멩이가 날아가는 듯 ◇휘츄리에 쏜을 매야=원산 막대기에 달린 회초리처럼 생긴 막대기를 신나무라 하며 신나무 끝에 달린 끈을 쇠꼬리라 한다 ◇쎨신=끌신. 쇠꼬리에 달린 외짝 신발 ◇秦王(진왕) 子嬰(자영)=항우에게 죽임을 당한 진시황의 셋째 아들 ◇堲道(질도)에 쑬엿는 듯=언덕길에서 굴렸는 듯 ◇쓰너닉야=끊어내어 ◇일邊(변)으로=한편으로 ◇슈를 노니=수(繡)를 놓으니 ◇瑤池燕(요지연)='연(宴)'을 '연(燕)'으로도 쓴다. 주나라 목왕(穆王)이 서왕모를 만나 베푼 잔치 ◇斑桃(반도)='반도(蟠桃)'의 잘못. 삼천 년에 한 번 꽃이 피고 열매가 맺는다는 선도(仙桃) ◇듀엇던고=주었던고 ◇구양=귀양.

493

월무죡이보천리요 풍무슈이요슈로다

동정의 걸넌 둘은 동졍을 응ᄒ여 월락함디ᄒ여 셔산에 지고 손 업슨 모진 광풍은 만슈장림을 뒤흐드ᄂᆞ디 우리 연연ᄒ고 살틀ᄒ고 야속ᄒᆫ 님은 셰류굿치 가은 셤셤옥슈가 잇것만은 듀소로 이 (요)내 편(일)신 어러(루)질 줄 모로노(만저줄 줄을 웨 모른단 말인가)

님으로 ᄒ여 지ᄂᆞ 눈물이 대동강 웃턱에 빅은탄이 되리로다.   (樂高 903)

월무죡이보천리요=월무족이보천리(月無足而步千里)요. 달은 다리가 없어도 천

리를 걸어가고 ◇풍무수이요슈로다=풍무수이요수(風無手而搖樹)로다. 바람은 손이
없어도 나뭇가지를 흔든다 ◇동정을 응호여=동정호(洞庭湖)에 호응하여 ◇월락함디
=월락함지(月落咸池). 달이 함지로 넘어가다. 함지는 해가 지는 곳에 있다고 하는
연못 ◇만슈쟝림=만수장림(萬樹長林). 나무가 우거진 숲 ◇연연호고 살뜰호고 야속
흔=그립고 애틋하고 살뜰하고 쌀쌀한 ◇세류ㄱ치 가은 셤셤옥수=세류(細柳)같이 가
는 섬섬옥수(纖纖玉手). 버드나무 가지 같은 가느다란 여자의 손 ◇듀소=주소(晝宵).
밤낮 ◇편신(遍身)=전신(全身) ◇지난 눈물=떨어지는 눈물 ◇대동강(大同江)=평양에
있는 강 ◇웃턱=위쪽 ◇백은탄(白銀灘)=대동강에 있는 여울.

494

月一片 燈三更인 제 나간 님을 헤야인니

靑樓酒肆에 새 님을 걸어두고 不勝蕩情호야 花看陌上春將晚이요 走馬鬪
鷄猶未還이라

三時出望 無消息호니 盡日欄頭에 空斷腸을 호소라.　　　(靑謠 68) 朴文郁

月一片(월일편) 燈三更(등삼경)인 제=그믐달이 비추고 등잔불이 가물거리는 한밤
중인 때에 ◇헤야인니=헤아리니. 생각하니 ◇靑樓酒肆(청루주사)=기생이 있는 술집
◇새 님을 걸어두고=새롭게 좋아하는 사람을 얻어놓고 ◇不勝蕩情(불승탕정)호야=
방탕한 마음을 억제하지 못하여 ◇花看陌上春將晚(화간맥상춘장만)이요=길에 피어
있는 꽃을 보니 봄은 얼마 남지 아니하고 ◇走馬鬪鷄猶未還(주마투계유미환)이라=
말을 달리고 닭싸움을 좋아하는 님은 아직 돌아오지 않는구나 ◇三時出望(삼시출
망) 無消息(무소식)호니=하루에 세 번이나 문밖에 나가 마중을 하여도 소식이 없으
니 ◇盡日欄頭(진일난두)에 空斷腸(공단장)을=하루 종일 난간머리에서 텅 빈 창자가
끊어지는 것 같음을. 몹시 애달파함을.

495

月態花容 고흔 틔도 七寶 단장 아미를 나즉하고 玉빈紅顔 양귀 밋테 구
실 갓탄 눈물리 綠衣紅裳 다 젹시며 체읍 良久에 하던 마리

신첩이 폐下를 모시고 장의 同行호와 平生을 依托호고 厚恩을 입어 天
下大(平)을 바라옵더니 國運이 不幸호여 千里戰場 흠흔 곳의 無情히 바일

진딕

青春 少妾 요요단신이 뉘를 위ᄒ여 保全할가.　　　　　　　　(時調 104)

아미(蛾眉)를 나즉하고=고운 눈썹을 내리깔고　◇玉빈紅顔=옥빈홍안(玉鬢紅顔).
아름다운 귀밑머리와 발그레한 얼굴　◇구실 갓탄 눈물리=구슬 같은 눈물이　◇綠衣
紅裳(녹의홍상)=푸른 저고리와 붉은 치마　◇체읍(涕泣) 良久(양구)에=오랫동안 눈물
을 흘리며 울면서　◇하년 마리=하는 말이　◇신쳡=신첩(臣妾). 여자가 임금에게 자
기를 낮추어 이른 말　◇폐下=폐하(陛下). 임금　◇장의 同行(동행)=장의(將依) 동행인
듯. 장차 의지하고 함께 삶　◇千里戰場(천리전장) 흠흔 곳의 無情(무정)히 바일진딕
=너른 싸움터 험한 곳에 내보내 무정하게 적의 칼에 베이는 것처럼 한다면　◇靑春
少妾(청춘소첩)=나이가 젊은 첩　◇요요단신(夭夭單身)=나이가 어리고 예쁜 이 한
몸　◇뉘를=누구를.

496

月下에 任 生覺ᄒ되 任의 소식 바히 업ᄂᆡ
四更 둙 우름 울고 瀟湘洞庭 외기러기는 들을 보고 흔 번 길게 우난고나
언졔나 그리던 任 만나 왼 밤 잘고 ᄒ노라.　　　　　　　(言樂) (靑六 840)

月下(월하)=달빛 아래　◇바히 업ᄂᆡ=전혀 없네　◇四更(사경)=이른 새벽. 오전 1시
부터 3시 사이　◇瀟湘洞庭(소상동정)=소상강과 동정호　◇왼 밤 잘고=초저녁부터 샐
때까지의 잠을 같이 잘까.

497

月黃昏 계여 간 날에 定處 업시 나간 님이
白馬金鞭으로 어듸가 됴니다가 酒色에 줌기여 도라올 줄 니졋ᄂᆞᆫ고
獨宿孤房ᄒ여 長相思淚如雨에 輾轉不寐ᄒ노라.　　　　　　(珍靑 475)

月黃昏(월황혼) 계여 간 날에=황혼이 훨씬 지나 나가던 날에　◇白馬金鞭(백마금
편)=흰 말과 좋은 채찍. 한량으로 호사(豪奢)를 누리는 모양　◇됴니다가=돌아다니
다가　◇酒色(주색)에 줌기여=술과 여색(女色)에 빠져　◇니졋난고=잊어버렸는가?　◇

獨宿孤房(독수고방)=아무도 없는 방을 혼자 지새우다 ◇長相思淚如雨(장상사루여우)
에=오랫동안 서로가 그리워 흘리는 눈물이 쏟아지는 비와 같아 ◇輾轉不寐(전전불
매)=잠을 못 이루고 이리저리 뒤척임.

498

웨 와씀나 웨 와씀나 나 홀노 즈는 방에 웨 와씀느

오기는 왓거니와 즈최 업시 잘 단녀가오

갓득에 말 만코 탈 마는 집안에 모다기녕 날까.　　　　　　　(時調 94)

와씀나=왔느냐 ◇단녀가오=다녀가시오 ◇갓득이=가뜩이나 ◇탈 마는=탈이 많
은. 까탈이 많은 ◇모다기녕 날까=모다기 령이 내릴까? 한꺼번에 쏟아져 내리는 명
령. 호령.

499

위딕 밍공이 다섯 아레딕 밍공이 다섯 景慕宮 압 연못세 잇는 밍공이
연닙 하나 쑥 짜 물 써 두루쳐 이구 수은 장수 허는 밍공이 다섯 三淸洞
밍공이 六月 소낙이의 쥭은 어린이 나막신쟉 하나 으더 타고 가진 풍유하
고 서뉴하는 밍공이 다섯 四五二十 시무 밍공이 慕華館 芳松里 李周明네
집 마당가의 포김포김 모이더니 밋테 밍공이 아구 무겁다 밍공 허니 웟
밍공이는 뭣시 무거유냐 장간 차마라 쟉갑시럽다 군말 된다 허구 밍공 그
즁에 어느 놈이 상시럽구 밍낭시러운 수밍공이냐

綠水靑山 깁흔 물의 白首風塵 흣날리구 孫子 밍공이 무릅헤 안치구 저
리 가거라 뒤틱를 보자 이리 오느라 압틱를 보자 싹싹궁 도리도리 질나릭
비 훨훨 지롱부리는 밍공이 슈밍공루 이러더니

崇禮門 박 썩 늬다러 七픽 八픽 靑픽 비다리 쪽제굴 네거리 里門洞 四
거리 靑픽 비다리 첫 둘 셋 넷 다섯 여섯 일굽 여덜 아홉 녈지 미나리 논
의 방구 통 쒸구 눈물 쾨죄죄 흘나구 오좀 잘금 싸구 노랑 머리 복쥐여
틋구 엄지 장가락의 된 가릭침 빅터 들구 두 다리 쓰고 깁흑헌 방츅 밋테

남 알가 용 올리는 밍공이 슈밍공인가.　　　　　　　　　(調詞 62)

위딕=우대. 옛날에 서울 도성의 서북쪽 방면을 일컫는 말. 인왕산 근처가 된다
◇아릭딕=아래대. 동대문과 광희문 방면 ◇景慕宮(경모궁)=사도세자의 사당이 있던
곳. 종로구 연건동(蓮建洞)에 있었으며 지금 서울대 병원 함춘원(含春園) 자리 ◇두
루쳐 이구=둘쳐 이고 ◇수은 장수='수은'은 '순'의 와철인 듯. 순은 식물의 순(筍)
즉 어린 싹을 가리킨다. 채소 장사 ◇三淸洞(삼청동)=경복궁의 동북쪽. 서울성의 북
문인 숙정문(肅靖門)이 있다 ◇소낙이=소나기. 장마 ◇으더 타고=얻어 타고 ◇가진
풍유하고 서뉴하는=갖은 풍류(風流)하고 선유(船遊)하는. 갖은 놀이를 하고 뱃놀이
하는 ◇慕華館(모화관)=조선 시대 중국 사신을 맞이하기 위해 돈의문(敦義門) 밖에
지은 집. 지금의 독립문 근처 ◇芳松里(방송리)='방(芳)'은 '반(盤)'의 잘못. 반송방
(盤松坊). 서울 서대문 밖에 있던 동리 이름 ◇李周明(이주명)=사람 이름 ◇아구=아
이구 ◇뭣시 무거유냐=무엇이 무거우냐 ◇장간 차마라=잠깐 참아라 ◇작갑시럽다
군말 된다=자깝스럽고 쓸데없는 말이 된다. 자깝스럽다는 깜찍하다는 뜻 ◇허구~
하고 ◇상시럽구 밍낭시러운=쌍스럽고 하는 행동이 맹랑한 ◇白首(백수) 風塵(풍
진)=세상살이의 어려움에 희어진 머리 ◇뒤틱 압틱=뒤태(態) 앞태. 앞뒤의 모습 ◇
짝짝궁 도리도리 질나릭비 훨훨=짝짜꿍 도리도리 질나래비 훨훨. 어린아이들이 사
람들이 부르는 구호에 따라 하는 재롱으로 짝짜꿍은 손뼉을 치는 놀이. 도리도리는
고개를 좌우로 흔드는 놀이. 질나래비 훨훨은 새가 날아가는 모양을 흉내 내는 것
◇崇禮門(숭례문)=남대문 ◇七픽 八픽=칠패 팔패. 남대문 밖에서 용산 쪽으로 가는
길에 있던 마을 ◇빗다리=배다리. 지금 서울 용산구 갈월동에서 청파동 쪽으로 들
어가는 길에 있던 동리 ◇복 쥐여틋구=박박 쥐어뜯고 ◇긥흑헌=깊숙한 ◇용올리는
=힘쓰는.

499-1

져 건너 신진사 집 시렁 우희 언진 거시 쌀은 청청등 청정미 청차조쌀
이 아니 쌀은 청청등 청정미 청차조쌀이냐
우딕 밍꽁이 다섯 아레딕 밍꽁이 다섯 문안 밍꽁이 다섯 문밧 밍꽁이
다섯 사오이십 스무 밍꽁이 모화관 숩버들 궁게셔 밋헤 밍꽁이는 무겁다
고 밍꽁 웃밍꽁이는 무에 무구우냐 잣깝스럽다고 밍꽁 어늬 밍꽁이 슈밍
꽁이냐

아마도 슉녜문 밧 썩 닉다라 쳥픠 팔픠 칠픠 빈다리 이문동 도져골 쏙
다리 것너 쳣진 둘진 셋진 넷진 다섯 여섯 일곱 여들 아홉 열진 미나리
논에셔 코를 줄줄 흘니고 머리 푸러 산발ᄒ고 눈을 희번득이며 다리 ᄭᅩ아
닉밀면셔 용 올리는 믱꽁이가 슈믱꽁이냐.   (南太 197)

신진사=신 진사(進士). 신씨 성을 가진 진사 ◇시렁=물건을 얹어두기 위해 만든
선반 ◇쳥쳥동=가락을 맞추기 위한 여음(餘音) ◇쳥졍미=쳥졍미(靑精米). 생동쌀.
차조의 하나인 생동찰의 알맹이 ◇슈버들 궁게셔=슈버들 구멍에서. 순이 새로 나온
버드나무가 있는 구멍에서 ◇잣압스럽다고=수다스럽다고 ◇쳥픠 팔픠 칠픠 빈다리
이문동 도져골 쏙다리=남대문에서 현재 원효로 입구까지에 있었던 동리의 이름 ◇
머리 푸러 산발(散髮)ᄒ고=머리를 풀어 헝클어뜨리고.

500
衛武公 戒抑詩는 九十五歲 안이런가
孔夫子 이란 말슴 死而後已矣니라
우리는 太倉의 稊米로셔 塵에 자든 잠을 이직야 쌔여쓴들 엇지할고.
                                        (城西幽稿 3) 申甲俊

衛武公(위무공) 戒抑詩(계억시)=위무공이 사람들에게 경계하고 억제하라는 뜻에
서 지은 시. 위무공은 당(唐)의 삼원인(三原人)으로 이름은 경무(景武). 태종 때에 위
무공으로 봉해짐 ◇이란 말슴=하신 말씀 ◇死而後已矣(사이후이의)=사람이 되어서
하던 일은 죽은 다음에야 그친다 ◇太倉(태창)의 稊米(제미)로셔=태창 속의 한 알의
돌피. 극히 광대한 것에 대해 극히 작은 것을 이르는 말 ◇塵(진)에 자든 잠을=속세
에서 자신을 깨닫지 못했던 것을 ◇이직야 쌔여쓴들=이제서야 깨우친들.

501
위엄은 상설 갓고 졀기는 여산이라
가즘도 가기 슬코 아니 가기 어려외라
ᄎ라리 회슈 락동강 취벽ᄒᆫ듸 이 몸이 죽어져 몸이나 편케.   (樂高 82)

위엄은 상설(霜雪) 갓고=위엄(威嚴)은 눈이나 서리처럼 엄하고 ◇절기는 여산(如山)이라=절개(節槪)는 산처럼 굳다 ◇가즘도=가자고 해도 ◇회슈 락동강 취벽흔듸=회수(回水) 낙동강(洛東江) 취벽(翠碧)한데. 빙빙 도는 낙동강 물이 푸른데.

502

爲祖爲父ᄒ야 水火中읜 들건 지을 줌줌코 싱각ᄒ니
五十八年을 不計晴雨ᄒ고 長揖官門ᄒ여시니
世上의 非理好訟者는 날 쑨이라 ᄒᄂ다.

(爲祖爲父慷慨歌 2) (淸溪歌詞 40) 姜復中

爲祖爲父(위조위부)=조부나 아버지를 위하여. 또는 조부나 아버지가 되어 ◇水火中(수화중)읜=위험한 물과 불 속에 ◇들건 지을=들어갈 것인지를 ◇不計晴雨(불계청우)=개고 비 오는 것을 가리지 않는다. 좋고 나쁨을 가리지 않는다 ◇長揖官門(장읍관문)=오랫동안 관직에 몸담고 있다 ◇非理好訟者(비리호송자)=송사하기를 좋아할 까닭이 없는 사람 ◇날 쑨이라 ᄒᄂ다=나뿐이라 하겠다.

503

琉璃鍾 琥珀濃에 小槽酒滴 眞珠紅이라
烹龍炮鳳 玉指泣이오 羅幃繡幕 圍香風을 吹龍笛 擊鼉鼓에 皓齒歌 細腰舞ㅣ라 況是靑春 日將暮ᄒ니 桃花亂落 如紅雨ㅣ로다
五花馬 千金裘로 呼兒將出 煥美酒를 ᄒ여라　　　(羽樂時調) (靑六 803)

琉璃鍾(유리종) 琥珀濃(호박롱)에=유리병 호박잔이 짙고 ◇小槽酒滴(소조주적) 眞珠紅(진주홍)=작은 통 속에 떨어지는 술은 진주보다 붉다 ◇烹龍炮鳳(팽용포봉) 玉脂泣(옥지읍)=용을 삶고 봉을 구우니 구슬 같은 기름이 끓고 ◇羅幃繡幕(나위수막) 圍香風(위향풍)=비단 휘장과 수놓은 장막은 향기로운 바람을 에웠고 ◇吹龍笛(취용적) 擊鼉鼓(격타고)에=용적을 불고 타고를 치며 ◇皓齒歌(호치가) 細腰舞(세요무)ㅣ라=고운 노래에 아름다운 춤이로다 ◇況是靑春(황시청춘) 日將暮(일장모)=하물며 이 청춘이 장차 저물 것이니 ◇桃花亂落(도화난락) 如紅雨(여홍우)=도화가 어지러이 떨어져 붉은 비 같구나 ◇五花馬(오화마) 千金裘(천금구)=오화마와 천금이나

되는 갖옷으로 ◇呼兒將出(호아장출) 換美酒(환미주)=아이를 불러 좋은 술로 바꾸어
드리려무나.

※ 이하(李賀)의 「장진주시(將進酒詩)」를 시조로 만든 것이다.

504

有馬有金 兼有酒홀 지 素非親戚 强爲親이러니
一朝에 馬死黃金盡ᄒᆞ니 親戚이 還爲路上人이로다
엇더타 世上 人事ᄂᆞᆫ 나ᄂᆞᆯ 달라 가ᄂᆞ니.   (蔓橫) (甁歌 905)

有金有馬(유금유마) 兼有酒(겸유주)홀 지=돈이 있고 말이 있고 아울러 술이 있을
때는 ◇素非親戚(소비친척) 强爲親(강위친)=본래 친척이 아닌 사람도 억지로 친척인
체하더니 ◇一朝(일조)에 馬死黃金盡(마사황금진)ᄒᆞ니=하루아침에 말이 죽고 황금
도 다 없어지니 ◇親戚(친척)이 還爲路上人(환위노상인)=친척이 다시 노상에서 그냥
지나치는 사람처럼 되었다 ◇世上(세상) 人事(인사)=세상에 사람들이 살아가는 일
들 ◇나ᄂᆞᆯ 달라=날마다 달라.

※ 박씨본(朴氏本)『시가(詩歌)』에는 숙종 때 이상은(李相殷; 字汝仁 延安人 肅宗
朝以蔭官至通政 豊德府使)의 작으로 되어 있다.

505

六月 羊裘 저 漁翁아 낙근 고기 換酒ᄒ세
取適이오 非取魚ㅣ라 고든 낙시 되리우고
西山에 ᄒᆡ 저믈러지거든 碧江月을 싯고 놀녀 ᄒ노라.
                                        (三數大葉) (金玉 94) 安玟英

六月(유월) 羊裘(양구)=더운데 털옷을 입은. 양구는 양가죽으로 만든 갖옷. 엄자
릉(嚴子陵)이 양피옷을 입고 낚시질을 하던 고사에서 나온 말 ◇漁翁(어옹)아=어부
야 ◇낙근 고기 換酒(환주)ᄒ세=낚은 고기를 술과 바꾸자 ◇取適(취적)이요 非取魚
(비취어)ㅣ라=한가한 것을 취하려 한 것이지 고기를 잡으려는 것이 아니라 ◇고든
낙시=미늘이 없는 낚시 ◇ᄒᆡ 저믈러지거든=해가 저물거든 ◇碧江月(벽강월)=푸른
강물 위에 뜬 달. 여기서는 친구인 김윤석(金允錫)의 아호인 벽강을 지칭한 것이다.

※『금옥총부』에 "김동추윤석 자군중 호벽강(金同樞允錫 字君仲 號碧江)"이라 했다.

506

六洲五洋에 探險隊가 아즉도 發見 못 한 武陵桃源 朱陳村이 世上天下에 어듸매뇨

三千年 開花 三千年 結實하는 崑崙山 瑤池 蟠桃園인가 金鷄啼罷日輪紅하는 都桃樹下인가 거긔도 아니오 劉關張 三人이 烏牛白馬로 祭天結義하시든 桃園이 그곳인가 玉洞桃花 萬樹春이 거긔인가 前度劉郞 今又來한 玄都觀이 거긔런가

至今에 春水方生하고 片片紅桃 둥둥 써 흘너오는 紫霞洞天에 가 무러보소.

(樂高 972)

六洲五洋(육주오양)=육대주(六大洲)와 오대양(五大洋) ◇武陵桃源(무릉도원)=도연명의 「도화원기(桃花源記)」에 나오는 별천지(別天地) ◇朱陳村(주진촌)=백거이(白居易)의 시 제목이면서 마을 이름. 주씨와 진씨 두 성만이 살면서 세상과 통하지 않고 대대로 서로 혼인하며 살아가는, 무릉도원처럼 평화로운 마을 ◇崑崙山(곤륜산) 瑤池(요지)=주 목왕이 서왕모를 만났다고 하는 곳 ◇金鷄啼罷日輪紅(금계제파일윤홍)=금계가 울기를 그치고 둥근 해가 붉게 비추다 ◇都桃樹下(도도수하)=도도산에 있다는 큰 나무 아래 ◇劉關張(유관장) 三人(삼인)=유비, 관우, 장비의 세 사람 ◇烏牛白馬(오우백마)=검은 소와 흰 말 ◇祭天結義(제천결의)=결의형제한 것을 하늘에 알리는 제사 ◇玉洞(옥동) 桃花萬樹春(도화만수춘)=복숭아꽃이 피고 모든 나무에 봄이 무르익은 옥동 ◇前度劉郞(전도유랑) 今又來(금우래)한 玄都觀(현도관)=당나라 시인 유우석(劉禹錫)의 시 「재유현도관시(再遊玄都觀詩)」에 나오는 구절 ◇春水方生(춘수방생)하고 片片紅桃(편편홍도)=봄철의 샘물이 솟아나고 붉은 복숭아꽃이 펄펄 날리다 ◇紫霞洞天(자하동천)=개성에 있는 지명.

507

의쥬에 통군졍 붓는 불은 압록강이 시지로구나

셩쳔에 강션루 붓는 불은 비류강슈가 것히로나 삼등에 황학루 붓는 불

은 잉무쥬강이 시지로구나 황쥬 월파루 붓는 불은 젹벽강(쳥쳔강)슈로 달
혀 쓰려니와 평양에 부벽루 련광뎡 붓는 불은 대동강슈로 쓰려니와 이내
가슴에 시시쎡쎡로(연긔도 업시 믕긔믕긔) 붓는 불은 어내 졍판이 다 쩌주
리란 말가

춤으로 밋을 님 업서셔 나 못 살겟네. (답답한 ᄆᆞᆷ 둘 듸 업서 나 엇지
사노)

(樂高 885)

의쥬=의주(義州). 평안북도 압록강변에 있는 고을 ◇통군졍=통군정(統軍亭). 의
주에 있는 정자 ◇압록강(鴨綠江)=우리나라와 중국의 경계에 있는 강 ◇시직=시재
(詩材)인 듯 ◇셩쳔=성천(成川). 평안남도에 있는 군명 ◇강선루=강선루(降仙樓). 성
천에 있는 정자 ◇비류강(沸流江)슈=비류강의 물. 비류강은 평남 양덕군(陽德郡)에
서 발원하여 대동강으로 유입되는 강 ◇삼동에 황학루 잉무쥬강=황학루가 있는 중
국 삼동의 앵무주를 가리키는 듯 ◇黃州(황주) 月波樓(월파루)=황해도 황주읍에 있
는 누각 ◇젹벽강슈=적벽강의 물. 황주의 중심부를 흐르는 황주천(黃州川)이 중국
의 적벽강과 흡사하여 생긴 이름 ◇평양에 부벽루 련광뎡=평양의 대동강 가에 있
는 정자 부벽루(浮壁樓)와 연광정(練光亭) ◇졍판=사랑하는 사람.

508

이년아 말 듯거라 굽고 나마 쟈질 년아

쳐음에 날을 볼 지 百年을 사쟈키에 네 말을 곳지듯고 집 폴고 텃밧 폴
고 가마 폴고 동솟 폴고 紫的馬 씐밤이에 먹기쇼를 마즈 포라 너를 아니
주엇더냐 무스 일 뉘 낫바셔 노듸를 노랏는다

져 님아 날드려 그렁 마오 늬일을 □기랴.　　　　(編數大葉) (甁歌 1105)

굽고 나마 자질 년아=굽어뜨리고 자지러뜨릴 년아. 자지러뜨리는 것은 식물(植
物)의 중간 부분을 자라지 못하게 방해하는 것 ◇볼 지=만날 때 ◇사쟈키에=살자고
하기에 ◇곳지듯고=곧이듣고 ◇동솟=옹솥. 옹달솥. 조그마하고 오목한 솥 ◇紫的馬
(자적마)=자줏빛 털을 가진 말 ◇씐밤이=진배미. 좋은 논 ◇먹기쇼=먹이 소. 또는
검정 소 ◇노듸를 노랏는다=노대를 놀았느냐. 노대는 큰 물결이 치는 것처럼 커다
란 말썽을 일으키는 것을 말한다 ◇그렁 마오=그렇게 생각하지 마시오.

509

이리 알쓰리 살쓰리 그리고 그려 병 되다가

萬一예 어느 쎅가 되던지 만나 보면 그 엇더할고 應當 이 두 손길 뷔여 잡고 어안 벙벙 아모 말도 못 하다가 두 눈예 물결이 어릐여 방울방울 써려져 아로롱지리라 이 옷 압자랄예 일것세 만낫다 하고

丁寧이 이럴 줄 알 냥이면 차라리 그려 病 되는이만 못하여라.

(編時調) (金玉 181) 安玟英

이리=이렇게 ◇알쓰리 살쓰리=알뜰하고 살뜰하게 ◇그리고 그려=그리워하고 그리워하여 ◇뷔여잡고=붙들어 꼭 잡고 ◇물결이 어릐여=눈물이 어리어 ◇아로롱 지리라=아롱질 것이다 ◇옷 압자랄예=옷 앞자락에 ◇일것세=모처럼 ◇알 냥이면= 알았다면.

※ 『금옥총부』에 "억강릉홍련(憶江陵紅蓮)"이라 했다.

510

이 몸이 싀여져셔 江界 甲山 졉이 되야

님 자는 窓밧 츤혀 귯마다 죵죵 쟈로 집을 지여두고

그 집의 든은 체ᄒ고 님의 房에 들리라.

(樂時調) (海一 523)

싀여져셔=죽어서 ◇江界(강계) 甲山(갑산)=강계는 평안북도, 갑산은 함경북도에 있는 군(郡)으로 오지이며 조선 시대 귀양을 가던 곳 ◇졉이=제비 ◇츤혀=추녀 ◇ 죵죵 쟈로=가끔 자주 ◇든은 체ᄒ고=들어가는 체하고 ◇들리라=들어가겠다.

511

이 몸이 장셩 되야 萬里 邊塞 칼을 뵈고 누어스니

鳳凰城 山海關은 말발의 씌글리요 十萬 胡兵馬ᄂᆞᆫ 칼 긋히 플닙피라 大 丈夫 千秋 事業을 일은 쎅에 못 일우고 그 언졔 일워보랴

진실로 皇天이 닉 뜻 알으시면 우리 聖上 근심 풀가 ᄒ노라.

(慕夏堂實記 2) 金忠善

장성(將星)=장군(將軍)의 이칭(異稱) ◇萬里邊塞(만리변새)=조정에서 멀리 있는 변방의 요새지 ◇鳳凰城(봉황성)=중국 호남성의 서쪽 원강(源江)의 지류(支流)인 이강(泥江)에 임한 성 ◇山海關(산해관)=하북성 임유(任楡)현 동쪽. 만리장성의 동쪽 끝머리에 있는 관문 ◇말발의 씌글이요=말발굽 아래 일어나는 먼지요. 전진(戰塵) ◇胡兵馬(호병마)=오랑캐의 군사와 마필(馬匹) ◇大丈夫(대장부) 千秋事業(천추사업)=사나이로서 마땅히 해야 할 일. 국가에 충성하는 일 ◇일은 쩍에=이러한 때에 ◇皇天(황천)=하느님. 또는 하늘 ◇聖上(성상)=우리의 임금님.

512

이바 편메곡들아 듬보기 가거늘 본다
듬보기 셩내여 土卵 눈 부릅드고 쌔자반 나롯 거스리고 甘苔 신 사마 신고 다스마 긴 거리로 가거늘 보고 오롸
가기는 가더라마는 蔈古흔 얼굴에 셩이 업시 가드라.   (珍靑 531)

편메곡=평편한 미역 ◇듬보기=뜸부기 ◇土卵(토란) 눈=토란 모양의 눈 ◇부릅드고=눈을 크게 뜨고 ◇쌔자반 나롯=깨보숭이처럼 생긴 수염. 매우 짧은 수염인 듯 ◇거스리고=바람에 나부끼고 ◇甘苔(감태) 신=김으로 만든 신 ◇다스마=다시마 ◇오롸=오도다 ◇蔈古(표고)흔=이울고 낡은 ◇셩이 업시=노여움이 없이.

512-1

입아 助藿 메육들아 발헌 듬북이 가거늘 본다
듬북이 셩닉야 甘苔 신 삼아 신고 픠릭옷 썰쳐 닙고 土蓮 눈 부릇쓰고 씩佐飯 髮髥 거스리고 松茸밧 감도라 다스마 긴긴 길로 標若山 브라보며 버섯고개 가더고나
가기는 가더라만는 군포 얼골이 셩이 업시 가더라.   (靑詠 593)

입아=이보아라 ◇助藿(조곽)=‘조곽(早藿)’의 잘못. 일찍 따서 말린 미역 ◇메육들아=미역들아 ◇발헌=몹시 흥분된 ◇셩닉야=화가 나서 ◇픠릭 옷=파래(靑苔)로 만든 옷 ◇土蓮(토련) 눈 부릇쓰고=토란처럼 둥근 눈을 부릅뜨고 ◇씩佐飯(자반) 髮髥(발염) 거스리고=깨보숭이처럼 짧은 수염을 바람에 날리고 ◇松茸(송용)밧=‘송용(松

茸'은 '송이(松栮)'의 잘못. 송이밭. 송이는 버섯의 한 가지 ◇감도라=휘돌아 ◇다스마 긴긴 길로=다시마처럼 길게 생긴 길로 ◇標若山(표약산)='표약(標若)'은 '표고(蔈古)'의 잘못인 듯. 표고를 산에 비유했다. 이울고 낡은 ◇군포 얼골이=미상. 찌푸린 얼굴인 듯.

513

李謩이 집을 叛ᄒ여 노시 목에 金돈을 걸고

天台山 層巖絕壁을 넘어 방울시 삭기 치고 鸞鳳孔雀이 넘는 골에 樵夫를 만나 麻姑할미 집이 어듸민나 흐고

저 건너 數間茅屋 듸스립 밧긔 靑삽스리를 츠즈소셔.

(二數大葉) (海周 550) 金壽長

李謩(이보)=고소설『숙향전(淑香傳)』에서 숙향의 상대 인물. '이선(李仙)'으로 된 곳도 있다 ◇叛(반)ᄒ여=배반하여 ◇노시=수나귀와 암말 사이에 태어난 잡종(雜種)의 말 ◇金(금)돈=금으로 만든 돈 ◇天台山(천태산)=『숙향전』에서 숙향이 장 정승 집을 나와 천태산 마고(麻姑)할미를 만나 같이 살았다고 한다 ◇層巖絕壁(층암절벽)=여러 층으로 이루어진 험한 바위로 된 낭떠러지 ◇삭기 치고=새끼를 낳아 기르고 ◇넘는 골에=넘노는 골짜기에 ◇樵夫(초부)=나무꾼 ◇麻姑(마고)할미=마고 선녀(仙女). 손톱이 길다고 하는 선녀이나 여기서는 숙향이 머물던 집의 주인 ◇어듸민나 흐고=어디쯤이나 되는고 ◇數間茅屋(수간모옥)=조그마한 띠집 ◇듸사립=대나무로 엮어 만든 사립문.

513-1

이선이 반호야 제 집을 반ᄒ고 나귀 등에 슝금 안장을 지여 금젼을 걸고

천태산 층암절벽 방울시 삭기 친 곳에 잉무 공작 넘나는데 초부를 불너 뭇는 말이 쳔틱산 마고선녀 슈영쌀 슉향의 집이 게 어듸메뇨

져 건너 듸사립 안에 청삽살이가 누엇스니 게쥴 아러봅소.　　　(南太 194)

이선이 반호야=고소설『숙향전』의 남자 주인공 이선(李仙)이 숙향에게 반해서 ◇제 집을 반ᄒ고=자기 집안을 배반하고 ◇금젼=금전(金錢) ◇삭기 친=새끼를 깐

◇넘나는 데=넘나드는 곳에 ◇슈영딸=수양딸. 남의 자식을 데려다 기른 딸 ◇누엇스니=누워 있으니 ◇계쥴 아러봅소=그곳에 좀 가서 알아보시오.

514

이 시름 져 시름 여러 가지 시름 防牌鳶에 細細成文ㅎ여

春正月 上元日에 西風이 고이 불 쩨 올白絲 흔 얼레를 쏫가지 풀어 씌을 쩨 큰 盞에 슐을 부어 마즘막 餞送ㅎᄌᆞ 등등 쩌셔 놉고 놉피 소스올라 白龍의 구븨갓치 굼틀둬틀 뒤틀어져 굴음 속에 들거고나 東海바다 건너가셔 외로이 셧는 남게 걸엇다가

風蕭蕭 雨落落홀 쩨 自然消滅ㅎ여라.　　　　　　(二數大葉) (海周 536) 金壽長

이 시름 져 시름=이 걱정 저 걱정 ◇防牌鳶(방패연)=방패처럼 생긴 직사각형의 연 ◇細細成文(세세성문)=자세하게 글을 지음 ◇上元日(상원일)=음력 정월 보름 ◇고이=편안히. 또는 이상하게 ◇올白絲(백사)=흰 실의 가닥 ◇얼레=연실을 감는 기구 ◇마즘막=마지막 ◇餞送(전송)ㅎᄌᆞ=음식을 대접하며 떠나보내자 ◇白龍(백룡)=천제(天帝)의 사자(使者)라고 하는 흰빛의 용 ◇구븨갓치=굽이같이 ◇남게=나무에 ◇風蕭蕭(풍소소) 雨落落(우낙락)홀 쩨=바람이 솔솔 불고 비가 내릴 때 ◇自然消滅(자연소멸)=저절로 없어지다.

515

二十四橋 둘 블근 적의 佳節은 月正上元이라

億兆는 攔街歡動ㅎ고 貴遊도 携節步蹀이로다

四時에 觀燈賞花 歲時伏臘 도틀어 萬姓同樂흠이 오늘인가 ㅎ노라.

　　　　　　　　　　　　　　　　　　　　(蔓數大葉) (海一 604)

二十四橋(이십사교)=중국 강소성 강도(江都)현에 있는 다리. 일반적으로 번화한 거리를 뜻한다 ◇적의=때에 ◇佳節(가절)=좋은 계절. 또는 시절 ◇月正上元(월정상원)=달이 바로 정월 보름임 ◇億兆(억조)는 攔街歡動(난가환동)ㅎ고=‘동(動)’은 ‘동(同)’의 잘못. 모든 백성들은 길을 메우고 함께 즐거워하다 ◇貴遊(귀유)도 携節步蹀(휴공보접)=귀족의 자제들도 지팡이를 짚고 자박자박 걸음 ◇觀燈賞花(관등상화)=

사월 파일에 등불 구경을 하고 봄철에 꽃을 완상하다 ◇歲時伏臘(세시복납)=세시는 새해, 복은 삼복(三伏), 납은 납향(臘享). 삼복은 여름의, 납향은 겨울의 세시풍속이다 ◇도틀어=통틀어 ◇萬姓同樂(만성동락)=모든 백성이 다 함께 즐기다.

516

이제는 못 보게도 ᄒ애 못 볼시는 的實커다

萬里 가는 길헤 海口絶息ᄒ고 銀河水 건너쒸여 北海 ᄀ리지고 風土ㅣ 切甚흔듸 深意山 굴가마귀 太白山 기슭으로 골각골각 우닐며 츤돌도 바히 못 어더먹고 굵어 죽는 싸희 내 어듸 가셔 님 츠자보리

아히야 님이 오셔든 주려죽단 말 싱심도 말고 빨빨이 그리다거 어즐 病 어더서 갓고 쎠만 나마 달바조 밋트로 아장 밧삭 건니다가 쟈근 쇼마 보신 後에 니마 우희 손을 언고 흔 가레 추혀들고 쟛바져 죽다 ᄒ여라.

(蔓橫淸類) (珍靑 579)

ᄒ애=하는구나 ◇못 볼시는=못 보는 것도 ◇的實(적실)커다=분명하구나 ◇海口 絶息(해구절식)='해구절식(海鷗絶食)'이 맞는 듯. 갈매기가 먹지도 아니하고 ◇ᄀ리 지고='가로질러'인 듯 ◇風土ㅣ 切甚(풍토절심)=기후와 지세가 매우 나쁨 ◇深意山 (심의산)=수미산(須彌山)인 듯 ◇太白山(태백산)=강원도와 경상도 접경에 있는 산 ◇우닐며=울면서 ◇바히=전혀 ◇츠자보리=찾아보랴 ◇싱심도=생심(生心)도. 여기 서는 입 밖에도의 뜻 ◇빨빨이 그리다=살뜰하게 그리워하다가 ◇어즐病(병)=어지럼 병 ◇갓고 쎠만=가죽과 뼈만 ◇달바조=달바자. 달풀로 엮어 울타리를 만든 바자 ◇ 건니다가=거닐다가 ◇쟈근 쇼마=오줌 ◇가레=가랑이 ◇추혀들고=추켜들고.

517

李座首는 암쇼를 트고 金約正은 질쟝군 메고

南勸農 趙堂掌은 취ᄒ여 뷔거르며 杖鼓舞鼓에 등더럭궁 춤추는괴야

峽裏에 愚氓의 質朴天眞과 太古淳風을 다시 본 듯ᄒ여라.　　(珍靑 524)

李座首(이좌수)=이씨 성을 가진 좌수. 좌수는 향소(鄕所)의 장(長) ◇金約正(김약

정)=김씨 성을 가진 약정. 약정은 향약(鄕約)을 실행하는 장(長) ◇질장군=질로 만든 장군(缶). 장군은 액체를 담는 그릇이나 여기서는 악기로 사용함 ◇南勸農(남권농)=남씨 성을 가진 권농. 지방의 농사를 권장하는 유사(有司) ◇趙堂掌(조당장)=조씨 성를 가진 당장. 당장은 서원에 딸린 하예(下隸) ◇뷔거르며=비실비실 걸으며 ◇峽裏(협리)에=산골에 ◇愚氓(우맹)=어리석은 백성 ◇質朴天眞(질박천진)과 太古淳風(태고순풍)=순박하고 거짓이 없음과 태고에서부터 전해 오는 순박한 풍속.

517-1

李座首는 감은 암쇼를 트고 金約正은 질장군을 두룻쳐 메고
　南勸農 趙堂掌은 醉ᄒ야 憊걸으며 杖鼓 던덜엉쿵 巫鼓 둥둥 치는듸 져필이 稽琴은 나니나로 노니나로 ᄒ는듸 츔을 추는고야
　峽裡에 愚氓의 質朴天眞 行止 太古淳風을 다시 본 듯ᄒ여라.　　(海一 551)

두룻쳐 메고=둘러메고 ◇行止(행지)=행동거지.

518

李太白의 酒量은 긔 엇더ᄒ여 一日須傾三百杯ᄒ며
　杜牧之의 風度는 긔 엇더ᄒ여 醉過楊州ㅣ橘滿車ㅣ런고
　아마도 이 들의 風采는 못내 부러ᄒ노라.　　(蔓橫淸類)(珍靑 470)

긔=그것이 ◇一日須傾三百杯(일일수경삼백배)=하루에 모름지기 삼백 잔의 술을 마심 ◇醉過楊州橘滿車(취과양주귤만거)=술에 취해 양주를 지날 때 기생들이 그의 풍채에 반해 수레에 귤을 던지니 가득 찼다고 한다 ◇못내 부러ᄒ노라=끝내 부러워한다.

519

李太白 조니랑 呼兒將出 換美酒ᄒ고
　姜太公 조니랑은 銀鱗玉尺 낙과ᄂᆞ여 安酒 담당ᄒ고 陶淵明 조니랑 五絃琴 더라징등덩지 타고

張子房 ᄌᆞ닉랑 鷄鳴山 秋夜月에 玉洞簫 슬피 부소.　　　　　(時調歌詞 17)

呼兒將出換美酒(호아장출환미주)=아이를 불러 술을 바꿔 들이다 ◇姜太公(강태
공)=주나라 때 사람 여상(呂尙) ◇銀鱗玉尺(은린옥척)=비늘이 번쩍이는 커다란 고기
◇낙과 늬여=낚아내여 ◇張子房(장자방)=한(漢)나라의 장량(張良) ◇鷄鳴山(계명
산)=중국 진원현(晉原縣) 서쪽에 있는 산 ◇秋夜月(추야월)=가을철의 달밤 ◇玉洞簫
(옥통소) 슬피 부소=장량이 항우의 군사를 도망가도록 가을 달밤에 계명산에서 통
소를 불었던 고사.

520

梨花에 露濕도록 뉘게 잡혀 못 오든고
오쟈락 뷔혀잡고 가지 마소 ᄒᆞ는듸 無端히 썰치고 오쟈 흠도 어렵더라
져 님아 네 안흘 져버보스라 네오 긔오 다르랴.　　　　　(珍靑 477)

梨花(이화)에 露濕(노습)도록=배꽃에 이슬이 내리도록. 밤늦게까지 ◇뉘게 잡혀=
누구에게 잡혀 ◇뷔혀잡고=부여잡고 ◇져버보스라=헤아려 보거라 ◇네오 긔오=너
이고 그이고 ◇다르랴=다르겠느냐?

521

人間 悲莫悲는 萬古 消魂 離別이라
芳草는 凄凄ᄒᆞ고 柳色은 풀을 썩의 河橋 送別에 뉘 안이 黯然ᄒᆞ리
힘을며 기럭이 슬피 울고 落葉이 蕭蕭홀 제 안이 울 이 업더라.

　　　　　(二數大葉) (海周 380) 李鼎輔

悲莫悲(비막비)=이보다 더 슬픈 것은 없음 ◇萬古 消魂離別(만고소혼이별)=전에
없이 근심으로 말미암아 넋이 빠진 듯한 상태에서 헤어지다 ◇芳草(방초)는 萋萋(처
처)ᄒᆞ고='처처(凄凄)'는 '처처(萋萋)'의 잘못인 듯. 싱그러운 풀은 무성하고 ◇柳色
(유색)=버들빛 ◇풀울 썩의=푸르를 때에 ◇河橋(하교) 送別(송별)=하량(河梁)에 있
는 다리에서 이별하다. 한(漢)의 이릉(李陵)과 소무(蘇武)가 흉노의 땅에서 헤어질
때 이릉이 지어준 시의 첫구인 "휴수상하량(携手上河梁)"에서 온 말이다 ◇黯然(암

연)=작별할 무렵에 서운해서 정신이 아득한 상태 ◇험을며=하물며 ◇落葉(낙엽)이
蕭蕭(소소)홀 제=나뭇잎 떨어지는 소리가 쓸쓸하게 들릴 때 ◇안이 울 이=울지 아
니할 사람이.

522

人生 百年 얼마넌가 北望山이 저기로다
黃泉이 므다더니 門박기 여라고나 死後 滿盤珍羞 不如生前 一杯酒라
아희야 슐 부어라 취코 놀게.   (時調 41)

北望山(북망산)='망(望)'은 '망(邙)의 잘못. 공동묘지 ◇黃泉(황천)=사람이 죽어서
간다고 하는 곳. 저승 ◇므다더니=멀다고 하더니 ◇여라고나=여기로구나 ◇死後滿
盤珍羞(사후만반진수)=죽은 다음의 상에 가득 차린 맛있는 음식 ◇不如生前一杯酒
(불여생전일배주)=살아생전의 한잔 술만 못하다.

523

人生 百年이 如走馬로다 안이ᄂ 놀지는 못 ᄒ리라
남기라도 고목이 되면 오든 싀도 안이 오고 곶이라도 십일홍 되면 오든
나븨도 안이 오고 물이라도 乾水 되면 오든 鴻雁도 안이 오고 任이라도
늙어지면 오든 정판도 안이ᄂ 오누나
靑春之年을 의연타 말고서 마음듸로 놀세.   (樂高 919)

人生 百年(인생백년)=한평생 ◇如走馬(여주마)=달리는 말과 같이 빠르다 ◇남기=
나무 ◇십일홍(十日紅)=겨우 열흘 동안만 붉음 ◇乾水(건수)=물이 말라버림 ◇鴻雁
(홍안)=기러기. 새의 뜻으로 쓰임 ◇정판=사랑하는 사람 ◇靑春之年(청춘지년)=젊
은 시절 ◇의연타=애연(哀然)하다. 슬프다.

524

人生 시른 수레 가거늘 보고 온다
七十 고개 너머 八十 드르흐로 진동한동 건너가거늘 보고 왓노라다

가기는 가드라마는 少年行樂을 못내 닐러 ᄒ더라.　　　　　(珍靑 467)

人生(인생) 시른 수레=상여(喪輿)를 가리킴　◇온다=오너라　◇드르흐로=들판으로
◇진동한동=걸어가는 모습을 형용한 말　◇보고 왓노라다=보고 왔습니다　◇少年行
樂(소년행락)=젊어서의 즐기고 놂　◇못내 닐러=끝내 아쉬움을 이야기하다.

525

人生을 헤알이니 榮辱이 半이로다 東門에 掛冠ᄒ고 田里로 도라와셔

　聖經賢傳 열쳐노코 니러기를 다한 後에 압ᄂᆡ에 살진 고기도 낙고 뒷뫼
에 움진 藥도 ᄏᆡ다가 登高望遠ᄒ며 任意逍遙할지 淸風은 徐來ᄒ고 明月이
時至로다

　이 즁에 술 손조 부어 먹고 琴歌自適ᄒ니 이갓치 安逸한 죠흔 마시 世
上에 ᄯᅩ 이셔 비겨보랴 이리 노니다가 昇化歸雲ᄒ여 帝鄕에 올나가면 餘
恨이 업슬노다.　　　　　(各調音) (興比 411)

　헤알이니=헤아리니　◇東門(동문)에 掛冠(괘관)ᄒ고=동문에다 관을 벗어 걸고. 벼
슬을 그만두고　◇田里(전리)=농사를 지을 전답이 있는 시골　◇聖經賢傳(성경현전)=
성현들이 지은 글들　◇열쳐노코 니러기를=펼쳐놓고 읽기를　◇뒷뫼에 움진=뒷산에
움이 길게 자란. 싹이 길게 자란　◇登高望遠(등고망원)=높은 곳에 올라 먼 곳을 바
라보다　◇任意逍遙(임의소요)=마음 내키는 대로 거닒　◇淸風(청풍)은 徐來(서래)=맑
은 바람은 천천히 불어오고　◇明月(명월)이 時至(시지)=밝은 달이 때를 맞추어 뜨다
◇손조=손수　◇琴歌自適(금가자적)=거문고를 타고 노래 부르며 혼자 즐겁게 지내다
◇마시=맛이. 멋이　◇이셔 비겨보랴=있어서 비교해보겠느냐　◇昇化歸雲(승화귀운)=
신선이 되어 하늘나라로 돌아가다　◇帝鄕(제향)=옥황상제가 있다고 하는 곳　◇업슬
노다=없을 것이다.

526

人生天地 百年間에 富貴功名 總浮雲을

　출하리 다 썰치고 龍門에 壯遊ᄒ야 齊州九點煙에 山河의 氣像와 洞庭湖

雲夢澤을 胸襟에 合꿘 後에 落雁峰에 곳쳐 올라 謝朓의 驚人句를 靑天에 浪吟ᄒ고 張騫의 八月槎를 銀河에 흘리 노하 月宮에 올라가셔 玉妃를 맛나보고 그제아 蓬萊山에 安期生 羡門子와 長年度世術을 슬ᄏ장 議論ᄒ이 世上에 醉死夢生ᄒ야 營營碌碌之輩야 닐러 무슴 ᄒ이오.

(二數大葉) (海一 319) 李鼎輔

總浮雲(총부운)=모두가 뜬구름과 같다 ◇龍門(용문)=대망(大望)을 비유한 말. 중국 산서성 하진현(河津縣)과 섬서성 한현 사이에 있는 황하의 급류. 고기가 이곳을 오르면 용이 된다고 한다 ◇壯遊(장유)=장한 뜻을 가지고 원유(遠遊)함 ◇齊州九點煙(제주구점연)=구주(九州)가 한눈에 보임. 높고 낮음이 없이 표연하다 ◇雲夢澤(운몽택)=중국 형주(荊州)에 있는 웅덩이의 이름 ◇胸襟(흉금)=가슴속. 마음속 ◇落雁峰(낙안봉)=중국 섬서성 화음현(華音縣) 남쪽 태화산의 남봉(南峰) ◇謝朓(사조)의 驚人句(경인구)=사조의 뛰어난 시구. 사조는 육조(六朝)시대 제(齊)나라 사람으로 문장이 청려하고 오언체(五言體)에 능했다 ◇靑天(청천)에 浪吟(낭음)='낭음(浪吟)'은 '낭음(朗吟)'의 잘못. 맑게 푸른 하늘에 소리 내어 읊조림 ◇張騫(장건)의 八月槎(팔월사)=팔월사는 장건이 탔다는 선사(仙槎)의 이름. 장건은 중국 전한 시대의 외교가 ◇銀河(은하)에 흘리 노하=은하수에 흘러가도록 배를 띄워놓아 ◇月宮(월궁)=달 속에 있다고 하는 궁전 ◇玉妃(옥비)=천상(天上)의 양귀비를 일컬음 ◇安期生(안기생)=진(秦)의 낭아(瑯琊) 사람으로 도술을 써서 오래 살았다 ◇羡門子(선문자)=선문(羡門). 옛날 선인(仙人)의 이름 ◇長年度世術(장년도세술)=길이 세상을 살아가는 술법 ◇슬ᄏ장=실컷. 마음껏 ◇醉死夢生(취사몽생)=아무 이룬 일 없이 흐리멍덩하게 한평생을 살아가다 ◇營營碌碌之輩(영영녹녹지배)=세력이나 이익 같은 것을 얻기 위해 급급한 의젓하지 못한 무리 ◇닐러=말하여.

527

仁王山下 弼雲臺는 雲崖先生 隱居地라

先生이 豪放自逸하야 不拘小節하고 嗜酒善歌허니 酒量은 李白이요 歌聲은 龜年니라 風流才子와 冶遊士女들이 구름갓치 모여들어 날마다 風樂이요 씩마다 노릭로다 잇쌔예 太陽館 又石尚書ㅣ 歌音에 皎如허사 遺逸風搔人과 名姬賢伶들을 다 모와 거나리고 날마다 즐기실 졔 先生을 愛敬허ᄉ

못 미칠 듯하오시니

아마도 聖代예 豪華樂事ㅣ 이밧게 쏘 어듸 잇스리.　　　(金玉 165) 安玟英

仁王山下(인왕산하) 弼雲臺(필운대)는=인왕산 아래에 있는 필운대는. 인왕산은
경복궁 서북쪽에 있는 산. 필운대는 종로구 필운동에 있던 대의 이름 ◇雲崖先生
(운애선생) 隱居地(은거지)라=운애선생이 숨어 사는 곳이라. 운애선생은 박효관(朴
孝寬)을 가리킨다 ◇豪放自逸(호방자일)하야=의기가 장하여 작은 일에 거리낌이 없
이 스스로 만족하여 ◇不拘小節(불구소절)하고=작은 일에도 구애받지 아니하고 ◇
嗜酒善歌(기주선가)하니=술을 좋아하고 노래를 잘하니 ◇酒量(주량)은 李白(이백)이
요=술은 당(唐)나라 시인 이백만큼 마시고 ◇歌聲(가성)은 龜年(구년)이라=노래는
당나라의 이구년(李龜年)만큼 잘했다. 이구년은 당나라 현종(玄宗)의 총애를 받은
궁중 가객 ◇風流才子(풍류재자)와=풍치가 있고 재주가 많은 젊은 남자들과 ◇冶遊
士女(야유사녀)들이=방탕하게 노는 남자와 여자들이 ◇風樂(풍악)=우리나라 고유의
음악 ◇太陽館(태양관) 又石尙書(우석상서)=대원군(大院君)의 장자(長子) 이재면(李
載冕). 그의 호(號)가 우석임 ◇歌音(가음)에 皎如(교여)하사=노래에 밝으시어 ◇遺
逸風搔人(유일풍소인)과=세상의 시끄러움을 잊고 시문(詩文)을 짓는 사람 ◇名姬賢
伶(명희현령)=이름난 기생들과 광대들 ◇愛敬(애경)하사=더욱 사랑하고 존경하시어
◇못 미츨 듯=노력에 비해 효과가 적은 듯 ◇聖代(성대)에 豪華樂事(호화락사)=훌륭
한 임금이 통치하는 시대의 호사스럽고 즐거운 일.

※ 1)『금옥총부』에 "선생호운애야 우석상서 애이경지 축일단회 진가위성대호화
락사야(先生號雲崖也 又石尙書 愛以敬之 逐日團會 眞可謂聖代豪華樂事也, 선
생의 호가 운애다. 우석상서께서 사랑하고 존경하셔서 날마다 모임을 가지니
참으로 성대의 호사스럽고 즐거운 일이라 이를 만하다)"라 했다.
2)『해동악장(海東樂章)』에 수록되어 있는 것과는 다음과 같은 차이가 있다.
仁旺山下 弼雲臺는 雲崖先生 隱居地라. 先生에 平生의 豪放自適ᄒ여 不拘小節
ᄒ고 嗜酒善歌ᄒ니 酒量은 太白이요 歌聲은 龜年이라 山水갓치 높은 일홈 當
世에 들레이니 風流才子와 冶遊士女들이 구름갓치 뫼야들어 날마다 風樂이요
셤마다 술이로다 先生의 넓은 酒量 斗酒를 能飮커늘 엇디틋 첫잔붓터 슈양ᄒ
미 眞情인듯 春風花柳好時節의 가진 기악 안치고셔 羽界面을 불을 적의 半空
의 썻는 소리 瀏亮淸越ᄒ여 들보튄글 나라나고 나는 구름 멈츄우니 이 아니
거룩ᄒ냐 노릭롤 맛치거든 洗盞更酌ᄒ흔 然後의 帶月同歸 올껀마는 編불너 맛

친 後의 뭇지 안코 니러나셔 걸인 큰 옷 벗겨 들고 쪽긴듯시 다라나니 이 어
인 뜻이런고 이쩍의 太陽館 又石公의 歌音의 皎如ᄒ여 遺逸風騷人과 名姬賢
伶을 다 모하 거느리고 늘마다 즐기실 제 先生은 愛敬ᄒ샤 못 밋츨둣 ᄒ오니.
聖代의 豪華樂事 이밧게 쏘 어딕 이실소냐.　　　　　　　　　(海東樂章 638)

528

仁而壽 德而福을 그 丁寧 미들 거시

　石坡大老 寬仁이며 府大夫人 洪福으로 子繼子 孫繼孫허니 子孫이 繼繼
허고 壽添壽 福添福허니 壽福이 添添이로다

　허믈며 又石尚書 深仁厚德과 養志誠孝를 더욱 賀禮허노라.

　　　　　　　　　　　　　　　　　(編數大葉) (金玉 170) 安玟英

　仁而壽(인이수) 德而福(덕이복)을=인성이 어질면 장수하고 덕이 있으면 복을 받
음을 ◇丁寧(정녕)=정말로 ◇미들 거시=믿을 것이로다 ◇石坡大老(석파대로) 寬仁
(관인)이며=대원군의 마음이 너그럽고 어진 것이며. 석파(石坡)는 대원군의 아호(雅
號) ◇府大夫人(부대부인) 洪福(홍복)으로=부대부인의 크나큰 복으로. 부대부인은
대원군의 부인이며 고종의 어머니이다 ◇子繼子(자계자) 孫繼孫(손계손)=자자손손
으로 계속하여 대를 이어가다 ◇壽添壽(수첨수) 福添福(복첨복)허니=수에다 수를 첨
가하고 복에다 복을 첨가하니 ◇壽福(수복)이 添添(첨첨)이로다=장수와 행복이 끝
없이 보태어지도다 ◇又石尚書(우석상서)=대원군의 장자 이재면(李載冕)을 가리킨
다 ◇深仁厚德(심인후덕)=사려 깊고 두터운 인덕 ◇養志誠孝(양지성효)=부모님의
뜻을 거역하지 아니하는 지극한 효성 ◇賀禮(하례)=축하를 드리다.
　※『금옥총부』에 "부대부인 하축 제삼(府大夫人 賀祝 第三)"이라 했다.

529

一刻이 如三秋러니 一日이면 몃 三秋런고

　닉 마암 길거우면 남의 설럼 어이 알니 얼믜 아닌 남은 간장 春雪 갓치
다 녹는다 恨숨은 바람이 되고 눈믈은 비가 되야 任 자신 紗窓 밧게 불면
서 쓸여보면 날 잇고 집히 든 잠 놀닉 씌우려마는

　아서라 남의 사람 싱각ᄒᄂ 닉가 글타 탕척ᄒ고 도라누니 닉 마암이 잠

시로다.　　　　　　　　　　　　　　　　　　　　　　　　　　(時調 16)

一刻(일각)에 如三秋(여삼추)=일각(15분)이 삼 년과 같이 몹시 지루하게 느껴지다 ◇길거우면='길'은 '질'의 오기. 즐거우면 ◇설럼=설움 ◇아닌 남은=아니 남은 ◇恨(한)숨=한숨 ◇자신=주무시는 ◇집히 든=깊이 든 ◇아서라=그만두어라 ◇글타=그르다 ◇탕척(蕩滌)ᄒᆞ고=깨끗이 씻어버리고. 잊어버리고 ◇잠시=잠깐.

530

一年 三百六十日은 春夏秋冬 四時節이라

곳 피고 버들입 피면 花朝月夕 春節이요 四月東風 大麥黃은 綠陰芳草 夏節이라 秋風은 소슬한데 洞方의 버러지 우고 黃菊丹楓 秋節이요 白雪이 粉粉ᄒᆞ여 千山에 鳥飛絕하고 萬蹊에 人蹤滅하니 蒼松綠竹 冬節이라

人間七十 古來稀라 四時佳景과 無情歲月이 덧 업어 가니 글을 슬어.

　　　　　　　　　　　　　　　　　　　　　　　　　　(雜誌 433)

花朝月夕(화조월석)=꽃 피는 아침과 달 뜨는 저녁 ◇大麥黃(대맥황)=보리가 누렇게 익다 ◇소슬한데=춥고 쓸쓸한데 ◇洞方(동방)='동방(洞房)'의 잘못. 방 안 ◇우고=울고 ◇白雪(백설)이 粉粉(분분)='분분(粉粉)'은 '분분(紛紛)'의 잘못. 흰 눈이 펄펄 날리다 ◇千山(천산)에 鳥飛絕(조비절)=온 산에 날아가는 새도 그치고 ◇萬蹊(만경)에 人蹤滅(인종멸)=모든 길에 사람의 발길이 끊어지다 ◇人間七十(인간칠십) 古來稀(고래희)=사람이 칠십까지 사는 것은 예로부터 드문 일이다 ◇四時佳景(사시가경)=일 년 내내의 아름다운 경치 ◇글을=그것을.

531

일 년이 열두 달 일 년인대 윤달이 들면 열석 달 일 년이요

한 달이 삼십 일 한 달인대 그달이 곳 적으면 스무아흐래 그믐도 한 달이라

하루면 열두 시 하루인대 임 볼 시는 몇 싈는고.　　　　　　(時調 73)

윤달=음력으로 삼 년에 한 달씩 남는 달 ◇곳=바로 ◇임 볼 시는=임을 볼 수 있는 시간은 ◇멧 실는고=몇 시나 되는고.

531-1

一年이 열두 달인듸 閏朔 들면 열슥 달이 一年이요

한 달이 설흔 날이나 그달이 작으면 심우아흐래가 한 달이라

두어라 해 가고 달 가고 날 가고 任 가고 봄 가는듸 玉窓 櫻桃 다 붉엇스니 怨征夫之歌 이 아니냐.   (時調集 128)

열슥 달=열석 달 ◇심우아흐레=스무아흐레 ◇玉窓(옥창)=여인이 거처하는 방 ◇怨征夫之歌(원정부지가)=싸움터에 나간 남편을 원망하는 노래.

532

一身이 사쟈훈이 물껏 계워 못 견될쐬

皮ㅅ져 깃튼 갈앙니 볼리알 깃튼 슈통니 줄인 니 깃싄 니 준별록 굴근 별록 강별록 倭별록 긔는 놈 씌는 놈에 琵琶 깃튼 빈대삿기 使令 깃튼 등에아비 갈짜귀 샴의약이 셴박회 늘은 박회 박음이 거절이 불이 샢쪽훈 목의 달이 기다훈 목의 야윈 목의 슬진 목의 글임애 샢록이 晝夜로 믜 쎠 업씨 물건이 쏘건이 뜻건이 심훈 唐빌리 예서 얼여왜라

그中에 춤아 못 견들쓴 五六月 伏더위예 쉬푸린가 호노라.
                                    (二數大葉) (海一 321) 李鼎輔

사쟈훈이=살자고 하니 ◇물껏 계워=물것들을 견디지 못해 ◇皮(피)ㅅ져=피의 껍데기. 피는 일년초의 하나로 벼의 성장에 피해를 준다 ◇갈앙니=가랑니. 서캐에서 깨어난 지 얼마 안 된 작은 이 ◇볼리알=보리쌀알 ◇슈통니=수통니. 크고 살찐 이 ◇줄인 니=굶주린 이 ◇깃싄 니=서캐에서 막 깨어난 이 ◇강별록=벼룩의 일종 ◇倭(왜)별록=벼룩의 일종 ◇등이아비=등에. 마소의 피를 빨아먹는 곤충의 한 가지 ◇갈짜귀=각다귀. 모기의 일종 ◇삼의약이=버마재비 ◇셴박희=흰 바퀴벌레 ◇박음이=바구미 ◇거절이=고자리. 곤충의 애벌레 ◇불이 샢쪽훈 목의=부리가 뾰족한 모

기 ◇달이 기다흔 목의=다리가 긴 모기 ◇글임애=그리마 ◇샐록이=벼룩 ◇븨 씬=
쉴 사이. 쉴 틈 ◇唐(당)빌리=깽비리 ◇예서=이보다 ◇얼여왜라=어렵구나 ◇못 견
딀손=견디기 어려운 것은 ◇쉬푸린가=쉬파리인가.

533

一葉小船 달을 실코 十里 淸江 흘이 저어
취성동 차자가니 자개봉이 여기로다 월왕대 놉흔 곳에 사슴이 노단 말가
금강수 되단 말가 신선이 나럿세라.   (雜誌 386)

一葉小船(일엽소선)=조그마한 배 ◇흘이 저어=물이 흐르는 대로 저어 ◇취성동
자개봉=혹 취성동(醉醒洞)과 자개봉(自開峰)으로 상상의 곳이나 또는 소재 미상의
골짜기와 봉우리 ◇월왕대=월왕(越王) 구천(勾踐)이 만든 누대 ◇놉흔=높은 ◇노단
말가=논다는 말인가 ◇금강수=금강(金剛) 혹은 금강(錦江)의 물(?) ◇나럿세라=내려
왔구나.

534

日月星辰도 天皇氏ㅅ적 日月星辰 山河土地도 地皇氏ㅅ적 山河土地
日月星辰 山河土地 다 天皇氏 地皇氏적과 흔가지로되
사름은 므슴 緣故로 人皇氏적 사름이 업는고.   (蔓橫淸類) (珍靑 485)

日月星辰(일월성신)=천체(天體). 세상 ◇山河土地(산하토지)=자연 ◇天皇氏(천황
씨) 地皇氏(지황씨) 人皇氏(인황씨)=고대 중국의 제왕으로 알려졌으며 각 일만 팔천
년씩 다스렸다고 한다 ◇므슴 緣故(연고)로=무슨 까닭으로.

535

일이흐야도 聖恩이요 져리흐야도 聖恩이라
엇지흐야 갑프녀뇨 與天地無窮흔 聖恩이라
두어라 世世生生흐야 萬之一이나 갑파볼가 흐노라.

                        (感聖恩歌 5-1) (無極集) 梁柱翊

聖恩(성은)=임금의 은혜 ◇엇지흐야=어떻게 하여 ◇갑프녀뇨=갚으려고 하느냐. 갚을 것이냐? ◇與天地無窮(여천지무궁)=천지와 더불어 한이 없다 ◇世世生生(세세생생)=몇 번이라도 다시 환생하는 일 ◇萬之一(만지일)=만 분의 일. 다만 조금이라도.

※ 한역(漢譯) : 此也聖恩 彼也聖恩 何以也報之 與天地無窮聖恩 逗語囉 世世生生 萬之一圖報云 (차야성은 피야성은 하이야보지 여천지무궁성은 두어라 세세생생 만지일도보운)

536

一定 百年 다 못 산들 色 아니코 어이하리

穆王도 天子ㅣ로딕 瑤池에 宴樂흐고 項羽는 天下 壯士엿마는 虞美人 離別에 우러쩌든

흐믈며 碌碌흔 少丈夫ㅣ야 멋百 年을 살이라고 희음 일 아니흐고 속절업시 늘글야.   (詩歌 648)

一定(일정) 百年(백년)=한 번 정해진 목숨이 백 년임. 평생 ◇色(색) 아니코=여색(女色)을 가까이하지 않고 ◇穆王(목왕)=주(周)나라의 왕 ◇瑤池(요지)에 宴樂(연악)흐고=요지에서 서왕모와 잔치를 열어 즐기고 ◇虞美人(우미인)=항우의 애희(愛姬) ◇碌碌(녹록)흔 少丈夫(소장부)ㅣ야=하잘것없는 사나이야 ◇희음 일=하여야 할 일 ◇속절업시=어쩔 수 없이.

537

一定 百年 살 줄 알면 酒色 춤다 관계흐랴

힝혀 춤은 後에 百年을 못 살면 긔 아니 애도론가

人命이 在于天定이라 酒色을 춤은들 百年 살기 쉬우랴.   (珍靑 486)

힝혀=행여나 ◇애도른가=애석하지 않겠는가? ◇人命(인명)이 在于天定(재우천정)=사람의 목숨은 하늘이 정한 바에 있다.

538

一壺酒로 送君蓬萊山ᄒ니 蓬萊上人이 笑相迎이라

笑相迎 與君歌一曲ᄒ니 萬二千峰 玉層層이로다

아마도 海東風景이 이뿐인가 ᄒ노라.　　　　　　　(界面二數大葉) (靑六 510)

一壺酒(일호주)로 送君蓬萊山(송군봉래산)ᄒ니=술 한 병을 들려 그대를 봉래산에
보내니 ◇蓬萊上人(봉래상인)이 笑相迎(소상영)이라=봉래산의 신선이 웃으면서 맞
이하더라 ◇笑相迎(소상영) 與君歌一曲(여군가일곡)=웃으면서 맞아 그대와 더불어
노래 한 곡을 부르니 ◇萬二千峰(만이천봉) 玉層層(옥층층)=일만 이천 봉에 옥 같은
노랫소리가 층층이 퍼지도다 ◇海東風景(해동풍경)=우리나라의 아름다운 경치.

539

임은 가고 봄은 오니 芳春花柳繁華時라

꽃 피여도 임의 생각 春節 가고 夏節 오니 江岸日日喚愁生한데 플만 푸
르러도 임의 생각 夏節 가고 秋節 오니 秋雨梧桐落葉時라 입만 저도 임의
생각 秋節 가고 冬節 오니 白雪江山 銀世界에 눈만 날여도 임의 생각

임이라 무어신지 자나 쌔나 쌔나 자나 욕망난망이요 불사이자사로다.

　　　　　　　　　　　　　　　　　　　　　　　　　　(雜誌 429)

芳春花柳繁華時(방춘화류번화시)=봄이 되고 꽃과 버들이 번창하게 피는 한때 ◇
江岸日日喚愁生(강안일일환수생)=날마다 강둑에서 수심만 불러일으킨다 ◇秋雨梧桐
落葉時(추우오동낙엽시)=가을비 내리고 오동잎 떨어지는 때 ◇욕망난망(欲忘難忘)
이요 불사이자사(不思而自思)로다=잊고자 하나 잊기가 어렵고 생각을 말자 해도 저
절로 생각이 나다.

540

任이 가실 적에는 速히 단여오시마고 ᄒ드니 가고 흔 번도 無消息이라

무슴 弱水가 막혓관듸 소식좃차 頓絶이로구나 春水滿四澤ᄒ니 물이 만
하서 못 오시든가 夏雲多奇峰ᄒ니 봉이 놉하서 못 오시는가 봉이 놉하서

못 오시거든 쉬여서 넘어를 오고 물이 깁허서 못 오시거든 쏑션 타고서 네 오렴은아

좀으로 네 모양 간절하야 나 못 살겟네. (樂高 921)

단여오시마고=다녀오시마고 ◇弱水(약수)=선경(仙境)에 있다고 하는 물 ◇春水滿四澤(춘수만사택)=봄철의 사방 연못은 물이 가득하고 ◇夏雲多奇峰(하운다기봉)=여름철의 구름은 기이한 봉우리가 많다 ◇쏑션=봉선(蓬船). 그늘막과 벽을 만들어 햇볕과 비바람을 막도록 만든 배.

541

林川의 草堂 짓고 만卷 書冊 싸아놋코

烏騅馬 살지게 메계 흐르는 물가의 굽 씩겨 세고 보릭미 길드리며 절딕 佳人 겻혜 두고 碧梧 거문고 시줄 언저 세워두고 生簧 洋琴 海琴 저 피리 一等美色 前後唱夫 左右로 안저 엇쪼로 弄樂헐 제

아마도 耳目之所好와 無窮之至所樂은 나쓘이가. (調詞 70)

林川(임천)=숲과 내가 있는 곳 ◇烏騅馬(오추마)=항우가 탔던 준마 ◇살지게 메계=기름지게 먹여 ◇굽 씩겨 세고=말굽을 깨끗이 씻어 세워두고 ◇海琴(해금)=해금(奚琴)의 잘못 ◇一等美色(일등미색)=가장 아름다운 미인 ◇前後唱夫(전후창부)=앞뒤의 소리꾼 ◇左右(좌우)로 안저=좌우로 앉아 ◇엇쪼로 弄樂(농락)헐 제=엇죠(旕調)로 노래하고 즐길 때 ◇耳目之所好(이목지소호)=귀로 듣고 눈으로 보는 것의 좋음 ◇無窮之至所樂(무궁지지소락)=지극히 즐기는 바의 무궁함.

542

立馬沙頭別意遲홀 제 生憎楊柳最長枝를

佳人緣薄含新態오 蕩子情多問後期라 桃李落落寒食節이오 鸕鴣는 飛去夕陽風이라

江南에 草綠春波潤ᄒ니 欲採蘋花로 有所思로다.

(蔓橫樂時調編數大葉弄歌) (靑詠 561)

立馬沙頭別意遲(입마사두별의지)홀 제=말을 물가에 세우고 이별할 뜻을 생각할 때에 ◇生憎楊柳最長枝(생증양류최장지)를=말을 맬 수 있도록 자란 버드나무 가지를 미워하는 마음이 생기다 ◇佳人緣薄含新態(가인연박함신태)오=가인과는 인연이 적으나 새로운 교태를 머금고 ◇蕩子情多問後期(탕자정다문후기)라=탕자의 정이 많으니 다음 기약을 묻는다 ◇桃李落落寒食節(도리낙락한식절)이오=복숭아와 오얏이 쓸쓸한 한식 무렵이요 ◇鷓鴣(자고)는 飛去夕陽風(비거석양풍)=자고새는 석양 바람에 날아간다 ◇江南(강남)에 草綠春波潤(초록춘파윤)=강남에 풀이 푸르니 봄의 물결이 윤택하고 ◇欲採蘋花(욕채빈화)로 有所思(유소사)=빈화를 뜯고자 하니 생각하는 바가 있도다. 빈화는 개구리밥.

※ 고경명(高敬命)이 기생의 치마폭에 써준 시이다.

543

自古 男兒의 豪心樂事를 歷歷히 혜여보니

漢代金張 甲第車馬와 晉室王謝 風流文物 白香山 八節吟咏과 郭汾陽 花園行樂은 다 됴타 이르려니와

아마도 春風十二街에 小車를 잇글고 太華客 五六口에 擊壤歌 부르면셔 任意 去來ᄒ여 老死 太平은 類ㅣ업슨가 ᄒ노라. (瓶歌 910)

自古(자고)=예로부터 ◇豪心樂事(호심락사)=호매(豪邁)한 마음과 즐거운 일 ◇歷歷(역력)히=일일이 ◇혜여보니=헤아려보니 ◇漢代金張(한대김장)=한(漢)나라의 김일제(金日磾)와 장안세(張安世). 모두 선제(宣帝)를 섬겨 권세 있고 영화를 누린 인물 ◇甲第車馬(갑제거마)=좋은 집과 수레. 호화로운 생활 ◇晉室王謝(진실왕사)=진(晉)나라의 왕탄지(王坦之)와 사안(謝安). 둘 다 풍류를 즐긴 인물 ◇白香山(백향산)=당(唐)나라 시인 백거이(白居易). 자는 낙천(樂天)이고 향산은 호이다 ◇八節吟咏(팔절음영)=백거이가 기로(耆老)들과 더불어 팔절에 시를 읊고 음주를 즐긴 일. 팔절은 춘추분(春秋分) 동하지(冬夏至) 입춘하(立春夏) 입추동(立秋冬) ◇郭汾陽(곽분양)=당(唐)나라의 명장 곽자의(郭子儀)를 가리킨다. 후에 공으로 분양왕(汾陽王)에 봉(封)했다 ◇花園行樂(화원행락)=꽃이 활짝 핀 뜰에서 즐기며 노는 일 ◇春風十二街(춘풍십이가)='가(街)'는 '와(窩)'의 잘못인 듯. 미상. 봄철의 커다란 별장을 말하는 듯 ◇太和客(태화객)='태화탕(太和湯)'의 잘못. 술의 다른 이름 ◇오륙구(五六口)='오륙구(五六甌)'의 잘못, 대여섯 항아리 ◇擊壤歌(격양가)=태평한 시대를 즐기는 노래 ◇

任意去來(임의거래)=마음이 내키는 대로 거닒 ◇老死太平(노사태평)=늙어 죽을 때까지 태평을 누리다 ◇類(류)업슨가=비길 곳이 없는가.

544

ᄌ규성단 월ᄉ시에 두견이 우러도 임 싱각 월명하락 우황혼에 돌이 붉아도 임 싱각이오

습쳑동ᄌ야 동방을 내다보와라 새벽돌은 우렷이 기우러ᄂᆞᆫ디 임은 어듸가 아니 보인다 말가 임으로 연ᄒᆞ여 여광여취 되ᄂᆞᆫ 마음 잠시라도 닛지 못ᄒᆞ여 임을 ᄯᅡ라 갈가 부다 오날 가고 ᄅᆡ일 가고 모레 가고 글픠 간다 나흘 곱집어 여들레 팔십 리 가는 인싱이 셕들 열흘에 단 쳔 리 갈지라도 임을 ᄯᅡ라셔 아니 갈 수 없네 ᄒᆡ가 가고 돌이 가고 날 가고 시 가고 임ᄭᅵ지 망죵 가면 요 세상 빅 년을 뉘를 밋고 사나 셕신이라고 돌에다 졉을 ᄒᆞ며 목신이라고 로송에다 졉을 ᄒᆞ며 어영 갈메기라고 창파에다 지졉ᄒᆞ갓나

졉흘 곳 업고 속ᄂᆡ 맞ᄂᆞᆫ 친고 업서셔 나 엇지 살고.   (樂高 915)

ᄌ규성단 월사시=자규성단(子規聲斷) 월사시(月斜時). 자규의 울음소리 그치고 달이 기운 시각 ◇월명하락(月明下落) 우황혼(又黃昏)=달이 지고 또 황혼이 되었다 ◇우렷이=뚜렷이 ◇연ᄒᆞ여='인ᄒᆞ여'의 잘못인 듯 ◇여광여취(如狂如醉)=미친 듯 취한 듯 ◇망죵 가면=마저 가면 ◇석신=석신(石神) ◇목신=목신(木神) ◇로송=노송(老松) ◇어영=어영도. 상상의 섬인 듯 ◇지졉ᄒᆞ갓나=지졉(止接)을 하겠나. 지졉은 몸을 의탁하여 삶 ◇속ᄂᆡ=속마음 ◇친고=친구.

545

자네가 술을 잘 먹ᄂᆞᆫ다 ᄒᆞ니 슈슈 쇠쥬 세 듸와 쇠셔 세 졉시를 먹을까 본가

슈슈 쇠쥬 세 듸와 쇠셔 세 졉시를 먹으량이면 늬 물니라 갑슬랑은 옛날에 니퇴빅도 일일수경삼빅비라 희도 이 술 ᄒᆞᆫ잔 못다 먹엇씀네.
          (南太 181)

슈슈 쇠쥬=수수로 만든 술 ◇쇠셔=쇠셜(牛舌). 소의 혓바닥 ◇먹을까 본가=먹을 수 있겠는가? ◇물니라=돈을 물 것이다 ◇니틱빅=이태백. 당나라 시인 이백(李白) ◇일일수경삼빅비=일일수경삼백배(日日須傾三百杯). 하루 삼백 잔의 술을 마시다.

자네 집의 됴흔 술 닛다 ᄒ니 날 흔번 請ᄒ여 술맛 뵈쇼

나도 너 집 草堂 압헤 香긔로운 꼿 퓌거든 흔번 請ᄒ여 花柳 구경 시켜 줌세

술 닉ᄌ 꼿 퓌ᄌ 任 오ᄌ 달 도다오니 玩月長醉.　　　(無名時調集가本 77)

닛다 ᄒ니=있다고 하니. 또는 익었다고 하니 ◇뵈쇼=보여주시오 ◇花柳(화류) 구경=꽃구경 ◇玩月長醉(완월장취)=달빛을 완상하며 오래도록 취하다.

ᄌ룡아 말 노코 챨 쓰지 마라

죠됴의 십만 딕병이 슐넝슐넝 물 슬텃 흔다

장창은 어딕 두고 두루나니 룡광검만 후쥬 품속의 드러 줌씰 줄 모ᄂᆞ.

(時調 118)

ᄌ룡아=조자룡아(子龍). 촉한(蜀漢)의 장수 조운(趙雲). 자룡은 자(字) ◇죠됴의 십만 딕병=조조(曹操)의 십만 대병. 위나라를 세운 조조가 촉한(蜀漢)과 오(吳)의 군대를 상대로 적벽대전에서 휘하의 군사가 많음을 나타낸 말 ◇물 슬텃 흔다=물 끓듯 한다. 의견이 매우 시끄럽다 ◇장창=긴 창 ◇두루나니=휘두르는 것이 ◇룡광검=용천검(龍泉劍)인 듯 ◇후쥬=후주(後主). 유비의 아들 아두(阿斗)를 가리킨다.

子龍아 말 흔부로 노코 槍 쓰지 마라

曹操의 十萬大兵이 물 슬텃 흔다 東將을 얼너 西將을 베이고 南將을 얼너 北將의 머리를 뎡그러케 베히나니

아마도 三國 名將은 趙子龍인가.　　　　　　　　　　　　　　(時調演義 66) 林重桓

흔부로=함부로 ◇얼녀=어르고. 달래고 ◇덩그렇게=덩그러니.

548

作別홀 씨 봄바람이 於焉間 秋風이요

봄바람과 갈바람은 씨을 따라 변컨마는 四時長春 우리 情은 永久不變
웬 일이요 東北方은 堤川이요 西南方은 長城이라 堤川 長城 七百餘里 夢
中이나 다시 볼가 염염不忘 못 견데요 非百非千 路上 行路 連日 往來흐건
마는 暫時逢別 우리 情 與他自別 웬 일이요

前春 三日 未盛恨을 何日 何時 解寃홀가 筆不盡言 言未記요 歡祝康寧 不
餘備라.　　　　　　　　　　　　　　　　　　　　　　　　　　　　(時調集 40)

於焉間(어언간)=어느덧 ◇堤川(제천)=충청북도에 있다 ◇長城(장성)=전라남도에
있다 ◇염염不忘=염염불망(念念不忘). 자꾸 생각이 나 잊을 수 없다 ◇非百非千(비
백비천)=헤아릴 수 없을 만큼 많다 ◇暫時逢別(잠시봉별)=잠깐 만났다 헤어지다 ◇
與他自別(여타자별)=남보다 사이가 유달리 가깝다 ◇未盛恨(미성한)을='未盛(未盛)'
은 '미성(未成)'의 잘못인 듯. 이루지 못한 한을 ◇解寃(해원)홀가=풀 수 있을까?◇
筆不盡言(필불진언) 言未記(언미기)요=붓으로 다 말 못 하고 말로 다 기록할 수 없
고 ◇歡祝康寧(환축강녕) 不備餘(불비여)라=건강함을 기뻐하나 나머지를 제대로 갖
추지 못한다.

549

준의 가득한 수리 반 준이 너머 반 준 되어스니 劉伶이 嗜酒터니 半은
따라 간가 半 盞이로구나

碧空의 두렷흔 다리 半이 남아 半만 여즈려스니 太白이 愛月터니 半은
부러 간가 반다리로구나

우리도 飮酒 翫月흐며 古人갓치.　　　　　　　　　　　　　　　(樂府 332)

수리=술이 ◇너머='남아'의 잘못인 듯 ◇劉伶(유령)이 嗜酒(기주)터니=진(晉)나라
의 유령이 술을 좋아하더니 ◇간가=갔는가 ◇碧空(벽공)=푸른 하늘 ◇다리=달이 ◇
여즈려스니=이지러졌으니 ◇부러 간가=분질러 갔는가? ◇飮酒玩月(음주완월)=술을
마시며 달빛을 완상하다.

549-1

盞의 가득 부은 슐이 半은 기우러지고 半 盞이 되얏스니 嗜酒ᄒ난 우리
님 半을 마시엿나 半은 기우려지고 半 盞이 남엇고나

碧空의 걸인 달 두렷터니 半은 기우려지고 半달이 되얏스니 愛月ᄒ든
太白이 半을 부여 갓나 半은 기우러지고 半달만 남엇구나

두어라 餘月 餘酒로 翫月長醉.   (時調演義 95) 林重桓

愛月(애월)ᄒ든=달을 사랑하던 ◇부여 갓나=베어 갔나? 잘라 갔나? ◇餘月餘酒
(여월여주)로 翫月長醉(완월장취)=남은 달 남은 술로 달을 구경하며 오래도록 취하다.

550

잘 새는 플플 挹淸樓로 희도라 들고
새 들은 漸漸 新雪樓로 블가올 제 외나무ᄃ리에 홀노 가는 즁아 즁아
네 절이 언마나 ᄒ관듸 遠鐘聲만 들니ᄂ니.   (蔓橫淸) (槿樂 382)

挹淸樓(읍청루)=서울 용산 별영(別營) 앞에 있었던 정자. 풍경이 뛰어났다 한다
◇희도라 들고=되돌아 들어오고 ◇新雪樓(신설루)=서울에 있었던 정자인 듯 ◇언마
나=얼마나 ◇遠鐘聲(원종성)=멀리서 울려오는 종소리 ◇들니ᄂ니=들리느냐.

551

잡으시요 잡으시요 이 슐 한 쟌을 잡우시요
이 슐 한 쟌 잡우시면 천만년나 스오리라 이 슐이 슐이 아니라 한무
졔 승노반에 이슬 밧은 것이오니
쓰나다나 잡으시요 권헐 적에 잡우시요.   (源가 447(132))

천만년니나=천년이나 만년이나 ◇한무제 승노반=한무제(漢武帝)가 승로반(承露盤)에 오래 살기 위해 이슬을 받았다 ◇쓰나다나=맛이 쓰거나 달거나 가리지 말고.

552

張良의 洞簫 소릭 月下에 슬피 부니 帳中에 줌든 伯王 魂魄이 놀나거다
謀計 마는 李座基는 楚伯王을 인도ᄒ고 算 잘 두는 張子房은 鷄鳴山 秋
夜月에 玉洞簫를 和答ᄒ니 그 曲調에 ᄒ여시되 邊方 客地 死地中에 슈자리
사는 져 軍士야 너의 伯王 困窮ᄒ야 戰場에서 죽을 씌라 千金 갓튼 重ᄒᆫ
목슘 戰場 客死ᄒ단 말가 너의 妻子 싱각ᄒ면 離別ᄒ고 써늘 적에 눈물 짓
고 긔約ᄒᆫ 말 明年春에 도라옴시 그 사니가 八年이라 어린 子息 아비 블너
어미 肝腸 다 썩인다 安南山 사릭찬 밧 어늬 丈夫 가라쥬며 澤浩亭 비즌
슐을 어늬 丈夫ㅣ 마셔보며 高堂에 白髮 父母 어늬 子息 奉養ᄒ리 하늘 놉
고 찬바람에 새 옷 지어 너허두고 오늘이나 몸이 오며 늬일이나 奇別 올가
머리 우희 손을 언고 出門望 出門望ᄒ니 望夫山이 되든 말가
碧空에 月明ᄒ고 淸江에 水碧ᄒᆫ대 妻子 싱각 웨 모로나. (慶大時調集 338)

張良(장량)의 洞簫(통소) 소릭=한(漢)나라의 장량이 계명산에서 항우의 군사들을
와해시키기 위해 달밤에 통소를 불었다 ◇伯王(백왕)=초패왕 항우를 가리킨다 ◇謀
計(모계) 마는 李座基(이좌기)='이좌기(李座基)'는 '이좌거(李座車)'의 잘못. 지모와
계략이 많은 이좌거. 이좌거는 한 고조의 모신(謀臣) ◇산(算) 잘 두는 장자방(張子
房)=계산을 잘하는 장량. 작전(作戰)에 뛰어난 장량 ◇슈자리 사는=변방 초소 등에
근무하는 ◇戰場(전장) 客死(객사)=싸움터에서 헛되이 죽음 ◇그 사니가=그 사이가
◇安南山(안남산)=앞 남산인 듯 ◇사릭찬 밧=사래가 긴 밭 ◇澤浩亭(택호정)=정자
이름 ◇高堂(고당)에 鶴髮(학발) 父母(부모)=집에 계신 늙은 부모 ◇出門望(출문망)=
부모가 집 나간 자식을 이문(里門)에까지 나와 기다리다 ◇望夫山(망부산)=망부석
(望夫石)의 잘못인 듯 ◇水碧(수벽)=물이 푸르다.

553

壯麗헐슨 東國 別宮 魯 靈光 漢 景福을

應天上之三光허고 備人間之五福이라 美哉라 우리 世子ㅣ 이 집에 親迎
허ᄉ 百輛于歸 허오실 제 山河ㅣ 共揖허고 百靈이 仰德이라 太平으로 누
리실 제 聖子神孫이 繼繼承承허ᄉ 重熙累洽허ᄉ 式至萬世 허오실 제
　우리도 百歲 老翁으로 無窮헌 즐거오믈 듯고 보려 허노라.

(編數大葉) (金玉 167) 安玟英

壯麗(장려)헐슨=웅장하고 화려한 것은 ◇東國(동국) 別宮(별궁)=우리나라의 별궁.
별궁은 정궁(正宮)이 아닌 궁궐 ◇魯(노) 靈光(영광)=한(漢)의 경제(景帝)가 아들 공
왕(恭王)을 노왕(魯王)으로 봉하였는데, 공왕이 지은 궁전 영광전(靈光殿)을 말함 ◇
漢(한) 景福(경복)=한나라의 궁궐 경복전(景福殿) ◇應天上之三光(응천상지삼광)허고
=천상의 삼광과 서로 감응(感應)하고. 삼광은 해와 달과 별을 가리킨다 ◇備人間之
五福(비인간지오복)이라=인간의 오복을 갖추었다 ◇美哉(미재)라=아름답구나 ◇親
迎(친영)허ᄉ=몸소 나아가 맞으시어 ◇百輛于歸(백량우귀)허오실 제=수많은 수레와
함께 돌아오실 때 ◇山河(산하)ㅣ 拱揖(공읍)허고=산천도 손을 마주 잡고 공손히 인
사를 하는 듯하고 ◇百靈(백령)이 仰德(앙덕)이라=모든 백성들이 임금의 덕을 우러
러보더라 ◇聖子神孫(성자신손)이=훌륭한 자손들이 ◇繼繼承承(계계승승)허ᄉ=대대
로 계속하여 이어가시어 ◇式至萬年(식지만년)=태평한 세상이 만세에 이르다 ◇百
歲老翁(백세노옹)=나이 많은 늙은이 ◇즐거오믈=즐거움을.
※『금옥총부』에 "별궁신건 하축(別宮新建 賀祝)"이라 했다.

554

長衫 쓰더 즁의 적슴 짓고 念珠 쓰더 당나귀 밀밀치 ᄒ고
釋王世界 極樂世界 觀世音菩薩 南無阿彌陀佛 十年 工夫도 너 갈 듸로 니거
밤즁만 암 居士의 품에 드니 念佛경이 업세라.　　　(蔓橫淸類) (珍靑 514)

즁의 적슴=중의(中衣)와 적삼(赤衫). 중의는 여름의 홑바지인 고의(袴衣) ◇밀밀
치=밀치를 강조한 말. 밀치는 안장이나 길마에 쓰는 기구로 꼬리 밑에 대는 가느다
란 막대기 ◇釋王世界(석왕세계) 極樂世界(극락세계)=아미타불이 살고 있는 극락정
토의 세계 ◇觀世音菩薩(관세음보살)=자비로 중생의 괴로움을 구제하고 왕생의 길
로 인도하는 불교의 보살 ◇南無阿彌陀佛(나무아미타불)=염불하는 소리의 하나로

아미타불에 귀의한다는 뜻 ◇갈 듸로 니거니=가고 싶은 곳으로 가거라 ◇암 居士
(거사)=여승(女僧) ◇念佛(염불)경=염불할 경황 ◇업셰라=없구나.

555

將帥ㅣ라 ᄒ되 趙子龍 갓튼 將帥ㅣ 업다

金鎖陣 魚腹浦를 舍廊 出入ᄒ듯 浙江에 썻는 비예 흔 번 쒸여 나라올나
靑紅劍 飜쯧ᄒ며 朱宣의 머리 업다 幼主를 아ᄉ 오고 七星壇 바람긋틱 一
葉片舟에 諸葛丞相 싯고 갈 제 徐盛이 싿로거늘 一箭으로 쏘와 돗줄 싯ᄂ
니는 千萬古에 ᄒ나히로다

암아도 이 將帥 늬옵씨는 劉皇叔의 搔癢子,ㄴ가 ᄒ노라.

(二數大葉) (海周 558) 金壽長

將帥(장수)=장군 ◇金鎖陣(금쇄진)=조인(曹仁)이 만든 팔문금쇄진(八門金鎖陣)을
말함 ◇魚腹浦(어복포)=조조 진영의 요새지 ◇浙江(절강)=중국 절강성에 있는 강
◇靑紅劍(청홍검)=조운이 가졌던 칼의 이름인 듯 ◇飜(번)쯧=번뜩 ◇朱宣(주선)=‘주
선(周善)’의 잘못인 듯. 주선은 오(吳)나라 손권(孫權)의 부하 ◇幼主(유주)=유비의
아들 아두(阿斗)를 가리킨다 ◇아ᄉ=빼앗아 ◇七星壇(칠성단)=제갈량이 조조를 공
격하기 위한 동남풍을 빌고자 쌓았던 단 ◇徐盛(서성)=삼국시대 오나라 장수 ◇一
箭(일전)=화살 한 개 ◇돗줄=배의 돛을 달거나 내리는 데 쓰는 줄 ◇劉皇叔(유황
숙)=삼국 시대 촉한(蜀漢)의 유비(劉備)를 가리킨다 ◇搔癢子(소양자)=가려운 곳을
긁어주는 사람. 꼭 필요한 사람.

556

長安大道 三月春風 九陌樓臺 雜花芳草

酒伴詩豪 五陵遊俠 桃李蹊 綺羅裙을 다 모하 거ᄂ려 細樂을 前導ᄒ고
歌舞行休ᄒ여 大東乾坤 風月江山 沙門法界 幽僻雲林을 遍踏ᄒ여 도라보니

聖代에 朝野ㅣ同樂ᄒ여 太平和色이 依依然 三五王風인가 ᄒ노라.

(蔓橫淸類) (珍靑 560)

長安大道(장안대도) 三月春風(삼월춘풍)=장안의 넓은 길에 봄바람이 불어오다 ◇
九陌樓臺(구맥누대) 雜花芳草(잡화방초)=번화가 좋은 집에 온갖 꽃과 싱싱한 풀들
◇酒伴詩豪(주반시호)=술을 함께 마시던 시인과 호걸 ◇五陵遊俠(오릉유협)=오릉에
서 함께 놀던 협객들. 오릉은 장릉(長陵), 안릉(安陵), 양릉(陽陵), 무릉(茂陵), 평릉
(平陵)으로 호유객(豪遊客)이 많이 살았다 ◇桃李蹊(도리혜)='혜(蹊)'는 '해(奚)'의 잘
못인 듯. 복숭아꽃 오얏꽃처럼 아름다운 여자 종 ◇綺羅裙(기라군)=비단옷을 입은
여인. 기생 ◇細樂(세악)을 前導(전도)ㅎ고=간편한 악대를 앞에 세우고 ◇歌舞行休
(가무행휴)=노래하고 춤추며 가다 서다를 반복하다 ◇大東乾坤(대동건곤)=우리나라
의 전역(全域) ◇風月江山(풍월강산)=경치가 뛰어난 곳 ◇沙門法界(사문법계)=불교
의 세계. 모든 사찰(寺刹) ◇幽僻雲林(유벽운림)=한적하고 궁벽한 산골 ◇遍踏(편
답)=두루 돌아다님 ◇朝野同樂(조야동락)=너와 내가 없이 함께 즐기다 ◇太平和色
(태평화색)=태평을 누리고 온화한 기색 ◇依依然(의의연)=옛 그대로의 모양 ◇三五
王風(삼오왕풍)=옛날 삼황(三皇)과 오제(五帝)가 다스리던 시절의 풍속.

557

장판교상의 고리눈 부릅쓰고 장팔사모 창 들너메고 웃둑 섯는 저 장사
야 네 성명이 무엇이냐

그 장사 대답허되 나의 성명은 한종실 유황숙의 셋재 아오 거긔장군 연
인 장익덕을 네 아느냐 모르느냐

아마도 한국 명장은 장익덕인가. (時調集 170)

장판교 상의=장판교(長坂橋) 위에. 장판교는 유비가 후퇴하여 위급할 때 장비 혼
자서 조조의 추격군을 막았던 다리 ◇고리눈=눈동자의 주변에 흰 테가 둘린 눈. 환
안(環眼) ◇장팔사모(丈八蛇矛)=장비가 쓰던 창의 이름 ◇한종실 유황숙=한나라 왕
실(漢宗室)의 유황숙(劉皇叔) ◇거긔장군 연인(燕人) 장익덕(張翼德)=거기장군(車騎
將軍)인 연나라 사람 장익덕. 익덕은 장비의 자(字) ◇한국(漢國) 명장(名將)=한(漢)
나라의 훌륭한 장군. 한은 촉한의 잘못인 듯.

558

재너머 莫德의 어마 네 莫德이 쟈랑 마라

내 품에 드러셔 돌겟즘 자다가 니 골고 코 고오고 오좀 스고 放氣 쒸니
盟誓개지 모진 내 맛기 하 즈즐ㅎ다 어셔 드려니거라 莫德의 어마

莫德의 어미 년 내드라 發明ㅎ야 니르되 우리의 아기 쏠이 고림症 빈아
리와 잇다감 제症 밧긔 녀나믄 雜病은 어려셔브터 업ㄴ니.　　　　(珍青 567)

어마=어멈　◇돌겟즘=돌계잠. 방 안을 뒹굴어 돌아다니며 자는 잠　◇니 골고=이
갈고　◇코 고오고=코 골고　◇盟誓(맹서)개지=맹세하지만　◇모진 내=지독한 냄새　◇
하 즈즐ㅎ다=너무 지긋지긋하다　◇드려니거라=데려가거라　◇내드라=달려와　◇發明
(발명)ㅎ야=변명하여　◇니르되=말하되　◇아기 쏠=어린 딸　◇고림症(증)=고림증(膏
痲症). 임질의 한 가지　◇빈아리=배앓이. 배를 앓는 병　◇잇다감=이따금. 가끔　◇제
症(증)밧긔=체증(滯症)밖에. 체증은 체하여 소화가 잘 안 되는 병　◇녀남은=그 이외
에　◇업ㄴ니=없도다.

559

직 넘어 싀앗슬 두고 손쎽 치며 애써 간이
말만 흔 삿갓집의 헌 덕셕 펼쳐 덥고 년놈이 흔듸 누어 얽지고 틀어졋
다 이졔는 얼이북이 叛奴軍이 들거곤아
두어라 모밀썩에 두 杖鼓를 말려 무슴ㅎ리요.　　　　(青謠 15) 金兄錫

직 넘어='넘어'는 '너머'의 잘못. 고개 너머　◇싀앗을 두고=시앗을 얻어두고. 시
앗은 첩(妾)　◇손쎽 치며 애써 간이=좋아하며 부지런히 가니　◇말만 흔 삿갓집의=
말(斗)처럼 조그마한 삿갓 모양의 집에　◇헌 덕셕=낡은 덕석. 덕석은 추위를 막기
위해 소의 등에 덮는 멍석　◇년놈이 흔듸 누어=사내놈과 계집년이 같이 누워　◇얽
지고 틀어졋다=얽혀지고 뒤틀어졌다　◇얼이북이=어리보기. 정신이 투미한 사람　◇
叛奴軍(반노군)='발룩구니'를 한자로 음사(音寫)한 말. 발룩구니는 하는 일 없이 공
연히 놀며 돌아다니는 사람을 일컬음　◇모밀썩에 두 杖鼓(장고)=가난한 사람이 처
첩을 거느려 두 살림을 차리고 사는 것을 빗대서 하는 말. "메밀떡 굿에 쌍장구치
랴"에서 온 말이다.

560

재 우희 웃둑 션 소나모 브람 불 적마다 흔덕흔덕

개올에 셧는 버들 므스 일 조차셔 흔들흔들

님 그려 우는 눈물을 커니와 입호고 코는 어이 므스 일 조차셔 후루룩
비쥭 호느니.　　　　　　　　　　　　　　　(蔓橫淸類) (珍靑 511)

재 우희=고개 위에　◇어이=왜　◇므스 일=무슨 일　◇조차셔=따라서　◇커니와=물
론이거니와　◇후루룩 비쥭=콧방귀를 뀌며 입술을 삐쭉 내미는 모양　◇조차셔=따라
서　◇호나니=하느냐.

561

謫裏 光陰은 四年이 볼셔 되고 天外 家鄕은 萬里예 아득호니

몸이 못 가거든 奇別이나 드릇듸야

아마리 陟屹 瞻望을 말랴 호들 어들손가.　　　　(靜齋先生文集 4) 李聃命

謫裏(적리) 光陰(광음)=귀양 가 있는 동안의 세월　◇볼셔 되고=벌써 지났고　◇天
外(천외) 家鄕(가향)=하늘 밖에 있는 것처럼 여겨지는 고향. 멀리 떨어져 있는 고향
◇아득호니=아득하니　◇드릇듸야=들었으면　◇아마리=아무리　◇陟屹(척흘) 瞻望(첨
망)=언덕에 올라 먼 곳을 바라다보다　◇말랴 호들=하지 말라고 한들　◇어들손가=
얻을 수 있겠는가. 볼 수가 있겠느냐?

562

赤壁江上 數千隻 曹操 戰船 龐統의 連環計로 結船을 구지호야 陸地갓치
調鍊할 제

謀士의 苟文若 程昱이며 防船將 于禁 毛玠 猛將의 夏后惇 許楮로다 旗
幟槍釰 日月을 戱弄코 擂鼓喊聲은 江山이 震動혼다

여바라 孟德아 네 그련들 南屛山 올나 七星壇 뭇고 三日 三夜 비른 바
람 네 어이 防備호리.　　　　　　　　　　　(時調演義 83) 林重桓

赤壁江上(적벽강상)=적벽강 위에. 적벽강은 중국 호북성 강현의 성 밖에 있는 강으로, 조조(曹操)가 오(吳)와 촉한(蜀漢)의 연합군과 적벽대전을 치른 곳 ◇龐統(방통)의 連環計(연환계)=방통은 촉한(蜀漢) 사람으로 제갈량과 함께 유비(劉備)를 섬겼음. 연환계는 배를 쇠사슬로 붙들어 매어 떨어지지 못하게 하여 화공(火攻)으로 전부 불타게 한 계책 ◇結船(결선)을 구지ᄒᆞ야=배를 묶는 것을 단단히 하여 ◇陸地(육지)갓치 調練(조련)할 제=배들을 연결하여 상판을 육지처럼 만들어놓고 군사를 훈련할 때 ◇謀士(모사)=계책을 잘 내는 사람 ◇荀文若(구문약), 程昱(정욱), 于禁(우금), 毛玠(모개), 夏侯惇(하후돈), 許楮(허저)=삼국시대 조조의 휘하 장군들 ◇旗幟槍劍(기치창검)=군중에서 쓰이는 기(旗), 창, 칼의 총칭 ◇日月(일월)을 戲弄(희롱)코=깃발이 펄럭이고 칼과 창이 번득임을 말한다 ◇擂鼓喊聲(뇌고함성)=북을 두드리고 소리를 지름 ◇孟德(맹덕)=조조의 자(字) ◇南屛山(남병산)=중국 절강성 서남에 있는 산으로 제갈량이 동남풍을 빌던 산 ◇七星壇(칠성단) 뭇고=제갈량이 조조를 공격하기 위해 남병산에서 동남풍을 빌고자 단을 만들고.

563

赤壁水下 死地를 僅免ᄒᆞᆫ 曹孟德이

華容道에 다다라 壽亭侯를 만나 鳳目 龍劍으로 秋霜ᄀᆞᆺ튼 號令에 草露奸雄이 어이 臥席終身을 바라리오마는

千古에 關公은 義將이라 네 義를 生覺ᄒᆞ샤 義釋曹操ᄒᆞ시다.　　(靑六 620)

赤壁水下(적벽수하)=적벽강 아래 ◇死地(사지)를 僅免(근면)ᄒᆞᆫ=죽을 처지를 겨우 모면한 ◇華容道(화용도)=조조가 적벽대전에서 패한 뒤 도망하다 관우(關羽)를 만난 곳 ◇壽亭侯(수정후)=관우를 가리킨다 ◇鳳目(봉목) 龍劍(용검)=봉의 눈처럼 부릅뜬 눈과 청룡도 ◇草露奸雄(초로간웅)=생사의 기로에 서 있는 간악한 영웅. 조조를 가리킨다 ◇臥席終身(와석종신)=자리에 누워 편안히 죽음. 자기 명에 죽는 것 ◇關公(관공)=관우 ◇義將(의장)=의리를 존중하는 장수 ◇네 義(의)=예전의 의리. 조조가 한때 관우를 보살펴준 일이 있다 ◇義釋曹操(의석조조)=의리로 조조를 놓아주다.

564

赤壁에 敗한 曹操 華容道 드러갈 제

千峰에 바람 치고 萬壑에 눈 싸인듸 새인들 어이 울냐마는 火戰에 죽은
將卒 怨魂이 恨鳥 되야 曹操를 원망하는 소래 그게 모다 鬼聲이라 塗炭에
싸인 將卒 故國離別이 몃 해든고
歸蜀道 不如歸라 너 혼자 울지 말고 空山 深夜月에 날과 함끠 단이다가
還歸故國 하여보세.   (時調集 164)

千峰 萬壑(천봉만학)=모든 세상 ◇火戰(화전)=적벽대전을 가리킴 ◇怨魂(원혼)이
恨鳥(한조)=원통하게 죽은 혼이 한을 품은 새가 되었다 ◇鬼聲(귀성)=귀신들이 울
부짖는 소리 ◇塗炭(도탄)에 싸인 將卒(장졸)=전쟁의 어려움에 처해 있는 군사들 ◇
歸蜀道(귀촉도) 不如歸(불여귀)=모두 두견의 다른 이름. 죽은 촉(蜀)의 망제(望帝)의
혼이 두견이 되었다고 한다 ◇空山(공산) 深夜月(심야월)=고요한 산에 한밤중에 떠
있는 달 ◇還歸故國(환귀고국)=고국에 돌아감.

565

赤壁에 敗한 孟德 나문 將卒 거나리고 華容路道 드러가니 山川은 險峻
흐고 樹木이 총잡하여
白雲이 霏霏한데 千樹 萬樹 梨花가 자져는 듸 시들 어이 울야마는 가지
마다 우는 소리 이게 모도 다 鬼聲이라
山학이 잠명하고 木石도 含淚커든 스름이야 일너 무엇.   (時調集 145)

총잡(叢雜)하여=빽빽하고 우거져서 ◇白雲(백운)이 霏霏(비비)한데=흰 구름이 뭉
게뭉게 피어나는데 ◇자져는 듸=가득 피어 있는 데 ◇山(산)학이 잠명(潛鳴)하고=
산에 사는 학(鶴)이 숨어 울고 ◇木石(목석)도 含淚(함루)커든=나무와 돌들도 눈물
을 머금은 듯하거든 ◇일너 무엇=더 말하여 무엇하겠는가.

566

積雪이 다 녹아지되 봄소식을 모르드니
歸鴻은 得意天空濶이요 臥柳는 生心水動搖ㅣ로다
아희야 시 술 걸러라 시봄마지 흐리라.   (海周 516) 金壽長

積雪(적설)=겨우내 쌓인 눈 ◇녹아지되=녹았으되 ◇歸鴻(귀홍)은 得意天空闊(득의천공활)이요=북으로 돌아가는 기러기는 하늘이 공활하므로 뜻을 얻고 ◇臥柳(와류)는 生心水動搖(생심수동요) ㅣ로다=비스듬히 누운 버들은 물이 움직이므로 마음이 생기도다 ◇식봄마지=새봄맞이.

567

前臨大野의 遠近景이 다 뵈ᄂᆞ다

停車坐愛 수릐 우의 緩緩이 가는 態度 容貌도 傑良컨만 霜葉보담 더할소야

아마도 仙人羅衫의 비겨둘가.   (芳草錄 103)

前臨大野(전림대야)의=눈앞에 펼쳐진 넓고 큰 들에 ◇停車坐愛(정거좌애)=수레를 멈추고 앉아 단풍을 구경하다. 당(唐)나라 두목(杜牧)의 시 「산행(山行)」의 "정거좌애풍림만 상엽홍어이월화(停車坐愛楓林晩 霜葉紅於二月花)"를 가져다 쓴 것이다 ◇緩緩(완완)이=느릿느릿 ◇傑良(걸량)컨만=뛰어나건만 ◇霜葉(상엽)보담=단풍잎보다 ◇仙人羅衫(선인나삼)=신선들의 비단 적삼 ◇비겨둘가=비겨나 볼까.

568

折衝將軍 龍驤衛 副護軍 날을 아는다 모로는다

늬 비록 늙엇시나 노릐 춤을 추고 南北漢 놀이 갈 쩨 써러진 적 업고 長安 花柳 風流處에 안이 간 곳이 업는 날을

閣氏네 그다지 숙보아도 ᄒᆞ롯밤 격거보면 數多흔 愛夫들에 將帥ㅣ될 줄 알이라.   (二數大葉) (海周 559) 金壽長

折衝將軍(절충장군)=정삼품의 무관 벼슬 ◇龍驤衛(용양위)=조선 시대 오위(五衛)의 하나 ◇副護軍(부호군)=오위도총부(五衛都摠府)에 속하는 종사품의 벼슬 ◇날을=나를 ◇아는다 모로는다=아느냐 모르느냐 ◇南北漢(남북한)=한강의 남북. 서울 근교(近郊)를 가리킨다 ◇長安(장안) 花柳(화류) 風流處(풍류처)=서울 도성 안의 기생들과 더불어 노닐던 곳 ◇안이 간 곳이=가지 아니한 곳이 ◇그다지 숙보아도=그처럼 어수룩하게 여겨도 ◇격거보면=겪어보면. 지내보면 ◇數多(수다)흔=많은 ◇愛夫

(애부)들에 將帥(장수)] 될 줄 알이라=정부(情夫)들 가운데 제일가는 줄을 알게 될 것이다.

569

正二三月 桃李花 죠코 四五六月 綠陰芳草

七八九月은 黃菊丹楓 더 죠홰라

十一二月에 雪中梅香이 最多情이 죠홰라.　　　　　(海周 479) 金壽長

雪中梅香(설중매향)=눈 속에 핀 매화꽃의 향기　◇最多情(최다정)=정이 가장 많이 간다.

569-1

正二三月은 杜莘杏 桃李花 죠코

四五六月은 綠陰芳草도 놀기 됴코 七八九月은 黃菊丹楓이 더욱 보기 죠희

十一二月은 閨裡春光은 雪中梅런가 ᄒ노라.　　　　　(慶大時調集 243)

杜莘杏(두신행)=진달래와 살구꽃　◇桃李花(도리화)=복숭아와 오얏꽃　◇죠코=좋고　◇綠陰芳草(녹음방초)=나뭇잎이 우거진 그늘과 싱싱한 풀　◇黃菊丹楓(황국단풍)=가을철의 노란 국화꽃과 붉은 나뭇잎　◇閨裡春光(합리춘광)=집 안에 비치는 봄볕.

570

諸葛亮은 七縱七擒ᄒ고 張翼德은 義釋嚴顔 ᄒ단 말가

섭겁다 華容道 조븐 길에 曹孟德이가 사라가단 말가

千古에 凜凜ᄒ 大丈夫는 漢壽亭侯,ㄴ가 ᄒ노라.　　　　　(樂戲調) (甁歌 1036)

七縱七擒(칠종칠금)=제갈량이 맹획(孟獲)을 일곱 번 놓아주었다가 일곱 번 잡은 일　◇義釋嚴顔(의석엄안)=장비가 파주태수(巴州太守) 엄안을 잡았다 놓아준 일　◇섭겁다=싱겁다　◇華容道(화용도)=조조(曹操)가 적벽대전에서 패하여 도망하다 관우(關羽)를 만난 곳　◇凜凜(늠름)ᄒ=위엄 있고 의젓함　◇漢壽亭侯(한수정후)=한(漢)나

라의 수정후. 관우를 가리킨다.

571

져 거너 푸른 산 아릭 두룸다리 쓰고 져 총듸 두러메고 살랑살랑 나려
오는 져 포수야

네 져 총씬로 늘버러지 궐짐싱 궐버러지 늘짐싱 황식 쵹식 두루미 너식
기 진경이 범 스심 노로 톡기를 져 총듸 노아 잡을지라도 싀벽달 서리치
고 지싀는 밤에 동녁 동듸희로 쏙을 일코 홀노 어이울 어이울 울고 가는
기러길낭 노치를 마라

우리도 그런 줄 알기로 아니 놋씀네.   (時調 100)

두룸다리=두룽다리. 모피로 둥글고 길게 만들어 머리에 쓰는 방한구(防寒具) ◇
너식기=너시 ◇진경이=징경이. 물수리 ◇스심=사슴 ◇노로=노루 ◇서리 치고=서리
가 내리고 ◇동듸희로=동쪽으로 ◇어이울 어이울=기러기가 우는 소리 ◇기러길낭=
기러기는 ◇노치를 마라=쏘지 마라.

572

져 것너 검어뭇틀음흔 바회 釘 다히고 두들여내야

털 돗치고 쏠을 박아 밍글아들이라 감은 암쇼를

울이 님 날 離別ᄒ고 오실쌔 것구로 태와 보내리라.   (海一 578)

검어뭇틀음흔=거무죽죽한 ◇바회=바위 ◇釘(정) 다히고=정을 대고 ◇돗치고=돋
고. 나오고 ◇밍글아들이라=만들어두겠다 ◇것구로 태와=거꾸로 태워.

572-1

져 건너 거머 웃쑥헌 바회 정를 드려 쌀여늬야

털 삭여 쏠소차 네 발 모와 경셩 드무시 거러가는 드시 삭이이라 쏠 고
분 거뭄 암소

두엇짜 임 니별ᄒ면 타고나 갈까.   (南太 48)

털 삭여=털을 새겨 ◇쓸소차=뿔마저 ◇경셩='건성으로'의 뜻인 듯 ◇드무시 거
러가는드시=드문드문 걸어가는 것처럼.

573

져 건너 槐陰彩閣中에 繡놋는 져 處女야

뉘라셔 너를 弄ᄒ여 넘노는지 細眉玉顔에 雲鬟은 아죠 허트러져 鳳簪조
츠 기우러져느냐

丈夫의 探花之情을 任不禁이니 一時花容을 앗겨 무슴ᄒ리오.

                                              (言弄) (靑六 805)

槐陰彩閣中(괴음채각중)=느티나무 그늘이 진 단청(丹靑)한 집 안에 ◇弄(농)ᄒ여
넘노는지=희롱하며 넘나들며 괴롭히는지 ◇細眉玉顔(세미옥안)=가느다란 눈썹의
어여쁜 얼굴 ◇雲鬟(운환)=뭉게구름 모양으로 꾸민 머리 ◇鳳簪(봉잠)조츠=봉황을
새긴 비녀마저 ◇探花之情(탐화지정)을 任不禁(임불금)=여자에게 쏠리는 정을 마음
대로 금할 수 없다 ◇一時花容(일시화용)=젊었을 때의 아름다움 ◇앗겨=아껴서 ◇
무슴ᄒ리오=무엇하리요.

574

져 건너 羅浮山 눈 속에 검어 웃쑥 울통불통 광듸등걸아

네 무슴 힘으로 柯枝 돗쳐 곳조츠 져리 퓌엿는다

아모리 석은 비 半만 남아슬망정 봄쯧즐 어이ᄒ리오.

                                   (搔聳) (金玉 97) 安玟英

羅浮山(나부산)=중국 광동성 혜주부(惠州府) 부라(傅羅)에 있는 산 ◇광듸등걸=
광대등걸. 거칠고 보기 흉하게 생긴 나뭇등걸 ◇무슴=무슨 ◇가지(柯枝) 돗쳐=가지
가 돋아나고 ◇곳조츠=꽃마저 ◇져리 퓌엿는다=저렇게 피었느냐 ◇석은 배=썩은
배. 배는 씨앗 속에 있어 자라서 싹이 되는 부분(胚).
※ 1)『금옥총부』에 "운애산방 매화사 제칠(雲崖山房 梅花詞 第七)"이라 했다.

575

져 건너 놉고 나즌 져 산 밋헤 영웅호걸이며 쳥춘홍안들이 다 뭇쳐구나
루루즁통 북망산을 뉘 힘으로 쏩아내며 흘너가는 쟝류슈를 뉘 지조로
막아내며 심어(시닉)방쳔이면 슈용이케라 넷날넷적 진시황은 만리쟝셩 들
너놋코 아방궁을 놉히 지여 쟝싱불스하려 하고 불스약을 구하려다가 그도
쏘흔 못 되여셔 려산 황릉 깁흔 곳에 쇽졀업시 누어 잇고 텬하쟝스 쵸픽
왕도 오강에셔 즈문하고 륙국 지상 소진이도 말이 모잘나 죽어스며 텬하
졀식 구련이는 졀기 업셔 죽엇갓네 멱나슈 깁흔 물에 굴삼녀라도 장어가
되고 시즁텬자 리태빅은 치셕 월하 달 붉은듸 국화쥬 취케 먹고 둘을 스
랑하다가 긔경비샹쳔하여 잇고 진쳐스 도연명은 츄강샹 빅를 무어 명월시
에 흘니 져어 오류촌 도라가셔 쟝취불셩하엿건만 우리 굿흔 인싱들은 감
아니 곰곰 싱각하니 풀씃헤 이슬이오 단불에 나뷔로다
　　금됴 일셕이라도 실슈되여 북망산쳔 도라가면 살은 썩어 물이 되고 쎄
는 썩어 진토 되고 삼혼칠빅이 훗터질 젹에 어늬 귀쳔타인이 날 불샹타
하갓소.
　　　　　　　　　　　　　　　　　　　　　　　　　　　　(樂高 895)

밋헤=밑에 ◇쳥춘 홍안=청춘(靑春) 홍안(紅顔). 젊고 예쁜 사람 ◇루루즁통 북망
산=누루중총(累累衆塚) 북망산(北邙山). 무덤이 많이 있는 공동묘지 ◇쟝류슈=장류
수(長流水). 멀리까지 흘러가는 물 ◇심어(시닉)방쳔이면 수용이궤=심어방천(深於防
川)이면 수용이개(水容易漑)인 듯. 물이 깊어 시내를 막으면 물 대기가 쉽다 ◇진시
황 만리장성 아방궁=진시황이 흉노(匈奴)를 막기 위해 만리장성을 쌓았으며 아방궁
을 지었다 ◇려산(驪山) 황릉(黃陵)=여산 황릉. 진시황의 무덤이 있는 곳 ◇오강에
셔 즈문하고=오강(烏江)에서 자문(自刎)하고. 유방에게 패해 오강에서 스스로 목숨
을 끊었고 ◇륙국 지상 소진이도=육국 재상 소진(蘇秦)도. 소진은 진(秦)나라에 대
항해서 여섯 나라의 재상이 되었다 ◇텬하졀식 구련이=천하절색 구련이. 세상에서
가장 아름다운 구련이. 구련은 미상 ◇멱나슈 깁흔 물에 굴삼녀라도 장어(葬魚)가
되고=초(楚)나라 굴원(屈原)이 모함을 받아 멱라수(汨羅水)에 투신 자살하여 물고기

의 밥이 되었다 ◇시즁텬자 리태빅은 치셕 월하=시중천자(詩中天子) 이태백은 채석(采石) 월하(月下). 시인들 가운데 제일인 이태백은 채석강 달빛 아래 ◇긔경비상텬=기경비상천(騎鯨飛上天). 고래를 타고 하늘에 오름. 파도에 휩쓸려 죽은 것을 말한다 ◇진쳐스 도연명=진(晉)나라 처사(處士) 도연명 ◇츄강샹=추상강(秋江上). 가을 강물 위에 ◇비를 무어=배를 만들어 ◇명월시='망월시(望月時)'의 잘못인 듯. 보름께 ◇오류촌(五柳村)=도연명이 살던 마을 ◇장취불성=장취불성(長醉不醒). 오랫동안 술을 취해 깨어나지 아니함 ◇감아니=가만히 ◇단불에=뜨거운 불에 ◇금됴일셕=금조일석(今朝一夕). 지금이라도 ◇진토(塵土)=썩은 흙 ◇삼혼칠백(三魂七魄)=사람의 혼백 ◇어니=어느 ◇귀천(貴賤) 타인(他人)=귀하거나 혹은 천한 다른 사람들이.

576

져 건너 明堂을 어더 明堂 안히 집을 짓고

밧 골고 논 골고 五穀을 ᄀᆞ초 시믄 後에 臺 우희 벌통 노코 집 우희 박 올니고 을 밋틔 우물 파고 九月秋收ᄒᆞ여 南隣北村 다 請ᄒᆞ야 喜娛同樂ᄒᆞ고지고

每日의 이렁셩 노니다가 늙은 뉘를 모로리라.　　　(編數大葉) (甁歌 1100)

明堂(명당)=길지(吉地)라고 알려진 곳 ◇ᄀᆞ초 시믄=갖추어 심은 ◇九月秋收(구월추수)=가을에 곡식을 거두어들임 ◇南隣北村(남린북촌)=남쪽과 북쪽에 있는 마을 ◇喜娛同樂(희오동락)=같이 기뻐하고 한가지로 즐거워함 ◇이렁셩 노니다가=이렇게 살다가 ◇늙을 뉘를=늙는 것을. 또는 때를.

576-1

저 건너 明堂을 엇고 明堂 안희 집을 짓고

밧 갈고 논 밍그러 五穀을 갓쵸 심은 後에 뫼 밋히 우물 파고 地峯의 朴 올니고 醬쏙에 더덕 녀고 九月秋收ᄒᆞ야 슐 빗고 떡 밍들고 어우리 숑치 잡고 南隣北村 다 請ᄒᆞ야 喜互同樂ᄒᆞ오리라

每日에 이렁셩 지닉면 긔 죠흔가 ᄒᆞ노라.　　　(詩歌 679)

地峯(지봉)=지붕 ◇어우리=가축을 남에게 주어 기른 다음에 이익을 나누는 것 ◇숑치를=송치. 암소의 뱃속에 든 새끼를.

576-2

져 건너 明堂을 어더 明堂 안에 집을 짓고

밧 갈고 논 밍그러 五穀을 갓초 심운 後에 뫼 밋헤 우믈 파고 지붕 우희 朴 올니고 醬독에 더덕 넛코 九月秋收 다흔 後에 白酒黃鷄로 南隣北村 다 請ᄒ여 熙皥同樂ᄒ오리라

아마도 農家興味는 이쑨인가 ᄒ노라.   (源六 609)

白酒黃鷄(백주황계)로=막걸리와 수탉으로 ◇農家興味(농가흥미)는=농사짓는 즐거움은.

577

져 건너 月仰 바희 우희 밤즁마치 부엉이 울면

녯사름 니론 말이 늠의 싀앗 되야 줏밉고 양믜와 百般巧邪ᄒᄂ 져믄 妾년이 急殺 마자 죽는다 ᄒ데 妾이 對答하되

안해님 겨오셔 망녕된 말 마오 나ᄂ 듯ᄌ오니 家翁을 薄待ᄒ고 妾새옴 甚히 ᄒ시ᄂ 늘근 안히님이 몬져 죽는다데.

(蔓橫淸類) (珍青 564)

月仰(월앙)바희=바위 이름. 또는 달을 올려다볼 정도의 높은 바위 ◇밤즁마치=밤중쯤 ◇니론 말이=일컫는 말이. 하는 말이 ◇싀앗 되야=첩(妾)이 되어 ◇줏밉고 양믜와=아주 밉고 얄미워 ◇百般巧邪(백반교사)하ᄂ=온갖 간사한 꾀로 남편의 환심을 사려고 애쓰는 ◇져믄=젊은 ◇急殺(급살) 마자='살(殺)'은 '살(煞)'의 잘못. 급살을 맞아 ◇죽는다 ᄒ데=죽는다고 하더라 ◇안해님=첩이 본처를 부르는 말 ◇家翁(가옹)을 薄待(박대)ᄒ고=남편을 푸대접하고 ◇妾(첩) 새옴=첩을 시기함 ◇죽는다데 =죽는다고 하더라.

578

져 건너 흰옷 닙은 사름 즌립고도 양믜왜라

쟈근 돌드리 건너 큰 돌드리 너머 밥쒸여간다 マ르 쒸여가ᄂ고 애고애
고 내 書房 삼고라쟈

眞實로 내 書房 못 될진대 벗의 님이나 되고라쟈.   (珍靑 517)

즌립고도 양믜왜라=아주 밉고도 얄미워라 ◇밥쒸여간다=바삐 뛰어간다 ◇マ르=
가로 ◇삼고라쟈=삼고 싶구나 ◇못 될진대=되지 않을 때에는 ◇벗의 님이나=친구
의 사랑하는 사람이나 ◇되고라쟈=되었으면 좋겠다.

579

져 것너 泰白山 밋틔 네 못 보든 菜麻田이 죠흘씨고

일엉졀엉 넛츨에 등싱등실 水朴에 얽어지고 틀어졋는듸 쓸굿튼 춤외 죠
롱죠롱 열어셰라

두엇다가 다 닉어지거든 우리 님의게 들이려 ᄒ노라.   (海一 544)

泰白山(태백산)=태백산(太白山)인 듯 ◇네 못 보든=예전에 보지 못하던 ◇菜麻田
(채마전)=채소밭 ◇넛츨에=넝쿨에 ◇얽어지고 틀어졌는듸=얽히고 설켰는데 ◇다
닉어지거든=다 익거든.

580

져멋고쟈 져멋고쟈 열다섯만 져멋고쟈

에엿분 얼골이 냇マ에 셧는 垂楊버드나모 광대등걸이 되연졔고

우리도 少年行樂이 어졔론 듯 ᄒ여라.   (蔓橫淸類) (珍靑 490)

져멋고쟈=젊었고자. 젊었으면 좋겠다 ◇垂楊(수양)버드나모 광대등걸이=가지를
늘어뜨린 버드나무 그루터기마냥 몹시 여윈 얼굴 ◇되연졔고=되었구나 ◇少年行樂
(소년행락)=젊었을 때에 즐기고 놀던 일 ◇어졔론 듯=어제인 것 같다.

581

져 사름 헛말 마소 어듸셔 만나보신가
됴흔 飮食 마다ㅎ고 썰치고 가는 이를
내 보니 酒肉을 貪ㅎ여 病드는 이 太半이나 ㅎ더고나.

(金剛永言錄 29) 金履翼

헛말 마소=쓸데없는 말 하지 마시오 ◇만나보신가=만나보았는가? ◇마다ㅎ고=
싫다 하고 ◇酒肉(주육)을 貪(탐)ㅎ여=술과 고기를 욕심을 내어 ◇太半(태반)이나
ㅎ더고나=절반이나 되더구나.

582

져 아씨 눈미 보쇼 반 구분 鐵 낙씨라
엇던 사람 낙고랴고 저리 곱게 구버넌고
우리도 어제나 완화江 金붕어 되야 져 낙씨예 낙계볼가.   (時調(河氏本) 17)

눈미=눈맵시. 눈의 생긴 모양새 ◇구버넌고=굽었는가? ◇어제나='언제나'의 잘
못 ◇완화江(강)=미상. 당나라 두보(杜甫)의 초당이 있던 완화계(浣花溪)를 가리키
는 듯.

583

져 죠흔 큰 길 우희 가온대로 바로 가면
흘닉 百里를 간들 것칠 것시 이실쏘냐
그려도 흔편으로 가는 이 하 만흐니 흘 일 업셔 ㅎ노라.

(金剛永言錄 7) 金履翼

져 죠흔=제가 좋아하는. 또는 저 좋은 ◇흘닉=하루에 ◇것칠 것시=거추장스러울
것이 ◇이실쏘냐=있겠느냐? ◇그려도=그래도 ◇가는 이=가는 사람이 ◇하 만흐니=
아주 많으니.

584

제 것 두고 못 먹으면 王將軍의 庫子오니

銀盞 놋盞 다 더지고 砂器盞에 잡으시오 첫지 盞은 長壽酒오 들지 盞은
富貴酒오 셋지 盞은 生男酒니 잡고 연히 잡으시오 古來賢人이 皆寂寞ᄒ되
惟有飮者ㅣ留其名ᄒ니 잡고 잡고 잡으시오 莫惜床頭沽酒錢ᄒ라 千金散盡
還不來니

내 잡아 권흔 잔을 辭讓 말고 잡으시오.　　　　　(勸酒歌) (大東 314)

제 것=자기의 물건　◇王將軍(왕장군)의 庫子(고자)=왕장군의 창고지기. 왕장군의
창고에는 없는 물건이 없는데 창고지기는 그것을 보고도 먹지 못한다는 뜻　◇더지
고=던져버리고　◇연히=계속해서　◇古來賢人(고래현인)이 皆寂寞(개적막)ᄒ되=예전
부터 어진 사람들이 다 쓸쓸하되 惟有飮者留其名(유유음자유기명)ᄒ니=오직 술을
마시는 사람만이 이름을 남기니　◇莫惜床頭沽酒錢(막석상두고주전)ᄒ라=상머리에서
술을 사는 돈을 아까워하지 마라　◇千金散盡還不來(천금산진환불래)니=천금은 다
쓰면 다시 돌아오는 것이 아니니.

585

제 얼굴 제 보와도 더럽고도 슬뮈웨라

검버섯 구름 씬 듯 코춤은 쟝마 진 듯 以前에 업든 쎼시 바회 엉덩이에
울근불근

우리도 少年行樂이 어졔런 듯ᄒ여라.　　　　　(編數大葉) (靑六 884)

제 보아도=가 보아도　◇슬뮈웨라=보기 싫고 밉더라. 미워라　◇검버섯=노인의
살갗에 생기는 검은 점. 저승점　◇코춤은 쟝마 진 듯=코와 침은 장마가 진 것처
럼 흐른다　◇쎼시 바회=불쑥 튀어나온 뼈마디　◇少年行樂(소년행락)=젊어서 즐
기고 놀던 일.

586

조오다가 낙시딕를 일코 춤츄다가 되롱의를 일허고나

늘그늬 妄伶으란 웃지 마라 저 白鷗드라

十里에 桃花發하니 春興을 계워 ᄒ노라.　　　　　　　　(樂戲調) (甁歌 966)

조오다가=졸다가　◇일코=잃어버리고　◇되롱의=도롱이. 띠풀로 만든 우장(雨裝)
의 하나　◇일허고나=잃어버렸구나　◇늘그늬=늙은이의　◇妄伶(망령)으란='망령(妄
伶)'은 '망령(妄靈)'의 잘못. 망령이라고　◇十里(십리)에 桃花發(도화발)하니=온 세상
에 복숭아꽃이 피니　◇春興(춘흥)=봄의 흥취　◇계워=억제하지 못하다.

587

曹仁의 八門 金鎖陣을 潁川 徐庶ㅣ 아돗던지

趙雲을 귀예 다혀 生死門을 살펴라 挺槍出馬 나라들어 東面을 헷치는
듯 西面을 號令ᄒ고 前面을 즛치는 듯 北面을 廝殺ᄒ는 趙子龍이 한아 져
분이로다

一身이 豹의 머리 곰에 등에 일희 허리 진납의 팔에 白邊 업쓴 純膽썽
이라 제 뉘라셔 當ᄒ리.　　　　　　　　(二數大葉) (海周 556) 金壽長

曹仁(조인)=중국 위(魏)나라 조조(曹操)의 아우　◇八門 金鎖陣(팔문금쇄진)=조인
이 만든 진(陣)의 이름. 조운(趙雲)이 오백 명의 군사를 가지고 쳐들어가 물리쳤다
고 한다　◇潁川(영천) 徐庶(서서)=영천 사람 서서. 영천은 하남성에 있는 땅. 서서
는 중국의 삼국시대 사람으로 처음에는 유비를 섬겼으나 나중에 조조에게 갔다　◇
生死門(생사문)=진(陣)에서 살아나갈 길과 죽는 길. 방도　◇挺槍出馬(정창출마)=창
을 빼어 들고 말을 달려 앞으로 나아가다　◇즛치는 듯=짓치는 듯　◇廝殺(시살)=목
을 빼어 죽이다　◇일희=이리　◇진납의=잔나비. 원숭이　◇白邊(백변)=통나무의 중심
에서 바깥쪽으로 좀 무르고 흰 부분. 별로 쓸모가 없는 부분을 말한다　◇뉘라셔=
누가.

588

終南山 누에머리 긋헤 밤中마치 凶히 우는 부헝아

長安 百萬家에 뉘 집을 向ᄒ여 부헝부헝 우노

平生에 얄밉고 잘뮈온 님을 다 잡아가려 ᄒ노라. (弄) (靑六 698)

終南山(종남산) 누에머리=서울 남산의 잠두봉(蠶頭峰) ◇밤中(중)마치=밤중쯤 ◇
凶(흉)히=불길하게 ◇長安(장안) 百萬家(백만가)=서울 장안의 수많은 집 ◇얄밉고
잘뮈운=얄밉고 아주 미운 ◇잡아가려=죽게 하려.

589

從地氣서 오라ᄂ릴제 ᄂ믈 키며 노릭 부르난 아히야

萬物이 다 나온들 주근 사람 다시 오랴

우리도 父母ㅣ 俱歿ᄒ여시니 不勝悲感ᄒ여라. (啓大本 靑丘永言 362)

從地氣(종지기)키=종달새 ◇오라ᄂ릴제=오르락내리락할 때에 ◇나온들=소생(蘇
生)한들 ◇俱沒(구몰)ᄒ여시니=함께 돌아가셨으니 ◇不勝悲感(불승비감)=서글픈 감
정을 억제하가 어렵다.

590

座定後 初面이오 빈 쎠 업시 平安하오

져뭇은 뉘라시며 이분은 뉘라 하오 男兒 何處 不相逢이니 다시 보면 舊
面이오

童子야 거믄고 징 우려라 놀고나 가즈. (慶大時調集 335)

座定後(좌정후)=자리를 잡아 앉은 뒤 ◇初面(초면)이오 빈 쎠 업시 平安(평안)하
오=처음이오, 본 적은 없지만 평안들 하시오 ◇男兒何處不相逢(남아하처불상봉)이
니 다시 보면 舊面(구면)이오=남자가 어느 곳에 간들 서로 만나지 아니하리오, 다
시 만나면 아는 얼굴이오 ◇징 우려라=쨍 하고 울려라.

591

酒力醒 茶煙歇ᄒ고 送夕陽 迎素月홀 지

鶴氅衣 님의 ᄎ고 華陽巾 졋게 쓰고 手持周易一卷ᄒ고 焚香默坐ᄒ야 消

遺世慮홀 지 江山之外에 風帆沙鳥와 煙雲竹樹ㅣ 一望의 다 드노믜라

잇다감 셔나믄 벗님닉와 圍碁投壺ᄒ고 鼓琴咏詩ᄒ야 送餘年을 ᄒ리라.

(蔓橫) (甁歌 863)

酒力醒(주력셩) 茶煙歇(다연헐)ᄒ고=술이 깨고 차 달이는 연기가 끊어지고 ◇送夕陽(송석양) 迎素月(영소월)홀 지=지는 해를 보내고 떠오르는 달을 맞이할 때 ◇鶴氅衣(학창의) 님의 ᄎ고=학창의를 여미어 입고, 학창의는 학처럼 흰 바탕에 끝은 검은 천으로 두른 옷 ◇華陽巾(화양건) 젓게 쓰고=화양건을 뒤로 넘어가게 쓰고, 화양건은 도가의 인물이나 은사들이 쓰던 두건 ◇手持周易一卷(수지주역일권)ᄒ고=손에『주역』한 권을 들고 ◇焚香默坐(분향묵좌)ᄒ야 消遣世慮(소견세려)홀 지=향을 태우고 조용히 앉아 세사의 근심을 씻어버릴 때 ◇江山之外(강산지외)에 風帆沙鳥(풍범사조)와 煙雲竹樹(연운죽수)=시끄러운 세상 밖에 돛을 단 배와 모래톱에 노는 새와 연기와 구름이 낀 대나무 ◇一望(일망)에 다 드노믜라=한눈에 다 들어오는구나 ◇잇다감=이따금. 가끔 ◇셔나믄=여남은 ◇圍碁投壺(위기투호)하고 鼓琴咏詩(고금영시)ᄒ야=바둑과 투호도 하고 거문고를 타며 시를 읊조리면서 ◇送餘年(송여년)=여생을 보냄.

592

酒色을 마자하고 山水間의 집을 짓고 구름 속의 밧 갈기와 달 아레 고기 낙기 以終餘年 하잿드니

靑天有月 未幾時에 金樽美酒 겻테 두고 아니 취키 어려우며 旅館寒灯 獨不眠에 絶代佳人 겻헤 두고 아니 犯키 어려워라

아마도 술 두고 안니 醉코 色 두고 안니 犯키 사람마다 兩難이라.

(時調集 144)

酒色(주색)=술과 여색(女色) ◇마자하고=하지 않겠다 하고 ◇以終餘年(이종여년)=이것으로 남은 생애를 마치다 ◇하잿드니=하자고 하였더니 ◇靑天有月未幾時(청천유월미기시)=푸른 하늘에 아직 달이 있고 해가 뜨기 전에 ◇金樽美酒(금준미주)=좋은 술통에 담긴 좋은 술 ◇겻테 두고=곁에 두고 ◇旅館寒灯獨不眠(여관한정독불면)=여관의 차가운 등불 아래 홀로 잠 못 이루다 ◇犯(범)키=법도를 어기기 ◇

兩難(양난)=둘 다 어렵다.

593

酒色을 삼가란 말이 녯 사름의 警誡로되

踏靑登高節에 벗님늬 드리고 詩句를 을플 제 滿樽香醪를 아니 醉키 어
리오며

旅館에 寒燈을 對ㅎ여 獨不眠홀 제 玉人을 만나셔 아니 자고 어이리.

(蔓橫淸類) (珍靑 509)

警戒(경계)=타일러서 주의시키다 ◇踏靑登高節(답청등고절)=답청이나 등고를 하
는 계절. 답청은 봄에 교외를 거닐며 자연을 즐기던 것이고 등고는 가을에 산에 오
르는 세시 풍속이었다 ◇을플 제=읊조릴 때 ◇滿樽香醪(만준향료)=술통에 가득 찬
맛 좋은 술 ◇旅館(여관)에 寒燈(한등)을 對(대)하여=객지의 숙소에서 차가운 등불
을 상대하여 ◇獨不眠(독불면)홀 제=혼자 잠 못 이룰 때 ◇玉人(옥인)=아름다운 사
람. 여인(女人).

594

朱脣動 素腔擧ㅎ이 洛陽少年과 邯鄲女ㅣ로다

古稱綠水今白苧요 催絃急管爲君舞ㅣ라 窮秋九月에 荷葉黃이요 北風이
驅雁天雨霜이로다

夜長코 酒亦多ㅎ이 樂未央을 ㅎ올여.　　　　　　　　(蔓數大葉) (海一 626)

朱脣動(주순동) 素腔擧(소강거)ㅎ이=붉은 입술을 움직이고 예쁜 얼굴을 드니 ◇
洛陽少年(낙양소년)과 邯鄲女(한단녀)로다=낙양의 소년과 한단의 계집이로다. 낙양
은 도읍지를, 한단은 색향(色鄕)을 가리킨다 ◇古稱綠水今白苧(고칭녹수금백저)요=
예전의 녹수가 이제는 백저요 ◇催絃急管爲君舞(최현급관위군무)라=관현을 급히 재
촉하여 그대를 위해 춤을 추노라 ◇窮秋九月(궁추구월)에 荷葉黃(하엽황)이요=늦가
을 구월에 연잎이 누렇고 ◇北風(북풍)이 驅雁天雨霜(구안천우상)이로다=북풍이 기
러기를 쫓아 하늘은 서리 내린다 ◇夜長(야장)코 酒亦多(주역다)ㅎ니=밤은 길고 술
또한 많이 있으니 ◇樂未央(낙미앙)을 ㅎ올여=즐거움이 그지없구나.

※ 포조(飽照)의 「백저곡(白苧曲)」으로 초, 중장을 만들었다.

595

酒債는 尋常行處有ᄒ니 人生七十古來稀라

春花柳 夏淸風과 秋明月 冬雪景에 南隣北村 다 請ᄒ야 無盡無盡 노시그려

人生이 아츰 이슬이라 아니 놀고 어이ᄒ리.　　　　　　(三數大葉) (靑詠 435)

　酒債(주채)는 尋常行處有(심상행처유)ᄒ니=술빚은 항상 가는 곳마다 있으니 ◇人生七十古來稀(인생칠십고래희)=사람이 칠십까지 사는 것은 예로부터 드문 일이라 ◇春花柳(춘화류) 夏淸風(하청풍)과 秋明月(추명월) 冬雪景(동설경)=봄철의 꽃과 버들, 여름철의 맑은 바람과, 가을철의 밝은 달과, 겨울철의 눈이 내린 뒤의 경치 ◇南隣北村(남린북촌)=남북의 마을들 ◇아츰 이슬=짧은 인생. 아침 이슬은 햇볕만 나면 곧 말라버리기 때문에 인생을 여기에 비유한 것임. 초장은 두보(杜甫)의 「曲江(곡강)」의 구절임.

596

竹杖芒鞋 단표자로 千里江山 드러가니 山은 흐여 구름 갓고 구름도 흐여 山 ᄀᆞᆺ으며 雲山은 千變이라

金芙蓉 싹어낸 □□ 銀폭포 급한 물의 九天의 써러지고 울울창창 松林中에 百獸 千禽 석어 울어 □□을 조롱한다

雲梯를 발고 절정에 올나 三界을 바라보니 玉京이 지척이요 紅塵이 부도로라 하마 고이 仙景인 듯.　　　　　　　　　　　(雜誌 432)

　竹杖芒鞋(죽장망혜)=대나무 지팡이와 짚신 ◇단표자(簞瓢子)=소쿠리와 표주박 ◇흐여=안개가 덮여. 희어 ◇雲山(운산)은 千變(천변)=구름 덮인 산의 모습이 자주 바뀌다 ◇金芙蓉(금부용)=금빛 연꽃 ◇九天(구천)='구천(九泉)'의 잘못인 듯. 땅속 ◇百獸千禽(백수천금)=수많은 길짐승과 날짐승 ◇석어 울어=뒤섞여 울어 ◇雲梯(운제)를 발고=구름다리를 밟고 ◇절정(絶頂)=산꼭대기 ◇三界(삼계)=천계(天界), 지계(地界)와 인계(人界). 여기서는 온 세상인 듯 ◇玉京(옥경)=옥황상제가 있다고 하는

곳 ◇지척(咫尺)=아주 가까운 거리 ◇홍진(紅塵)이 부도(不到)로라=더러운 티끌은 여기에는 이르지 못했더라 ◇하마 고이 仙景(선경)인 듯=벌써 그대로 아주 좋은 경치인 듯.

596-1

쥭장망혜 단표子로 철이 강산 드러가니

그곳듸 골이 깁퍼 두견 접동이 ㄴ제 운다 구름은 뭉게뭉게 퓌여 낙낙쟝숑의 어르려 잇고 바람은 솰솰 부려 시닉 암상 솟가지만 썰썰이는고ㄴ

그곳지 별유쳔지 별건곤이니 놀고 갈가.   (時調 113)

철이 강산=천리(千里) 강산(江山) ◇ㄴ제 운다=저녁 때 운다. 여기서는 대낮에 운다 ◇어르려 잇고=어려 있고 ◇부려=불어 ◇시닉 암상(巖上)=시냇가와 바위 위에 ◇썰썰이는고ㄴ=흔들거리는구나 ◇그곳지=그곳이 ◇별유천지 별건곤=별유천지(別有天地) 별건곤(別乾坤). 특별한 천지가 특별한 세상임. 이백(李白)의 「산중문답(山中問答)」의 결구(結句) '별유천지비인간(別有天地非人間)'를 가져다 쓴 것이다.

597

죽장 집고 망혜 신ㅅ고 만복사를 드러가니

여러 중이 모와 안저 춘양 정곡 애석히 역여 지성으로 축원헐 제 엇던 중은 광쇠 들고 엇던 중은 죽비 들고 엇던 중은 모시 장삼에 실씌를 씌고 엇던 중은 목탁을 들고 쏘 엇던 중은 가사 책보 젓처 메고 구불구불 염불을 할 제

광쇠은 쾅쾅 하고 죽비는 철철 조고마헌 상좌중 놈 북채을 갈너 쥐고 두리 둥둥 법고만 친다.   (時調集 173)

만복사(萬福寺)=전북 남원에 있는 절 ◇모와 안저=모여 앉아 ◇춘양 정곡(情曲)=고소설 『춘향전(春香傳)』의 주인공 춘향의 형편과 회포 ◇애석히 역여=불쌍하고 애틋하게 생각하여 ◇지성(至誠)으로 축원(祝願)헐 제=지극한 정성으로 소원을 빌 제 ◇광쇠=염불할 때 쓰는 쇠. 악기의 일종 ◇죽비(竹篦)=불사(佛事) 때 스님이 손바닥

위를 쳐서 불사의 시작과 끝을 알리는 데 쓰는 두 개의 대쪽을 합하여 만든 물건 ◇실찍를 씌고=가느다란 띠를 매고 ◇가사 책보=가사(袈裟)와 한쪽 어깨에 걸치는 보자기 ◇구불구불=길게길게 ◇법고(法鼓)=절에서 염불 등에 쓰이는 북.

598

쥬렴의 달 비취엿다 멀니셔 눈다 옥져 쇼릭 들이는고나

벗임늬 오즉 히금 져 피리 싱황 양금 죽장구 거문고 가지고 달 쓰거든 오마더니

동즈야 달 빗만 슬피어라 흐마 올 썻.   (時調 97)

珠簾(주렴)=구슬로 만든 발. 구슬처럼 생긴 것을 엮어 만든 발 ◇옥져 쇼릭=옥저 (玉笛) 소리 ◇들이는고나=들리는구나 ◇히금=해금(奚琴). 깡깡이 ◇져=젓대 ◇생황 (笙簧)=악기의 한 가지 ◇양금(洋琴)=악기의 한 가지 ◇죽장고=죽장고(竹杖鼓) ◇흐마=벌써 ◇썻=듯.

598-1

珠簾에 달 빗취였다 萬里山河 玉笛쇼릭 드리난구나

[中章 缺]

아희야 나귀 칫죽 툭툭 모라라 玉笛쇼릭 나난 듸로.   (精歌 38)

萬里山河(만리산하)=먼 곳을 가리킴 ◇드리난구나=들리는구나 ◇칫죽=채찍 ◇나 난 듸로=나는 곳으로.

599

즁놈도 사름 이냥흐여 자고 가니 그립듸고

즁의 숑낙 나 베읍고 내 족도리 즁놈 베고 즁의 長衫 내 덥습고 내 치마 란 즁놈 덥고 자다가 씌드르니 둘희 스랑이 숑낙으로 흐나 족도리로 흐나

이튼날 흐던 일 싱각흐니 흥글항글 흐여라.   (蔓橫淸類) (珍靑 552)

사름 이냥ᄒᆞ야=사람인 것 같아. 사람이라고 ◇그립ᄃᆞ고=그립구나 ◇숑낙=소나무의 겨우살이(松蘿)로 만든 스님이 쓰는 모자. 송낙(松絡). 여승이 쓰는 세모꼴의 흰색 모자 ◇족도리=여자가 쓰는 모자의 한 가지 ◇덥습고=덥고 ◇둘희=두 사람의 ◇흥글항글=마음이 들떠 좋아하는 모양.

600

즁놈은 승년의 머리털 잡고 승년은 즁놈의 샹토 쥐고
두 ᄭᅳᆺ나 맛믹고 이 왼고 져 왼고 쟉쟈공이 쳔ᄂᆞᆫ듸 뭇 쇼경이 구슬 보니
어듸셔 귀 머근 벙어리ᄂᆞᆫ 외다 올타 ᄒᆞᄂᆞ니. (蔓横清類) (珍青 512)

즁놈=남자 스님 ◇승년=여자 스님 ◇샹토=상투 ◇두 ᄭᅳᆺ나 맛믹고=두 끝을 맞잡고 ◇이 왼고 져 왼고=내가 그르냐 네가 그르냐 ◇쟉쟈공이 쳔ᄂᆞᆫ듸=짝자꿍이를 쳤는데. 싸우는데 ◇뭇 쇼경이 구슬 보니=여러 소경들이 그 모습을 보더라 ◇외다 올타=그르다 옳다.

601

즁놈은 고ᄌᆞ 불을 쥐고 고ᄌᆞᄂᆞᆫ 즁에 상토 잡아 작작궁 ᄊᆞ오난듸
말니나니 안즘방이 굿보ᄂᆞ니 쇼경이라
어듸셔 귀막아 못 듯는 놈 말 못ᄒᆞᄂᆞᆫ 벙어리는 외다 올타ᄌᆞ 하드라.
(界編) (興比 193)

고ᄌᆞ=생식기가 불완전한 남자(鼓子). 환관 ◇불을 쥐고=불알을 쥐고 ◇즁에='즁에'의 잘못 ◇말니나니=싸움을 말리는 사람이 ◇굿보ᄂᆞ니=싸움을 구경하는 사람이 ◇귀막아=귀가 먹어 ◇외다 올타ᄌᆞ=그르다 옳다구나.

602

즁놈이 졈은 샤당 년을 엇어 싀父母께 孝道를 긔 무엇슬 ᄒᆞ야 갈소
松杞떡 갈松편과 더덕片脯 苹椒佐飯 뫼흐로 치들아 싀엄취라 삽쥬 고살이 글언 뫼ᄂᆞ믈과 들밧트로 ᄂᆞ리들아 곰돌리라 물쑥 게우목 ᄉᆞᆺ짜지와 씀

박위 쟌다귀라 고돌쌕이 둘오 키야 바랑 쑥게 녀허가지

무어슬 트고 갈싀 어화 雜 말흔다 암쇼 등에 언치 노하 새삿갓 모시 長
衫 곳갈에 念珠 밧쳐 어울 트고 갈이라.　　　　　　　　(海― 319) 李鼎輔

졈은=젊은 ◇사당 년=사당 패거리를 만들어 돌아다니며 연희를 하던 여자 ◇松
杞(송기)쩍='송기(松杞)'는 '송기(松肌)'의 잘못. 송기에 멥쌀가루를 섞어 만든 떡.
송기는 소나무 어린 가지의 속껍질 ◇갈松(송)편=칡가루를 섞어 만든 송편인 듯 ◇
더덕片脯(편포)=더덕섭산적을 가리키는 듯. 더덕을 생으로 껍질을 벗겨 두들겨 물
에 담갔다가 물기를 제거한 후에 찹쌀가루를 묻혀 한데 엉기게 하여 지져낸 적. 청
밀에 재워두고 씀 ◇芋椒佐飯(천초자반)='천(芋)'은 '천(川)의 잘못. '佐飯'은 '자반'
으로 읽음. 조피나무의 열매인 천초에 묽은 찹쌀가루 죽을 바르고 다시 찹쌀가루를
묻혀서 납작하게 눌러 만든 후 기름에 지진 음식 ◇뫼흐로 치돌아=산으로 뛰어 올
라가 ◇싀엄취=승검초 ◇삽쥬=다년생 풀. 연한 잎을 쌈으로 먹는다 ◇고살이=고사
리 ◇글언=그러한 ◇묏느믈=산나물 ◇들밧트로=들에 있는 밭으로 ◇늘이돌아=아
래쪽으로 뛰어내려와 ◇곰달릐=곤달비. 또는 곰달래 ◇물쑥=쑥의 일종 ◇게우목=
거여목. 뿌리를 식용으로 씀 ◇쏫다지=꽃다지. 어린 잎은 식용으로 한다 ◇씀박위=
씀바귀. 뿌리나 어린 잎은 식용으로 한다 ◇쟌다귀=잔대인 듯. 잔대의 뿌리는 식용
으로 쓴다 ◇고돌쌕이=고들빼기 ◇둘오=두루 ◇바랑 쑥게=바랑에 꾹꾹 눌러. 바랑
은 스님이 배낭으로 메고 다니는 자루처럼 생긴 주머니 ◇언치=말이나 소의 안장
밑에 까는 천 ◇새삿갓=가느다란 갈대 같은 것으로 만든 햇빛을 가리기 위한 모자
◇모시 長衫(장삼)=모시로 만든 소매가 긴 스님의 옷 ◇어울 타고=어울려 타고. 같
이 타고

603
즌국 적 시절인지 풍진도 요란하고 살기도 무궁허다

범징의 씨친 옥두 백설이 되앗스니 항장의 날낸 칼이 쓸 곳이 전혀 업
다 쟝양의 통소 소래 월하에 슬피 나니 쟝즁의 잠든 패왕 혼백이 비월허
다 음능 져믄 날에 월색도 희미하고 오강수 널분 믈의 수운이 적막하다
역발산 긔개세도 강동을 못 가거든 필부 형경이 역수를 건늘소냐

가련타 져 장사야 슨도를 일치 말고 조심하야 단녀오라.　　　(時調集 171)

즌국 적=진국(秦國) 때 ◇풍진(風塵)도 요란(擾亂) 하고=세상의 형편도 야단스럽
고 ◇살기(殺氣)도 무궁(無窮)하다=살벌한 기운도 끝이 없다 ◇범징의 씌친 옥두 백
설이 되앗스니=범증(范增)이 홍문(鴻門)에서 유방를 죽이려고 했던 옥결(玉玦)이 흰
눈이 녹듯 쓸모가 없게 되었으니 ◇항장의 날낸 칼=범증의 신호에 따라 항장(項莊)
이 칼을 빼어 춤을 추다 유방을 죽이려 했던 일 ◇장양의~비월(飛越)허다=항우가 해
하성(垓下城)에서 유방에게 포위되어 있을 때 장량이 계명산에 올라 달밤에 퉁소를
부니 그 소리에 장중(帳中)에 자고 있던 항우의 정신이 놀라 달아난다 ◇음릉(陰陵)
저문 날에~수운(愁雲)이 적막하다=항우가 해하(垓下)에서 길을 잃어버렸던 음릉의
저문 날에 달빛도 희미하고 오강(烏江)의 넓은 물에는 근심스런 구름만이 쓸쓸하다
◇역발산(力拔山) 기개세(氣蓋世)도 강동(江東)을 못 가거든=항우가 자기는 힘은 산
은 뽑을 만하고 기운은 세상을 덮을 만하다고 했으나 고향인 강동엘 못 갔거든 ◇
필부 형경(荊卿)이 역수(易水)를 건늘소냐=형경이 연나라 태자 단(丹)의 사주(使嗾)
로 진왕을 죽이고 역수를 건너려고 했으나 실패하고 피살됨 ◇슨도=미상. 정도(正
道)의 잘못인 듯.

604

즘싱 삼긴 後에 범쳐로 무셔오랴
山林之君이오 百獸之長이로되 여위게는 속도더라
아마도 人間에 무서울슨 九尾狐ㄴ가 ᄒᆞ노라.   (樂高 604)

즘싱=짐승 ◇범쳐로=범처럼 ◇山林之君(산림지군)이오=산림의 군왕이요 ◇百獸
之長(백수지장)이로되=모든 짐승의 우두머리로되 ◇여위게ᄂᆞᆫ=여우에게는 ◇속도더
라=속더라. 속임을 당하더라 ◇무서올슨=무서운 것은 ◇九尾狐(구미호)ㄴ가=오래
묵어 사람을 홀린다고 하는 꼬리가 아홉 개인 여우.

605

증경이 雙雙 綠潭中이오 皓月은 團團 暎窓櫳이라
凄凉흔 羅帷 안헤 蟠蟀은 슬피 울고 人寂夜深ᄒᆞ되 玉漏潺潺 金爐에 香
盡 參橫月落도록 有美故人 뉘게 자펴 못 오는고
님이야 날 싱각ᄒᆞ랴마는 나는 님샌이매 九回肝腸을 寸寸이 스로다가 스

라져 주글만졍 나는 닛지 못ᄒ얘.　　　　　　　　　　（蔓橫淸類）（珍靑 563）

증경이=징경이. 물수리 ◇綠潭中(녹담중)=푸른 연못 가운데 ◇晧月(호월)은 團團
(단단) 暎窓櫳(영창롱)이라=흰 달은 둥글고 둥글어 영창을 비추고 ◇凄凉(처량)흔
羅幃(나위)=쓸쓸한 비단 휘장 ◇蟠蟀(반솔)=‘실솔(蟋蟀)’의 잘못. 귀뚜라미 ◇人寂夜
深(인적야심)=사람의 자취는 없고 밤은 깊은데 ◇玉漏潺潺(옥루잔잔)=물시계 소리
는 잔잔하고 ◇金爐(금노)에 香盡(향진)=화로에 향이 다 타다 ◇參橫月落(참횡월
락)=별이 비끼고 달이 지다 ◇有美故人(유미고인)=아름다운 옛님 ◇자펴=잡히어 ◇
九回肝腸(구회간장)=구곡간장과 같음. 깊이 든 마음속 ◇寸寸(촌촌)이=마디마디 ◇
스로다가 스라져=사르다가 없어져. 타다가 없어져.

605-1

증경은 雙雙 浴潭中이요 晧月은 團團 影窓濃인데
蟋蟀聲中 홀노 안저 金爐에 香盡하고 玉樓는 잔잔한데 三五夜 月落토록
뉘게 잡혀 못 오시나
임이야 날 생각하료만은 나는 임뿐이라 독수공방 전전불매 장탄으로 이
밤 새우기 어려워라.　　　　　　　　　　　　　　　　　（時調(關西本) 91）

三五夜(삼오야) 月落(월락)토록=보름달이 지도록 ◇玉樓(옥루)=‘옥루(玉漏)’의 잘
못 ◇전전불매(輾轉不寐) 장탄(長歎)으로=뒤척이며 잠 못 이루고 긴 탄식으로.

606

池塘에 月白ᄒ고 荷香이 襲衣홀 쩨
金樽에 술 잇고 絶代佳人 弄琴커늘 逸興을 못 익의여 界面調를 읇어 닉
이 松竹은 휘들오며 庭鶴은 츔을 추다 閒中 이 興味에 늙을 뉘를 모룰노다
이 中에 悅親戚 樂朋友로 以終天年 ᄒ리라.　　　　　　（海周 537） 金壽長

池塘(지당)에 月白(월백)ᄒ고=연못에 달빛이 하얗게 비추고 ◇荷香(하향)이
襲衣(습의)홀 쩨=연꽃의 향기가 옷에 스며들 때 ◇弄琴(농금)커늘=거문고를

희롱하거늘 ◇逸興(일흥)=뛰어난 흥취 ◇못 익의여=억제하지 못하여 ◇界面
調(계면조)=노래 곡조의 한 가지. 슬프고도 처량한 감정을 자아냄 ◇松竹(송
죽)은 휘들오며=소나무와 대나무는 흔들거리며 ◇庭鶴(정학)=뜰에 노니는 학
◇閒中(한중)=한가한 가운데 ◇늙은 뉘를 모를 노다=늙는 줄을 모르겠구나 ◇
悅親戚 樂朋友(열친척낙붕우)=친척들과 즐겁게 지내고 벗들과 즐거워하다 ◇
以終天年(이종천년)=타고난 수명을 다하다.

607

智謀는 漢相 諸葛武侯요 膽略은 吳侯 孫伯符ㅣ라
舊邦 維新은 周文王之功業이요 斥邪衛正은 孟夫子之聖學이로다
아마도 五百年 幹氣英傑은 國太公이신가 하노라.　　(弄) (金玉 152) 安玟英

智謀(지모)는 漢相(한상) 諸葛武侯(제갈무후)요=슬기로운 계책은 한나라 승상 제
갈량이요 ◇膽略(담략)은 吳侯(오후) 孫伯符(손백부)ㅣ라=담력과 모략은 오(吳)나라
제후 손책(孫策)과 같다 ◇舊邦維新(구방유신)은 周文王之功業(주문왕지공업)이요=
나라가 비록 오래되었으나 제도를 고쳐 새롭게 한 것은 주나라 문왕의 큰 공로요
◇斥邪衛正(척사위정)은 孟夫子之聖學(맹부자지성학)이로다=사악(邪惡)을 물리치고
정기(正氣)를 지킴은 맹자의 훌륭한 가르침이다 ◇五百年(오백년)=조선 건국부터
지금까지의 기간 ◇幹氣英雄(간기영웅)=세상에 드물게 뛰어난 기품을 지니고 태어
난 영웅 ◇國太公(국태공)=흥선대원군을 가리킨다.
　　※『금옥총부』에 "병인양추지란 약비국태공 지모담략 아국기우좌임(丙寅洋醜之
亂 若非國太公 智謀膽略 我國幾于左衽, 병인년 서양 오랑캐의 난리에 만약 국태공의
지모와 담략이 아니었다면 야만인들에게 우리나라가 어찌 되었겠는가?)"이라 했다.

608

鎭國名山 萬丈峰이 靑天削出金芙蓉이라
巨壁은 屹立ᄒ여 北祖三角이오 奇巖은 斗起ᄒ여 南案蠶頭ㅣ로다 左龍은
駱山 右虎 仁王 瑞色은 盤空ᄒ여 象闕에 어릐엿고 淑氣는 鍾英ᄒ여 人傑
을 비저내니 美哉라 我東山河之固여 聖代衣冠 太平文物이 萬萬歲之金湯이
로다

年豊코 國泰民安ᄒ되 九秋楓菊에 麟遊를 보려ᄒ고 面岳登臨ᄒ여 醉飽盤
桓ᄒ오며셔 感激君恩 ᄒ여이다.　　　　　　　　　　　　(蔓橫淸類) (珍靑 578)

鎭國名山(진국명산) 萬丈峰(만장봉)=나라를 진압(鎭壓)하여 안정시킬 훌륭한 산
의 만장봉. 만장봉은 서울 도봉산(道峰山)의 주봉이다 ◇靑天削出(청천삭출) 金芙蓉
(금부용)=하늘 높이 솟아오른 것이 마치 금빛 연꽃 봉오리와 같다 ◇巨壁(거벽)은
屹立(흘립)=거대한 벽이 우뚝 솟음 ◇北祖三角(북조삼각)=삼각산을 뒤로하다 ◇奇
巖(기암)은 斗起(두기)=기이하게 생긴 바위는 불쑥 솟다 ◇南案蠶頭(남안잠두)=잠두
봉을 앞에 두다 ◇左龍(좌룡)은 駱山(낙산)=좌청룡은 낙산이요 ◇右虎仁王(우호인
왕)=인왕산은 우백호가 되다 ◇瑞色(서색)은 盤空(반공)ᄒ여=상서로운 빛은 공중에
서려 ◇象闕(상궐)=대궐 ◇淑氣(숙기)는 鍾英(종영)ᄒ여=맑은 기운은 빼어남을 모아
서 ◇비져내니=태어나게 하니 ◇美哉(미재)라=아름답도다 ◇我東山河之固(아동산하
지고)=우리나라 산하의 견고함 ◇聖代衣冠(성대의관) 太平文物(태평문물)=태평한 시
대의 문화와 예의 바른 풍속 ◇萬萬歲之金湯(만만세지금탕)=오랜 세월을 버텨갈 금
성(金城)과 탕지(湯池)처럼 견고하다 ◇年豊(연풍)=풍년이 듦 ◇國泰民安(국태민안)=
나라가 태평하고 백성이 평안하다 ◇九秋黃菊(구추황국) 丹楓節(단풍절)=황국과 단
풍의 계절인 가을 ◇麟遊(인유)=기린이 뛰어놀다 ◇面岳登臨(면악등림)=바로 앞에
있는 산에 오르다 ◇醉飽盤桓(취포반환)=배불리 먹고 취하여 거닐다 ◇感激君恩(감
격군은)=임금의 은혜에 감격하다.
　※ 이한진본『청구영언』에 작자가 김춘택(金春澤)으로 되어 있다.

609
秦始皇 漢武帝를 뉘라셔 壯타던고
童男童女 함믜 싯고 萬頃滄波에 비를 씌여 採藥求仙ᄒ고 栢梁臺 놉흔
집에 承露盤에 이슬 바다 萬千歲 살냐터니 오로다 虛事ㅣ로다
우리는 酒色을 삼가ᄒ고 節食服藥ᄒ여 百年가지 ᄒ리라.　　　　　(靑六 696)

壯(장)타던고=훌륭하다고 하던가 ◇뉘라셔=누가 ◇童男童女(동남동녀)=진시황이
불사약을 구하려고 삼신산에 보낸 사람들 ◇採藥求仙(채약구선)=불사약을 캐 오고
선술(仙術)을 구함 ◇栢梁臺 承露盤(백량대 승로반)=한무제가 장생(長生)을 위해 백
량대를 짓고 승로반에 이슬을 받아 먹었다 ◇오로다=모두가 ◇絕食服藥(절식복약)=

음식을 절제하고 약물을 복용하다 ◇ᄒ리라=살겠다.

610

此生 怨讐이 離別 두 字 어이ᄒ야 永永 아조 업시 흘고
가슴에 의인 불 이러날 양이면 얽동여 녀허 ᄉ름죽도 ᄒ고 눈으로 소슨
믈 바다이 되면 풍덩 드르쳐 씌오련마는
아모리 씌오고 살은들 한숨이야 어이리.   (樂戲調) (甁歌 1010)

此生 怨讐(차생원수)=이 세상에서의 원수 ◇가슴에 의인 불 이러날 양이면=마음
에 쌓인 울화가 일어날 것 같으면 ◇얽동여 녀허 ᄉ름죽도=얽고 잡아매어 불에 넣
어 살을 만도. 태울 만도 ◇바다이=바다가 ◇드르쳐 씌오련마는=물에 집어던져서
띄우련만 ◇어이리=어쩔 수가 없구나.

611

窓 내고쟈 窓을 내고쟈 이 내 가슴에 窓 내고쟈
고모장지 셰살장지 들장지 열장지 암돌져귀 수돌져귀 비목걸새 ᄀ나큰
쟝도리로 쑹닥 바가 이 내 가슴에 窓 내고쟈
잇다감 하 답답홀 제면 여다져볼가 ᄒ노라.   (蔓橫淸類) (珍靑 541)

고모장지=‘구문장자(龜紋障子)’가 바뀐 것. 거북 모양의 창살을 한 장지문 ◇세
살장지=문창살이 가느다란 장지문 ◇들장지=들어 올려 여는 장지문 ◇열장지=열어
젖혀 여는 장지문 ◇암돌져귀 수돌져귀=문을 여닫거나 떼기 쉽게 하기 위해 문과
문틀에 밖는 쇠. 문에 박는 것이 수톨쩌귀, 문틀에 박는 것이 암톨쩌귀 ◇비목걸쇠=
걸쇠를 거는 구멍 난 못 ◇잇다감=이따금. 가끔 ◇하=너무 ◇여다져=열었다 닫았
다 하여.

611-1

창 ᄂ고ᄌ 창 ᄂ고ᄌ 이 ᄂ 가슴에 창 ᄂ고ᄌ
열창이며 광창이나 베락다지 갑창이나 가로장ᄌ 셀장ᄌ 두첩 접어 걸분

합 암돌져귀며 슈돌져귀 마츄워 열쇠 비목고리 사슬 빅킨 셜쥬에다 부리
긴 바곳슬 듸고 그낙천 장도리로 쌍쌍쌍쌍쌍쌍 늘너 박아 이 닉 가슴에
창 늬고즈

　　우리도 임 생각이 나셔 가삼이 답답허거든 여다져나 볼가.　　　(樂高 675)

　　열창=열 수 있는 창문　◇광창(廣窓)=넓은 창문　◇베락다지=벼락닫이. 위는 고정
시키고 아래만 열 수 있는 창문　◇갑창(甲窓)=미닫이 안쪽에 덧끼워 다는 미닫이
◇셀장자=세살장지인 듯　◇걸분합=걸 수 있는 분합문(分閤門)　◇바곳슬=바곳을. 바
곳은 옆에 손잡이 자루가 달린 길쭉한 송곳의 한 가지.

612

　창밧게 가마솟 막이 장사야 니별 나는 궁도 네 잘 막일소냐

　그 장시 듸답허되 쵸한 쩍 항우라도 녁발산ᄒ고 긔기세로되 심으로 능
이 못 막엿고 삼국쩍 제갈냥도 상통천문에 하달지리로되 지쥬로 능이 못
막여쩌든

　허믈며 날거튼 소장부야 일너 무슴　　　　　　　　　　　　　(南太 84)

　가마솟 막이 장사야=가마솥을 때우라고 하는 장사꾼아　◇니별 나는 궁도=이별
이 생기는 구멍도　◇막일소냐=막을 수가 있느냐?　◇쵸한 쩍 항우라도=초(楚)나라와
한(漢)나라가 싸우던 시절의 항우(項羽)도　◇녁발산ᄒ고 긔기세로되=역발산(力拔山)
하고 기개세(氣蓋世)로되. 힘은 산을 뽑을 만큼 세고 기운은 세상을 덮을 만하되　◇
심으로 능이 못 막엿고=힘으로는 능히 못 막았고　◇상통천문(上通天文)에 하달지리
(下達地理)로되=위로는 천문에 통달했고 아래로는 지리에 숙달했으되　◇날거튼 소
장부(小丈夫)=나와 같은 하잘것없는 남자　◇일너 무슴=말하여 무엇.

612-1

　窓밧씌 감아솟 막키라는 장스 離別 나는 굼멍도 막키옵는가

　그 궁기 本來 물이 흐르매 英雄 豪傑들도 知慧로 못 막앗고 허믈며 西
楚伯王의 힘으로 能히 못 막앗신이 하 우은 말 마오

眞實로 장수의 말과 갓탈찐대 長離別인가 ᄒᆞ노라.　　　(靑謠 65) 朴文郁

窓(창)밧씌=창밖에　◇막키옵는가=막을 수가 있는가?　◇궁기=구멍이　◇西楚伯王(서초백왕)=항우(項羽)를 가리킴　◇못 막앗신이=막지 못하였으니　◇하 우은 말 마오=너무 우스운 말을 하지 마시오　◇갓탈찐대=같다면　◇長離別(장이별)=다시는 만나지 못한다.

613

窓밧기 어른어른ᄒᆞᄂᆞ니 小僧이 올소이다
어졔 저녁의 動鈴ᄒᆞ랴 왓든 듕이 올ᄂᆞ니 閣氏님 즈ᄂᆞ 房 독도리 버셔거ᄂᆞᆫ 말그틱 이 닉 쇼리 숑낙을 걸고 가쟈 왓소
져 듕아 걸기ᄂᆞ 걸고 갈지라도 後ㅅ말이나 업게 ᄒᆞ여라.　　　(甁歌 937)

窓(창)밧기 어른어른ᄒᆞᄂᆞ니=창밖에 그림자가 희미하게 움직이니　◇小僧(소승)=스님이 자기를 낮추어 부르는 말　◇動鈴(동령)ᄒᆞ랴=동냥하러　◇올ᄂᆞ니=옳으니. 틀림이 없으니　◇독도리=족두리　◇말그틱=말코지 곁에. 말코지는 물건을 걸기 위하여 벽 따위에 달아 두는 나무 갈고리　◇쇼리 숑낙=송낙(松絡)을 강조하기 위해 반복하여 썼다　◇後(후)ㅅ말=뒷말. 소문(所聞).

613-1

어와 게 누읍신고 거넌 佛堂 동녕僧이 내올너니
홀 居士 혼즈 자시ᄂᆞᆫ 방 말독 겻희 내 숑낙 걸나 와습더니
오냐야 걸기ᄂᆞ 거러라커니와ᄂᆞᆫ 훗말 업시 ᄒᆞ여라.　　　(靑淵 229)

게 누읍신고=거기가 누구신가　◇내올너니=나 이러니　◇홀 居士(거사)=혼자 지내는 거사. 거사는 남자 스님　◇말독 겻희=말코지 곁에　◇오냐야=오냐.

613-2

窓밧게 게 누구 왓쇼 뒤 졀 老僧이 ᄂᆞ려왓소

月沈夜三更에 늘 보랴구 나려왓쇼

각시任 모단 족도리 거는 말고지에 小僧 松落 長衫 거러보게.

(無名時調集가本 13)

月沈夜三更(월침야삼경)에=달빛이 침침한 한밤중에 ◇눌=누구를 ◇모단 족도리=
모본단 족두리 ◇말고지에=말코지에.

614

窓밧긔 草綠色 風磬 걸고 風磬 아릭 孔雀尾로 발을 다니

바람 불 젹마다 흔날녀셔 니이는 소릭도 죠커니와

밤즁만 잠쎌에 들어보니 遠鐘聲인 듯ㅎ여라.　　　(言樂) (靑六 844)

風磬(풍경)=바람에 흔들려 소리 나도록 추녀에 다는 경쇠 ◇孔雀尾(공작미)로 발
을 다니=공작의 꼬리처럼 길게 드리운 발을 다니 ◇니이는 소릭=내는 소리. 흔들거
려 울리는 소리 ◇遠鐘聲(원종성)=멀리서 들려오는 종소리.

615

窓밧기 엇득엇득커늘 님만 너겨 나가보니

님은 아니오고 우스름 달빗체 열 구름이 날 속겨다

믓쵸아 밤일셰만졍 힝혀 낫지런들 남 우일 번ㅎ여라.　　　(六靑 652)

님만 너겨=님으로만 여겨. 생각되어 ◇우스롬 달빗체=희미한 달빛에 ◇열 구름
이=지나가는 구름이 ◇속겨다=속였다 ◇믓쵸아=마침 ◇밤일셰만졍=밤이니 망정이
지 ◇힝혀 낫지런들=행여나 낮이었던들 ◇남 우일 번ㅎ여라=남에게 웃음거리가 될
뻔했구나.

616

窓外 三更 細雨時에 夜半 孤燈 잠인들 이를넌가

靑燈을 도도 쳔 후 綠衣琴 겻희 안고 相思曲 한 曲調를 한슘 석거 타노

라니 任의 生覺 더욱 간절하야 任 가신 곳 바라보니 蒼天의 織女星은 눈물을 먹음은 듯 耿耿이 잇서도 一年 一度면 만날 날이 잇것마는 나는 어이 못 가는고

無情하고 야속한 任이여 그대 생각 허노라고 이 내 귀비肝腸 석으나 석은 눈물 싯칠 날이 전혀 업다.　　　　　　　　　　　(時調集 159)

窓外三更細雨時(창외삼경세우시)=창밖에는 한밤중 이슬비 내릴 때 ◇夜半(야반) 孤燈(고등)=한밤의 외로운 등불 ◇이를넌가=이룰 수가 있겠느냐? ◇靑燈(청등)을 도도 켠 후=등잔불을 돋우어 켜놓은 뒤에 ◇綠衣琴(녹의금)=녹기금(綠奇琴). 거문고에 푸른 칠을 한 것인 듯 ◇겻희 안고=곁에 안고 두고 ◇相思曲(상사곡)=사랑하는 사람을 그리워하는 노래 ◇蒼天(창천)의 織女星(직녀성)=푸른 하늘에 떠 있는 직녀성 ◇耿耿(경경)이=별빛이 깜박깜박함 ◇一年 一度(일년일도)=일 년에 한 번 ◇야속한 任(임)이여=섭섭하고 쌀쌀한 님이여 ◇귀비肝腸(간장)=굽이굽이 아픈 마음. 구곡 간장(九曲肝腸) ◇석으나 석은=썩고 썩은 ◇싯칠 날이=그칠 날이.

617

窓外三更 細雨時에 兩人 心事 집흔 情과 夜半無人 私語時에 百年同樂 굿든 言約 離別될 줄 못낫더니

銅雀春風은 周郞의 微笑요 長信 秋月은 漢宮人의 懷抱로다 咫尺千里 銀河도 싀이흐고 魚雁이 頓絶커날 消息인들 뉘 전흐리 못 보아 病이 되고 못 니져 恨이로다

가득히 셕은 肝腸 요 밤 싀우기 어려워라.　　　　　(時調演義 94) 林重桓

兩人心事(양인심사) 집흔 情(정)과=두 사람 사이의 마음과 깊은 정과 ◇夜半無人 私語時(야반무인사어시)=한밤중 아무도 없는 곳에서 둘이 소곤거린 때 ◇銅雀春風 (동작춘풍)은 周郞(주랑)의 微笑(미소)요=동작대(銅雀臺)의 봄바람은 주랑의 미소요. 동작대는 조조(曹操)가 만든 전망대로 하남성 임장현(臨漳縣)에 있었음. 주랑은 오 (吳)나라 주유(周瑜)이다 ◇長信秋月(장신추월)은 漢宮人(한궁인)의 懷抱(회포)로다= 장신의 가을달은 한나라 궁인의 품은 생각이로다. 장신궁(長信宮)은 장락궁(長樂宮) 안에 있고 한(漢)의 태후가 거처하던 곳 ◇싀이흐고=사이에 두고 ◇魚雁(어안)이 頓

絶(돈절)커날=소식마저 끊어졌거늘 ◇가득히=가뜩이나.

618

採於山하니 美可茹요 釣於水하니 鮮可食을
坐水邊林下하니 塵世可忘이요 步芳經閒程하니 情懷自逸이로다
아마도 悅心樂志는 나뿐인가 하노라.　　　　　　　(羽樂) (金玉 160) 安玟英

採於山(채어산)하니 美可茹(미가여)요='미(美)'는 '미(薇)'의 잘못인 듯. 산에서 나
물을 뜯으니 고사리가 먹을 만하고 ◇釣於水(조어수)하니 鮮可食(선가식)을=물에서
고기를 낚으니 싱싱한 것이 먹을 만함을 ◇坐水邊林下(좌수변임하)하니 塵世可忘(진
세가망)이요=물가의 수풀 아래 앉으니 속세를 잊을 만하고 ◇步芳經閒程(보방경한
정)하니 情懷自逸(정회자일)이로다='경(經)'은 '경(巡)'의, '한정(閒程)'은 '한정(閑庭)'
의 잘못. 꽃길을 걷고 뜯은 한가하니 정과 회포가 스스로 기뻐할 만하도다 ◇悅心
樂志(열심락지)는=마음과 의지를 기쁘고 즐겁게 함은.
　　※『금옥총부』에 "아지산중지락 과하여재(我之山中之樂 果何如哉. 나의 산중의
즐거움이 과연 이와 같구나)"라 했음.

619

千古 離別 셜운 中에 누구누구 더 셜운고
明皇의 楊貴妃와 項羽의 虞美人은 劍光에 늘아나고 漢公主 王昭君은 胡
地에 遠嫁ᄒ야 琵琶絃 鴻鵠歌의 遺恨이 綿綿ᄒ고 石崇의 金谷繁華로도 綠
珠를 못 잇엿시되
우리는 連理枝 並蔕花를 님과 나와 것거 쥐고 元央枕 翡翠衾에 百年同
樂 ᄒ리라.　　　　　　　　　　　　　　　　　　(靑謠 53) 金默壽

千古(천고) 離別(이별)=예전부터 지금까지 사람들이 헤어짐 ◇셜운고=서러울까
◇明皇(명황)의 楊貴妃(양귀비)=명황은 당(唐)나라의 현종(玄宗). 양귀비는 그의 총
희(寵姬). 안녹산(安祿山)의 난리에 마외역(馬嵬驛)에서 죽임을 당함 ◇項羽(항우)의
虞美人(우미인)=우미인은 항우의 애첩(愛妾). 항우가 한(漢)의 고조(高祖)에게 해하
(垓下)에서 포위되어 자결할 때 같이 죽음 ◇劍光(검광)=칼날의 번쩍이는 빛 ◇늘아

나고=목이 날아가고. 죽었고 ◇漢公主(한공주) 王昭君(왕소군)=왕소군은 한(漢)나라
의 궁녀. 흉노와의 친화책(親和策)으로 호지(胡地)에 바쳐지는 몸이 되어 마상에서
비파를 뜯어 원통함을 노래했고, 죽어 그곳에 묻혀 그 무덤을 청총(靑塚)이라 한다
◇胡地(호지)에 遠嫁(원가)ㅎ여=오랑캐 땅에 멀리 시집을 가서 ◇琵琶絃(비파현)=비
파의 줄 ◇鴻鵠歌(홍곡가)=노래의 이름 ◇유한(遺恨)이 면면(綿綿)ㅎ여=남은 한이
계속하여. 이어져서 ◇石崇(석숭)의 金谷繁華(금곡번화)=석숭은 중국 진(晉)나라의
부호(富豪)이자 문장가. 하남성 낙양현의 서쪽 금곡에 별장을 두고 호사(豪奢)를 누
렸다 ◇綠珠(녹주)=석숭의 애첩. 당시에 손수(孫秀)라는 사람이 권력으로 녹주를 빼
앗고자 하였으나 녹주는 다락에서 떨어져 자결하였다 ◇잇엿시되=잊지를 못하였으
되 ◇連理枝(연리지)=두 나무가 서로 맞닿아 결이 통한 것. 화목한 부부나 남녀 간
의 사랑을 일컫는 말 ◇並蔕花(병체화)=한 뿌리에 두 개의 꽃이 핀 꽃. 연리지와 같
은 뜻으로 쓰는 말 ◇元央枕(원앙침)='원앙(元央)'은 '원앙(鴛鴦)'의 잘못. 원앙을 수
놓은 베개 ◇翡翠衾(비취금)=비취색의 이불 ◇百年同樂(백년동락)=평생을 같이 살
며 즐거워하다.

620

千古 羲皇天과 一寸 無懷地에 名區 勝地를 굴희곡 갈희여
數間茅屋 지어내니 雲山烟水 松風蘿月 野獸山禽이 절로 己物 되여괴야
아히야 山翁의 이 富貴를 늠드려 히혀 홀세라.　　　　(蔓橫淸類) (珍靑 521)

羲皇天(희황천)=복희씨(伏羲氏) 때의 하늘. 복희씨는 고대 전설상의 임금. 처음으
로 백성들에게 고기잡이와 사냥, 목축 등을 가르쳤다고 한다 ◇一寸(일촌) 無懷地
(무회지)=무회씨(無懷氏) 때의 작고 안락한 땅. 무회씨는 중국 상고(上古) 때의 제왕
으로, 그 국민들이 잘 먹고 안락한 생을 즐겼으며, 닭과 개의 소리가 번갈아 들리며
백성이 노사(老死)에 이르러도 서로 왕래하지 않았다고 한다 ◇名區勝地(명구승지)=
자연의 경치가 아름답기로 이름난 곳 ◇굴희곡 갈희여=고르고 골라서 ◇雲山烟水
(운산연수)=구름이 둘린 산과 안개가 낀 물 ◇松風蘿月(송풍나월)=소나무 사이를
스치는 바람과 담쟁이덩굴 사이로 보이는 달 ◇野獸山禽(야수산금)=산과 들에서 사
는 길짐승과 날짐승 ◇절로 己物(기물) 되여괴야=저절로 나의 소유물이 되었다 ◇
山翁(산옹)=산에 사는 사람. '옹'은 겸칭 ◇늠드려 히혀 홀세라=남에게 알게 할까
두렵다.

千古 羲皇之天과 一寸 無懷之地에 第一 江山이 님자 업시 바렷거늘
援居援處ᄒ여 採於山 釣於水에 紫芝는 盈筐ᄒ고 銀鱗을 貫柳ᄒ니 水陸
品도 가잣ᄂᆡ듸 그 밧긔 松風蘿月이며 野獸山禽이 다 뇌 器物이 되여괴야
아마도 山村經濟는 이 조흔가 ᄒ노라.   (各調音) (東國 361)

바렷거늘=버려져 있거늘 ◇援居援處(원거원처)ᄒ여=이곳에 거처를 삼고 살아 ◇
採於山(채어산) 釣於水(조어수)=산에서 나물 뜯고 물에서 고기 낚다 ◇紫芝(자지)는
盈筐(영광)ᄒ고=나물은 광주리에 가득 차고 '자지'는 자초(紫草)와 지초(芝草)이나
나물의 뜻으로 쓰였다 ◇銀鱗(은린)을 貫柳(관류)ᄒ니=물고기를 버들가지에 꿰니.
은린은 은빛 비늘이 있는 물고기 ◇水陸品(수륙품)도 가잣난듸=물과 뭍에서 나는
물건들도 갖추어졌는데 ◇器物(기물)=기물(己物)의 잘못 ◇山村經濟(산촌경제)=산골
에서 사는 살림살이.

千古 羲皇天과 一村 無懷地에 第一名區 勝界 가리고 가리며
靑山臨流ᄒ여 草屋 지여ᄂᆞ니 松風蘿月과 野獸山禽이 다 나의 器物이라
兒孩야 雲散烟消後에 山翁의 이 富貴은 桃花流水며 香達聞之로 뉘 알가
두리노라.   (界面調) (興比 413)

第一名區(제일명구) 勝界(승계)=제일 경치가 좋기로 이름난 곳과 훌륭한 세계 ◇
가리고 가리며=가리고 가려서. 고르고 골라서 ◇靑山臨流(청산임류)=푸른 산을 등
지고 시내가 흐르는 곁. 배산임수(背山臨水) ◇野獸山禽(야수산금)=들과 산에 사는
짐승과 새 ◇雲散烟消後(운산연소후)=구름과 연기가 흩어지고 없어진 다음 ◇桃花
流水(도화유수)며 香達聞之(향달문지)=복숭아꽃이 물에 떠가며 향기가 퍼져서 다른
사람에게 알려지다 ◇두리노라=두렵구나.

天君 衙門에 仰呈 所志 爲白去乎 依所訴題給 ᄒ오쇼셔

人間 白髮이 平生에 게엄으로 츳마 못 볼 老人 광대 靑春少年들을 미러 가며 다 띄오되 그中에 英雄豪傑으란 부듸 몬져 늙게 ᄒᆞ니 右良辭緣을 細細參商ᄒᆞ야 白髮禁止 爲白只爲

天君이 題辭를 ᄒᆞ오샤듸 世間 公道를 白髮로 맛져이셔 貴人頭上 段置 撓改치 못ᄒᆞ거든 너ᄯᅥ려 分揀不得이라 相考施行向事.　　　　　　(珍靑 575)

天君(천군) 衙門(아문)=옥황상제의 관청 ◇仰呈所志(앙정소지)=우러러 소지를 올림. '소지'는 진정서(陳情書)나 고소장(告訴狀). '소지(所志)'는 '소지(訴志)'의 잘못 ◇爲白去乎(위백거호)='ᄒᆞᄲᅳᆯ거온'의 이두 표기. 하옵시는 ◇依所訴題給(의소소제급)=호소한 바에 의거하여 제사(題辭)를 매겨주옵소서 ◇게엄=욕심. 게으름 ◇老人(노인) 광대=노인들의 불거진 광대뼈 ◇띄오대=띄우되. 떠나보내되 ◇右良辭緣(우량사연)을=위의 참된 사연을 ◇細細參商(세세참상)ᄒᆞ야=자세하게 헤아려서 ◇爲白只爲(위백지위)='ᄒᆞᄲᅳᆯ기ᄒᆞ야'의 이두 표기. 하옵시게 하여 ◇天君(천군)이 題辭(제사)를 ᄒᆞ오샤듸=하느님께서 제사를 하시되 ◇世間(세간) 公道(공도)=세상의 공평한 도리 ◇白髮(백발)로 맛져이셔=백발을 기준으로 맡기고 있어 ◇貴人頭上(귀인두상) 段置(단치) 撓改(요개)치 못ᄒᆞ거든=귀인의 머리라도 휘어 고치지 못하거든. '단치'는 이두로 '쓴두'로 읽고 '것도'의 뜻임 ◇너ᄯᅥ려 分揀不得(분간부득)이라=너에게 분간해줄 수 없음 ◇相考(상고)=서로 견주어 고찰함 ◇施行向事(시행향사)=시행할 일. '향사'는 이두 표기로 '할 일'의 뜻임.

622

天君이 赫怒ᄒᆞ샤 愁城을 치오실시

大元帥 歡伯將軍 佐幕은 靑州從事 阮步兵 前驅ᄒᆞ야 李謫仙 草檄ᄒᆞ고 琉璃鍾 琥珀濃은 先鋒 掩襲ᄒᆞ고 舒州杓 力士鐺은 挾擊大破ᄒᆞ야 糟丘臺에 올나 안자 伯倫으로 頌德ᄒᆞ고 越牒星馳ᄒᆞ야 告闕成功ᄒᆞᆫ 後에

그제야 耳熟蹈舞ᄒᆞ야 鼓角을 셧블며 霸業難 守成難 難又難 凱歌歸를 ᄒᆞ더라.　　　　　　(瓶歌 872) 李鼎輔

天君(천군)이=마음이 ◇赫怒(혁노)ᄒᆞ샤=버럭 성을 내시어 ◇愁城(수성)=근심 걱정으로 고생하는 처지. 우수지경(憂愁之境) ◇歡伯(환백)=술을 의인화한 이름 ◇佐

幕(좌막)=감사(監司), 유수(留守), 병사(兵使)를 따라다니며 보좌하던 관리. 비장(裨將) ◇靑州從事(청주종사)=청주의 종사관. '청주(靑州)'는 '청주(淸酒)'를 뜻함 ◇阮步兵(완보병)=삼국시대 위(魏)의 완적(阮籍)을 가리킨다. 죽림칠현(竹林七賢)의 하나로 음악과 술을 즐겼다. 보병은 벼슬 이름 ◇前驅(전구)=말을 타고 행렬을 선도하다. 또는 그 사람 ◇草檄(초격)=격문(檄文)을 기초하게 함 ◇琉璃鐘 琥珀濃(유리종호박롱)='濃'은 '瓏(롱)'의 잘못. 술잔의 이름. 의인화하였음 ◇先鋒掩襲(선봉엄습)=선봉을 갑자기 쳐들어감. 또는 선봉으로 갑자기 쳐들어감 ◇舒州勺 力士鐺(서주작역사당)=술잔. 서주작은 서주 토산의 명물인 주기(酒器)이고, 역사당은 예장(豫章)에서 나는 질그릇의 이름 ◇挾擊大破(협격대파)=협공(挾攻)하여 크게 쳐부수다 ◇糟丘臺(조구대)=술재강을 쌓아 올려 만든 망대(望臺) ◇伯倫(백륜)으로 頌德(송덕)ᄒ고=백륜으로 하여금 술의 덕을 칭송하고. 백륜은 유령(劉伶)의 자(字) ◇越牒星馳(월첩성치)=전쟁에서 이긴 소식을 빨리 알리다 ◇告厥成功(고궐성공)=전쟁에서 이긴 소식을 임금에게 아뢰다 ◇耳熟蹈舞(이숙도무)=기뻐서 뛰며 춤을 추다 ◇鼓角(고각)을 섯불며=북과 나발을 섞어 불고 치며 ◇霸業難(패업난) 守城難(수성난) 難又難(난우난)=패업도 어렵고 성을 지키기도 어렵고 어렵고 또 어렵다 ◇凱歌歸(개가귀)=개선가를 부르며 돌아오다.

623

千萬 私설 다 바리고 우리 두리 함께 죽어 鬼門國 三千里와 염나국 슈萬里 咫尺 갓치 쉬이 가셔
第十二 졀윰大王 上王前의 낫낫치 신원ᄒ여 임 나 되고 나 임 되여 나 일싱 길워 스러흠을 임 나 되어 지러보면 임인덜 안이 집작ᄒ리
진실노 이리 될 줄 아러시면 당쵸의 몰너.   (時調 106)

千萬私(천만사)설='사(私)'는 '사(辭)'의 잘못인 듯. 천만사설(千萬辭說). 모든 이야기. 모든 것 ◇鬼門國(귀문국)=동해(東海) 가운데 있다고 하는 나라. 도색(度索)이라고도 한다 ◇염라국(閻羅國)=염라대왕이 통치한다고 하는 나라 ◇咫尺(지척)=아주 가까운 거리 ◇쉬이=빨리 ◇졀륜대왕=전륜(轉輪)대왕. 불교에서 정법(正法)을 가지고 온 세계를 다스릴 것이라는 인도의 신화적 이상(理想)의 왕 ◇신원(伸冤)ᄒ여=억울하게 뒤집어쓴 죄를 씻어 ◇길워 스러흠을=그리워하고 슬퍼함을 ◇지러보면=그리워하여보면 ◇임인덜=님인들 ◇당쵸의=당초(當初)의. 처음의.

624

天텬山산 寂젹寞막濱빙의 草초堂당 흔 간 지어내니

天下高士 모인 중의 武士 하나 나도 와소 荊山白玉中의 돌리 석긴 듯
하오마는

그중에 文武竝用키로 로다 갈가.　　　　　　　　　　　(金聲玉振 124)

天山(천산)='청산(靑山)'의 잘못인 듯 ◇寂寞濱(적막빈)의=적막한 물가에 ◇와소=
왔습니다 ◇荊山中(형산백옥중)에=형산에서 얻은 백옥 가운데. '백옥(白玉)'은 '박옥
(璞玉)'의 잘못인 듯. 초나라의 변화(卞和)가 형산에서 얻었다고 하는 보옥(寶玉) ◇
돌리 석긴 듯=돌이 섞인 듯 ◇文武竝用(문무병용)=문과 무를 아울러 쓰다 ◇로다=
놀다가.

625

天性은 흔가지나 氣稟은 다르도다

先覺이 覺後覺은 하늘의 쓰니니 元無識은 불이고 知而不言 괴이ㅎ다

아마도 教人不倦은 好學者의 道理인가 ㅎ노라.

　　　　　　　　　　　(有知不教不知同) (閒說堂遺稿) 安昌後

氣稟(기품)=기질(氣質)과 품성(稟性). 품성은 천생으로 타고난 성품 ◇先覺(선각)
이 覺後覺(각후각)=남보다 먼저 깨우치는 것이 깨닫고 또 깨닫는 것이다 ◇元無識
(원무식)은 불이고=본래의 무식은 버리고 ◇知而不言(지이불언) 괴이ㅎ다=알면서도
아무 말을 하지 아니하는 것이 이상하다 ◇教人不倦(교인불권)=다른 사람을 가르치
는 것을 게을리하지 않다 ◇好學者(호학자)=배우기를 좋아하는 사람.

　※ 자역(自譯) : 先覺固宜覺後覺 智人所以擇仁居 不知非義元無責 識者不言不識如
(선각고의각후각 지인소이택인거 부지비의원무책 식자불언불식여)

626

千歲를 누리소셔 萬歲를 누리소셔

무쇠 기동에 쫓픠여 여름이 여러 짜드리도록 누리소셔

그지야 億萬歲 밧긔 또 萬歲를 누리소셔.　　　　　　　　(二數大葉) (甁歌 669)

누리소셔=누리시오 ◇무쇠 기동=무쇠로 만든 기둥 ◇여름이 여러=열매가 열려
◇싸드리도록=거두어들일 때까지 ◇그지야=그제서야 ◇밧긔=밖에. 지내고.

627

天地間 萬物之中 즁ᄒᆞ시고 五倫이라

父母님도 重ᄒᆞ시고 同生덜도 ᄉᆞ랑ᄒᆞ다

귀ᄒᆞ고 重ᄒᆞᆫ 줄을 알것마ᄂᆞᆫ 업셔 힝치 못ᄒᆞ니 뉘 이 맘이 쯧.

　　　　　　　　　　　　　　　　　　　(歌曲 78) 金庸潤

즁ᄒᆞᆯ시고=소중하구나 ◇힝치=시행하지 ◇뉘=누가.

628

天地間 萬物之中에 긔 무어시 무셔온고

白額虎 豺狼이며 大蟒 毒蛇 蜈蚣 蜘蛛 夜叉ㅣ 두억神과 魑魅魍魎 妖怪
邪氣며 狐精靈 蒙達鬼神 閻羅使者와 十王差使를 다 몰속 겻겨 보와시나

아마도 임을 못 보면 肝腸에 불이 나셔 사라져 죽게 되고 볼지라도 놀
납고 씀즉ᄒᆞ야 四肢가 덜로 녹아 어린 듯 醉ᄒᆞᆫ드시 말도 아니 나기ᄂᆞᆫ 任
이신가 ᄒᆞ노라.　　　　　　　　　　　　　　　　　　(弄) (靑六 722)

天地間(천지간) 萬物之中(만물지중)=이 세상의 모든 생물 가운데 ◇白額虎(백액
호)=이마와 눈썹이 희도록 늙은 호랑이 ◇豺狼(시랑)=승냥이와 이리 ◇大蟒(대망)=
이무기 ◇蜈蚣(오송)=지네 ◇蜘蛛(지주)=거미 ◇夜叉(야차)=모양이 추하고 잔인하여
사람을 해치는 혹독한 귀신. 또는 두억신 ◇두억神(신)=두억시니. 사나운 귀신의 하
나 ◇魑魅魍魎(이매망량)=도깨비 ◇妖怪邪氣(요괴사기)=요망하고 괴이하며 사악한
기운 ◇狐精靈(호정령)=여우의 혼백이 된 귀신 ◇蒙達鬼神(몽달귀신)=총각이 죽은
귀신 ◇閻羅使者(염라사자)=염라대왕의 사자 ◇十王差使(시왕차사)=저승에 있다는
시왕이 죄인을 잡으러 보낸 사자 ◇몰속=모두 ◇멀노=저절로 ◇살져=살라져. 태워

져서 ◇어린 듯=눈에 어른거려 정신이 혼미한 듯.

629

天地 開闢 後에 萬物이 삼겨난이

山川草木 夷狄 禽獸 昆蟲 魚鼈之屬이 오로다 절로 삼겻세라

살름도 富貴功名 悲歡哀樂 榮辱得失을 付之 절로 ᄒ리라.

(二數大葉) (海周 382) 李鼎輔

天地(천지) 開闢(개벽) 後(후)에=이 세상이 처음 생긴 뒤에 ◇山川草木(산천초
목)=자연(自然) ◇夷狄(이적)=오랑캐. 야만인 ◇禽獸(금수)=날짐승과 길짐승 ◇昆蟲
(곤충)=버러지. 미물(微物) ◇魚鼈之屬(어별지속)=물고기와 자라의 종류 ◇오로다=
오로지 ◇삼겻세라=생겼구나 ◇悲歡哀樂(비환애락)=슬픔과 즐거움 ◇榮辱得失(영욕
득실)=영예와 치욕과 얻고 잃는 것 ◇付之(부지)='부디'의 한자 표기인 듯.

630

天地 交泰하고 和氣 氤氳한 제

新條는 弄香하고 □□ □□芳홈은 草木의 즑기이오 遲日이 載陽한듸 鳴
聲 □□홈은 禽鳥의 즑기이오 夕陽 苔路의 携壺 踏青홈은 □□人의 즑기
이오 仰觀 宇宙하며 俯察 品彙하고 或 倚樹高吟하며 或 自酌至醉함은 이
나의 즑기이로다

아마도 與滿人 同樂하미 긔 죠한가 하노라.

(海朴 431)

天地交泰(천지교태)하고 和氣氤氳(화기인온)한=천지가 크고 화기가 온화하고 성
한 ◇新條(신조)는 弄香(농향)하고=새로 돋은 가지는 향기를 희롱하다 ◇遲日(지일)
이 載陽(재양)=봄날이 점점 따뜻해지다 ◇鳴聲(명성)=새가 우는 소리 ◇禽鳥(금조)=
조류(鳥類) ◇夕陽苔路(석양태로)=저녁 해가 비치는 이끼 낀 길 ◇携壺踏青(휴호답
청)=술병을 들고 풀밭을 거닐다 ◇仰觀宇宙(앙관우주)하며 俯察品彙(부찰품휘)=우주
를 우러르며 땅의 모든 것을 살펴보다 ◇倚樹高吟(의수고음)=나무에 기대어 큰 소
리로 읊조리다 ◇自酌至醉(자작지취)=혼자서 취하도록 마신다 ◇與滿人(여만인) 同
樂(동락)=많은 사람과 더불어 한가지로 즐기다 ◇긔 죠한가=그것이 좋은가.

631

天地도 廣大ᄒ다 내 ᄆᆞᆷᄀᆞᆺ치 廣大

日月도 光明ᄒ다 내 ᄆᆞᆷᄀᆞᆺ치 光明

眞實노 내ᄆᆞᆷ 天地日月 ᄀᆞᆺ게 ᄒ면 堯舜同歸 ᄒ오리라.　(頤齋亂稿) 黃胤錫

天地日月(천지일월) ᄀᆞᆺ게 ᄒ면=천지와 같이 광대하고 일월과 같이 광명하면 ◇堯舜同歸(요순동귀)=요순과 같은 마음으로 돌아가다. 편안한 마음으로 죽을 수 있다.

632

天地도 좁고 좁고 河海라도 엿고 엿다

文武兼啣 六十字은 四百年來 처음이라

忠壯公 感泣ᄒᄂᆞ 눈물이 九泉下의 쏘 ᄒ슴이 솟ᄂᆞᆫ가 ᄒ노라.

(又感恩曲 5-1) (無極集) 梁柱翊

엿고 엿다=얕고 얕다 ◇文武兼啣(문무겸함) 六十字(육십자)=문무겸직 육십자. 육십자는 무엇을 의미하는 것인지 미상 ◇忠壯公(충장공)=임진왜란 때 행주대첩의 주인공 권율(權慄)의 시호 ◇感泣(감읍)ᄒᄂᆞ=감격하여 우는 ◇九泉下(구천하)=저승에서 ◇ᄒ슴=한숨.

※ 한역(漢譯) : 天地窄窄 河海淺淺 文武兼啣六十字 四百年來初恩典 忠壯公感泣淚灑 九泉之下又一泉(천지착착 하해천천 문무겸함육십자 사백년래초은전 충장공감읍누천 구천지하우일천)

633

天地를 創造ᄒ고 萬物을 化育ᄒ니 上帝의 勞働이오

倫理를 尊重히 ᄒ고 道德을 培養ᄒ니 聖人의 勞働이라

至今의 社會를 組織ᄒ고 國家를 治平흠은 우리의 勞働.

(時調演義 78) 林重桓

萬物(만물)을 化育(화육)ᄒ니=만물을 기르고 자라게 하니 ◇上帝(상제)=하느님

◇治平(치평)흠은=평안하게 다스림은.

634

天地萬物은 엇디ᄒ야 삼긴 게고

시저리 쓰시면 太倉에 祿米을 ᄭ 누키고 머그리라 시저리 ᄇ리시면 綠
水靑山이 어듸가 업스리오 渭川 漁夫도 낫대 ᄒ나 뿌니오 莘野 耕叟도 두
어 고랑 바티로다 ᄒ말며 嚴子陵도 帝腹에 발 연즈니 그믈기도 몯ᄒ거든
ᄉᆼ식글 내실러냐

어릴샤 뎌 宰相아 제 지브로 오라 ᄒᆞᆯ샤.　　　　(浩浩歌 28-26) (杜谷集) 高應陟

시저리=시절이 ◇쓰시면=쓰시면. 관직에 있게 되면 ◇太倉(태창)=창고 ◇祿米(녹
미)=봉급으로 받는 쌀 ◇ᄭ 누키고=끼니를 늦추어가며. 여유 있게 ◇綠水靑山(녹수
청산)=푸르고 깨끗한 산과 물. 시골 ◇시저리 쓰시면~업스리오=나라의 부름을 받아
벼슬을 하게 되면 녹봉으로 여유 있게 생활하고 벼슬을 그만두면 물러갈 곳이 어딘
들 없겠느냐 ◇渭川(위천) 漁夫(어부)=위수(渭水)에서 낚시질하던 여상(呂尙)을 가리
킴. 여상은 위수에서 십 년 동안 낚시하다 주문왕(周文王)을 만났음 ◇莘野(신야)
耕叟(경수)=신야에서 밭을 갈던 이윤(伊尹)을 가리킴. 이윤은 탕왕(湯王)에 초빙되어
상(商)의 현상(賢相)이 되어 걸(傑)을 쳤음 ◇嚴子陵(엄자릉)도 帝腹(제복)에 발 연즈
니=엄자릉은 후한(後漢) 광무제(光武帝) 때 사람으로 이름은 광(光). 임금과 같이 잘
때 발을 임금의 배에 올리고 잠을 잔 일이 있음 ◇그믈기도=까무러지기도 ◇ᄉᆼ식
글=생색을 ◇내실러냐=내겠느냐 ◇어릴샤=어리석구나 ◇지브로=집으로.

635

天地萬物은 엇디ᄒ야 삼긴 게고

玉堂 金馬는 어듸만 인ᄂ뇨 雲山 石室이 간듸마다 노플세고 구프려 바
틀 가니 ᄡᆼ이야 젹다마는 울워러 ᄑ람부니 하ᄂ리 무흔하다 내 비즌 흔
말 슬 벋님과 취ᄒ새다 二三月春風은 ᄑ메 ᄀ득ᄒ엿거늘 九十月 丹風은
ᄂ취 ᄀ득 오르ᄂ다

아마도 醉裏乾坤을 나와 너와 놀리라.　　　　(浩浩歌 28-28) (杜谷集) 高應陟

玉堂金馬(옥당금마)=한(漢)의 옥당전(玉堂殿)과 금마문(金馬門)을 가리킨다. 옥당
전은 궁전의 이름이며 금마문은 한의 미앙궁(未央宮)의 문. 문전에 동마(銅馬)가 있
어 일컫는 말 ◇雲山石室(운산석실)=높고 깊은 산중에 있는 은거하는 방 ◇구프려=
허리를 구부려 ◇바틀 가니=밭을 가니 ◇울워러=우럴어 ◇하르리=할 일이. 또는
하늘이 ◇취ᄒ새다=취하십시다 ◇푸메=품에. 품안에 ◇ᄂ치=낮에 ◇오르ᄂ다=떠오
르다. 붉게 물들다 ◇醉裏乾坤(취리건곤)=취중에 사는 세상.

636

天地萬物이 엇디ᄒ야 삼긴 게고
屈原은 므싀 일로 汨羅水에 쌔디며 夷齊ᄂ 의 므싀 일 西山에 기굴믈
것고 聖賢의 ᄆ음은 절로 즐겨ᄒ거늘
百姓이 거복ᄒ니 내라 혈마 엇더ᄒ료.   (浩浩歌 28-27) (杜谷集) 高應陟

屈原(굴원)=전국시대 초(楚)나라 사람. 회왕(回王)을 섬겼으나 모함을 받아 멱라
수에 빠져 죽었다 ◇汨羅水(멱라수)=중국 호남성 상음현(湘陰縣) 북쪽에 있는 강으
로 초나라의 굴원이 빠져 죽은 강 ◇夷齊(이제)=백이(伯夷)와 숙제(叔齊). 은(殷)나
라의 제후로 고죽군(孤竹君)의 아들이다. 주문왕의 은나라 정벌을 반대하고 수양산
(首陽山)에 숨어 고사리를 캐 먹다 굶어 죽었다 ◇西山(서산)=백이와 숙제가 굶어
죽은 수양산을 가리킴. 수양산은 산서성에 있다 ◇기굴믈 것고=굵고 굶을 것인고
◇거복ᄒ니=몸과 마음이 편안하지 못하니 ◇혈마=설마.

637

天地 成冬ᄒ니 萬物이 閉藏이라
草木이 脫落ᄒ고 蜂蝶이 모르ᄂ듸 엇디ᄒᆫ 봄빗치 흔柯枝 梅花ㅣ런고
아마도 貞則復元ᄒᄂ 검은 造化를 져 곶츠로 보리라.   (蓬萊樂府 17) 申獻朝

天地 成冬(천지성동)ᄒ니=천지가 겨울이 되니 ◇萬物(만물)이 閉藏(폐장)이라=모
든 생물들이 겨우살이 준비를 한다 ◇草木(초목)이 脫落(탈락)=초목의 잎이 떨어지
다 ◇蜂蝶(봉접)이 모르ᄂ듸=벌과 나비도 꽃이 피어 있는지를 모르는데 ◇엇디흔
봄빗치=어떠한 봄의 기운이 ◇貞則復元(정즉부원)=겨울이 가면 다시 봄이 되다. 역

학(易學)에서 원형이정(元亨利貞)은 각각 춘하추동을 뜻하므로 정 다음에 다시 원이 된다 ◇검은 造化(조화)=변화가 무궁해서 이치를 알 수가 없는 조화.

638

千秋前 尊貴키야 孟嘗君만 홀가마는 千秋後 冤痛흠이 孟嘗君이 더옥 셟다 食客이 젹돗든가 名聲이 괴요튼가 개 盜賊 둙의 우름 人力으로 사라나 셔 말이야 주거지여 무덤 우희 가식 나니 樵童牧竪들이 그 우흐로 것니며 셔 흔 曲調를 부르리라 헤여실가 雍門調 一曲琴에 孟嘗君의 한숨이 오로 는 듯 느리는 듯

아히야 거문고 청 쳐라 사라선 제 놀리라.　　　　　(孟嘗君歌) (珍靑 464)

千秋前(천추전)=오래전에 ◇孟嘗君(맹상군)=전국시대 제(齊)나라 사람. 성은 전 (田), 이름은 문(文). 후에 재상이 되어 식객(食客)을 삼천 명이나 거느렸다 ◇셟다= 슬프다. 서럽다 ◇食客(식객)=세력 있는 대가(大家) 집에 기식(寄食)하면서 문객(門 客) 노릇을 하는 사람 ◇名聲(명성)이 괴요튼가=널리 알려진 이름을 몰라주던가 ◇ 개 盜賊(도적) 둙의 우름 人力(인력)으로 사라나셔=맹상군이 진소왕(秦昭王)에게 불 리어 갔다가 개로 변장하여 보물을 훔쳐온 식객과 닭의 울음소리를 잘 내는 식객 덕분에 위기를 모면했다. 순전히 다른 사람들의 도움으로 목숨을 건진 사실을 말한 다 ◇말이야 주거지여=하는 말이야 죽어져서 ◇무덤 우희 가식 나니=무덤 위에 가 시가 나니 ◇樵童牧竪(초동목수)=나무하는 아이와 마소를 먹이는 아이들 ◇것니면 서=걸어 다니면서 ◇부르리라 헤여실가=부를 것이라고 생각이나 하였을까? ◇雍門 調(옹문조) 一曲琴(일곡금)=옹문주(雍門周)가 만든 곡조를 거문고로 연주하니 ◇청 쳐라=거문고 청줄을 골라 쳐라.

※ 진본 『청구영언』에 "우맹상군가 무명씨소제 개상기세간번화유사일장춘몽 비 설신후명불여안전락지의 약사설군지령 갱청즉필첨금어구원의(右孟嘗君歌 無名氏所 製 蓋傷其世間繁華有似一場春夢 備說身後名不如眼前樂之意 若使薛君之靈 更聽則必 沾襟於九原矣, 맹상군가는 누가 지었는지 모른다. 대개 세상의 번화는 일장춘몽과 같음을 슬퍼하고 죽은 뒤에 훌륭한 이름을 남기는 것은 생전의 즐거움만 못하다는 뜻을 쓴 것이다. 만약 설군의 혼령으로 하여금 다시 듣게 한다면 구원에서 눈물을 흘리리라"라고 한 글이 있는 데, 이는 홍만종(洪萬宗)의 글이다.

천하 명산 오악지즁에 형산이 가장 됴턴지

육관듸ᄉ의 셜법 졔즁홀 졔 샹좌즁 능통자로 용궁이 츌입다가 셕교샹 팔션녜 만나 희롱흔 죄로 뎍하 인간ᄒ야 용문의 놉히 올나 츌쟝 입샹타가 틱사당 도라들 졔 뇨됴 졀듸드리 좌우의 버려스니 난양공쥬 졍경픠며 가츈운 진치봉과 계셤월 뎍경홍 심효연 백능파로 슬커쟝 노니다가 산둉일셩의 ᄌ던 쑴을 씌오거다

세상의 부귀공명과 시비우락이 다 이러흔가 ᄒ노라. (詩歌 669)

천하 명산 오악지즁에=천하(天下) 명산(名山) 오악지중(五嶽之中)에. 세상에 이름 난 산 다섯 가운데. 오악은 태산(泰山), 화산(華山), 형산(衡山), 항산(恒山), 숭산(嵩山) ◇형산(衡山)=중국 호남성 형산현에 있음 ◇육관듸ᄉ=육관대사(六觀大師). 김만중의 고소설『구운몽(九雲夢)』에 나오는 스님 ◇셜법 졔즁홀 졔=설법(說法) 제중(濟衆)할 때. 중생을 구제하기 위해 불법을 해설할 때 ◇샹좌즁 능통자=상좌(上佐) 중(中) 능통자(能通者). 상좌 가운데 불법에 능통한 사람 ◇용궁(龍宮)=용왕이 산다고 하는 바닷속의 궁궐 ◇셕교샹 팔션녜=석교상(石橋上) 팔선녀(八仙女)와. 석교 위에서 여덟 선녀와 ◇뎍하 인간=적하(謫下) 인간(人間). 인간 세계에 귀양 와서 ◇용문(龍門)=벼슬길 ◇츌쟝입샹(出將入相)=나라가 위태해서 전장에 나가면 장군이요 조정에 들어와서는 정승이 되다 ◇틱사당=태사당(太師堂). 사관(史官)이 집무하던 집 ◇뇨됴 졀듸드리=요조숙녀(窈窕淑女)와 절대가인(絕代佳人)들이 ◇난양공쥬 졍경픠 가츈운 진치봉 계셤월 뎍경홍 심효연 백능파=『구운몽』에 나오는 양소유(楊少遊)의 상대역 여덟 사람. 난양공주(蘭陽公主), 정경패(鄭瓊貝), 가춘운(賈春雲), 진채봉(秦彩鳳), 계섬월(桂蟾月), 적경홍(狄驚鴻), 심요연(沈裊煙), 백능파(白凌波) ◇슬커쟝 노니다가=마음껏 지내다가 ◇산둉일셩=산종일성(山鍾一聲). 절에서 울리는 한 번의 종소리 ◇시비우락(是非憂樂)=옳고 그름과 근심과 즐거움.

※ 김만중(金萬重)의 고소설『구운몽(九雲夢)』을 가지고 시조로 만든 것이다.

天寒코 雪深흔 날에 님 츠즈라 天上으로 갈 졔

신 버서 손에 쥐고 보션 버서 품에 픔고 곰뷔님뷔 님뷔곰뷔 쳔방지방

지방천방 훈 번도 쉬지 말고 허위허위 올라가니

보션 버슨 발은 아니 스리되 념의온 가슴이 산득산득ᄒᆞ여라.

(蔓橫淸類) (珍靑 542)

天寒(천한)코 雪深(설심)흔 날에=날이 몹시 춥고 눈이 매우 많이 내린 날에 ◇차
즈라=찾으려고 ◇天上(천상)=높은 곳 ◇보션=버선 ◇천방지방=정신없이 급한 걸음
으로 가는 모습(天方地方) ◇스리되=시리데 ◇념의온=여민 ◇산득산득ᄒᆞ여라=선뜻
선뜻하여라.

641

天皇氏 一萬八千歲에 功德도 놉ᄒᆞ실ᄡᅥ 日月星辰 風雲雷雨와 四時變態ᄒᆞ고
地皇氏 一萬八千世業은 山川草木 禽獸魚鼈로 萬物을 내오시고
人皇氏 主人되오ᄉ 人傑을 비져ᄂᆡ여 五行精氣를 알고 붉게 ᄒᆞ여라.

(二數大葉) (海周 538) 金壽長

天皇氏(천황씨) 一萬八千歲(일만팔천세)=중국 태고의 제왕의 하나인 천황씨가 일
만팔천 년을 다스렸다 한다 ◇功德(공덕)=은덕 ◇日月星辰(일월성신)=해와 달과 별.
모든 천체(天體) ◇風雲雷雨(풍운뢰우)=바람과 구름과 천둥 소리와 함께 내리는 비
◇四時變態(사시변태)=일 년의 네 계절에 따라 모습이 바뀌다 ◇地皇氏(지황씨) 一
萬八千歲業(일만팔천세업)=지황씨가 일만팔천 년을 다스리며 하신 과업 ◇山川草木
(산천초목)=자연(自然) ◇禽獸魚鼈(금수어별)=날짐승과 길짐승 그리고 물고기와 자
라. 육지의 동물과 수중의 동물을 말한다 ◇人皇氏(인황씨)=고대 삼황(三皇)의 하나
로 천황씨나 지황씨처럼 일만팔천 년을 다스렸다 한다 ◇비져ᄂᆡ여=만들어내어 ◇
五行精氣(오행정기)=만물을 태어나게 하는 다섯 가지 원소(元素)를 만드는 기운.

642

鐵驄馬 타고 보라믜 밧고 白羽 長箭 허리에 씌고 千斤 角弓 풀에 걸고
山 넘어 굴음 진아 씽 山行 가난 져 閑暇흔 사름
우리도 聖恩을 갑파든 너를 좃차 놀리라. (靑謠 52) 金默壽

鐵驄馬(철총마)=온몸에 검푸른 무늬가 박힌 얼룩말. 철총이 ◇보라매=그해에 난 새끼를 길들여 곧 사냥에 쓰는 매 ◇白羽(백우) 長箭(장전)=새의 흰 깃털을 단 긴 화살 ◇千斤(천근) 角弓(각궁)=크고 무거운 각궁. 각궁은 활의 줌통 아래 위를 쇠뿔 이나 양뿔 따위를 덧대어 꾸민 활 ◇굴음 진아=구름을 지나. 혹 구릉(丘陵)을 지난 다는 뜻인 듯 ◇쒱山行(산행)=꿩 사냥 ◇좃차=따라.

※『악학습령(樂學拾零)』에는 작자가 김광수(金光洙)로, 이한진본『청구영언』에 는 송강(松江)으로 되어 있다.

643

瞻彼淇澳ㅎ니 빗날 슨 有斐君子이
切ㅎ고 嗟텃ㅎ니 모를 일이 므어시며[格物致止] 琢ㅎ고 磨텃ㅎ니 허믈롤 몯보로다[意誠心正身修]
ㅎ믈며 親賢樂利 ㅎ거아 綠竹興도 낫보도다.   (君子曲 28-6) (杜谷集) 高應陟

瞻彼淇澳(첨피기오)='오(澳)'는 '오(奧)'의 잘못. 저기 기수(淇水)의 언덕을 바라봄 ◇有斐君子(유비군자)=훌륭하고 멋진 군자. 군자는 위(衛)의 무공(武公)을 가리킨다 ◇切磋琢磨(절차탁마)=학문에 열중함을 비유한 것이다 ◇허믈롤=허물을 ◇親賢樂利 (친현낙리)=현인들을 가까이하여 얻는 즐거움 ◇ㅎ거아=하는 것이. 또는 많거니와 ◇綠竹興(녹죽흥)=푸른 대나무에서 얻는 흥취. 즉 자연에서 얻는 흥취 ◇낫보도다= 만족스럽지 못하도다.

※ 초장과 중장은『시경(詩經)』「위풍(衛風)」"기오(淇奧)"의 '瞻彼淇奧 綠竹猗猗 有匪君子 如切如磋 如琢如磨(첨피기오 녹죽의의 유비군자 여절여차 여탁여마)'를 가 져온 것이다.

644

妾을 좃타 ㅎ되 妾의 說弊 들어보소
눈에 본 쯤 계집은 紀綱이 紊亂ㅎ고 노리개 女妓妾은 凡百이 如意ㅎ되 中門 안 外方官妓 긔 아니 어려우며 良家女卜妾ㅎ면 그中에 낫건마는 안 마루 발막짝과 방안에 장옷귀가 士夫家 貌樣이 저절노 글너가네 아무리 늙고 病드러도 規模 딕히기는 正室인가 ᄒ노라.

(蓬萊樂府 18) 申獻朝

說弊(설폐)=폐단을 말함 ◇눈에 본=눈으로 보아서 반반한 ◇종 계집=종을 올려 앉혀 삼은 계집 ◇紀綱(기강)이 紊亂(문란)ᄒ고=기율과 법강(法綱)이 어지럽고 ◇노리개 女妓妾(여기첩)=노리개 삼아 들인 기생첩 ◇凡百(범백)이 如意(여의)ᄒ되=모든 일이 뜻하는 대로 잘되다 ◇外方官妓(외방관기)=지방 관아에 기적(妓籍)에 올라 있는 기생 ◇良家女卜妾(양가녀복첩)=여염집 딸을 골라 정한 첩 ◇발막짝=신발짝. 발막은 마른신의 한 가지 ◇장옷귀가=장옷 따위가. 장옷은 여인들이 외출할 때 얼굴을 가리던 옷 ◇士夫家(사부가) 貌樣(모양)이=사대부 집안의 규모와 모양이 ◇規模(규모) 직히기는=법도를 지키기는 ◇正室(정실)=본처(本妻).

645

淸江一曲이 抱村流ᄒ듸 長夏江村에 事事幽ㅣ로다

自去自來堂上鷰이오 相親相近水中鷗ㅣ라 老妻는 劃紙爲碁局이오 稚子는 敲針作釣鉤ㅣ로다

多病所須ㅣ 惟藥物이라 微軀此外예 更何求를 ᄒ리오.   (海一 617)

淸江一曲(청강일곡)이 抱村流(포촌류)ᄒ듸=맑은 강 한 굽이가 마을을 싸고 흐르는데 ◇長夏江村(장하강촌)에 事事幽(사사유)로다=긴 여름 강촌에 일마다 그윽하도다 ◇自去自來堂上鷰(자거자래당상연)이오=저절로 갔다 저절로 오는 것은 집 위의 제비요 ◇相親相近水中鷗(상친상근수중구)라=서로 친하며 서로 가깝기는 물속의 갈매기라 ◇老妻(노처)는 劃紙爲碁局(획지위기국)이오=늙은 아내는 종이에 장기판을 그리고 ◇稚子(치자)는 敲針作釣鉤(고침작조구)=어린 아들은 바늘을 두드려 고기 낚을 낚시를 만든다 ◇多病所須惟藥物(다병소수유약물)=많은 병에는 오직 약물만 필요하니 ◇微軀此外(미구차외)예 更何求(갱하구)를 ᄒ리오=조그만 몸이 이것밖에 다시 무엇을 구하리요.
※ 두보(杜甫)의 「강촌(江村)」을 시조로 만든 것이다.

646

靑개고리 腹疾ᄒ여 주근 날 밤의 金두텁 花郞이 즌호고새남 갈싀

靑뮙독 겨대는 杖鼓 던더러쿵 ᄒ난듸 黑뮙독 典樂이 쳐 힐니리 ᄒ다

어듸셔 돌 진 가재는 舞鼓를 둥둥 치ᄂ니.　　　　　　(蔓橫淸類) (珍靑 472)

腹疾(복질)=배앓이 ◇金(금)두팁 花郞(화랑)이=금두꺼비 모양의 탈을 쓴 사내 무
당 ◇즌호고새남 갈싀=지노귀새남을 할 때. 지노귀새남은 죽은 사람의 넋을 극락으
로 가도록 베푸는 굿 ◇靑(청)뮙독 黑(흑)뮙독=청색과 흑색의 메뚜기 모양의 탈을
쓴 ◇겨대=계대(繼隊). 큰 굿을 할 때 풍악을 하는 공인 ◇典樂(전악)이=계대처럼
음악을 맡은 공인 ◇쳐 힐니리=젓대 소리를 낸다. 힐니리는 젓대 소리의 의성어 ◇
돌 진 가재는=돌을 지고 있는 가재는. 굿을 하는 데 흥미를 끌기 위해 돌을 진 가
재 형상으로 세워놓은 허수아비인 듯 ◇舞鼓(무고)='무고(巫鼓)'의 잘못인 듯. 무당
이 굿을 할 때 치는 북.

646-1

靑개고리 痲疾 腹疾ᄒ야 죽던 날 밤의

黑두터비 花郞이 즌오고새남 홀 제 靑미ᄯ기 계대는 長鼓를 당다라쿵
치며 날노도 영정의 시로도 영정의 영부졍 감행ᄒ는듸 黑미독기 젼악은
필혀를 가지고 나니나노니 나니노 나나노 부데

어듸셔 산진 거북과 돌진 가제드른 無鼓를 둥둥 울리는고　　　(槿樂 359)

날노도=날마다 ◇시로도=때마다 ◇영졍의=미상 ◇영부졍=미상 ◇필혀를=피리
를 ◇부데=불더라.

647

靑藜杖 집고 斷髮嶺 너머가니 長安寺 內外峽 즌나무 數千株 十里程의
어려 잇고 虹門안 南川橋 건너 湘水門 바라보니 梵鐘閣 朱層閣은 陳如門
의 다어 잇다

大雄殿 二層 집은 半空에 소삿는대 三世如來 六觀菩薩 靈山殿 冥府殿과
沙聖殿 毘盧殿을 차례로 구경할 제 空山淸風 磬쇠 소래 引導聲이 귀슬푸다
千峰 山水間 드러가니 淸川 碧溪 潺潺하고 松栢 雜木 鬱鬱한듸 春山鳥

不如歸디 杜鵑花도 난만하다.　　　　　　　　　　　　　　(時調集 140)

靑藜杖(청려장)=명아주 지팡이 ◇斷髮嶺(단발령)=강원도 회양군 천마산(天磨山)
에 있는 고개 ◇長安寺(장안사)=강원도 금강산에 있는 절 ◇내외협=안팎의 협곡(峽
谷) ◇즌나무=전나무 ◇十里程(십리정)=십 리쯤 되는 거리 ◇어러 잇고=엉기어 있
고 ◇虹門(홍문)=무지개 모양의 다리 ◇南川橋(남천교) 湘水門(상수문) 梵鐘閣(범종
각) 朱層閣(주층각) 大雄殿(대웅전) 靈山殿(영산전) 冥府殿(명부전) 沙聖殿(사성전)
毘盧殿(비로전)=장안사에 있는 각종 시설물의 명칭임 ◇三世如來(삼세여래)=삼세를
관장하는 여래보살인 듯 ◇六觀菩薩(육관보살)=육관음(六觀音)을 관장하는 보살인
듯 ◇空山淸風(공산청풍)=조용한 산에 부는 맑은 바람 ◇磬(경)쇠 소래=풍경 소리
◇引導聲(인도성)이 귀슬푸다=풍경 소리가 마치 길을 인도하는 것처럼 구슬프게
들린다 ◇淸川(청천) 碧溪(벽계) 潺潺(잔잔)하고=푸른 냇물과 계곡물은 잔잔히 흐르
고 ◇松栢(송백) 雜木(잡목) 鬱鬱(울울)한듸=소나무와 잣나무 그리고 잡목들이 울창
한데 ◇春山鳥(춘산조) 不如歸(불여귀)=봄철의 산새와 두견이 ◇杜鵑花(두견화)=진
달래.

648

靑龍旗 司命旗와 敎書節鉞 앒헤 셧다

淸道 흔 雙 金鼓 흔 雙 巡視令旗 버럿ᄂᆞᆫ듸 偃月刀 서리 ᄀᆞᆺ고 吹打 소리
雄壯ᄒᆞ다

져러틋 威儀 盛흔 곳에 重흔 責望 어이리.　　　　　(蓬萊樂府 12) 申獻朝

靑龍旗(청룡기)=청룡을 수놓은 의장기(儀仗旗)의 하나 ◇司命旗(사명기)=각 영의
대장, 유수 순찰사, 통제사가 휘하의 군대를 지휘하던 기 ◇敎書節鉞(교서절월)=임
금이나 제후가 내리는 명령서와 절월. 절월은 부절(符節)과 부월(斧鉞)이며 절은 수
기(手旗)와 같은 신표(信標), 월은 도끼 모양으로 만든 것으로 생살권을 상징한다
◇앒헤 셧다=앞에 서 있다 ◇淸道(청도)=임금의 거동 때 어로(御路)의 청소를 감시
한다 ◇金鼓(금고)=군중(軍中)에서 호령(號令)하는데 쓰이던 북과 징 ◇巡視令旗(순
시령기)=순찰사가 군령을 전달하는데 사용하는 기 ◇버럿난듸=늘어서 있는데 ◇偃
月刀(언월도)=청룡언월도. 전장에 쓰이는 반달 모양의 칼 ◇서리 ᄀᆞᆺ고=서릿발같이
날카로워 차가움이 느껴지고 ◇吹打(취타) 소리=악기를 연주하는 소리가 ◇威儀(위

의)=위엄이 있는 의용(儀容) ◇盛(성)흔 곳=대단한 곳 ◇重(중)흔 責望(책망)=잘못을
꾸짖는 것이 엄한.

649

청울치 뉵늘 메토리 신고 휘대 長衫 두루혀 메고

瀟湘斑竹 열두 무듸를 불힛재 쌔쳐 집고 므르 너머 재 너머 들 건너 벌
건너 靑山石逕으로 힛근 누은누은 힛근힛근동 너머가옵거늘 보은가 못 보
은가 긔 우리 난편 禪師 즁이

늠이셔 즁이라 흐여도 밤즁만 흐여셔 玉人 깃튼 가슴 우희 슈박 깃튼
머리를 둥글 썰썰썰썰 둥굴둥굴 둥실 둥글러 긔여올라 올 져긔는 내사 죠
해 즁 書房이.   (靑珍 577)

청울치=청올치. 칡의 속껍질로 만든 노끈 ◇뉵늘 메토리=육날 미투리. 신날을
여섯 가닥으로 하여 삼은 미투리. 미투리는 삼이나 노 따위로 짚신처럼 삼은 신 ◇
휘대 長衫(장삼)=소매가 긴 장삼 ◇두루혀 메고=둘러메고 ◇瀟湘斑竹(소상반죽)=순
임금의 이비(二妃)인 아황(娥皇)과 여영(女英)의 피눈물이 얼룩졌다고 하는 소상의
대나무 ◇불희재 쌔쳐=뿌리까지 뽑아 ◇므르 너머=마루 너머. 고개 너머 ◇벌 건너
=벌판을 건너 ◇石逕(석경)=돌길 ◇힛근동=희끗희끗하며 ◇늠이셔=남이야 ◇玉人
(옥인)=옥으로 만든 인형. 사랑하는 사람 ◇슈박 깃튼 머리=머리카락이 하나도 없
어 수박처럼 매끈한 머리통 ◇내사 죠해=나는야 좋아해. 나는 좋아해.

649-1

청홀치 六늘 메토리 신고 휘대 長衫 두루히 메고

瀟湘斑竹 열두 마듸 불희채 큭여 툭 썰쳐 집고 재 너머 휘쓴휘쓴휘쓴
가시는 우리 즁샤님 보시온가 못 보시온가

가기는 가시데마는 未忘情懷를 못내 슬허흐더라.   (槿樂 347)

큭여=캐여 ◇즁샤님=중 선사(禪師)님 ◇未忘情懷(미망정회)를=예전의 정과 회포
를 잊지 못하고.

649-2

청올치 신날 신 얼거지고 팔대 장삼 썰드리고 石上의 枯木 되여 慇懃이
섯는 鐵竹 샊리채 덤썩 캐여 탈탈 터러 걱구르 집고

夕陽 山路 빗긴 길로 눈을 흘깃흘깃 살펴보며 나려올 제 보신가 못 보
신가 계 우리 任이 登 山寺 하엿건만 남들은 다 중이라 하리

百八念珠 목에 걸고 短珠는 팔에 걸고 袈裟 長衫 썰드리고 목탁 치며
念佛打令 아무리 보아도 豪傑僧인 듯.   (時調集 160)

청올치 신날 신=칡의 속껍질로 신날을 만든 짚신 ◇팔대 장삼 썰드리고=팔까지
내려오는 장삼(長衫)을 내려뜨리고 ◇石上(석상)의 枯木(고목) 되어 慇懃(은근)이 섯
는 鐵竹(철죽)=바위 위에 죽은 나무가 되어 가만히 서 있는 철쭉 ◇걱구르=거꾸로
◇빗긴 길=비스듬한 길. 경사가 진 길 ◇登(등) 山寺(산사)=산사에 오름. 스님이 되
다 ◇다 중이라 하리=다들 중이라고 부를 것이다 ◇百八念珠(백팔염주)=백팔 번뇌
의 수에 맞추어 작은 구슬 백여덟 개를 꿰서 만든 염주 ◇短珠(단주)=묵주(默珠).
백팔염주의 상대어로 쓰였음 ◇袈裟(가사)=스님이 입는 법의(法衣) ◇念佛打令(염불
타령)=불경을 타령을 부르는 가락으로 외우다 ◇豪傑僧(호걸승)=호방한 스님.

650

淸川江上 百祥樓에 萬景이 森羅不易收ㅣ로다

草原長堤에 靑一面이요 天低列峀碧千頭ㅣ라 錦屛影裡飛孤鶩이요 玉鏡光
中에 點小舟ㅣ라

未信人間 仙景在ㅣ러니 密城今日에 見瀛洲를 ᄒ괘라.   (永類 326)

淸川江上(청천강상) 百祥樓(백상루)에=청천강 위의 백상루에 ◇萬景(만경)이 森
羅不易收(삼라불이수)로다=모든 경치가 삼라만상을 한눈에 보기는 어렵도다 ◇草原
長堤(초원장제)에 靑一面(청일면)이요=풀밭 긴 둑에 푸른빛이요 ◇天低列峀碧千頭
(천저열수벽천두)라=하늘 아래 벌려 있는 산봉우리는 푸른 천 개의 머리로다 ◇金
屛影裡飛孤鶩(금병영리비고목)이요=비단 병풍을 두른 듯한 그림자 속에 외로운 오
리가 날고 ◇玉鏡光中(옥경광중)에 點小舟(점소주)라=옥같이 맑은 물 속에 점점인
것은 작은 배로다 ◇未信人間仙境在(미신인간선경재)러니=인간 세계에 선경이 있음

을 믿지 못했더니 ◇密城今日(밀성금일)에 見瀛洲(견영주)를=밀성에서 오늘 영주를
보았구나. 영주는 삼신산(三神山)의 하나.

※ 고려 충숙왕(忠肅王)의 시로 전하는 것을 시조로 만든 것이다.

651

靑天 구름 밧긔 노피 셧는 白松骨이

四方千里를 咫尺만 너기는듸

엇더타 싀궁츼 뒤져 엇먹는 올히는 제 집 門地方 넘나들기를 百千里만
너기더라.   (蔓橫淸類) (珍靑 495)

밧긔 노피 셧는=밖에 높이 떠 있는 ◇白松骨(백송골)=骨(골)은 鶻(골)의 잘못. 해
동청 가운데 귀한 매의 한 가지 ◇四方千里(사방천리)=사방으로 천리나 되는 너른
땅 ◇咫尺(지척)=아주 가까운 거리 ◇너기는듸=여기는데 ◇엇덧타=어째서 ◇싀궁
츼=시궁창 ◇엇먹는 올히는=얻어먹는 오리는 ◇제 집~너기더라=굉장히 어렵게 여
김을 나타낸 말.

652

靑天에 떳는 기러기 흔 雙 漢陽城臺에 잠간 들러 쉬여 갈다

이리로셔 져리로 갈 제 내 消息 들어다가 님의게 傳ᄒ고 져리로셔 이리
로 올 제 님의 消息 드러 내 손듸 브듸 들러 傳ᄒ여주렴

우리도 님 보라 밧비 가는 길히니 傳홀동말동 ᄒ여라.   (珍靑 555)

쉬여 갈다=쉬어 가겠느냐 ◇漢陽城臺(한양성대)='한양성내(漢陽城內)'의 잘못인
듯 ◇이리로셔 져리로=여기에서 저리로 ◇들어다가=가져다가 ◇내 손듸=나에게 ◇
길히니=길이라.

652-1

靑天에 써셔 울고 가는 외기럭이 나지 말고 늬 말 드러

漢陽城內에 暫間 들너 부듸 늬말 닛지 말고 웨웨텨 불너 니르기를 月黃

昏 계워 갈 제 寂寞空閨에 더진 듯 홀로 안져 님 글여 춤아 못 슬네라 ㅎ
고 부듸 흔 말을 傳ㅎ여쥬렴

　우리도 님 보라 밧비 가옵는 길이오민 傳ᄒᆞᆯ쏭말쏭 ᄒᆞ여라.　　　　(源河 465)

　나지 말고=날지를 말고. 날기 전에 ◇닉 말 드러=내 말을 듣거라 ◇漢陽城內(한
양성내)=서울 장안 ◇닛지 말고=잊지 말고 ◇계워 갈 제=훨씬 지나쳐 갈 때 ◇寂寞
空閨(적막공규)=사랑하는 사람이 없는 쓸쓸한 규방(閨房)에 ◇더진 듯=내던져버린
듯 ◇님 글여=임을 그리워하여 ◇부듸=부디 ◇傳ㅎ여쥬렴=전해주려무나 ◇님 보라
=임을 보려고.
　※ 이한진본『청구영언』에 작자가 백호(白湖)로 되어 있다. 백호는 임제(林悌)의
호(號)다.

653

清風明月 智水仁山 鶴髮烏巾 大賢君子
莘野叟 琅琊翁이 大東에 다시나 松桂幽栖에 紫芝를 노래ᄒᆞ여 逸趣ㅣ도
노프실샤
비ᄂᆞ니 經綸大志로 聖主를 도와 治國安民 ᄒᆞ쇼셔.　　　　(珍青 482)

　清風明月(청풍명월)=맑은 바람과 밝은 달 ◇智水仁山(지수인산)=지혜 있는 사람
은 물을 좋아하고 어진 사람은 산을 좋아한다 ◇鶴髮烏巾(학발오건)=학처럼 희어진
머리털과 검은 두건 ◇莘野叟(신야수)=신야에서 밭을 갈던 늙은이. 상(商)의 이윤
(伊尹)을 가리킨다 ◇琅琊翁(낭야옹)=낭야에서 숨어 살던 제갈량을 가리킨다 ◇大東
(대동)=우리나라 ◇松桂幽栖(송계유서)=소나무와 계수나무가 우거진 속에서 숨어
살다 ◇紫芝(자지)를 노래ᄒᆞ며=상산(商山)에 숨어 실단 사호(四皓)처럼 자지가(紫芝
歌)를 노래하며 ◇逸趣(일취)=세속과 다른 뛰어난 취미 ◇經綸大志(경륜대지)=천하
를 다스리겠다는 커다란 뜻 ◇聖主(성주)=훌륭한 임금 ◇治國安民(치국안민)=나라
를 다스리고 백성을 편안하게 하다.

654

청산 귀로 구부러가는 즁니 구졀쥭장 손의 쥐고

소소리 송낙 엄지 장가락 심을 만니 쥬워 두 귀 눌너 덥퍼 쓰고 휘딕장
슴 실씌 씌고 빅팔염쥬 목의 걸고 알금살작 거러가며 염불ᄒᆞ넌 져 즁아
제 잠 섯거라 말 무러보쟈
　　가던 즁니 쥭장으로 빅운을 가르치며 보지 안코 가넌구나.　　　(歌詞 193)

귀로=귀퉁이로. 모퉁이로 ◇구부러 가는=돌아가는 ◇즁니=중이 ◇구절쥭장=마
디가 많은 대지팡이(九節竹杖) ◇소소리 송낙=송낙(松絡). 소소리는 음절을 맞추기
위한 말. 송낙은 소나무 겨우살이로 만든 여승의 모자 ◇심을 만니=힘을 많이 ◇휘
딕 장슴=소매가 넓은 장삼(長衫) ◇실씌 씌고=가느다란 허리띠를 매고.

655

청쥬로다 청쥬로다 청쥬강에다 막걸네로 빅 무어 씌우고 탁빅이 돗을
활신 달고
　그 빅 우혜다 녯날 녯젹 소동파 리덕션 두목지 장건 녀동빈 제갈량 삼
천갑즈 동방삭이며 요슌 우탕 문무 쥬공 렬녀 효즈 츙신 다 모화 싯고 소
쥬 바람이 슬슬 부는딕 안쥬나 성즁으로 빅노리 가줏고나
　　츰아로 가산 뎡쥬가 가로 막혀 나 못 살갓네.　　　　　　(樂高 901)

청쥬로다=청주로구나. 청주는 '청주(淸州)'와 '청주(淸酒)'의 중의(重義)적인 표현
임 ◇막걸네=막걸리 ◇빅 무어=배를 만들어 ◇탁빅이 돗을 활신 달고=막걸리처럼
흰 빛깔의 돛을 활짝 펴서 달고 ◇소쥬 바람=소주(燒酒) 바람. 바람을 소주에 비유
◇안쥬나 성즁=안주나 성중(城中)으로. 안주(安州)는 지명이나 술 안주(按酒)에 비유
했음 ◇가산 뎡쥬=가산(嘉山)과 정주(定州)로 평안도에 있는 지명.

656

初更에 翡翠 울고 二更에 杜鵑이 운다
三更 四五点의 울구 가는 져 鴻鴈은 不如歸不如歸ᄒᆞ니 네나 닉나
　밤中만 네 울른 쇼릭에 잠못 일워.　　　　　　　　　(無名時調集가本 56)

翡翠(비취)=물총새 ◇鴻雁(홍안)은=기러기는 ◇四五点(사오점)=사경과 오경을 가리키는 듯(四五更) ◇不如歸不如歸(불여귀불여귀)=두견의 울음소리를 나타낸 말.

657

草堂 뒤에 와 안자 우는 솟젹다시야 암 솟젹다신다 슈 솟젹다 우는 신다
空山이 어듸 업셔 客窓에 와 안져 우는다 솟젹다시야
空山이 허고 만흐되 울듸 달나 예 와 우노라.　　　　　　(蔓橫) (甁歌 956)

솟젹다시야=소쩍새야 ◇신다=새냐 ◇客窓(객창)=나그네가 머무는 곳의 창문. 여창(旅窓) ◇허고 만흐되=많고 많은데 ◇울듸 달나=울 만한 곳이 달라서 ◇예 와=여기에 와서.

658

草堂의 오신 손님 긔 무어스로 對接할고
올엽쓸 흰 졈심의 미ᄂᆞ리긴강의 還燒酒 슐 타고 울슨 젼복의 나낙근 고기 쇽고쳐라
아희야 잔 씨져 오너라 벗님 듸졉ᄒ리라.　　　　　　(海朴 513)

올엽쓸 흰 졈심=오례쌀로 지은 흰 쌀밥의 점심밥 ◇미나리긴강=미나리강회. 미나리를 데쳐서 돌돌 감아 초고추장을 찍어 먹는 반찬 ◇還燒酒(환소주)=소주 ◇울슨 젼복=경상도 울산에서 나온 전복 ◇나낙근='낡은'을 강조하기 위한 표현 ◇쇽고쳐라=끓여라.

659

楚山에 나무 뷔는 아희 나무 뷜 지 힝혀 대 뷜셰라
그 듸 즈라거든 뷔여 휘우리라 낙시듸를
우리도 그런 줄 아오미 나무만 뷔ᄂᆞ이다.　　　　　　(蔓橫) (甁歌 857)

楚山(초산)=중국 호북성 양양현(襄陽縣) 서남쪽에 있는 산이나, 초산(草山)의 뜻

으로 쓰인 듯하다 ◇힝혀=행여나 ◇빌세라=벨까 두렵다 ◇뷔여=베어 ◇휘우리라=
휘어지게 만들리라.

660

蜀道之難이 難於上靑天이로듸 집고 긔면 넘으려니와

어렵고 어려울손 이 님의 離別이 어려웨라

아마도 이 님의 離別은 難於蜀道難인가 ᄒ노라.　　　　　(樂戲調) (甁歌 1014)

　蜀道之難(촉도지난)이 難於上靑天(난어상청천)이로듸=촉에 가는 길의 어려움이
푸른 하늘에 오르는 것보다 어렵다고 하되 ◇집고 긔면=지팡이를 짚고 기어서라도
가면 ◇難於蜀道難(난어촉도난)인가=촉에 가는 길보다 더 어려운 것인가.

661

蜀魄啼山月白ᄒ듸 相思空倚樓頭ㅣ로다

爾啼苦我心愁ㅣ니 無爾聲이면 無我愁ㅣ라

寄語人間離別客ᄒᄂ니 信莫登 子規啼明月樓를 ᄒ여라.　　　　(甁歌 1056)

　蜀魄啼山月白(촉백제산월백)ᄒ듸=두견이 슬피 울고 산에 달이 환한데 ◇相思苦
獨倚樓頭(상사고독의루두)로다=멀리 있는 사람을 그리며 텅 빈 다락 끝에 몸을 기
대었도다 ◇爾啼苦我心愁(이제고아심수)니=두견아 네가 울면 내 또한 괴로우니 ◇
無爾聲(무이성)이면 無我愁(무아수)라=네가 울지 않으면 나도 근심이 없겠다 ◇寄語
人間離別客(기어인간이별객)ᄒ노니=이별한 사람들에게 말하노니 ◇信莫登(신막등)
子規啼明月樓(자규제명월루)=‘신(信)’은 ‘신(愼)’의 잘못. 두견이 울고 달 밝은 다락
에는 오르지 마라.
　※ 단종(端宗)이 지은 「자규루(子規樓)」의 “월백야촉백추 함수정의루두 이제비아
문고 무이성무이수 기어세상고로인 신막등춘삼월자규루(月白夜蜀魄啾 含愁情倚樓頭
爾啼悲我聞苦 無爾聲無我愁 寄語世上苦勞人 愼莫登春三月子規樓)”를 누군가가 시조
로 만든 것이다.

쵸당에 춘슈죡ᄒ니 쵸당 압헤다 국화를 십으고 국화 속에다 슐 비져 넛코 기다린다 기다린다 그 슐이 닉기를 기다린다

슐이 닉즈 들이 쓰고 들이 쓰즈 님이 온다 목이 길다고 황시병이며 목이 짤라 즈라병이며 쳥유리병에다 황쇼쥬 넛고 황유리병에다 쳥쇼쥬 넛코 홍유리병에다 듀엽쥬 넛코 빅유리병에다 감홍노 넛코 풋고츄 져리김치 문어 젼복 겻딜너라 쇠쇠 우는 연계탕이며 쎄세 우는 싱치찜이며 포두둑 나는 꾀츄리찜을 이리져리 버려놋코 노즈쟉 잉무비에 쏠우루 흔 잔 슐을 가득 부어 시호시호 부지린는 잡습다 졍 실커든 이 내게로 돌니시오 비행도군이 막뎡슈ᄒ라 일비일비 부일비홀 젹에 셰상 만ᄉ가 다 파뎨로다

들 쓰즈 오신 님이 들이 지니 형용이 간 곳 업구나 춤말 가지로 셜어셔 못 살갓네.

(樂高 898)

쵸당에 춘슈죡ᄒ니=초당(草堂)에 춘수족(春睡足)하니. 초당에 누워 자는 봄잠이 충분하니 ◇슐 비져 넛코=술을 빚어 넣고 ◇닉기을=익기를. 충분히 발효되기를 ◇황시병=황새병. 목이 길쭉한 병 ◇즈라병=자라병. 목이 짧은 병 ◇듀엽쥬=죽엽주(竹葉酒) ◇감홍노=감홍로(甘紅露). 소주의 한 가지 ◇겻딜너라=곁들여라 ◇연계탕(軟鷄湯)=어린 닭으로 끓인 탕 ◇싱치찜=생치(生雉)찜. 말리지 않은 꿩고기로 만든 찜 ◇버려노코=차려놓고 ◇노즈쟉 잉무비=노자작(鸕鷀酌)과 앵무배(鸚鵡杯). 술잔의 이름 ◇시호시호부재래(時乎時乎不再來)=때여! 때여! 다시 오지 않는구나 ◇비행도군이 막뎡슈라='막뎡슈'는 '막뎡쥬'의 잘못인 듯. 배행도군(杯行到君)이 막정주(莫停住)라. 술잔이 그대 앞에 오거든 멈추지 마라 ◇일비일비부일비=일배일배부일배(一杯一杯復一杯). 한 잔 한 잔 또 한 잔 ◇파뎨로구나=파투(破鬪)로구나. 흥이 깨짐을 나타낸 말 ◇형용이=모습이 ◇가지로=갈수록.

秋夜長ᄒ니 오늘 밤의 다 늘깃다

窓前 落葉聲은 님이 온 듯ᄒ다마는 月白滿庭ᄒ기로 □□듯 武陵桃源紅 桃花도 暮春이면 [   ]

秋夜月도 그믐이면 [   ].   (靈山歌 43)

늘깃다=늦겠다의 뜻인 듯 ◇月白滿庭(월백만정)ᄒ기로=환한 달빛이 뜰에 가득하기에.

664

秋月은 滿庭하야 산호 주렴 비치일 제

청천의 기러기 높이 떠 울고 가니 심황후 반겨 듯고 기럭아 너 왔느냐 소즁낭 북해상에 편지 전튼 기럭이냐 도화동 가거들랑 불상한 우리 부친 전에 편지 한 장 전해다고

문을 열고 내다보니 기럭이 간 곳 업고 창낭한 우름 박게 별과 달만 발 것으니 내의 심사 둘 곳 없다.   (時調 93)

秋月(추월)이 滿庭(만정)하야=가을 달빛에 뜰에 가득하여 ◇산호(珊瑚) 주렴(珠簾)=산호로 만든 발 ◇심황후=고소설『심청전(沈淸傳)』의 주인공 심청. 후에 황후가 되었음 ◇소즁낭(蘇中郎)=전한(前漢)의 충신 소무(蘇武). 흉노족에게 억류되어 있을 때 기러기에게 자기의 소식을 전했다 ◇도화동(桃花洞)=『심청전』의 배경이 되는 곳. 심청의 부친이 사는 곳 ◇창낭한 우름 박게=처량하게 들리는 울음소리 끝에 ◇내의 심사(心思)=나의 마음.

665

春困을 못 이긔여 洗心臺 ᄎᄌ가니

淡淡흔 물결이 ᄆᆞᆷ갓치 말가셔라

학 늘긔 타는 셩이 ᄌᆞ연이 발가시니 ᄃᆞ시 씨어 무슴ᄒ리.

                        (洗心臺歌) (石門亭尋眞洞遊錄 3) 蔡濟

春困(춘곤)=봄철에 느끼는 고단한 기운 ◇洗心臺(세심대)=마음을 깨끗이 씻는다는 의미에서 만들어놓은 대. 서울에는 인왕산 아래 육상궁(毓祥宮) 뒤에 있다 ◇淡淡(담담)흔 물결=맑은 물이 ◇학 늘긔=학(鶴)의 날개 ◇타는 셩이=악기를 연주하는 소리가 ◇ᄌᆞ연이 발가시니=저절로 분명하니 ◇씨어=씻어.

春眠을 느즛 깨여 竹窓을 열고 보니

庭花는 작작하야 가는 나븨 머무르고 岸柳는 依依하야 성긴 내를 써윗세라 호탕한 밋친 흥을 부지럽시 자아내어 白馬金鞭으로 야유원 차자가니 花香은 襲衣하고 月色이 滿庭한듸 醉客인 듯 狂客인 듯 徘徊顧俛하야 흥이 겨워 머무는 듯 有情히 섯노라니 翠瓦朱欄 놉푼 집의 綠衣紅裳 一美人이 紗窓을 반만 열고 옥안을 잠간 들고 輝煌月 夜三更의 輾轉反側 잠 못 이뤄 太古風便 오는 任 만나 積年 기루던 회포 반이나머 이룰너니 枕頭에 저 실솔이 不勝失侶之嘆하야 귀똘귀똘 우는 소래 놀나 깨우니 겻헤 任은 간 곳 읍고 任 잡엇든 손으로 귀똘이만 쌔릴 쯧이 쥐여 잇다

야속타 저 귀똘아 너도 짝을 일코 울 냥이면 네나 혼자 울 닐이지 남의 단잠을 깨우느냐.

(雜誌 115)

春眠(춘면)=봄철의 고단한 잠 ◇느즛=늦게 ◇庭花(정화)는 작작(灼灼)하야=뜰에 꽃이 눈부시게 피어 ◇岸柳(안류)는 依依(의의)하야=둑에 서 있는 버들은 싱싱하고 무성하여 ◇성긴 내를 써윗더라=약간 끼인 안개를 띄고 있구나 ◇부지럽시 자아내어=쓸데없이 만들어내어 ◇白馬金鞭(백마금편)=흰 말과 좋은 채찍. 호사스런 치장 ◇야유원(冶遊園)=방탕하게 놀 수 있는 곳 ◇花香(화향)은 襲衣(습의)하고=꽃의 향기는 옷에 스며들고 ◇월색(月色)이 滿庭(만정)=달빛이 뜰에 가득하다 ◇醉客(취객)인 듯 狂客(광객)인 듯=술 취한 사람인 듯 미친 사람인 듯 ◇徘徊顧俛(배회고면)='면(俛)'은 '면(眄)'의 잘못. 이리저리 돌아다니며 살펴보다 ◇翠瓦朱欄(취와주란)=푸른 기와를 올리고 붉은 칠을 한 난간이 있는 집 ◇綠衣紅裳(녹의홍상)=녹색의 저고리에 붉은색의 치마 ◇옥안(玉顔)=예쁜 얼굴 ◇輝煌月(휘황월) 夜三更(야삼경)=밝은 달이 비치는 한밤중 ◇輾轉反側(전전반측)=이리저리 뒤척이며 잠을 못 이루다 ◇太古風便(태고풍편)=오랜만에 부는 바람결 ◇積年(적년) 기루던 회포(懷抱)=여러 해 가졌던 품은 생각 ◇반이나머 이룰너니=반만이라도 이루려 했더니 ◇枕頭(침두)=베갯머리 ◇실솔(蟋蟀)=귀뚜라미 ◇不勝失侶之嘆(불승실려지탄)=짝을 잃은 한탄을 이기지 못하여 ◇야속(野俗)타=인정머리가 없고 쌀쌀하다.

※ 잡가(雜歌) 「춘면곡(春眠曲)」의 첫 부분을 시조로 만든 것이다.

667

春山에 봄 春字 든이 퍼귀마다 곳 花字ㅣ로다

一壺酒 흔 瓶 가질 持 ᄒ고 내川邊 ᄀ의 안즐 坐 ᄒ새

아희야 검은고 씌렝 淸 툭 쳐라 죠흘 好ㅅ字ㄴ가 ᄒ노라.　　　　(海一 537)

든이=되니 ◇퍼귀마다=포기마다 ◇一壺酒(일호주)=술 한 병 ◇씌렝 淸(청) 툭 쳐
라='씌렝'은 거문고 줄이 울리는 소리. 씌렝 하고 소리가 나도록 청줄을 툭 치거라.

667-1

靑山의 봄 春 드니 퍼기마다 곳 花ㅣ로다

흔 병 술 酒 가질 持 ᄒ고 시니 溪 ᄀ邊에 안즐 坐ㅣ로다

아희 童 잔 盃 들 擧 ᄒ니 됴흘 好ㄴ가 ᄒ노라.　　　　(瓶歌 999)

667-2

靑山에 봄 春 들 入字 ᄒ니 叢叢 곳 花字ㅣ로다

一壺酒 흔 瓶 가질 持字 ᄒ고 시내 溪字 ᄀ 邊字 안즐 坐字 노닐 遊字
ᄒ고지고

水上에 麥秀ㅣ 漸漸 桃花紅ᄒ니 武陵인가 ᄒ노라.　　　　(解我愁 167)

叢叢(총총)=빽빽하게 ◇麥秀(맥수) 漸漸(점점)=보리가 패어나다 ◇桃花紅(도화
홍)=복숭아꽃이 붉다 ◇武陵(무릉)=무릉도원.

668

春三月 百花節에 香氣 찻는 져 나븨야

곳이 아무리 흔타 헌들 여긔져긔 안지 마라

人旺山 거뮈줄 느리고 八門蛇陣 치고 東西風 불기만 기다린다.　　　(雜誌 8)

百花節(백화절)=온갖 꽃들이 피는 계절. 봄철 ◇흔타 헌들=흔하다고 한들. 지천

이라고 한들 ◇仁旺山(인왕산)='왕(旺)'은 '왕(王)'의 잘못. 서울 도심의 서북에 있는 산 ◇八門蛇陣(팔문사진)=위나라 조인(曹仁)이 친 팔문금쇄진(八門金鎖陣).

669

春意는 透酥胸이요 春色은 橫眉黛라

賤却那人間玉帛이라 杏臉桃腮乘月色ᄒ니 嬌滴滴越顯紅白이로다 下香階步蒼苔ᄒ니 非關宮鞋鳳頭窄이라

鰍生不才로 多嬌錯愛를 感歎이로다.   (弄歌) (源國 542)

春意(춘의)는 透酥胸(투수흉)이요=봄뜻은 젖가슴을 뚫고 ◇春色(춘색)은 橫眉黛(횡미대)라=봄빛은 아름다운 눈썹에 비꼈다 ◇賤却那人間玉帛(천각나인간옥백)=인간 옥백을 천히 여겨 물리치고. '옥백'은 옥과 비단 ◇杏臉桃腮乘月色(행검도시승월색)ᄒ니=살굿빛 눈시울 복숭아 같은 뺨이 달빛을 대하니 ◇嬌滴滴越顯紅白(교적적월현홍백)이로다=어여쁨이 방울방울 홍백이 뚜렷하다 ◇下香階步蒼苔(하향계보창태)=원문(原文)에 '하향계나보창태(下香階懶步蒼苔)'로 되어 있음. 향계에 내려 느릿느릿 푸른 이끼 위를 거니니 ◇非關宮鞋鳳頭窄(비관궁혜봉두착)이라=궁혜와 봉두가 작아서랴. 궁혜는 궁녀의 신발. 봉두는 봉황머리 모양의 장식 ◇鰍生不才(추생부재)로 多嬌錯愛(다교착애)를=추생이 부재하여 어여쁜 그대를 짝사랑함이 애닲구나.
※ 중국 소설 『서상기(西廂記)』의 일부이다.

670

春草은 年年綠ᄒ되 王孫은 歸不歸라

玉顔童子야 任 계신듸 길 가르쳐

달 삭여 歌扇 삼고 구름 말너 舞衣 지어 碧海青天에 그리든 任. (樂高 2)

春草(춘초)은 年年綠(연년록)ᄒ되 王孫(왕손)은 歸不歸(귀불귀)라=봄철에 풀은 해마다 푸르되 왕손을 가고 아니 온다 ◇玉顔童子(옥안동자)야=얼굴이 예쁘장한 아이야 ◇달 삭여 歌扇(가선) 삼고=달을 새겨 부채를 삼고 ◇구름 말어 舞衣(무의) 지어=구름을 재단하여 춤옷을 만들어 ◇碧海青天(벽해청천)=푸른 바다와 하늘.

671

春風杖策上蠶頭ᄒ여 漢陽形址를 歷歷히 둘러보니

仁王三角은 虎踞龍盤으로 北極을 괴얏고 絡南漢水는 金帶相連ᄒ여 久遠
홀 氣象이 萬千歲之無疆이로다

君修德 臣修政ᄒ니 禮儀東方이 堯之日月이오 舜之乾坤이로다.

(蔓橫淸類) (珍靑 544)

春風杖策上蠶頭(춘풍장책상잠두)ᄒ여=따뜻한 봄바람이 불 때 지팡이를 짚고 잠
두봉에 올라서 ◇漢陽形址(한양형지)를=한양 생김새를 ◇仁王三角(인왕삼각)은 虎
踞龍盤(호거용반)으로=인왕산과 삼각산은 범이 웅크리고 용이 서린 형상으로 ◇北
極(북극)을 괴얏고=북쪽 끝을 떠받들고 ◇絡南漢水(낙남한수)는 金帶相連(금대상련)
ᄒ여=‘낙남(絡南)’은 ‘종남(終南)’의 잘못. 남산과 한강은 금색 띠로 서로 연결하여
◇久遠(구원)홀 氣象(기상)이=오래고 영원할 기운과 형상이 ◇萬千歲之無疆(만천세
지무강)=오래도록 영원함 ◇君修德(군수덕) 臣修政(신수정)=임금은 덕을 닦고, 신하
는 정사를 닦다 ◇禮義東方(예의동방)=예절과 의리가 바른 우리나라 ◇堯之日月(요
지일월) 舜之乾坤(순지건곤)이로다.=요순과 같이 태평한 세상이다.

672

春風花柳 繁華時의 슷 적다 우는 숫적싸싀야

門下 食客 三千人을 다 못 먹이여 우난야

至今의 信陵 孟嘗 平原 忠信 豪傑風流를 네 아는야. (調詞 51)

春風花柳(춘풍화류) 繁華時(번화시)의=봄철이 한창일 때에 ◇門下(문하) 食客(식
객) 三千人(삼천인)=신릉군(信陵君)이 거느렸다고 하는 식객의 수 ◇信陵(신릉)=위
(魏)나라 무기(無忌). 신릉에 봉해져 신릉군이라 불림 ◇孟嘗(맹상)=전국시대 제(齊)
나라의 전문(田文) ◇平原(평원)=전국시대 조(趙)나라 무령왕의 아들 승(勝). 동무성
(東武城)에 봉해져 호를 평원이라 했다 ◇忠信(충신)=‘춘신(春申)’의 잘못. 초(楚)나
라 사람으로 봉호(封號)가 춘신이다. 신릉군, 맹상군, 평원군, 춘신군은 모두 많은
식객을 거느렸다.

673

忠臣은 滿朝廷이요 孝子 烈女 家家在라

경전이식하고 착정이음하니 堯之日月 舜之乾坤 太平聖代 이 아니야 仁
義禮智 배을 모와 五倫으로 돗을 달고 三綱으로 키을 언고 道德으로 닷을
달어 言忠信行篤 禮義廉恥 노을 즈어 만년강여 씌여 노코

敎化 바람 불거들랑 선남선녀 만이 실코 강구연월 노라보세.　　　(雜誌 431)

忠臣(충신)은 滿朝廷(만조정)이요=충신은 조정에 가득하고 ◇家家在(가가재)=집
집마다 있다 ◇경전이식(耕田而食)하고 착정이음(鑿井而飮)하니=밭을 갈아서 밥을
먹고 우물을 파서 물을 마시니 ◇배를 모아='모아'는 '무어'의 잘못인 듯. 배를 만
들어 ◇키을 언고=키를 얹어 ◇닷을=닻을 ◇노을 즈어=노를 저어 ◇만년강(萬年江)
여=만년강에 ◇敎化(교화) 바람=가르쳐서 생기는 변화가 ◇선남선녀(善男善女)=착
하고 순진한 백성들 ◇강구연월(康衢煙月)=태평한 세월.

674

忠孝도 늬 못ᄒ고 비록이 주글센들

暮夜明月의 杜鵑의 넉시 되어 平生의 爲君父 怨恨을 梨花一枝에 春帶雨
ㅣ 되여시니

行人도 늬 뜻을 아라 駐馬愁를 ᄒᄂ다.　　　(水月亭歌) (淸溪歌詞 61) 姜復中

주글센들=죽을지언정 ◇暮夜明月(모야명월)=달이 환히 밝은 이슥한 밤 ◇杜鵑
(두견)=두견새 ◇爲君父(위군부) 怨恨(원한)=임금과 부모를 위한 원한 ◇梨花一枝
(이화일지)=배꽃이 핀 가지 하나 ◇春帶雨(춘대우)=봄빛을 머금은 비 ◇駐馬愁(주마
수)=가던 말을 멈추고 근심을 함.

675

醉時歌此曲을 無人聞 我不要醉花月이요

我不要 樹功勳 樹功勳도 也是浮雲 醉花月도 也是浮雲이로다

醉時歌 無人知我心ᄒ니 只願長劒奉明君ᄒ노라.　　　(樂高 1)

醉時歌此曲(취시가차곡)을=취했을 때 이 곡을 노래하니 ◇無人聞(무인문)=듣는 사람이 없고 ◇我不要醉花月(아불요취화월)이요=나는 꽃과 달에 취하기를 바라지 않고 ◇我不要樹功勳(아불요수공훈)=나는 공훈을 세우는 것을 바라지 않으니 ◇樹功勳(수공훈)도 也是浮雲(야시부운)=공훈을 세우는 것도 부운이요 ◇醉花月(취화월)도 也是浮雲(야시부운)이로다=꽃과 달에 취하는 것도 부운이로다 ◇醉時歌(취시가)無人知我心(무인지아심)ㅎ니=취하여 노래해도 내 마음을 아는 사람이 없으니 ◇只願長劍奉明君(지원장검봉명군)=다만 장검을 가지고 명군을 받들기를 바랄 뿐이다.

※『악부』(高大本)에 "우가석주권필 몽견일소책 내김덕령시집야 기수일편왈 취시가삼부득지가운운 금견기사 수비장군친제자 실유가상지기상 고록지(右歌石洲權韠 夢見一小冊 乃金德齡詩集也 其首一篇曰 醉時歌三復得之歌云云 今見其詞 雖非將軍親製者 實有可想之氣象 故錄之, 위의 노래는 석주 권필에 꿈에 하나의 작은 책을 얻으니 곧 김덕령의 시집이었다. 그 첫머리에 있는 한 편에 '술에 취하여 세 번 되풀이해서 노래를 얻었다고 했으니 그 가사를 보면 비록 장군이 직접 지은 것은 아니지만 기상은 상상할 수 있어 기록한다)라고 하였다.

676

취흔 좀 늦게 깃여 강교를 보라보이
즈옥이 퍼인 안개 한식 비 개엿도다
아히야 슐 부어라 전촌의 취흔 노래 졀 일넌가 ㅎ노라.

(愛景堂十二月歌 右二月 江郊曉霧章) (愛景言行錄) 南極曄

취흔 좀=술에 취한 잠 ◇깃여=깨여 ◇강교(江郊)=강이 있는 교외(郊外) ◇보라보이=바라보니 ◇즈옥이=자욱하게 ◇퍼인=퍼진 ◇전촌(前村)의=앞마을에 ◇졀 일넌가=절기가 빠른가.

※ 한역(漢譯) : 辭曰 時維佳節 雨歇江郊 些曜霧處處 能作奇峰 些可愛乎 前村醉興 欲使吾君知之(사왈 시유가절 우헐강교 사요무처처 능작기봉 사가애호 전촌취흥 욕사오군지지)

자역(自譯) : 些詩曰 主人晚覺醉春睡 十里江郊曉霧連 野老街童能識否 康衢烟月又今年(사시왈 주인만각취춘수 십리강교효무연 야노가동능식부 강구연월우금년)

677

치야다보면 풀은 하날이요 나려다보면 白沙地 쌍이로다

게 누을 바라고 살나 흐오 무정흐다 漢陽 郞君이 無情흐다 이 준약흔
인싱을 바리고 어듸로 가오 新情도 보흐시련이와 舊情인들 이질손가 嚴冬
雪寒에 꿰발 물어 던진드시 獨守空房 흐리로다

준약흔 몸이 스러질가 흐노라.   (海一 478)

치야다보면=올려다보면 ◇白沙地(백사지)=흰 모래사장 ◇게 누을=거기 누구를.
그 누구를 ◇준약흔=잔약(孱弱)한. 튼튼하지 않고 아주 약한 ◇新情(신정)=새 사람
을 만나 사귄 정 ◇舊情(구정)인들 이질손가=예전의 정이라 해서 잊을 것인가 ◇嚴
冬雪寒(엄동설한)=눈발도 차가운 추운 겨울 ◇꿰발 물어 던진드시=게 발을 물었다
던진 것처럼. 버림을 받다 ◇흐리로다=하겠다 ◇스러질가=쓰러질까.

678

七年旱 九年水에도 人心이 淳厚커든

國泰民安하고 時和歲豊흐되 人情은 險陟千層浪이요 世事는 危登百尺竿
이고

엇덧타 古今이 다른 줄을 못늬 슬허흐노라.   (海周 532) 金壽長

七年旱(칠년한) 九年水(구년수)=중국 고대 은나라 탕왕(湯王) 때의 칠 년간의 오
랜 가뭄과 제요(帝堯) 때의 구 년간의 지루한 장마 ◇人心(인심)이 순후(淳厚)커든=
사람들의 마음이 순박하고 인정이 두터웠거든 ◇國泰民安(국태민안)=나라가 태평하
고 백성들의 살기가 편안하다 ◇時和歲豊(시화세풍)=기후가 온화하고 풍년이 듦 ◇
人情(인정)은~危登百尺竿(위등백척간)이고=인정은 천층의 물결을 헤치고 오를 만큼
위태롭고 세상일은 백척의 장대를 오르는 일만큼 위태롭다 ◇엇덧타=어찌하여 ◇
古今(고금)이=예전과 지금이 ◇못늬=끝내.

679

七里灘 어듸런고 栗嶺川 아니인가

釣魚臺 어듸런고 水月亭이 아니인가

滄浪水 말근 곳의 垂釣흔 뎌 한흐바 졔야 알가 흐노라.　(淸溪歌詞 82) 李濂

七里灘(칠리탄)=후한 때 엄광(嚴光)이 낚시하던 곳　◇栗嶺川(율령천)=충청남도
논산군에 있는 하천의 옛 이름인 듯　◇釣魚臺(조어대)=주문왕 때 강태공이 낚시하
던 곳　◇水月亭(수월정)=예전 충청도 논산에 있던 정자인 듯　◇垂釣(수조)흔 뎌 한
흐바=낚시를 드리운 저 할아범. 위수(渭水)에서 낚시하던 여상(呂尙)을 가리킨다.

680

七歲 孫男을 祖母도 안을쏘냐 七歲 孫女를 祖父도 안을쏘냐

七歲 男女 不同席은 兄弟姉妹에게도 닛지 말게

아모리 夫婦間 至親至密이나 爲先有別 흐여셰라.　　(頤齋亂稿) 黃胤錫

닛지 말게=잊지 말게　◇至親至密(지친지밀)=아주 친하고 가까움　◇爲先有別(위
선유별)=무엇보다 먼저 구별이 있어야 한다.

681

칠월이라 쵸칠일은(날에) 견우 직녀가 그리워 살다가 오작교로 월강흐여
일 년에 일츠를 상봉이 되고

흑희 바다 밀물이라도 흐루 두 썩를 됴슈로구나 남기라도 샹ᄉ목은 음
양을 좃츠셔 졔 마조나 섯고 돌이라도 망두셕은 자웅을 분흐여(짜라서) 마
조를 섯는데 우리 연연흐고 틀틀흔 님은 일셩즁에 ᄀᆞ치 이셔 어히 그리
못 보단 말가 천리 약슈에 만리쟝셩이 두룬 바가 아니오 삼쳔 구버봉(잠총
급어부)에 쵹도지난이 가리윗드냐

일쌍 쳥됴 신지라도 막ᄅᆡ젼이로구나.　　　　　　　　(樂高 888)

쵸칠일=음력 칠월 칠일. 칠석(七夕)　◇오작교(烏鵲橋)=칠월 칠일에 견우와 직녀
를 만나게 하기 위해 까막까치들이 은하수에 놓는다는 다리　◇월강(越江)=강을 건
너는 것　◇흑희='북희'의 잘못인 듯. 북해(北海)　◇됴수=조수(潮水)　◇샹ᄉ목='행자

목(杏子木)'의 잘못인 듯. 행자목은 은행나무. 또는 뽕나무와 산뽕나무를 뜻하는 상자목(桑柘木)인 듯. 혹은 육십 갑자에서 임자 계축에 붙이는 납음(納音)으로 '임자 계축 상자목'이라 함. 납음은 십이율(十二律)에 오음(五音)을 짝지어 된 육십음(六十音) ◇망두셕=망부석(望夫石) ◇연연(戀戀)ᄒᆞ고 틀틀ᄒᆞᆫ=그립고 소탈한 ◇일셩즁이=일성중(一城中)에. 같은 성 안에 ◇ᄀᆞᆺ치 이셔=같이 있어 ◇쳔리 약슈=천 리나 떨어진 약수(弱水). 흔히 '약수 삼천 리'라 한다 ◇삼쳔 구버봉='잠총급어부(蠶叢及魚鳧)'의 오기(誤記)인 듯. 혹 '산천(山川) 구버 봉'으로 산천을 굽어보는 봉우리란 뜻으로 쓰인 것인지(?) ◇일쌍 쳥됴ᄭᆞ지라도=한 쌍의 청조(靑鳥)까지라도. 청조는 달리 편지란 뜻이 있다 ◇막래전(莫來傳)=소식을 전하지 않는다.

682

칠팔월 쳥명일에 얽고 검고 찡기기는

바독판 장긔판 곤우판 갓고 멍셕 덕셕 방셕 갓고 쳘등(鐵燈) 고셕ᄆᆡ 씩 암장이 발쫑 갓고 우박 마진 ᄌᆡ덤이 쇠쫑 갓고 즁화젼 털망 갓고 진ᄉᆞ젼 상기동 신젼 마루 연쥭젼 좌판 갓고 한량에 포ᄃᆡ관역 남게 안진맴이 잔등이 갓고 상하미젼 멍셕 호망 쥰오관이짝 갓고 뎐보 뎐간 뎐긔등 불죵 갓고 경상도 문경 ᄉᆡᄌᆡ로 너머 오ᄂᆞᆫ 진상 술항아리 쵸병갓치 아쥬 무쳑 얼고 검고 풀은 즁놈아 네 무슴 얼골이 어엿부고 쏙쏙ᄒᆞ고 맵ᄌᆞᄒᆞ고 얌젼ᄒᆞᆫ 얼골이라고 시ᄂᆡ가로 ᄂᆡ리지 마라 뛴다 뛴다 고기가 너를 그믈 베리만 너겨 슈만은 곤징이 쎼만은 숑사리 눈 큰 쥰치 키 큰 장ᄃᆡ 머리 큰 도미 살 찐 방어 누룬 죠긔 넙젹 병어 등곱은 ᄉᆡ오 그믈 벼리만 여겨 아됴 펄펄 뛰여 넘쳐 다라나는고나

그즁 음옹ᄒᆞ고 ᄂᆡ슝ᄒᆞ고 슝뮬ᄒᆞ고 슝칙시러운 농어는 가라안ᄌᆞ셔 슬슬.

(樂高 674)

청명일(晴明日)=날이 맑고 깨끗하게 갠 날 ◇찡기기ᄂᆞᆫ=찡그리기는 ◇곤우판=고누를 두기 위해 만든 말판 ◇멍셕=멍석. 곡식을 말리기 위한 짚으로 만든 자리 ◇덕셕=덕석. 소의 등을 덮기 위한 자리 ◇鐵燈(철등)=전구(電球)를 감싼 철망인 듯 ◇고셕ᄆᆡ=고석(蠱石)매. 속돌로 만든 맷돌. 속돌은 화산재가 식어서 된 돌로 구멍이 많은 돌 ◇ᄌᆡ덤이=잿더미 ◇중화젼 털망=중화전(中和殿) 철망. 덕수궁 중화전에 쳐

놓은 철조망인 듯 ◇진ᄉ젼 상기동=진사전(眞絲廛)의 상기둥. 진사전은 실을 파는 점포 ◇신젼 마루=신을 파는 점포의 마루 ◇연죽전 좌판=담뱃대를 파는 점포의 진열대 ◇한량(閑良)에 포대 관역=활 쏘는 사람의 목표물인 천으로 된 과녁 ◇상하미젼 멍석=상하미전의 멍석. 미전(米廛)은 쌀을 파는 점포로 상미전은 종로 서쪽에 하미전은 종로 4가 근방에 있었다 ◇호망(虎網)=호랑이를 잡기 위한 그물 ◇준오 관이 싹=골패의 구멍이 열 개가 있는 준오(準五)와 일곱 개가 있는 관이(冠二) ◇면보 면간 불종=전보(電報) 전간(傳簡) 불종. 전보를 전달하는 사람이 울리고 다니던 불종 ◇문경 ᄉ지=경상도의 문경군과 충청도의 충주 사이에 있는 고개. 조령(鳥嶺) ◇진상(進上)=특산품을 임금에게 올리는 것 ◇쵸병=식초(食醋)를 넣은 병 ◇밉ᄌᄒ고=생김이 격에 맞는다고 ◇벼리=그물의 위쪽 코를 꿰어 잡아당기게 된 줄 ◇음용ᄒ고=음흉하고 ◇ᄂᆡ슝ᄒ고=내숭을 떨고 ◇슝물하고 슝칙시러운=흉물스럽고 흉칙스러운.

683

콩밧틔 드러 콩닙 ᄠᅳ더 먹ᄂᆞᆫ 감은 암쇼 아므리 이라타 ᄯᅩᆺ춘들 제 어듸로 가며
니불 아레 든 님을 발로 툭 박ᄎᆞ 미젹미젹ᄒᆞ며셔 어셔 가라 흔들 날 ᄇᆞ리고 제 어드러로 가리
아마도 ᄡᅡ호고 못 마를 슨 님이신가 ᄒᆞ노라.   (蔓橫淸類) (珍靑 503)

드러=들어가 ◇감은 암쇼=검은 암소 ◇아므리 이라타=아무리 '이랴' 하고 ◇니불 아레=이불 안에 ◇제=제가 ◇못 마를 슨=못 말릴 것은. 그만두지 못할 것은.

684

타향에 임을 두고 주야로 그리면서
간장 셕은 물은 눈으로 소사나고 첩첩헌 슈심은 여름 구름 되어셰라
지금에 ᄂᆡ 마음 졀반을 임게 보ᄂᆡ여 셔로 그려볼가 허노라.   (詩謠 112)

그리면서=그리워하면서 ◇셕은 물은=썩은 물은 ◇소사나고=솟아나고 ◇첩첩헌 슈심은=쌓이고 쌓인(疊疊) 수심(愁心)은 ◇여름 구름=여름철의 구름처럼 변화를 예

측하기 어렵다 ◇임계=임에게 ◇그려볼가=그리워하여볼까.

685

탐학슈령 드러보소 입시날 칠ᄉ강을 뜻 알고 ᄒ엿ᄯᆞᆫ가
셩 밧글 써나셔면 어이 그리 실진한고
져런 병의 먹는 약은 신농씨도 모르련이.　　　　　　　(風雅 297) 李世輔

　　탐학슈령=탐학(貪虐)한 수령(守令). 탐욕이 많고 포악한 수령 ◇입시날=입시(入侍)하는 날. 입시는 대궐에 들어가 임금을 뵙는 것 ◇칠ᄉ강을=칠사강(七事講)을. 칠사강은 새로 부임하는 수령이 계판(啓板) 앞에서 칠사를 암송하는 일. 칠사는 농상성(農商盛), 호구증(戶口增), 학교흥(學校興), 군정수(軍政修), 부역균(賦役均), 사송간(詞訟簡), 간골식(奸猾息)임 ◇밧글=밖을 ◇실진한고=정신이 이상하여 본성을 잃었는가?(失眞) ◇모르련이=모를 것이다.

686

太極이 肇判ᄒ야 萬物이 始分인졔
　人物之生이 林林總總ᄒ더니 聖人 首出ᄒ샤 伏羲 神農과 黃帝 堯舜이 繼天立極ᄒ야 人事에 가즘이 大綱에 발가더니 그 後에 禹湯文武와 周公 召公과 孔子ㅣ 이어 나샤 典章法度와 禮樂文物이 郁郁彬彬ᄒ미 이만 젹이 업ᄯᅩ셔라
　이몸이 일즉 못난 줄을 못닌 스러 ᄒ노라.　　　　　　(弄) (靑六 731)

　　太極(태극)이 肇判(조판)ᄒ야 萬物(만물)이 始分(시분)인졔=세상이 처음 생겨 하늘과 땅이 나뉘었고 만물이 비로소 구분이 생길 때 ◇人物之生(인물지생)이 林林總總(임림총총)=‘총총’은 ‘총총(葱葱)’의 잘못. 사람들의 삶이 나무가 우거진 것처럼 빽빽하다 ◇聖人 首出(성인수출)=훌륭한 분이 처음으로 나오시다 ◇伏羲 神農(복희신농)=고대 중국의 제왕인 복희씨와 신농씨 ◇黃帝 堯舜(황제 요순)=중국 고대의 황제와 요 임금과 순 임금 ◇繼天立極(계천입극)=계속하여 제왕의 자리에 오르다 ◇人事(인사)의 가즘이=사람들에 관한 일의 갖춤이 ◇大綱(대강)이 붉앗더니=커다란 법도가 분명하였더니 ◇禹湯 文武(우탕문무)=우임금과 탕임금 주나라의 문왕과

무왕 ◇周公 召公(주공 소공)과 孔子(공자)=주 무왕의 아우인 주공과 서자인 소공 그리고 공자 ◇典章法度(전장법도)와 禮樂文物(예악문물)=법률 제도와 예절과 음악 등 모든 문화 ◇郁郁彬彬(욱욱빈빈)=더욱 찬란하게 빛나다 ◇느저 난 줄을=늦게 태어 난 것을 ◇스러=슬퍼.

687

태백이 슬 실러 가더니 달이 떠도 아니 오네

강상에 뜬 배 그 밴줄 아럿더니 고기 잡는 어선이라

동자야 월하를 살피어라 하마 올 듯.　　　　　　　　　　(時調 47)

강상에=강 위에(江上) ◇아럿더니=알았더니 ◇동자야=아희야(童子) ◇월하를=달빛이 훤히 비추고 있는 곳을(月下) ◇하마=벌써. 이미.

688

틱빅이 ᄌ넬낭은 호아장출 환미주ᄒ고

엄ᄌ릉 ᄌ닐낭은 동강 칠이탄의 은린옥척 낙거 안쥬 담당ᄒ쇼 도연명 ᄌ네는 무현금을 둥지덜아 둥실 타고 장ᄌ방 ᄌ늬는 계명슨 츄야월의 옥통쇼만 슬피 부쇼

그 늠아 글 짓고 춤 추고 노릭 부르길낭 늬 담당.　　　　　　(時調 99)

ᄌ넬낭은=자네는 ◇호아장출(呼兒將出) 환미주(換美酒)ᄒ고=아이를 불러 맛있는 술을 바꾸어 들이게 하고 ◇엄ᄌ릉=엄자릉(嚴子陵). 후한 광무제(光武帝) 때의 엄광(嚴光) ◇동강 칠이탄=동강(桐江) 칠리탄(七里灘). 엄자릉이 벼슬을 그만두고 낚시질을 하던 곳 ◇은린옥척=은린옥척(銀鱗玉尺). 비늘이 번쩍이는 물고기 ◇도연명 무현금을=진(晉)나라의 도연명(陶淵明)은 줄 없는 거문고(無絃琴)를 ◇장ᄌ방 계명슨 츄야월의 옥통쇼만=한(漢)나라의 장자방은 계명산 가을밤에 옥통소만. 자방은 장량(張良)의 자(字) ◇그 늠아=그 나머지.

689

太白이 豪氣 잇는 者ㅣ레 天子呼來 不上船ㅎ고

高力士 楊國으로 脫靴奉硯ㅎ고 采石에 弄月ㅎ다가 긴 고릭 타고 飛上天ㅎ니

風塵에 位高金多를 草芥갓치 넉이들아.　　　　(二數大葉) (海周 542) 金壽長

豪氣(호기)=씩씩하고 장한 기상 ◇者(자)ㅣ레=사람이러니. 자(者)이러니 ◇天子呼來(천자호래) 不上船(불상선)ㅎ고=이백이 천자에게 불려 와서도 배에 오르지 아니하고 ◇高力士(고력사)=당(唐)나라의 환관. 고주(高州) 사람으로 현종(玄宗) 때 표기대장군(驃騎大將軍)의 벼슬에 이르렀음 ◇양국(楊國)=양국충(楊國忠)을 가리킨다. 당(唐)나라 현종(玄宗)의 총희(寵姬) 양귀비의 종형(從兄) ◇脫靴奉硯(탈화봉연)=당나라의 현종이 이백을 애중(愛重)하여 하루는 이백이 술에 취해 있을 때 환관 고력사를 시켜서 신을 벗기고 양귀비에게는 필연(筆硯)을 받들게 했다는 고사 ◇采石(채석)에 弄月(농월)ㅎ다가=채석강(采石江)에서 달을 희롱하다가 ◇飛上天(비상천)ㅎ니=하늘로 날아 올라가니 ◇風塵(풍진)에=속세(俗世)에 ◇位高金多(위고금다)를=지위가 높고 돈이 많음을 ◇草芥(초개)=지푸라기. 하찮은 것 ◇넉이들아=여기더라.

690

泰山에 눕히 올나 中央을 굽어보니 崑崙山 第一峰은 山嶽之祖宗이오 三枝로 흘러 天下 高低로다

洛陽은 勝地라 吳楚東南 秦始皇 萬里長城과 阿房宮 瀟湘江 洞庭湖며 岳陽樓 姑蘇臺 左右로 버럿닛되 衣冠文物은 萬萬歲之金湯이라

아마도 五代 文物 六朝 繁華는 이샏인가.　　　　(時調演義 104) 林重桓

泰山(태산)=중국 산동성에 있는 산. 일반적으로 높은 산을 가리킴 ◇崑崙山(곤륜산)=중국 서방에 있는 산 ◇山嶽之祖宗(산악지조종)=산악의 중심 ◇三枝(삼지)=세 갈래 ◇洛陽(낙양)은 勝地(승지)=낙양은 경치가 뛰어난 곳이다 ◇吳楚東南(오초동남)='오초동남탁(吳楚東南坼)'을 말함. 동정호 때문에 오와 초 두 나라가 동남으로 갈라져 보이다 ◇瀟湘江(소상강) 洞庭湖(동정호)=중국 호남성에 동정호가 있고 그 옆으로 소상강이 흐른다 ◇岳陽樓(악양루)=동정호에 면해 있는 누대 ◇姑蘇臺(고소

대)=중국 강소성에 있는 누대 ◇衣冠文物(의관문물)=그 나라 사람들의 옷차림새와
인문 방면과 물질 방면의 모든 사항 ◇萬萬歲之金湯(만만세지금탕)=오랜 세월을 이
어갈 훌륭한 요새지 ◇五代文物(오대문물)=당(唐), 우(虞), 하(夏), 은(殷), 주(周) 시
대의 문물 ◇六朝繁華(육조번화)=위·진(魏晉)에서 남북조 시대를 거쳐 수(隋)에 이
르는 기간의 문물의 화려하다.

691

泰山이 놉다 말고 오라기를 싱각ᄒᆞ소
河海를 깁다 말고 건너기를 싱각ᄒᆞ소
놉흐나 깁푸나 오라고 건너기ᄂᆞᆫ 진실노 내 마음의 인ᄂᆞᆫ이라.

(城西幽稿) 申甲俊

놉다 말고=높다고만 하지 말고 ◇오라고 건너기ᄂᆞᆫ=오르고 건너는 것은 ◇인ᄂᆞᆫ
이라=있느니라.

692

泰山이 不讓土壤 故로 大ᄒᆞ고 河海 不擇細流 故로 深ᄒᆞᄂᆞ니
萬古天下 英雄俊傑 建安八字 竹林七賢 李謫仙 蘇東坡 ᄯᅩᄐᆞᆫ 詩酒風流와
絶代豪士를 어듸가 어더 니로 다 사괴리
鷰雀도 鴻鵠의 무리라 旅遊狂客이 洛陽才子 모드신 곳에 末地에 參與ᄒᆞ
여 놀고 간들 엇더리.

(蔓橫清類) (珍青 561)

泰山(태산)이 不讓土壤(불양토양) 故(고)로 大(대)ᄒᆞ고=큰 산이 조금의 흙도 사양
하지 않기 때문에 크게 되고 ◇河海(하해) 不擇細流(불택세류) 故(고)로 深(심)ᄒᆞᄂᆞ
니=하해는 자그마한 내라도 가리지 않기에 깊어지느니 ◇萬古天下(만고천하) 英雄
俊傑(영웅준걸)=이제까지의 영웅과 호걸 ◇建安八字(건안팔자)='자(字)'는 '자(子)'의
잘못. 후한의 헌제(獻帝) 때 사람 순숙(荀淑)의 유덕했던 여덟 아들들 ◇竹林七賢(죽
림칠현)=진(晉)나라 때에 죽림에 들어 청담(淸談)을 이야기하던 일곱 사람 ◇詩酒風
流(시주풍류)=시와 술을 즐기던 풍류객 ◇絶代豪士(절대호사)=아주 훌륭한 호탕한
선비 ◇어더=얻어서 ◇니로 다 사괴리=일부러 전부를 다 사귈 수가 있으랴 ◇鷰雀

(연작)도 鴻鵠(홍곡)의 무리라=제비나 참새도 기러기나 따오기와 같은 조류(鳥類)임. 처지는 다르나 근본은 같다 ◇旅遊狂客(여유광객)이 洛陽才子(낙양재자)=떠돌이 미치광이가 서울의 훌륭한 재주 많은 사람 ◇모도신=모이신 ◇末地(말지)에 參與(참여)=말석(末席)에 참가.

693

太平十二策을 네 아니 드려ᄂᆞᆫ 우리 님쎡

做時不如說時란 말은 朱夫子의 訓戒文이라

百里도 쏘흔 小朝廷이니 簡易 蕩平이 入德門인가 ᄒᆞ노라.

(又感恩曲 5-4) (無極集) 梁柱翊

太平十二策(태평십이책)=정조(正祖)에게 탕평책(蕩平策)으로 건의한 열두 가지의 방책 ◇네 아니 드려ᄂᆞᆫ=네가 드리지 않았느냐? ◇做時不如說時(주시불여세시)=주는 것이 달래는 것만 못하다 ◇朱夫子(주부자)=송(宋)나라 주희(朱熹)를 가리킨다 ◇百里(백리)도 쏘흔 小朝廷(소조정)이니=백 리밖에 안 되는 작은 곳도 또한 작은 나라임에는 틀림이 없으니 ◇簡易(간이) 蕩平(탕평)=탕평을 쉽게 하다 ◇入德門(입덕문)=덕문에 드는 것.

※ 한역(漢譯) : 太平十二策 爾豈不獻 吾君 做時不如說時 朱夫子訓戒文 百里亦一小朝廷 簡易蕩平入德門(태평십이책 이기불헌 오군 주시불여세시 주부자훈계문 백리역일소조정 간이탕평입덕문)

694

터럭은 거무나 희나 世事는 갓고 짤코

거문고 한닙 우희 ᄂᆡ 노ᄅᆡ 굿지 말고 우리의 벗님네와 잡쩌니 勸ᄒᆞ거니
畫夜長常 노ᄉᆞ이다

百年이 숨갓다 흔들 헛마 어이ᄒᆞ리오.
(二數大葉) (海周 530) 金壽長

거무나 희나=검거나 희거나. 늙으나 젊으나 ◇世事(세사)=세상의 일 ◇갓고 짤코=같기도 하고 다르기도 하고 ◇거문고 한닙 우희=거문고의 대엽(大葉) 위에. 대엽은 음악의 한 가지 형식 ◇ᄂᆡ 노래 굿지 말고=나의 노래 그치지 말고 ◇畫夜長常

(주야장상)=밤낮을 가리지 않고 언제나 ◇百年(백년)이 꿈갓다 흔들=백 년이란 세월이 꿈처럼 짧다고 한들 ◇혓마 어이ᄒ리오=설마 어떻게 하겠느냐.

695

텬쟝욕우에 디션습ᄒ니 하ᄂ님씌셔 비를 주실나ᄂ지 싸흐로부터 누긔만
돌고
나갓든 님이 오실나ᄂ지 잠ᄌ든 거시기 거시기 싱야단ᄒ누나
춤아루 님의 화용이 간졀ᄒ여 나 못 살갓네.   (樂高 893)

텬쟝욕우에 디션습ᄒ니=천장욕우(天將欲雨)에 지선습(地先濕)하니. 비가 오려고
하면 땅이 먼저 축축해지니 ◇누긔(漏氣)만 돌고=축축한 기운만 가득 차고 ◇거시
기 거시기=남자의 성기 ◇춤아루=참으로 ◇화용(花容)이 간졀ᄒ여=예쁜 얼굴의 생
각이 간절(懇切)하여.

696

痛乎라 劉皇叔 漢室之胄로 創業未半에 中途崩殂ᄒ시고 陳后로 隋煬帝
窮奢極侈 어듸 두고 臺城樓 놉흔 집의 後庭花만 流轉ᄒ고 依舊烟濃 十里
堤의 버들 입만 푸르럿다
可憐타 唐明皇은 解語花 楊貴妃로 行樂을 崇尚타 馬嵬驛의 落淚ᄒ고 性
急타 楚霸王 盖世氣 어듸 두고 垓營 秋夜月의 虞美人 離別ᄒ고 陰陵 져문
날의 問路田夫ᄒ단 말가

그 남은 人生이야 貴人頭上 不曾饒를 낫낫치 헤아리면 안이 노든.
                                          (時調演義 142) 林重桓

痛乎(통호)라=슬프도다 ◇劉皇叔(유황숙)=유비(劉備) ◇漢室之胄(한실지주)=한나
라 왕실의 후예 ◇創業未半(창업미반)=나라를 세우는 일에 절반이 못 되어 ◇中途
崩殂(중도붕조)=도중에 돌아가시다 ◇陳后(진후)로 隋煬帝(수양제)=진(陳)나라 이후
수(隋)나라 양제에 이르기까지 ◇窮奢極侈(궁사극치)=사치가 극도에 달하다 ◇臺

城樓(대성루)=중국 육조 시대 천자의 대궐 ◇後庭花(후정화)만 流轉(유전)ᄒ고=선제(宣帝)의 아들인 진후주(陳後主)가 지은 악곡인 후정화만 널리 전파되어 오고 ◇依舊烟濃十里堤(의구연농십리제)=예전처럼 짙은 안개가 낀 긴 둑 ◇可憐(가련)타=불쌍하다 ◇唐明皇(당명황)=당(唐)나라 현종(玄宗) ◇解語花(해어화) 楊貴妃(양귀비)=말을 알아듣는 꽃과 같은 양귀비 ◇行樂(행락)을 崇尙(숭상)타=잘 놀고 즐겁게 지내는 것을 소중하게 여기다가 ◇馬嵬驛(마외역)의 落淚(낙루)ᄒ고=마외역에서 눈물을 흘리고 마외역은 안녹산의 난리 때 양귀비가 죽은 곳 ◇楚霸王(초패왕) 蓋世氣(개세기)=초패왕은 항우(項羽). 기운이 세상을 덮을 만하다고 하였던 초패왕 ◇垓營(해영) 秋夜月(추야월)의 虞美人(우미인) 離別(이별)ᄒ고=해하(垓下)의 군영에서 가을 달이 밝은 밤에 우미인과 헤어지고 ◇陰陵(음릉)=항우가 해하에서 패하고 도망하다 길을 잃었던 곳 ◇間路田夫(문로전부)=농부에게 길을 물음 ◇貴人頭上不曾饒(귀인두상부증요)=아무리 귀한 사람이라도 죽은 뒤에는 무덤 앞에 밥한 술이 놓이지 않는다 ◇낫낫치 헤아리면=하나하나 생각해보면 ◇안이 노든=아니 놀지는.

697

티미러 도라보니 分明히 上帝로쇠[乾父]
ᄂ리미러 슬펴보니 진살로 慈母로다[慈母] 中間 萬物이 긔 아니 同生이랴
흔 지븨 흔 세간 되여 同樂홀 엇더료.   (天地一家曲 28-15) (杜谷集) 高應陟

티미러=치밀어. 아래에서 위로 힘 있게 밀어올려 ◇上帝(상제)로쇠=상제로구나. 상제는 하느님을 가리킨다 ◇ᄂ리미러=내리밀어 ◇진살로=진실로 ◇慈母(자모)=인자한 어머니 ◇中間(중간) 萬物(만물)=하늘과 땅 사이에 있는 모든 것. 삼라만상(森羅萬象) ◇同生(동생)이랴=함께 살아야 할 것이 아니겠느냐 ◇흔 지븨 흔 세간=한 집안의 같이 사용하는 가장집믈(家藏什物) ◇同樂(동락)홀=함께 즐거워할.

698

八萬大藏 부쳐님게 비ᄂ이다 나와 님을 다시 나게 ᄒ오소셔
如來菩薩 地藏菩薩 文殊菩薩 普賢菩薩 十王菩薩 五百羅漢 八萬加藍 三千揭諦 西方淨土 極樂世界 觀世音菩薩 南無阿彌陀佛

後生에 還道相逢ㅎ여 芳緣을 잇게 ㅎ면 菩薩님 恩惠를 捨身報施ㅎ리이다.

李鼎輔 (甁歌 962)

八萬大藏(팔만대장) 부처님=모든 부처님 ◇如來菩薩(여래보살)=석가모니를 신성하게 부르는 말. 석가모니여래(釋迦牟尼如來)가 본래 명칭임 ◇地藏菩薩(지장보살)=석가의 부탁으로 부처가 입멸(入滅)한 뒤 미륵불이 세상에 나올 때까지 불(佛)이 없는 세상에서 육도중생(六道衆生)을 제도하는 보살 ◇文殊菩薩(문수보살)=석가모니의 왼편에 있는, 지혜를 맡은 보살 ◇普賢菩薩(보현보살)=부처의 이(理), 정(定), 행(行)의 덕을 맡아보는 보살. 석가모니의 우측에 있음 ◇十王菩薩(시왕보살)=시왕은 저승에 있다는 십대왕(十大王)으로 시왕을 보살로 본 것임 ◇五百羅漢(오백나한)=석가의 제자인 오백 사람의 나한. 나한은 세상 사람들의 공경을 받을 만한 공덕을 갖춘 성자(聖者) ◇八萬加藍(팔만가람)='가(加)'는 '가(伽)'의 잘못. 가람은 승려가 살면서 불도를 닦는 곳. 승가람마(僧伽藍摩)의 준말 ◇西方淨土(서방정토)=서방 십만억토(十萬億土)를 지나서 있다는 아미타불의 극락정토. 서방극락(西方極樂) ◇極樂世界(극락세계)=아미타불의 극락정토에 있는 세계. 지극히 안락하고 아무 걱정이 없는 세계 ◇觀世音菩薩(관세음보살)=보살의 하나. 대자대비하여 중생이 괴로울 때 그 이름을 외면 곧 구제한다고 함 ◇南無阿彌陀佛(나무아미타불)=아미타불에 귀의한다는 뜻으로 염불하는 소리의 하나 ◇後生(후생)=후세(後世) ◇還道相逢(환도상봉)=다시 태어나 서로 만남 ◇芳緣(방연)=좋은 인연 ◇捨身報施(사신보시)=수행(修行), 보은(報恩)을 위하여 속계에서의 몸을 버리고 불문에 들어감.

699

八十一歲 雲崖先生 뉘라 늑다 일엇던고

童顏이 未改ㅎ고 白髮이 還黑이라 斗酒를 能飮ㅎ고 長歌를 雄唱ㅎ니 神仙의 밧탕이요 豪傑의 氣像이라 丹崖의 셜인 님흘 히마당 사랑ㅎ야 長安名棊 名歌들과 名姬賢伶이며 遺逸風騷人을 다 모와 거나리고 羽界面 흔밧탕을 엇겨러 불너 딀제 歌聲은 嘹亮ㅎ야 들쏀 틔끌 날녀 닉고 棊韻은 冷冷ㅎ야 鶴의 춤을 일의현다 盡日을 迭宕하고 酩酊이 醉흔 後의 蒼壁의 불근 입과 玉階의 누른 곳츨 다 각기 썻거들고 手舞足蹈ㅎ올 적의 西陵의 히가 지고 東嶺의 달이 나니 蟋蟀은 在堂ㅎ고 萬戶의 燈明이라 다시금 盞을 씻고

一盃一盃 ᄒ온 후의 션소리 第一名唱 나는 북 드러노코 牟宋을 比樣ᄒ야
흔 밧탕 赤壁歌을 멋지게 듯고 나니 三十三天 罷漏 소리 싀벽을 報ᄒ거늘
携衣相扶ᄒ고 다 各기 허여지니 聖代에 豪華樂事ㅣ 이밧긔 또 잇ᄂᆞᆫ가
　다만的 東天을 바라보아 □을 싱각ᄒᆞᄂᆞᆫ 懷抱야 어늬 긔지 잇스리.

(言編) (金玉 179) 安玟英

　雲崖先生(운애선생)=운애는 박효관(朴孝寬)의 호(號) ◇뉘라 늙다 일엇던고=누가
늙었다고 말하였던가? ◇童顔(동안)이 未改(미개)ᄒ고=앳된 얼굴이 달라지지 않았
고 ◇白髮(백발)이 還黑(환흑)이라=흰 머리카락이 다시 검어졌다 ◇斗酒(두주)를 能
飮(능음)ᄒ고=주량은 말술을 능히 마시고 ◇長歌(장가)를 雄唱(웅창)ᄒ니=긴 노래를
힘차게 부를 수 있으니 ◇丹崖(단애)의 서린 닙흘=단풍이 들어 붉게 물든 낭떠러지
에 서려 있는 나뭇잎을 ◇長安(장안) 名琴名歌(명금명가)들과=서울의 이름난 금객과
가객들과 ◇名姬賢伶(명희현령)이며=이름난 기생과 광대들이며 ◇遺逸風騷人(유일
풍소인)을=세상일을 잊고 시문을 짓는 사람들을 ◇羽界面(우계면) 흔 바탕을=우조
와 계면조의 노래 한 마당을 ◇엇겨러 불너닌 제=어긋 매기어 부를 때 ◇歌聲(가
성)은 嘹亮(요량)ᄒ여 들샏 티글 날녀닛고=노랫소리는 맑아 대들보 위의 티끌을 다
날려버리는 것 같고 ◇琴韻(금운)은 冷冷(냉랭)ᄒ여 鶴(학)의 춤을 일의현다=거문고
의 운치가 아름다워 학이 춤을 추게 한다 ◇盡日(진일)을 迭宕(질탕)ᄒ고=하루 종일
을 마음껏 놀고 ◇酩酊(명정)이 醉(취)흔 後(후)에=몸을 가누기 힘들 정도로 취한
다음에 ◇蒼壁(창벽)의 붉은 입과=푸른빛이 도는 절벽의 붉게 물든 단풍잎과 ◇玉
階(옥계)의 누른 곳을=계단의 국화꽃을 ◇手舞足蹈(수무족도)=저절로 춤을 추다 ◇
西陵(서릉)의 희가 지고=서쪽 구릉에 해가 넘어가고 ◇東嶺(동령)의 달이 나니=동
쪽 마루에 달이 뜨니 ◇蟋蟀(실솔)은 在堂(재당)ᄒ고=귀뚜라미는 집에서 울고 ◇萬
戶(만호)에 燈明(등명)이라=장안의 모든 집에 등불이 환하다 ◇션소리 第一名唱(제
일명창)=선소리 제일 잘 부르는 사람. 선소리는 대여섯 사람이 빙 둘러서서 소리를
주고받고 하면서 부르는 소리의 한 가지 ◇牟宋(모송)을 比樣(비양)ᄒ야=당시에 유
명한 광대인 모흥갑(牟興甲)과 송흥록(宋興祿)을 본따서 ◇赤壁歌(적벽가)=판소리
다섯 마당의 하나. 적벽대전을 소재로 하여 만든 것이다 ◇三十三天(삼삼삼천) 罷漏
(파루) 솔이=예전에 통행금지 해제를 알리던 서른세 번 치는 종소리가 ◇싀벽을 報
(보)ᄒ거늘=새벽을 알리거늘 ◇携衣相扶(휴의상부)ᄒ고=옷깃을 잡고 서로 부축하고
◇聖代(성대)의 豪華樂事(호화락사)ㅣ=훌륭한 임금이 통치하는 시대에 호사스럽고

장시조 작품 일람　407

즐거운 일이 ◇다만的(적)=다만 ◇東天(동천)=동쪽 하늘 ◇어늬 긔지=어느 끝이.

※ 『금옥총부』에 "경진추구월 운애박선생경화 황선생자안 청일대명금명가명희
현령유일풍소인어(   )산정 관풍상국 학고(   )벽강김윤석군중 시일대투묘명금야 취
죽신응선자경현 시당세명가야 신수창 시독보양금야 해주임백문자경아 당세명소야
□□장□□자 치은 □□이제영자공즙 시당세풍소인야 적어치제 해주옥소선상래 이
차인즉 비단재예색태지웅어일도 가금쌍전 수사고지양명자 부생 미긍양두 진국내지
갑희야 전주농월 이팔뇌용 가무출류 가위일대명희 천흥손 정약대 박용근 윤희성
시현령야 박유전 손만길 전상국 시당세제일창부 여모송상표리 훤동국내자야 희 박
황양선생 이구십기노 호화성정 유불멸어청춘강장지시 유차금일지회 미지명년 우유
차회여(庚辰秋九月 雲崖朴先生景華 黃先生子安 請一代名琹名歌名姬賢伶遺逸風騷人
於(   )山亭 觀楓賞菊 學古(   )碧江金允錫君仲 是一代透妙名琹也 翠竹申應善字景賢
是當世名歌也 申壽昌時獨步洋琹也 海州任白文字敬雅 當歲名簫也 □□張□□字稚隱
□□李濟榮字公楫 是當歲風騷人也 適於此際 海州玉簫仙上來 而此人則 非但才藝色態
之雄於一道 歌琹雙全 雖使古之揚名者 復生 未肯讓頭 眞國內之甲姬也 全州弄月 二八
未容 歌舞出類 可謂一代名姬 千興孫 鄭若大 朴龍根 尹喜成 是賢伶也 朴有田 孫萬吉
全尙國 時當歲第一唱夫 與牟宋相表裏 喧動國內者也 噫 朴黃兩先生 以九十耆老 豪華
性情 猶不滅於靑春强壯之時 有此今日之會 未知明年 又有此會也歟. 경신년 가을 구월
에 운애 박 선생 경화와 황 선생 자안께서 당시의 유명한 금객 가객 기생 광대와
유일풍소인들을 (   )산정에 초청하여 단풍과 국화를 관상하고 예전 (   ) 배웠다. 벽
강 김윤석 군중은 당대에 뛰어난 금객이요, 취죽 신응선은 자가 경현인데 당세의
이름난 가객이다. 신수창은 당시 양금에 독보적 존재이다. 해주의 임백문은 자가
경아인데 당시에 퉁소로 유명하다. □□장 □□은 자가 치은이요, □□ 이제영은
자가 공즙으로 당시의 풍소인이다. 마침 이때에 해주 옥소선이 올라왔으니 옥소선
은 비단 재예와 색태만 황해도에서 제일이 아니라 노래와 거문고를 아울러 잘했으
며 비록 예전에 이름을 날린 사람으로 하여금 다시 태어나게 한다고 해도 자리를
양보하는 것을 즐겨하지 않을 것으로 국내에서 제일 훌륭한 기생이다. 전주 농월은
열여섯 살의 아름다운 얼굴에 가무가 뛰어났으니 가히 당대의 이름난 기생이라 부
를 만하다. 천흥손 정약대 박용근 윤희성은 다 광대들이다. 박유전 손만길 전상국
은 당시에 제일가는 창부로 모흥갑이나 송흥록과 더불어 표리가 될 만하여 국내를
훤동하게 한 사람들이다. 슬프다, 박효관과 황자안 두 선생님은 구십의 나이로 호
화스런 성정이 오히려 젊고 강한 장년의 때보다 줄지 않았으니 이와 같은 오늘의
모임이 내년에도 또 있을 지를 알지 못하겠구나"라 했음.

700

平生詩思掛竿頭하니 世事商諒不知秋를

秋江이 寂寞魚龍冷ᄒ니 人在西風仲宣樓라

아마도 人生斯世 老少豪傑之樂은 座中이신가.　　　　　　　　　　(調詞 48)

平生詩思掛竿頭(평생시사괘간두)하니=평생에 시사를 낚싯대 끝에 걸었더니. 시사는 시를 짓고 싶은 마음 ◇世事商諒不知秋(세사상량부지추)를=세상일을 헤아려보니 나이를 모르는 것을 ◇秋江(추강)이 寂寞魚龍冷(적막어룡냉)ᄒ니=추강이 적막하여 어룡조차 차가우니 ◇人在西風仲宣樓(인재서풍중선루)라=사람은 서풍을 쏘이며 중선루에 있구나 ◇人生斯世(인생사세) 老小豪傑之樂(호걸지락)은=사람이 이 세상에서 노소와 호걸들이 같이 즐거워하는 것은 ◇座中(좌중)이신가=같이 어울리는 자리인가.

701

平生애 景慕홈은 白香山에 四美風流 駿馬佳人은 丈夫의 壯年豪氣로다

　老境生計 移伴홀 제 身兼妻子都三口ㅣ오 鶴與琴書로 共一般이니 긔 더옥 節价廉退

　唐詩에 三大作 文章이 李杜와 並駕ᄒ여 百代芳名이 서글 줄이 이시랴.

　　　　　　　　　　　　　　　　　　　　　　(蔓橫淸類) (珍靑 554)

景慕(경모)홈은=우러러 사모함은 ◇白香山(백향산)에 四美風流(사미풍류)=당(唐)나라 시인 백거이(白居易)의 네 가지 아름다움을 갖춘 풍류. 네 가지는 꽃, 술, 달과 벗 ◇駿馬佳人(준마가인)=좋은 말과 아름다운 미인 ◇丈夫(장부)의 壯年豪氣(장년호기)=사나이 대장부의 장년이 되어서 부릴 수 있는 호탕한 기질 ◇老境生計 移伴(노경생계 이반)홀 제=나이가 들어서의 삶의 계획을 다른 것으로 옮기고자 할 때 ◇身兼妻子都三口(신겸처자도삼구)요 鶴與琴書(학여금서)로 共一般(공일반)이라='반(般)'은 '선(船)'의 잘못. 나와 처자 모두 세 식구요 학과 금서로 더불어 모두가 배 한 척의 분량이다 ◇節价廉退(절가염퇴)='개(价)'는 '개(介)'의 잘못. 절개를 지키고 벼슬길에서 물러나다 ◇唐詩(당시)=당(唐)나라 때의 시인 ◇李杜(이두)와 並駕(병가)하야=이백과 두보와 멍에를 나란히 하다. 비견할 만하다 ◇百代芳名(백대방명)=훌륭한

이름이 후대까지 전하다 ◇서글 줄이=썩을 까닭이.

702

平生에 願ᄒᆞ기을 任은 蒼松니 되고 이 닉 몸은 綠竹니 되어
落木寒天 飄風雪에 우리 들으 플으어셔
그나마 落葉 진 草木들을 우리을 부러.　　　　　　　　(詩調 104)

蒼松(창송)=푸른 소나무 ◇綠竹(녹죽)=푸른 대나무 ◇落木寒天(낙목한천) 飄風雪(표풍설)=나뭇잎이 떨어지고 몹시 추운 날 눈보라가 휘날리다 ◇우리 들으 플으어셔=우리 둘은 푸르러서 ◇진=떨어진 ◇부러=부러워하리라.

703

平壤 女妓년들의 多紅大緞 치마 義州ㅅ女妓의 月花紗紬 치마에
藍端 寧海 盈德 쥬탕각시 싱믜명 감찰 즁즁즁에 힝즈치마 멜씬도 제 色이로다
우리도 이러셩 구우다가 ᄒᆞᆫ 빗 될가 ᄒᆞ노라.　　　　(蔓橫淸類) (珍靑 526)

多紅大緞(다홍대단)=붉은빛의 대단. 대단은 중국산 비단의 하나 ◇月花紗紬(월화사주)=월화의 무늬를 놓은 명주의 한 가지 ◇藍端(남단)='남단(藍緞)'으로 표기된 곳도 있어 혹 비단인 듯 ◇寧海 盈德(영해 영덕)=경상북도에 있는 지명. 서로 이웃해 있음 ◇쥬탕각시=주탕각씨(酒湯閣氏). 술집의 여자 ◇싱믜명=생무명. 목화를 실로 뽑아 짠 천 ◇감찰=다갈색(多褐色) ◇즁즁즁에='즁에'에 운률을 맞추기 위해 '즁즁즁에'라 했음. 다른 곳에는 '중의(重衣)'로 되어 있어 '중의(中衣)로 보는 것이 좋을 듯 ◇힝즈치마=행주치마 ◇멜씬=치마의 멜빵끈 ◇제 色(색)=같은 색. 또는 각각 다른 색 ◇이러셩 구우다가=이렁저렁 지내다가 ◇ᄒᆞᆫ 빗 될가=동색(同色)이 될까. 같은 부류가 될까.

704

푸른 山中 白髮翁이 고요 獨坐 向南峰이라

블암 분이 松生瑟이요 안개 퓐이 壑成虹이라 죽억 啼禽은 千古恨이오 적다 鼎鳥는 一年豊이로다

언의 뉘셔 山寂寞고 나는 호올로 樂無窮인가 ᄒ노라.　　　　　(海一 560)

白髮翁(백발옹)=머리가 흰 늙은이 ◇고요 獨坐(독좌) 向南峰(향남봉)=조용히 남봉을 향하여 홀로 앉아 있다 ◇블암 분이 松生瑟(송생슬)이요=바람이 부니 소나무 사이를 스치는 바람이 금슬(琴瑟)을 타는 듯한 소리가 나고 ◇안개 퓐이 壑成虹(학성홍)이라=안개가 퍼지니 골짜기에 무지개가 생긴다 ◇죽억 啼禽(제금)은 千古恨(천고한)이오=주걱주걱하고 우는 새 소리는 천고의 한을 품은 듯하구요 ◇적다 鼎鳥(정조)는 一年豊(일년풍)이로다=솥 적다고 우는 소쩍새는 한 해의 풍년이 들겠다 ◇언의 뉘셔=어느 누가 ◇山寂寞(산적막)고=산이 고요하고 쓸쓸하다고 하는고 ◇樂無窮(낙무궁)=즐거움이 끝이 없다.

705

푸른 山中下에 조총딕 두러미고 솔낭솔낭 나려오는 져 포슈야

네 죠총딕로 궐검싱 날버러지 날겸싱 길버러지 너시 징경이 두룸이 황식 축식 징긔 까투리 노루 사심 토끽 이리 싱냥이 뷈 네 조총딕로 함부루 탕탕 다 뫄 자블지라도 식벽달 서리찬제 식는 날밤에 東녁 東단下로 쎄 울구 울구 가는 져 외긔러긔 힝여나 놋소

우리도 無知ᄒ여 山냥 포슐망정 아니 놋소.　　　　　(調詞 31)

조총딕=조총(鳥銃) 대 ◇포슈=포수(砲手) ◇너시=너새 ◇징긔 까투리=장끼와 까투리 꿩의 숫놈과 암놈 ◇사심=사슴 ◇싱냥이=승냥이 ◇東(동)단下(하)로 쎄=동쪽으로 ◇山(산)냥 포슐망정=사냥을 생업으로 삼는 포수이지마는 ◇아니 놋소=쏘지 않습니다.

706

푸른 플 長堤上에 소 압셰고 장기 지고 슬렁슬렁 가는 져 農夫야

개고리 解産ᄒ고 밧비둘기 오락가락 쓸북새는 논 쉬마다 쓸북쓸북 검은

구름 덥힌 들에 비 쳥ᄒᆞᆫ 져 一雙白鷺 기룩기룩 울고 가는구나

　두어라 世間榮辱 夢外事요 桑柘村 無限景은 져쏀인가.　　　(源가 444(129))

　長堤上(장제상)에=긴 둑 위에　◇소 압셰고=소를 앞세우고　◇장기=쟁기　◇논 쉬마다=논 귀퉁이마다　◇비 쳥ᄒᆞᆫ=비가 오기를 간청하는　◇世間榮辱(세간영욕) 夢外事(몽외사)요=세상의 명예와 치욕이 생각 밖의 일이요　◇桑柘村(상자촌) 無限景(무한경)은=상자촌은 고향을 가리킨다. 고향의 무한한 경치는.

707

　푹苦草 져리김치 文魚 全鰒 겻드리고 黃燒酒 꿀을 타 香丹이 들녀 압셰우고 淳昌 潭陽 셰대삿갓 눈섭 놀너 슉여 쓰고 五里亭 나갈 젹에

　玉佩은 錚錚 雲鞋는 자각자각 五里亭 當到ᄒᆞ야 溪邊巖上에 酒案 노코 憂然歎息 울음 울 졔 머리도 아드득 쓰더 싹싹븨며 늬던지고 잔담이도 부드덕 쓰더 뷔여 늬더지고 버들도 조로록 흘터 淸溪水에 듸틔리고 無情歲月若流波를 날노 두고 ᄒᆞᆫ 말인가

　二八靑春 이 늬 몸이 오늘날 離別ᄒᆞ고 獨宿空房 읏지 살가.　　　(樂高 673)

　푹苦草(고초)=풋고추　◇져리김치=절인 김치　◇文魚(문어)=문어　◇全鰒(전복)=전복　◇黃燒酒(황소주)=소주　◇香丹(향단)이=『춘향전(春香傳)』에 나오는 춘향의 하녀　◇淳昌(순창) 潭陽(담양)=전라남도에 있는 지명　◇셰대삿갓=가느다란 대(細竹)로 엮은 삿갓　◇눈섭 놀러=눈썹까지 눌러　◇五里亭(오리정)=전북 남원군에 있는 정자로 춘향이 이 도령과 이별한 장소라고 한다　◇當到(당도)ᄒᆞ야=이르러서　◇溪邊巖上(계변암상)=시냇가 바위에　◇酒案(주안)=술상　◇憂然歎息(알연탄식)=서글픈 소리로 한숨을 쉼　◇잔담이=잔디　◇듸틔리고=들뜨리고　◇無情歲月若流波(무정세월약류파)=무정한 세월이 흐르는 물과 같이 빠르다　◇二八靑春(이팔청춘)=젊은 나이　◇獨宿空房(독수공방)=아무도 없는 방에서 혼자 잠.

708

　풋고츄 절의김치 문어 전복 겻드려 황쇼쥬 꿀타 향다니 드려 오류졍으

로 나간다 오류정으로 나간다

어늬 연 어늬 씨 어늬 시졀에 다시 만나 그리든 스랑을 품에다 품고 스랑스랑 닉 스랑아 에화둥게 늬가 가마 이제가면 언제나 오료 오만 한을 일너듀오 명년 츈싴 도라올으면 곳피거든 만나볼가 놀고 가세 놀고 가세 너구 나구 나구 너구 놀고 가세 곤이 든 잠을 힝혀나 씨올셰라 등도 되고 비도 되고 썰네썰네 흔들면서 이러나오 이러나오 계오 든 잠을 씨워 닉여 눈 써 보니 늬 낭군일세

그리든 님을 만나 만단정회 치 못ᄒ여 날리 즁츳 발가 오니 글노 민망 ᄒ노민라 놀고 가세 놀고 가세 너구 나구나.　　　　　　　　　　　　　(시쳘가 97)

향다니=향단(香丹)이 ◇어늬 연=어느 해 ◇오만 한을=온다고 하는 시한(時限)을 ◇일너듀오=알려주시오 ◇명년 춘싴=명년(明年) 춘색(春色). 내년 봄 ◇도라올으면=돌아오면 ◇곤이=곤히 ◇등도 되고 비도 되고=등불도 되고 나룻배도 되고 ◇계오 든 잠=겨우 든 잠 ◇만단정회(萬端情懷)=여러 가지 회포와 심회 ◇치 못ᄒ여=미처 못다 하여 ◇날리 즁츳 발가오니=날이 벌써 훤히 밝아오니 ◇글노=그것으로.

709

풍동 죽엽은 십만장부지훤화요 우쇄 연환는 슴천궁녀지목욕이라
오경누ᄒ의 셕양홍이요 구월순즁의 츈쵸록이라
암아도 이글 지은 자는 양국지사.　　　　　　　　　　(時調 111)

풍동(風動) 죽엽(竹葉)은 십만장부지훤화(十萬丈夫之喧譁)요=바람에 흔들리는 댓잎은 수많은 장부의 지껄임요 ◇우쇄연환는 슴천궁녀지목욕이라=‘연환’은 ‘연화’의 잘못. 우쇄연화(雨灑蓮花)는 삼천궁녀지목욕(三千宮女之沐浴)이라. 비에 씻기는 연꽃은 삼천궁녀가 목욕하는 것과 같다 ◇오경누ᄒ의 셕양홍이요=오경루하(五更樓下)의 석양홍(夕陽紅)이요. 오경루 아래에 석양이 붉고. 오경과 석양은 반대이다 ◇구월순즁의 츈쵸록이라=구월산중(九月山中)의 춘초록(春草綠)이라. 구월산 속에 봄풀이 푸르다. 구월과 봄은 반대이다 ◇지은 자는=지은 사람은 ◇양국 지사=양국(洋國) 재사(才士). 서양의 재주 있는 선비.

710

皮租쏠 못 먹인 희예 물이숄이도 하도 하다

陽德 孟山 酒湯이와 永柔 肅川 換陽이년들 저 다 타먹은 還上를 이 늙은 내게 다 물릴쏜야

邊利란 네 다 물찌라도 밋츨안 내 다 擔當ᄒ오리라.　　　　(海一 631)

皮租(피조)쏠=핍쌀과 좁쌀 ◇물이숄이도=무리꾸럭도. 무리꾸럭은 남의 빗이나 손해를 대신 갚아주는 일 ◇하도 하다=많기도 많다 ◇陽德(양덕) 孟山(맹산)=평안도에 있는 지명 ◇酒湯(주탕)이=술 파는 계집 ◇永柔(영유) 肅川(숙천)=평안도에 있는 지명 ◇換陽(환양)이년=화냥년. 서방질하는 계집 ◇還上(환자)=나라에서 봄에 양식을 빌려주었다 가을에 받아들이는 제도 ◇물릴쏜야=물릴 것이냐? ◇邊利(변리)=이자 ◇물찌라도=물더라도 ◇밋츨란=밑은. 밑은 여성의 성기를 가리킨다.

711

하늘이 福 가지고 갑슬 보고 주시ᄂ니

갑시 갑시 아니라 德 닥기가 갑시오니 쟈근 德 큰 德의 德대로 福이로세

자ᄂ들 福 바드려드거든 德 닥기를 힘쓰시소.　　　　(蓬萊樂府 19) 申獻朝

갑슬=값을 ◇주시ᄂ니=주시는 것이니 ◇갑시=값이 ◇德(덕) 닥기가=덕을 닦는 것이 ◇德(덕)대로 福(복)이로세=덕을 닦는 대로 복이 되는 것이로구나 ◇힘쓰시소=힘쓰시오.

712

하로밤 가을 서리예 滿山 紅綠이 곳인지 입인지 알 수가 업네다

東園에 솟는 달은 一年中 第一이오 碧波에 피인 구름 비단의 紋彩인지 고기 비늘인지 알 수가 업네

童子야 菊花酒 만이 걸너라 六角亭 오신 친구 차례로 모시여라 長醉不醒.　　　　(雜誌 412)

滿山 紅綠(만산 홍록)=모든 산이 붉고 푸르러 ◇東園(동원)=동쪽에 있는 정원 ◇
碧波(벽파)에 피인 구름=푸른 물결 위로 펼쳐진 안개 ◇비단의 紋彩(문채)=비단의
무늬 ◇六角亭(육각정)=정자. 또는 서울에 있던 육각현(六角峴) ◇長醉不醒(장취불
성)=오랫동안 취하여 깨지 아니하다.

713

夏四月 첫 여드릿날에 觀燈ᄒ려 臨高臺ᄒ니

夕陽은 빗겻는듸 遠近高低ᄂᆞᆫ 魚龍燈 鳳鶴燈과 들음이 남싱이며 鐘磬燈
북燈 懸燈에 水朴燈 만을燈과 蓮곳 속에 仙童이요 鸞鳳 우희 天女ㅣ로다
비燈 집燈 산듸燈과 欄干燈 影燈 알燈 瓶燈 壁欌燈 駕馬燈과 獅子ㅣ 탄 體适
适이요 虎狼이 탄 亢良哈와 七星燈 벌엇는듸 東嶺에 月上ᄒ고 곳곳이셔
불을 현다 於焉忽焉間에 燦爛도 흣져이고

이 中에 月明 燈明 天地明ᄒᆞᆫ이 大明 본 듯ᄒᆞ여라.

(二數大葉) (海周 547) 金壽長

夏四月(하사월) 첫 여드릿날=음력 사월 초파일. 석가모니의 탄신일 ◇觀燈(관
등)=음력 사월 파일에 등불을 달고 부처님의 탄신을 기념하는 일 ◇臨高臺(임고
대)=높은 누대(樓臺)에 오름 ◇둘움이=두루미. 두루미등 ◇남싱이=남생이과에 딸린
민물에 사는 동물. 남생이등 ◇鐘磬燈(종경등)=종과 경쇠처럼 생긴 등 ◇懸燈(현
등)=등을 닮. 또는 달아놓은 등 ◇水朴燈(수박등)=대나무나 나무쪽으로 둥그스름하
게 올가미를 만들고 종이를 발라 속에 초를 켜게 만든 등 ◇만을燈(등)=마늘등. 올
가미를 세모나게 걸어 만든 마늘 모양의 등 ◇蓮(연)곳 속에 仙童(선동)이요 鸞鳳
(난봉) 우희 天女(천녀)ㅣ로다=연꽃 속에 선동이 있고 난새와 봉황새 위에 천녀가
있다. 등의 생김새나 등에 그린 그림을 형용한 것인 듯 ◇獅子(사자) 탄 體适(체괄)
이요 虎狼(호랑)이 탄 亢良哈(항량합)=체괄과 항량합은 오랑캐의 이름. 사자와 호랑
이를 탄 오랑캐의 모습을 형상해놓은 등인 듯 ◇東嶺(동령)=동쪽 산마루. 고개 위
◇月上(월상)=달이 떠오르고 ◇현다=켠다 ◇於焉忽焉間(어언홀언간)=갑자기 ◇月明
燈明天地明(월명등명천지명)=달도 밝고 등도 밝고 천지도 밝다 ◇大明(대명)=해(太
陽)를 가리킨다.

714

학 타고 져 불이고 호로병 츠고 블노쵸 메고 쌍상토 쓰고 싀등거리 입
고 가넌 아희 게 좀 섯거라 네 어듸로 가는야 말무러보즈
　요지연 선관더리 누구누구 모아 계시던야
　그곳의 이젹션 소동파 두목지 장건이 다 모아 계시더이다.　　　　(時調 26)

　져 불이고=졋대를 불면서 ◇호로병(葫蘆瓶) 츠고=호리박 모양의 병을 차고 ◇싀
등거리=여러 가지 색깔의 천으로 만든 웃옷 ◇요지연(瑤池宴)=요지의 잔치. 주나라
목왕(穆王)이 서왕모를 만나 베푼 잔치 ◇선관더리=선관(仙官)들이. 선관은 신선을
가리킴.

714-1

학 타고 笛 불고 葫蘆瓶 차고 불로초 메고 쌍상투 짜고 색등걸이 입고
가는 아이에게 좀 섯거라 말 물어보자
　瑤池 進宴時에 누구누구 모여 계시더냐
　그곳에 英陽公主 鄭瓊貝 蘭陽公主 李蕭和 秦彩鳳 賈春雲 河北에 狄驚鴻
桂蟾月 沈裊烟 白凌波가 다 모여 계시더라　　　　　　　(精選朝鮮歌曲)

　英陽公主(영양공주) 鄭瓊貝(정경패) 蘭陽公主(난양공주) 李蕭和(이소화) 秦彩鳳(진
채봉) 賈春雲(가춘운) 河北(하북)에 狄驚鴻(적경홍) 桂蟾月(계섬월) 沈裊烟(심요연)
白凌波(백능파)=김만중이 지은『구운몽』에 등장하는 팔선녀.

715

漢高祖의 謀臣猛將 이제와 議論ㅎ면
　蕭何의 給饋餉不絶糧道와 張良의 運籌帷幄과 韓信의 戰必勝攻必取는 三
傑이라 흘연이와 陳平의 六出奇計 안이런들 白登에 에운 城을 뉘라셔 플
어닠여 項羽의 范亞父를 뉘라셔 離間흘소
　암아도 金刀刱業之功은 四傑인가 ㅎ노라.　　　　　　(海周 387) 李鼎輔

漢高祖(한고조)=한(漢)나라를 세운 유방(劉邦) ◇謀臣猛將(모신맹장)=지모가 많은 신하와 용감한 장군 ◇蕭何(소하)의 給饋餉不絶糧道(급궤향부절양도)=소하가 유방을 도와 항우(項羽)와 싸울 때 군사들에게 배불리 먹이고 병량(兵糧)을 제때에 공급하여 굶기지 않은 일 ◇張良(장량)의 運籌帷幄(운주유악)=장량이 전장(戰場)이 아닌 본영(本營)에서 작전 계획을 세우다 ◇韓信(한신)의 戰必勝攻必取(전필승공필취)=한신이 적과 싸우면 반드시 이기고 성을 공격하면 반드시 함락시키다 ◇三傑(삼걸)=세 사람의 훌륭한 인재. 즉 소하, 장량, 한신을 가리킨다 ◇陳平(진평)의 六出奇計(육출기계)=한고조(漢高祖)가 흉노와 싸울 때 백등(白登)에 칠 일 동안 포위되어 진평이 계책을 내어 탈출한 여섯 가지 계책 ◇백등(白登)에 에운 城(성)=백등은 산서성(山西省) 대동현(大東縣) 동쪽에 있는 산으로 한 고조가 흉노를 공격할 때 칠 일 동안 포위되어 있던 곳 ◇金刀刱業之功(금도창업지공)=유방이 한나라를 처음 세운 공. '금도(金刀)'는 '유(劉)'자의 파자(破字).

716

흔 눈 멀고 흔 달이 저는 둑껍이

설이 마즌 전플이 물고 플썩 쮜여 내돗다가 그 알에 도로 쟛바지거고

못쳘오 늘낸 쮤씌만졍 幸혀 鈍者ㅣ런들 瘀血질 번ᄒ여라.   (海一 603)

저는=쩔뚝이는 ◇설이=서리 ◇전플이=쩔뚝거리는 파리 ◇내돗다가=내달리다가. 내처 뛰다가 ◇못쳘오=모처럼. 아무렴 ◇쮤씌만졍=저이니까 망졍 ◇鈍者(둔자)ㅣ런들=행동이 둔한 사람이었던들 ◇瘀血(어혈)질=피멍이 들.

716-1

흔 눈 멀고 흔 다리 져는 두터비 셔리 마즈 프리 믈고 두엄 우희 치다라 안자

건넌 山 ᄇ라보니 白松骨리 써 잇거늘 가슴이 금죽ᄒ여 플썩 쮜다가 그 아릐 도로 쟛바지거고나

믓쳐로 늘빈 쮤씌만졍 힝혀 鈍者ㅣ런들 어혈질 번ᄒ괘라. (蔓横) (甁歌 964)

두엄=퇴비. 쓰레기 더미 ◇치다라 안자=위로 뛰어올라 앉아 ◇白松骨(백송골)=

骨(골)은 鶻(골)의 잘못. 송골매 ◇금죽ㅎ여=뜨끔하여 ◇도로 잣바지거고나=모로 자빠졌구나 ◇밋쳐로=아무렴 ◇늘낸 낼석만졍=몸이 날낸 나이기에 망정이지 ◇힝혀=행여나.

717

흔 눈 멀고 흔 다리 절고 痔疾 三年 腸疾 三年 邊頭痛 內丹毒 다 알는 죠고만 삿기 개고리

一百 쉰대자 쟝남게 게올을 제 쉬이 너겨 수로록 소로로 소로로 수로록 허위허위 소솜 뛰여올라 안자 느리실 제란 어이실고 나 몰래라 져 개고리

우리도 새 님 거러두고 나죵 몰라 ㅎ노라. (蔓橫淸類) (珍靑 562)

痔疾(치질)=항문에 생기는 병 ◇腸疾(장질)=장과 관계 되는 병 ◇邊頭痛(변두통)=편두통 ◇內丹毒(내단독)=안으로 곪아 들어가는 단독. 단독은 다친 곳으로 병균이 들어가 생기는 급성의 병 ◇쉰대자=오십 자가 넘는 ◇쟝남게=기다란 나무에 ◇게올을 제=기어오를 때 ◇쉬이 너겨=쉽게만 여겨 ◇소솜 뛰여=솟구쳐 뛰어 ◇느리실 제란 어이실고=나려올 때는 어찌할까 ◇새 님 거러두고=새로 만난 님을 약속해두고 ◇나죵 몰라=결과가 어떻게 될지 몰라.

718

寒燈 客窓의 벗 업시 혼자 안자

님 싱각ㅎ며셔 左右를 도라보니 北海ㄴ가 燕獄인가 이 어듸라 흘쎄이고 淸風과 明月을 벗삼은 몸이 爲國丹心을 못내 슬허ㅎ노라.

(松潭遺事) 白受繪

寒燈(한등) 客窓(객창)=차가운 등불이 비추는 객지의 창문 ◇北海(북해) 燕獄(연옥)=한무제(漢武帝) 때의 소무(蘇武)가 흉노에 사신으로 갔다가 북해의 무인도에 갇혀 있었고, 송(宋)나라 문천상(文天祥)이 원병(元兵)과 싸우다 원나라의 연경 감옥에 갇혔던 일 ◇흘쎄이고=할 것인가 ◇爲國丹心(위국단심)=나라를 위한 충성심 ◇못내=끝내.

漢武帝의 北斥 西擊 諸葛亮의 七縱七擒

晋나라 謝都督의 八公山 威嚴으로 四夷戎狄을 다 쓸어 브린 後에

漢南에 王庭을 업시ᄒ고 凱歌歸來ᄒ여 告厥成功 ᄒ리라.　　　(珍靑 497)

漢武帝(한무제)의 北斥(북척) 西擊(서격)=한무제가 북쪽의 흉노족과 서쪽의 오랑
캐를 물리치고 공격한 일 ◇諸葛亮(제갈량)의 七縱七擒(칠종칠금)=제갈량이 맹획(孟
獲)을 일곱 번 놓아주었다가 일곱 번 잡은 일 ◇晉(진)나라 謝都督(사도독)의 八公
山(팔공산) 威嚴(위엄)=진나라 사현(謝玄)이 팔공산에서 북호(北胡) 부견(符堅)을 방
어할 때 부견이 팔공산을 바라보니 그 산의 초목들이 다 진나라 병사로 보여 도망
하다 비수(肥水)에서 패했다는 고사 ◇四夷戎狄(사이융적)=사방의 오랑캐 ◇漠南(막
남)에 王庭(왕정)을 업시하고=몽골에 있는 오랑캐의 왕이 있는 곳을 없애고. 막남은
고비 사막의 남쪽으로 지금의 내몽골을 가리킨다 ◇凱歌歸來(개가귀래)ᄒ여 告厥成
功(고궐성공)=개선의 노래를 부르며 돌아와 성공을 알리다.

閑碧堂 죠흔 景을 비 갠 後에 올라보니

百尺 元龍과 一川 花月이라 佳人은 滿座ᄒ고 象樂이 喧空ᄒ듸 浩蕩ᄒ
風煙이오 狼薄ᄒ 杯盤이로다

아희야 盞 ᄀ득 부어라 遠客愁懷를 시서볼가 ᄒ노라.　　　(珍靑 528)

閑碧堂(한벽당)=고유명사가 아닌 듯. 고유명사인 경우에는 충청도 청풍(淸風)에
있는 정자나 전라도 전주에 있는 정자 한벽당(寒碧堂)을 가리키는 듯 ◇百尺元龍(백
척원룡)=드높은 다락을 뜻함. 원룡은 동한(東漢) 때 사람 진등(陳登)의 자(字). 허범
(許氾)이란 사람이 찾아갔을 때 침상에 올라가 잤을 만큼 호기가 있는 사람이었다
함 ◇一川(일천) 花月(화월)=꽃과 달처럼 아름다운 시내 ◇佳人(가인)은 滿座(만좌)=
아름다운 여인들이 자리에 가득하다 ◇象樂(상악)이 喧空(훤공)='상악(象樂)'은 '중
악(衆樂)'의 잘못인 듯. 음악 소리가 하늘로 퍼져 시끄러움. 상악은 주(周)나라의 음
악. ◇浩蕩(호탕)ᄒ 風煙(풍연)이오=호탕한 풍경이요 ◇狼薄(낭박)ᄒ 杯盤(배반)이라
='박(薄)'은 '자(藉)'의 잘못. 낭자(狼藉)한, 즉 어지러이 흩어진 술잔과 술상 ◇遠客

愁懷(원객수회)=멀리서 온 나그네의 근심스러운 회포.

721

漢昭烈의 諸葛孔明 녜 업슨 君臣際遇

風雲이 暗合ㅎ여 곡이 믈 만난 듯 周文王의 磻溪老叟ㄴ들 이에셔 더흘
쏜가

암아도 如此 千一之會는 못늬 불어 ㅎ노라.　　　　　　(海周 379) 李鼎輔

漢昭烈(한소열)=촉한(蜀漢)의 유비(劉備)를 가리킴. 소열은 유비의 시호(諡號)이
다 ◇녜 업슨=예전에 없던 ◇君臣際遇(군신제우)=임금과 신하 사이에 뜻이 잘 맞다
◇風雲(풍운)이 暗合(암합)ㅎ여=용이 바람과 구름을 우연히 만나서 조화를 부릴 수
있는 것처럼 왕이 훌륭한 신하를 만나는 것 ◇곡이 믈 만난 듯=고기가 물을 만나
마음대로 활동할 수 있는 것처럼 ◇주문왕(周文王)의 磻溪老叟(반계노수)ㄴ들=반계
노수는 태공망(太公望)을 가리킨다. 반계는 중국 섬서성 동남으로 흘러 위수(渭水)
로 들어가는 강. 여기서 태공망이 낚시질을 하다가 주문왕을 만나 크게 쓰이게 되
었다 ◇如此(여차) 千一之會(천일지회)=이와 같은 천년에 한 번 만날 수 있는 기회
◇못늬=못내. 잊지 못하고 항상 ◇불어=부러워.

722

寒松亭 자 긴 솔 버혀 죠고만 빈 무어 트고

술이라 안쥬 거믄고 伽倻ㅅ고 奚琴 琵琶 笛 觱篥 杖鼓 舞鼓 工人과 安
岩山 츳돌 一番 부쇠 나전대 귀지삼이 江陵 女妓 三陟 쥬탕년 다 몰속 싯
고 둘 불근 밤의 鏡浦臺에 가셔

大醉코 扣枻乘流ㅎ여 叢石亭 金蘭窟과 永郎湖 仙遊潭에 任去來를 ㅎ리
라.　　　　　　　　　　　　　　　(蔓橫淸類) (珍靑 571)

寒松亭(한송정)=강원도 강릉에 있는 정자 ◇자 긴 솔=둘레가 자(尺)가 넘는 큰
소나무 ◇빈 무어 =배를 만들어 ◇觱篥(필률)=피리의 일종 ◇舞鼓(무고)=커다란 북
◇工人(공인)=악기를 연주하는 사람 ◇安岩山(안암산) 츳돌 一番(일번) 부쇠=안암산

에서 나는 차돌로 단번에 불이 붙는 부싯돌 ◇나전대=나전(螺鈿)대. 조개껍데기를
붙여 만든 고급 담뱃대 ◇귀지삼이=담배쌈지 ◇江陵(강릉) 三陟(삼척)=강원도에 있
는 지명 ◇쥬탕년=술파는 계집 ◇다 몰속=전부 다 몽땅 ◇鏡浦臺(경포대)=강릉에
있는 누대. 관동팔경의 하나 ◇扣枻乘流(고예승류)=상앗대로 뱃전을 두드리며 흐르
는 물을 따라 배를 저어 가다 ◇叢石亭(총석정)=강원도 고성(高城)에 있는 정자 ◇
金蘭窟(금란굴)=강원도 통천(通川)에 있는 동굴 ◇永郎湖(영랑호) 仙遊潭(선유담)=강
원도 간성(杆城)에 있는 호수의 이름 ◇任去來(임거래)=마음먹은 대로 왔다 갔다 하
다.

722-1

寒松亭 자 긴 솔 버혀 죠고마치 비 무어 트고

비 안희 슐이라 按酒 解琴 琵琶 笛 피리 長鼓 巫鼓 竹長鼓 工人이며 案
南山 츠즐 老姑山 슐우篘와 一番 부쇠 羅鈿듸 樻지삼이 江陵 女妓 三陟
酒湯이 다 주셔 비예 싯고 들 붉은 밤의 鏡浦臺로 가셔

이튼날 叩枻乘流ᄒ야 叢石亭 金蘭窟과 노흘리져 이 臥龍에 건너다가 七
星峰 감도라 三日浦 드러가셔 扶桑을 ᄇ라보니 日出이 蟠空거늘 落山寺
드러안자 鐺 치고 노니다가 烟消波로 거너리라.   (靑詠 592)

竹長鼓(죽장고)=죽장구. 굵은 대통의 속마디를 뚫어 만든 악기 ◇츠즐='츳돌'의
잘못 ◇扶桑(부상)=해가 뜬다고 하는 곳. 동쪽 ◇日出(일출)이 蟠空(반공)커늘=뜨는
해가 공중에 걸렸거늘 ◇烟消波(연소파)=안개가 흩어지는 연기 같은 속으로.

723

한슴아 셰한슴아 네 어늬 틈으로 들어온다

고모장즈 셰살장즈 가로다지 여다지에 암돌져귀 수돌져귀 비목걸새 뚝
닥 박고 龍거북 즈물쇠로 수기수기 츳엿ᄂ듸 屛風이라 덜걱 져븐 簇子ㅣ
라 듸듸글 문다 네 어늬 틈으로 드러온다

어인지 너 온날 밤이면 즘 못 드러 ᄒ노라.   (蔓横淸類) (珍青 553)

셰한숨아=작게 나오는 한숨아 ◇어닉 틈으로=어느 틈으로 ◇들어온다=들어오느냐. 들어왔느냐 ◇고모장ᄌ=거북 모양의 창살이 달린 장지문 ◇세살장ᄌ=가느다란 창살이 달린 장지문 ◇가로다지=가로닫이. 가로 여닫는 창 ◇여다지=여닫이. 열고 닫는 창문 ◇암돌져귀 수돌져귀=돌쩌귀. 문을 여닫기 위해 문짝과 문틀에 박는 쇠. 문틀에 박는 것이 암톨쩌귀, 문짝에 박는 것이 수톨쩌귀다 ◇비목걸새=자물쇠를 채우기 위한 걸쇠 못 ◇용거북 ᄌ물쇠=용 모양의 자물쇠 ◇수기수기 추엿ᄂ듸=단단하게 채웠는데 ◇屛風(병풍)이라 덜걱 져븐=병풍이라고 덜컥 접어버리고 ◇簇子(족자)라고 디듸글 믄다=족자라고 해서 도로로 말겠느냐? ◇어내 틈=어느 틈 ◇어인지=웬일인지.

724

한 一 두 二 셕 三 ᄒ니 넉 四 다사 五 起分이라
여섯 六 일곱 七 이질가 ᄒ여 각고 야닷 八 아홉 九 이여셔 싱각셔라
아마도 十中會客는 을픔는 짐작.   (芳草錄 45)

起分(기분)이라=나뉘다. 나뉘는 곳이란 뜻인 듯 ◇이질가 ᄒ여=잊을까 하여 ◇각고=미상 ◇이여셔 싱각셔라=계속하여 생각하라 ◇十中會客(십중회객)는=열 가운데 모인 손님은 ◇을픔는=읊음은.

725

흔 盞 먹새근여 곳 것거 算 노코 無盡無盡 먹새근여
이몸이 죽은 後면 지게 우희 거젹 덥허 주리혀 미여 가나 流蘇寶帳의 萬人이 우러녜나 어욱새 속새 덥가나모 白楊 속에 가기곳 가면 누론 ᄒ 흰 둘 가ᄂ 비 굴근 눈 쇼쇼리 ᄇ람 불 제 뉘 흔 盞 먹쟈 할고
ᄒ믈며 무덤 우희 진납이 프람블제야 뉘우츤들 엇디리.

                              (將進酒辭) (松星 80) 鄭澈

먹새근여=먹읍시다그려 ◇곳 것거=꽃을 꺾어 ◇算(산) 노코=산가지로 놓고. 계산하고 ◇주리혀=졸라매어 ◇流蘇寶帳(유소보장)=상여를 장식하는 것으로 유소는 오색실로 매듭을 지어 상여에 다는 것이고 보장은 비단 헝겊에 수를 놓아 둘러치는

것 ◇지게 우희~만인(萬人)이 우러녜나=장례의 규모가 작아 송장만 거적에 덮어 지게로 지고 가거나, 규모가 커 화려한 상여에 많은 사람들이 울며 따르나 ◇어욱새=억새. 야생의 풀 ◇속새=속새. 야생의 풀. 목적(木賊) ◇덥가나모=떡갈나무 ◇白楊(백양)=사시나무. 은백양(銀白楊) ◇누론 히=석양 무렵의 해 ◇흰 돌=차가운 하늘에 비추이는 달 ◇쇼쇼리브람=차가운 바람. 회오리바람 ◇진납이=원숭이 ◇푸람=휘파람 ◇뉘우츤들=뉘우친들. 후회한들.

※진본(珍本)『청구영언』에 "공산목락우소소 상국풍류차적료 추창일배난경진 석년가곡즉금조 우권석주필과송강구택유감(空山木落雨蕭蕭 相國風流此寂寥 惆悵一杯難更進 昔年歌曲卽今朝 右權石洲韠過松江舊宅有感, 빈 산에 잎은 떨어지고 비는 쓸쓸히 내레는데 상국의 풍류가 쓸쓸하구나 한 잔의 술을 다시 권하기 어려우니 지난날의 노래가 오늘인가 한다. 이는 권석주 필이 송강의 옛집을 지나면서 지은 것이다)"라고 하는 송강의 제자 석주 권필의 시와, 홍만종(洪萬宗)의『순오지(旬五志)』에 수록되어 있는 "우장진주사 송강소제 개방태백장길권주지의 우취두공부 시마백부행군간속박거지어 사지통달 구어처완 약사맹상군문지 누하부단옹문금야(右將進酒辭 松江所製 盖倣太白長吉勸酒之意 又取杜工部 緦麻百夫行君束縛去之語 詞旨通達 句語悽惋 若使孟嘗君聞之 淚下不但雍門琴也, 장진주사는 송강이 지은 것으로 대개 이백이 장길에게 술을 권하던 것을 모방하고 또 두보의 상복을 입고 모든 사람들이 죽어 묶여 가는 그대의 뒤를 따른다는 말을 취한 것으로 뜻이 통달하고 시어가 처완해서 만약 맹상군으로 하여금 듣게 했다면 옹문금이 아니라도 눈물을 흘렸을 것이다)"가 수록되어 있다.

726

한 준을 부어라 가득이 부어라

편포젼 왜반에 뉴리준의 가득이 부어 아모도 몰닉 뒤 쵸당 문갑 우희 언졋더니 어느 결을의 유령이 닉려와 반이닉 다 쓰라 먹고 간닉 보다 반준이로고닉 벽공에 둥두렷흔 달이 반이닉 여즈로지고 반이 닉마더니 틱빅이 깅싱호야 닉려와셔 집헛던 쥬령 막딕로 에화즉신 두다려셔 반이닉 여즈여지고 반이 닉마닉보다 반달이로고닉

인졔는 허릴 업고 허릴 업스니 닉문 달 닉문 술 가지고 졍든 임 더리고 부지근 쏙다다 싸바리고 완월장취.

(時調 77)

포젼='포준(匏樽)'의 잘못인 듯. 술을 담아두는 그릇 ◇왜반(倭盤)=작은 소반 ◇
뉴리즌=유리잔 ◇벽공(碧空)에 둥두렷흔 달이=푸른 하늘에 둥그렇던 달이 ◇여즈로
지고=이즈러지고 ◇깅싱흐야=갱생(更生)하여. 다시 살아나서 ◇딥헛던 쥬령 막듸로
=짚었던 지팡 막대기로 ◇허릴 업고=할 일이 없고 ◇완월장취=완월장취(玩月長醉).
달빛을 완상하며 오래도록 술에 취함.

726-1

한 잔 부어라 두 잔 부어라 가득이 부어라 소복이 부어라 철철 부어라
넘게 부어라

면포 잔포 유리 왜반에 안쥬를 갓츄워 뒤 쵸당 문갑 우히 언졋더니 어
늬 틈에 술 잘 먹는 유령이가 늬려와셔 반나나 너머 짜라 먹고 가셔 준
고란나 보다 벽공에 둥두렷헌 달이 반나나 여즈러졋스니 어느 틈에 틔백
이 늬려와 집헛든 쥬령 막듸로 에와직근 뚝딱 반나나 너머 씌려가셔 달
여즈러지고 반달인가 보다

이왕에 흐릴 업고 할 일 업스니 나문 달 나문 술 가지고 졍든 임 다리
고 부지군 손님 뚝 짜버리고 이(利)헌 손님만 역구리 허구리 갈빗썩 쑥 씰
너 듸문 닷고 즁문 걸고 부합문 닫고 방문 걸고 손구락에 침 뭇쳐 창구멍
쏙 쑤러녹코 고 구멍으로 완월쟝취.   (역금) (樂高 776)

부지군=부지꾼. 실없는 짓을 잘하는 심술궂은 사람 ◇이(利)헌=이로운. 도움이
되는 ◇부합문=분합문(分閤門). 대청 앞에 드리는 네 쪽의 긴 창살문.

727

한쥼실 유황슉이 관공 장비 거나리고

와룡선생 뵈이랴고 천리 쳥녀마로 기츅기츅 와룡강 넘어 시문에 당도허
니 동자 나와 공손이 엿자오대 선생이 후원 초당의 학실침 도도 비고 취
침하여 기시나이다

동자야 선생이 긔침커시든 유관장 삼인이 박긔 왓다 엿주어라.

                                              (時調集 169)

한종실 유황숙=한(漢)나라 왕실 황숙인 유비 ◇관공 장비=관우(關羽)와 장비(張飛) ◇와룡선생=제갈량 ◇천리 청녀마=천리를 달리는 청려마(靑驢馬) ◇와룡강(臥龍岡)=제갈량의 집이 있는 곳 ◇시문=사립문(柴門) ◇학실침=학슬침(鶴膝枕)인 듯. 학슬침은 가운데를 접을 수 있는 베개 ◇도도 비고=돋우어 베고 ◇긔침커시든=기침(起枕)하시거든. 일어나시거든 ◇유관장(劉關張) 삼인(三人)=유비 관우 장비 세 사람 ◇박긔=문 밖에.

728

한죵실 뉴황슉이 죠밍덕 잡으려고 한즁에 진을 치되

좌쳥룡 관셩뎨군 우빅호 장익덕과 남쥬작 됴ㅈ룡이며 북현무 마밍긔라
그 가온듸 황한승이 황금갑옷 봉투구 쓰고 팔쳑 장검 눈 우에 번쯧 드러
긔치창검은 일광을 희롱ㅎ고 금고 함셩은 쳔지에 진동홀 졔 됴됴의 빅만
듸병 졔 어히 살아 가리

아마도 습분쳔하 분분흔 즁에 신긔흔 모스는 와룡션싱.   (樂高 878)

죠밍덕=조맹덕(曹孟德). 조조 ◇한듕=한중(漢中). 중국 섬서성 남정현에 있던 지명 ◇좌쳥룡 관셩뎨군=좌청룡(左靑龍)은 관성제군(關聖帝君)인 관우. 관성제군이라고 한 것은 관우를 무속(巫俗)에서 신으로 모시기 때문인 듯 ◇우빅호 장익덕=우백호(右白虎) 장비. 익덕(翼德)은 장비의 자(字) ◇남쥬작 됴ㅈ룡=남주작(南朱雀) 조자룡. 남쪽은 조운(趙雲). 자룡은 그의 자 ◇북현무(北玄武) 마밍긔=북쪽은 마초(馬超). 맹기(孟起)는 마초의 자(字) ◇황한승=황충(黃忠). 한승(漢承)은 자(字) ◇봉투구=봉(鳳)의 머리 형상을 한 투구인 듯 ◇긔치창검은 일광을 희롱ㅎ고=기치창검(旗幟槍劍)은 일광(日光)을 희롱(戲弄)하고. 각종 깃발과 창과 칼들은 햇빛에 번쩍이고 ◇금고(金鼓) 함셩(喊聲)은 쳔지에 진동(震動)홀=금고를 울리고 군사들이 질러대는 소리들은 온 세상을 뒤흔들 ◇습분쳔하 분분흔 즁에=삼분천하(三分天下) 분분(紛紛)한 중에 천하가 한(漢), 위(魏), 오(吳)의 세 나라로 나뉘어 시끄러운 가운데 ◇신긔흔 모스는=신출귀몰하고 뛰어난 모사(謀士)는 ◇와룡션싱=제갈량.

729

흔 즁은 가스 챽복ㅎ고 쏘 흔즁은 百八念珠 목의 걸고

쏘 흔 즁은 바라 광증 치고 大師 즁은 木鐸 치면 禮佛ᄒ다

그 아릭 焚香 四拜ᄒ고 發願ᄒ온 임 보려고.   (樂府 321)

가스 책복ᄒ고='책복'은 '착복(着服)'의 잘못인 듯. 가사(袈裟)를 입고 가사는 중이 입는 법복(法服) ◇百八念珠(백팔염주)=백팔의 염주. 번뇌를 상징하여 백여덟 개의 염주를 꿰어 목에다 거는 것 ◇바라 광증(狂症) 치고=바라를 미친 듯이 치고 바라는 타악기의 일종 ◇大師(대사) 중은=큰스님은 ◇木鐸(목탁)=나무로 둥글게 만들어 염불할 때 두드리는 기구 ◇焚香(분향) 四拜(사배)=향을 피우며 네 번 절하다 ◇發願(발원)=소원을 내어 빌다.

730

흔 힉도 열두 둘이요 閏朔 들면 열석 쏠이라

흔 둘도 셜흔 날이요 그 둘 쟉으면 슴오아흐래 금음이로다

밤 다섯 날 닐곱 째예 날 볼 홀리 업쏠야.   (樂時調) (海一 534)

閏朔(윤삭)=윤달. 삼 년에 한 번씩 듬 ◇밤 다섯=하루 밤을 초경(初更)부터 오경(五更)으로 나눈 것 ◇날 닐곱=칠 일을 가리키는 듯 ◇날 볼 홀리=나를 볼 수 있는 하루가 ◇업쏠야=없겠느냐

※ 육당본(六堂本) 『청구영언(靑丘永言)』에 작자가 조경렴(趙慶濂)으로 되어 있다.

731

咸陽宮 쇠를 노겨 기다흔 호믹 틱고

萬里城軍을 내여 面面監考定코 海內陣地를 다 除草ᄒ야 두고 天地間 굴믄 사람 다 겻거 보랴터니

秋風吹不盡ᄒ니 일동말동ᄒ여라.   (平天下曲 28-14) (杜谷集) 高應陟

咸陽宮(함양궁)=진(秦)나라 궁궐로 항우에게 함락되어 소실되었다 ◇쇠를 노겨=쇠를 녹여. 쇠는 항우가 진을 공격할 때 사용한 무기를 상징한다 ◇기다흔=길고 긴 ◇호믹 틱고=호미를 만들고 ◇萬里城軍(만리성군)=만리장성을 지키던 군사 ◇面面監考定(면면감고정)=궁가(宮家)나 관청에서 금품의 출납과 간수(看手)를 살피고 잡

무에 종사하던 사람을 하나하나 점검함을 정하다 ◇海內陣地(해내진지)=나라 안의
펼쳐진 땅 ◇除草(제초)=잡초를 제거하는 것처럼 통치상(統治上)의 불안 요소를 제
거하다 ◇굴믄 사람 다 겻거=굶는 사람들을 모두 초청하여 음식을 대접하려 ◇
秋風吹不盡(추풍취부진)=가을바람이 불어 쉽게 그칠 것 같지 아니하다. 형편이 어
려움이 계속됨을 나타내는 말 ◇일동말동ᄒᆞ여라=하는 일이 가능할지 아니할지 모
르겠다.

732

項羽ㅣ ᄌᆞ컨 天下 壯士ㅣ랴마ᄂᆞᆫ 虞美人 離別 泣數行下ᄒᆞ고
唐明皇이 ᄌᆞ컨 濟世英主ㅣ랴마ᄂᆞᆫ 楊貴妃 離別에 우럿ᄂᆞ니
ᄒᆞ믈며 녀나믄 丈夫ㅣ야 닐러 무슴ᄒᆞ리오.　　　　　(蔓橫淸類) (珍靑 471)

ᄌᆞ컨=훌륭한 ◇虞美人(우미인) 離別(이별) 泣數行下(읍수행하)=우미인과 이별함
에 두어 줄기의 눈물을 흘리다 ◇唐明皇(당명황)=당(唐)나라 황제인 현종(玄宗) ◇
濟世英主(제세영주)=세상을 구제할 만한 뛰어난 임금 ◇楊貴妃(양귀비) 離別(이별)=
당현종이 안녹산의 난에 피난하다 양귀비를 마외역(馬嵬驛)에서 죽여 이별하다 ◇
녀나믄=나머지 다른 ◇닐러 무슴ᄒᆞ리오=말하여 무엇하겠느냐?

733

희 다 져 황혼 시의 中門을 나서 大門을 나니 건넌 山 바라보니 힛득
검억 서엿구나
올타 저게 임이로다 갓 버서 등에 지고 망건 버서 쏭자 츠고 신 버서
손의 들고 노논틀 바밧틀 업드러지며 곡구러지며 수수이 밧비 근너가서
겻눈으로 관손이 허니 임은 정녕 아니로다 그 上年 秋七月 갈가 벅권 세
신 삼듸가 제 정년이 날 소겻구나
만일의 밤일세망정 낫일느면 남 우세헐 번.　　　　　(調詞 57)

나니=나오니. 나서니 ◇힛득 검억 서엿구나=희끗 거믓 서 있구나 ◇쏭자=꽁지에.
뒤에 ◇수수이=수이수이. 빨리빨리 ◇관손이 허니=동정을 살펴보니(?) ◇정녕=정말

◇上年(상년)=작년 ◇갈가 벅긘=긁어 벗긴 ◇세신 삼띠=허옇게 벗겨진 삼(麻)대 ◇
정년이=정녕 ◇낫일느면=낮이었다면 ◇남 우세할 번=남에게 웃음거리가 될 뻔.

734

海雲臺 여흰 날의 對馬島 도라드러
눈물 베셔고 左右를 도라보니 滄波萬里를 이 어디라 흘게이고
두어라 天心助順ᄒ면 使返故國ᄒ리라. (松潭遺事) 白受繪

海雲臺(해운대)=부산에 있는 지명 ◇여흰 날의=이별한 날에 ◇對馬島(대마도)=
한국과 일본의 사이 대한해협에 있는 일본의 섬 ◇눈물 베셔고=눈물을 떨쳐버리고.
'베셔다'는 '베티다'에서 온 말이다 ◇滄波萬里(창파만리)=멀리까지 펼쳐진 푸른 바
다 ◇天心助順(천심조순)=하늘이 도와 일이 순조롭게 되다 ◇使返故國(사반고국)ᄒ
리라=고국으로 돌아오게 하리라.

735

힝궁견월상심싴(行宮見月傷心色)에 달 발가도 임(任)의 싱각(生覺) 야우
문령단쟝셩(夜雨聞鈴斷腸聲)의 빗소리 드러도 임(任)의 싱각(生覺)
원앙와링상화즁(元央瓦冷霜華重)에 비취금항슈여공(翡翠衾寒誰與共)고 경
경셩화(耿耿星火) 욕셔쳔(欲曙天)에 고등(孤燈)을 도진(挑盡)허고 미셩면(未
成眠)이로구나
아마도 천장지구유시진(天長地久有時盡)허되 츠한(此恨)은 면면부졀긔(綿
綿不絶期)런가. (樂高 881)

힝궁견월상심싴(行宮見月傷心色)=행궁에서 달을 보아도 마음이 아프고 ◇야우문
령단쟝셩(夜雨聞鈴斷腸聲)=밤비에 들리는 방울 소리 창자가 끊어지는 소리 같다 ◇
원앙와링상화즁(元央瓦冷霜華重)='원앙와(元央瓦)'는 '원앙침(鴛鴦枕)'이 맞음. 원앙
침에 찬서리가 내렸으니 ◇비취금항슈여공(翡翠衾寒誰與共)=비취색 이불이 차가운
데 누구와 더불어 덮을꼬 ◇경경셩화(耿耿星火) 욕셔쳔(欲曙天)에=반짝이는 별똥의
불빛에 날이 새려고 함에 ◇고등(孤燈)을 도진(挑盡)허고 未成眠(미성면)이로구나=

외로운 등을 돋우고 잠을 못 이루는구나 ◇천장지구유시진(天長地久有時盡)허되=천
지가 장구하여도 때가 다함이 있으되 ◇ 츠한(此恨)은 면면부절긔(綿綿不絶期)런가=
이 한은 끊임없이 계속되어 기약할 수가 없을 것인가.

736

허허 소년들아 백발 보고 웃들 마소

公公한 一天下에 넌들 일생 청춘이랴

나도야 黃昏 佳約 紅顔 美人 다리고 밤들도록 노든 제가 어제인 듯.

(時調 78)

백발 보고=머리가 흰 늙은이를 보고 ◇웃들 마소=웃지를 마시오 ◇公公(공공)한
一天下(일천하)=공평하고 공평한 세상 ◇일생 청춘이랴=평생 동안에 젊음만 있으랴
◇黃昏(황혼) 佳約(가약)=황혼녘에 맺은 아름다운 약속 ◇紅顔(홍안) 美人(미인)=젊
고 아름다운 사람 ◇노든 제가=놀던 때가.

737

허허 세상 사람더라 周德頌 劉伶이도 사라실 듸 醉興이오 謫仙 李靑蓮
도 죽은 뒤에 孤魂이오 石崇 갓튼 富貴로도 하늘 밧게 浮雲이라

倚頓의 黃金도 路上의 塵埃로다 安期生 赤松子을 어듸가 물어보며 어듸
가 아라 보리 牛山에 지는 히는 齊景公의 눈물이라 玉門琴 한 曲調의 孟
嘗君이 울어 잇다

萬古 英雄 秦始皇 漢武帝도 죽엄을 못 면ᄒ고 礪山과 武陵에 皇帝陵墓
되서시니 아니 노던 못ᄒ리라.

(時調 15)

周德頌(주덕송) 劉伶(유령)='주(周)'는 '주(酒)'의 잘못. 「주덕송(酒德頌)」을 지은
유령. 유령은 진(晉)나라 때 사람으로 술을 즐겼으며 죽림칠현의 한 사람이다 ◇石
崇(석숭)=진(晉)나라 때의 부호이면서 문장가 ◇倚頓(의돈)=의돈은 전국시대 부호
◇路上(노상)의 塵埃(진애)=길거리의 진흙 먼지 ◇安期生(안기생)=진(晉)나라 사람
으로 도술로 오래 살았다 ◇赤松子(적송자)=중국 신농씨 때의 신선 ◇牛山(우산)에

지는 해는 齊景公(제경공)의 눈물이라=우산은 중국 산동성에 있는 산으로, 제(齊)나라 경공이 그 아름다운 경치를 보고 자기가 조만간 죽을 것을 알고 슬퍼서 울었다 한다 ◇玉門琴(옥문금) 한 曲調(곡조)의 孟嘗君(맹상군)이 울어 잇다='옥문금(玉門琴)'은 '옹문금(雍門琴)'의 잘못. 맹상군이 전국시대 제나라의 옹문주(雍門周)란 사람이 거문고를 타자 맹상군이 듣고 눈물을 흘렸다 한다 ◇礪山(여산)과 武陵(무릉)='무릉(武陵)'은 '무릉(茂陵)'의 잘못. 진시황과 한무제의 무덤이 있는 여산과 무릉 ◇皇帝陵墓(황제능묘)=진시황과 한무제의 능침.

738

홀문충외 풍동듁ᄒ니 의시낭군예리셩이라

하무 백년 못 볼 님은 단장회를 모로시나

아희야 뒤동산 숑님 쵸당삼간에 달 빗취여라 ᄒ마 와도.   (시철가 21)

홀문충외풍동듁ᄒ니=홀문창외풍동죽(忽聞窓外風動竹)하니. 문득 창밖에 댓잎 흔들리는 소리가 들리니◇의시낭군예리셩이라=의시낭군예리성(疑是郎君曳履聲)이라=혹시라도 낭군의 신발 소리가 아닌가 ◇하무='하마'의 잘못. 아마도 ◇단장회(斷腸懷)를=창자가 끊어질 듯한 회포를 ◇숑님=송림(松林). 소나무 숲 ◇빗취여라='븨취엿다'의 잘못인 듯 ◇ᄒ마 와도=이미 왔어도.

739

鴻門宴 罷時에 坐客이 긔 누런고

劉將軍 項都令에 쪼 누고 안젓던고 樊噲 坐中이 何紛紛ᄒ니

范增의 至極忠誠을 못내 슬허ᄒ노라.   (解我愁 218)

鴻門宴(홍문연) 罷時(파시)에=홍문의 잔치가 끝날 때에. 홍문은 지명으로 중국 섬서성 임동현(臨潼縣)에 있으며 유방과 항우가 모여 회음(會飮)하던 곳 ◇劉將軍(유장군)=한고조인 유방(劉邦) ◇項都令(항도령)=초패왕인 항우를 가리킨다 ◇樊噲(번쾌)=유방의 부하 ◇何紛紛(하분분)=너무 시끄럽다 ◇范增(범증)=항우의 모신(謀臣).

紅塵을 이믜 下直호고 桃源을 차자 누엇스니 六十年 世外 風浪 쑴이런
듯 可笑롭다

이 몸이 閑暇하야 山水의 遨遊헐 제 一小舟의 不施篙艫호고 風帆浪楫으
로 任其所之호올 져의 水涯에 視魚하며 沙際에 鷗盟호야 飛者 走者와 浮者
躍者로 形容이 익어스니 疑懼호비 잇슬 것가 杏壇에 비를 믜고 釣臺에 긔
여올나 고든 낙시 듸리우고 石頭에 조으다가 漁夫의 낙근 고기 柳枝예 쎄
여들고 興치며 도라올 제 園翁 野叟와 樵童 牧竪를 溪邊의 邂逅호야 問桑
麻說秔稻할 제 杏花村 바라보니 小橋邊 쓴 슐집이 靑帘酒 날니거늘 緩步로
드러가셔 곳츠로 籌 노으며 酩酊이 醉흔 후의 東皐의 긔여올나 슈파람 흔
마듸를 마음듸로 길게 불고 다시금 뫼여 느려 臨淸流而賦詩호고 撫孤松而
盤桓타가 黃精을 쎠여 들고 집으로 도라들 제 芳逕의 나는 곳츤 衣巾을 침
노호고 碧樹의 우는 시는 流水聲을 화답흔다 문암페 다다라는 막듸를 의지
호야 四面을 살펴보니 夕陽은 在山호고 人影이 散亂이라 紫綠이 萬狀인데
變幻이 頃刻이라 松影이 參差여늘 禽聲은 上下로다 山腰의 兩兩 笛聲 쇠등
의 아희로다 俄已오 日落西山호고 月印前溪호니 羅大經의 山中이며 王摩
詰의 網川인들 여긔와 지날 것가 뜰 가온듸 드러셔니 셥쓸 밋테 어린 蘭草
玉露의 늘녀 잇고 울가의 셩권 곳츤 淸風의 나붓긴다 房 안의 드러가니 期
約 둔 黃昏月이 淸風과 함긔 와셔 붓거니 비취거니 胸衿이 洒落호다 瓦盆
의 듯는 슐을 匏樽으로 바다늬야 任과 흠긔 마조 안져 드러 셔로 勸할 져
게 黃精菜 鱸魚膾는 山水를 가츄미라 嗚嗚咽咽 洞簫聲을 늬 能히 부러스니
淸風七月 赤壁勝遊ㅣ여긔와 彷佛호다 거문고 잇그러셔 膝上의 빗겨 놋코
鳳凰曲 흔바탕을 任 시겨 불니면서 興듸로 집허스니 司馬相 鳳求凰이 여긔
와 밋츨 것가 升窓을 밀고 보니 달이 거의 나지여늘 밤은 호마 五更이라
솔 그림즈 어린 곳의 鶴의 쑴이 깁허거늘 듸슈플 우거진데 이슬 바람 션을
호다 玉手를 잇끌고셔 枕上의 나아가니 琴瑟友之 깁흔 情이 뫼 갓고 물 갓
타야 連理에 翡翠여늘 綠水의 鴛鴦이라 巫山의 雲雨夢이 여긔와 엇덧턴고

뭇노라 벗님네야 安周翁(안주옹)의 悅心樂志(열심낙지) 이만ᄒᆞ면 넉넉ᄒᆞ야

이 後(후)란 離別(이별)을 아조 離別(이별)ᄒᆞ고 桃源(도원)의 길이 숨어 任(임)과 함ᄭᅴ 즐기다가 元命(원명)이 다 ᄒᆞ거든 同年同月同日時(동년동월동일시)에 白日昇天(백일승천)ᄒᆞ오리라.

(言編)(金玉 178) 安玟英

紅塵(홍진)=속된 세상. 번거로운 세상 ◇이믜=이미 ◇桃源(도원)=무릉도원(武陵桃源). 도연명의 「도화원기(桃花源記)」에 나오는 이상향(理想鄕) ◇六十年(육십년)世外風浪(세외풍랑)=육십 년 동안 살아온 세상 밖의 바람과 물결. 여기서는 현실 생활과는 관계 없이 가악(歌樂)만을 일삼고 살아온 생애를 말한다 ◇꿈이런 듯 可笑(가소)롭다=마치 꿈인 것처럼 어처구니가 없다 ◇山水(산수)의 遨遊(오유)헐 제=자연에서 재미있고 즐겁게 놀 때 ◇不施篙艫(불시고로)ᄒᆞ고=상앗대와 노를 쓰지 아니하고 ◇風帆浪楫(풍범낭즙)으로=바람으로 돛을 삼고 물결로 노를 삼다 ◇任其所之(임기소지)ᄒᆞ올 져긔=배가 가는 대로 맡겨둘 적에 ◇水涯(수애)에 視魚(시어)ᄒᆞ며=물가에서 고기가 노는 것을 보며 ◇沙際(사제)에 鷗盟(구맹)하야=모래벌판의 끝에서 갈매기와 벗하여 ◇飛者(비자) 走者(주자)와 浮者(부자) 躍者(약자)와=나는 놈 뛰는 놈과 물에 둥둥 떠다니는 놈 펄쩍 뛰어오르는 놈과 ◇形容(형용)이 익어스니=서로 친숙해졌으니 ◇疑懼(의구)ᄒᆞ빅 잇슬것가=의심하고 두려워할 바가 있겠는가? ◇杏壇(행단)=살구나무가 서 있는 곳. 원래는 공부하는 곳을 이르는 말 ◇釣臺(조대)=낚시할 수 있는 곳 ◇고든 낙시=미늘이 없는 낚시 ◇石頭(석두)=돌머리 ◇柳枝(유지)=버드나무 가지 ◇興(흥)치며=흥얼거리며. 흥이 나서 ◇園翁(원옹) 野叟(야수)=시골에 묻혀 사는 늙은이 ◇樵童(초동) 牧竪(목수)=나무하는 아이와 마소를 먹이는 아이 ◇溪邊(계변)에 邂逅(해후)ᄒᆞ야=시냇가에서 만나서 ◇問桑麻(문상마) 說秔稻(설갱도)할 제=누에 치고 베짜는 것에 대해 묻고 벼농사에 대해 이야기할 때 ◇杏花村(행화촌)=술집을 가리킨다 ◇小橋邊(소교변) 쓴 술집 靑帘酒(청렴주) 날니거늘=작은 다리 가의 술집을 알리기 위해 써놓은 깃발이 날리거늘. '청렴주(靑帘酒)'는 '청렴기(靑帘旗)'의 잘못. 예전에는 술집에 기를 달았다 ◇緩步(완보)=느릿느릿 걷는 걸음 ◇곳으로 籌(주) 노으며=꽃가지를 꺾어 산가지를 삼아 술 마신 양을 헤아리며 ◇酩酊(명정)이=몸을 가누기 힘들 정도로 몹시 취하다 ◇東皐(동고)=동쪽에 있는 언덕 ◇슈파람=휘파람 ◇뫼여 ᄂᆞ려=산에서 내려와 ◇임청유이부시(臨淸流而賦詩)ᄒᆞ고 무고송이반환(撫孤松而盤桓)타가=맑은 시냇가에 노닐면서 시문을 짓고 외로이 섯는 소나무를 어루만지며 배회하다가 ◇黃精(황정)을 ᄭᅡ여 들고=황정을 까서 들고. 황정은 '죽대'의 뿌리로 약재로도 쓰인다 ◇芳逕(방경)에 나는 곳츤=꽃이 피어

있는 길에 날리는 꽃은 ◇衣巾(의건)을 침노하고=옷과 두건 속으로 떨어지고 ◇碧
樹(벽수)에 우는 새는=푸른 나무에서 우는 새는 ◇流水聲(유수성)을 화답흔다=흘러
가는 물소리에 응답한다 ◇夕陽(석양)은 在山(재산)하고=지는 해는 산 위에 있고 ◇
人影(인영)이 散亂(산란)이라=사람들의 그림자가 어지럽다 ◇紫綠(자록)이 萬狀(만
상)인데=자주색과 녹색이 어우러진 것이 여러 가지 모습인데 ◇變幻(변환)이 頃刻
(경각)이라=빠른 변화가 눈 깜박할 동안에 일어난다 ◇松影(송영)이 參差(참치)여늘
=소나무의 그림자가 가지런하지 않거늘. 해 질 녘의 그림자가 비추는 모습 ◇禽聲
(금성)은 上下(상하)로다=새의 울음소리는 나무의 아래 위에서 들린다 ◇山腰(산요)
의 兩兩笛聲(양양적성) 쇠 등의 아희로다=산허리에서 들려오는 짝을 이룬 젓대 소
리는 쇠 등에 탄 아이들이 부는 것이로다 ◇俄已(아이)오=아이고, 아아 ◇日落西山
(일락서산)하고 月印前溪(월인전계)흐니=해는 서산으로 지고 달은 앞 내에 비추니
◇羅大經(나대경)의 山中(산중)이며=나대경이 놀던 산속이며. 나대경은 중국 송(宋)
나라 여릉(廬陵) 사람이며 자는 경륜(景綸)이다 ◇王麻詰(왕마힐)의 網川(망천)인들
='망(網)'은 '망(輞)'의 잘못. 왕마힐의 별장이 있던 망천(輞川)인들. 마힐은 당(唐)나
라 시인 왕유(王維)의 자(字)이며 망천은 그의 별장이 있던 곳 ◇여기와 지날 것가=
여기보다 나을 것인가 ◇섬쓸 밋테 어린 蘭草(난초) 玉露(옥로)의 눌려 잇고=섬돌
아래 어린 난초는 이슬방울 때문에 잎이 수그러져 있고 ◇울가의 성건 곳츤 淸風
(청풍)에 나붓긴다=울타리 가장자리에 있는 몇 안 되는 꽃은 맑은 바람에 나부낀다
◇胸襟(흉금)이 灑落(쇄락)하다=가슴속이 시원하고 상쾌하다 ◇瓦盆(와분)에 둣넌
술을 匏樽(포준)으로 바다닉야=질동이에 떨어지는 술을 바가지로 받아서 ◇黃精菜
(황정채) 鱸魚膾(농어회)=황정으로 만든 나물과 농어로 만든 회 ◇山水(산수)를 가
츄미라=뭍과 물에서 나는 안주를 모두 갖춘 것이다 ◇嗚嗚咽咽(오오열열) 洞簫聲
(통소성)=흐느껴 우는 듯한 퉁소의 소리 ◇淸風七月(청풍칠월) 赤壁勝遊(적벽승유)
ㅣ 여긔와 彷佛(방불)흐다=중국 송(宋)나라의 소동파가 칠월에 뱃놀이를 했던 적벽
의 풍경과 여기가 비슷하다 ◇잇그려서=잡아당겨서 ◇膝上(슬상)에 빗겨 놋코=무릎
위에 비스듬히 놓고 ◇鳳凰曲(봉황곡) 흔 바탕을=봉황곡 한 가락을 ◇司馬相(사마
상) 鳳求凰(봉구황)이 여긔와 밋츨 것가=옛날 한(漢)나라의 사마상여(司馬相如)가
탁문군(卓文君)을 얻기 위해 불렀다는 봉황곡이 이것과 비교가 되겠는가 ◇升窓(승
창)을 밀고 보니='승창(升窓)'은 '죽창(竹窓)'의 잘못. 대나무로 결은 창문을 열고 보
니 ◇달이 거의 나지여늘=달빛이 거의 낮처럼 밝거늘 ◇밤은 하마 五更(오경)이라=
밤은 벌써 오경이 되었다. 오경은 새벽 3시부터 5시 사이 ◇솔 그림자 어린 곳의=
소나무의 그림자가 어른거리는 곳에 ◇鶴(학)의 쭘이 깁거늘=학이 깊이 잠들었거늘

◇이슬 바람 션을ᄒ다=이슬이 내리는 밤바람이 서늘하다 ◇玉手(옥수)=아름다운 손. 여인의 손 ◇琴瑟友之(금슬우지) 깁흔 情(정)이 뫼 갓고 물 갓타야=금슬을 벗삼은 것과 같은 정이 산같이 높고 물같이 깊어서 ◇連理(연리)예 翡翠(비취)여널 綠水(녹수)의 鴛鴦(원앙)이라=연리지(連理枝)에 노는 비취새와 같거늘 푸른 물에 노는 원앙새와 같다 ◇巫山(무산)의 雲雨夢(운우몽)이=초(楚)나라의 양왕(襄王)이 고당(高堂)에서 노는데 꿈에 선녀가 나타나 동침하여 즐기고 떠나면서 아침에는 구름이, 저녁에는 비가 되어 무산(巫山)의 기슭에 나타나리라고 했다는 고사에서 나온 말로 남녀 간의 행락(行樂)을 비유해서 쓴다 ◇安周翁(안주옹)의 悅心樂志(열심락지)=안주옹의 마음과 의지를 기쁘고 즐겁게 하다. 주옹은 안민영의 호(號)이다 ◇元命(원명)=예순한 살. 또는 기운과 목숨 ◇白日昇天(백일승천)=신선이 되어 한낮에 하늘로 올라감.

※『금옥총부』에 "고지도원 역금지도원야 아지은어차행차락 무내천사신우야(古之桃源 亦今之桃源也 我之隱於此行此樂 無乃天賜神佑耶, 예전의 도원은 지금도 역시 도원이다. 내가 이런 행락에 잠길 수 있는 것은 물론 하늘이 내려주시고 귀신이 도운 것이 아니겠는가?)"라 했다.

741

花果山 水簾洞 中에 千年 묵은 진납이 神通이 거록훌ᄲ

大鬧天宮ᄒ고 龍宮에 作亂ᄒ야 神震鐵을 엇고 三藏의 弟子 되야 八戒 沙僧을 다리고 西域國 가는 길에 妖孽을 剿蕩ᄒ고 大藏經을 가져온이

世上에 測量키 어려울쏜 孫悟空인가 ᄒ노라.　　　　　(海周 568) 金壽長

花果山(화과산) 水簾洞(수렴동)=중국 절강성 신창현에 있는 산과 그곳에 있는 골짜기. 『서유기(西遊記)』에 손오공이 태어난 곳으로 되어 있다 ◇진납이=원숭이 ◇神通(신통)이 거록훌ᄲ=모든 일에 신기하게 통달함이 대단하구나 ◇大鬧天宮(대료천궁)=천궁을 크게 어지럽히다 ◇龍宮(용궁)=용왕이 살아 나라를 다스린다고 하는 궁궐 ◇神震鐵(신진철)=손오공이 용왕에게서 얻었다고 하는 여의봉(如意棒)인 듯 ◇三藏(삼장)=삼장법사(三藏法師)를 말함. 경(經) 율(律) 논(論)에 정통한 스님. 『서유기』에서 서역으로 가서 불경을 구해 오는 것으로 되어 있다 ◇八戒(팔계) 沙僧(사승)=저팔계(猪八戒)와 사오정(沙悟淨) ◇西域國(서역국)=중국 서쪽에 있는 나라 ◇妖孽(요얼)을 剿蕩(초탕)ᄒ고=요사스런 귀신들의 재앙을 죽여 없애고 ◇大藏經(대장

경)=불교의 경전 전부를 가리키는 말 ◇測量(측량)=헤아림 ◇孫悟空(손오공)=『서유기』에 주인공으로 등장하는 조화가 무궁하다고 하는 원숭이.

741-1

花果山 水簾洞中에 千年 묵은 진납이 나셔

神通이 거룩ᄒ여 龍宮에 作亂ᄒ고 神鎭鐵 어든 後에 大鬧天宮ᄐ가 玉帝게 得罪ᄒ여 五行山에 지즐엿다가 부텨님 警戒로 發願濟衆ᄒᄂ 金線子의 弟子 되여 八戒 沙僧 거느리고 西域에 드러갈 제 萬水千山이 十萬八千里라 妖孽을 掃淸ᄒ고 大雷音寺 드러가셔 八萬大藏經을 다 니여 오단 말가

아마도 非人非鬼亦非仙은 孫悟空인가 ᄒ노라.　　　　　　　　(靑六 874)

진납이='진납이'의 잘못 ◇지즐엿다가=억눌려 있다가 ◇發願濟衆(발원제중)ᄒᄂᆫ=중생을 구제하겠다고 소원을 비는 ◇金線子(금선자)=삼장법사를 가리킴 ◇非人非鬼亦非仙(비인비귀역비선)=사람도 아니고 귀신도 아니고 또 신선도 아닌.

742

和氣ᄂ 滿乾坤이요 文名은 極一代라

도모지 헤아리면 우리 聖主 敎化ㅣ로다

아마도 聖壽無疆 ᄒ오시미 我東方 福이신가 ᄒ노이다.

　　　　　　　　　　　(羽調二數大葉) (靑六 28) 翼宗

和氣(화기)ᄂ 滿乾坤(만건곤)이요=온화한 기운은 천지에 가득하고 ◇文名(문명)은 極一代(극일대)라=글을 잘하여 얻은 이름은 당대에 더할 수 없이 뛰어나다 ◇도모지=모두 ◇우리 聖主(성주)=우리 훌륭한 임금. 순조(純祖)를 지칭한다 ◇敎化(교화)ㅣ로다=가르치고 감화시킴이로다 ◇聖壽無疆(성수무강)=임금님이 건강하게 오래 삶 ◇我東方(아동방)=우리나라.

743

화살갓치 ᄲᆞᆯ은 세월 무근 해을 전송하고

新年을 마지하니 天曾歲月人曾壽요 春滿乾坤福滿家라 後園草屋 花階上에 왜철즉 牧丹花 만발한데 庭前에 무근 梧桐 新葉이 更生하니 和氣自生 君子宅이요 春光先到吉人家라

月態花容 美人들아 너의 몸도 곱다마는 새 봄마는 못하리라 잔 들고 술 부어라 놀고 갈가. (雜誌 423)

쌀은=빠른 ◇무근 해을 전송하고=묵은 해를 떠나보내고(餞送) ◇天曾歲月人曾壽(천증세월인증수)요 春滿乾坤福滿家(춘만건곤복만가)라=하늘이 세월을 더하니 사람의 수명이 더하고 봄이 천지에 가득하니 복이 집에 넘치니라 ◇花階上(화계상)=꽃이 핀 뜰에 ◇新葉(신엽)이 更生(갱생)하니=새 잎이 다시 나니 ◇和氣自生君子宅(화기자생군지댁)이요 春光先到吉人家(춘광선도길인가)=화기는 군자의 집에 저절로 생기고 봄빛은 길인의 집에 먼저 온다 ◇새 봄마는=새 봄만은.

744

火食을 못홀 지는 木實을 먹쏘던가

千百 ᄀ지 나모 열민 性味가 다 다르니 天皇氏 地皇氏 萬八千歲 슬지이 實果를 먹쏘던가

아마도 瑤池 蟠桃와 萬壽山 五莊觀에 人蔘果를 먹엇쏘다. (甁歌 877)

먹쏘던가=먹었던가 ◇나모 열민=나무 열매 ◇性味(성미)=성질과 맛 ◇天皇氏(천황씨) 地皇氏(지황씨) 萬八千歲(만팔천세)=고대 중국의 제왕인 천황씨, 지황씨가 각각 일만팔천 년을 다스렸다 함 ◇瑤池(요지) 蟠桃(반도)=요지연에서 먹었다는 선도(仙桃). 먹으면 삼천 년을 산다고 함 ◇萬壽山(만수산) 五莊觀(오장관)에 人蔘果(인삼과)=만수산 오장관은 『서유기』에 나오는 지명, 인삼과는 오장관에서 나는 신비한 열매.

745

花灼灼 범납의 雙雙 柳青青 묏골이 雙雙

바회 岩上에 다람쥐도 雙雙이로되

엇덧타 獨宿空房에는 鰥寡孤獨을로 윗싹이 되여 잇는고.

(蔓數大葉) (海一 592)

花灼灼(화작작)=꽃이 화려하고 찬란하게 피다 ◇범납의=범나비 ◇柳青青(유청청)=버들가지가 푸르다 ◇鰥寡孤獨(환과고독)을로=외롭고 의지할 곳 없는 사람으로.

746

花燭 東房 紗窓 밧게 梧桐나무 성긘 비소릐 잠 놀나 씨다르니

萬籟俱寂흐듸 四壁蟲聲 喞喞흐고 도든 달이 지실 적에 關山淸秋스러흐야 두 나릐 쌍쌍 치며 슬피 울고 가는 저 외기러가

밤 中만 네 소릐 드를 졔면 不覺墮淚흐노라.　　　　(言樂) (六靑 841)

花燭東房(화촉동방)='화(花)'는 '화(華)'의, '동방(東房)'은 '동방(洞房)'의 잘못. 신방(新房). 결혼 첫날의 불이 환한 방 ◇성긘 비소릐=어쩌다 떨어지는 빗소리 ◇萬籟俱寂(만뢰구적)흐듸=밤이 깊어 모든 소리가 그치어 아주 고요한데 ◇四壁蟲聲(사벽충성)=사방 벽에서 울려오는 벌레 소리 ◇喞喞(즉즉)흐고=즉즉 하고 울고 즉즉은 벌레 우는 소리 ◇關山淸秋(관산청추)=고향의 맑은 가을 ◇스러흐야=슬퍼해서 ◇不覺墮淚(불각타루)흐노라=눈물이 떨어짐을 깨닫지 못하노라.

746-1

華燭 東方 紗窓 밧게 碧梧桐나무 성긘 비쇼릐 잠 놀느 씨다르니

萬籟는 俱寂흐듸 蟋蟀聲은 喧喧흐고 關山 蜀鳥난 스로라 슬피 울고 식벽달 게시는 밤의 두 나릐 치며 울고 가난 외 기럭아 나도 너와 갓치 相思로 든 病이 누어 이지 못헌다고 傳하여쥬렴

우리도 碧天 하날 夜의 牒書를 발의 믹고 밧세 가난 길인 고로 傳헐지 말지.　　　　(調詞 64)

蟋蟀聲(실솔성)은 喧喧(훤훤)흐고=귀뚜라미 소리는 그치지 않고 ◇關山(관산) 蜀鳥(촉조)=고향의 두견이 ◇스로라=서러워라 ◇게시는='게'는 '지'의 잘못인 듯. 지

새는 ◇누어 이지=누워 일어나지 ◇碧天(벽천)=푸른 하늘 ◇牒書(첩서)=편지.

747

還上에 불기 셜흔 맛고 掌利 갑셰 외 숏 하나 써여간다

〻랑 둔 女妓妾을 月利 差使 등 미러닌다

아히야 粥湯罐에 개 보아라 豪興 계워 하노라.　　　　(樂時調) (詩歌 598)

還上(환상)='환자'라고 읽음. 정부에서 곡식을 봄에 백성들에게 빌려주었다가 가을에 이자와 더불어 돌려받는 제도 ◇掌利(장리) 갑셰='장리(掌利)'는 '장리(長利)'의 잘못. 장리의 값에 ◇외 숏=하나밖에 없는 솥 ◇써여간다=떼어 간다 ◇月利(월리) 差使(차사)=한 달을 기준으로 받는 이자를 거두어들이는 사람 ◇등 미러닌다=등을 밀어서 데려간다 ◇粥湯罐(죽탕관)=죽을 끓이는 그릇 ◇豪興(호흥) 계워=호탕한 기운과 흥겨움을 이기지 못하여.

748

황장경 일자을 오독한 죄로 젹하인간하야

쥬사장명 삼십쳔하고 농월칙셕강타가 고릭 타고 비상쳔하니

아마도 강남 풍월니 한다연인가.　　　　(歌詞 125)

황장경 일자을=『황정경(黃庭經)』한 자를. 『황정경』은 도교의 경전으로 한 자라도 잘못 읽으면 인간세상으로 귀양을 간다고 한다 ◇오독(誤讀)한=잘못 읽은 ◇젹하인간하야=적하인간(謫下人間)하여. 인간세상에 귀양 와서 ◇쥬사장명삼십쳔하고='쳔'은 '춘'의 잘못. 주사장명삼십춘(酒肆藏名三十春)하고. 삼십 년 동안 술집에 숨어 이름을 감추고 ◇농월칙셕강타가=농월채석강(弄月采石江)타가. 채석강에서 달과 함께 놀다가 ◇비상쳔하니=비상천(飛上天)하니. 하늘로 올라가니 ◇풍월니 한다연인가=풍월(風月)이 한다연(恨多年)인가. 음풍농월의 여한이 아직도 남아 있는가?

749

淮水出桐栢山하니　東馳遙遙하야　千里不能休어늘

淝水ㅣ出其側하야　百里入淮流ㅣ라　壽州屬縣에　有安豊하니　唐貞元年이라

縣人 董生邵南이 隱居行義於其中이로다 刺史不能薦ㅎ야 天子ㅣ 不聞名聲이오
爵祿不及門을 門外唯有吏日來 徵租更索錢 ㅎ더라.　　　　　(蔓橫) (甁歌 873)

淮水出桐栢山(회수출동백산)ㅎ니=회수가 동백산에서 발원하니. 회수는 하남성(河
南省)에서 발원하여 안휘성(安徽省)을 지나 강소성(江蘇省)을 거쳐 바다로 들어간다
◇東馳遙遙(동치요요)ㅎ야=동쪽으로 멀리 달려 ◇千里不能休(천리불능휴)어늘=천리
를 쉬지 못하거늘 ◇淝水出其側(비수출기측)ㅎ야=비수가 그 옆에서 나와. 비수는
안휘성에 있다 ◇百里入淮流(백리입회류)라=백리를 흘러 회수에 들더라 ◇壽州屬縣
(수주속현)에 有安豊(유안풍)ㅎ니=수주의 속한 현에 안풍이 있으니 ◇唐貞元年(당정
원년)이라=당(唐)나라 정원(貞元) 원년(A.D. 785) ◇縣人(현인) 董生(동생) 邵南(소
남)이=현에 사는 동생 소남이란 사람이 ◇隱居行義於其中(은거행의어기중)=그 가운
데 은거하며 의를 행하다 ◇刺史不能薦(자사불능천)=자사가 그를 천거하지 못하니
◇天子不聞名聲(천자불문명성)=천자는 명성을 듣지 못하고 ◇爵祿(작록) 不及門(불
급문)=작록이 문에 이르지 않고 ◇門外唯有吏日來徵租(문외유유리일래징조) 更索錢
(갱색전)=문밖에 관리가 날마다 와서 세금을 징수하느라고 돈을 뒤져 가더라.

750

孝悌忠信 빅를 무어 仁義禮智 돗츨 다라
顔曾孔孟 시러노니 아무리 桀紂의 風波들 破船흘가
至今에 顔曾孔孟 업기로 그를 셜워.　　　　　(無名時調集가本 31)

빅를 무어=배를 만들어 ◇顔曾孔孟(안증공맹)=안자(顔子)와 증자(曾子) 그리고
공자와 맹자 ◇桀紂(걸주)=걸은 중국 하(夏)의 폭군이고, 주는 은(殷)나라 폭군이다.

751

輝煌月 夜三更의 輾展反側 숨을 닐러 太古便의 오난 님 만나 積年 懷抱
를 半이나 남어 니룰너니만은
枕頭의 저 蟋蟀 不勝侶之嘆ㅎ야 귀쏠귀쏠 우는 소릭 놀닉 씨니 겻틱
님 간 곳 업고 님 잡엇든 손이 귀쏠이만 썩일 닷이 쥐엿고나
야속타 져 귀쏠 너도 짝을 일고 울 량이면 남의 寃痛흔 私情 이딕지 모

로너냐.

輝煌月(휘황월) 夜三更(야삼경)=달이 환히 밝은 한밤중 ◇닐러=이루어. 꿔 ◇太古便(태고편)의=오랜만에 ◇積年(적년) 懷抱(회포)=여러 해 동안 쌓인 잊혀지지 않는 생각 ◇半(반)이나 남어=반이나 넘게 ◇니룰너니만은=이루려하였지만 ◇枕頭(침두)의=베갯머리의 ◇不勝失侶之嘆(불승일려지탄)ᄒ야=짝을 잃은 슬픔을 억제하지 못하여 ◇썩일닷이=겨우. 때릴듯이 ◇야속타=야속하구나 ◇울 량이면=울려고 한다면. 울 것이면 ◇私情(사정)=사정(事情)의 잘못인 듯 ◇이딘지=이다지. 이처럼.

作家 解說

● 옥계(玉溪) 모(母) 권씨

옥계(玉溪) 노진(盧禛, 1518~1578)의 어머니. 노우명(盧友明, 1471~1541)의 부인. 노진이 선조(宣祖) 4년(1571)에 어머니의 봉양을 위해 외직을 원해 곤양군수가 되었다고 했으니 적어도 이때까지는 생존하였다고 하겠다. 농암 이현보(1467~1555)의 자당 권씨가 중종 22년(1527)에 농암이 동부승지가 되자 기뻐서 지었다는 일명 「선반가」인 "먹디도 됴홀샤 승정원 선반야 노디도 됴홀샤 대명면 기슬기 가디도 됴홀샤 부모다힛 길히야"와 같이 자식의 잘됨을 칭찬한 노래임. 『옥계선생속집』에 수록되어 있음.

● 김우굉(金宇宏, 1514~1590)

문신. 자는 경부(敬夫). 호는 개암(開巖). 본관은 의성(義城). 희삼(希參)의 아들. 이황(李滉)의 문인. 선조 15년 충청도 관찰사 후에 청송부사(靑松府使)를 거쳐 광주목사(光州牧使). 상주(尙州) 속수서원(涑水書院)에 제향(祭享). 저서 『개암집(開巖集)』. 경북 봉화(奉化) 송천서원(松川書院)에 소장되어 있는 사본 『추모록(追慕錄)』에 아들 득가(得可)의 시조와 함께 4수(首)가 수록되어 있음.

● 고응척(高應陟, 1531~1606)

문신. 자는 숙명(叔明) 호는 두곡(杜谷), 취병(翠屏). 본관은 안동(安東). 식(識)의 아들. 후계(後溪) 김범(金範)에게 수학, 퇴계(退溪)의 문인이 됨. 명종(明宗) 16년에 문과에 급제한 후 함흥교수(咸興敎授)를 시작으로 성균사성(成均司成)을 거쳐 경주부윤(慶州府尹)에 이름. 저서 『두곡집(杜谷集)』.

● 정철(鄭澈, 1536~1593)

문신. 자는 계함(季涵), 호는 송강(松江). 본관은 연일(延日). 유침(惟沉)의 아들. 기대승(奇大升), 김인후(金麟厚)에게 배움. 을사사화(乙巳士禍)에 관련되어 부친을 따라 귀양을 다니다 명종 6년에 특사(特赦)를 받아 전라도 창평(昌平)으로 이주. 명종 16년에 진사시(進士試)와 별시문과(別試文科)에 장원(壯元)으로 급제(及第). 이후 지평(持平)을 시작으로 관직에 나아가 좌의정(左議政)에 이르는 동안 여러 차례의 삭탈관직(削奪官職)과 유배를 당함. 가사문학의 대가(大家)로 일컬어지며 시조와 함께 엮은 국문시가집 『송강가사(松江歌辭)』가 있음. 저서 『송강집(松江集)』.

● 김득가(金得可, 1547~1592)

호는 주봉(主峯). 본관은 의성(義城). 우굉(宇宏)의 아들. 현감(縣監)을 지냄. 부친 우굉의 시조와 함께 경북 봉화 송천서원에 소장되어 있는 사본 『추모록』에 시조가 3수 수록되어 있음.

● 김득연(金得研, 1555~1637)

호는 갈봉(葛峯). 본관은 광산(光山). 유일재(惟一齋) 언기(彦璣)의 아들로 안동에서 출생. 출사(出仕)에 관심이 없고 학문에만 전념. 임진왜란과 병자호란에는 창의(倡義)에 가담. 문집에 사본으로 『갈봉유고(葛峯遺稿)』와 『갈봉선생유묵(葛峯先生遺墨)』이 있음

● 강복중(姜復中, 1563~1642)

호는 청계(淸溪). 본관은 진주(晉州). 충남 논산(論山) 은진(恩津)에서 출생. 어려서부터 집안 형편이 어려웠고 37세에는 실화(失火)로 가옥이 전소(全燒), 세전(世傳)의 모든 것을 소실(燒失)함. 인조반정(仁祖反正)이 성공하자 「계해반정가(癸亥反正歌)」를 지은 것을 비롯해 송강(松江)의 「훈민가(訓民歌)」에 화답하는 「화훈민가(和訓民歌)」, 병자호란에 나이가 들어 국가에 보탬이 되는 일을 못한 한을 노래한 「위군위친통곡가(爲君爲親痛哭歌)」 등 시조 65수가 『청계공유사(淸溪公遺事)』에 수록되어 있음.

● 이미(李瀰, 조선 중기)

본관은 용인(龍仁)인 듯. 작품이 강복중의 『청계가사』에 수록되어 있는데, 강복

중의 「수월정청흥가(水月亭清興歌)」에 대한 화답으로 지은「구성이미사답영언오수
(駒城李灑詞謹答永言五首)」가운데 첫 번째 수임.

● 김충선(金忠善, 1571~1642)

본래 일본인. 본성명(本姓名)은 사야가(沙也可). 자는 선지(善之) 호는 모하당(慕
夏堂). 본관은 김해(金海). 임진왜란(壬辰倭亂)에 가토 기요마사(加藤淸正)의 좌선봉
장(左先鋒將)으로 우리나라에 침입하였다가 조선의 문물에 감탄 귀화함. 후에 누차
공을 세워 가선대부(嘉善大夫)가 되고 권률(權慄)과 한준겸(韓浚謙)의 주청(奏請)으
로 성명을 하사(下賜)받음. 이괄(李适)의 난(亂)과 병자호란에 공을 세웠음. 목사(牧
使) 장춘점(張春點)의 딸과 혼인하여 살면서 가훈과 향약(鄕約)을 지어 향리 교화에
힘씀. 저서에『모하당문집(慕夏堂文集)』이 있음.

● 백수회(白受繪, 1574~1642)

문신. 자는 여빈(汝彬). 호는 송담(松潭). 본관은 양산(梁山). 임진왜란에 포로가
되어 일본에 잡혀갔다가 27세에 귀국. 후에 광해군(光海君)의 난정(亂政)에 대해 여
러 번 상소하여 세상에 이름을 알림. 후에 잠시 벼슬길에 올라 예빈사참봉(禮賓寺
參奉)과 자여도찰방(自如道察訪)을 지낸 일이 있음. 시의(時宜)에 맞지 않아 벼슬을
그만두고 후학의 교육을 힘쓰다 죽음. 저서에『송담유사(松潭遺事)』가 있음.

● 김계(金啓, 1575~1657)

호는 용담(龍潭). 본관 일선(一善). 쌍월당(雙月堂) 예복(禮復)의 아들. 안동 근읍
의 문사(文士)로 애민사상이 투철하고 예도(禮道)를 실천하며 효행(孝行)이 극진하
였음. 그의 저작으로는『용사일기(龍蛇日記)』와『용담일기(龍潭日記)』가 있다고 하
나 전자(前者)는 전하지 않음. 그의 작품은『용담록(龍潭錄)』에 수록되어 전하는데
여기에 인조대왕(仁祖大王)의 시조 1수가 수록되어 있음.

● 윤선도(尹善道, 1587~1671)

문신, 시인. 자는 약이(約而). 호는 고산(孤山). 본관은 해남(海南). 유심(惟深)의
아들로 유기(惟幾)에게 입양(入養). 광해군 4년에 진사가 된 이후 벼슬길에 나가 여
러 차례의 귀양과 벼슬을 반복하다가 현종(顯宗) 7년에 방환(放還) 후에 시골에 은
거함. 시조의 창작에 뛰어난 재질을 보여 「산중신곡(山中新曲)」과 「산중속신곡(山中

續新曲)」,「어부사시사(漁父四時詞)」 등 시조를 남겼음. 『고산유고(孤山遺稿)』에 수
록되어 있음.

- 인조(仁祖, 1595~1649)

조선 제16대 왕. 재위 1623~1649. 이름은 종(倧). 자는 화백(和伯). 호는 송창(松
窓). 선조의 손자. 정원군(定遠君, 추존 원종[元宗])의 아들. 인조반정으로 왕위에 오
름. 이듬해 이괄의 난으로 공주(公州)에 피란했다 평정하고 돌아왔고 이후 신흥(新
興) 청(淸)나라와의 마찰로 정묘호란(丁卯胡亂)과 병자호란(丙子胡亂)에 패전하여
삼전도(三田渡)에서 청장(淸將)에게 항복하고 왕자들을 청에 볼모로 보내는 등의
수모를 겪음.

- 채유후(蔡裕後, 1599~1660)

문신. 자는 백창(伯昌). 호는 호주(湖洲). 본관은 평강(平康). 충연(忠衍)의 아들.
17세에 생원(生員)이 되고부터 관직에 나가 대제학(大提學)에까지 올랐으며, 후에
『인조실록(仁祖實錄)』과 『선조개수실록(宣祖改修實錄)』 편찬에 참여했음. 시호(諡號)
는 문혜(文惠). 저서에 『호주집(湖洲集)』이 있음.

- 효종(孝宗, 1619~1659)

조선 제17대 왕. 재위 1649~1659. 이름은 호(淏). 자는 정연(靜淵). 호는 죽오(竹
梧). 인조의 아들. 병자호란에 형 소현세자와 더불어 청나라에 볼모로 갔다가 8년
후에 돌아옴. 인조 23년 소현세자가 변사(變死)한 뒤 세자로 책봉, 인조의 뒤를 이
어 즉위. 청나라에 볼모로 잡혀 있던 원한으로 북벌정책을 계획했으나 뜻을 이루지
못하고 병사함.

- 이담명(李聃命, 1646~1701)

문신. 자는 이로(耳老). 호는 정재(靜齋). 본관은 광주(廣州). 구암(龜巖) 원정(元
禎)의 아들. 경북 칠곡(漆谷)에서 출생. 현종 7년 사마시(司馬試)와 동(同) 11년 별시
문과(別試文科)에 급제하여 관직에 나가 승지(承旨)로 있을 때 경신대출척(庚申大黜
陟)으로 관직이 삭탈(削奪)당하고 유배길에 올랐음. 이후 복직(復職)과 유배를 계속
하다가 모부인(母夫人) 앞에서 생을 마침. 저서로 『정재집(靜齋集)』이 있음.

- 안창후(安昌後, 1687~1771)

자 계중(繼仲). 호는 한열당(閒說堂). 저서에 『한열당유고(閒說堂遺稿)』가 있고, 시조 24수가 수록되어 있음.

- 김수장(金壽長, 1690~?)

가객(歌客). 자는 자평(子平). 호는 노가재(老歌齋). 숙종조(肅宗朝)에 병조(兵曹) 서리(書吏)를 지냈음. 영조조(英祖朝)에 가집 『해동가요(海東歌謠)』를 편찬했으며, 노가재(老歌齋)를 구축하고 가객들과 더불어 가단(歌壇)을 운영한 것으로 여겨짐. 『해동가요』를 비롯한 여타 가집에 100수가 넘는 작품이 수록되어 전하고 있으며, 동료, 후배 가객의 작품에 발문(跋文)을 쓴 것이 『청구가요(靑邱歌謠)』에 수록되어 있음. 현재 제일 많은 장시조 작품이 전하고 있음.

- 이정보(李鼎輔, 1693~1766)

문신. 자는 사수(士受). 호는 삼주(三洲). 본관은 연안(延安). 우신(雨臣)의 아들. 경종(景宗) 1년에 진사시(進士試)에 합격하고 다시 영조 8년에 정시문과(庭試文科) 에 병과(丙科)로 합격하여 검열(檢閱)로 관직에 나가 양관대제학(兩館大提學)과 예 조판서(禮曹判書)를 역임, 판중추부사(判中樞府事)가 됨. 『해동가요』에 그의 작품이 수록되어 전하는데 장시조 작품은 작가의 신빙성이 문제가 된다고 하겠다.

- 영조(英祖, 1694~1776)

조선 제21대 왕. 재위 1724~1776. 이름은 금(昑). 자는 광숙(光叔). 호는 양성헌 (養性軒). 숙종의 아들. 경종 1년에 왕세제로 책봉. 왕세제 책봉과 대리청정 문제로 갈등을 겪었고, 즉위하자 탕평책(蕩平策)을 써 당쟁을 막으려 했음. 균역법(均役法) 을 시행하고 인쇄술을 개량, 많은 서적들을 출판하는 등의 각 방면에 선정(善政)을 베풀어 부흥기를 가져왔으나 사도세자(思悼世子)를 뒤주에 가두어 죽이는 비극을 빚기도 하였음. 재위 기간이 제일 긴 52년이나 됨.

- 김태석(金兌錫)

가객. 자는 덕이(德而). 숙종조에서 영조조에 생존했던 사람임. 노가재가 『청구가 요』에서 "김군덕이 성본소아 호풍경 낙붕우 숙지경 능필법(金君德而 性本騷雅 好風 景 樂朋友 熟知景 能筆法)"이라고 한 것으로 미루어 소탈한 성품에 자연 경치를 좋아하고 사교적인 성격을 가졌으며 필법에 능한 사람이라 하겠다. 시조 4수가 전함.

- 김묵수(金默壽)

가객. 자는 시경(時慶). 가객 성후(聖垕)의 아들. 『악학습령(樂學拾零)』에서 "金默壽 字 時慶 英宗朝 書吏"이라 했음. 자를 시경(始庚)으로 표기된 곳도 있음. 시조 6수가 전함.

- 박문욱(朴文郁)

가객. 자는 여대(汝大). 영조조의 서리. 노가재가 『청구가요』에 수록된 발문에서 박문욱을 극찬(極讚)하기를 이 세상의 진정한 호걸군자(豪傑君子)라 하였고, 특히 그의 작품 가운데 승니교각(僧尼交脚)의 노래는 천고일담(千古一談)이므로 그를 경정산(敬亭山)으로 대(對)한다고 하였다. 그의 작품 17수 가운데 12수가 장시조이니 작품의 비율로 따져 최다(最多)의 장시조 작가라 하겠음.

- 권덕중(權德重)

가객. 자는 흠재(欽哉). 『악학습령』에 작품 1수가 수록되어 있는 것으로 미루어 노가재 사후(死後)에 지은 것이 아닌가 생각됨.

- 오경화(吳擎華)

가객. 자는 자형(子馨). 호는 경수(瓊叟). 본관은 낙안(樂安). 가집에 따라 이름이 '景化'로 자가 '子亨'이나 '子衡'으로 표기된 곳도 있음. 영조조 후반에 활동한 가객으로 여겨짐.

- 채헌(蔡瀗, 1716~1795)

호는 근품재(近品齋). 청대(淸臺) 권상일(權相一) 문하(門下)에서 수학. 39세에 생원시에 합격. 뒤에 관직에 나감. 만년에 경북 문경(聞慶)에서 석문정(石門亭)을 짓고 후학을 위해 시회(詩會)와 강회(講會)를 열기도 했음.

- 양주익(梁柱翊, 1722~1802)

문신. 자는 군한(君翰). 호는 무극(无極). 본관은 남원(南原). 명진(命振)의 아들. 영조 29년에 사마시에 합격하고 이어 증광문과(增廣文科)에 병과로 합격하여 성균

관전적(成均館典籍)을 시작으로 관직에 나가 동지중추부사(同知中樞府事)가 되었음. 시문(詩文) 이외에 천문(天文) 지리(地理) 음양(陰陽) 산수(算數) 병법(兵法) 등에 능통하며 글씨도 잘 썼음. 저서로 『무극집(无極集)』이 있음.

- 박명원(朴明源, 1725~1790)

영조의 사위. 자는 회보(晦甫). 호는 만보정(晚葆亭). 본관은 반남(潘南). 영조의 딸 화평옹주(和平翁主)와 결혼, 금성위(錦城尉)에 봉해짐. 사은사로 청나라에 다녀온 일이 있음. 시호는 충희(忠僖). 시조 1수가 「병와가곡집」에 전하고 있으나 그의 작품일 가능성은 적음.

- 위백규(魏伯珪, 1727~1798)

실학자(實學者). 자는 자화(子華). 호는 존재(存齋), 계항(桂巷), 계항거사(桂巷居士). 본관은 장흥(長興). 문덕(文德)의 아들. 과거에 여러 차례 실패하고 스승 윤봉구(尹鳳九)에게서 학문적 계도(啓導)를 받았음. 68세에 학문과 덕행이 알려져 선공감 부봉사(繕工監副奉事)에 나아가 경기전령(慶基殿令)에 이르기까지 관직에 나간 일이 있음. 문집인 『존재집(存齋集)』에 많은 저술이 있음.

- 황윤석(黃胤錫, 1729~1791)

학자. 자는 영수(永叟). 호는 이재(頤齋), 서명산인(西溟散人), 운포주인(雲浦主人), 월송외사(越松外史). 본관은 장수(長水). 김원행(金元行)의 문인(門人). 전북 고창(高敞)에서 출생. 영조 35년에 진사시에 합격하여 관직에 나갔다가 전의현감(全義縣監)을 지내고 사퇴함. 『주역(周易)』을 비롯한 경서(經書) 연구에 힘쓰다가 종래의 이학(理學)과 서구의 신지식과의 조화를 시도한 공이 있음. 특히 운학과 국어학 연구에 업적을 남겼음. 저서에 문집인 『이재유고(頤齋遺稿)』 등이 있음.

- 남극엽(南極曄, 1736~1804)

자는 수여(壽汝). 호는 애경(愛景). 저서에 『애경당언행록(愛景堂言行錄)』이 있고 거기에 월령체(月令體) 형식의 시조가 12수 수록되어 있음.

- 김이익(金履翼, 1743~1830)

문신. 자는 보숙(輔叔). 호는 유와(牖窩). 본관은 안동. 유행(由行)의 아들. 정조(正

祖) 9년에 진사로 알성문과(謁聖文科)에 급제, 정언(正言)으로 관직에 나가 유배와 복직을 거듭함. 안동 김씨가 집권하자 수원부유수(水原府留守), 대사헌(大司憲)을 거쳐 한성부판윤(漢城府判尹)에 이름.『금강영언록(金剛永言錄)』에 50수,『관성잡록(觀城雜錄)』에 10수 등 시조 60수가 전하고 있음.

● 신헌조(申獻朝, 1752~1807)

문신. 자는 여가(汝可). 호는 죽취당(竹醉堂). 본관은 평산(平山). 응현(應顯)의 아들. 정조 19년에 알성문과에 장원으로 급제한 뒤에 관직에 올라 강원관찰사(江原觀察使), 대사간(大司諫), 원주목사(原州牧使) 등을 역임. 저서로『죽취당유고(竹醉堂遺稿)』가 있었으나 6·25전쟁에 소실(燒失)되고 시조 25수가 수록된『봉래악부(蓬萊樂府)』가 전하고 있음.

● 김조순(金祖淳, 1765~1832)

문신. 초명(初名)은 낙순(洛淳). 자는 사원(士源). 호는 풍고(楓皐). 본관은 안동. 이중(履中)의 아들. 순조(純祖)의 장인. 정조 9년 정시문과(庭試文科)에 병과로 급제하여 검열(檢閱)로 관직을 시작, 이조판서(吏曹判書)에 이름. 순조의 장인이 되어 영안부원군(永安府院君)에 봉(封)해지고, 여러 관직을 맡았으나 실권 있는 직책은 맡지 않았음. 안동 김씨 세도정치(勢道政治)의 기반을 마련했으며 많은 저술을 남겼고, 죽화(竹畵)를 잘 그렸음. 저서에『풍고집(楓皐集)』이 있음.

● 신갑준(申甲俊, 1771~1845)

자는 우중(又仲). 호는 만각재(晩覺齋).『성서유고(城西幽稿)』에 9수의 시조가 전함.

● 김민순(金敏淳. 1776~1859)

가객. 자는 신여(愼汝). 호는 매월송풍(梅月松風). 본관은 안동. 이신(履信)의 아들. 음직(蔭職)으로 지평현감(砥平縣監)을 지냈음. 육당본(六堂本)『청구영언(靑丘永言)』에 시조 11수가 전함

● 이정진(李廷鎭)

영조조 이후의 가객으로 추정됨.『가곡원류(歌曲源流)』계(系) 가집에 나오는 이

정신(李廷藎)과 혼동(混同)하여 동일인(同一人)으로 다루고 있는 실정이나, 이정신은 자가 집중(集仲)이며 호가 백회옹(百悔翁)이라 하여 별개의 인물로 추정됨.

● 김영(金鍈)

영조조 이후의 가객으로 추정됨. 육당본 『청구영언』에 수록되어 있는데, 김영(金煐)과 같은 인물로 다루고 있음. 그러나 작가 소개에 김영(金煐)은 영조조에 함경도 병마절도사(兵馬節度使)를 지낸 김상옥(金相玉, 1683~1739)의 아들로 그도 무과(武科)에 급제하여 관직이 정조조에 대장(大將)에 이르렀다고 했으나, 김영(金鍈)은 아무런 표시가 없는 것으로 미루어 별개의 인물로 간주(看做)됨.

● 익종(翼宗, 1809~1930)

순조의 세자. 이름은 영. 자는 덕인(德寅). 호는 경헌(敬軒). 순조 12년에 세자로 책봉되고, 조만영(趙萬永)의 딸과 가례를 올려 나중에 풍양조씨(豊壤趙氏) 세도의 빌미가 됨. 동(同) 27년에 대리청정(代理聽政)하여 현재(賢才)를 등용, 형옥(刑訊)을 신중하게 하는 등의 선정을 베풀었으나 청정 4년에 병사함. 헌종(憲宗)이 즉위하면서 익종(翼宗)으로 추존(追尊)함

● 김학연(金學淵)

순조조 이후의 가객으로 추정됨. 자는 병교(坪敎). 박효관(朴孝寬)이나 안민영(安玟英)보다는 약간의 선배 가객으로 추정됨. 하합본(河合本) 『가곡원류(歌曲源流)』에 작품이 수록되어 있음

● 임의직(任義直)

순조조 이후의 가객으로 추정됨. 자는 백형(伯亨). 『가곡원류』계 가집에 "선금명어세(善琴鳴於世)"니 "일국명금(一國名琴)"이니 한 것으로 미루어 금객(琴客)이며, "명가(名歌)"라고 한 것으로 보아 노래도 잘한 것으로 추측됨.

● 안민영(安玟英, 1816~?)

가객. 자 성무(聖武), 형보(炯甫). 호는 주옹(周翁), 구포동인(口圃東人). 구포동인은 대원군(大院君)의 사호(賜號)임. 운애(雲崖) 박효관(朴孝寬)으로부터 가곡을 배웠음. 후에 대원군과 그의 장자(長子) 이재면(李載冕)의 지우(知遇)를 얻음. 70세 이상

을 생존한 것으로 추정되며, 박효관과 더불어 『가곡원류(歌曲源流)』를 편집했다고 하나, 의문점이 많으며 개인 가집으로 『금옥총부(金玉叢部)』가 전하고 여기에 180 수의 시조가 수록되어 있음.

- 김윤석(金允錫, ?~1883)

금객. 자는 군중(君仲). 호는 벽강(碧江). 영조조 가객인 김태석(金兌錫)의 작품으로 표기되어 있으나 수록된 가집이 『가곡원류(歌曲源流)』에 처음 나오는 것으로 보아 김윤석(金允錫)의 잘못이 틀림이 없다고 단정(斷定)함. 유일하게 1수가 전함.

- 이세보(李世輔, 1832~1895)

왕족(王族). 자는 좌보(左甫), 본관은 전주(全州). 단화(端和)의 아들. 후에 응인(應寅)으로 개명. 경평군(慶平君)의 작호(爵號)를 받았음. 후에 안동 김씨들의 미움의 표적이 되어 전라도 신지도(薪智島)로 유배됨. 고종(高宗)이 즉위하면서 유배에서 풀려나 여러 관직에 임명됨. 민비(閔妃)가 피살(被殺)되는 변고(變故)에 충격을 받고 병이 되어 병사(病死)함.

- 전동(典洞)

본명(本名)은 미상(未詳). 불란서본(佛蘭西本) 『가곡원류(歌曲源流)』에 작품 2수가 수록되어 있음.

- 김용윤(金庸潤)

자는 양중(良中). 연세대학교 소장본 『가곡(歌曲)』에 시조 2수가 수록되어 있음.

- 임중환(林重桓)

호는 삼관(三貫). 『시조연의(時調演義)』에 작품 115수가 수록되어 전함.

- 김용윤(金庸潤)

자는 양중(良中). 자세한 인적사항을 알 수 없음. 연세대본 『가곡』에 작품 2수가 수록되어 있음.

■ 황충기 黃忠基

경기 여주(驪州) 출생. 고려대학교 문과대학 국어국문학과와 경희대학교 대학원 국어국문학과를 졸업했다. 현재 한국어문교육연구회 회원이다. 편저서(編著書)로 『校注 海東歌謠』(1988), 『古時調註釋事典』(1994), 『蘆溪朴仁老硏究』(1994), 『역대한국인편저서목록』(1996), 『해동가요에 관한 연구』(1996), 『가곡원류에 관한 연구』(1997), 『한국여항시조연구』(1998), 『여항인과 기녀의 시조』(1999), 『장시조연구』(2000), 『주해 장시조』(2000), 『한국학주석사전』(2001), 『한국학사전』(2002), 『여항시조사연구』(2003), 『기생 시조와 한시』(2004), 『고전주해사전』(2005), 『청구영언』(2006), 『청구악장』(2006), 『증보 가곡원류』(2007), 『가사집』(2007), 『성을 노래한 고시조』(2008), 『기생 일화집』(2008), 『명기 일화집』(2008), 『해동악장』(2009), 『조선시대 연시조 주해』(2009), 『古時調 漢詩譯의 註釋과 反譯』(2010), 『협률대성』(2013) 『육당본 청구영언』(2014) 『고전문학에 나타난 기생시조와 한시』(2015) 『歌曲源流에 대한 管見』(2015) 등이 있다.

장시조전집 長時調全集

인쇄 2017년 2월 23일 | 발행 2017년 2월 28일

엮은이 · 황충기
펴낸이 · 한봉숙
펴낸곳 · 푸른사상사
주간 · 맹문재 | 편집 · 지순이 | 교정 · 김수란

등록 제2-2876호
경기도 파주시 회동길 337-16(서패동)
대표전화 031) 955-9111(2) 팩시밀리 031) 955-9114
메일 prun21c@hanmail.net
홈페이지 http://www.prun21c.com

ISBN 979-11-308-1084-3 93810
값 39,000원